I Canguri
Feltrinelli

PINO CACUCCI

UN PO' PER AMORE, UN PO' PER RABBIA

© Giangiacomo Feltrinelli Editore Milano
Prima edizione ne "I Canguri" aprile 2008

ISBN 978-88-07-70195-5

www.feltrinelli.it
Libri in uscita, interviste, reading,
commenti e percorsi di lettura.
Aggiornamenti quotidiani

La ricchezza di una persona è la sua esperienza, e questo dipende fondamentalmente da quanta parte di mondo gli si è offerta durante la sua vita.

PAOLO QUATTRINI

PARTE PRIMA

Vagabondaggi

Trac

Sono passati tanti anni, e a quei giorni ho ripensato spesso, ma solo adesso riesco a valutarne l'importanza, ben più profonda di quanto credessi allora. Nel 1987 passavo buona parte del mio tempo in Messico, anche se si era ormai incrinata la convinzione di poter restare là per sempre. Avevo avuto bisogno di sbattere il muso su tanti muri prima di capire che quel paese, cioè le sue genti, mi reinsegnava lentamente a stare al mondo, che significava continuare a muoversi, non fermarsi a lasciare che la vita si sciogliesse nel nulla di tanti giorni apparentemente facili e piani. Il Messico mi stava respingendo, mostrava spietatamente tutto quello che non avevo ancora capito, mi sbatteva in faccia la condizione di vagabondo che non si decideva a scegliere. E in tal modo, dimostrava di volermi molto più bene di quanto io ne volessi a lui. E a me stesso. Avvertivo, inconsciamente, che qualcosa stava cambiando. Tiravo a campare servendo birre e intrugli alcolici in un locale messicano con ottimi musicisti disperati e pessimi avventori spensierati. Improvvisavo articoletti per un quotidiano locale di Celaya, stato del Guanajuato, inventandomi un ruolo di giornalista che mi era estraneo. Scrivevo romanzetti e racconti senza sapere per chi e perché, visto che nessuno tra i tanti editori (italiani) bombardati di dattiloscritti aveva pronunciato un sì convinto. Però nel mondo dei libri ci stavo già vagando, come traduttore per una piccola cooperativa italiana animata da entusiasmi sicuramente eccessivi rispetto alla realtà che avremmo di lì a poco affrontato. Eccessivi, ma non sprecati. E così ci preparavamo a pubblicare un romanzo di Lizandro Chávez Alfaro, scrittore nicaraguense di straordinaria forza espressiva, figlio di una terra che ha dato tanto alla cultura latinoamericana senza riceverne l'adeguato riconoscimento. Si intitolava *Trágame Tierra*, "inghiottimi terra", un'esortazione rabbiosa e struggente per un Nicaragua travagliato e saccheggiato, che allora tentava stoicamente di sfidare l'insensibilità, il cinismo e la superficialità dei famigerati anni ottanta. Nonostante la penuria e la guerra sanguinosa che lo devastava, quel minuscolo paese centroamericano si era messo in testa di organizzare una Fiera internazionale del Libro. E io, con la testa e i piedi a metà tra Italia e Messico, un po' contattavo editori messicani per coordinarne la partecipazione e un po' traducevo – forsennatamente, a quattro mani con Gloria – il romanzo da portare nel minuscolo stand che avevamo prenotato per la nostra cooperativa di sognatori. Con Lizandro ci eravamo scambiati lettere, poi finalmente, a Managua, lo avremmo conosciuto e abbracciato. Sì, qualcosa, anzi molto, stava cambiando intorno e dentro di me, solo che non riuscivo a capire cosa mi aspettassi da tutto questo, dove mi avrebbe portato...

Managua era l'emblema delle sofferenze sopportate dall'intero paese. Scheletri di edifici sventrati dal terremoto, baracche dignitose e un grande albergo faraonico a uso esclusivo degli inviati invariabilmente ciechi e sordi, batterie contraeree accanto a murales festosi, non retorici, più naïf che politici. Tre sacerdoti erano ministri, e il frate Ernesto Cardenal, alla Cultura, aveva fondato la comunità di Solentiname per valorizzare i "pittori contadini". Poeta di fama internazionale, Cardenal è autore della sorprendente *Orazione per Marilyn Monroe*, che allora suscitava non poche riserve all'interno delle gerarchie ecclesiastiche. La poesia, del resto, era la principale passione dei nicaraguensi d'ogni età, chiunque scriveva e declamava versi nelle più svariate occasioni. Ma tutti avevano un fucile a tracolla, e la morte si respirava nell'aria. L'aeroporto era stato bombardato da velivoli pilotati da mercenari decollati da basi nell'Honduras. Quando siamo arrivati noi, dei crateri non restava traccia, solo una mostra fotografica che raccontava gli incendi, i morti, i feriti. La Fiera del Libro occupava la spianata davanti all'Università, che prima di aprire al pubblico ci sembrava troppo vasta e poi sarebbe risultata insufficiente a contenere la marea di visitatori. C'era una salutare e smisurata fame di carta stampata, ricordo una studentessa che sperava di trovare nel nostro stand una copia della Costituzione italiana ed era più stupita di noi sentendosi rispondere che non avevamo pensato di procurarcela. Comunque, il primo a tornare in Italia gliel'avrebbe spedita. Tra i tanti scrittori venuti a Managua in quei giorni, c'era l'uruguayano Eduardo Galeano, la cui opera costituisce la memoria e la coscienza critica dell'America Latina. La nostra amicizia sarebbe iniziata lì, e ancor oggi può restare silenziosa per due o tre anni e poi, rivedendoci, è sempre come se riprendessimo il discorso dalla sera prima. Con Eduardo siamo andati fino a Matagalpa, nel Nord, dove la guerra si sentiva vicina, ti alitava sulla faccia: persino per andare a lavare i panni nel fiume le donne si facevano scortare dai figli in tuta mimetica e kalashnikov in braccio. La morte era una compagna quotidiana, ma non per questo bastava a privarli dell'allegria del vivere. Per quanto potesse durare, quel vivere... Cominciavo a sentirmi ridicolo, con i miei problemi che credevo immensi.

In *Trágame Tierra* si narra di un personaggio che risale e scende un fiume, come un Sisifo condannato a intraprendere sempre un nuovo viaggio sulla stessa acqua, da Muelle de los Bueyes a El Rama, e poi giù, fino alla foce di Bluefields, nell'Atlantico. Dopo mesi trascorsi a tradurre quelle immagini, volevamo "rivederle". Prendere una corriera era impensabile, perché la strada per El Rama l'avevano attaccata i contras il giorno prima, cannoneggiando e mitragliando soprattutto i veicoli pubblici. La "guerra di bassa intensità", come la chiamavano gli esperti del Pentagono, era in realtà terrorismo allo stato puro, nella sua massima ripugnanza. Un tassista aveva accettato di portarci per una cifra ragionevole, "ma alla prima raffica che sento, vi lascio dove capita e torno indietro". In fondo, la sua era una manifestazione di ottimismo: poter sentire una raffica e avere il tempo di fare retromarcia, un lusso. Siamo arrivati a El Rama senza "raffiche", almeno non nelle vicinanze, solo qualche difficoltà per superare i crateri in mezzo alla strada verso la fine del viaggio.

Il fiume era minaccioso, la corrente trascinava tronchi e chissà cos'altro, l'acqua sembrava fango liquido, e il bastimento difeso da una mitragliatrice salpava l'indomani. A El Rama non c'era niente: qualche baracca, un pantano unico, andirivieni di pescatori. Uno di questi andava a Bluefields e poteva prendere a bordo della sua lancia cinque o sei passeggeri. Tutto il fiume era zona di guerra, per cui occorreva lasciare i propri dati a un soldato sul molo. Non per controllare gli stranieri, ma per avvisare in patria "nel caso che". "Sapete, proprio ieri hanno mitragliato una lancia: tre morti e vari feriti." Possibile che ogni volta ci ritrovassimo con un disastro accaduto "proprio ieri"? "No, è che qui succede un giorno sì e uno no, in media. Se volevate partire domani, vi avrei detto di ripensarci. Ma oggi è più sicuro. Non attaccano mai due volte di seguito, se lo facessero non potrebbero ritirarsi verso il Costa Rica prima che noi gli rompiamo la schiena." Poi il pescatore ci avrebbe indicato, sempre sorridendo, il punto da cui erano partite le raffiche: c'era una sorta di capanna, tra le mangrovie, che sembrava una chiesetta abbandonata. Bluefields, comunque, era una meraviglia, nella sua bellezza fatiscente. Tutta legno e indolenza, siamo stati tra gli ultimi a vederla, almeno com'era allora: qualche tempo dopo, un uragano l'ha sparsa in mare, tetti rossi, pareti di assi variopinte, verande con sedie a dondolo, chiesetta immacolata e pontili consunti. L'hanno ricostruita, ma temo abbia perso l'anima per sempre. Maggioranza afroantillana, neri che si muovevano a ritmo di reggae e un peschereccio che la settimana seguente salpava per Corn Island. Una traversata da incubo, sei o sette ore durante le quali ho capito perché le onde possano assomigliare a muraglie, quando ti trovi a valle non capisci come accidenti arriverai mai in cima alla cresta, e quando ci sei, tremi al pensiero di come reagirà lo stomaco all'immancabile precipizio...

Anche a Corn Island avevano ucciso qualcuno "il giorno prima". Niente guerra, solo un delitto tra disperati. Perché, mi chiedevo, genti dall'aspetto così benevolo, istintivamente affettuose con chiunque, perché questi volti dai tratti gioiosi, ingenui, delicati, sopportano tanto orrore da tanto tempo? E come si può convivere con l'orrore senza restarne ammorbati? Non c'era una risposta, bisognava essere lì, viverci a contatto, senza chiedersi perché e cosa e come.

La sera del ritorno a Bluefields, aspettavamo un altro peschereccio che sarebbe salpato a mezzanotte. Seduti sul molo di legno, a un certo punto ci siamo ritrovati cinque o sei soldati che scivolavano intorno a noi silenziosi, fucili puntati sul mare, dove baluginava un lumicino. Ci hanno fatto segno di non muoverci, si sono immersi nell'acqua fino alla cintola, e hanno preso posizione tra i pali per fronteggiare l'attacco. Ma non si trattava di un'incursione: solo un peschereccio con la radio fuori uso. Stavo saltellando fra le loro tragedie, evitandole per caso, con curiosità e incoscienza, ma appassionandomi alla vita proprio dove più presente era la morte, con la voglia di capire cosa davvero valesse la pena, nell'altra vita che stavo conducendo perdendo pezzi per strada.

Quel *trac* nelle viscere, di cui alcuni parlano, l'avrei provato di lì a poco.

Volo Managua-San Salvador-Città del Messico. Il vecchio DC8 sta già rullando sulla pista, a un certo punto rallenta e devia di lato. I tecnici armeggiano su un motore, passano i minuti, e poi le ore. È un catorcio, si vede dagli interni screpolati, dai sedili consumati, sarà almeno di quarta o quinta mano. I motori aumentano di giri, si imballano, ridiscendono al minimo, e i tecnici armeggiano, smontano e rimontano. In fondo, penso, questo pachiderma vola ogni giorno sulla stessa rotta, vuoi che proprio oggi si scassi definitivamente? È a posto. Così sembrano dire i gesti degli uomini sotto le ali. Decolliamo, finalmente. Managua sorge sulla riva di un lago smisurato, lo stiamo sorvolando nel frastuono dei motori al massimo. Un colpo secco, forse un'esplosione, un tremito, una vibrazione che aumenta e scuote la carlinga come una lavatrice in centrifuga. Sguardi apprensivi. Il vuoto allo stomaco è *anormale*: stiamo precipitando di piatto, con la pancia che piomba velocemente verso l'acqua grigia. È esploso un motore, adesso nessuno ha più dubbi. Arriva una hostess, stravolta nonostante cerchi di non darlo a vedere, dice di fare come lei: tiene le mani in alto e apre e chiude i pugni. So cosa significa. L'adrenalina in eccesso blocca i muscoli, se sopravvivi all'impatto poi non riesci a muoverti. Fare piccoli esercizi per la circolazione serve a non restare paralizzati. Nessuno obbedisce. Mormorii di preghiere più forti delle vibrazioni. Quanto ci metterà a schiantarsi? Il tempo non trascorre. Ma il lago si avvicina. L'hostess è sparita. Nessuno cede al panico: occhiate che si incrociano senza trovare risposte, una compostezza agghiacciante. Il pilota non sta improvvisando, ma questo lo avrei capito soltanto più tardi. Lo lascia cadere libero sperando di trovare una corrente ascendente, l'unica sua – nostra – speranza. E quando come una lastra di acciaio compatta e letale ci vediamo arrivare contro l'acqua – che adesso, da vicino, è argentea per il sole che ha spazzato le nubi –, all'ultimo istante vince l'aria e ci permette di virare. Praticamente senza spinta, il cassone scricchiolante si piega su un fianco e torna verso la città. I tre motori sputano, tossiscono, ma il pilota non li ha sforzati, se lo avesse fatto adesso sarebbero scoppiati come il quarto. Bastano, per rientrare. Ma ci vuole un'eternità. Ogni chioma d'albero potrebbe essere quella buona. Cioè quella cattiva. Eppure, è sulla pista, dove atterriamo malamente, che ci rendiamo conto davvero di cosa stava per succedere: veniamo accolti da due schiere di pompieri in tuta di amianto, idranti in pugno, pronti a *spegnerci*. Nei momenti peggiori, capita di pensare le peggiori scemenze. O almeno, a me è capitato: come faranno a starsene sotto il sole, nella città più calda del mondo, con quegli scafandri addosso? E tutte quelle autopompe, dove le tenevano? Ma davvero sono lì per noi, o ci sarà stato un altro bombardamento...

Strana, la calma con cui abbiamo preso l'aereo successivo. Forse c'entravano le parole di quel soldato, a El Rama: dove hanno mitragliato ieri, non mitragliano oggi. Non si può scampare a due disastri aerei nello stesso giorno. Almeno, non lo consentono le statistiche. La sensazione di elettricità sulla pelle mi diceva chiaramente: ti è stata data una seconda vita, piantala di sprecarla come avevi cominciato a fare, e muoviti, scuotiti. Ricordo che c'era un'altra luce, nel cielo e nelle strade di Città del Messico, al rientro. E anche l'Italia, più tardi, mi sarebbe sembrata meno asfissiante di come la ricordavo. Ci voleva quel *trac* alla base del cranio e nelle viscere, per schiarirmi lo sguardo e darmi lo spintone decisivo. Stavo cambiando pelle. Era ora.

Playa Sámara

C'era una volta una principessa di nome Waíla, figlia di un potente cacicco degli indios chorotega, l'etnia che abitava la regione nord-occidentale del Costa Rica, l'odierno Guanacaste. Il cacicco regnava sulla penisola di Nicoya, e quando si avvide che tra Waíla e il giovane Tapaligui era sbocciato l'amore andò su tutte le furie. Perché Tapaligui era figlio del *sukia* della tribù, lo sciamano, quindi di rango inferiore: no, decretò il cacicco, questo matrimonio non s'ha da fare. I due giovani decisero di mandare a quel paese lui, la tribù e tutte le convenzioni dell'epoca: fuggirono con una piroga lungo il fiume, raggiunsero il mare e seguirono la costa finché non arrivarono in un luogo incantato: una meravigliosa baia al riparo dalla furia dell'oceano, ricca di aragoste e ostriche, circondata dalla giungla prodiga di selvaggina e da alberi da frutta in abbondanza. Waíla aveva la passione del canto, e una voce leggiadra; Tapaligui componeva canzoni, e quella preferita dalla giovane amata si intitolava *Sá-mara*. Allora l'ex principessa ripudiò il nome datole dal padre e da quel giorno si chiamò Sámara. Ma la felicità nel loro piccolo paradiso terrestre sarebbe durata poco. Un guerriero del cacicco, per guadagnarsi i favori del vendicativo padre, attraversò monti e foreste, fiumi e paludi, fino a raggiungere i due amanti. E uccise Tapaligui a tradimento. Sámara si lasciò morire di dolore, ma prima lanciò una tremenda maledizione che sarebbe viva tuttora: a Sámara si dice finiscano gli amori, o comunque, qualsiasi passione nata su questa baia è destinata al naufragio...

Leggende a parte, Sámara è una delle più belle spiagge del Costa Rica, e probabilmente anche del mondo. Playa Sámara è un lungo arco di sabbia dorata che si stende tra due promontori, con un isolotto di fronte, Isla Chora, e una barriera corallina a un chilometro dalla riva su cui si infrangono e perdono forza le fragorose onde del Pacifico. L'alta e bassa marea, qui, hanno la straordinaria capacità di mutare il panorama quattro volte nell'arco di un giorno: tra flusso e deflusso passano sei ore e dodici minuti, nel punto massimo le onde lambiscono l'inizio dell'abitato e in quello minimo l'acqua si ritira fino a lasciare allo scoperto almeno trecento metri di spiaggia perfettamente piatta e liscia, brulicante di granchi e istoriata di fantasiosi disegni tracciati dagli innumerevoli rivoli del bagnasciuga. Simili variazioni condizionano molte attività quotidiane; prendiamo, per esempio, i bambini che al mattino vanno a scuola: se la marea è bassa tagliano in linea retta l'arco della baia, magari in bicicletta, mentre se è alta sono costretti a compiere il giro seguendo la stradina di sabbia battuta sotto le palme: per chi abita oltre il promontorio, la differenza può essere anche di un paio di chilometri. Lo stesso vale per il fiume che sfocia nella parte sud della spiaggia: con il flusso al culmine è difficile da guadare, motivo per il quale occorre attendere qualche ora, se non si è fatto il calcolo a tempo debito. La differenza determina anche l'abbigliamento degli scolari: vestiti di tutto punto con tanto di calzini e fiocchetto, o scalzi e con le scarpe appese al collo, bagnati fino all'inguine... I ponti sono rari, come nel resto del Costa Rica; inutile costruirli, le piene prima o poi li trascinano in mare.

Quindi, le lunghe passeggiate sulla spiaggia, attività principale dei turisti che si spingono fin qui, devono sempre tener conto dei flussi e deflussi. Camminando una buona mezz'ora verso sud-est, oltrepassando quel monumento di madre natura rappresentato da un albero *matapalo* (ha oltre duecento anni) e quindi il promontorio di Punta Indio, si raggiunge Playa Carrillo, meno protetta dai marosi, con una fitta schiera di palme da cocco e curiosi cartelli che raccomandano prudenza con i coccodrilli: non è raro vederne alle foci dei fiumi, e sebbene prediligano le galline che a volte si allontanano imprudentemente dai cortili delle case, è sempre meglio evitare incontri ravvicinati. All'inizio della spiaggia c'è un altro cartello inusuale, che invita gli sporadici automobilisti a "dare la precedenza" agli... aerei. Guardandola dal bagnasciuga, la striscia di sabbia compatta che si inoltra in una radura al di là delle palme non ha niente della pista d'atterraggio, in pratica è solo una propaggine di spiaggia. Ma in tarda mattinata, se non c'è un acquazzone tropicale in corso, si sente un ronzio in avvicinamento e poi compare un piccolo bimotore a elica che, compiuta una virata sul mare, punta decisamente sull'incrocio della strada e atterra proprio qui. Prima che spianassero una "pista" a Carrillo, le *avionetas* usavano la spiaggia di Sámara con la bassa marea, e si tramanda l'aneddoto di una memorabile domenica mattina agli inizi degli anni sessanta, quando atterrò un'intera squadriglia di piper da cui scese uno stuolo di indaffarati gringos che, nel giro di mezz'ora, allestirono un pantagruelico banchetto sotto le palme. Secondo alcuni, dall'ultimo aereo sarebbe sbarcato niente meno che John Fitzgerald Kennedy, invitato al festino organizzato da noti imprenditori e politici in vena di trascorrere una domenica fuori dalla norma scegliendo uno dei luoghi più esclusivi del Centroamerica: a quei tempi, non c'era nessuna strada che portasse a Sámara, e nessun turista che potesse diffondere un'imbarazzante testimonianza... perché pare che al seguito degli "escursionisti" ci fossero tante allegre signorine che, dati il clima e il luogo, di vestiario ne indossavano ben poco.

Storie, leggende, aneddoti: i membri della famiglia Castillo possono raccontarne a profusione e senza tema di smentita, essendo i discendenti di Esteban Castillo, fondatore della cittadina e un tempo proprietario di "tutto" ciò che si può scorgere da un promontorio all'altro. Esteban era nato nel 1897 in un villaggio nei pressi di Nicoya, l'unico centro abitato di un certo rilievo nella penisola omonima. Nel 1914, spinto dalle umili condizioni e soprattutto da un'ostinata ambizione, decise di raggiungere la costa in cerca di terreni fertili che, secondo la legge, sarebbero potuti diventare suoi se li avesse coltivati. Ci mise sette giorni, a dorso di mulo, guadando quattordici fiumi e avanzando nella giungla vergine. Aveva diciassette anni, una giovane moglie disposta a seguirlo in quell'avventura disperata, tre sacchi di riso e una vacca. Costruì una capanna con tetto di foglie di palma, e si mise a dissodare la terra come un folle, fino a dimostrare allo stato che i suoi diritti di proprietà andavano da una foce all'altra dei due fiumi della zona. La malaria si portò via la moglie e tre figli. Esteban si risposò, e vennero altri bambini. Intanto, oltre che agricoltore e pescatore, improvvisava ogni mestiere necessario a sopravvivere, compreso il *curandero*: sfruttando le conoscenze tradizionali, otteneva medicamenti dalle erbe e coltivava piante di china, e le famiglie venute ad affittare i suoi terreni e i braccianti che lavoravano per lui lo consideravano un buon medico. Esteban morì a settantadue anni, ebbe quattro mogli e trentadue figli, e oggi il numero di nipoti e bisnipoti è tale che, dei circa duemila abitanti di Sámara, una bella fetta di cognome fa Castillo. Non possiedono più "tutto" ma comunque molto, e qualcuno di loro, vedendo i turisti, lo abbiamo sorpreso a sbottare: "Ma guarda quanta gente sulla *mia* spiaggia...".

Cuba dei ricordi

"Sapete com'è la mattina presto all'Avana, coi vagabondi ancora addormentati lungo i muri, prima che i furgoni del ghiaccio comincino il loro giro dei bar..."
Hemingway la vedeva così, L'Avana, dalle finestre dell'Hotel Ambos Mundos, nella Città vecchia, apprestandosi a uscire in strada per bere un caffè al San Francisco. E con queste parole avrebbe iniziato *Avere e non avere*, pubblicato nel '37 e ambientato nella Cuba che considerava la sua patria elettiva. L'Avana sarebbe diventata la dimora del suo fantasma, che ancor oggi si aggira un po' ovunque, una presenza viva, celebrata senza retorica in ogni luogo che amava frequentare, dove lo ricordano come un vecchio amico e compagno di sbronze leggendarie. E le vecchie ma lucenti berline anni cinquanta, preservate per motivi di penuria e non di memoria, sono sicuramente complici nel ricreare un ambiente immobile nel tempo, che speriamo non dover rimpiangere tra non molto.

Questa che è una delle metropoli più affascinanti del mondo, di una bellezza decadente e al tempo stesso fervidamente creativa, nacque come villaggio di capanne costantemente minacciato dalle invasioni dei pirati – fino al famigerato Jacques de Sores che la incendiò nel 1555 –, per poi assurgere nel XVII secolo a emblema di eccessi e stravizi dove tutto era consentito, a patto di essere abbastanza ricchi per concederselo... Una ricchezza che aveva il suo prezzo: dal 1674 iniziarono i lavori per erigere una muraglia di cinta che la difendesse dagli attacchi esterni mentre, all'interno, dopo il tramonto nessuno osava avventurarsi in strada senza adeguata scorta. Ribelli e briganti se ne impadronivano con l'oscurità, ma restare chiusi in casa non preservava dagli attacchi delle zanzare più feroci e fameliche del Nuevo Mundo. Per di più, schiere di enormi granchi sciamavano nella pubblica via producendo un fragore simile a un battaglione di armigeri, unendosi ai cani selvatici, i *perros jíbaros*, così audaci da fregarsene di torce e alabarde. I nobili consumavano la notte nelle feste orgiastiche al chiuso dei loro sontuosi palazzi, dove occasionali ospiti inglesi si stupivano nel vedere fini porcellane e opulenta argenteria sulla stessa tavola imbandita sotto la quale razzolavano indisturbate le galline; e la plebe si accalcava negli innumerevoli bordelli e taverne di malaffare, dove la vita di un uomo valeva meno di quella di un granchio.

La fama di capitale viziosa, irriverente e anticonformista in ogni aspetto della vita quotidiana non l'avrebbe più abbandonata, ma per molti altri motivi avrebbe esercitato su Ernest Hemingway un'irresistibile attrazione in quell'aprile del 1928, quando sbarcò dal vapore *Orita* proveniente dalla Francia, dopo diciotto giorni di navigazione. Si fermò poco, giusto il tempo di cambiare nave e proseguire per la Florida. Ma qualcosa lo catturò, di quell'aria umida e caldissima, di quell'atmosfera indolente eppure pervasa da vibrazioni indefinibili: forse il sentore di avere, a pochi chilometri da Key West, l'anima dell'Africa armoniosamente fusa con il meglio dello spirito mediterraneo, un crogiolo di continente nero, Andalusia e America Latina da cui scaturiva Cuba, "laboratorio" di culture etniche unico e ineguagliabile. Ci tornò nel 1932 con l'amico Joe Russell, dedicandosi alla pesca del marlin ma anche alla scoperta dell'ottima birra Hatuey. Ne avrebbe scritto in un articolo per "Esquire", e decise di tornarci per restare più a lungo. L'Hotel Ambos Mundos, in calle Obispo, divenne la sua residenza: vi scrisse racconti e parti di romanzi, da lì ammirava la cattedrale, la baia, il mare, e aveva a pochi passi il molo a cui era attraccata *Anita*, la sua prima barca, a cui sarebbe succeduta la celebre *Pilar*. Nel 1939 decise di stabilirsi a Cuba, affittando la grande casa sulle colline, Finca Vigía, la "fattoria della vedetta", che doveva il suo nome alla torretta da cui si dominavano tutto il porto e la Città vecchia. Ma buona parte del suo tempo lo trascorreva sul mare o in città, dove scelse in particolare due locali come *buen retiro* alcolico: El Floridita e La Bodeguita del Medio. Al Floridita servivano il daiquirí, cocktail che "Papa" Ernest elesse a sua bevanda preferita. Il locale era aperto dal 1818, allora con il nome di La Piña de Plata, e poco più tardi un suo *cantinero*, Constante Ribalaigua, perfezionò il cocktail che avrebbe fatto il giro del mondo prendendo la ricetta dai *mambises*, i combattenti indipendentisti che portavano alla cintura una borraccia con rum, miele e limone per rigenerarsi fra una battaglia e l'altra, sempre a cavallo e sparando sugli odiati spagnoli. Loro la chiamavano *canchánchara*, e quando i marine statunitensi invasero Cuba nel 1898 vi aggiunsero ghiaccio tritato. Si dice che ciò sia avvenuto per la prima volta sulla spiaggia di Daiquirí, nella provincia di Oriente. Il *cantinero* Ribalaigua lo rese migliore, e Hemingway gli diede immortale notorietà. Al punto che la rivista "Esquire" nel 1943 nominò El Floridita uno dei migliori bar del mondo. Qui Hemingway sembrava trovare più ispirazione che sulla torretta della Finca Vigía, perché in solitudine si ispirava meno che nell'andirivieni di un bar. Ma preferiva non essere disturbato... Nel 1950 lo scrittore cubano Lisandro Otero, allora diciottenne, una sera vinse la timidezza e si avvicinò a Hemingway che, appoggiato al bancone, riempiva pagine e pagine di quaderno con appunti tracciati a matita. Otero voleva esprimergli tutta la sua ammirazione. Il gigante gringo reagì infuriandosi: "Il solo fatto che mi trovi in un luogo pubblico non significa che sei autorizzato a rompermi le scatole!", e alzò il pugno come per stamparglielo in faccia. Il giovane Lisandro indietreggiò, rosso in viso e frastornato, combattuto tra la vergogna e la rabbia. Andò a nascondersi in fondo al locale, ingollando daiquirí per smaltire l'umiliazione. Più tardi, quando si presentò alla cassa, si sentì rispondere che il conto lo aveva già pagato "el señor", e il tipo indicava proprio Hemingway. Che gli sorrise imbarazzato, balbettò qualche scusa, e spiegò: "Sai, stavo finendo un paragrafo che non voleva uscire dalla matita, ero tutto concentrato, e così... Insomma, mi dispiace," e per farsi perdonare, invitò Lisandro Otero a casa sua. Si sarebbero rivisti più volte, anche dopo il viaggio in Africa dove Hemingway venne dato per morto in un incidente aereo. Tornò a Cuba con quaranta bauli, e raccontò a Otero che leggere e collezionare i propri necrologi da tutto il mondo era diventata per lui una vera mania. Quella volta, per dimostrare di essere ancora vivo e vegeto, si fece fotografare con il pugile Kid Tunero mentre si scambiavano "amichevoli" pugni in faccia.

El Floridita è sempre al suo posto, con la selva di varianti sul tema aumentata dal "daiquirí Hemingway", realizzato secondo alcune modifiche suggerite dallo scrittore. E pressoché identica è la Bodeguita del Medio, dove andava a bere il più leggero e rinfrescante mojito, sempre a base di rum ma con più acqua che alcol. Oggi ai turisti di passaggio vendono la maglietta con riprodotta la calligrafia di Papa Ernest: "*My daiquiri in the Floridita, my mojito in the Bodeguita*".

Tanti lo ricordano, perché allora erano giovani. Uno solo era già avanti con gli anni, e allora ispirò un romanzo che si sarebbe intitolato *Il vecchio e il mare*. Il mare è rimasto identico, pescoso e amico ma qualche volta infido e traditore per semplice capriccio. Il vecchio anche, cioè ostinatamente presente nel luogo divenuto leggenda. A Cojimar, Gregorio Fuentes arriva ogni giorno, con passo fermo e portamento austero, al ristorante La Terraza, dove ha diritto al pranzo finché campa: così si accordò con Fidel l'ultima moglie e vedova dello scrittore, Mary Welsh, e così è stato. Usa il bastone, ed è l'unica concessione che ha fatto al tempo trascorso:

tra un paio d'anni compirà un secolo. Sotto l'eterno berretto da baseball, la mente di Gregorio è affollata di ricordi, alcuni si sovrappongono, molti restano nitidi e cristallini. Un giorno salvò la vita a Ernest colto di sorpresa da un ciclone giunto all'improvviso su Cayo de las Tortugas. Più tardi, divenne capitano della sua *Pilar*, con cui avrebbe affrontato altri tre uragani e portato a riva innumerevoli marlin dopo epiche battaglie, finché John Sturges decise di girare il film dal romanzo, affidando a Spencer Tracy la parte di Santiago, cioè Gregorio. E quella fu l'unica volta in cui l'esperto pescatore, per una curiosa congiura del mare, non riuscì a catturare niente: per oltre due settimane tornò a terra a mani vuote, di marlin neppure l'ombra, e il set finì per spostarsi in Perú. Tutta Cojimar, coinvolta nell'avventura cinematografica, pianse di delusione. Gregorio Fuentes, invece, capì il messaggio del suo mare, e tornò ad accarezzarne l'acqua come aveva sempre fatto, trascorrendo ore e ore a osservarla, perché con l'acqua del mare ha un rapporto di amore totale, indissolubile, quasi sensuale. L'amante gli ha lasciato il segno sulle mani, un'artrite che però non gli impedisce di puntare il dito fermo verso l'orizzonte, a indicare i luoghi di tante avventure tra le quali solo lui si orienta ancora. Gregorio non ama i gringos per ciò che rappresentano a Cuba e in tanti altri luoghi: embargo, ottusità politica, privilegi intollerabili e scarso rispetto per le abitudini altrui. Eppure, ammette con velato stupore, il suo più grande amico è stato uno *yanqui*, aggiungendo: "Un americano che non condivideva ciò che facevano gli americani. Ernest era una persona davvero straordinaria... Io gli sono sopravvissuto, ma lui, in fondo, è sempre rimasto qui. Mi siedo al solito tavolo da ormai quarant'anni, e ogni volta ho la sensazione di averlo di fianco... Peccato tutto questo silenzio. Manca la sua voce. Ernest parlava bene in spagnolo, non pretendeva che fossero gli altri a esprimersi nella sua lingua. Anche in questo, era un americano diverso dagli americani...".

Via dall'Avana
"Il turismo è un male necessario," mi diceva un amico scrittore guardando la fiumana di stranieri sul Malecón dell'Avana, al tramonto, mescolarsi ai giovanotti dall'aria fintamente furtiva che ti vendono falsi sigari Cohíba giurando di averli in esclusiva da un amico della manifattura; o ti offrono un cambio "vantaggioso" per i tuoi dollari omettendo che con i pesos non ci compri quasi niente da nessuna parte, o notti indimenticabili in locali improbabilmente proibiti, o peggio ancora di partecipare a riti della *santería* appositamente recitati per i gonzi di ogni credo e provenienza... E

le belle *jineteras* sorridono esageratamente per abbindolare sciatti avventurieri del sesso facile, convinti che Cuba sia tutta qui e tutta così. Certo, L'Avana sa offrire molto, non solo in bellezza architettonica ma anche in serate di musica sfrenata, con ritmi per ogni gusto e compagnia di dubbio gusto. Curioso, che dalla storia travagliata dell'isola L'Avana sia uscita con il soprannome di "La Ruffiana". Forse neppure oggi lo merita, e sicuramente i turisti cialtroni sono in numero inferiore ai turisti semplici e rispettosi delle abitudini altrui, ma... L'Avana non rappresenta Cuba per intero, ed è salutare non restarci troppo a lungo, soprattutto per non perdersi la Cuba più genuina, dignitosa e ancora immune dalla tentazione di svendersi al primo (neppure il migliore) offerente.

Agli antipodi, in tutti i sensi, c'è Santiago, la città più lontana, quella che non è rivolta verso la Florida ma guarda a sud, geograficamente e moralmente. Alle falde della Sierra Maestra, si affaccia sul Mar Caribe sorniona e orgogliosamente attaccata alla sua lunga storia di ribelle indomita: e ha un soprannome di cui va fiera e che la distingue dall'Avana, "La Ribelle" contro "La Ruffiana". Ariosa, elegante ma con pudore, ricca dei fasti del passato e dell'innata allegria degli odierni abitanti, Santiago non si piange addosso e non si rassegna, accoglie chiunque purché la rispetti. Celebre in tutti i Caraibi per il Carnevale di luglio, ha le chiese e i palazzi più bianchi e la popolazione più nera: i tre quarti discendono da schiavi africani, e nel sangue conservano tutti i ritmi sfrenati, ammalianti, ipnotici dei loro antenati. Una vecchia canzone rielaborata in salsa dice: "*Mama, quiero saber de donde son los cantantes... Serán de Santiago, tierra soberana...*". Da questa "terra sovrana" la musica stilla come da una sorgente inesauribile, di pari passo, nella storia, alle insurrezioni a catena. Porto di sbarco per gli schiavi africani, nell'Ottocento arrivano a Santiago anche i coloni francesi da Haiti, avviando una rivitalizzazione della città che il dominio spagnolo stava gradualmente abbandonando alla decadenza, coloni ai quali si aggiungono gli immigrati cinesi venuti a lavorare come manodopera a basso costo. Dal 1868 al 1898 si susseguono tre guerre d'indipendenza. José Martí, patriota e rivoluzionario santiaguero, nonché grande poeta e saggista destinato a rappresentare il principale riferimento politico del castrismo, viene ucciso dagli spagnoli prima di veder coronato il suo sogno di una Cuba libera e progressista. Ma, cacciati gli spagnoli, arrivano i marine statunitensi: dal 1902 gli Usa impongono all'isola presidenti fedeli ai loro interessi economici. Santiago, che alle guerre d'indipendenza ha dato ben trenta generali e innumerevoli *mambises*, costituirà una perenne fonte di preoccupazione all'ordine imposto dall'Avana (e cioè da Washington). Fino al 26 luglio 1953 – centenario della nascita di Martí –, quando circa duecento studenti universitari in armi assaltano la caserma Moncada, guidati da un giovane avvocato ventiseienne, Fidel Castro Ruz. L'attacco dovrebbe costituire l'inizio dell'insurrezione, ma i soldati del dittatore Fulgencio Batista hanno la meglio: molti degli insorti restano uccisi, Fidel Castro catturato e condannato. Al processo, terrà il celebre discorso-arringa *La storia mi assolverà*. Successivamente esiliato in Messico, tornerà con soli ottantadue uomini, tra i quali il fratello Raúl, Ernesto "Che" Guevara e Camilo Cienfuegos, ed entrerà a Santiago liberata il primo gennaio 1959. Oggi la caserma Moncada è diventata una scuola, e al tempo stesso un monumento all'inizio della Rivoluzione cubana: i muri esterni conservano le centinaia di fori di pallottole a ricordo di quell'assalto.

A Santiago i musei proliferano, la sua storia è così ricca da fornire innumerevoli materiali e argomenti. Il museo della pirateria è uno dei più affascinanti, dove si sottolinea la doverosa distinzione tra corsari (al soldo delle corone europee, e quindi da considerarsi mercenari e non ribelli) e i pirati (fieramente indipendenti da tutti, spesso uniti in confraternite o patti di mutuo soccorso). Nel museo non manca un'interpretazione attuale del concetto "atti di pirateria": per esempio il "furto" da parte degli Usa di sette stati che costituivano metà del territorio messicano, fino agli attentati finanziati dalla Cia contro navi e aerei civili cubani. Tra i musei più singolari c'è quello dedicato agli ex voto, nella Cappella dei Miracoli nel Santuario della Virgen del Cobre, circa venti chilometri fuori Santiago: dalle barbe dei guerriglieri castristi (i *barbudos*, che se la sarebbero tagliata solo al trionfo della rivoluzione, promessa mantenuta e... conservata qui) alle fotografie di Fidel e Raúl corredate di ex voto, che la madre Lina Ruz aveva deposto nel santuario chiedendo alla Vergine di farli sopravvivere ai combattimenti sulla Sierra Maestra, uno dei casi più eclatanti di "grazia ricevuta".

I Beatles a Cuba

Ma è vero che il governo cubano ha censurato i Beatles? Stando alla "bolla" del 1964, in cui la loro musica veniva definita "espressione del decadentismo capitalista", sembrerebbe di sì. Invece non è vero: a impedire la circolazione dei loro dischi a Cuba non bastò la semplice quanto grottesca enunciazione delle autorità preposte, che già nel 1966 la ritirarono con velate scuse, probabilmente dopo aver tradotto in spagnolo i testi e constatato che erano più sinistrorsi di quelli di tanti autori "rivoluzionari"; in realtà, è stato l'embargo commerciale imposto dagli Stati Uniti (a cui si erano allora adeguati i distributori europei) a confinare i Beatles nelle sole cassette registrate dalle emittenti captate da Miami. Oggi a Cuba circolano molte merci grazie alle numerose falle aperte nel blocco, il Canada e il Messico non sono più soli nel rifiutare l'anacronistica nevrosi statunitense, e i Beatles sciamano ovunque. Al punto che l'Unione Scrittori e Artisti di Cuba ha organizzato il primo "Coloquio Internacional sobre la Trascendencia de los Beatles" (*trascendencia*, niente meno...), in collaborazione con l'Unesco e l'ambasciata britannica, per celebrare il quartetto di Liverpool con mostre fotografiche e rassegne cinematografiche, conferenze, dibattiti, e soprattutto un grande concerto di dodici gruppi cubani che interpretano le loro immortali canzoni da anni, in alcuni casi rivisitandole in chiave caraibica. La manifestazione ha avuto un successo enorme: il volto di John Lennon sulle magliette ha insidiato il primato del Che Guevara e numerosi personaggi della cultura cubana sono intervenuti dichiarando senza mezzi termini il loro amore incondizionato. "Per qualche tempo, la carica di ribellione sociale e politica contenuta nei testi di Lennon è stata mal interpretata dalle autorità," ha detto lo scrittore Leonardo Padura, "praticamente l'hanno presa al contrario di come era." Padura è fra l'altro autore di una trilogia di romanzi che hanno per protagonista il tenente di polizia Mario Conde, che canticchia di continuo *Strawberry fields...*

Comunque siano andate le cose, oggi a Cuba i Beatles vivono una stagione di rinnovato interesse. Silvio Rodríguez, assieme ad altri musicisti della *trova* cubana come Santiago Feliú e Noel Nicola, e persino il *rockero* Carlos Varela, hanno ammesso l'influenza dei Beatles nella propria opera, ma anche alcuni scrittori la riconoscono, tanto che una recente antologia di racconti si intitola *El Submarino Amarillo* (*The Yellow Submarine*). E la televisione cubana ha raddoppiato: speciale di sei (sei!) ore sui Beatles.

Intanto, ogni primo sabato di dicembre, da molti anni, un gruppo di musicisti si riunisce nel parco del quartiere del Vedado, tra le calles 17 e 6, per eseguire canzoni di John Lennon ricordando quell'8 dicembre in cui venne assassinato.

Finca La Vigía

"La casa di uno scrittore è quella dove tiene i suoi libri," diceva Hemingway. Certo ne aveva molti anche a Ketchum e a Key

West, ma erano poca cosa al confronto degli oltre ottomila volumi che accumulò nell'ariosa "fattoria" nei pressi dell'Avana. Cominciò a frequentare assiduamente Cuba di ritorno dalla Guerra civile spagnola, quando scriveva *Per chi suona la campana* rinchiuso nell'Hotel Ambos Mundos, nel cuore della Città vecchia, e si sbronzava senza troppa allegria al Floridita, un daiquirí dopo l'altro.

L'istintiva attrazione per la *latinità* si era manifestata fin dal 1923, quando aveva compiuto due viaggi in Spagna in un periodo particolare. Al suo ritorno dal fronte italiano, nel 1919, era stato accolto in patria come un eroe di guerra, quasi un secondo "sergente York", con i giornali che esaltavano lo stoicismo dimostrato di fronte alle ferite e alle varie operazioni subite, mentre l'esercito statunitense lo insigniva della Croce di guerra e quello italiano della Medaglia d'argento al valor militare. Ma ben presto tutto quel clamore lo aveva fatto sentire un disadattato, incapace di rientrare in una "normalità" che non gli sarebbe mai appartenuta e al tempo stesso rifiutando l'ingombrante figura del reduce pluridecorato che gli era stata cucita addosso. Consegnato il primo libro all'editore, *Three stories and ten poems*, il ventiquattrenne Ernest arrivò in Spagna con la sensazione di essere a corto di ispirazione e di "materiale di vita vissuta", dopo una traumatica rottura con la famiglia, in particolare con la madre che ostacolava la sua vocazione letteraria considerandolo uno scapestrato incapace di costruirsi una solida carriera. A Pamplona, in quei due mesi di permanenza, nel pieno della Feria de San Fermín, tornò a provare le emozioni intense che avrebbe sempre inseguito in maniera quasi ossessiva e che soltanto la sanguigna, travolgente latinità di alcuni ambienti poteva trasmettergli. Fu l'inizio di un amore, un ardente interesse che gli rinnovava le energie vitali e gli fece compiere la scelta definitiva tra giornalismo e narrativa. Le numerose lettere a vari amici scritte in quei giorni da Pamplona emanano una felicità debordante per una Spagna addirittura idolatrata: tra "facce di bevitori di Velázquez e facce di Goya e El Greco", come scrisse, Ernest si sentì immediatamente a suo agio, unico straniero in quella *pamplonada* del luglio 1923, appassionandosi alla corrida da lui definita "una grande tragedia che richiede più fegato e abilità di qualunque altra cosa". E nell'intensità di quei giorni e quelle notti concepì il primo romanzo, *Il sole sorge ancora*, che avrebbe concluso nel 1925. Poi, con *Morte nel pomeriggio*, dimostrerà fino a che punto quel mondo per molti versi escludente e imperscrutabile fosse diventato il *suo* mondo, caso unico e ineguagliabile di un gringo che riuscì a narrare agli spagnoli le ancestrali motivazioni di un rituale che nessuno straniero, per quanto potesse subirne il fascino, avrebbe mai saputo penetrare così a fondo, sviscerandone gli aspetti più reconditi e meno conosciuti dagli stessi protagonisti di sempre.

Se l'Africa rispondeva al bisogno di contatto con la genuinità primitiva della natura materna e spietata al tempo stesso, e se Parigi era stata la meta obbligata per la *generazione perduta* e l'inguaribile senso di rimpianto e inquietudine che vi respirò da giovane, la Spagna e poco più tardi Cuba riveleranno un'irresistibile attrazione per le genti latine: non tanto per i luoghi di indubbia bellezza, quanto per l'ambiente umano che gli faceva sentire il sangue pulsare nelle vene a un ritmo forsennato, inebriante, fino allo stordimento. Ma tutto questo era anche una fonte di contraddizione insanabile, perché, benché Hemingway avvertisse quel richiamo impulsivo, pure doveva lottare con il proprio carattere solitario, insofferente, sempre in bilico tra la voglia di frequentare chiunque incontrasse sul proprio cammino e l'irascibile scontrosità che poteva esplodergli dentro in qualunque momento...

Il primo contatto con Cuba avvenne nell'aprile del 1928, quando Hemingway fece uno scalo di quarantott'ore all'Avana proveniente da La Rochelle in piroscafo: una traversata di due settimane in compagnia della seconda moglie, Pauline Pfeiffer, sposata dieci mesi prima e incinta da sette. Come per il primo viaggio in Spagna, anche quel periodo era a dir poco "particolare"... Stava allontanandosi da Parigi, che non lo stimolava più e dove oltretutto aveva subìto una serie di infortuni piuttosto seri (tra i quali un taglio in testa con dieci punti di sutura per il crollo di un lucernario e una ferita a un occhio che lo aveva reso cieco per quindici giorni); aveva messo da parte quello che sarebbe dovuto diventare il suo secondo romanzo, *Jimmy Breen*, mai portato a termine, per lavorare a un racconto da cui avrebbe preso corpo *Addio alle armi*, ma intanto era entrato in rotta di collisione con la critica letteraria statunitense, che aveva definito "moralmente sordidi" i protagonisti di *Fiesta* (*The sun also rises*), mentre i rapporti con i genitori erano pessimi, tanto per cambiare. Ernest stava raggiungendo Key West, in Florida, su consiglio dell'amico scrittore John Dos Passos, che gli aveva descritto il luogo come un paradiso tropicale, e anche se il pretesto era accontentare Pauline che voleva far nascere il figlio negli Stati Uniti, quel viaggio avrebbe sancito la scelta di vivere prevalentemente su quelle coste e su quel mare, cioè, sulla "corrente del Golfo". L'Avana, dunque, era soltanto uno scalo, eppure qualcosa suscitò la curiosità di Hemingway, nelle quarantott'ore durante le quali aveva scorto "la città più bella del mondo" dal finestrino di una Packard noleggiata nel Parque Central, vagando senza meta in attesa di ripartire. E, a differenza del primo approccio con la Spagna, qui non vi fu una passione fulminea e irresistibile, bensì l'inizio di una reciproca conquista, lenta e spesso travagliata. Forse anche per questo l'attrazione si trasformerà in un rapporto indissolubile e appagante con l'isola caraibica e i suoi abitanti. Vi sarebbe tornato per partecipare a battute di pesca d'altura, quando era convinto che Key West fosse la sua *vera* residenza nel vortice di viaggi e interessi molteplici, ma poi ci fu la Guerra civile del '36, che si sarebbe portata via per sempre la *sua* Spagna, e lui ne visse in prima persona l'immane tragedia, di fronte alla quale non avrebbe più sopportato, al rientro negli Stati Uniti, la spensierata vita sociale di Pauline tra New York e Key West...

Così tornò a Cuba, nel vecchio Hotel Ambos Mundos, sempre più convinto che l'Avana fosse il miglior posto per scrivere, finché, nel '39, decise che "casa sua" doveva essere lì: scoprì l'esistenza di una vecchia dimora al centro di una verdeggiante *finca*, sulle colline di San Francisco de Paula, sobborgo a soli quindici chilometri dall'Avana, e se ne innamorò all'istante. Avamposto dell'esercito spagnolo nel XIX secolo, era conosciuta come La Vigía – "la vedetta" – per la posizione strategica da cui si dominavano la città e le vie d'accesso. Poi, con la fine dell'occupazione coloniale, all'inizio del Novecento fu trasformata in abitazione, passando da una famiglia all'altra, fino al ricco possidente francese da cui Hemingway l'ebbe in affitto, tale Joseph D'Orn Duchamp de Chastaigne. Nel giro di un anno Papa Ernest sentì il bisogno di mettere radici, quel posto non era una delle tante basi di passaggio ma la "casa" dove si torna al termine di un viaggio, dove si tengono i ricordi più cari, si invitano gli amici lontani e si pregano i figli di restare qualche tempo: offrì al francese 12.500 dollari, e La Vedetta fu sua. Gregorio Fuentes, l'amico pescatore, racconta che lo scrittore arrivò a bordo della *Pilar* sventolando l'assegno appena ricevuto dalla Paramount per i diritti cinematografici di *Per chi suona la campana*, ed esclamò: "La vecchiaia è assicurata!". Era solo una battuta, perché li avrebbe spesi subito per comprare la Finca Vigía.

Prese a trasferirvi tutto ciò che gli era caro, la biblioteca – senza darle mai un ordine apparente, sapeva solo lui dove cercare e come trovare un testo –, i trofei di caccia che continuerà ad accumulare di ritorno dai safari in Africa, gli ottocento dischi di jazz e musica classica, i manifesti taurini portati dalla Spagna, una sterminata serie di oggetti, regali di persone care o di ammiratori, ricordi di mille avventure, di successi, delusioni, incontri, momenti memorabili... E i fucili a cui era più affezionato, tra i quali la fida carabina Mannlicher, appesa sotto la testa di bufalo africano che se ne sta lì, sulla parete dello studio, a evocare ancora *La breve vita felice di Francis Macomber*. Tra gli innumerevoli effetti personali, spicca quel paio di scarpe – enormi – che sembrano posate vicino alla finestra in attesa della passeggiata nella Habana Vieja di domani pomeriggio...

Diversi anni fa ho avuto la fortuna di trascorrere un'intera giornata nella casa di Hemingway senza visitatori – che normalmente non possono entrare ma solo osservarne l'interno dalle finestre –, privilegio ottenuto di straforo in occasione di un incontro fra scrittori ammalati di nostalgie, e la sensazione che lui dovesse rientrare da un momento all'altro – magari buttandomi fuori in uno dei suoi proverbiali attacchi di collera nei confronti dei tanti scocciatori che lo importunavano – era giustificata dalla sua presenza-assenza, quasi fosse appena uscito lasciando ogni cosa a metà: l'impronta del corpo nella poltrona preferita, il poggiapiedi ricamato da Pauline Pfeiffer con la frase scherzosa POOR OLD PAPA, i libri aperti e capovolti in mancanza di un segnalibro, e soprattutto quel bicchiere incrostato, con le tracce disseccate dell'ultimo cocktail, che non è una messinscena. Hemingway se ne andò dalla Finca Vigía nel luglio del 1960: già allora probabilmente rimuginava l'idea di farla finita, ma pensava comunque di tornarci, perché in quel periodo riusciva a lavorare soltanto a Cuba – dove era andato espressamente a trovarlo Aaron Hotchner per dargli una mano a risistemare *The Dangerous Summer*, raccolta di articoli sulle corride –, mentre negli Stati Uniti si sentiva perseguitato dall'Fbi... Una vera ossessione che preoccupava non poco la quarta moglie Mary, convinta si trattasse di manie depressive: oggi sappiamo che Hemingway non vaneggiava, ma solo nel 1983 l'Fbi ha permesso a Jeffrey Meyers di consultare gli archivi trovandovi il voluminoso dossier che conferma le assidue attenzioni dei federali nei suoi confronti, con tanto di pedinamenti e controllo di corrispondenza e telefoni... Dunque, nell'Avana di quei giorni, tappezzata di scritte "¡*Cuba sì Yanqui no!*", Hemingway ritrovava la serenità, potendo girare senza guardarsi alle spalle, atteggiamento "paranoico" che i medici statunitensi pretendevano di curare addirittura con gli elettroshock (ne subirà altri quindici poco prima di suicidarsi).

Quindi, la casa non venne rimessa in ordine in sua assenza. Poi, l'anno dopo, quando i giornali pubblicarono i necrologi "veri", quelli che Hemingway non poté aggiungere alla raccolta che tanto lo divertiva – fu dato per morto diverse volte in incidenti d'ogni sorta –, nessuno osò toccare niente, e al momento di trasformare la Finca Vigía in museo, lasciare tutto come si trovava in quell'ultimo giorno fu una scelta ben precisa.

L'unica testimone che ha assistito a ogni evento nella lunga storia della grande casa sulla collina è la gigantesca ceiba davanti all'ingresso, vecchia di almeno due secoli. Hemingway ammirava profondamente questo albero dal tronco "muscoloso", con la corteccia simile al dorso di un rinoceronte o di un ippopotamo. Poco più in là, sorge la torre che Mary volle costruire nel 1947, pensando a un eremo dove Papa Ernest potesse allontanarsi dai sempre più numerosi "amici in visita" – a un certo punto La Vigía era diventata un andirivieni di attori, toreri, pugili, giornalisti, scrittori locali e stranieri, persino veterani di due guerre mondiali e una "civile", quella spagnola – e scrivere in santa pace. All'ultimo piano, c'è tutto quanto dovrebbe risultare utile a creare romanzi: silenzio assoluto, ampie vetrate, un panorama ineguagliabile, insomma, "un posto pulito e ben illuminato" dove ispirarsi e concentrarsi. Strano che Mary lo conoscesse così poco: qui Hemingway non ha scritto una sola riga. Perché preferiva farlo dove c'era rumore, viavai, vita quotidiana, come la "stanza da lavoro" nella casa invasa di cani e gatti in mancanza di umani, e batteva sui tasti della vecchia Royal posta su un leggio o sopra un mobile, standosene in piedi, mai seduto, oppure riempiva taccuini in fondo al bancone del Floridita, perennemente affollato e chiassoso.

In un angolo del vasto giardino, accanto alla piscina, riposano gli amati cani sotto quattro piccole lapidi: Negrita, Blackie, Machakos e Black Dog. I gatti, che furono una cinquantina, hanno avuto sepolture anonime davanti alla portafinestra della sala da pranzo. Di loro sappiamo che ebbero tutti nomi contenenti qualche "s" – Ambrossy, Missouri, Masco, e la Boise immortalata in *Isole nella corrente* –, perché Hemingway sosteneva che i felini rispondono ai suoni sibilanti...

Prima di lasciare la Finca Vigía, ho dato un ultimo sguardo alla statuetta di legno africana che raffigura un "pensatore" seduto sul nulla: era un feticcio predestinato a proteggere la casa in assenza del suo padrone. Chiunque l'abbia scolpita, ha ottenuto il risultato sperato.

E mi piace credere che anche il fantasma di uno scrittore sia là dove lui teneva i suoi libri.

Lisbona

Lasciandosi alle spalle l'Arco Triunfal, si spalanca davanti questa smisurata praça do Comércio, che sembra affacciata sul nulla, e laggiù, simile a un oceano infinito, l'immensa foce del Tago, la porta sull'Atlantico: qui finiva il mondo conosciuto, e al di là, l'ignoto che spinse tanti navigatori a imprese memorabili, facendo del Portogallo un paese prospero, anche se la ricchezza durò qualche secolo *appena*, perché come dice un vecchio proverbio, nella storia dell'umanità un secolo è soltanto un sospiro... Tutto a Lisbona trasmette *saudade*, e ancor più questa spianata di fronte al vuoto: aspirando la brezza che increspa il Tago, cioè il Tejo, si intuisce vagamente cosa sia questa inesplicabile sensazione di rimpianto, di mancanza, e al tempo stesso questo desiderio di raggiungere l'inaccessibile, malinconico bisogno di utopia che è poi l'orizzonte stesso, un sentimento che i trovatori medioevali chiamarono *saudade*. Da allora, in nessuna lingua si è trovato un termine appropriato per tradurlo.

La ricchezza transitoria di Lisbona era dovuta anche a questa sensazione di *finis terræ*, di vivere all'estremità d'Europa senza altra scelta che avventurarsi in mare, per l'impossibilità di strappare territori ai famelici spagnoli resistendo al contempo agli invasori arabi. E così i lusitani si spinsero oltre ogni limite immaginabile, geografico e umano. Vasco da Gama, proprio da questa sponda del Tago, l'8 luglio 1497 salpò facendo rotta verso sud, circumnavigò l'Africa e il 20 maggio 1498 approdò a Calicut, l'odierna Kozhikode, nel Malabar, India Occidentale. La via marittima delle Indie era aperta, e fu l'inizio di un impero commerciale. Vasco da Gama tornò a Lisbona nel 1499, e solo un anno dopo un altro grande navigatore lusitano, Pedro Alvares Cabral, ripercorse buona parte della rotta per il Capo di Buona Speranza. Un'ampia deviazione a occidente lo portò però sulle coste del Brasile, estendendo i possedimenti del Portogallo a quei territori smisurati. E per uno dei tanti capricci della Storia, i sovrani del Portogallo si sarebbero rifugiati a Rio de Janeiro nel 1807, sfuggendo all'invasione degli eserciti napoleonici. Così, grazie alla presenza della corte nella colonia, il Brasile subì una spinta alla modernizzazione che lo avrebbe reso una potenza economica, mentre l'India – per esempio – caduta sotto il dominio britannico, assisteva impotente allo strangolamento delle sue fiorenti industrie tessili, considerate una minaccia per il predominio inglese nel settore: si sa, gli imperi hanno una concezione a senso unico della "libera concorrenza"...

Con un salutare provvedimento municipale, praça do Comércio non è più un vasto parcheggio, e oggi si può ammirare in tutta la sua rarefatta sontuosità, ricordando che fino alla metà del XVIII secolo era soltanto un Terreiro do Paço, cioè la terrazza del Palazzo, complesso di residenze dei sovrani. Finché, quel fatidico primo novembre 1755, un disastroso terremoto rase al suolo questa e altre zone della città, ventimila edifici crollarono seppellendo almeno tredicimila lisbonesi. Una tragedia che mise in ginocchio la capitale, ma, come spesso accade nel culmine dei cataclismi, gli esseri umani danno il meglio di sé prodigandosi oltre ogni speranza, vincendo il senso di sconfitta che pure fa parte della *saudade*... E fu così che nacque il mito del marchese de Pombal, il cui nome completo era Sebastião José de Carvalho e Melo, potente ministro del re che non indugiò un istante e avviò una ciclopica opera di ricostruzione, approfittando del frangente per centralizzare potere e finanze, riformare la legislazione e l'istruzione, nonché spazzare via l'opposizione di clero e nobiltà, calpestando senza pietà chiunque si opponesse ai suoi "provvedimenti d'emergenza". A lui si deve non solo l'attuale conformazione della piazza, ma gran parte dell'architettura tardosettecentesca della città, e in particolare il suggestivo quartiere della Baixa, completamente raso al suolo dal sisma. Lisbona nutre ancora una sconfinata riconoscenza per Pombal, e "pombalino" è detto lo stile usato nella ricostruzione, ma se la durezza con cui tolse di mezzo certi "ostacoli" – i pasciuti e corrotti dignitari di corte e alti prelati – era comprensibilmente vista di buon occhio da un popolo che li considerava parassiti, i lusitani sono meno propensi a ricordare che fu proprio il marchese de Pombal a mettere a ferro e fuoco le missioni in Amazzonia, decretando la cacciata dei gesuiti che difendevano quelli che oggi definiremmo i diritti umani degli indios, avviando la conseguente scomparsa della Compagnia di Gesù dalle Americhe e altri secoli di vessazioni sulle popolazioni indigene.

Se la *saudade* che pervadeva l'animo dei navigatori non è spiegabile a parole, sicuramente è fruibile in musica, grazie al fado, di cui Amália Rodriguez resta la più grande interprete, dopo aver elevato il fado a raffinata arte canora e dopo aver raggiunto una popolarità che ha valicato tutte le frontiere. La leggenda narra che per prima a cantarlo fu Maria Severa, prostituta dell'Alfama che agli inizi dell'Ottocento diede sfogo così al suo struggente amore per il conte di Vimioso, e nello stesso quartiere era nata anche Amália Rodriguez, nel 1920: l'Alfama non è cambiata granché, da allora, e con i suoi saliscendi di vicoli stretti e tortuosi resta una delle attrazioni turistiche di Lisbona, dove ogni notte innumerevoli cantanti di fado si alternano negli angusti locali in penombra, in cui si va a cenare, certo, ma guai a chi rumoreggia durante una canzone, fosse anche solo con la forchetta nel piatto.

Per l'Alfama si gira a piedi, come per conoscere buona parte di Lisbona, che però è giustamente fiera dei suoi tram; per ammirare il meglio dei molteplici "centri storici" è sufficiente seguire il tragitto della linea 28. I tram della 28 risalgono agli anni trenta, e dimostrano come questo mezzo sia stato d'ostacolo alle mire insaziabili dei petrolieri: indistruttibili, manutenzione minima, consumo ridicolo, niente inquinamento, quando la vita media di un autobus è di sette o otto anni, massimo dieci. Lisbona si adagia e inerpica su sette colli – un po' come Roma, anche se meno estesa –, e in alcuni punti le salite sono così ripide da spiegare perché i tram della linea 28 siano così piccoli e con tutte le ruote al centro del telaio, fornendo in tal modo la massima presa sui binari. Standosene tranquillamente seduti su un tram della 28, scorre davanti anche la Lisbona letteraria, passando dal quartiere del Chiado e costeggiando il Barrio Alto, e fuori dal Café da Brasileira c'è Fernando Pessoa seduto a un tavolino: è la sua statua in bronzo, che si confonde con i clienti, mentre all'interno c'è una curiosa caricatura a grandezza naturale, quasi un fumetto materializzatosi che beve il caffè al bancone. Il 28 conclude la corsa proprio a Campo Ourique, nei pressi del cimitero dos Prazeres, dove Pessoa abitò negli ultimi anni, ma prima attraversa la piazza Luis de Camões, massimo poeta lusitano: vissuto "spericolatamente" nel XVI secolo tra avventure d'ogni sorta, dissoluto che finì più volte in carcere e guerriero che perse un occhio in battaglia, Camões fu esule per mezzo mondo coloniale e naufrago sul Delta del Mekong, dove secondo la leggenda si salvò tenendo in alto il manoscritto *Os Lusiadas*, il poema epico che lo avrebbe reso immortale, pubblicato al suo ritorno a Lisbona grazie a una colletta di amici. Inutile concludere che morì in miseria: la poesia, dopo tante risse, duelli e fughe, gli fruttò solo la miglior tomba nella chiesa di Nostra Signora de Belém.

Córdoba

Se volessimo dare una patria elettiva alla primavera, scegliere una regione d'Europa dove la stagione del risveglio e del rinnovato vigore si manifesti con maggior tripudio di sensi per i colori e i profumi e la luminosità ineguagliabile del cielo, l'Andalusia non avrebbe rivali. E se Granada e Siviglia primeggiano per la monumentale maestosità, a Córdoba, di una bellezza più intima, raccolta, capace di suscitare nel viandante una confidenza immediata, la primavera riceve un'accoglienza entusiasta, scatenando una gara tra gli abitanti a esporre cascate di boccioli e composizioni floreali dove il rosso spicca abbagliante sul bianco calce dei muri. Córdoba è la città dei *patios*, dietro ogni portone si cela un'oasi di quiete e frescura che nelle torride estati andaluse invita alla convivialità condominiale all'ombra di pergolati e alberi d'arancio, mentre nella prima metà di maggio ogni patio si spalanca alle visite dei passanti e partecipa al singolare concorso cittadino, in una gara a chi lo rende più fiorito, facendo di gerani, buganvillee o rose gli strumenti di una creatività che, alla fine, vede riunita addirittura una giuria popolar-municipale per decretare quale sia il più ammaliante.

Già per i Romani il patio cordobese era luogo d'incontro festoso, poi apprezzato anche dagli Arabi ma più per il riposo in compagnia e il divertimento discreto. L'accogliente penombra di un patio cordobese vide nascere i virtuosismi d'eloquenza e retorica del giovane Seneca, prima che si trasferisse a Roma nel 43 a.C., e, oltre un millennio più tardi, qui si affermò il talento filosofico dell'ebreo Maimonide mentre, in un altro patio, Averroè dispiegava il suo incomparabile intelletto per giungere alla convinzione che la beatitudine deriva dalla contemplazione della verità trascendente, ma pur sempre attraverso la scienza... La struggente bellezza di Córdoba non fu certo estranea a tanto proliferare di pensatori, e il suo posto nella storia delle scienze umanistiche sgretola la perfida teoria secondo la quale le *tierras calientes* non sarebbero fertili di ingegni quanto le fredde pianure del Nord.

Dopo che aveva dato i natali a due imperatori romani – Traiano e Adriano –, l'invasione dei Vandali, per quanto breve, le avrebbe lasciato impressa l'origine del nome, Vandalusia, poi chiamata Al-Andalus dai Mori, che dal 711 d.C. fecero di Córdoba la capitale islamica della Penisola iberica. Nell'arco di due secoli, la città raggiunse il periodo di massimo splendore, attirando i più eruditi studiosi non solo arabi ma anche cristiani ed ebrei, a conferma di quanto fosse aperta e multiculturale la civiltà islamica europea. Ne è prova anche la celebre Mezquita, una delle attrazioni architettoniche più visitate dell'intera Spagna, i cui lavori iniziarono nel 758 per volere dell'emiro Abd ar-Rahman I sul sito di una chiesa che per mezzo secolo cristiani e musulmani avevano condiviso di comune accordo. Per realizzarla, gli Arabi acquistarono l'altra parte dalla comunità minoritaria. Il potere evocativo delle forme, che nella vicina Granada ha prodotto la meraviglia dell'Alhambra, ha nella Mezquita di Córdoba un esempio di straordinaria suggestione: le colonne a perdita d'occhio che sostengono archi bicolori in mattoni rossi e pietra bianca, con capitelli in alabastro, granito e marmi di varie tonalità, danno l'impressione di aggirarsi in una selva di palme la cui simmetria infonde un senso di smarrimento prossimo all'estasi contemplativa, quasi fosse un infinito gioco di specchi, un miraggio che confonde l'orientamento e offusca la capacità di misurarne con lo sguardo la profondità. Ma intorno all'anno Mille la Mezquita era luminosa e i raggi del sole penetravano da diversi punti, esaltando le cupole a forma di stella e i mosaici variopinti, gli stucchi e le decorazioni con versetti del Corano e motivi floreali, mentre l'attuale semioscurità, che sicuramente favorisce il raccoglimento e il silenzio rispettoso, è subentrata con la trasformazione in cattedrale, quando i sovrani cattolici riconquistarono Córdoba: a partire dal 1236 si sono susseguite le opere di "cristianizzazione", fino all'intervento più invasivo, risalente al XVI secolo, con la costruzione della Capilla Mayor nel nucleo centrale, che ridusse le colonne da 1300 alle odierne 850, erigendo anche il coro con i suoi scranni in mogano. Fortunatamente, la furia riconquistatrice che altrove cancellò vestigia di inestimabile valore, qui non arrivò a demolire l'intera moschea, e il risultato è una struttura ibrida ma pur sempre magnifica. Eppure, chissà come doveva essere l'aspetto originale, se persino l'imperatore Carlo I, visitandola, apostrofò i vescovi e i sacerdoti presenti con la secca frase: "Avete distrutto un'opera unica al mondo".

L'amore per l'arte, nei cordobesi, è pari solo alla loro passione per il flamenco, cioè la *copla*, il *cante hondo*, la canzone struggente che al ritmo della musica andalusa per antonomasia e cordobese per eccellenza, su strofe di quattro versi ottonari narra di amori travolgenti con accorata drammaticità, fra duelli e tradimenti, uno stile espressivo altamente eclettico e così intenso da richiedere una notevole abilità di esecuzione sia per il *cantaor* che per i danzatori. Nel flamenco si fondono le origini stesse della cultura andalusa, che ha assorbito influenze gitane, arabe, ebree sefardite e africane, per poi estendersi nel Nuovo Mondo e fornir linfa vitale a ritmi musicali dei più disparati, dal tango al *son* cubano da cui deriva la più recente salsa. Il binomio "arte & flamenco", a Córdoba, raggiunge l'apoteosi nel pittore Julio Romero de Torres, il più illustre dei cordobesi e il più amato sia dai suoi contemporanei, sia dai cittadini odierni, che continuano a considerarlo l'anima, l'essenza stessa della città andalusa: ne vanno così fieri da esaltarne l'opera in ogni ambito e occasione possibile. La dimora dell'artista, nella cinquecentesca plaza del Potro che finisce per affacciarsi sul Río Guadalquivir, è diventata il suo museo fin dal 1931, grazie anche ai familiari che donarono alla cittadinanza i quadri ancora in loro possesso. Nato il 9 novembre 1874, Julio Romero de Torres si può dire che venne al mondo fra tavolozze e tele. Non solo perché il padre era un affermato pittore, ma perché la stessa casa era allora una dipendenza della scuola di Belle Arti, che occupava l'intero edificio con splendido giardino interno: Rafael Romero Barros ne era il direttore, oltre che esperto archeologo e restauratore che condusse i lavori di recupero per alcune parti deteriorate della Mezquita.

Eppure, il figlio Julio, a differenza dei fratelli Enrique e Rafael che iniziarono ben presto a dipingere, subiva più il fascino del flamenco che dei colori, e avrebbe sempre affermato di essere un *cantaor* frustrato, e che se avesse potuto scegliere tra diventare famoso quanto Leonardo da Vinci o un bravo cantante come Juan Breva, nessun dubbio: lo appassionava di più la seconda ipotesi. Circondato di quadri, il giovane Julio sospirava ascoltando le *coplas* che echeggiavano dalle finestre nei lunghi tramonti su plaza del Potro, accompagnate da languide chitarre... Il tentativo di iscriversi al Conservatorio di Córdoba non sortì nulla di concreto, e alla fine si rassegnò a prendere in mano i pennelli, quasi fosse una predestinazione. Il talento sembrò erompere come se compresso da tempo. Fin dai primi dipinti stupì padre, fratelli e occasionali visitatori, non solo per la tecnica straordinaria, ma anche per i temi scelti. Se il languore del flamenco gli ispirò nel 1895 *Mira que bonita era*, singolare veglia funebre per una bellissima ragazza che giace nella bara, nel 1904 partecipò all'Exposición Nacional con *Conciencia tranquila*, il massimo esempio del suo periodo "sociale", di sferzante impegno politico: la scena rappresenta l'arresto di un operaio, che si erge ammanettato con serena fierezza mentre la Guardia Civil gli rovista tra i pochi, miseri effetti personali, nell'angoscia di moglie e figlio che assistono impotenti. Due anni dopo, un'altra sua opera venne rifiutata dallo stesso concorso nazionale: si tratta di *Vividoras del amor*, che la giuria giudicò immorale... Se in futuro Julio Romero de Torres dipingerà innumerevoli nudi, in questa tela le tre donne raffigurate sono completamente vestite e in posizioni tutt'altro che provocanti. L'immoralità sta nell'ambientazione: l'interno di un postribolo per poveracci, dove l'aspetto delle tre donne che si scaldano intorno a un braciere denuncia ingiustizia sociale, emarginazione, svendita del proprio corpo per sfamarsi. Da qui in avanti, ritrarre figure femminili diverrà la magnifica ossessione di Julio. Con pennellata lieve e colori soffusi, ogni ritratto emana una malinconica sensualità, che si accende di velata passione o si strugge di rimpianto, ma più che i corpi – lascivi, indolenti, eroticamente orgogliosi delle proprie forme o ambiguamente in bilico tra estasi e morbosità – sarà sempre lo sguardo a colpire per primo chiunque guardi un dipinto dell'artista cordobese. Occhi tenebrosi, innocenti, maliziosi o febbricitanti, tutti contengono una luce ineguagliabile, un *brillo*, una scintilla di vitalità che è sempre altro dallo scenario intorno, quasi volessero trasmettere un contrasto fra l'ambiente forzatamente casto e il fuoco che brucia nell'animo... Ecco perché Córdoba, cuore e anima dell'Andalusia, lo considera il massimo interprete dell'enigmatico equilibrio – eternamente precario – tra misticismo, sensualità e profonda malinconia.

Julio Romero de Torres fu pittore instancabile – quasi mille i dipinti realizzati, oltre ad alcuni affreschi in edifici pubblici della sua città e innumerevoli manifesti pubblicitari (gli unici ammantati di ironia, quasi considerasse la réclame un diversivo da prendere in giro) – ed espose in molte capitali europee e latinoamericane, ma se ottenne un enorme successo popolare, fu sempre bersaglio di censure e attacchi feroci da parte di istituzioni accademiche e "benpensanti" dell'epoca. I cordobesi non lo lasciarono mai solo, nei momenti avversi: vi furono persino scioperi studenteschi per difendere le sue opere rifiutate alle esposizioni, con tanto di manifestazioni capeggiate da intellettuali e scrittori affermati. Quando morì, il 10 maggio 1930, a cinquantasei anni, nel pieno fulgore della primavera cordobese, la città cadde nella disperazione, si fermarono le fabbriche perché gli operai decisero spontaneamente di partecipare ai funerali, la Casa del Popolo stampò migliaia di volantini con l'intestazione: "Compagni: Julio Romero de Torres, eminente operaio dell'arte, gloria di Córdoba, è morto"; chiusero i negozi, i teatri, persino le osterie, i pochi taxi che circolavano per dovere di servizio esposero coccarde nere in segno di lutto e una folla immensa invase la plaza del Potro, in silenzio, molti in lacrime, tutti con un fiore rosso in mano, per poi trasformare i funerali in uno dei più grandi cortei che Córdoba avesse mai visto. Julio Romero de Torres aveva appena finito uno dei suoi capolavori, *La chiquita piconera*, ritratto di ragazza di vita, dignitosa e triste; sul comodino lasciò i libri che stava leggendo, uno di Trockij, e testi sull'anarchismo e il socialismo. La dittatura franchista ne avrebbe ignorato a lungo la memoria – soprattutto perché le sue opere contravvenivano all'ideale di donna tutta casa, chiesa e famiglia propugnato dai falangisti –, salvo poi, negli anni sessanta, tentare inutilmente di sfruttarne la popolarità, stampando francobolli con la sua effigie e i quadri più celebri.

Gijón: minatori, pescatori e branchi di scrittori

Dal 1987 Paco Taibo II ci organizza, nel mese di luglio, la Semana Negra, che poi sono dieci giorni anziché una settimana nei quali scrittori da mezzo mondo partecipano a una sorta di fiera popolare, dove i libri si mescolano a salsicce e fritto misto, succulenti polipi bolliti e una marea di bancarelle con merci d'ogni sorta; le conferenze contendono le casse acustiche ai concerti rock e tutti gli invitati vi arrivano a bordo del Tren Negro, convoglio ferroviario che da Madrid a qui si trasforma inesorabilmente in bolgia di chiacchiere e bevute, scendendo infine barcollanti in mezzo a bande musicali, elefanti e scimpanzé, perché non manca neppure il circo equestre. Luis Sepúlveda vi dirige il Salone del Libro Iberoamericano, altra occasione imperdibile per chi ama la narrativa densa di passioni e sana utopia, e se Paco II trascorre qui solo alcuni mesi, Sepúlveda ha deciso di viverci da diverso tempo. E racconta: "Venni a Gijón per la prima volta negli anni ottanta, quando abitavo da esule cileno in Germania, avevo voglia di sole e mi sono fermato con il camper sull'alto di queste scogliere. Piovve per due settimane di seguito, la differenza era solo tra acqua fine e acquazzoni. Eppure... me ne sono innamorato lo stesso". E c'è tornato con la prima moglie, la poetessa Carmen Yáñez, che qui ha sposato per la seconda volta. In fondo, Luis adora i rigori della Patagonia, dunque non si sarebbe certo trasferito nella torrida Andalusia.

Ma qual è la malia di Gijón? Cos'è che attira tanti scrittori e rende gioviale – e orgoglioso – chi ci abita da sempre? Gijón, nome difficile da pronunciare per noi, tutto aspirato, città portuale con meno di trecentomila abitanti, minatori senza quasi più miniere e pescatori con sempre meno pesce da tirare su, piccole e medie industrie e – malgrado le nuvole – un crescente turismo in cerca di spazi silenti al mattino e sidrerie affollatissime di notte. Già, il sidro, anzi la *sidra*, il vino di mele: assieme alla *gaita*, cioè la cornamusa, è il simbolo stesso delle genti di Gijón e della vita conviviale. Si vende in bottiglia, ma nessuno ve la porta al tavolo: la *sidra* si beve solo quando il mescitore di turno viene a versarla nell'apposito *vaso* – che in spagnolo significa "bicchiere", ma in questo caso è un vero e proprio vaso di finissimo vetro – sollevando la bottiglia al di sopra della testa e lasciando cadere un filo di liquido spumoso alla massima distanza che l'altro braccio consente; le vecchie sidrerie hanno la segatura sul pavimento per assorbire gli spruzzi fuori bersaglio, e gli avventori la bevono d'un fiato, prima che la spuma scompaia. È praticamente inutile portarsi via una cassa di sidra: o la bevi qui, o prima di imparare a versarla nel modo giusto centrando il "vaso" l'hai già regalata tutta alla Madre Terra.

Siamo nelle Asturie, lembo di terra incastonata tra i cantabrici (e i baschi poco più in là) e i galiziani che si affaccia sul Golfo di Biscaglia dall'alto di scogliere a strapiombo sull'oceano, prati verdi e cielo tormentato, spiagge immense dove le maree inghiottono e restituiscono chilometri di battigia ogni sei ore, paesaggi decisamente distanti dall'immaginario che abbiamo della Spagna – assolata e spesso riarsa – e clima fresco e umido: qui l'assenza di pioggia è fatto talmente inconsueto da far precipitare frotte di bagnanti in mare appena spunta un effimero raggio di sole. E se non c'è neppure quello, poco importa: la sterminata Playa de San Lorenzo, la domenica mattina, con la bassa marea, è tutto un pullulare di campi da calcio improvvisati, corridori trafelati, bambini che sguazzano e madri che non si abbronzeranno mai ma fanno come se.

Gijón è anche la città modernista che contende a Barcellona il primato dell'Art Nouveau nell'architettura dei suoi palazzi, meno arditi rispetto al genio folle di Gaudí ma senza dubbio altrettanto fascinosi, con le *bovinde* sulle facciate e il *carácter femenino* delle decorazioni, che abbondano di teste di donna dalle chiome sinuose, al punto da coniare l'appellativo di "modernismo gijonés" per questa tendenza alla leggerezza, alla gracilità raffinata che contraddistingue gli edifici della zona sorta agli inizi del XX secolo al di là dell'istmo. La parte più antica sorge sul promontorio di Cimadevilla, il centro storico che mise le fondamenta sull'*oppidum* di Noega conquistato dai Romani ai Celti – senza massacri ma con civili accordi di coesistenza – e celebrato da Plinio anche per le terme (riscoperte di recente e oggi visitabili). Successivamente chiamata Gigia secondo gli scritti di Tolomeo, fu centro commerciale e artigianale – il bronzo era vanto e orgoglio dell'Asturica Augusta –, poi venne invasa dai "barbari" del re Sisebuto agli inizi del VII secolo. Durò poco e non lasciò tracce, la dominazione visigota, perché già nel 714 l'Islam in terra iberica insediò a Gijón il governatore Munuza. Che, improvvidamente, si innamorò di Dosinda, cristiana beltà sorella di un signorotto locale, tale Pelayo. Munuza spedì Pelayo a Córdoba per giurare obbedienza all'emiro Al Hurr, con il secondo fine di sposarsi Dosinda in assenza del recalcitrante fratello. Pelayo tornò indietro all'improvviso, si oppose alle nozze e dovette scappare sulle montagne per evitare le ire del musulmano accecato dalla passione. Una cosa tira l'altra, e Pelayo, forse suo malgrado, si vide costretto a diventare il condottiero di tutti i profughi che si riunivano tra grotte e gole delle Asturie, fino a ingaggiare battaglia con le schiere arabe nei pressi di Covadonga, Anno del Signore 722, e, fatto allora stupefacente, le sconfisse intaccandone la fama di invincibilità. Tramandò ai posteri l'immancabile apparizione della Madonna, che gli avrebbe ordinato di imporre la Vera Fede a fil di spada.

A raccontarla così, sembra ridicolo che il corso della storia abbia visto l'avvio della Reconquista a partire da un fratello geloso della sorella, di fatto quel rovescio militare, seppur di esigua portata, si ammantò ben presto di leggenda con tutto il corollario di gesta eroiche e squillò come un richiamo per i cristiani iberici a scacciare i musulmani al di là di Gibilterra. Nessuno ci narra come la pensasse al riguardo la leggiadra Dosinda: la storia la fanno le armi, anche se spesso è l'amore a scatenarne i capovolgimenti. Comunque sia andata, Pelayo ha la sua statua in una ridente piazzetta davanti al mare, consegnato all'eterna memoria come il primo che osò ribellarsi ai feroci mori, con buona pace della storia vera, che vide gli arabi iberici molto più tolleranti e laici dei cristiani, rispettosi delle religioni altrui tanto che gli ebrei sotto sultani ed emiri godevano di libertà di culto mentre con i cattolicissimi sovrani di Castiglia dovettero abiurare o finirono al rogo.

Alle spalle del prode Pelayo c'è la raccolta e suggestiva plaza Mayor, con le sidrerie e il mercatino del fine settimana, mentre di lato si snoda la salita che conduce a Cimadevilla, la penisola che vista dall'alto sembra la testa di un gabbiano che dispiega le ali – formate dalla spiaggia di San Lorenzo e da quella di Poniente – verso il Cantabrico. Sulla sommità del colle di Santa Catalina, nello spiazzo erboso dell'Atalaya che finisce a picco sul mare, nel 1990 è stato eretto il mastodontico Elogio dell'Orizzonte, monumento a quella sorta di *saudade* che i gijonesi condividono con i lusitani, predestinati com'erano – e in parte sono – a diventare naviganti e a chiedersi cosa mai vi fosse al di là della fatidica linea che divide cielo e mare, primi nella storia dell'umanità a cacciare leviatani: oggi sparare un arpione con punta esplosiva dal cannone di una veloce turbonave è il più codardo dei gesti che l'uomo possa compiere, ma allora, ben due secoli prima delle traversate in caravella di Colombo e Vasco da Gama, avventurarsi nell'oceano a bordo di una scialuppa a remi, inseguendo il gigante che con un solo colpo di coda poteva sfracellarne il fasciame, e riuscire a trascinarlo a riva dopo una lotta furibonda, accolti dalle famiglie in festa sia per lo scampato pericolo sia per la prospettiva di potersi sfamare nelle settimane a venire, era davvero un'impresa epica.

Percorrendo la lunghissima pista pedonale e ciclabile verso est, un altro monumento merita una sosta: infonde una sottile angoscia, quella gigantesca donna protesa verso il mare, con il volto contratto da un misto di ansia e speranza, le mani aperte a implorare un ritorno, o almeno un po' di fortuna al di là dell'oceano. Simboleggia le madri dei migranti.

Il sole tramonta dietro il Cabo de Peñas, regalando gli ultimi fuochi alla Galizia e ancora più a sud al Portogallo, mentre Gijón si rianima, si riaccende di voci e suoni, la gente sciama nelle strade e affolla le sidrerie, dove è tutto buonissimo e le ostriche sono delle migliori. Plaza Mayor, dopo l'ultima pioggia, ha il selciato che brilla, e al di là dell'arco dei portici, Pelayo, eroe per caso, continua a brandire la spada e la croce ignaro di quanto siano diventati gaudenti i suoi conterranei.

Figueres e Cadaqués: 2004, l'anno di Dalí

"Non mi dispiacerebbe se l'umanità dichiarasse un giorno che la mia persona è sacra... Che superbo delirio sarebbe!"
Così scriveva Salvador Dalí nel suo diario. E il 2004, "*el Año de Dalí*", se non lo sacralizzerà ci andrà comunque vicino: nel centenario della nascita, si è appena aperto l'anno che celebra l'estroso, sublime, visionario, ammaliante, antipatico e insopportabile genio del surrealismo, l'artista che vanta oltre novecentomila siti web dedicati a lui e alle sue opere, che se soltanto lo avesse subodorato – nella sua intuitiva lungimiranza, internet gli è mancata – chissà cos'altro avrebbe combinato... "A sei anni volevo fare il cuoco, a sette volevo essere Napoleone: da allora la mia ambizione è costantemente cresciuta," annotava nel 1940 Salvador Domingo Felipe Jacinto Dalí Doménech (predestinato all'esagerazione fin dall'anagrafe), e a dieci anni dipinse il primo quadro, mentre a diciotto veniva ammesso nello studentato dell'Istituto di Belle Arti a

Madrid, dove fece amicizia con Federico García Lorca e Luis Buñuel, per poi essere espulso qualche tempo dopo.

Sono molte le città che dedicheranno eventi speciali in questo anno daliniano, con Barcellona e Madrid in primo piano, più Venezia, San Pietroburgo, Rotterdam, Tokyo, ma i luoghi che lo venerano fin da quando era ancora vivo sono ovviamente Figueres e Cadaqués, in Catalogna, dove la sua presenza è diffusa, costante, persino invadente. Figueres – per gli spagnoli Figueras, ma guai a chiamarla così davanti ai catalani –, dove Dalí nacque l'11 maggio 1904, già dalla notte di Capodanno ha acceso una speciale illuminazione urbana; la città sarebbe ben poco attraente, se non avesse incistata nel centro quell'escrescenza reboante che è il Teatro Museo che lo stesso Dalí ebbe il privilegio di farsi costruire, ottenendo fondi illimitati e realizzando la follia che porta a Figueres sciami di pullman in ogni giorno dell'anno. E in questo 2004, chissà che ingorgo... Era il teatro cittadino distrutto da un incendio nelle ultime fasi convulse della Guerra civile, e dal 1961 al 1974 Dalí lo trasformò nella materializzazione dei propri deliri, costringendo il visitatore a vivere – qui non è possibile limitarsi a "guardare" – un viaggio multidimensionale fra evocazioni oniriche e illusioni ottiche, composizioni a un primo sguardo prive di senso ma capaci di creare un'immagine stupefacente se fissate nel modo in cui lui decise che andavano viste. Per alcune "opere" basta seguire i percorsi obbligati e soffermarsi davanti a una lente sospesa nel vuoto, per altre occorrono più pazienza e intuito. "Questo non è un semplice museo: è un gigantesco oggetto surrealista, in cui tutto è coerente e nulla sfugge alla rete del mio intelletto," disse al termine dei lavori, con il suo proverbiale disprezzo per la modestia. Erano gli anni in cui Gala, sua musa ispiratrice, amante e infine moglie pervicacemente infedele, risiedeva nel vicino castello di Púbol, dove lui poteva accedere solo se "convocato", mentre lei non faceva nulla per nascondere l'assidua frequentazione di giovani pseudoartisti. Quando Gala morì, nel 1982, Dalí andò a vivere per qualche tempo nel castello delle sue pene, finché non lo bruciò rischiando di finire anche lui tra le fiamme, e quindi si trasferì nella Torre Galatea del Teatro Museo, da cui praticamente non uscì più: vi morì il 23 gennaio 1989, e venne tumulato nella cripta sotto l'antico palcoscenico di quello che aveva concepito anche come il suo mausoleo surrealista.

Scendendo verso la Costa Brava, lungo una stretta strada di tornanti, quando mancano pochi chilometri al mare appare Cadaqués, bianco paesino di pescatori sulle rive di una baia rocciosa, e basta uno sguardo ai promontori scoscesi, alle scogliere apocalittiche, agli anfratti dove il mare color turchese crea continui miraggi, per vedersi scorrere nella memoria innumerevoli opere dell'artista, che proprio qui trasse ispirazione per i suoi dipinti universalmente celebri: paesaggi rarefatti, insenature sovrastate da macigni dalle forme *surreali*, e una malia che, fuori stagione, con le spiagge deserte, avvolge l'intero panorama di questo "grandioso delirio geologico", come amava definirlo. Per condividerla basta salire al faro di Cap de Creus, il punto più a est della Penisola iberica, da cui si domina l'intero tratto di costa arida e frastagliata, di rara bellezza selvaggia. La casa di Dalí – trasformata anch'essa in museo – è nella caletta di Port Lligat, abbarbicata a una scogliera a pochi passi dalla spiaggia. Qui accadde l'evento che segnò per sempre la sua vita: nel 1929 venne a fargli visita Paul Éluard, con la moglie russa, una fascinosa signora di nome Gala... Il giovane Salvador rimase folgorato. Prese a corteggiarla ossessivamente, fregandosene dell'amicizia con il poeta e mandando a quel paese anche la propria famiglia, finché Gala cedette e fuggì con lui a Parigi, diventando la sua musa e la fonte di ogni gioia e tormento: lo tradiva con disinvoltura, conscia di esercitare su Dalí un'attrazione morbosa e ottenendone la totale sottomissione.

Negli anni trenta la coppia tornò a Cadaqués e la casa, inizialmente poco più di una baracca di pescatori, cominciò a "crescere" su per la scogliera, con nuove stanze, lo studio, le torrette a forma di uovo – elemento ricorrente nei dipinti di Dalí –, la selva di comignoli, i giardini a terrazze... Poi scoppiò la Guerra civile e Dalí e Gala espatriarono, trasferendosi in seguito negli Stati Uniti: qui lui cominciò a guadagnare molto denaro grazie al moltiplicarsi delle offerte commerciali, che gli valsero il perfido anagramma coniato da André Breton: "Avida Dollars". Nel 1948 tornarono a Port Lligat, e mentre la casa continuava a espandersi quasi fosse un'opera d'arte infinita, prendevano forma alcuni dei dipinti più celebri, come *La battaglia di Tetuan*, *Esplosione di testa raffaellita*, o i vari "crocifissi surrealisti" – oltre ai tanti ritratti di Gala, che peraltro compariva ben riconoscibile anche in altri quadri. Tra gli anni sessanta e settanta, la casa sulla scogliera era meta di un incessante andirivieni di personaggi famosi – da Walt Disney a Mick Jagger – e pullulava di una corte di "assistenti" dove abbondavano anche i profittatori d'ogni risma, tutti mantenuti dall'artista, costantemente bisognoso di adulazione. Quando si spostava a Figueres per seguire i lavori del Teatro Museo, a mettersi in marcia era spesso un corteo di auto, tra segretari, consulenti, architetti, preziosi collaboratori o sfrontati sfaccendati, uno stuolo di obbedienti edificatori della sua apoteosi. L'incessante eruzione vulcanica di idee non permise a Dalí di realizzare tutti i deliri della "paranoia critica" – applicata persino a una collezione di gioielli, che oggi occupa un'ala a sé del museo – e per questo anno daliniano si prevede la messa in funzione del suggestivo Organo della Tramontana: l'artista lo aveva progettato per ricreare il suono del vento quando soffia tra le scogliere di Cadaqués, e la società Castell de Quermancó ha appositamente restaurato l'omonimo castello catalano per installare l'organo al suo interno.

Bordeaux rinnovata

Bordeaux, un nome che può lasciare indifferenti solo gli astemi, e se già i Romani che la fondarono nel III secolo a.C. battezzandola Burdigala erano noti seguaci di Bacco, si può dire che fin dal XII secolo iniziò a prosperare grazie al vino, che oggi resta tra i migliori al mondo, denominazione d'origine per una regione che poi si chiama Aquitania e offre al viandante non solo vigne a perdita d'occhio, ma anche cittadine e villaggi medioevali, chiese gotiche, castelli, spiagge sterminate sull'Atlantico e panorami di dolci colline che ispirarono grandi scrittori e artisti. In quanto a Bordeaux, intesa come città e non come etichetta, sta costringendo a cambiare i testi di molte guide turistiche, concordanti sulla grandeur settecentesca di palazzi e viali ariosi, l'architettura neoclassica e i parchi ben curati, ma che la definiscono "velata da un'aria di trascuratezza, per via degli edifici ingrigiti dal tempo". Negli ultimi anni, Bordeaux è cambiata radicalmente, sconquassata da onnipresenti "lavori in corso" che, pur avendo messo a dura prova la pazienza dei bordolesi costretti a gincane fra scavi, transenne, traffico bloccato e betoniere sotto casa, oggi sono in prossimità del traguardo finale, puntando al primato di città europea con la maggior estensione di aree pedonali, e attirando turisti con la rinnovata bellezza del centro storico, che ha riacquistato il giallo ocra e il bianco avorio delle pietre usate ai tempi dei vari re Luigi e infine dell'unico imperatore Bonaparte. È stato necessario raschiare via tonnellate di polvere accumulata nei secoli e lo smog degli ultimi decenni, quest'ultimo molto più sgradevole a vedersi rispetto al sacrosanto diritto del tempo a deteriorare ogni cosa.

Tutto è iniziato con l'ambizioso progetto della nuova rete tranviaria – veicoli ipermoderni e silenziosissimi –, destinata a servire il centro storico con conseguente chiusura al traffico di grandi viali come il cours de l'Intendance, dove si aprono i negozi più lussuosi, e non mancano ovviamente le raffinate enoteche capaci di far girare la testa agli amatori prima ancora di aver assaggiato i prodotti esposti: del resto, la ricchezza della città si deve ai colossali guadagni di ogni vendemmia, una ricchezza che però Bordeaux non ostenta ma lascia trasparire discretamente, con la proverbiale nonchalance che contraddistingue anche i suoi abitanti, e balza agli occhi solo al momento di avvicinare il naso ai cartellini dei prezzi... Poi, visto che la città doveva sopportare un cataclisma della durata di alcuni anni, sotto forma di cantieri ovunque e sventramenti di carreggiate, tanto valeva approfittarne. E così è stata avviata una colossale quanto capillare opera di restauri per chiese e palazzi, a cui si sono accodati innumerevoli piccoli proprietari che hanno afferrato al volo la possibilità di ristrutturare le abitazioni più modeste con i contributi del municipio.

Bordeaux sembra uscire dal bozzolo a ogni impalcatura e recinzione smantellata, e si mostra in tutto il suo splendore, rivivendo i fasti di quando "il sole non tramontava mai su questo regno" e l'anteriore maestosità medioevale, in particolare la notte, quando ogni fontana, piazza o torre campanaria si illuminano con risultati di suadente bellezza. La vista migliore è dal Pont de Pierre, che supera di slancio la smisurata Garonna (cinquecento metri di larghezza passando da Bordeaux, quasi un fiume amazzonico nella vecchia Europa) su diciassette archi realizzati da Claude Deschamps tra il 1810 e il 1822, un'opera ardita, per l'epoca, che unì le due sponde senza eccessivi entusiasmi da parte dei bordolesi doc: per loro, la Rive Droite semplicemente non era Bordeaux, ma altro, La Bastide, sobborgo da raggiungere in chiatte e barconi, oggi anch'essa sottoposta ad accurati restauri e prossima a sancire il diritto di cittadinanza grazie sempre al nuovo tram, che unisce le due città sdegnosamente distanti. Certo, i più grandi architetti settecenteschi ignorarono La Bastide e si sbizzarrirono sulla Rive Gauche, e solo nel XIX secolo la sorella povera assunse l'aspetto di centro urbano a tutti gli effetti, pur relegata ad accogliere cantieri navali e magazzini di stoccaggio. Oggi però si prende la rivincita trasformandoli in spazi di "archeologia industriale" destinati a ospitare università, cinema e parchi.

Tra giardini botanici e musei di storia naturale, d'arte contemporanea o fiamminga, di porcellane e argenti, o un Grand Théâtre con l'imponente colonnato corinzio sovrastato dalle dodici statue di Muse e Grazie, Bordeaux vanta anche la più grande libreria di Francia (o d'Europa? secondo loro, sì) "indipendente", cioè che non appartiene a una catena come la Fnac (presente pure quella): si chiama Librairie Mollat e costituisce un punto di passaggio obbligato per le centinaia di scrittori che vengono invitati ogni anno al Carrefour des Littératures, rassegna di incontri con autori di varie nazionalità che coinvolge l'intera regione nel mese di ottobre. La tradizione letteraria dell'Aquitania annovera, non per niente, un premio Nobel come François Mauriac, la cui casa colonica tra i vigneti di Malagar è oggi museo e sede di una biblioteca.

Passeggiando sul lungofiume, dove ci sono i moli d'attracco del bus fluviale, a un certo punto una massa di acciaio grigio si staglia sulle acque limacciose della Garonna offuscando l'eterea silhouette dei campanili gotici, distogliendo l'attenzione dalla facciata sontuosa e austera della settecentesca Bourse du Commerce: non c'è dubbio, si tratta di una nave da guerra... e qui, a due passi dal centro, che ci fa quel colosso irto di cannoni e tubi lanciamissili? Avvicinandosi al mostro che sembra un insulto al pacifismo, si scopre l'arcano: l'incrociatore *Colbert* ostenta un grande cartello che dice "Restaurant Pont Garonne", e sul ponte un tempo adibito a lanciare missili forse non proprio intelligenti ma senz'altro capaci di sterminio, si allineano candide tavole imbandite, mentre all'interno c'è un museo navale. L'incrociatore è ormeggiato lì da un pezzo, e ormai sembra far parte del panorama cittadino, ma all'inizio furono dolori: gli abitanti della zona, abituati alla paciosa vista del fiume e della Rive Droite, insomma, a spaziare con lo sguardo nel raggio di almeno mezzo chilometro, si riunirono in un comitato dal nome inequivocabile, "Affondiamo il *Colbert*!", decisi a sbarazzarsi dell'ingombrante ferrovecchio spedendolo al disarmo. Poi, con il tempo, i toni si sono smorzati, nessuno si è improvvisato incursore subacqueo andando a piazzargli una carica sotto la chiglia: il *Colbert* non è colato a picco come auspicavano i promotori del comitato e se ne sta ancora lì, a invadere il panorama, a delimitare gli sguardi dei vicini quando spalancano le finestre sul quai des Chartrons, e tutto sommato a rappresentare, suo malgrado, un simbolo di pace, lasciando sperare che tutte le navi da guerra, un giorno, possano diventare ristoranti di specialità marinare, anziché dispensatrici di morte dal mare. D'accordo, è un'utopia, ma in fondo Bordeaux è la città dove "Utopia" è il nome di una bellissima cineteca, sede di rassegne internazionali nel cuore antico della città, all'interno di un palazzo medioevale riscattato a usi dei più svariati, compreso quello di autorimessa e magazzino. Sembrava un'Utopia, quando ebbero l'idea di trasformarlo in sala cinematografica.

I fuochisti di Trieste

La chiamavano Belle Époque, e nell'immaginario collettivo ha lasciato la sensazione che tutti se la spassassero, tra ballerine di cancan e fiumi di champagne... Intanto, l'altra faccia della Belle Époque era quella di milioni di emarginati, mendicanti, disoccupati, operai senza diritti sindacali, minatori che sopravvivevano nelle condizioni magistralmente descritte nel *Germinal* di Zola...
C'era anche una categoria di lavoratori di cui si è persa traccia con l'avanzare del progresso: i fuochisti dei bastimenti a vapore. Il loro luogo di lavoro assomigliava all'inferno in tutti i sensi: turni massacranti alle caldaie, spalando carbone in una bocca infuocata, e quando le navi attraccavano in porto non veniva concessa neppure la libera uscita come ai marinai. Nel febbraio del 1902, a Trieste, i fuochisti del Lloyd Austriaco gettarono i badili nelle stive e scesero a terra per chiedere condizioni di lavoro meno disumane. Gli operai triestini li appoggiarono proclamando lo sciopero generale, che passò alla storia come uno dei primi in Europa. L'esercito austriaco usò le maniere forti: i fanti aprirono il fuoco sui manifestanti e i cavalleggeri li presero a sciabolate, dodici morti, centinaia di feriti, stato d'assedio e invio di un boia da Vienna per impiccare i capi dei "rivoltosi". Ma fu talmente determinata, la resistenza degli scioperanti, che alla fine i Lloyd cedettero e accettarono le principali rivendicazioni dei fuochisti.
A un secolo da quel 14 febbraio 1902, la Trieste mitteleuropea ostenta ancora i fasti architettonici della dominazione austriaca, ma in piazza dell'Unità d'Italia il viandante può notare anche i segni dello stizzoso commiato: la facciata del palazzo municipale è istoriata dai fori di proiettili, i davanzali e i balconi sbeccati qua e là o addirittura privi di grosse porzioni, a eterno ricordo delle cannonate e mitragliate con cui l'Austria salutò per l'ultima volta Trieste dal mare. Se il divorzio fu traumatico, bisogna ammettere che il periodo di maggior splendore è legato all'imperatrice Maria Teresa, che nel Settecento concesse il porto franco e una certa autonomia amministrativa, quella per cui Trieste aveva sostenuto lo scontro impari con la Serenissima dominatrice, preferendo gli Asburgo ai dogi come scelta di male minore. Sorta su un insediamento di Galli Carni, la romana Tergeste fiorì all'epoca di Traiano ma iniziò a

decadere sotto Odoacre, nel V secolo, e per un millennio avrebbe condotto una travagliata esistenza improntata all'indomabile voglia d'indipendenza, precipitando in una crisi profonda dopo l'ennesima guerra con Venezia, nel 1463. Tre secoli più tardi, con Maria Teresa, Trieste sarebbe sbocciata economicamente triplicando la popolazione e arricchendosi dei palazzi sontuosi che oggi può vantare, sviluppandosi a forma di anfiteatro sul golfo più settentrionale del Mediterraneo fino alle pendici dei rilievi carsici, in una magnifica posizione panoramica. L'imperatrice fondò anche la scuola nautica che, dal 1793, continua a diffondere fra i triestini l'antica passione per la vela: celebre in tutto il mondo è la regata della Barcolana, che si tiene ogni anno in ottobre con la partecipazione di oltre duemila barche.

La varietà morfologica del litorale rende il golfo di Trieste unico nell'intero bacino mediterraneo, e ammirare da una barca sia la costa che l'abitato è un'esperienza di rara suggestione. Ora si può usufruire anche delle valide indicazioni di un accurato portolano, scritto con appassionata dovizia di particolari dal navigante Piero Tassinari ed edito dalla Libreria Transalpina, punto di riferimento nel centro storico per viaggiatori d'ogni sorta e anche per chi preferisce rivivere sulla propria poltrona i vagabondaggi altrui. Dalla pietra d'Aurisina al "masegno d'Istria", dalle saline di Sicciole alle barene di Grado, il portolano racconta e consiglia... Per esempio, lasciato a poppa il centro storico che si affaccia direttamente sulle acque del porto settecentesco, e seguendo un tratto di costiera carsica, dopo poche miglia si arriva di fronte al castello di Miramare, progettato da Carl Junker per la residenza di quel Massimiliano d'Asburgo che avrebbe concluso l'avventura da improbabile imperatore del Messico davanti a un plotone d'esecuzione indigeno. L'intero promontorio venne trasformato in "parco delle meraviglie" importando specie arboree da California, Caucaso e Cina, e il castello si staglia sul lussureggiante giardino con notevole effetto scenografico: il bianco maniero turrito e merlato evoca ambienti da fiabe nordiche, mentre lo sventurato castellano finì i suoi giorni nell'assolato altopiano dei discendenti degli aztechi.

Parmatus

I Bizantini la chiamavano Chrysopolis, "la città d'oro". Un bel salto d'immagine, se si pensa che alle origini si presentava come un accampamento cinto da steccati nel mezzo di una piana pantanosa, e per giunta maleodorante, tanto che i Romani avevano deciso di consacrare la zona a Mefite, la dea che emanava miasmi, appunto, mefitici. Il nome glielo affibbiò la soldataglia, che all'epoca usava uno scudo chiamato *parma*, quello piccolo e tondo del gladiatore e del *parmatus*, il fante d'assalto. Cacciate le rozze orde di Celti, il presidio divenne, nell'arco di un secolo, città prosperosa grazie alla Via Emilia, alle pecore e alla lana pregiata, arricchendosi fino all'opulenza: sorsero così il foro, il circo, il teatro, le immancabili terme... E non sarebbe bastata l'occupazione longobarda a incrinarne l'aspetto "aureo" decantato dai Bizantini, né le successive dominazioni dei Visconti e degli Sforza, o la sanguinosa rivalità con Piacenza. Sotto i Farnese papalini, Parma edificò l'elegante Palazzo Ducale, su progetto del Vignola, e il maestoso Palazzo della Pilotta, opera colossale al punto da contenere un teatro, e se le manie di grandezza subirono un rallentamento sotto i Borbone, con la successiva amministrazione napoleonica si privilegiarono le riforme e l'arricchimento culturale, e così la *petite capitale* s'invaghì di Parigi guadagnandoci in raffinatezza. Poi vennero i fasti del regno di Maria Luigia d'Austria, che volle anche ponti e strade per una rete viaria funzionale, oltre ad ampliare biblioteche e restaurare palazzi... Insomma, occorre arrivare al 1940-45 perché Parma subisca una battuta d'arresto nel suo civile progredire, nonché gravi danni e sventramenti. Ma subito dopo ha ripreso la corsa per svettare sul resto della piatta pianura di Mefite, ottenendo spesso dal dopoguerra a oggi la palma di città dove si vive meglio in Italia.

Ed è stata una bella sfida proporre a Sebastião Salgado, in occasione dell'intensa annata di "celebrazioni verdiane", di ritrarre volti e momenti di vita quotidiana, proprio a lui, il poeta dell'immagine che ha sempre narrato un'umanità dolente, la dignità degli sconfitti e l'orgoglio dei ribelli, la povertà estrema e l'ingiustizia intollerabile; a Parma, *malgrado* la patina di agiatezza, Salgado è riuscito a cogliere dettagli di persone e situazioni con occhio sensibile da viandante curioso: niente opere architettoniche immortali, ma laboriosi parmigiani di pari dignità, sia che provino in un teatro o che maneggino prosciutti, che giochino a carte in un circolo Arci o consultino libri antichi in un'immensa biblioteca... A un certo punto, visitando la mostra a Palazzo Pigorini (o sfogliando il bellissimo catalogo) ci si imbatte in una foto che ritrae un gruppo di uomini in posa, dall'espressione compunta e un po' austera: si tratta del Club dei 27, e a conoscerli si resta interdetti quando si presentano, uno Aida e l'altro Traviata, o ancor più singolare è sentirsi dire: "Piacere, sono La forza del destino" (addirittura!)... La spiegazione è già insita nel numero, 27 come le opere di Verdi, e ogni membro del Club fondato nel 1958 conosce a memoria quella di cui ha assunto il nome, capace di cantarvela dall'inizio alla fine. La passione per la lirica, qui, assume l'intensità del culto, ed è sempre stata al di sopra di qualsiasi altra cosa. Basti pensare che tra la fine dell'Ottocento e i primi del Novecento, quando anche a Parma la tubercolosi imperversava nelle case fatiscenti e lottare per i diritti "nei campi e nelle officine" poteva costare la pelle, mai e poi mai i "proletari d'Oltretorrente" avrebbero rinunciato al loggione di una prima: i numerosi teatri facevano il tutto esaurito anche nei giorni più duri, e persino nell'agosto del '22, quando diecimila camicie nere in armi calarono da mezza Italia capitanate dal Ras di Ferrara Italo Balbo per "dare una lezione" alla Parma ribelle, gli insorti cantavano arie e cori sulle barricate, nei momenti di tregua della cruenta battaglia che durò cinque giorni e cinque notti.

Erano gli anni in cui la città era divisa nettamente in due: di qua dalla Parma (torrente al femminile), le dimore dei facoltosi, i palazzi ariosi, i negozi di lusso a costellare le strade larghe e lustre; di là, l'Oltretorrente, quartiere di operai e artigiani, roccaforte "sovversiva" con viuzze sinuose e una schiera di borghi a formare un muraglione, oggi bellissimo a vedersi passeggiando da ponte Caprazucca a ponte di Mezzo, allora estremamente adatto a trasformarsi in fortezza inespugnabile. E infatti l'intrepido Balbo, che avrebbe poi trasvolato l'Atlantico, non passò neppure di là dal torrente...

Ravenna, una "dolce ansietà d'Oriente"

In fondo al canale del porto, dove le pilotine lasciano le navi libere di affrontare il mare aperto, c'è un piccolo bar – Il Baretto, appunto – specializzato in cocktail tropical-adriatici e particolarmente frequentato al tramonto, specie sul finire della stagione estiva, quando, complice il faro di vago aspetto coloniale e con la fantasia aiutata da un mojito o un daiquirí, si può addirittura immaginare di essere su un *malecón* caraibico anziché sulla muraglia di un molo romagnolo. Poi, dovendo dare le spalle all'acqua per sedersi sull'interminabile divano di cemento, capita di essere distratti o assorti e di accorgersi all'improvviso che un'immensa ombra sta calando sui presenti: voltandosi d'istinto, appare – anzi incombe – la gigantesca mole di qualche mercantile dal nome più o meno esotico, che sfila così vicino da dare l'impressione di poterne sfiorare la mura di tribordo allungando una mano. Malgrado gli undici chilometri che la separano dal litorale, Ravenna continua a essere città marittima e portuale, senza aver ceduto ai capricci di una singolare instabilità idrografica che l'ha progressivamente "allontanata" dall'Adriatico, e i sedimenti dei tanti fiumi che le sfociano intorno hanno trasformato le paludi in terraferma. Un paio di millenni fa, Augusto la scelse come base della flotta pretoria, la temibile *classis* che avrebbe dato il nome a Classe, allora porto militare e oggi cittadina da cui il mare neppure si scorge: non c'è testo di storia dell'arte che non la citi per la celebre basilica di Sant'Apollinare e i suoi splendidi mosaici bizantini, ma forse meriterebbe notorietà anche per la bellezza della pineta, una delle più estese in Italia, dove hanno passeggiato meditabondi Boccaccio, Dante, Byron, mentre oggi si tenta di limitarne l'accesso a chiunque per tenere a bada le scelleratezze dei piromani.

La Ravenna monumentale conserva ancora quella "dolce ansietà d'Oriente" cantata da Montale, che le deriva soprattutto dai preziosi mosaici risalenti all'epoca in cui era il baluardo della civiltà bizantina nella Penisola italica. L'arte del mosaico e Ravenna sono un binomio rinomato nel mondo intero, ricordo dei fasti che l'avvicinavano idealmente a Istanbul e all'Asia Minore prima che il dominio di Venezia e il conseguente isolamento l'avviassero a un'aurea decadenza da cui non si sarebbe più riscattata. Se ne possono ammirare – restando abbagliati da tanto oro – nella basilica di San Vitale, in Sant'Apollinare Nuova – oltre che a Sant'Apollinare in Classe –, nel mausoleo di Galla Placidia, nell'oratorio di Sant'Andrea o nel battistero Neoniano detto anche "degli Ortodossi". E se a tutto ciò si aggiungono il sepolcro di Dante, il mausoleo di Teodorico, i vari musei e una ricca pinacoteca, si può senz'altro affermare che Ravenna è in grado di saziare il più esigente turismo delle città d'arte.

Eppure, c'è un fascino particolare – forse un po' perverso, da amanti dei contrasti estremi – là dove il caotico proliferare di industrie invade il panorama della laguna e le sue file di capanni dei pescatori, tutti con la grande rete a bilanciere davanti, tra isolotti popolati da gabbiani e candide garzette che sorvolano ciminiere di centrali termoelettriche e silos, un labirinto di canali e penisole in un'atmosfera a tratti surreale, dove abitudini antiche si ostinano a resistere a un devastante progresso fondato su giacimenti di metano e fabbriche di fertilizzanti... Se Marina di Ravenna non può competere in attrazioni estive con i centri balneari più a sud, offre però una "vita da spiaggia" più genuina e schietta, con sudatissime sfide a "racchettoni" – la denominazione internazionale di *beach ten-*

nis suona alquanto snob alle orecchie dei sanguigni romagnoli – e bagni-bar-trattoria frequentati da chi al mare cerca buona musica in compagnia, ottimo pesce per cena e una cospicua varietà di birra a tutte le ore.

E in autunno, senza la distesa di ombrelloni e lettini, l'immensa spiaggia si rivela così simile a un panorama della Normandia, con le sue dune a perdita d'occhio, dove il vento incessante e gli spazi smisurati attirano centinaia di aquiloni acrobatici.

Un'ultima curiosità: a riprova dell'indole orientale di Ravenna, qui si tramanda da generazioni il mah-jong, complesso gioco d'azzardo cinese con caratteri e figure incisi su tessere d'avorio. Chissà come e perché, è l'unico luogo d'Europa dove si sia diffuso, al punto da sostituire i mazzi di carte in molti bar del centro e della periferia.

Quando a Imola le notti erano "molto fredde e molto lunghe"

Rivazza, Tosa, Tamburello... Nomi che in tutto il mondo evocano il canto di creature delle quali Enzo Ferrari amava dire: "Se esiste l'anima, i motori ne hanno una". Ma a parte le corse, per il resto dell'anno, quando l'aria torna serena e paciosa, e il verde intorno alla pista riprende a essere un accogliente parco di là dal fiume Santerno, Imola se ne sta in disparte, bella e orgogliosa quanto umile e schiva, ignorata dal turismo che sfreccia sull'autostrada diretto in Riviera. Forse è meglio così, per gli abitanti che già sopportano a fatica l'annuale calata dei lanzichenecchi innamorati d'asfalto e benzene. Poi c'è un altro genere di viandanti disposti a percorrere chilometri a centinaia o addirittura a migliaia per venire fin qui: i buongustai, secondo i quali non si può abbandonare la vita terrena senza essersi seduti, almeno una volta, ai tavoli del San Domenico. Non c'è guida che non segnali il celebre ristorante di Gianluigi Morini, ma anche in questo caso i più conoscono e stimano le cucine in superficie mentre sono in pochi a sapere quale inestimabile tesoro sia custodito nel sottosuolo... Le labirintiche cantine del San Domenico risalgono al Quattrocento, quando i domenicani concludevano i secolari lavori di costruzione del complesso conventuale edificato su una *domus* romana dell'epoca augustea. Ancor oggi si può percorrere il passaggio segreto che collegava il settore dei frati con quello delle monache, e alla maliziosa domanda del Morini che si è rivolto a un odierno ministro della chiesa per capire a cosa servisse, la prosaica risposta – in sintonia con l'anima romagnola – è stata: "A quei tempi le notti erano molto fredde e molto lunghe". Non c'è vino di pregio che manchi, in queste cantine dove la famiglia Morini si rifugiava durante i bombardamenti del '43 e '44, e tra le curiosità ricordiamo una serie di bottiglie di cognac appartenute alla riserva personale di Napoleone Bonaparte. Nell'inesauribile aneddotica accumulata in trent'anni di attività, si narra di una principessa della corona inglese che, per il vezzo di mettere alla prova il cantiniere, chiese con noncuranza un rarissimo bianco francese – il cui nome si era probabilmente appuntata su un segreto bigliettino – e se lo vide recapitare in tavola di lì a due minuti; o di quell'industrialotto modenese che, avendo sentito parlare di un rosso unicamente per l'esorbitante prezzo, lo ordinò usando solo una metà del nome e dimostrando tutta la propria crassa ignoranza: ottenne quindi un irremovibile rifiuto, perché se avesse conosciuto quel vino lo avrebbe ordinato il giorno prima, in quanto necessita di varie ore d'aria prima di essere degustato. "Qui non basta pagare per ottenere qualsiasi cosa," sentenzia senza battere ciglio il proprietario del San Domenico.

Porta d'accesso alla Romagna, a cui si sente sanguignamente legata nonostante la provincia sia ancora bolognese, Imola conserva magnificamente un centro storico di rara armonia tra maestosità e schiettezza popolare. Colonia romana fin dal II secolo a.C., fu distrutta dai longobardi e si ricostituì attorno alla residenza vescovile nel X secolo. Passata dai Visconti ai Manfredi e poi a Caterina Sforza, che le conferì l'impronta rinascimentale di piazze e palazzi, grazie al breve dominio di Cesare Borgia si vide arrivare niente meno che Leonardo a progettare fortificazioni e la mappa ortogonale delle sue vie. In quei primi anni del Cinquecento esisteva già la Rocca, superba costruzione difensiva a cui il genio da Vinci apportò migliorie e che oggi rimane la più rappresentativa delle fortezze romagnole, splendidamente restaurata, con torrioni circolari su pianta quadrata e il possente mastio al centro, da cui si gode il panorama della città e delle colline circostanti. All'interno custodisce una notevole collezione di armi e una meno bellicosa raccolta di ceramiche e maioliche medioevali.

Passeggiando nel centro storico, tra palazzi solenni, chiese con patii ariosi, pinacoteca, musei archeologici e di arti sacre, la memoria torna agli stridenti contrasti in questa che fu prima terra papalina e poi territorio di ardenti ideali anticlericali, briganti leggendari e anarchici galantuomini. Qui nacque e morì Andrea Costa, che da seguace di Bakunin organizzò insurrezioni in Romagna e nel Beneventano, si rifugiò esule in Svizzera e in Francia e infine tornò in Italia rassegnato a seguire la via parlamentare anziché quella rivoluzionaria: fondò l'"Avanti!" e divenne il primo deputato socialista. Sulla facciata del palazzo comunale, a proposito di secoli morenti e nascenti, si legge l'epigrafe da lui dettata tra il 31 dicembre 1900 e il primo gennaio 1901, con cui gli odierni anarchici imolesi preferiscono ricordarlo, focoso e indomito, dallo sguardo fiero e il linguaggio irruente: "...Se la donna soggiacque ancora all'obbrobrio secolare, se il fanciullo non ebbe né pane né educazione, se il vecchio non trovò tetto e riposo, provvedi o novo secolo alla redenzione della donna, alla protezione del fanciullo, alla tutela del vecchio. Se la Internazionale parve utopia, cammina o secolo e sarà realtà. Avanti, o cittadini! Quand'anco i fiori dovessero al suolo cadere calpesti come strame e l'osanna mutarsi in de profundis, avanti, lanciamo al secolo che non ci vide nascere ma ci vedrà morire il nostro core vivo...".

Lugo e l'Eroe Volante

I piloti italiani lo chiamavano Bebè. Era un biplano Nieuport 11 costruito su licenza dalla Macchi, due ore e mezzo di autonomia e 150 km/h di velocità, un'ebbrezza, per quei tempi: il 1916. Francesco Baracca vi fece dipingere un cavallino rampante sulla fusoliera e cominciò a tirare giù Fokker e Albatross con la sua unica mitragliatrice Lewis inchiavardata sopra l'ala superiore. Poi passò sullo Spad VII, più veloce e maneggevole, e in sessantatré duelli aerei abbatté trentaquattro nemici "accertati" – probabilmente oltre quaranta –, finché, durante la sanguinosa Battaglia del Solstizio, venne centrato da un "proiettile crucco", per dirla con Apollinaire, sparato da un volgare moschetto tenuto in braccio da un fantaccino immerso nel fango... Il colmo, per un cavaliere errante dei cieli considerato imbattibile nel suo elemento "naturale". Non importa fino a che punto gli somigli, la strana statua che troneggia al centro della smisurata piazza di Lugo, dov'era nato nel 1888 e ancor oggi tutti lo chiamano semplicemente "l'Eroe": monumento tetro, spettrale, cupo fino all'inquietudine se visto di notte con un po' di nebbia, infagottato com'è nella combinazione di volo dell'epoca, un po' operaio di fonderia e un po' dandy di provincia, proteso a spiccare un balzo fantasmale senza il suo Spad che riposa poco distante, in una sala del museo che gli sorge di fianco.

Romagna, terra di sovversivi ed eroi perdenti, terra di motori incandescenti, ha anche donato lo stemma del cacciatore di crucchi volanti alla Rossa di Maranello: furono i genitori di Francesco

Baracca ad avvicinarsi, timidi e discreti, al giovane Enzo Ferrari appena sceso dal bolide dopo una vittoria sull'asfalto, per consegnargli il cavallino rampante che da quel giorno sarebbe diventato il simbolo del caccia che vola più basso di tutti. Perché Baracca avesse scelto proprio il cavallino nero, come emblema dipinto sulla fusoliera di tutti gli aerei da lui pilotati, ha una spiegazione ufficiale riportata sui libri di storia: al quinto abbattimento, avvenuto sui cieli di Tolmezzo nel novembre del 1916, secondo il rituale il pilota aveva diritto alla qualifica di "asso da caccia" e a impossessarsi dello stemma dell'ultimo nemico, nel suo caso un Albatross che portava un cavallino rampante come simbolo della città di provenienza, Stoccarda. Ma pare che il motivo della scelta fosse meno marziale e legato semplicemente all'altra grande passione di Francesco Baracca: da ufficiale del 2° reggimento di cavalleria, nonché comandante della famosa scuola equestre di Pinerolo, passato alla nascente Regia Aeronautica, intratteneva una fitta corrispondenza con un compagno d'arme, il colonnello Edoardo Pizzini, subentrato alla direzione della scuola, e alla domanda su come stesse il suo amato cavallo, l'amico gli aveva risposto non solo rassicurandolo, ma tracciandogli un disegno-ricordo, in cui si vedeva il focoso destriero nell'atto di impennarsi, e aggiungendo la frase: "Il tuo cavallino sta bene, ma quando lo si vuole montare è sempre così", cioè scalpitante e imbizzarrito. Quel disegno su una lettera divenne il suo simbolo ed è oggi quello della Ferrari: se il colonnello Pizzini avesse immaginato quanta strada avrebbe fatto quel suo schizzo a inchiostro di china...

Il monumento a Francesco Baracca risente del periodo in cui venne forgiato – 1936 – ma sopravvive nelle forme un certo futurismo ritardatario, quando ormai il regime faceva a meno delle avanguardie e spediva truppe e bombardieri in Spagna: intanto, per colpa o merito del mito di Baracca, la Romagna tra le due guerre registrava il triplo degli arruolati in aviazione di qualsiasi altra regione.

Nella stessa piazza Maggiore convivono ben altri "eroi": busti di bronzo a ricordare l'anarchico Francesco Piccinini, ammazzato a pugnalate, o l'ex anarchico poi socialista Andrea Costa, e in particolare quell'Andrea Relencini, libertario ante litteram, finito sul rogo proprio qui, in un autodafé lughese, estremo crimine della Santa Inquisizione, ricordato da una struggente epigrafe dello Stecchetti – pseudonimo del poeta vernacolare romagnolo Olindo Guerrini – a testimonianza che da queste parti chinare la testa era un gesto sconosciuto: non a caso, in Romagna scoppiò l'unica insurrezione che sognò una libera Repubblica tra il Santerno e l'Adriatico, e buona parte dei sovversivi insorti sarebbero poi stati sbattuti in trincea nel '15-18, a guardare dal basso le evoluzioni di Baracca ma arruolandosi negli Arditi per farla finita in fretta. Ecco perché nei reparti d'assalto c'erano più sovversivi che patriottardi: se carne da cannone dovevano essere, almeno che fosse sanguigna e ribelle come si usa da queste parti. Eppure, da Lugo veniva quel patriota Compagnoni che nella Repubblica cispadana creò il tricolore, anche se sarà poi Reggio Emilia a poterne vantare la "maternità".

Su piazza Maggiore si staglia la Rocca di Lugo, fatta costruire nel 1297 da Uguccione della Faggiola, ristrutturata nel Cinquecento e oggi ancora in grado di suggestionare il viandante con il suo giardino pensile tra bastioni e torri, oltre a ospitare il Museo Francesco Baracca. Sulla parte opposta, si può ammirare uno dei luoghi architettonicamente più affascinanti dell'intera regione, il Pavaglione: un maestoso quadriportico lungo 184 metri e largo 84, concepito nel 1570 da Alfonso II d'Este e completato nel 1783 come sede del mercato dei bozzoli dei bachi da seta. Erano tempi in cui il baco da seta costituiva una ricchezza ambita, mentre la seta in sé faceva fiorire l'economia della regione; basti pensare che fra tardo Medioevo e Rinascimento a Bologna era in vigore la pena di morte per chi diffondeva i segreti della sua lavorazione.

Sul lato sud del quadriportico, piazza Trisi è sovrastata dall'omonimo palazzo, con la biblioteca civica e l'archivio storico, e la chiesa del Carmine, che vanta all'interno due preziosi organi settecenteschi. Vagando verso la periferia, in fondo a corso Europa sorge l'isolato cimitero ebraico, lapidi antiche cinte da un muro rosso a ricordo della numerosa comunità lughese che il fascismo disperse e in parte sterminò.

Sull'Aurelia fino a Genova

Il castello di Sem Benelli credo l'abbiano diviso in parti diseguali e chissà a chi e a quanti appartiene adesso, ma quando ero ragazzo mi appariva perennemente vuoto, mai un essere umano alla finestra né una luce accesa. A quei tempi la moto era tutto e chi fosse stato Sem non ce lo chiedevamo: portava il cognome di una marca che alle due ruote aveva dato fior di motori, compreso quel mostro a sei cilindri che per carburarlo ci voleva l'orologiaio, quindi doveva essere stato un capostipite della Benelli, per forza. Ma torno indietro, perché la strada cominciava sotto casa, cioè quattro o cinque chilometri prima. Dunque, dando le spalle al mare, c'erano tre alternative: a destra, Sestri Levante, bellina ma ci si arrivava in un botto e poi la strada era quasi tutta dritta. Davanti, le montagne: roba da gita domenicale. A sinistra, invece, i saliscendi tutti curvoni e gomiti e sfrizionate dell'Aurelia che portava a Genova. E per quanto la conoscessimo a memoria, era la sfida giornaliera. Ci infilzavamo nel buio della galleria delle Grazie, con sotto il misterioso tunnel che pare ci tenessero dei cannoni su rotaia, i tedeschi, e quei bunker attraenti (fino ai quattordici anni, poi chissenefregava) pieni di immondizie e mai un reperto, che so, un elmetto, un bossolo, un osso... niente; ecco, dopo la galleria, c'era (c'è) quel curvone largo e ben asfaltato, una delizia da sfregarci il ginocchio piegando al limite (i jeans costavano cari, ma le toppe andavano di moda), e poi, con il cervello spostato da una parte del cranio per la forza centrifuga, compariva quel grumo di pietre e mattoni bruni, circondato dai cipressi e in bilico sul Golfo del Tigullio, che di castello aveva poco, nel senso medioevale del termine: lo stile sembrava un po' da matti, un Gaudí depresso, per intenderci. Più tardi avrei scoperto che il Sem di mestiere faceva il poeta e il drammaturgo, non il motociclettaio, e doveva rendergli bene, se poteva permettersi un maniero su uno scorcio da favola. A quel punto si passava il rettilineo di Zoagli, con il bottegaio che in fondo alla discesa, cioè in senso inverso, stufo marcio di ritrovarsi ogni mattina una macchina, un camion, una moto o un torpedone incastrato nella saracinesca, aveva dipinto dei perfetti cerchi concentrici in bianco fluorescente, un bersaglio che stava lì a dire: "Venite giù dritti, deficienti belinoni, ma fate centro, che i muri mi costano di più". Funzionava, perché di schianti se ne registrarono meno, in seguito. Entrando a Rapallo si rallentava, per via dei vigili assatanati, e l'andatura da passeggiata permetteva di evitare le frotte dei baùscia (scusate, amici milanesi, ma per noi eravate tutti indistintamente baùscia; quante battaglie estive da secchia rapita, abbiamo allegramente ingaggiato... E non stiamo a recriminare sulle cause: la noia della provincia è madre di tutte le stronzate).

Dopo Recco, l'Aurelia la sentivamo meno nostra, era come se cominciasse un viaggio all'estero. Fino a Santa Margherita si registravano i record personali di percorrenza, i carabinieri ci conoscevano uno per uno e mandavano le multe a casa corredate di saluti ai genitori, ma più in là no, da Recco in avanti si trattava di territorio sconosciuto. Cioè, non ricordavamo ogni avvallamento, buca o strati di asfalto successivi. E andare fino a Genova, "*la* Città", quella che ci appariva come la più grande metropoli del mondo (il nostro mondo, a portata di Vespa o di Benelli, il bicilindrico due tempi, non il Sem della *Cena delle beffe*, "E chi non beve con me, peste lo côlga", indimenticabile Amedeo Nazzari, simpatico fascistone), rappresentava un evento da organizzare con settimane di anticipo. L'Aurelia ci offriva un orizzonte di piccole città vuote d'inverno e stracolme d'estate, baie di pescatori come Camogli, il mare sempre a uno sputo dalle ruote e i monti verdi, che ogni tanto andavano a fuoco ma roba da ridere in confronto all'oggi. Genova, invece, fin da Nervi si annunciava come un magma di casermoni condominiali e stradone pluricorsie, e ci sentivamo un po' smarriti in mezzo al traffico veloce, nevrastenico, e tutti quei semafori, e l'aria fetida di gas... ma erano ancora i tempi in cui l'odore della benzina ci piaceva, eccome. I capelli che puzzavano di scarichi combusti, la sera, erano il ricordo tangibile di una giornata memorabile.

Genova: la frontiera con l'altro mondo. Il rumore, la confusione, l'andirivieni su e giù per via XX Settembre, e piazza De Ferrari, allora simbolo di rivolta operaia, con i camalli del porto che l'avevano usata per farci fare il bagno ai celerini. Era successo anni addietro, ma la memoria restava vivissima, soprattutto a casa mia, padre metalmeccanico e madre tessile, cassintegrati per destino comune tra liguri doc e d'adozione. Qui svoltavamo a sinistra, in discesa, sparati verso la casbah. Perché in fondo Genova, per noi, significava via Prè e dintorni, i vicoli pulsanti di umanità cosmopolita, le canzoni di Fabrizio De Andrè. L'Africa la trovavamo tra via Gramsci e via del Campo, muri scalcinati dove c'era ancora scritto *Keep alert – Off limits for US Navy*, perché i marinai delle portaerei ogni tanto volavano dalle finestre quando pensavano di fare i gradassi senza capire come funzionavano le cose, lì. La "città proibita" offriva di tutto alla vista, compresi certi vecchi, enormi frigidaire arrugginiti che restavano incastrati nelle viuzze per anni, tanto erano strette (o larghi i frigoriferi); ma erano i nostri occhi a renderla così arcana, misteriosa, avventuriera: in realtà ci trovavi i migliori negozi di strumenti musicali, dischi, vestiario militare, civile o incivile, ottimo pesce fritto e polipo bollito, e gente di ogni razza a cui non passava neppure per l'anticamera del cervello che esistesse una polvere chiamata eroina. Più tardi sarebbe arrivata a chili, e non certo dal Sud del mondo, assottigliando anche il nostro gruppo di squinternati esploratori. Ma questa è un'altra storia, come diceva l'oste di *Irma la dolce*.

A Sampierdarena non ci spingevamo quasi mai, c'era più gusto a prendere la strada dei forti, cioè le fortezze che dall'alto dominavano il porto, ma fare i turisti non ci attirava granché, per cui si tornava subito giù, a smanettare nel traffico per imparare come si vive in una vera città. Alla fine ci sarei andato tutti i giorni, l'ultimo anno del liceo, e la stessa strada fatta in treno era da pendolari assonnati: Nervi-Quinto-Quarto-Sturla-Brignole, Sturla-Quarto-Quinto-Nervi, che ossessione prima di raggiungere Chiavari e la fine delle innumerevoli gallerie. Genova non aveva più il sapore delle incursioni in moto, ormai si era trasformata in un posto come un altro. L'abitudine uccide gli sguardi delle prime volte, al punto che fatichi a ricordarle, quelle sensazioni.

Comunque, la vecchia Aurelia non si è lasciata stravolgere dal cemento, e vale sempre la pena abbandonare l'autostrada per accarezzare le sue curve, magari d'inverno, quando si può andare piano per scelta, deviando ogni tanto a destra o a sinistra, di qua il mare e di là gli ulivi. Un giorno mi fermerò davanti a quel tubero di pietre brune, suonerò qualche campanello, e chiederò se il fantasma di Sem Benelli rompe le scatole, magari declamando versi nottetempo... Che razza di castello sarebbe senza il fantasma del suo padrone?

Da Sarzana a Colonnata

Chissà come la prenderebbero i francesi, che già mal sopportano i natali corsi di Napoleone, se sapessero che i Buonaparte venivano in realtà da Sarzana – le radici quindi andrebbero semmai spartite tra Pisa, Lucca, Firenze e Genova, che si alternarono nella dominazione della città lunigiana per tre secoli – finché, nel 1529, l'intera schiatta si trasferì in Corsica: ma solo con la nascita del figlio dell'avvocato Carlo, nel 1769, avrebbero perso una "u" dal cognome quando il giovane artigliere Napoleone, divenuto precoce generale, durante la campagna d'Italia volle toscanizzarlo in Bonaparte, e se si considera che la madre, Letizia Ramolina, era oriunda genovese... Meglio non dirlo, ai francesi, che chi si tolse lo sfizio di prendere a calci nelle terga le principali teste coronate d'Europa, di francese aveva praticamente nulla, a parte la divisa. I Buonaparte lasciarono a Sarzana le suggestive case a torre che si possono ancora ammirare tra Porta Romana e Porta Parma, scampate ai devastanti bombardamenti della Seconda guerra mondiale come "buona parte" del ben conservato centro storico, con gli eleganti palazzi che si affacciano su piazza Matteotti e le chiese di Sant'Andrea – la bifora della facciata risale all'antica pieve romanica su cui è stata riedificata nel 1579 – e di San Francesco – che contiene notevoli opere d'arte –, e la cattedrale, costruita nel 1204 ma rimaneggiata infinite volte, che custodisce la Croce di Maestro Guglielmo ancor più antica delle stesse fondamenta (l'artista toscano la realizzò nel 1138). Su un lato di Porta Romana si erge la Cittadella, voluta da Lorenzo il Magnifico dopo la completa distruzione della preesistente fortezza pisana, con sei bastioni e fossati intorno. Proseguendo per un paio di chilometri verso l'impalpabile confine con la Toscana, lungo l'Aurelia ancora ligure, svetta maestosa e imponente la fortezza di Sarzanello, l'inespugnabile castro di Castruccio Castracani nel 1322, poi ristrutturata dai genovesi...

Ogni pietra, in questo lembo di terra, narra dell'aspra rivalità tra liguri e toscani, di un'alternanza sanguinosa tra Repubbliche marinare "l'una contro l'altra armate", e lo stesso dialetto ne risente, facendo credere agli spezzini di essere gli ultimi baluardi sul confine culturale (e gastronomico: guai a parlarne in presenza di genovesi, ma qui credono davvero che la *fugassa* migliore sia la loro, nell'intera regione a forma di arco teso sul Mar Ligure). E in effetti la Toscana è lì, ti ci ritrovi appena passata Bocca di Magra, con quel suo hemingwayano porto canale che con un po' di fantasia potrebbe ricordare la Marina Hemingway a Cuba (stesso indolente scorrere di barche al tramonto... in mancanza di marlin, ci si consola con le spigole), ma se andando avanti è tutto un susseguirsi di spiagge a perdita d'occhio, dove nulla distingue la fine di Marina di Carrara e poi di Massa dall'inizio di Forte dei Marmi, nell'entroterra si gode uno spettacolo unico al mondo: soltanto qui si possono vedere le Alpi stando in riva al mare, soltanto qui si può immaginare Michelangelo Buonarroti che sceglieva i marmi migliori per tirarne fuori il *Mosè* e la *Pietà*, mentre a ogni svincolo della statale si può imboccare un tunnel nel cuore marmoreo delle Apuane, attoniti di fronte alle lisce pareti bianche, e non puoi fare a meno di chiederti "fino a quando": possibile che dopo tanti secoli di blocchi esportati in ogni angolo del pianeta (sceicchi petroliferi inclusi), non si siano consumate e spianate, queste montagne simili a verticali colossi a guardia della costa? Ogni giorno scendono innumerevoli autocarri sfiatati dal peso di cubi grossi come case, fino al porto sottostante, e al pari del petrolio il marmo non si rinnova, ma si esaurisce inesorabilmente. Eppure i cavatori sembrano quelli di sempre, vita agra e passionale, gente schietta e generosa, che si son fatti da soli il monumento in quello struggente borgo in pietre e marmi di risulta, l'ormai celebre Colonnata, dove la piazzetta del paese ostenta una lapide anch'essa unica al mondo: "Agli anarchici caduti sulla via della libertà".

L'isola del ferro

"Soldati del 5°: mi riconoscete?" Con questa frase fatidica – almeno secondo la versione cinematografica di Bondarčuk – Napoleone affrontò l'esercito mandatogli contro da Luigi XVIII per "riportarlo a Parigi in una gabbia" e ne prese il comando nel tripudio generale. Tornava dai dieci mesi dell'Elba, dove non poteva immaginare di essersi lasciato dietro un'eredità "turistica" che a distanza di quasi due secoli sta registrando un crescendo d'interesse: dimore sontuose, percorsi storici, atmosfere nostalgiche, con corollario di souvenir per tutti i gusti. Secondo un regista della Bbc che anni fa girò un documentario sull'isola, "per gli elbani Napoleone non è un imperatore ma un business". Comunque, al *petit caporal*, gli elbani del secolo scorso dovevano molto: una capillare rete stradale ("Senza strade non c'è civiltà," amava ripetere), un'amministrazione efficiente, l'igiene pubblica che avrebbe scongiurato il diffondersi di epidemie, e un periodo di pace e prosperità dopo almeno due millenni di travagliate vicende che videro l'isola al centro di tutti gli appetiti, a partire dagli Etruschi e quindi i Romani, poi flagellata dai pirati saraceni e assediata dalla flotta di Solimano il Magnifico, contesa tra spagnoli, inglesi, francesi, austroprussiani e persino russi (Caterina II pretendeva una base navale all'Elba per garantirsi lo sbocco nel Mediterraneo), invasa un'infinità di volte e teatro di sanguinose battaglie campali. Con simili tradizioni belliche, gli abitanti finirono per *adattarsi*: molte guerre d'Europa, in questo millennio, hanno visto drappelli di elbani prestare servizio come balestrieri, alabardieri, archibugieri, artiglieri...

Portoferraio si presenta dal traghetto con le possenti fortificazioni volute da Cosimo I de' Medici (che la ribattezzò Cosmopolis), ma quando se ne visita l'interno ci si accorge che lo stile napoleonico sovrasta ogni altra precedente o successiva "sovrapposizione", sia nei forti Stella e Falcone, sia nelle pregevoli mete adiacenti, come la Palazzina dei Mulini, il Teatro dei Vigilanti e la chiesa della Misericordia, anch'essa ricca di cimeli e arredi sacri risalenti a quell'epoca. Percorrendo sei chilometri in direzione di Marciana, si giunge al bivio sulla sinistra che conduce a Villa San Martino, la residenza ufficiale con l'annessa Galleria Demidoff, il museo in stile dorico che il principe fece costruire nel 1856 per raccogliere dipinti, gioielli, stampe, libri e oggetti vari appartenuti all'Imperatore. Nel vasto salone si tenne, la sera prima del 26 febbraio 1815, il ricevimento di addio organizzato dall'affascinante e scatenata sorella Paolina. A quanto pare, l'unico a non rendersi conto che non si trattava di un qualsiasi evento mondano fu proprio il baronetto Neil Campbell, la spia inglese incaricata di sorvegliare "l'Orco". Che di lì a poco si imbarcò sull'*Inconstant* addirittura salutato da una folla di elbani commossi...

Poco nota è invece l'abitudine di Napoleone di soggiornare in una tenda da campo nei pressi del santuario della Madonna del Monte, nel municipio di Marciana, a 626 metri di altitudine: insofferente agli agi della villa, preferiva vagabondare a cavallo per le località montane, dove anche in pieno agosto l'Elba offre un certo refrigerio.

L'aria salubre dell'isola maggiore dell'Arcipelago Toscano gode di grandi estimatori in Germania e persino nei paesi scandinavi (tra Nisporto e Nisportino, norvegesi e svedesi sono ormai di casa), mentre è probabile che in Francia pochissimi sappiano quanto la loro storia della letteratura debba al clima elbano... Nel 1802 Napoleone, allora Primo Console, inviava alla guarnigione di Portoferraio, recentemente annessa alla Repubblica, il capitano Joseph Léopold Hugo; che, lasciata la moglie a Marsiglia, decideva di portare con sé il piccolo Victor, di appena otto mesi, così gracile e malaticcio da far diagnosticare ai medici una prematura dipartita. Invece, nei due anni di permanenza, il futuro autore de *I miserabili* prese vigore, assunse un colorito sano e si unì ai monelli locali nelle scorribande tra muraglioni e scogliere. Nel palazzo comunale, una lapide piena di enfasi ricorda tale miracoloso influsso che l'Isola del Ferro ebbe sulla salute precaria dell'infante Victor Hugo, il quale non se ne sarebbe dimenticato dedicandole più tardi un'ode, mentre Carducci celebrò l'aneddoto in tempi non sospetti, quando il turismo di massa ignorava ancora le doti benefiche dell'Elba incontaminata.

Pedalare

Guerre, invasioni ed esiliati illustri a parte, gli elbani sono stati soprattutto minatori: ricca di ferro, a cui deve il nome che per gli Etruschi era Ilva, l'Elba fu per i Romani fonte preziosa di materiale per forgiare daghe e gladi. Sfruttamento durato circa tremila anni, finché nel 1981 l'estrazione è stata "sospesa", nel senso che di ferro ce ne sarebbe ancora molto ma conviene importarlo; dunque, inesorabilmente, le immense, complesse strutture minerarie che costellano l'isola sono diventate reperti di archeologia industriale, dove ruggine e salsedine hanno creato sculture fantasiose – o spettrali – che finalmente cominciano a essere valorizzate con l'organizzazione di giri turistici in scenari davvero singolari, e insospettabili per chi conosce l'Elba dal parabrezza di un'auto.

Ma è solo pedalando su una robusta bici da montagna che si può scoprire un'isola sorprendente, ignota ai più e capace di proiettare l'escursionista in un mondo perduto e immoto, fatto di vasti spazi che evocano i set cinematografici di certi film western, tra canyon e frammenti di deserto rosso e ocra, sconfinando su Marte mentre si è appena lasciata alle spalle una fitta pineta... Dei tanti itinerari che rendono l'Elba un vero paradiso per i biker, il più suggestivo si snoda intorno a Capoliveri, paesino abbarbicato su un promontorio che si affaccia su due mari, sovrastando Porto Azzurro e decine di baie e calette sottostanti. Dall'alto del centro storico, parte una pista di circa dodici chilometri, conosciuta come la Costa dei Gabbiani: polverosa, larga quanto bastava a far passare i grossi autocarri carichi di materiale ferroso destinato agli altiforni di Portoferraio e Piombino, offre scorci favolosi, a strapiombo sul mare, e per i mattinieri è frequente doversi fermare per lasciar passare una famigliola di cinghiali – anche perché mamma cinghiala è meglio non disturbarla quando porta a spasso i piccoli –, mentre le lepri saltano ovunque, più incuriosite che spaventate in un ambiente dove finalmente gli esseri umani non sono predatori. La prima sosta è sullo spiazzo del belvedere che domina la piccola baia dell'Innamorata e i due isolotti Gemini, poi, qualche chilometro più avanti, si scorgono gli impianti della miniera Calamita: a destra, una sbarra impedisce l'accesso ai veicoli – ma non alle bici – e scendendo per una ripida discesa si ammirano scenari suggestivi, con una sorta di canyon facilmente raggiungibile, e infine la vasta spiaggia di ghiaia e sassi neri. Strutture e macchinari sembrano essere stati abbandonati all'improvviso, come se i lavori si fossero fermati di colpo, con le benne dai cingoli arrugginiti che ricordano mostri preistorici e i branchi di capre selvatiche padrone incontrastate del paesaggio impervio, ammaliante e a tratti apocalittico. Tornando sulla pista, a sinistra c'è un'altra sbarra e la salita lastricata di pietre sconnesse si inerpica fino alla miniera a cielo aperto, dove gli scavi hanno creato vaste piazze tra pareti di roccia rossa e violacea, screziate di blu cobalto e giallo zolfo per i minerali ossidati. Da qui, nelle mattinate terse, la mole scura di Montecristo si staglia al centro dell'orizzonte, e a destra, più difficile da scorgere, la piattaforma calcarea di Pianosa, priva di asperità e rilievi, una tavola che alle prime luci dell'alba si rivela per pochi minuti dorata, quasi un miraggio. E raramente, solo in giornate dall'aria secca, quella che accorcia le distanze visive, si può avere la fortuna di uno spettacolo ineguagliabile: le alte montagne della Corsica emergono alle spalle di Pianosa come un castello incantato, azzurrine, imponenti, dando l'illusione di essere raggiungibili dai gabbiani con una scivolata d'ala...

Proseguendo fino al termine della Costa dei Gabbiani, dove sorge la Fattoria Ripalte con i recinti per i cavalli, subito dopo le scuderie i ciclisti – anche qui l'accesso è salutarmente sbarrato alle auto – possono raggiungere in vertiginosa discesa la miniera del Ginevro – o Ginepro, secondo alcuni siti internet –, incassata in una valle tra alte pareti rocciose, l'unica dell'Elba dove l'estrazione avveniva in galleria. I primi scavi risalgono alla fine dell'Ottocento, ma è dal 1928 al 1969 che vi è stato il massimo sfruttamento, con la lunga galleria che scese fino agli attuali cinquanta metri sotto il livello del mare. Gli impianti, chiusi nel 1981, erano tra i più moderni d'Europa, e la magnetite estratta veniva portata in superficie con un ascensore a gabbia e caricata sul nastro trasportatore fino al molo di imbarco: nella piana che scende al mare giacciono ancora diversi carrelli sparpagliati e rovesciati, e una parte dei binari è ancora lì, a testimonianza di un passato che meriterebbe uno spazio onorevole nella memoria dell'isola. Ma è anche grazie all'abbandono, se questi scenari risultano tanto affascinanti: il silenzio è assoluto, con il vento che si toglie il capriccio di "suonare" come vecchi organi gli spettrali intrichi di tubi, cavi, griglie e cremagliere, mentre i gabbiani reali veleggiano sulle alture e le capre saltano da un picco all'altro senza smuovere neppure un sasso. La miniera del Ginepro è in "manutenzione conservativa", periodicamente perlustrata da guardiani – che fanno il giro anche delle altre – pronti a ricordare bonariamente agli "intrusi" che qui sarebbe vietato sostare e men che mai raccogliere i cristalli di ilvaite, pirite e goethite che abbondano tutto intorno.

Per le "buone gambe" l'escursione può continuare oltre, tornando al bivio per Ginevro e poi scendendo lungo un sentiero agevole che attraversa una natura selvaggia, tra pinete e fitte macchie di lentischio, corbezzolo e ginestra – stando attenti a non sfiorare gli intricati rovi che però in estate regalano scorpacciate di more –, fino ai bastioni del maestoso Forte Focardo, costruito dagli spagnoli nel 1678 per difendere la baia di Porto Azzurro con un fuoco di sbarramento dei suoi temibili cannoni da marina: alle sanguinose incursioni dei pirati nordafricani si avvicendavano gli attacchi della flotta da guerra inglese, perpetuando nei secoli la tradizione di quest'isola ambita e martoriata da incessanti invasioni e contrattacchi, dominazioni e ribellioni. Il forte è oggi un faro gestito dalla marina militare, e deve il nome al viceré Juan Joaquín Fajardo. Abbarbicato a uno sperone di roccia, è a strapiombo sul mare e il bastione sud-est è stato ricostruito dopo un bombardamento subìto nella Seconda guerra mondiale: fu l'ultimo episodio di una storia travagliata, dove le battaglie degli uomini in uniforme non erano più ardue della quotidiana battaglia per guadagnarsi da vivere dei tanti minatori che hanno fatto la vera storia dell'Isola d'Elba, conquistata mille volte per questo suo cuore di ferro in un corpo di rara bellezza.

Planasia

Agli albori dell'umanità italica, l'Isola d'Elba era unita al continente, e l'apocalisse che la separò sparse nel Tirreno le sette sorelle che oggi compongono l'Arcipelago Toscano. Simili tra loro per geomorfologia, flora e fauna, solo una è completamente diversa dalle altre: affiorando di soli ventinove metri sul mare, Pianosa è piatta come una portaerei in rotta per la Corsica, ma a vederla dall'alto ha la forma bislacca di una testa di rinoceronte da cartone animato, con la Cala della Ruta che disegna la bocca aperta, il naso a Punta Libeccio, il corno corto a Punta del Pulpito mentre quello lungo poteva finire a Cala della Lancia ma si prolunga come un buffo pennacchio fino a Punta del Marchese... Peccato che la storia di Pianosa sia un'inenarrabile serie di pene e patimenti, iniziata fin dal I secolo d.C. con una vicenda umana degna di un romanzo di Dumas.

Marco Giulio Agrippa nacque segnato dal destino avverso, tanto che fu soprannominato Postumo fin da bambino, essendo venuto alla luce dopo la morte del padre, l'Agrippa generale invitto di Roma, ammirato da Cesare per le doti militari e stimato da Augusto anche come statista, al punto che gli diede in moglie la figlia Giulia. Lo sfortunato Agrippa Postumo venne adottato da Augusto, la cui perfida consorte Livia, sempre attenta a tenere ben salde le redini dell'Impero, relegò ben presto Agrippa, appena diciannovenne, in una sperduta isola del Tirreno, Planasia, per garantire l'ascesa al trono dell'erede naturale, Tiberio. Senza dover indossare una "maschera di ferro", Agrippa tentò di rendere meno duro l'esilio facendo costruire impianti termali e persino un teatro per cento persone, e poi mosaici, e vasche per vivai che gli fornivano pesce fresco ogni giorno. Le rovine dei Bagni di Agrippa sono oggi visitabili, a fior d'acqua, grazie a una lunga opera di scavi archeologici, nella splendida Cala Giovanna, poco oltre la spiaggia dorata i cui fondali calcarei rendono l'acqua della baia del tutto simile al Mar Caribe. In quanto allo sventurato Agrippa Postumo, alla morte di Augusto, nel 14 d.C., venne fatto sopprimere da Livia quando aveva soltanto ventisei anni, lasciando sgombro il trono a Tiberio.

Anche l'odierna bellezza incontaminata è dovuta alla sua storia legata alle sventure umane, perché "l'Alcatraz del Tirreno" è rimasta immune dai danni della frequentazione turistica e della conseguente proliferazione di cemento, *grazie* ai centocinquant'anni di divieto assoluto d'attracco, essendo stata fino al 1997 una colonia penale e carcere di massima sicurezza.

Oltre alle monumentali catacombe del monastero benedettino e al forte Teglia di epoca napoleonica, l'abitato di Pianosa si distingue per gli edifici ottocenteschi voluti dal Ponticelli, storico direttore del carcere (dove più tardi passò anche il detenuto Sandro Pertini) che si sbizzarrì in mura merlate, finestre e colonnati orientaleggianti, con bizzarri richiami al Medioevo e al Rinascimento. Tutto intorno, l'isola è un rifugio sicuro per una miriade di volatili, dal gabbiano corso al falco pellegrino, dalla poiana all'upupa, dalla berta maggiore fino all'aquila minore.

Corrono brutte voci, sul destino futuro di Pianosa. Ecologicamente pura, incomparabilmente bella, essendo già dotata di una serie di costruzioni che possono essere adattate a villaggio turistico, è facile immaginare che a certi sguardi famelici rappresenti la speculazione turistico-edilizia del nuovo millennio. Per ora, la fortuna di Pianosa sta nel suo unico difetto: spoglia e brulla – nonché sorvegliata e rigidamente "a numero chiuso" – non ha boschi da incendiare, come accade ogni estate alle sue sorelle più celebri e frequentate.

Arcipelago della Maddalena

Forse se ne vanno davvero. Sto attraversando il ponte tra La Maddalena e Caprera quando il giornale radio regionale annuncia "da indiscrezioni accreditate" che presto i sommergibili nucleari della US Navy verranno spostati nella base di Diego Garcia, nell'Oceano Indiano. Dall'imbocco del ponte si vedono la grigia, lugubre mole della gigantesca nave appoggio *Emory Land*, ormeggiata di fianco all'Isola di Santo Stefano – la terza dell'arcipelago per grandezza – e le sagome nere dei sottomarini attraccati lungo le murate, a ricevere uranio per i reattori e a scaricarne di "impoverito" (più la manutenzione di missili balistici e siluri per queste macchine, che sono davvero strumenti di sterminio di massa). Tutte operazioni che fanno rabbrividire solo a pensarci, quando le si vede fare lì, a pochi chilometri dall'Eden che si affaccia sulle Bocche di Bonifacio.

Qui c'è anche chi si preoccupa per l'eventuale "perdita di posti di lavoro", intesi come servizi forniti alla base Usa, e per le centinaia di appartamenti affittati alle famiglie dei militari, e per i tanti pub e locali vari, perché si sa, i marinai in franchigia scolano birre a profusione. Ma sono in tanti a gioire per la prospettiva di restituire al turismo – "responsabile", ci auguriamo – quest'angolo di paradiso terracqueo che il mondo ci invidia: nel Mediterraneo neanche Formentera può competere con la variegata bellezza dell'arcipelago della Maddalena, e occorrerebbe andare fino alle baie e insenature della Baja California messicana per ammirare qualcosa di simile a questi capricci della natura in vena di creatività artistica – innumerevoli le "sculture" realizzate dal vento sul granito in milioni di anni –, là dove il Mar di Cortés accarezza o flagella coste apocalittiche e oniriche quanto quelle dell'estrema propaggine di Sardegna gallurese. Una fantasmagoria che lascia attoniti, specie all'alba, quando i militari sono ancora nelle tante caserme e il traffico di natanti è ridotto a pochi pescherecci borbottanti nell'immoto silenzio.

Un destino bellicoso ha disseminato l'ambito arcipelago di una miriade di fortezze, per lo più diroccate – ed è un peccato, perché alcune sarebbero straordinari musei, se solo le avessero tenute in sesto –, a cui si aggiungono le brutte strutture delle scuole di marina e quelle ancor più invasive di arsenali e depositi di esplosivi sotto forma di missili, bombe e tutta la parafernalia che trasforma il bello in inquietante. Già i Romani scelsero le sette isole, circondate da uno sciame di isolotti, per le loro basi d'appoggio alle navi che solcavano il Tirreno, poi, nel XII secolo, se le contesero genovesi e pisani, lasciandole pur sempre spoglie, finché i pastori corsi vi trasferirono le greggi con migrazioni stagionali a partire dal XVI secolo: d'estate tornavano sulle montagne di Corsica, per scampare alle incursioni dei pirati. Spesso si spingevano fin qui i pescatori di corallo liguri, e persino toscani, ponzesi e napoletani. A sloggiarli tutti definitivamente ci avrebbero pensato i soldati piemontesi, quando a partire dal 1797 la Sardegna fu annessa all'infimo regno dei Savoia, e cominciò così la militarizzazione dell'arcipelago, con la costruzione di forti e caserme un po' ovunque.

Erano tempi di accanita rivalità con la Francia, che nel 1793 mandò una spedizione sbarcando sull'Isola di Santo Stefano con l'intenzione di impossessarsi di quelle strategiche "isole intermedie", come le chiamavano a Parigi ritenendole più corse che piemontesi. Non fecero però i conti con i sardi: l'inaspettata reazione dei galluresi, accorsi in gran numero con ogni sorta di arma rimediata e guidati dall'ardimentoso marinaio maddalenino Domenico Millelire, inflisse la prima sconfitta a un giovane capitano d'artiglieria corso, tale Napoleone Bonaparte, che si era messo a bombardare La Maddalena da Santo Stefano. Non fu l'unico dolore che subì da queste genti: nel 1804 accolsero la squadra di Horatio Nelson, a rifornirsi prima di affrontare la flotta francese a Trafalgar, e ancora si conservano in chiesa i doni lasciati dall'ammiraglio inglese – un crocifisso e due candelabri. La "vocazione indotta" dell'arcipelago era ormai segnata: piazzaforte navale, principale base della marina con la testa a Torino e i piedi a mollo in Gallura, e dunque lo sviluppo, se così si può definire, delle isole maddalenine è stato da allora legato alle servitù militari. Un contrasto stridente, punteggiato ovunque dagli insopportabili cartelli "Alt-zona militare", oggi che fortunatamente in molti apprezzano più le berte maggiori e minori, le procellarie, i falchi e i gabbiani corsi, degli Harrier a decollo verticale; e ancor più contrasta il decreto a parco del 1998 con l'incidente del sommergibile nucleare *Hartford*, che il 25 ottobre 2003 ha cozzato ripetutamente contro i fondali perdendo *forse* quantità micidiali del suo "propellente atomico", in tal caso provvidenzialmente allontanate dalle forti correnti. Ma qualcuno adesso ci sta facendo comunque i conti, e le tracce di plutonio 239 rilevate dai francesi non inducono alla tranquillità ostentata dai comandi militari.

L'unico "combattente" che da queste parti gode di incondizionato rispetto è Garibaldi, che a Caprera volle ritirarsi sdegnosamente, quando capì che i gattopardi erano invincibili e si rassegnò al volontario esilio nel luogo che più amava al mondo. Caprera è isola ideale per la bicicletta da montagna, e pedalando al di là del ponte si oltrepassa il Club Méditerranée (il primo aperto della lunga serie, nel 1955, unica struttura affollata perché il resto è disabitato in base alle giuste leggi della riserva naturale), si svolta a sinistra e si prosegue fino al Compendio Garibaldino, con la Casa Bianca dove l'Eroe dei Due Mondi risiedette dal 1856 – e la "casa di ferro" prefabbricata dove dormiva in attesa di concludere i lavori della dimora principale – firmando ogni lettera come "Giuseppe Garibaldi agricoltore": anni di dura zappa trasformarono questo selvaggio grumo di roccia boscoso e spazzato dal maestrale in un'azienda che produceva frutta, olio, vino (proprio per opera di Garibaldi, che beveva solo latte), con bovini, capre, maiali e polli. Oggi, all'ingresso della casa museo restano solo i cinghiali, e si capisce il motivo di tanti cartelli che invitano a non dar loro da mangiare: qui sembrano animali da cortile, specie i piccoli delle recenti nidiate, che si avvicinano ai visitatori aspettandosi un pezzo di panino e posano indifferenti per le foto ricordo. Prima che agricoltore, Garibaldi era esperto marinaio, e persino mastro carpentiere: alcune delle grosse barche che costruì con le sue mani sono ancora esposte nei pressi della sua tomba. Ogni oggetto è rimasto come lo lasciò il 2 giugno 1882, quando in punto di morte volle smarrire per l'ultima volta lo sguardo al di là della finestra, dal letto posizionato in modo da vedere il mare.

Tornando nella sorella maggiore, La Maddalena, i venti chilometri di strada panoramica offrono viste da sogno, culminando sui 156 metri del Forte Guardia Vecchia, e se è pur vero che solo in barca si può godere appieno delle struggenti bellezze dell'Arcipelago, comunque molte cale e calette sono raggiungibili via terra, a patto di procedere a passo d'uomo sulle piste sterrate e ogni tanto ricorrere al passo vero e proprio, percorrendo sentieri che alla fine giustificano qualsiasi fatica. Ma proprio accanto all'imbocco del ponte per Caprera c'è un'altra isoletta, Giardinelli, che tale non è più, essendo unita alla costa maddalenina da una lingua di sabbia che conduce in uno dei luoghi più suggestivi, la cosiddetta "capocchia du purpu", per via di una roccia di granito che il vento ha modellato facendone una piovra protesa sulla sabbia candida della caletta. Acque cristalline dal turchese allo smeraldo, come del resto in molte altre spiagge intorno, citando con particolare attrazione Bassa Trìnita, Monti di Rena (con l'immensa duna da cui si può rotolare allegramente per un centinaio di metri), o la raccolta Cala Francese, o la più selvaggia Cala d'Inferno: quarantacinque chilometri di costa che, vale la pena ribadirlo, è davvero unica al mondo.

E la sera, una passeggiata indolente sul lungomare che si affaccia sulla vicina Palau, ad appena un quarto d'ora di traghetto, sbirciando la scultura naturale dell'Orso, per poi risalire le stradine abbarbicate intorno al porto, fino all'incantevole Cala Gavetta, dove i pescherecci vanno e vengono, e si gode all'idea che presto il paradiso perduto potrà essere restituito alla civiltà. Perché non sarà un caso, se il contrario di "militare" è "civile".

L'Asinara, l'isola scarcerata

Narra la leggenda che Ercole afferrò l'estrema propaggine settentrionale della Sardegna e la staccò dalla penisola della Nurra. E la strinse così forte nel pugno da assottigliarne la parte centrale, la-

67

sciandole impresse tre profonde insenature dove le possenti dita l'avevano strangolata. Herculis Insula, la chiamarono perciò i Romani, e successivamente Sinuaria, per la sinuosità delle sue coste. Pare che Asinara deriverebbe dunque dalle graduali storpiature del nome romano, anche se i suoi celebri asinelli albini, proliferati sull'isola in epoca più recente, ne sono ormai il simbolo.

Antica e travagliata è la storia di questa splendida isola divenuta una riserva naturalistica selvaggia e aspra. Abitata fin dall'Età della Pietra, la presenza umana è testimoniata dalle *domus de janas*, le "case delle fate", luoghi di culto funerari scavati nella roccia calcarea rinvenuti nella zona di Campu Perdu, dove è stata anche recuperata una statuetta di bronzo risalente all'epoca nuragica. Conosciuta da Fenici e Greci per la posizione strategica e usata per rifornirsi di acqua nelle loro navigazioni commerciali, venne colonizzata dai Romani e prosperò in stretto rapporto con la vicina Turris Lybissonis, l'odierna Porto Torres. L'incessante andirivieni di navi militari e da trasporto ha lasciato una traccia suggestiva: fu un evento sicuramente drammatico, un naufragio, che a distanza di millenni ci permette oggi di ammirare a pochi metri di profondità, davanti al molo di Cala Reale, su una prateria di alga posidonia, il relitto di una grande nave oneraria carica di anfore che contenevano salsa di pesce, una prelibatezza per quell'epoca. Si è deciso di lasciare tutto lì, regolamentando le immersioni su permesso della Soprintendenza Archeologica di Sassari, o "sorvolando" il sito con un battello dal fondo di vetro.

Nel 700 d.C. iniziarono le incursioni dei corsari arabi, che ingaggiavano furibonde lotte all'ultimo sangue con i sardi residenti, costretti a ritirarsi sempre più all'interno. Le Repubbliche marinare di Genova e Pisa ne approfittarono per prendere il controllo di questi mari scatenando la caccia ai "mori", mentre la famiglia dei Malaspina, signori della Lunigiana, pose un insediamento sull'Asinara facendo costruire il cosiddetto Castellaccio, una fortezza sul picco granitico i cui ruderi sovrastano ancora la località di Fornelli. Ma come tanti aspetti della storia dell'Asinara, anche questa presenza resta vaga e misteriosa, perché non si è ancora riusciti a stabilire l'epoca precisa e se davvero appartenesse ai Malaspina oppure ai Doria. Comunque, un dato di fatto è che a metà del XII secolo arrivarono i "pionieri" dall'abbazia pisana di San Michele in Borgo, i monaci camaldolesi che si misero caparbiamente a costruire dimore di pietre, votati alla povertà e alla meditazione: restano a malapena poche rovine di case sparse, che formavano il Cenobio di Sant'Andrea, successivamente usate dai pastori sardi.

Tre secoli più tardi, l'Asinara relegò al remoto passato la paciosità dei frati e divenne campo di battaglia tra genovesi e aragonesi, ferocemente impegnati a disputarsi il controllo dell'intera Sardegna. Nelle acque un tempo care a Ercole, nel giugno del 1409 la flotta iberica di stanza ad Alghero attaccò quella genovese che faceva base all'Asinara. Fu un'azione ardita, perché i catalano-aragonesi erano inferiori di numero, ma potevano contare sul "progresso tecnologico": per la prima volta nella storia delle belluine contese mediterranee, a bordo delle imbarcazioni vennero impiegate le micidiali bombarde, armi di cui i genovesi non disponevano ancora, e ben sei delle loro galere irte di balestre e con i fanti di marina pronti all'abbordaggio a spada sguainata colarono a picco con il fasciame squarciato da palle di ferro e mitraglia. Venne poi la ferale epopea del pirata Barbarossa, che in realtà si chiamava Khayr al-Dīn ed era un esperto ammiraglio ottomano, che dopo aver messo a ferro e fuoco le coste dell'ex Mare Nostrum, da Lipari all'Andalusia, dall'Elba alla Sardegna, si insediò all'Asinara facendo del Castellaccio il suo maniero: dall'isola partiva per le sue scorribande nel Tirreno, divenendo lo spauracchio dei cristiani e l'eroe patriottico dei turchi, tanto che fu sepolto nei pressi di Costantinopoli quando, invulnerabile a sciabolate e archibugiate, fu vinto da una miserabile dissenteria. *Sic transit gloria mundi*...

Dopo le parentesi settecentesche che videro pescatori liguri e pastori sardi dare un po' di pace alla tanto contesa isola, i Savoia destinarono l'Asinara agli usi più tristi: nel 1885, per regio decreto vennero deportati tutti gli abitanti con il bestiame appresso, operazione non certo indolore dato che sardi e liguri si opposero in alcuni casi anche con la forza – tanto da richiedere l'intervento di esercito e navi da guerra –, rassegnandosi poi a dare vita al paese di Stintino, propaggine oggi incantevole nella penisola della Nurra con spiagge degne dei Tropici. Fu l'inizio della Cayenna sarda. Prima adibita a luogo di quarantena per equipaggi di navi sospette di epidemie a bordo, con annesso lazzaretto, l'Asinara nel 1915 divenne campo di prigionia per decine di migliaia di soldati austroungarici, e poi colonia penale agricola. Tra il 1937 e il 1939 vennero trasferiti qui centinaia di prigionieri etiopi – erano i tempi del "posto al sole" conquistato con massacri e uso di gas sulla popolazione civile –, e tra quegli sventurati c'era anche la figlia del Negus Ailé Selassié, incinta: perse il bambino all'Asinara e morì di lì a poco. Tra le tante vergogne dell'"era fascista", questa è una delle più ignorate. Nella Seconda guerra mondiale l'Asinara tornò tristemente in auge come zona di tragedie navali, quando appena un giorno dopo l'armistizio, il 9 settembre 1943, la possente corazzata *Roma*, ammiraglia della marina militare, venne centrata dai bombardieri della Luftwaffe – divenuti nemici da sole ventiquattr'ore – e affondò davanti a Punta dello Scorno. Erano stati impiegati ordigni a razzo radiocomandati: fu la nascita delle "bombe intelligenti", e intanto, morivano 1264 uomini dell'equipaggio e gli 88 ufficiali dello stato maggiore.

Dal dopoguerra, l'Asinara diventò a tutti gli effetti un'isola-carcere, famigerata suo malgrado negli anni settanta come "speciale" per i fondatori delle Brigate Rosse – con la sanguinosa rivolta del 2 ottobre 1977 –, temporaneamente dismessa negli anni ottanta e quindi destinazione di isolamento duro nel 1992 per i capi mafiosi in regime di 41bis. Nel frattempo, i sardi organizzavano proteste e manifestazioni per riappropriarsi dell'isola, spesso con sindaci e assessori alla testa, protagonisti di clamorose "incursioni". La promessa, eternamente rimandata, di farne un parco nazionale, fu finalmente realizzata nel '97, anche se si è dovuto aspettare il '99 per vedere del tutto "scarcerata" l'isola: da allora, l'Asinara è uno dei luoghi più incontaminati del Mediterraneo – proprio per l'assenza di frequentazione umana durata circa un secolo –, dove si sta tentando di mantenere il delicato equilibrio che la natura è riuscita a conservare con sorprendenti scenari e specie faunistiche altrove minacciate di estinzione.

Da pochi anni l'Asinara è visitabile a "numero chiuso" e sotto stretto controllo della Guardia Forestale. Severamente vietato avvicinarsi alle coste con natanti a motore, si può attraccare con barche a vela previa richiesta di permesso, e accedervi tramite i pochi barconi autorizzati che al mattino salpano da Porto Torres e da Stintino. L'escursione più lunga ed esauriente – grazie alle esperte guide che ci accompagnano – è quella del "trenino ecologico" (be', la motrice è diesel, ma almeno si tratta di un solo motore acceso per una cinquantina di visitatori). Si parte da Fornelli, con prima sosta al supercarcere, attualmente chiuso ma in progetto di diventare un museo – sarà l'Alcatraz della Sardegna –, e subito ci si ritrova attorniati dagli asinelli albini, sparsi un po' dappertutto e sempre indecisi tra accettare una carezza o ragliarvi contro per farvi sentire degli intrusi. Poi ci si inerpica lungo la strada che percorre il cuore dell'isola, dove le capre selvatiche saltano su speroni di roccia e, con un po' di fortuna, si possono avvistare anche i mufloni, che si stagliano sul granito scolpito dal vento come se posassero per una foto ricordo. Più facili da incontrare le famigliole di pernici, qualche falco pellegrino e il più raro pescatore, o gli eleganti "cavalieri d'Italia", dalle lunghe zampe rosse e il becco aguzzo, mentre il gabbiano corso sta lottando per la sopravvivenza, stavolta non a causa dell'uomo ma del cugino gabbiano reale che, nidificando un mese prima, sceglie i luoghi migliori e poi tiene alla larga i corsi o addirittura distrugge le loro uova. Tra le soste del percorso, alcuni panorami memorabili, come quelli sul versante occidentale, con le imponenti falesie a strapiombo sul mare, le svariate insenature con spiagge incantevoli, e Cala Reale, con i suoi edifici ristrutturati per accogliere gruppi di studio e scolaresche, dove è prevista una sosta per rifocillarsi: e subito spuntano dai fitti cespugli cinghiali di varie età, spesso cuccioli grufolanti, ma anche alcuni abbastanza grossi da inquietare. Non hanno più alcun timore degli umani, anzi, pretendono insistentemente una parte della merenda, però va ricordato che è vietato dar loro da mangiare (se poi vi strappano al volo un panino dalle mani, è un altro discorso). Non sono aggressivi, ma sfacciati come scimmie.

 Gli arbusti, tra i quali spiccano le euforbie arboree che in periodo secco assumono l'aspetto di enormi coralli rossicci, ricoprono interamente l'isola. Un tempo l'Asinara era molto boscosa: le guide spiegano che, purtroppo, l'amministrazione penitenziaria fin dall'inizio del secolo ha tagliato e bruciato indiscriminatamente gli alberi, per meglio controllare i detenuti in lavoro esterno e togliere il riparo dei boschi agli eventuali fuggiaschi. Oggi resistono solo sporadici quanto rari esemplari di ginepro fenicio, che cresce lentamente e ha un resistente legno pregiatissimo e profumato, perciò molto ricercato e, in passato, ha fornito materiale per le travi di tante costruzioni sulla stessa Asinara. Meta finale dell'escursione è Cala d'Oliva, altra struttura carceraria denominata Diramazione Centrale e trasformata in Centro di Educazione Ambientale: le antiche celle formano un quadrato intorno al vasto cortile, tutto imbiancato a calce, abbagliante sotto il sole pomeridiano – uno scenario che ricorda il film *Papillon* –, dove gli ospiti dei corsi di studio e ricerca possono fare la singolare esperienza di dormire nei letti a castello un tempo occupati dai condannati a lunghe pene. La differenza non da poco è che adesso le pesanti porte con spioncino si chiudono – e soprattutto si riaprono – dall'interno, e nessuna guardia vi sveglia all'alba per la "conta". Dei tanti carcerati che scoprirono un'anima d'artista, restano esposte alcune sculture in pietra e soprattutto in legno, intagliato finemente con la pazienza di chi aveva molto, molto tempo a disposizione.

Campiglia, dove ancora si ricorda Francisco Ferrer

Tra le spiagge di Populonia e l'entroterra volterrano, all'inizio della Val di Cornia, lasciandosi alle spalle le pinete costiere si sale verso i 210 metri di Campiglia Marittima, paesino di quella che fino al secolo scorso era chiamata la Maremma Pisana: letteralmente a cavalcioni su un contrafforte del Monte Calvi, il centro storico di Campiglia si affaccia per metà sul mare, dalla parte della Rocca, e per l'altra metà sui monti, con il quartiere popolare del Poggiame. Prima di entrarvi dalla Porta a Mare, è d'obbligo una sosta per ammirare lo spettacolo dal belvedere di piazza della Vittoria: con il cielo terso si scorge l'intero Arcipelago Toscano, ma proprio di fronte, situata su un singolare rilievo e al centro di un antico cimitero, la visione della Pieve di San Giovanni cattura lo sguardo prima che si perda nella vastità della piana. La chiesa risale all'anno Mille, tanto che la prima traccia in una bolla papale è del 1075, e oltre al fascino della tipica sobrietà romanica, offre da ormai dieci secoli il rompicapo dell'iscrizione nella pietra alberese, oggetto di svariate traduzioni e interpretazioni: SATOR AREPO TENET OPERA ROTAS. Le cinque parole si ripetono se vengono lette da sinistra a destra e da destra a sinistra, oppure dall'alto in basso o dal basso in alto; al centro del quadrato, la parola TENET forma una croce palindromica. Alla fine, potrebbe essere soltanto uno scongiuro contro gli incendi, che fin da allora minacciavano i boschi della zona.

Fondata su un territorio di miniere da cui già gli Etruschi estraevano il ferro, Campiglia si è splendidamente conservata attraverso un millennio, da quando Gherardo della Gherardesca ne fece per la prima volta il nome nel 1004, e oggi vanta la straordinaria caratteristica – unica nella regione – di non avere neppure un albergo o una pensione... I villeggianti che ne apprezzano la paciosità e i ritmi altrove dimenticati affittano case o camere presso famiglie locali, divenendo in qualche modo abitanti tra gli abitanti, e la pressoché totale chiusura al traffico le conferisce un clima impagabile: non è raro, verso il tramonto, vedere un cavallo "parcheggiato" nella piazzetta dove ai tavolini del Bacco si prende l'aperitivo e si riescono a sentire le voci di chiunque, anziché le sgasate di autobus e macchine.

Orgogliosa del proprio passato, che la vide contesa tra pisani e fiorentini, Campiglia organizza ogni anno una girandola di eventi estivi e autunnali, tra sfilate in costume, banchetti medioevali in strada, concerti e rappresentazioni teatrali: raggiunge il culmine dalla fine di ottobre alla metà di novembre, quando il centro storico è invaso dalla Sagra d'Autunno e della Schiaccia Campigliese, sorta di focaccia dolce che costituiva una robusta iniezione di calorie e grassi per i minatori e la popolazione tutt'altro che benestante. Tra le varie ricostruzioni storiche in costume, il visitatore può scoprire che la miseria dei "senza terra" – i braccianti della Maremma Bassa – ha prodotto piatti tipici legati sì a un mondo di risparmio, ma ricco di genialità creativa e, perché no, con anche un pizzico di autoironia, come la "pasta al galletto scappato": si soffrigge un battuto di prezzemolo, cipolla, carota e sedano, si aggiungono successivamente pomodori, peperoni, basilico, uno spicchio d'aglio, e a seconda del periodo anche carciofi, zucchine, melanzane, finché si ottiene un ragù vegetale con cui condire la pasta spolverata di pecorino; e il galletto? È scappato, ovviamente, o è rimasto nel pollaio del padrone dei latifondi d'altri tempi... Quando, cioè, in bottega si comprava solo il sale o al massimo un pezzo di stoccafisso per le feste speciali, mentre tutto il resto andava preso nell'orto dietro casa, inventandosi, oltre ai galletti fuggitivi, anche l'"acqua cotta" e la panzanella, a base di pane raffermo resuscitato dall'aceto. A testimonianza di quel recente passato in cui la lotta per la sopravvivenza quotidiana era anche e soprattutto politica, in piazza resiste ancora una lapide in ricordo dell'anarchico e pedagogista spagnolo Francisco Ferrer, fucilato a Barcellona nel 1909, e subito accanto inizia via Pietro Gori, pensatore e poeta – sua è *Addio Lugano bella* – che un giorno, al passaggio del corteo del monarca in visita a Portoferraio, si affacciò al balcone e si tolse il cappello; di fronte alle stupefatte richieste di spiegazioni levatesi da più parti, rispose candidamente: "Un anarchico è innanzitutto una persona educata", intendendo così che, per lui, il re era soltanto un passante da salutare cortesemente come chiunque altro. Genti di queste terre, appassionate, irruenti, ma immancabilmente gentili.

Massa Marittima: l'albero degli uccelli che non volano

Ha davvero un bell'impatto visivo, Massa Marittima, che si presenta al viandante con lo splendore del Duomo duecentesco come prima immagine dell'abitato: facciata a sette archi con loggiato a cinque, eretto sopra un podio gradonato a dominare la monumentale piazza Garibaldi, su cui si affacciano a loro volta il Palazzo vescovile, quello del Podestà e del Comune. A tanta magnificenza si accede giustamente a piedi, dopo aver lasciato l'auto nel sottostante parcheggio obbligatorio, al termine di un percorso che si è tenuto alle spalle il Golfo di Follonica per inerpicarsi fino alla cima del monte dove sorge la città romanica, fedele all'usanza di queste parti dove, se c'è l'aggettivo "marittima", si può star certi di finire su qualche altura e ben lontani dal mare. Che però è suggestivamente ammirabile da vari punti del centro storico, linea argentata in fondo alla piana sterminata dove non ci vuole molta fantasia a immaginare furibonde battaglie tra le signorie che si disputarono per secoli ogni palmo di terreno e ogni pietra di fortezza. Sarà anche per la vista del Duomo e della piazza che la stragrande maggioranza dei visitatori avanza come attirata dalla calamita della bellezza architettonica, e difficilmente nota la fonte pubblica nel Palazzo dell'Abbondanza, che rimane sotto e di lato... E persino tra chi si sofferma davanti al grande affresco, un po' scolorito per via dei settecentocinquant'anni circa di acqua passata nei lavatoi, sono pochi quelli che colgono nel "dettaglio" la singolarità della scena: un immenso albero dai rami che si irradiano sulla parete ad arco, a sovrastare un nutrito gruppo di donne intente... A prima vista, sembrano lavare i panni e spettegolare del più e del meno, invece si stanno prodigando a raccogliere i "frutti" dell'albero e a usarli in vario modo: frutti che risultano essere spropositati falli con tanto di testicoli rigonfi, appesi ai rami, svolazzanti in aria, stretti fra le mani delle dame che li tengono ben saldi, e due di loro ci strizzano sopra enigmaticamente le chiome bagnate per chissà quale misterioso rituale erotico... È incredibile che tutto ciò sia scampato a secoli di Inquisizione e campagne bigotte varie, quando ovunque imperversavano le foglie di fico (ce ne vorrebbero però a dozzine, in questo caso). Nessuno, dal 1265 a oggi, ha osato cancellare o coprire quei paffuti e persino un po' beffardi membri virili, simili (colorito a parte) a quelli che tutti noi maschiacci abbiamo vergato per dispetto sui quaderni dei compagni di scuola... Il titolo dell'affresco è, manco a dirlo, *L'albero della fecondità*, e lo stesso palazzo è dell'Abbondanza, ma in questo caso non si riferisce alle prestazioni dei messeri medioevali bensì alle funzioni di granaio pubblico.

Continuando la passeggiata nella Città vecchia, tra antichi caffè e moderne gelaterie quasi sempre assediate dagli odierni discendenti dei Sassoni (soprattutto nelle varianti anglofone d'oltreoceano, che da queste parti stanno comprando praticamente tutto), si arriva all'imponente Torre del Candeliere e alle mura della possente Fortezza che i senesi, conquistata Massa nel 1337, unirono tra loro costruendo un ponte ad arco, per l'epoca a dir poco avveniristico. Oggi il complesso, ottimamente restaurato, è visitabile: si accede dalla piccola porta alla base della Torre per poi arrampicarsi su ripidissime scalette di legno interne; salire è facile, a scendere ci si pensa dopo. Una volta raggiunta la sommità, si gode una vista impagabile. E la fantasia torna a galoppare, indietro di un millennio, quando i saraceni mettevano a ferro e fuoco ogni insediamento sulla costa e alla fine, grazie alle risorse minerarie della zona, le ricchezze vennero investite in fortificazioni che la resero un comune-repubblica inespugnabile. O quasi. Perché i senesi riuscirono a prenderla per sfinimento, e addio alla sua orgogliosa indipendenza. Da sottomessa, l'ariosa Massa Marittima sembrò spegnersi gradualmente, e alla decadenza si aggiunse la terribile peste nera verso la metà del Trecento, quando dalle paludi intorno a Piombino presero a salire non solo zanzare da malaria ma anche fetidi topacci ammorbati, quasi il destino volesse dimostrare che senza libertà proliferano i peggiori demoni e sconquassi. Si dovranno aspettare addirittura quattrocento anni perché, subentrati i Lorena all'ultimo dei Medici, avviata la bonifica e rilanciata l'estrazione dei minerali ferrosi, Massa riprenda lo splendore che ostenta tuttora, fiera e solitaria sul suo monte, gioiello raro di urbanistica medioevale, a contemplare finalmente paciosa lo struggente spettacolo del golfo al tramonto, senza più l'ansia di scorgere vele nemiche all'orizzonte.

Casentino: quando anche il sommo poeta menava fendenti

Dei personaggi storici vissuti diversi secoli addietro conserviamo immagini cristallizzate in un periodo dell'età matura, quasi sempre legate agli anni in cui hanno prodotto le opere per le quali sono diventati immortali. Così, se pensiamo a Dante Alighieri, evochiamo immancabilmente un profilo dall'inconfondibile naso e il capo coperto da un cappuccio rosso cinto d'alloro... Chi se lo raffigurerebbe mai con l'elmo, la corazza sul petto ansimante, una spada nella destra e lo scudo alla sinistra, e magari lo sguardo acceso dal furore della battaglia, e il sudore a imperlargli la fronte, e forse qualche schizzo di sangue qua e là, il proprio o quello altrui, mentre urla e mena fendenti sui nemici... Eppure, il ventiquattrenne Dante doveva essere per forza conciato in questo modo, l'11 giugno 1289, quando combatté nella battaglia di Campaldino assieme a Corso Donati, inquadrato nelle schiere guelfe fiorentine al comando di Amerigo da Narbona, contro i ghibellini aretini capitanati da Buonconte da Montefeltro. Un'intera giornata di attacchi e contrattacchi, sotto una grandinata di frecce e dardi, e in simili scontri campali, dove si usavano mazze ferrate, asce, picche e spadoni capaci di spaccare un uomo in due, la violenza degli assalti faceva volare teste e braccia mozzate, in un'orgia di sbudellamenti e ossa schiantate. Chissà che aspetto aveva il (futuro) sommo poeta al termine di quella giornata sanguinosa? Sfinito ma soddisfatto, visto che proprio Corso Donati aveva risollevato le sorti incerte della battaglia guidando i guelfi in un'ultima carica disperata che travolse i ghibellini e i loro numerosi alleati.

Un'accurata ricostruzione di quell'evento che sancì l'egemonia dei fiorentini sulla Toscana si può ammirare all'interno del castello di Poppi, nel cuore del Casentino: un plastico di ben 25 metri quadri, con 4302 soldatini di piombo finemente lavorati e dipinti, mostra i due schieramenti prima che cominciassero a massacrarsi vicendevolmente. Il castello dei conti Guidi sorge su un'altura che domina l'abitato di Poppi, e aggirandosi nei suoi sontuosi saloni o salendo la scalinata di pietra che sembra uscita da un disegno di Escher, la sensazione di ripiombare nel Medioevo è dovuta sia all'ottima conservazione del maniero sia ai sapienti lavori di restauro: pareti ricoperte di stemmi gentilizi, ballatoi, affreschi del XIV secolo... A parte l'attrazione turistica, il castello è anche sede della Biblioteca Storica Rilliana, che offre a studiosi e ricercatori 70.000 volumi, 800 manoscritti e 600 incunaboli.

Il Casentino, con le sue foreste che rappresentano ormai una rarità nell'odierno panorama europeo, occupa l'alta valle dell'Arno, che nasce a poca distanza dal Tevere e scorre quasi parallelo al fiume fratello, separati da una giogaia di monti sulle cui cime sorgono Camaldoli e La Verna, nomi che evocano un passato di religiosità ascetica: i celebri monasteri vennero fondati rispettivamente da san Romualdo nel 1012 e da san Francesco nel 1214. La bellezza mistica del Casentino boscoso, sorta di anfiteatro delimitato dalle dorsali del Monte Falterona, del Pratomagno e dell'Alpe di Catenaia, e quindi la sua posizione marginale e poco accessibile, ne fecero un luogo di ritiro spirituale per i primi secoli dello scorso millennio, ma ancor oggi il principale interesse per turisti e viandanti è la lunga serie di pievi, eremi e santuari che costituiscono un itinerario suggestivo. Se ai tempi di san Francesco si percorreva a piedi o tutt'al più a dorso d'asino, adesso al Casentino si accede principalmente da due strade sinuose: una che lo attraversa da nord a sud – per chi arriva da Firenze o da Arezzo –, e l'altra dalla Romagna attraverso il Passo dei Mandrioli. "Son sceso per interminabili valli selvose e deserte con improvvisi sfondi d'un paesaggio promesso, un castello isolato e lontano: alla fine, Stia, bianca, elegante tra il verde, melodiosa di castelli sereni... La poesia toscana ancor viva nella piazza sonante di voci tranquille, le signore ai balconi poggiate..." scrisse Dino Campana nei *Canti orfici*. Stia, alle falde del Falterona, sembra stringersi attorno alla medioevale piazza Tanucci fiancheggiata dai porticati delle case, caratteristica comune anche al vicino borgo di Poppi, che ha l'intera via Cavour tra due lunghe file di portici – scelta architettonica urbana molto più diffusa in Emilia e in Romagna che non in Toscana. Proseguendo verso Arezzo, si passa infine da Bibbiena, feudo dei vescovi aretini che in seguito alla sconfitta ghibellina nella piana di Campaldino venne rasa al suolo dalle orde guelfe e poi ricostruita come la cittadina rinascimentale che possiamo ammirare attualmente.

Montecchio e l'Acuto

Giovanni dalle Bande Nere segnò con la sua morte la fine dell'epopea cavalleresca e l'avvento della guerra moderna, con l'irruzione fragorosa delle armi da fuoco che avrebbero sostituito all'ardimento la tecnica balistica. Un paio di secoli prima, un altro Giovanni era divenuto celebre – o meglio famigerato – come capitano di ventura. Correva l'anno 1384 quando l'avventuriero divenne addirittura Signore di Montecchio, nell'aretino, tra Castiglion Fiorentino e Cortona, insediandosi nel maestoso maniero che ancor oggi domina la Val di Chiana. Il complesso fortificato risale al XIII secolo e comprende un palazzo signorile su cui svetta una torre eccezionalmente alta, con vasti spazi verdi all'interno della muraglia merlata. L'uomo d'armi che qui fece costruire anche l'imponente Rocca di forma trapezoidale era conosciuto come Giovanni l'Acuto, soprannome che non si riferiva certo all'ingegno del condottiero: era semplicemente la storpiatura di John Hawkwood, mercenario inglese calato nella Penisola italica dopo la guerra dei Cent'anni, dove si era distinto nelle battaglie di Crécy e Poitiers. Rimasto disoccupato a causa del trattato di Brétigny, Hawkwood riunì una banda di armigeri e puntò a sud in cerca di ingaggi. Li chiamavano "la Compagnia Bianca" per le insegne su cui spiccava una rosa bianca, in omaggio al loro protettore, il duca di Lancaster, in eterna disputa con gli York della Rosa Rossa. Se Giovanni dalle Bande Nere usava e imponeva ai suoi corazze brunite in modo da poter avanzare di notte senza emettere riflessi sotto un plenilunio, Hawkwood coltivava abitudini opposte: faceva lucidare maniacalmente elmi e pettorine usando grasso di capriolo, all'epoca il miglior antiruggine disponibile, e le cavalcate notturne della sua banda di tagliagole divennero ben presto leggendarie – quanto temute – perché nelle vallate aretine i contadini narravano visioni di cavalieri luminosi come spettri erranti...

Iohanne Haucud Anglico combatté di volta in volta per chiunque gli offrisse di più: nel 1364 si mise al servizio di Pisa contro Firenze, passò quindi alle truppe pontificie del cardinale Albornoz, e successivamente ai Visconti di Milano, che lo inviarono proprio contro le schiere del papato nel territorio perugino. Nel 1369 lo ritroviamo sotto le insegne pisane e nel frattempo, come accade tuttora a tanti inglesi, si affeziona ai paesaggi toscani, dov'è ormai diventato Giovanni l'Acuto e gode di tale fama che nel 1374 Caterina da Siena, già in odore di santità, lo prega accoratamente di partire per la Terra Santa; ma l'Acuto da quell'orecchio non ci sente, le Crociate non sono redditizie... L'anno dopo, i fiorentini decidono di comprare i suoi servigi per una cifra spropositata, ben centotrentamila fiorini: mai un capitano di ventura aveva ottenuto tanto. L'Acuto incassa e continua a fare i suoi comodi, accettando ingaggi temporanei dal papato che lo spedisce in Romagna a "pacificare i riottosi": occupa Faenza e fa massacrare centinaia di civili inermi, poi espugna Cesena e, quando l'abbandona, i depositi dei cereali sono stipati di cadaveri, oltre duemilacinquecento abitanti passati a fil di spada... In Romagna si lascia alle spalle un aneddoto tipico del personaggio: di fronte a due suoi ufficiali che si disputavano una giovane suora, l'Acuto sguainò la spada e con un poderoso fendente squartò la poveretta dicendo: "Metà ciascuno, così la piantate di litigare".

Entrato definitivamente nelle grazie di Firenze, si insedia a Montecchio e avvia i lavori che renderanno il castello così come oggi possiamo ancora ammirarlo. Qui, un giorno, per poco non scannò due frati che lo avevano salutato con la frase "La pace sia con te". "La pace?!" sbottò l'Acuto, "ma se io vivo di guerre! Mi state forse augurando di crepare di fame?"

Il colmo per un simile figuro è che lo ritroviamo in un affresco di Paolo Uccello, pomposamente in groppa al destriero con corazza lucente e bastone del comando, nella parete sinistra del Duomo di Firenze, dove è addirittura tumulato, suscitando le giuste ire di chi, successivamente, ha scritto: "Firenze che negò sepoltura a Dante, ha eretto un monumento funebre a quel ladro e spaccateste...".

Dopo aver rivissuto le scelleratezze dell'Acuto visitandone il castello, per trovare una nota allegra e ricordare che, malgrado tutto, "la vita è bella", basta scendere a valle e percorrere la frazione di Manciano – che qui tutti chiamano invece Misericordia –, dove, in una spianata adibita a giardini pubblici, si erge la statua in bronzo non di uno "spaccateste" ma del più celebrato e amato dei nativi, Roberto Benigni, immortalato dallo scultore Andrea Roggi in una posa simpaticamente clownesca, statua forgiata all'indomani dell'Oscar e posta qui a memoria dell'indole allegra degli abitanti, in netta contrapposizione con le sventure sanguinarie del passato remoto.

Castiglion Fiorentino: quando una mangiata valeva più di un vescovo

A mezzanotte in punto del sabato di Pasqua il grande portone della Collegiata si spalanca di colpo, sul sagrato esplodono centinaia di mortaretti mentre sull'altare maggiore le trombe squillano, e... nel tripudio di luci e suoni fragorosi, irrompe in chiesa un imponente Cristo risorto che sembra sorvolare le teste della folla: tranne le prime file, che vedono i portatori correre a perdifiato sotto il peso della statua lignea, per tutti gli altri l'impressione è quella di un volo senza scosse né sobbalzi. La "Volata" rappresenta il culmine delle manifestazioni sacre durante la settimana santa a Castiglion Fiorentino, tra le quali la più suggestiva è la processione del Venerdì santo, quando le tre Confraternite cittadine sfilano al suono della banda che intona struggenti marce funebri d'autore. La Confraternita più antica, costituitasi nel 1572, è quella un tempo detta "della Buona Morte", oggi della Misericordia, con sede nella chiesa romanica di San Francesco dove, oltre al ben conservato chiostro, si possono ammirare opere d'arte sacra tra cui un Crocifisso del Giambologna e una *Vergine con i santi* del Vasari. I membri della Confraternita indossano una "cappa" lunga fino ai piedi e un cappuccio a punta, detto "buffa", il tutto rigorosamente nero; ma l'aspetto lugubre ha una motivazione alquanto nobile: nel passato, i confratelli che assistevano i malati, i carcerati e gli indigenti dovevano rimanere anonimi per non far sentire in obbligo nessuno ed evitare qualsiasi forma di riconoscenza. Oggi sono egualmente attivi nel volontariato e garantiscono il servizio di pronto soccorso con le ambulanze frutto di donazioni. Le altre Confraternite sono quelle di Sant'Antonio, stesso completo ma in bianco candido, e del Gesù, con cappa e buffa blu.

Borgo fortificato medioevale sull'alto di un colle, tra i secoli XI e XIV fu conteso sanguinosamente da Arezzo, Perugia, Stato Pontificio e Firenze, e se oggi si chiama così, dopo aver subìto gli aggettivi "Aretino" e "Perugino", è perché i fiorentini furono gli ultimi a impossessarsene definitivamente nel 1384. Ma gli abitanti sembrano conservare un'atavica indifferenza verso le dominazioni, perché tutti qui lo chiamano semplicemente Castiglioni, ovvero "il paese dove hanno mangiato il vescovo"... La burlesca denominazione risale all'anno 1325, quando la vicina rivale Cortona ottenne la sede vescovile; i castiglionesi, che da sempre nutrono verso i cortonesi una simpatia pari a quella per il fumo negli occhi, inviarono messi a Roma reclamando un proprio vescovo. Il papa fu pragmatico: avete abbastanza denari da mantenerlo? Tra gli abitanti si raccolsero fondi, ma non furono sufficienti a garantire gli agi pretesi dal Vaticano; pazienza, dissero i castiglionesi, e usarono il ricavato per una pantagruelica mangiata pubblica...

Da quegli anni molta acqua è scorsa nella Val di Chiana, e Castiglioni è diventata una ricca città grazie alle piccole e medie industrie e all'artigianato orafo, di cui Arezzo è capitale mondiale. Ma florida doveva esserlo già ai tempi dell'importante insediamento etrusco, trovandosi al centro di una rotta commerciale che si avvaleva del porto sul fiume Clanis: gli scavi archeologici nel piazzale del Cassero hanno riportato alla luce reperti di straordinaria fattura, esposti nel limitrofo museo dove esaurienti materiali video-informatici, curati dal professor Antinucci del Cnr, ricostruiscono la vita quotidiana degli Etruschi nella vallata del Clanis. L'attigua Pinacoteca raccoglie a sua volta opere di valore inestimabile, in particolare d'oreficeria, come il busto di sant'Orsola (scuola franco-renana del Trecento) e la Croce reliquiario in rame dorato e pietre preziose risalente al 1200. A pochi passi, sulla piazza del Municipio, si gode una splendida vista panoramica dal rinascimentale Loggiato Vasariano, e scendendo lungo la stretta via San Michele, prima di sbucare nella piazza delle Tre Chiese, al viandante si consiglia una sosta dal panettiere Masino, forse il personaggio più *pittoresco* del paese: perennemente in maglietta (qualsiasi clima vi sia, è così che lo si vede girare per strada sotto il sole o sotto la neve), di età indefinibile, avvolto dal fumo acre delle fascine che infila forsennatamente nella bocca rovente del suo forno antico, Masino cuoce pagnotte di toscano ormai introvabile (almeno come lo fa lui) e la famosa *ciaccia*, sorta di grossa focaccia farcita di carne suina. Ma intanto non parla del proprio lavoro, bensì canta a memoria le arie delle opere liriche, ricordando i bei tempi in cui era corista. Difficile, senza "raccomandazioni", assaggiare i suoi due prodotti fissi: soltanto i clienti abituali, comunque prenotandosi per tempo, riescono ad accedere alla limitata produzione. E clienti abituali non si diventa ma si nasce, per discendenza castiglionese naturalmente.

Trasimeno: l'"Ossaia" di Annibale

Nell'estremo lembo di Toscana che scendendo da Cortona si affaccia sul Trasimeno, c'è un alto belvedere da cui si dominano l'intera distesa del lago e le sue isole. Qualche chilometro prima, si attraversa un minuscolo paese dal macabro nome di Ossaia: la gente della zona racconta che ciò sarebbe dovuto ai continui ritrovamenti di ossa, per secoli i contadini avrebbero "ripulito" la terra arata da tibie, femori e crani come altrove si usa fare con i sassi... A distanza di oltre due millenni, i miseri resti dei ventimila Romani caduti sono ormai polvere nella polvere, e da quassù si vede nitidamente la piana sulle rive del Trasimeno dove si consumò la disastrosa sconfitta durante la Seconda guerra punica.

Fu una primavera molto piovosa, quella del 217 a.C. Si dice che ancor oggi il paesaggio del Trasimeno offra almeno cento diverse tonalità di verde, oltre alla gamma dei colori di bacche e frutti selvatici, fiori d'ogni sorta, più l'arancione del lilium bulbifero e il giallo acceso del giglio acquatico. Ma allora le acque del lago dovevano essere di un verde cupo, che virava al seppia per la fanghiglia smossa dalle piogge torrenziali. Annibale, famoso per la mobilità delle truppe, attraversando le valli toscane dovette affrontare non solo il terreno ridotto a un pantano che rischiò di fargli perdere l'ultimo, leggendario elefante Surus, ma anche il dramma personale della cecità all'occhio sinistro, irrimediabilmente spento da un'infiammazione dovuta all'umidità e alla febbre delle paludi. Non si perse d'animo, adottò per qualche tempo una benda nera di traverso sulla faccia, e puntò deciso verso sud per impedire alle legioni del console Caio Flaminio Nepote di ricongiungersi al corpo d'armata di Servilio, che muoveva da Rimini. Celebre per le decisioni impulsive, Annibale, una volta giunto a Cortona, svoltò imprevedibilmente a est, puntando su Perugia anziché su Roma, come Flaminio credeva. E la straordinaria capacità dei cartaginesi nell'aumentare il ritmo di marcia fece sì che il 20 giugno precedessero l'esercito romano che avanzava sulle rive del Trasimeno in un punto troppo stretto per poter manovrare, quello che dal porticciolo di Borghetto conduce a Passignano attraverso il Malpasso, probabilmente chiamato così da allora, per la pessima sorte toccata ai Romani. Dalla bruma che cominciava a diradare, i cartaginesi sorsero come spettri e si avventarono sui legionari senza dar loro il tempo di assumere uno schieramento difensivo. Dalle falde delle colline attaccarono i frombolieri delle Baleari e la fanteria leggera, mentre i fanti libici e iberici sbarravano il declivio all'altezza di Montigeto e, alle spalle, la poderosa cavalleria cartaginese sferrava l'assalto decisivo supportata dalle truppe galliche. Dopo tre ore di disperata resistenza, i soldati di Flaminio furono massacrati, poche migliaia riuscirono a fuggire allo sbando, e lo stesso console cadde trafitto da una lancia.

Il comune di Tuoro ha ricostruito un "itinerario annibalico" lungo il quale è possibile rivivere le fasi di quella lontana carneficina. Nel punto in cui probabilmente cadde il console Flaminio sorge il rinascimentale Palazzo del Capra, che pare sia stato edificato sopra un mausoleo romano, ma... sebbene nei dintorni di Tuoro qualcuno si sia industriato a indicare la tomba di Flaminio, in realtà il corpo del console non fu mai ritrovato; Annibale lo fece cercare per giorni, volendogli tributare gli onori dovuti a un combattente valoroso, ma senza risultato.

Il Trasimeno, che ispirò poeti e pittori per i suoi colori tenui e le innumerevoli specie di uccelli che ancor oggi ne popolano le rive e le isole, ha sempre avuto un'importanza strategica testimoniata dai molti manieri e fortificazioni che potrebbero costituire un itinerario a sé. Già Castiglione del Lago deve il nome alla cinta di mura che protegge l'abitato, con al centro lo splendido Palazzo della Corgna collegato da un passaggio al castello del Leone, fortezza a forma pentagonale edificata da Federico II di Svevia nel 1247. A pianta quadrata con torrioni angolari è invece la Badia fortificata di Magione, proprietà dei Cavalieri di Malta dal Trecento, mentre sulla punta sud dell'Isola Maggiore sorge il castello Guglielmi, famoso dal 1904 per il laboratorio di merletti a punto irlanda, artigianato tipico della zona. Anche sull'altra isola, Polvese, c'è un maniero minaccioso, ma qui l'oasi naturalistica voluta dalla provincia di Perugia, anziché ricordare epoche di battaglie sanguinose, ha lo scopo di educare le scolaresche al rispetto della natura e dei suoi equilibri ormai precari.

Dalla Valdaso ai Sibillini

Ora che Fermo ha realizzato il suo sogno di imporsi come provincia sulle colline intorno – impresa sostenuta con manifestazioni chiassosamente calcistiche da tifosi trasformatisi in improbabile "società civile" – c'è da augurarsi che non assuma vizi e difetti da capoluogo, e che la sua bellezza rimanga immune dalla superbia. Di motivi ne avrebbe, per montarsi la testa: basti lo splendido "balcone" che si spalanca sul piazzale del Girifalco, tra cedri del libano secolari e la facciata romanico-gotica in pietra d'Istria del Duomo, offrendo una veduta memorabile su vallate dove planare con poetica immaginazione; o quel salotto monumentale che è piazza del Popolo, con i portici sovrastati da palazzi cinquecenteschi e in particolare quello dei Priori, la cui doppia scalinata d'ingresso è sormontata dalla statua di papa Sisto V, a suo tempo vescovo di Fermo e successivamente promotore di tanti splendori architettonici.

Quando tutto ciò non esisteva ancora, sotto la dinastia degli Ottoni (X secolo), che chiamavano teutonicamente "mark" un territorio di confine, la regione si chiamava Marca. Molto prima degli Ottoni e persino dei Romani, in questo lembo meridionale di "marca" regnavano i fieri Piceni, che usavano già i carri da battaglia, affascinanti anche per l'origine del nome: dall'ambra (*pix, picis*) che depositavano nelle tombe, o dal picchio (*picus*), uccello sacro a Marte dio della guerra, attività a cui i Piceni si dedicavano con accanito furore, resistendo ai Galli e creando una confederazione su modello etrusco, per poi insorgere contro la dominazione romana subendo deportazioni, e infine stipulare trattati di alleanza lasciando comunque gli storici nel vago rispetto alle loro precise origini (indoeuropei, oltreadriatici, o chissà cos'altro).

Percorrendo la Valdaso, che con il trascorrere dei secoli si è persa l'apostrofo a rimarcare il fiume Aso, arroccato su un dirupo tra due vallate si staglia Montefiore, paesino medioevale con palazzetti secenteschi che conserva intatto nella Collegiata di Santa Lucia il prezioso polittico di Carlo Rivelli, dai colori brillanti su sfondo dorato a rappresentare santi e aristocratiche donzelle, tutti elegantemente vestiti di sete e broccati, secondo l'usanza dell'epoca, il Rinascimento, quando persino i martiri venivano dipinti come sfarzosi cavalieri...

In questa zona non c'è strada collinare che non porti a un suggestivo borgo di vicoli e piazzette tra mura di mattoni chiari, come solo nelle Marche se ne vedono, cotti nelle fornaci che furono risorsa notevole della regione, e usando terricci argillosi che altrove sono rossi o bruni e qui giallognoli o addirittura biancastri. Moresco, per esempio, che ha la piazza principale che pare un patio, sovrastato da una torre quadrata e una ottagonale; e Monterubbiano, irta di chiese e badie, con in più l'antico ghetto ebraico. Ma vale la pena spingersi oltre, puntando verso i maestosi Monti Sibillini, fino a Force, abbarbicata sulla cima di un'altura per ostinata opera dei valligiani in fuga dalle incursioni "barbariche" e fortificata per volere di Carlo Magno: da quassù si vedono su un lato i Sibillini e sull'altro il Gran Sasso, panorama che apprezzava molto il Leopardi, innamorato di questi "monti azzurri" dove la neve persiste sulle vette oltre i duemila metri anche in piena estate. Il sibilo del vento fra le viuzze lastricate e le case di pietra porta con sé leggende che si perdono nella notte dei tempi: laggiù, nelle gole che si spalancano ai piedi degli strapiombi, c'è la grotta della Sibilla profetica e il lago stregato dove scomparve Ponzio Pilato travolto da bufali imbizzarriti – l'unico lago degli Appennini d'origine glaciale –, e nel fitto della boscaglia abbondavano demoni, fate e negromanti, attirando colti e avventurosi viandanti, come quell'Antoine de la Sale cavaliere degli Angiò che nel 1420 scrisse un diario la cui versione italica, di Andrea da Barberino, è poi il noto *Guerrin Meschino*. Crepacci, morene, doline, rocce apocalittiche e altopiani carsici, dove tra maggio e giugno si ripete il più ammaliante e gentile dei sortilegi: la fioritura delle umili lenticchie, una colata di giallo a perdita d'occhio, spettacolo sconosciuto ai più, che offre il povero legume vilipeso dalla Bibbia (Genesi 25, 29-34) da quando Esaù vendette per un solo piatto dei suoi semi il diritto di primogenitura a Giacobbe.

Gavoi: il cuore della Barbagia

Al cuore della Sardegna si accede attraverso una Porta d'Argento, che i Romani chiamarono così non per le ricchezze del sottosuolo ma per il colore delle alte montagne di un grigio lucente, quasi metallico, battute dal maestrale che ulula tra anfratti e gole. Argento e piombo avevano attirato i cartaginesi, mentre prima di loro i Fenici qui estraevano la preziosa ossidiana; in quanto ai Romani, preferirono trasformare l'isola nel principale granaio della Repubblica, come scrisse Cicerone, relegando le miniere a confino per ribelli, tanto che era in voga il detto *"ad metalla"* nel senso di spedire qualcuno ai lavori forzati nel Sulcis Iglesiente. Durante il millennio di dominazione romana, i coloni coltivavano il grano nelle sterminate pianure del Campidano, e i legionari subivano immancabili batoste ogni volta che provavano a spingersi nell'interno, arrestandosi di fronte alla bellicosa fierezza di quanti abitavano le dolci colline intorno ai contrafforti del Gennargentu (che deriva, appunto, dalle parole latine *janua*, porta, e *argentum*). Al punto da marchiare l'intera zona con la dicitura Barberia – come usavano fare con le popolazioni che non riuscivano a sottomettere –, divenuta Barbagia con il trascorrere del tempo, terra di "recalcitranti" anche dopo l'avvento del cristianesimo, visto che nel VI secolo papa Gregorio Magno bollava i barbaricini come "insensata animalia" ancora dedita ad adorare "alberi e pietre": un disprezzo che celava la frustrazione di non riuscire a dominarli.

Nel suggestivo scenario del Supramonte a nord-est, con i suoi abbaglianti strapiombi, e del massiccio del Gennargentu a sud, Gavoi è un borgo della Barbagia Ollolai abbarbicato sul pendio di una collina boscosa a ottocento metri di altezza, tremila anime in semplici case di granito strette intorno al campanile di San Gavino, saliscendi di vicoli che intersecano piazzette spesso affacciate su panorami di vaste vallate e cime maestose, a formare una sorta di rustico anfiteatro. Poco distante, il Lago di Gùsana scintilla attorniato dal verde dei prati e delle macchie di aceri e lecci, punteggiato di siti archeologici e frequentato da escursionisti a cavallo o in canoa. La strada per arrivare fin quassù è tortuosa, ma il traffico è così scarso da rendere piacevoli persino i tornanti, oltre i quali c'è sempre uno spiazzo dove fermarsi a godere quest'oasi di silenzio... che non è assoluto, anzi, un vero concerto di ovattati tintinnii in lontananza: ogni pecora o capra ha il suo campanaccio, e un gregge di passaggio emette una varietà di suoni d'altri tempi.

Gli abitanti di Gavoi hanno fama di essere i più ospitali della Sardegna. Sarà anche per questo che si sono inventati, sul finire di giugno, un festival letterario invitando scrittori locali e "continentali", più qualche straniero che non ha esitato ad accettare l'offerta di trascorrere una settimana in una delle zone più accoglienti dell'isola, dove ogni incontro ha registrato numeri strabilianti – fino a mille persone assiepate in piazza o nell'ammaliante santuario di Sa Itria, immerso nei boschi –, lasciando stupefatti autori abituati alle platee meno numerose delle grandi città distratte.

Nel 2004, concluso il festival la domenica, il martedì successivo cadeva il 6 luglio, e nella vicina Sedilo si è tenuta la tradizionale Ardia: dove, se non in Barbagia, si possono vedere ancor oggi cento cavalieri lanciati al galoppo che sollevano una nube di polvere e fanno tremare il terreno intorno? Completo di velluto e stivali lucenti, *sa pandela mazzore*, il cavaliere che difende il vessillo del Santo Imperatore, parte alla testa del trio inseguito dagli altri cento, decisi a ostacolarlo nell'impresa di varcare un arco di pietra stretto da far paura, al termine del lungo tragitto fra due ali di folla acclamante. La prova di *balentìa* in sella ai destrieri rievoca curiosamente la battaglia di Ponte Milvio, quella che decretò la vittoria di Costantino alla testa delle schiere cristiane contro le truppe di Massenzio, ma l'ambiente e l'aspetto dei cavalieri sono orgogliosamente sardi: nulla ricorda i Romani, che – paradossalmente – proprio in Barbagia non riuscirono a insediarsi e tutt'al più vi rimasero sepolti, ai piedi dell'invalicabile Porta d'Argento.

Lucania: da Craco fantasma alla risorta Rotondella

Si prova una strana sensazione, percorrendo vicoli e piazzette di un paese abbandonato: un misto di fascino e angoscia, per la vita che si è fermata un giorno preciso ed è andata altrove, e poi il silenzio, che permette al vento di comporre sinfonie tra finestre simili a orbite vuote, vani di porte socchiuse come bocche malinconiche, varchi tra le tegole che lasciano filtrare l'azzurro del cielo percorso da nubi basse e veloci. Craco, fino a quel giorno del 1963, era un borgo di circa mille abitanti che si ergeva sulla cima di una rupe a dominare le vallate tra i fiumi Agri e Cavone, un grappolo di case abbarbicate ai piedi del castello, da dove la vista spazia su un panorama che colma non solo gli occhi ma anche i polmoni, per la voglia di respirare a fondo quest'aria pura di Lucania fino a stordirsi, quassù, tra i fantasmi di un lungo e tormentato passato... Craco, l'antica Graculum, vedendola così, con qualche capra che si affaccia al terzo piano di una casa e gli inferociti cani da pastore, soli, che chissà perché portano qui le greggi a brucare l'erba cresciuta nelle crepe dei pavimenti, non si direbbe mai che fu sede universitaria nel 1276, nel periodo più fiorente; poi, mezzo millennio più tardi, durante la Repubblica Partenopea, si appassionò a tal punto agli ideali libertari da subire la spietata repressione borbonica. Erano anche i tempi dei "briganti", termine alquanto vago che comprendeva volgari tagliagole e galantuomini ribelli: comunque, nel 1862 i soldati ne catturarono una ventina sui monti intorno e li portarono qui, per fucilarli sul sagrato della chiesa di San Vincenzo, come monito ai notabili di Craco che pare offrissero loro appoggio, o quanto meno tolleranza. Alla fine dell'Ottocento iniziò la snervante serie di smottamenti, culminati nella frana del 1963: Craco era condannata, e le mille anime che la tenevano in vita trasmigrarono a valle, in contrada Peschiera.

Siamo nella terra immortalata da Carlo Levi in *Cristo si è fermato a Eboli*, e Aliano, dove Levi visse da confinato politico, è qualche montagna più in là, oltre il fiume Sauro che confluisce nell'Agri. Levi venne mandato qui nel 1935, dopo un anno di carcere, colpevole di aver aderito a Giustizia e Libertà sotto una tirannia che bandiva l'una e l'altra. E la Lucania, anziché annichilirlo con i suoi smisurati spazi rarefatti, lo ammaliò con lo spirito solidale e schietto delle sue genti: "Fu dapprima esperienza," scrisse, "e poi gioia di verità per diventare infine racconto".

Scendendo verso sud, si supera il Lago di Gannano e poi l'ennesimo fiume, il Sinni, e in un saliscendi di colline che prendono gradualmente il posto dei monti, la strada si inerpica verso Rotondella, a circa seicento metri; da quassù si percepisce già il profumo del mare che il vento porta dalla costa ionica, dove sbarcarono gli achei nell'VIII secolo a.c. e fondarono Heraclea, colonia lucana della Magna Grecia. Avevano seguito le rotte tracciate dai mercanti micenei, desiderosi di constatare se fossero veri i racconti tramandati da generazioni di una terra fertile solcata da tanti fiumi, e qui portarono una cultura progredita e conoscenze avanzate in agricoltura, allevamento e navigazione: non fu conquista ma graduale integrazione con le popolazioni locali, che sviluppò una civiltà autonoma, economicamente forte. E così, nell'unica pianura della regione, sorsero templi, *agorà* e fortezze: i parchi archeologici di Policoro e Metaponto, con i relativi musei, permettono di rivivere quell'epoca di splendori.

La Rotunda Maris medioevale venne distrutta dai saraceni alla fine del XV secolo, poi caparbiamente ricostruita a partire dal 1518, e oggi vanta orgogliosa il soprannome di "balcone dello Ionio": Rotondella è una spirale di vicoli che avvolgono la cima di due colli, sovrastati dalla cinquecentesca torre di avvistamento, e il panorama si spalanca fino al mare, sulla linea piatta delle spiagge tra Nova Siri, al limite della Lucania, e Rocca Imperiale, già terra di Calabria. Tutto intorno, si distinguono i comuni di ben tre province, Taranto, Matera e Cosenza. Ciò che invece non si vede da Rotondella è la selva delle torri di trivellazione. Dicono che la Basilicata potrebbe diventare "il Texas d'Italia". Stanno scavando pozzi proprio nelle aree più integre della regione, in aperto conflitto con gli interventi di salvaguardia che hanno creato riserve naturali e parchi, grazie ai quali la Lucania è come la ammiriamo attualmente: che ne sarà di tanta bellezza, quando il Dio Petrolio corromperà tutto?

L'intricata questione dei "nomi"
Sul perché si chiami Lucania esistono svariate ipotesi. Le principali: i lucani sarebbero una popolazione osco-sabellica proveniente

dall'Italia centrale e si chiamavano così per il loro condottiero, Lucus. Oppure, dal latino *lucus*, cioè bosco. O dal greco *lykos*, lupo. Oppure da un popolo proveniente addirittura dall'Anatolia, i Lyki, che si sarebbero stabiliti nella valle del Basento. Poi c'è la leggenda che vorrebbe derivi da "terra della luce", Lucania, appunto... Riguardo a Basilicata, comparve nel XIII secolo per via dei Greci: *basilikos* erano i "funzionari del re" bizantini della regione; oppure, deriverebbe da Basilio II di Bisanzio. Un altro cambio di nome controverso è quello di Salvia, odierna Savoia di Lucania: diede i natali a Giovanni Passannante, che il 17 novembre 1878 si avventò, "armato" di un coltellino con lama lunga appena quattro dita, sulla carrozza di Umberto I mentre era in visita a Napoli. Il suo era più un gesto dimostrativo che un attentato: fervente anarchico, Passannante voleva protestare per le condizioni di estrema miseria di tanti italiani e le violenze subite per mano delle truppe al soldo dei Savoia; riuscì appena a ferirlo di striscio, quel re simbolo dell'ingiustizia. Passannante venne condannato inizialmente a morte, ma per sua disgrazia – lui stesso chiese insistentemente di essere giustiziato, presagendo cosa lo aspettava, dopo giorni e notti di torture – gli commutarono la pena in ergastolo: sepolto vivo in una cella che misurava due metri per uno e mezzo – praticamente un loculo, a Portoferraio, all'Isola d'Elba –, appositamente ricavata sotto il livello del mare e perennemente al buio e umida, con le catene ai piedi e una palla di piombo da diciotto chili, venne ridotto a una larva. Denutrito, costretto a cibarsi delle proprie feci, reso cieco da un'infezione, ammalato di scorbuto, nell'isolamento totale, la sua mente si smarrì per sempre nei meandri dell'orrore quotidiano. Intanto, la madre e i fratelli erano stati rinchiusi per rappresaglia nel manicomio di Aversa, dove sarebbero morti uno dopo l'altro. Trasferito successivamente nel famigerato manicomio criminale di Montelupo Fiorentino, Giovanni Passannante finì di soffrire il 14 febbraio 1910. Infierirono persino sul suo cadavere: lo decapitarono, "ripulirono" il cranio e misero il cervello in un flacone di vetro, immerso nella formalina, "reperti" esposti nel museo criminologico di Altavista, a Roma, secondo la tradizione lombrosiana. Per "punizione" il suo paese, Salvia, venne ribattezzato Savoia: ma tutt'oggi gli abitanti continuano a definirsi salviani. Tra gli innumerevoli crimini commessi dai Savoia, le crudeltà inflitte a Giovanni Passannante e ai suoi familiari rimangono un episodio tra i meno conosciuti.

Sale di Sicilia

"Il sale della terra", "il sale della vita": modi di dire quasi in disuso, risalenti a epoche in cui il sale era un bene prezioso, e la Sicilia, dall'età aragonese fino a circa un secolo fa, ne traeva ingenti ricchezze esportandolo soprattutto in Scandinavia, dov'era indispensabile a conservare i merluzzi. Lungo la costa che congiunge Trapani a Marsala si può ancora ammirare il paesaggio immobile nel tempo delle saline, punteggiate di antichi mulini a vento, con qualche impianto rimasto attivo tra le molte vasche ormai interrate o trasformate in allevamenti ittici, con i monti di sale duri come roccia e coperti di tegole per proteggerli dalle piogge, e un museo che conserva fotografie e attrezzi dei salinari assieme alla memoria di un mestiere in via d'estinzione.

Alcune tra le antichissime tradizioni della Sicilia vengono tenute in vita dagli abitanti con un'assiduità per certi versi prodigiosa, immune dal trascorrere dei secoli: al punto che oggi può apparire misterioso il motivo per cui tanti giovani raccolgano il testimone da padri e nonni, continuando a partecipare a cerimonie suggestive, in qualche caso addirittura struggenti nella loro rappresentazione intensa e coinvolta, come accade per esempio con la processione dei Misteri a Trapani del Venerdì santo, dove venti bande municipali delle città limitrofe seguono – suonando incessantemente dal primo pomeriggio a notte fonda – i pesanti baldacchini trasportati a braccia con sopra gruppi di statue che rievocano la Passione di Cristo. Proseguendo lungo il litorale, al termine delle saline il mare forma la laguna di Stignone, che già i Fenici ritennero un luogo ideale per l'attracco della flotta, grazie alle difese naturali offerte dalla sua conformazione: bassi fondali e isolotti vicini alla costa che sbarrano il passo a eventuali attacchi dal mare. Sull'isola di San Pantaleo più tardi – nell'VIII secolo a.C. – i Punici fondarono la città di Mozia, di cui restano importanti vestigia facilmente visitabili affidandosi ai vari barcaioli del posto. I moziesi la raggiungevano "comodamente" sui carri, lungo i quasi due chilometri di strada sommersa – invisibile dalla terraferma ma in realtà appena al di sotto del livello dell'acqua – che ancor oggi è in buona parte percorribile bagnandosi soltanto fino alle ginocchia. Mura fortificate, torri, palazzi e costruzioni abitative sono scomparsi a causa, ovviamente, di un'immancabile guerra, quando nel 397 a.C. Dionisio II di Siracusa ne portò a termine la distruzione pressoché totale; i moziesi superstiti avrebbero poi fondato Lilibeo, ribattezzata dagli Arabi Marsa Allah, l'odierna Marsala. Rimangono in piedi due delle quattro porte, e tra i reperti in ottimo stato di conservazione ci sono il *cothon*, l'unico bacino di carenaggio – a parte quello di Cartagine – scoperto nel Mediterraneo occidentale, e il *tophet*, santuario dove si custodivano i vasi con i resti dei sacrifici tributati al sanguinario dio Baal Hammon. Che, molto più esigente delle divinità azteche – abituate ad "accontentarsi" di guerrieri nemici sconfitti e catturati –, pretendeva niente meno che i primogeniti maschi di ogni famiglia. La stele posta sull'urna dei malcapitati neonati era scolpita o dipinta, e le figure antropomorfe o i segni simbolici mescolano influenze fenicie, puniche, sicule e persino egizie. Per avere un'idea di quanto fosse sontuosa e florida Mozia, dobbiamo affidarci alle descrizioni di Diodoro Siculo, lo storico greco che fu anche instancabile viaggiatore attraverso l'Europa e l'Asia: una parte della sua opera – stimabile in quaranta volumi! – è giunta fino a noi grazie a una prima traduzione in latino stampata a Bologna nel 1472, e delle eleganti dimore di cui parla possiamo ammirare almeno un paio di basamenti e una pavimentazione a mosaico dove compaiono animali fantastici. Gli scavi sono ancora in corso, e forse altre meraviglie torneranno alla luce a confermarci le estasiate descrizioni di Diodoro. I circa diecimila pezzi recuperati da un secolo a questa parte rimangono fortunatamente in loco, grazie al mecenatismo dell'archeologo inglese Joseph Whitaker che a Mozia lasciò non soltanto anima e cuore, ma soprattutto un museo ricavato nella sua stessa villa ottocentesca. Tra tutti, affascina in modo particolare la statua di auriga in marmo dell'Asia Minore, probabile bottino di incursioni, attribuita a uno scultore greco del V secolo a.C.

La costa sudoccidentale del Trapanese si estende fino a Selinunte, passando da Mazara del Vallo, in un susseguirsi di golfi, calette, promontori e scorci sul mare che si spalancano dalla strada costiera, mentre la sosta in paesini e frazioni permetterà di apprezzare i rinomati prodotti tipici della zona, con una particolare attenzione ai vini del Trapanese, considerati i più pregiati di Sicilia.

I mille ponti scomparsi

C'era una volta una bella principessa... Era celtica e si chiamava Àvsa, le sue genti convivevano con gli Etruschi in quella che allora era Felsina, già avamposto di popolazioni ibero-liguri e più tardi invasa dai galli Boi, che una volta sloggiati dai Romani le avrebbero comunque lasciato l'impronta nel nome, Bononia. Àvsa amava il colto e raffinato Fero, nobile etrusco, che però teneva famiglia, come si suol dire. Dunque gli incontri fra i due giovani, oltre che osteggiati per questioni etnico-religiose, creavano anche problemi di adulterio. Una notte Àvsa si stava recando dal suo Fero furtivamente, come d'abitudine, per un incontro d'amore clandestino. La sventurata guadò il torrente che divideva le due comunità quando un'improvvisa piena la travolse, vittima di un piccolo quanto infido corso d'acqua oggi invisibile ai più.

Non sappiamo quanto la leggenda abbia preso il sopravvento sulla storia, resta il fatto che i due sono realmente esistiti: Ponte di Fero, benché con il trascorrere dei secoli sia stato storpiato in "ponte di ferro", non aveva niente a che fare con il metallo ma ricordava appunto il nobile etrusco, mentre ancor oggi in dialetto bolognese molti dicono "Àvsa" anziché Àposa per indicare lo scomparso torrente, pur senza sapere che stanno rievocando il nome della sfortunata ragazza celta. Gli odierni felsinei si vantano di aver ereditato i caratteri salienti delle tre civiltà che diedero loro i natali: l'eleganza dagli Etruschi, l'indole bohémienne dai Boi e il buon governo dai Romani. Tre eredità sulle quali in molti avrebbero attualmente da ridire per svariati motivi, ma siamo qui a parlare di tutt'altro.

Tornando al torrente Àposa, è in effetti "scomparso" ma soltanto alla vista dei bolognesi, perché continua a scorrere sotto il centro storico, intubato in un tunnel così ampio che vi potrebbe transitare un camion.

A pochi passi dalle Due Torri simbolo della città, in direzione della zona universitaria, c'è l'antico ghetto ebraico. In una delle sue stradine tortuose, via dell'Inferno – nome che la dice lunga su quanto la Bologna papalina amasse i "giudei" –, entriamo in un portoncino simile a tanti altri, che immette in un cortiletto. Altra porta, stavolta di ferro, nel sottoscala. Scendiamo per varie rampe e sbuchiamo in una vasta galleria. A destra, alcuni piloni restano a eterna memoria dell'imbarcadero medioevale, mentre a sinistra uno dei tanti archi si distingue sia per il tipo di pietra – selenite, basta scrostare la polvere dei millenni per far brillare i cristalli – sia per la maggior grandezza dei blocchi: è il ponte romano che passava sul *decumanus maximo* di Bononia, sette metri sotto via Rizzoli, con una luce di cinque metri e mezzo, e volta a botte in muratura mista. Il pavimento è su tre livelli: una banchina alta circa mezzo metro permette di transitare anche nei momenti di "piena", che invadono parzialmente i quattro metri di condotto percorso da una scanalatura larga poco più di un metro dove normalmente scorre l'esiguo Àposa, attraversando la città da sud a nord. L'immaginazione – forse più cinematografica che letteraria – va a certi scenari de *I miserabili* o alla Parigi sotterranea ai tempi della "corte dei miracoli"... e anche se non si avvertono miasmi sulfurei e clamori inquietanti, quaggiù ogni mese di agosto viene messa in scena una versione dialettale della *Divina Commedia*, mentre sotto queste volte vengono spesso rappresentati spettacoli teatrali di vario genere – compresa "la leggenda della principessa Àvsa" – e vi si tengono addirittura concerti di musica classica. Neppure il mondo dello sport è voluto rimanere escluso, tanto che la recente edizione della maratona cittadina prevede una "discesa agli inferi" con i partecipanti che percorrono un buon tratto di Àposa al coperto, dall'agevole ingresso di piazza San Martino fino all'uscita in piazza Minghetti. Qui, fra gli altri palazzi ottocenteschi, sorge anche quello occupato dalle Poste centrali; e la notevole "toppa" di cemento che salta agli occhi (la galleria è ben illuminata) rappresenta la fine dei sogni di gloria per una banda del buco scalognata: a quei tempi, sul finire degli anni settanta, il condotto dell'Àposa non era visitabile e restava sconosciuto a tutti (o quasi), per cui i ladri pensarono di scavare un tunnel da qui al pavimento del caveau; ma una notte, quando mancavano ormai pochi metri alla stanza del tesoro, fecero troppo rumore e furono scoperti.

L'Àposa era dunque il torrente che scorreva nel cuore della città felsinea, accanto ai mercati del bestiame e del pesce che sorgevano a pochi passi dalla torre degli Asinelli. La pessima abitudine di gettarvi gli scarti delle macellazioni e le interiora dei pesci creò nel Medioevo seri problemi igienici: impossibile attraversare il tratto urbano della Via Emilia – oggi via Rizzoli – senza respirare il tanfo che proveniva dalle rive del torrente, specie nella stagione estiva, quando il corso d'acqua si riduceva a un ruscelletto. Dunque, fra il Tre e il Quattrocento iniziarono i lavori di copertura, finché, a metà del XIX secolo, l'Àposa scomparve quasi interamente alla vista per i sette chilometri di percorso cittadino. Ma quest'ultima opera di occultamento non venne decisa per motivi di salubrità. Si trattò invece di una delle più vaste speculazioni edilizie della storia bolognese: la zona che va dalla sede delle Poste centrali al Tribunale comprendeva un'area di ben centottantamila metri quadri, che così divennero edificabili... Basti vedere la serie di sontuosi palazzi ottocenteschi che sono sorti tra le piazze adiacenti e la signorile via Santo Stefano, alcuni divenuti sedi delle principali banche italiane, per rendersi conto del giro d'affari innescato facendo scomparire l'Àposa. Rimasero solo pochi e brevi tratti d'acqua a cielo aperto, definitivamente coperti negli anni trenta.

Ci spostiamo a Porta San Mamolo lasciandoci il centro storico alle spalle, con l'arioso porticato cinquecentesco di Santa Maria Annunziata sulla sinistra, e davanti a noi la strada in salita tutta curve che porta ai colli bolognesi: sulla destra, poco più avanti, c'è una viuzza tortuosa che si chiama Bagni di Mario. Un nome che evoca fonti termali del tutto assenti in questa zona; e dove poteva mai immergersi, il console romano Mario, se qui non scorre neppure un ruscello? O meglio, non scorre in superficie...

Il mistero si svela aprendo un cancelletto rugginoso che immette in un'angusta scala di pietra, all'apparenza simile all'ingresso di una vecchia cantina, un pertugio che scende nelle viscere della collina, e pochi istanti dopo ci si ritrova in una stupefacente sala ottagonale con tanto di affreschi scoloriti e bassorilievi corrosi dall'umidità, nonché una nicchia a forma di conchiglia sovrastata da due leoni rampanti e uno stemma, ormai solo vagamente riconoscibili e che probabilmente rappresentavano le insegne di Pio IV, papa noto come "munifico mecenate" oltre che come affezionato ai numeri magici, tanto che qua sotto l'8 ricorre ripetutamente. Il vano d'ingresso è posto a qualche metro d'altezza rispetto al fondo lastricato, con due scalinate che scendono su entrambi i lati, e guardando in alto, verso il lucernario che si apre sulla sommità dell'ampio soffitto a cupola, si ha la sensazione di accedere a un tempio segreto, con le pareti ornate da cornici in laterizio con motivo a greca. Guardando in basso, invece, le vasche scavate nella roccia rimandano al suggestivo scenario dei bagni termali dell'antica Roma imperiale. Sulle pareti di fronte, quattro cunicoli ad altezza d'uomo convergono verso il centro della sala, dove altrettanti canali portavano le acque sorgive in una cisterna di decantazione in pietra: la forma poligonale è dovuta alle diverse direzioni delle sorgenti fatte confluire in questo punto. Sul lato opposto dei quattro condotti disposti a semiraggiera, parte una stretta galleria lunga oltre due chilometri, che attraversa il centro storico per finire esattamente sotto la statua del Nettuno. Ed è proprio lui, il nerboruto gigante di bronzo che si staglia su piazza Maggiore, circondato da putti e sirene, il motivo di questa meraviglia architettonica che a suo tempo ispirò addirittura una rima di Torquato Tasso.

A concepirla fu Tommaso Laureti da Palermo, singolare personaggio dedito a svariate attività artistiche e scientifiche: idraulico nel senso più nobile del termine, ingegnere, architetto, pittore su tela e su muro, autore di mirabili affreschi nonché filosofo e studioso dai mille interessi, durante la sua proficua permanenza nella Bologna cinquecentesca progettò sia la Fontana Vecchia di via Ugo Bassi sia quella del Nettuno, disegnandone la base architettonica, mentre il Giambologna forgiò la statua finendo per offuscare il nome del geniale e instancabile Laureti. Il principale intento era alimentare ininterrottamente la fontana rendendola autonoma da altre condotte, e fornire anche l'acqua sufficiente a irrigare il lussureggiante giardino del cardinale Pier Donato Cesi: in quell'epoca priva di tubature e rubinetti, mantenere prati verdi e piante fiorite nel cuore di Bologna costituiva un indubbio simbolo di potere, e l'opulenza pontificia doveva primeggiare su ogni altra ostentazione di ricchezza delle famiglie altolocate. Laureti studiò il percorso dell'acquedotto romano che portava l'acqua del torrente Setta in città, passando sotto la cinta dei colli, ma che aveva cessato di funzionare nell'alto Medioevo per intasamento delle canalizzazioni. Individuò quindi le varie sorgenti limitrofe e nel 1567 portò a termine la costruzione dei cosiddetti Bagni di Mario, nome popolare in memoria di un console di origini plebee che poco ebbe a che fare con l'acquedotto, risalente in realtà all'epoca augustea. Dunque, tanta creatività e inventiva non avevano il fine di dissetare i bolognesi ma di soddisfare la vanagloria estetica di un potente cardinale... Nonostante ciò, qualche secolo più tardi si dovrà a tutto questo la salvezza degli abitanti dalle devastanti epidemie. Nella seconda metà dell'Ottocento un altro ingegnere, Antonio Zanoni, si intestardì a ripristinare l'antico acquedotto romano perché aveva notato che il colera non colpiva gli abitanti della zona intorno a piazza Maggiore: bevevano l'acqua di fonte destinata a irrigare il giardino (oggi scomparso e occupato dai locali dell'ex Sala Borsa, oggi adibita a biblioteca e sede di esposizioni), mentre tutti gli altri ricorrevano ai canali inquinati. Ogni epidemia falciava un quarto della popolazione bolognese, ma la medicina ufficiale negava ottusamente l'esistenza dei batteri: all'interno del corpo umano poteva esserci soltanto l'anima, affermare che vi albergasse una creatura "invisibile" era pura eresia. L'ingegner Zanoni, forte delle sue constatazioni, convogliò le acque sorgive costruendo un acquedotto sufficiente al fabbisogno cittadino, in parte ancora visitabile in via Codivilla, sotto il colle dell'ospedale Rizzoli. Per certo, Beppe Grillo si riferisce a quelli come Antonio Zanoni quando afferma che non sono stati i medici a salvarci da peste e colera bensì gli idraulici...

I Bagni di Mario rappresentano una delle tappe più suggestive di un percorso nella Bologna delle acque, sotterranea e sorprendente, che il comune ha reso praticabile grazie soprattutto all'appassionato impegno dell'ingegner Pier Luigi Bottino, responsabile dei Lavori pubblici: per esempio, l'opera del Laureti più ardita e al contempo meno conosciuta perché "invisibile" – ma usata durante la Seconda guerra mondiale come rifugio antiaereo – fino a pochi anni fa aveva la sala ottagonale completamente invasa da terra e detriti; e per rendere agibile il condotto dell'Àposa sono stati sanati ben cinquantamila scarichi fognari abusivi. Un ambiente che senza dubbio evoca epoche di fasti sontuosi ma anche di misteri inquietanti, e il cinema sembra averlo scoperto con crescente interesse: qui sotto negli ultimi anni sono stati girati vari film d'avventura e "terrore", come ci ricorda il veterano Rovero, dipendente comunale addetto alla Bologna sotterranea da quasi quarant'anni, probabilmente l'unico a raccapezzarsi tra le innumerevoli chiavi di lucchetti e vecchie serrature degli accessi sparsi un po' ovunque. Negli anni scorsi, l'idea di organizzare visite guidate ha riscosso un tale successo che le liste d'attesa sono arrivate a due o tremila iscrizioni. "La prima volta è stata nel '98," racconta Rovero, "e ci aspettavamo qualche decina di persone, al massimo un centinaio. Bene, l'appuntamento per scendere sotto l'Àposa era in tarda mattinata, e ci siamo ritrovati con una folla in coda che faceva il giro dell'isolato, saranno stati un migliaio almeno... Quella volta siamo andati avanti fino alle undici di notte, e successivamente abbiamo dovuto addirittura dare appuntamento al primo gruppo alle cinque del mattino, per smaltire le richieste." Ora il comune ha in progetto di incaricare un apposito ufficio che, oltre a raccogliere le prenotazioni, fornisca guide in grado di raccontare storia e aneddoti di un piccolo mondo che i bolognesi hanno sotto i piedi da secoli senza averne mai sospettato l'esistenza.

C'è chi la chiama Bologna la Dotta e chi preferisce la Grassa, ma a nessuno verrebbe in mente di ricordarla come "la città delle acque e dei mille ponti", visto che non ha neppure un fiume che l'attraversi. E invece, al viandante di qualche secolo fa Bologna appariva più simile a Venezia che alle consorelle emiliane. Costeggiata da due fiumi di modeste proporzioni, il Reno e il Sàvena, che scorrono a est e a ovest, venne rifornita stabilmente d'acqua pura quando i Romani, nel 27 d.C., realizzarono un ingegnoso condotto di ben diciotto chilometri con cunicoli che da Sasso Marconi passano sotto il Monte della Guardia e i colli di Gaibola e dell'Osservanza, arrivando all'odierno viale Aldini; e dopo i restauri dell'ingegner Zanoni, ancor oggi soddisfa un quinto del fabbisogno cittadino. Le opere idrauliche continuarono nel Medioevo con la costruzione dei principali canali che deviavano le acque del Reno e del Sàvena, sia per azionare gli innumerevoli mulini che per trasportare le mercanzie. Nel XV secolo Bologna vantava già ottantasette chilometri di canali ed era considerata, grazie alla fiorente industria tessile sviluppatasi con l'energia idraulica, la capitale europea della seta: il "velo bolognese" era talmente pregiato che vigeva la condanna a morte per chiunque ne rivelasse le procedure di lavorazione... Sorsero ben quattro porti, il volume dei commerci raggiunse le duecentocinquantamila tonnellate di merci all'anno e un movimento di oltre duemila barconi. Si sviluppò un sistema di chiuse a "sostegni" ideato da Leonardo da Vinci (in pratica lo stesso principio che rende navigabile il canale di Panamá), fu realizzato il collegamento con il Po e gli scambi diretti con Venezia avvenivano via acqua. Per diversi secoli la città ha dovuto ai canali l'invidiabile benessere e l'operosità rinomata in tutto il continente; Casanova veniva fin qui senza mai dover sbarcare dal suo *Bucintoro*, e anche più tardi, quando le coperture faranno gradualmente scomparire un paesaggio oggi difficile da immaginare, Stendhal ne decanterà la bellezza riferendosi principalmente alle acque dei canali del Reno: "Quasi ogni mattina faccio questa passeggiata pittoresca nel Bois de Boulogne di Bologna...".

Grazie all'opera di valorizzazione e accurato restauro, questi luoghi hanno ripreso a suscitare interesse, ottenendo un imprevedibile successo turistico. E nessun forestiero, senza l'indicazione di un passante, sospetterebbe mai, per esempio, che in un vicolo del centro storico, via Piella, basta affacciarsi da una finestrella del sottoportico per scoprire uno scorcio sul canale delle Moline che ci riporta indietro di vari secoli: incastonata tra le mura delle case, l'acqua scorre sotto balconi e finestre ancora come un tempo, quando azionava i mulini dell'Università più antica del mondo.

La Falsa

Bologna la Dotta, per l'Università più antica del mondo; Bologna la Rossa, per il colore dei muri; Bologna la Grassa, per la buona cucina e i piaceri della carne... Poi, c'è Bologna la Falsa, la città-teatro dove tanta bellezza non è ciò che sembra, dove il turista non chiede attestati di autenticità e il cittadino non sa, o – come si usa a teatro – preferisce non sapere e sta al gioco virtuale di un'architettura da falsari della storia. Nel Medioevo, Bologna ostentava ben centottanta torri: ne sono sopravvissute ventitré, comprese l'Asinelli e la Garisenda, torre pendente ammirata da Dickens e vituperata da Goethe, che, colto chissà perché da un raptus di livore, la bollò come "spettacolo disgustoso, a dimostrare che con del buon cemento e ancore di ferro si possono compiere imprese da pazzi".

Sul finire dell'Ottocento, un singolare personaggio di urbanista, Alfonso Rubbiani, si mise in testa di resuscitare la città comunale e gotica in contrapposizione a quella pontificia e barocca, operando restauri a dir poco radicali e, in certi casi, creando dal nulla palazzi merlati e scorci medioevaleggianti. Nell'impresa, trovò un istigatore entusiasta in Giosue Carducci. E nei decenni successivi, una serie di seguaci altrettanto spregiudicati.

Iniziamo questa sorta di "passeggiata" nella Bologna Falsa da piazza Maggiore. Il Palazzo di Re Enzo, dove il giovane figlio di Federico II trascorse al fresco i peggiori anni della sua vita (e anche gli ultimi), esisteva nel 1244, ma era tutt'altra cosa: l'attuale fisionomia è del 1913. Percorrendo via Rizzoli fino alle Due Torri, sulla destra si ammira lo splendido Palazzo della Mercanzia, originariamente concepito nel 1384, che non solo venne "rimedioevalizzato" ai tempi del Rubbiani, ma risale in realtà al 1948, perché quattro anni prima un sergente tedesco lo aveva sbriciolato facendo brillare una bomba d'aereo inesplosa proprio davanti alla facciata... Accanto, il suggestivo balcone sorretto da pilastri in quercia, simil-XIII secolo, fu fatto costruire di sana pianta nel 1928 per proteggere un dipinto esposto alle intemperie. Imboccando Strada Maggiore, ci si può stupire per la longevità dell'altissimo tratto di portico sorretto da colonne di legno, ma niente paura: il tutto ha poco più di un secolo, non sette o otto come appare; e lassù, nel soffitto annerito, la burla si aggiunge al falso d'autore: tre frecce conficcate a ricordo di chissà quali dispute dell'anno Mille, furono in realtà scoccate da studenti goliardi d'epoca mussoliniana, e qualche guida ci casca ancora... o finge di cascarci. Persino il massimo vanto del centro storico bolognese, le Sette Chiese di Santo Stefano, si presenta all'estasiato viandante secondo i radicali restauri (in parte ricostruzione totale) attuati tra il 1870 e il 1930. In direzione opposta, cioè verso sud, un altro gioiello trecentesco, il Collegio di Spagna, sfoggia l'intero lato settentrionale in perfetto stile castigliano risalente al... 1925. A Bologna, è finto anche l'unico colle (be', una collinetta), chiamato appunto La Montagnola, che offre uno spazio verde in fondo a via Indipendenza, creato non da madre natura per un capriccio geologico, ma dall'accumulo di detriti e residui edili opportunamente abbelliti da scalinate, vialetti alberati e giardini su pianta simmetrica del 1805: nel XIII secolo, era un vasto piazzale piatto dove si commerciava il bestiame.

La città felsinea, in fondo, è stata precorritrice della moderna filosofia di vita secondo cui è sempre l'abito che fa il monaco, e l'apparenza conta più della sostanza. Inoltre, qui la beffa e la burla hanno radici antiche, sono l'essenza stessa del cosiddetto "spirito petroniano", che nella storia non hanno risparmiato neppure le mura e i monumenti. Certo, restaurare e ripristinare non significa prendersi gioco delle generazioni future, ma l'eterno dilemma, di fronte a mattoni così lustri da sembrare appena posati, è: il tempo ha o non ha il diritto di mutare le cose costruite dall'uomo? E quando queste scompaiono, è lecito rimettere indietro l'orologio, anzi, la meridiana? Alfonso Rubbiani, per esempio, non venne nemmeno sfiorato da un simile dubbio. E Carducci applaudiva.

La Vecchia Signora

È sempre una sensazione di sollievo, come la conferma di un affetto protettivo, scorgere la chiesa di San Luca in cima al colle. Da qualunque parte uno torni, dopo un'assenza, Bologna si annuncia così, con quel bonario "panettone" barocco appoggiato sul monticello più alto, di un ocra stinto per l'immancabile foschia del pieno giorno o rosso acceso se si avvicina l'imbrunire. È un po' il malinconico destino di Bologna, suscitare nostalgia quando ne sei lontano e mostrarti i difetti se ci resti troppo a lungo. Città di contraddizioni velate, con fama di giovialità istintiva e tolleranza – sempre meno meritata – e pronta a chiudersi alla prima critica di chi si sente escluso, facile al dialogo ma difficile a concedersi oltre un impalpabile limite, paciosa e composta, apparentemente sorniona, e fiera di sé al punto da considerare un po' barbari tutti i forestieri. La "bolognesità" è in fondo anche questo, un amore possessivo che sconfina nella gelosia.

Gli sporadici turisti, qui, sembrano guardarsi attorno con aria stupita, come se non capissero perché all'estero sia tanto conosciuta per le sue fiere internazionali e così poco per le bellezze architettoniche. Sono infatti rari i centri storici conservati con altrettanta cura, quasi con caparbietà. E in questi ultimi anni, tutte le battaglie vinte dall'asfalto del progresso subiscono una dopo l'altra il contrattacco degli "scalpellini", mestiere antico che a Bologna pare far rinascere una vera e propria scuola, e, pochi metri alla settimana o al mese, sampietrini e lastre di granito riguadagnano il terreno perduto in questo secolo. Nulla potrà invece essere fatto per restituirle quell'aspetto di istrice acquattato ai piedi dell'Appennino, come appare nei disegni del tempo, quando contava centottanta torri, ognuna simbolo e difesa delle famiglie più potenti. Oggi ne restano soltanto ventitré, sfoltite non solo dai colpi della vecchiaia e dei piani regolatori, ma soprattutto dalla rivalità reciproca che faceva scoppiare assurde guerre interne al perimetro di mura, con una torre che bombardava l'altra a suon di catapulte. Chi colpiva per sbaglio il palazzo del Comune subiva per decreto l'immediato smantellamento della rispettiva torre. La ricchezza, allora, si ostentava costruendo la magione verticale più alta rispetto alla famiglia vicina. Gli Asinelli la spuntarono su tutti, arrivando nel 1119 a completarne la merlatura dall'alto dei suoi tuttora ineguagliabili novantadue metri. Ai temerari capaci di scalarne i quasi cinquecento gradini, offre la vista dell'antica città stellare, con la torre al centro di una raggiera formata dalle strade principali, delimitate dalle rispettive porte. Bologna monocentrica, nella quale, al contrario di Firenze o Roma dove le opere architettoniche prevalgono sul disegno dell'intera città, ogni palazzo è assorbito dalla planimetria medioevale. Edifici patrizi che rappresentano una Bologna occulta, in grado di svelare dietro austeri portoni giardini segreti e patii raccolti attorno a un pozzo, ombrosi di alberi secolari che nascondono spesso ardite statue pagane.

C'è un curioso risvolto sociale, nella principale caratteristica architettonica di Bologna. Vantando oltre quaranta chilometri di portici, si vorrebbe che proprio da ciò derivi la facilità comunicativa dei suoi abitanti: attraverso un millennio il portico ha favorito l'incontro e la chiacchiera sul portone, il passeggiare senza fretta al riparo dal traffico di ogni epoca e indifferenti alla pioggia o al sole. Un riparo onnipresente che ha cullato e reso celebre il cosiddetto "spirito petroniano", fatto di arguzia maliziosa e doppi sensi, una forma di ironia che si è sempre presa gioco dei potenti con sottile ferocia. "Vespe senza pungolo," definiva malignamente il Leopardi i bolognesi, ai quali, secondo Nievo, "bisogna permetter [...] di prendersi beffa di voi almeno un paio di volte al mese, altrimenti senza questo sfogo creperebbero". La burla accuratamente ordita, nella storia di Bologna non risparmia neppure i monumenti, e vi è in questo un'innata indole di rifiuto per qualsiasi mito, tanto che nessun "illustre" è risultato inviolabile dalla satira. L'arte della caricatura ha visto qui la proliferazione di innumerevoli giornali, e quanti non ave-

vano mezzi per accedere alla carta stampata hanno sempre usato il gesso sui muri, per ridicolizzare l'altezzoso di turno. Persino la statua del Nettuno, immagine consacrata che pare il simbolo stesso del placido benessere felsineo, la si preferisce mostrare di tre quarti per via del pollice che in tal modo sporge dritto davanti al pube...
Orgogliosa di aver fondato la prima Università del mondo, Bologna a volte dimentica quanto sarebbe diversa senza quell'incalcolabile numero di studenti "ultramontani" che attraverso nove secoli l'hanno pungolata, provocata all'apertura, arricchita di sapere e di pigioni strapagate. Persino nel lontano Duecento, si registravano proteste studentesche per le speculazioni degli affittuari. Ma è da quel clima di inquietudine diffusa che Bologna ha appreso la travagliata necessità del dialogo con il forestiero. Non senza traumi e punti di rottura, certo, eppure vogliosa di risanare ferite e capire perché si siano prodotte. Sarebbe ingiusto marchiarla con l'infamia di un rigurgito razzista, oggi che drammi ambigui tornano a lacerarla, o almeno non senza considerarla parte di un paese che l'intolleranza l'ha sempre conosciuta e coltivata.

Se l'albo d'oro dell'Alma Mater può vantare nomi che hanno tessuto la cultura dell'Europa – da Copernico a Paracelso, Erasmo da Rotterdam e Thomas Beckett, e Dante, Petrarca, Tasso, Goldoni –, va ricordato che accanto a così celebri studenti vi è una massa di giovani anonimi che hanno indubbiamente contribuito a costruire quei pregi morali su cui a volte Bologna ha rischiato di assopirsi.

Dotta da un lato, e dall'altro gaudente, grassa, carnale al punto da attirarsi ancora gli strali di papi e cardinali. Una fama ingigantita, o forse una realtà assottigliatasi negli ultimi decenni. Bologna sa ancora divertirsi, ma non con poco. La sua ricchezza viene da lontano, dalla laboriosità di molte generazioni, e non la ostenta quindi come certa provincia in "rapida espansione". Paradossalmente, il bolognese può permettersi di trovare economico qualsiasi posto al mondo, perché sono rimaste poche le città più care della sua. Ma "l'isola felice", termine che la città ha comunque sempre rifiutato avvertendone l'infida pericolosità, resiste soprattutto grazie alla scoperta del terziario come nuovo motore trainante: fiere e congressi ne fanno infatti la più combattiva rivale di Milano, accettando di buon grado lo strano ritmo di questo riempirsi e svuotarsi all'improvviso per flussi di folle "tecnologiche", che causano la proliferazione affannosa di alberghi e servizi come l'assoluta impossibilità di pianificarne il traffico. La Vecchia Signora cantata da Guccini, memore delle sue centocinquantasette torri perdute, ha così ingaggiato l'esclusivissimo Kenzo Tange per progettargliene di nuove, creando l'avveniristico – e, a ogni imbrunire, desolante – Fiera District: indubbiamente funzionale, ma dal curioso aspetto di stazione stellare ancorata di lato.

Salendo sui colli al tramonto, quando i calanchi di argilla chiara diventano di un rosa intenso, la vista di questa pianura che si perde nel nulla mostra due Bologne, una stretta all'altra ma separate da un confine netto. La prima rossa di mura antiche e tegole, armoniosa nel saliscendi di cupole e guglie, l'altra fredda e ordinata, sonnolenta nel suo grigio opaco. E per quanto la lontananza smorzi ogni rumore, la seconda, chissà perché, sembra più silenziosa.

La casa, una casa: tornare per poi ripartire

Poso i bagagli ansimando, ti abbraccio con sguardo circolare e un po' diffidente, per constatare a colpo d'occhio se ti sei comportata bene e non hai avuto la pessima idea di far scoppiare qualche tubo – le tue arterie sono vecchie di quasi un secolo –, tiro un sospiro di sollievo perché mi riappari esattamente come ti ho lasciata... e torno ad amarti, con un lieve senso di colpa per averti rinnegata fino a poco fa: all'aeroporto di Città del Messico, come ogni altra volta, mi chiedevo perché tornare, e stando laggiù, in quelle terre dense di passioni e vita intensa, dove tutto sembra congiurare contro di te, casa mia, ti confesso che ho sbirciato altre dimore pensando "ecco, qui resterei volentieri, da qui non me ne andrei tanto presto"... Eppure lo so che sono vagabondo, e che non esiste il luogo dove mi fermerei per sempre: passano i giorni, al massimo i mesi, e mi riprende inesorabile la smania di rimettermi in marcia verso l'orizzonte, curioso di vedere cosa ci sia mai dall'altra parte. Ma in fin dei conti è da te che torno, e adesso che mi avvolgi con le sicurezze della tana protettiva, con gli innumerevoli ricordi di tanti altri viaggi che ti intasano e appesantiscono, penso che sono contento di lasciarmi andare tra le tue vecchie mura, con quel sottile filo di angoscia che mi dai ostentando i chili di posta accumulata, la segreteria stracolma, il computer che appena acceso vomiterà la consueta valanga di messaggi ai quali non avrò mai modo di rispondere. Non è colpa tua, del resto. Ma c'è tempo, per mettersi in pari con la vita che preme fuori da qui. Adesso voglio godermi questa sensazione di stordimento, di salutare stanchezza che esclude qualsiasi impegno e urgenza, e ti percorro stanza per stanza puntando deciso alla terrazza, lunga e stretta, dove a dispetto del clima padanamente ostile a yucca, cactus e peperoncini ho ricreato cocciutamente un angolo di Tropico che ogni inverno richiede funambolismi e fatiche, brevi traslochi di piante desiderose di termosifoni.

Traslochi... Ho perso il conto di quanti ne ho fatti, in questo mezzo secolo di esistenza seminomade. Nato in un posto, cresciuto in un altro, la scelta di Bologna con la scusa dell'Università, e l'infinita serie di porti-di-mare da studenti, poi il primo monolocale della solitudine che più che abitarlo indossavo entrandoci di traverso, e tutte le altre, in media una ogni due o tre anni, sempre in affitto e con l'idea fissa che la vita sia come un ponte, attraversalo ma non costruirci una casa sopra... Saggezza orientale. Bella a sentirla declamare, ma poi la realtà non tiene conto dei poeti e alla fine ci sei tu, la prima e unica che posso dire mia. Tu mi hai fatto stare male come un cane chiuso nel canile, facendomi rinunciare all'idea irreale del ponte da attraversare senza fermarsi nel mezzo, alla tendenza a non mettere radici per non sacrificare la libertà di piantare tutto e ricominciare altrove, però, adesso che certe pulsioni giovanili sembrano sedate da quello che i nonni chiamavano giudizio, adesso che il tempo non mi infligge così spesso quel formicolio sotto i piedi che ho imparato a dominare, adesso sì, te lo posso dire: ho fatto bene a farti mia. Vent'anni fa ti avrei dato fuoco piuttosto che lasciarmi imbrigliare, e ora torno scoprendo in me un velo di nostalgia che non voglio confessare. Ed entro finalmente nella grande stanza che racchiude il mio universo: i libri fino al soffitto su tutte e quattro le alte pareti, che mi infondono un senso di memoria condivisa, i cumuli di carte che mai riordinerò del tutto, le tante foto che mi stanno a cuore, le *calaveras* e le *catrinas*, teschi e scheletrini che ti tengono ancorata alla terra dove sto bene e dove tornerò comunque, la collezione di *Don Quijote* raccattati ovunque nel mondo ispanico, i computer spenti che sembrano aspettare il racconto delle ultime conoscenze fatte, delle emozioni recenti, degli incontri sul cammino.

Ti voglio bene, casa mia, ma non illuderti: un giorno potrei essere spietato come con quelle che mie non lo sono state, e visto che non hai le ali, ti barratterò come si faceva un tempo con qualsiasi oggetto, e ti tradirò per qualcuna che abbia le fondamenta in una terra meno silente e stanca. Perché tu sei come un albero: le radici sono importanti, nella vita di un uomo, ma noi uomini abbiamo gambe, non radici, e le gambe sono fatte per andare altrove.

PARTE SECONDA

Leggere per r/esistere

Salgari, l'antidoto alle trombonate

La biblioteca della scuola elementare era piuttosto esigua ma, a ripensarci adesso, aveva tutto l'occorrente per dimostrare che la lettura può essere un divertimento e non una tortura. Prendere il primo libro non fu un'imposizione, ma una curiosità. Poi, per le vacanze, avrei dovuto leggere una qualche trombonata da programma scolastico, ma quella neppure me la ricordo più. Così, sarà stato per la copertina, o per la scelta limitata, comunque *Il Corsaro Nero* è il primo libro con cui ho trascorso pomeriggi di sana lontananza dai compiti, con la scusa che quell'oggetto proveniva dallo stesso edificio dove si propinavano tabelline e pensierini e dunque non poteva essere considerato una perdita di tempo. Davanti avevo il mare di Liguria, e il prode Corsaro Nero, in fin dei conti, era pur sempre conte di Ventimiglia, anche se dal Tigullio la Riviera di Ponente restava in un altro mondo. E bastava un temporale sulla foce del melmoso Entella per immaginare tempeste sui Caraibi e ondate che spazzavano il ponte della *Folgore*, il vascello pirata del mio eroe. Già, pirata: solo molto tempo dopo avrei scoperto la fondamentale differenza tra pirati e corsari: i primi, uomini liberi in lotta contro tutti, i secondi, sorta di mercenari al soldo della corona inglese o degli interessi olandesi o francesi. Ma allora... il Corsaro Nero, in realtà, non era un corsaro. Perché i Fratelli della Costa si battevano per la propria libertà, non per rovinare gli affari agli spagnoli per conto di altri. Vabbè, che importa, sarebbe come pignoleggiare sul fatto che il conte di Ventimiglia e Roccanera ogni tanto diventa di Roccabruna: Salgari aveva troppe idee in testa (e troppi debiti) per soffermarsi a rileggere e correggere la marea di romanzi sfornati. E diversi anni più tardi, dopo aver conosciuto scrittori che oggi sono cari amici, avrei scoperto che in America Latina il nostro tormentato e snobbato narratore d'avventura ha sempre goduto di una fama e un'attenzione sbalorditive: ad esempio, per Paco Taibo II è il più grande scrittore antimperialista (poco importa come la pensasse in politica: contano le opere, dove il nemico è sempre coloniale), mentre il nonno anarchico di Sepúlveda organizzava in Cile pubbliche letture sovversive della saga di Sandokan... Uno scrittore per ragazzi, sì. Per eterni, inguaribili, irrecuperabili e irriducibili ragazzi.

Il gentiluomo del mondo alla fine del mondo

Tradurre è un mestiere silente e schivo, un'attività in penombra, ma che concede privilegi rari... Sarò sempre grato al destino per avermi fatto incrociare il cammino con Francisco Coloane grazie alla traduzione della sua opera. Ricordo le sue lettere da gentiluomo dei mari del Sud, brevi e intense, dove mi narrava la genesi di una fantasia, l'immaginazione che spiegava le vele di fronte a ghiacciai che a lui evocavano figure di animali preistorici o esotici, quasi a volersi scusare per aver sciolto le briglie di tanto in tanto, lui che prediligeva la prosa sobria, le descrizioni di personaggi che sembrano scolpite con l'affilato *facón*, il coltello dei gauchos, i dialoghi condensati quanto il respiro ghiacciato che a quelle latitudini va risparmiato al massimo, il clima rarefatto delle vicende narrate, quasi sempre memoria di vita vissuta.

Don Pancho era nato il 19 luglio 1910 sull'Isla Grande dell'arcipelago di Chiloé, le "quaranta sorelle generate dall'arenaria del terziario" che si proteggono a vicenda dall'erosione del perennemente furioso Pacifico, l'oceano dal nome beffardo. Una miriade di isole disseminate tra Puerto Montt e il Golfo Corcovado, terre rocciose dalla natura aspra, scarsamente popolate di esseri umani ma fitte di leggende e creature mitologiche, folletti, unicorni e gnomi, con gli immancabili vascelli fantasma a fare da comparsa nelle notti ventose, dove il brusco ritorno alla realtà è imposto dai terremoti e dai maremoti, l'ultimo dei quali, nel 1960, si è portato via la casa natale del suo cantore, dell'uomo che amò a tal punto l'arcipelago di Chiloé da farne il protagonista di tanti racconti. Figlio di un capitano delle baleniere, il piccolo Francisco imparò a usare una barca per andare a scuola, e il mare gli entrò per sempre nell'anima. I suoi compagni di giochi erano spesso i *cahueles*, i delfini australi, e le foche giocose che, a suo dire, si comportavano come cagnolini domestici. L'orizzonte, per lui, era l'essenza stessa dell'utopia, il limite da valicare per vedere cosa vi fosse al di là... E così cominciò a spingersi nei territori sterminati che segneranno per sempre la sua sensibilità e la sua immaginazione, la Patagonia e la Terra del Fuoco, divenendo "avventuriero australe" suo malgrado, più per spirito di sopravvivenza che per ricerca di emozioni estreme: a portarlo laggiù, in quelle desolate solitudini, fu il bisogno di lavoro, quando a diciassette anni morì sua madre e lui dovette lasciare la scuola e guadagnarsi da vivere. Bisogno che si concretizzò in vari mestieri – mandriano, pastore negli allevamenti di ovini, caposquadra dei gauchos, domatore di cavalli selvaggi –, finché il richiamo dell'oceano lo riportò sulle orme del padre: imbarcatosi su una baleniera, concluse quell'esperienza con la ferma convinzione che lo sterminio dei cetacei fosse un crimine. Come esploratore in Antartico, comandò spedizioni e scandagliò il labirinto di canali che conducono allo Stretto di Magellano e a Capo Horn, "dove il diavolo incatenato sul fondo scatena tempeste" nel punto in cui i due oceani si scontrano e lottano incessantemente, esperienze che furono preziose per disegnare nuove carte nautiche.

L'amore per la natura spietata e possente di quel suo mondo alla fine del mondo si trasformò in rispettoso timore, perché a quelle latitudini persino gli uccelli sanno essere crudeli, e cavano gli occhi ai naufraghi. Coloane non si limitò a descrivere la grandiosità di quegli scenari apocalittici, ma seppe trasmettere l'infinita debolezza e il senso di smarrimento dell'essere umano di fronte alle forze indomabili del creato, la nobiltà dei suoi dignitosi abitanti e la meschinità dei colonizzatori che non ne capirono il fascino e non ne rispettarono gli equilibri. Entrò in contatto con gli ultimi degli ultimi, gli indios yaghan, ona, alakalufe, tehuelche, imparò da loro la difficile convivenza in precaria simbiosi con quelle lande sperdute eppure capaci di rendere intenso ogni istante di vita, e ne raccolse nelle sue narrazioni la dolente fierezza, la condanna a scomparire in un'epoca molto più spietata della Terra del Fuoco.

Cominciò a scrivere "tardi", inconsciamente fedele al motto dei grandi narratori: prima vivi, e poi scrivi. Era il 1940 quando trovò un editore cileno per i racconti di *Capo Horn*, e successivamente per il breve romanzo *L'ultimo mozzo della Baquedano*. La critica letteraria e l'anchilosato ambiente degli scrittori cileni dell'epoca lo ignorarono, era un autore "non classificabile", per loro, che non si preoccupava minimamente di consegnare ai posteri il "grande romanzo" ma si cimentava con noncuranza nella più ardua delle imprese, il racconto, dove la tensione narrativa è affidata a poche pagine e non ha scappatoie e riserve per riprendere quota: o il tutto funziona subito, o niente; e poi, "Pancho" Coloane era troppo impegnato a vivere per perdere tempo con i salotti e i circoli acculturati di Santiago... Ma anno dopo anno, lo stuolo dei suoi lettori aumentava in maniera esponenziale, fino a far adottare diversi suoi libri come testi per letture scolastiche. Generazioni di cileni sono cresciute con lo sguardo rivolto a sud, con la fantasia che galoppava sui mari australi e sui territori patagonici, imparando il rispetto per l'infinita diversità del pianeta e dei suoi abitanti, il fascino per la storia dimenticata, quella fatta da persone comuni quanto straordinarie, protagoniste di vicende degne di essere raccontate se solo ci fosse qualcuno capace di farlo.

Fervente sostenitore del presidente Salvador Allende, dopo il colpo di stato del generale Pinochet Francisco Coloane mantenne un atteggiamento di fiera indignazione e di sfida nei confronti della dittatura, osando partecipare nel 1973 ai funerali di Pablo Neruda – che lo chiamava affettuosamente "il figlio della balena bianca" – con pochissimi altri coraggiosi che sapevano di rischiare persecuzioni e arresti. La dittatura non si azzardò a colpire Coloane, autore popolare e amato da milioni di lettori cileni nell'arco di trent'anni, ma lo isolò costringendolo al silenzio. Lui non tentennò e non fece mai un passo indietro per restare nell'ombra; al contrario, si espose prodigandosi a organizzare i familiari dei desaparecidos affinché l'incommensurabile crimine non fosse relegato nell'oblio.

Dal 1940 in poi, London, Melville e Conrad hanno dovuto fare un po' di spazio nell'ideale libreria dell'Avventura, uno spazio tutto sommato piccolo, perché Coloane non ha scritto molto, ma al tempo stesso uno spazio immenso, perché quel "poco" era destinato a restare per sempre. Ci sarebbero voluti altri lunghi decenni, da allora, prima che l'Europa si accorgesse di questa presenza discreta quanto possente, ma una volta pubblicato in Italia e in Francia l'altro suo capolavoro, *Terra del Fuoco*, Coloane ha suscitato passioni profonde, e, da viaggiatore irriducibile, nonostante l'età ha partecipato spesso a incontri pubblici in queste latitudini, lasciando ricordi indelebili nei suoi lettori. Era ormai prossimo ai novant'anni quando, una volta, dovette declinare l'invito a venire in Italia: era caduto da cavallo, un giorno in cui festeggiava la visita di un vecchio amico che non rivedeva da mezza vita...

Il 5 agosto 2002 Francisco Coloane mormorò le ultime volontà alla moglie Eliana: "Aspetta un paio di giorni prima di dire che sono morto, dopo avermi cremato in silenzio". E come estremo saluto, ripeté la stessa frase che gli aveva pronunciato il padre in punto di morte: "Torniamo al mare".

E forse lo stesso destino che mi ha fatto conoscere Coloane mi aveva portato di fronte al mare, su una scogliera, il giorno in cui mi giunse la notizia del suo ultimo viaggio, quello sulla rotta senza ritorno. Era il luogo migliore per salutarlo, fissando l'orizzonte dove il lontano profilo di una nave scompariva gradualmente verso il largo. Buon vento, don Pancho.

"*Bad boy*"

"Che senso ha tutto questo?"
Jim Thompson sembra chiederselo in ogni pagina dei suoi libri. Poeta della disperazione, Jim Thompson ha bandito la speranza dal proprio mondo, ma senza abbassarsi a chiedere comprensione: usava tanto spesso la parola "schifo" anche per trasmetterci, almeno in parte, l'immensa nausea che si portava dentro.

Da vivo ha goduto di scarsa considerazione, e negli Stati Uniti i suoi libri passavano soltanto per i chioschi dei giornali senza mai raggiungere lo scaffale di una libreria. In Francia, dove se non altro esistono editori che lo hanno apprezzato in tempo, dopo gli ovvi accostamenti a Chandler e Hammett c'è stato chi lo ha paragonato a Louis-Ferdinand Céline. Ma Thompson assomiglia solo a se stesso. Non ha nulla da spartire con l'*hard boiled*, perché sul suo orizzonte narrativo non compare mai alcun barlume morale. Tutto è sporco, corrotto, marcio, e nessun poliziotto, pubblico o privato che sia, può illuderci di avere qualcosa da salvare. La moralità di un Philip Marlowe, o l'incorruttibilità di un Sam Spade, nei suoi romanzi diventano sordido cinismo, crudeltà, lampi di follia o calcolo spietato: le uniche armi rimaste a chi ha perso tutto. I suoi vinti sono perdenti davvero, fino in fondo. E, se mai l'hanno avuta, perdono anche la dignità. Riguardo a Céline, l'accostamento è pertinente se si considera il comune uso della parola scritta come un bisturi che scava nelle viscere del malessere, facendone schizzar fuori dolore allo stato puro. Ma Céline parla di se stesso, si racconta, si tormenta. Jim Thompson si tiene invece da parte, preferisce un caleidoscopio di grigiori per disperati presi a caso, e non li presenta, rifiuta di descriverli: sono i personaggi ad assumere spessore agendo e parlando, e alcuni sembrano addirittura aver cancellato l'uso del pensiero, forse in un estremo tentativo di anestetizzarsi alla vita.

Difficile anche una classificazione dei ventinove romanzi scritti. Sicuramente non sono polizieschi nel senso più trito del termine, cioè un mondo diviso tra buoni e cattivi con assassini da scoprire e assicurare alla "giustizia". "Non mi importa che cosa una persona ha fatto, ma che cosa una persona è": Jim Thompson lavora crudelmente per dimostrare che ognuno di noi si porta dentro un mostro. Il più innocuo, insignificante e inoffensivo degli esseri umani può trasformarsi all'improvviso in un delirio di violenza. Certe sue storie sembrano voler funzionare come aghi sottocutanei, che inoculano nel lettore l'insicurezza e il dubbio.

Narratore puro, Jim Thompson si affida unicamente alla trama e predilige la prima persona, costringendo a vivere la storia attraverso gli occhi del protagonista. Sceglie così il mezzo più difficile per raccontare, non potendo ricorrere ad accadimenti laterali che aiutino a capire. E forse non c'è niente da capire. In un mondo, come il suo, popolato da cannibali, dove la fuga è la sola forma di sopravvivenza, c'è soltanto da chiedersi che senso abbia tutto questo.

Un mondo dove "la legge è sempre e comunque nemica", e i personaggi vanno alla deriva aggrappandosi alla violenza per non affogare nel nulla. La violenza resta l'unico modo per affermare di esistere. L'uso della prima persona serve anche a un altro scopo: filtrare la realtà facendola scorrere nello stretto imbuto di una mente in sfacelo, trasmettendo la progressiva perdita di controllo su ciò che accade intorno. Jim Thompson è attratto morbosamente dal perverso meccanismo che produce e materializza la paranoia. Un bozzolo di allucinazioni e manie di persecuzione che avviluppa lentamente il protagonista, senza lasciarci alcuna scappatoia, perché è lui e solo lui che può raccontarci cosa vede e cosa sente. Il dubbio, l'impossibilità di stabilire se il personaggio si stia difendendo da chi vuole colpirlo – e per questo colpisce per primo – o se le vittime siano invece gli altri, ignari bersagli della sua mente malata.

Il dissolversi della ragione affascina Jim Thompson, che rifiuta di stabilire mete e obiettivi da raggiungere. Il confine tra realtà e paranoia è così labile da rendere legittima e credibile ogni verità e ogni menzogna.

La ripugnanza verso la provincia nordamericana, più che un tema ricorrente, sembra essere la missione di tutta una vita. Dimostrarne la falsità, il velo di ipocrisia che nasconde una violenza endemica, subdola, diffusa come metastasi nei rispettabili focolari domestici di cittadine insignificanti e sorte come escrescenze su paesaggi piatti. Un velo che lo scrittore lacera a colpi di rasoio. Se Edward Hopper ne ha dipinto la desolazione, Jim Thompson ne ha sviscerato i liquami che scorrono sotto. Quasi scrivesse con uno scopo preciso: incrinare qualsiasi illusoria parvenza di ottimismo verso il genere umano. Un hacker del virus della disillusione. Difficile, dunque, che i suoi libri trovassero posto nelle librerie di quel paese su cui sputava tanto disprezzo. Un editore di Letteratura con la maiuscola non poteva avallare un simile scempio dell'*American way of life*, e il pubblico del Grande Paese preferiva non sapere che esistesse. Per Thompson, il "sogno americano" è un incubo intriso di miasmi nauseabondi. E l'America si è difesa dal suo morbo: quando è morto, nel '77, non c'era in circolazione neppure uno dei suoi romanzi, tutti dispersi e dimenticati dopo la brevissima esistenza da edicola. Jim Thompson aveva oltretutto offeso la più sacra delle istituzioni. Matrimonio e famiglia erano per lui generatori di alchimie nefaste. Le sue *dark ladies* non sono creazioni ispirate a una vaga misoginia: magari possono risultare stupidamente crudeli, insulsamente violente, ma è l'inferno coniugale il vero motore del sadomasochismo quotidiano. E produce sordidezza ripugnante, sporcizia morale e fisica, incesto. Sì, da uno come Jim Thompson l'America del puritanesimo e del maccartismo doveva difendersi, e lo ha fatto con il silenzio nei confronti dell'opera letteraria, mentre il suo nome finiva però nella lista nera dei nemici del paese. Venne schedato per la partecipazione a manifestazioni e campagne antirazziste, e per aver firmato qualche petizione di protesta. Poi, assillato dal bisogno incessante di pagare debiti e tirare avanti, ha continuato a scrivere per le collane di paperback e ha accettato sceneggiature e soggetti cinematografici che non lo entusiasmavano granché.

In comune con Chandler e Hammett ha forse questo: l'inadattabilità alle regole del cinema e il rifiuto epidermico per l'ambiente hollywoodiano. Nonostante ciò, ha lasciato la sua firma su opere immortali, come *Orizzonti di gloria* di Stanley Kubrick, dove non è difficile riconoscerlo in certe frasi pronunciate dall'ufficiale "antimilitarista" interpretato da Kirk Douglas: "Il patriottismo è l'ultima risorsa dei mediocri". O dei "cialtroni", a seconda della traduzione che se ne voglia dare. Con Kubrick, comunque, non c'è stato alcun idillio. Tutt'altro. Fin dalla precedente sceneggiatura per *The killing* (*Rapina a mano armata*), del '56, il loro rapporto di lavoro si risolveva in scontri e incomprensioni. Più tardi, sempre per le opprimenti difficoltà economiche, avrebbe scritto vari episodi della serie *Ironside*. Nel '75 si è addirittura improvvisato attore, e con risultati apprezzabili, nel *Farewell, my lovely* di Dick Richards (*Marlowe, il poliziotto privato*), dove interpretava il personaggio di Mr Grayle. Fortuna ben più considerevole hanno avuto le trasposizioni cinematografiche di alcuni suoi romanzi, condannandolo però a essere molto meno famoso come scrittore di quanto lo fossero i film tratti dai suoi libri. *Getaway!* di Peckinpah resta nell'immaginario collettivo come l'emblema del migliore Steve McQueen, mentre pochi lo considerano il titolo di una delle opere più *nere* di Thompson. Senza considerare che il film di Peckinpah, se paragonato al romanzo, diventa un inno alla speranza e all'ottimismo.

Paradossalmente, *Colpo di spugna* di Tavernier ha rispettato molto di più l'essenza di lucida follia che permeava *Pop. 1280*, dal quale è tratto. E questo nonostante il film sia ambientato in Africa e i personaggi appartengano alla Francia coloniale. Purtroppo, va anche qui sottolineato che ancora una volta il cinema ha scavalcato e messo in ombra lo scrittore, tanto che la ristampa del romanzo in italiano è stata intitolata *Colpo di spugna*, come se fosse uno dei molti libri sfornati sull'onda di un film di successo.

Pop. 1280 fu il primo romanzo tradotto in italiano, grazie a Laura Grimaldi che a metà degli anni settanta scoprì l'energia negativa di Jim Thompson e la propose alla Mondadori. Erano tempi in cui editoria e turpiloquio, in Italia, andavano poco d'accordo. Ma, soprattutto, la carica eversiva di *Pop. 1280* creò non pochi scrupoli a colui che era presidente e fondatore, Arnoldo Mondadori. Il pubblico nostrano, intossicato dal falso moralismo del giallo anglosassone alla Agatha Christie e alla Conan Doyle – il delitto *non deve* pagare, il colpevole va inesorabilmente punito, e dalla parte della legge troviamo unicamente brave persone irreprensibili e rette –, avrebbe accolto con ben poco entusiasmo un romanzo in cui l'assassino pluriomicida vestiva la divisa di un tutore dell'ordine. La traduzione tentò di smussare le parolacce più crude, rispettando però ritmo e laidume ambientale. Il titolo, non essendo traducibile, rimase fortunatamente lo stesso. "Pop." sta per *population*, come appare sul cartello all'entrata di Potts County, abitata da 1280 anime sordide. Tra le molte sventure, la cittadina ne ha una di spicco: Nick Corey per sceriffo, personaggio vile, infido, scaltro al punto da ostentare stupidità assoluta per meglio colpire a tradimento i suoi concittadini. E il peggio è che Nick Corey, nel crescendo di

carognate, riesce abilmente a far stare dalla sua il lettore, nauseandolo con la bassezza delle sue vittime che, in fondo, meritano la fine che fanno. Senza scomodare Edipo, va annotato che Pop era anche il diminutivo con cui lo scrittore chiamava suo padre. E se mai fosse una citazione, non suona certo come un omaggio...
La Francia è dunque l'unico paese ad avergli tributato grande attenzione da vivo, dove la cultura del *polar* ha scoperto in lui un maestro del "crimine di provincia", così caro alla tradizione dei seguaci di Simenon, pur lontanissimi dalle sue estremizzazioni. Il regista Alain Corneau si è appassionato a tal punto a *Pop. 1280* da trasferirsi a Los Angeles per scriverne la sceneggiatura con lo stesso autore. Il progetto non andò in porto, ma l'incontro avrebbe condotto alla realizzazione di un altro film, *Série noire*, tratto da *A hell of a woman*. Il protagonista di *Il fascino del delitto* (titolo dell'edizione italiana) è l'emblema del fallito thompsoniano, lo sconfitto dalla vita e dalla sua stessa ragione. Frank Poupart, squallido esattore di crediti e venditore porta a porta, si trascina nella vana speranza di un improbabile riscatto assistendo, impotente quanto ignaro, al disfacimento del proprio cervello. La realtà si confonde con la paranoia, donne che appaiono fragili e bisognose di aiuto possono nascondere avide sanguisughe, e il baratro della follia ha i contorni di sciatte periferie e luride bettole. Alcune frasi di Frank Poupart, poi, potrebbero da sole rappresentare l'intera *poetica* dell'autore: "Sapevo che era una carogna, ma del resto conoscevo ben poca gente che non lo fosse". E più avanti: "Le dissi che il mondo era pieno di brave persone. Mi sarei trovato nei guai se avessi dovuto dimostrarglielo, ma lo dissi lo stesso".

Un'altro film tratto da una sua opera è *The grifters* (*Rischiose abitudini*) di Stephen Frears. Senza eccellere, merita in ogni caso un riconoscimento di onestà verso l'originale. Buona parte del merito va allo scrittore Donald Westlake, autore della sceneggiatura. Purtroppo per lo spettatore – ma fortunatamente per lui –, Westlake ha un rapporto con la vita ben diverso da Thompson. Certo, considerando ciò che scrive, Westlake deve aver conosciuto la sua fettina d'inferno, forse sfiorandolo o attraversandolo abbastanza in fretta da poterci poi ridere sopra. Jim Thompson, invece, dopo esserci sceso, all'inferno c'è rimasto.

Come giornalista Jim Thompson non ha avuto successo, sia per l'istintiva precarietà con cui ha intrapreso qualsiasi lavoro, sia per il contenuto dei suoi articoli, tutt'altro che apprezzati da direttori e lettori. Oltre alla narrativa, ha scritto un'autobiografia in tre volumi, dei quali il primo è *Bad boy*, che sembra un racconto tra il picaresco e il desolato realismo alla Raymond Carver. Cronaca di un'infanzia squinternata e di un'ancor più caotica adolescenza, è anche l'impressionante elenco delle attività intraprese dallo scrittore per sopravvivere. Cresciuto nell'epopea del proibizionismo, guardato però dal punto di vista ben poco affascinante dei poveracci, Jim Thompson si è *ovviamente* dedicato per qualche tempo al contrabbando di alcolici. E ha iniziato a berne molto presto, votandosi all'alcolismo con metodo e convinzione, senza mai pentirsene. A dispetto dei costanti tentativi di autodistruzione, è arrivato a settantun anni corroso più dalla "cirrosi dell'anima" che da quella del fegato. Comunque, a diciotto era già affetto da delirium tremens. Il mestiere che più incuriosisce, nell'infinità di impieghi svolti con comune disprezzo per il lavoro in genere, è senza dubbio quello di "esperto in esplosivi". Conoscendo la sua concezione del mondo, non fatichiamo a immaginarcelo mentre faceva esplodere candelotti di dinamite sognando di veder saltare in aria ben altri obiettivi. Sappiamo che rideva raramente. O gli accadeva di farlo nei momenti meno adatti. Come quando, a vent'anni, fuggiva con la famiglia da una cittadina texana su una vecchia Cadillac che perdeva colpi e si inceppava. Inseguiti contemporaneamente dalla polizia e da una banda di gangster, rimasero bloccati nel deserto, mentre Jim continuava a ridere, scatenando le urla della madre. "È che non riesco a pensare a nessun'altra cosa da fare," disse riuscendo a interrompere per un attimo il riso isterico.

Insofferente a qualsiasi disciplina, aveva ripetuto sei volte la prima media: preferiva Schopenhauer e Malthus alle insulsaggini imposte dai professori. Afflitto fin da giovane dalla tubercolosi, fu dato per spacciato tante volte da fargli perdere il rispetto per la morte. Il primo racconto lo pubblicò a quindici anni, ma la precoce convinzione di essere uno scrittore non fece che acuire l'istinto per il vagabondaggio. Il primo romanzo, *Now and on the earth*, lo scrisse a New York in otto settimane dopo essersi fatto prestare la macchina da scrivere da un editore. Non riuscì mai a mettere radici in nessun luogo e si sentì sempre di passaggio ovunque risiedesse. Dopo la sua morte, la moglie lo ha dipinto in varie interviste come "un marito devoto, un brav'uomo che amava gli animali, l'esatto contrario dei suoi personaggi pessimisti e disperati...". Ma chi lo ha avvicinato negli ultimi anni ricorda come non perdesse occasione di paragonare il suo focolare domestico a una camera a gas.

È comprensibile che la vedova preferisse infrangere – o almeno stemperare – l'immagine di scrittore maledetto che alcol e rancore ci hanno lasciato di Jim Thompson. Ma suo malgrado non ha potuto cancellare ciò che lui pensava – e scriveva – riguardo alla famiglia, considerata come la più asfissiante delle istituzioni totalitarie, per la quale nutriva lo stesso rispetto dimostrato verso il lavoro, la legge, la scuola, la salute... e la paciosa, rassicurante e onesta provincia nordamericana.

Jack, il principe dei pirati

A quindici anni lo avevano soprannominato "il principe dei pirati". Si chiamava ancora John Griffith London ed era riuscito a comprarsi una piccola barca a furia di prestiti e furtarelli, ma solcando avanti e indietro le acque della Baia di San Francisco non si dedicava ad assaltare navi mercantili, bensì a saccheggiare le colture di ostriche, che poi rivendeva a ristoranti e pescherie. Già allora frequentava il meglio dei bassifondi in quello che fu il primo di tanti porti conosciuti, amico di giocatori d'azzardo, balordi festaioli e ubriaconi allo stadio ancora allegro. A diciott'anni si imbarcò su un bastimento, cercando di estinguere il fuoco che gli bruciava dentro e lo spingeva a sfidare il limite di ogni situazione. La caccia alle foche lo portò tra i ghiacci, che sarebbero divenuti una presenza ricorrente nella sua breve vita. Al ritorno scrisse il primo racconto e cominciò a firmarsi Jack, nome spiccio e tagliente, sbarazzandosi della zavorra inutile. Di lì a qualche anno, il successo lo avrebbe travolto, rendendolo ricco ma tutt'altro che sazio. Ogni cosa che scriveva si sarebbe trasformata in oro, che puntualmente gettava dalla finestra in bevute e dissolutezze.

E l'oro, in effetti, Jack lo aveva cercato davvero, raggiungendo il mitico Klondike, nell'Alaska dei ghiacci, nella desolazione del Nulla infinito, silenzioso, accecante, dove non trovò che poche once di metallo ma si distinse nell'arte della sopravvivenza estrema, fra risse, sparatorie, scorbuto e freddo. Un freddo che sembrava l'unico antidoto al fuoco nelle viscere. Tornò squattrinato, ammalato, ridotto a un rifiuto umano, lui che aveva avuto dalla natura il vantaggio di un fisico robusto e un volto da romantico avventuriero, sguardo azzurro, lineamenti forti. Dall'Alaska si portò dietro un tesoro, e stava tutto nel cuore e nella memoria: materiale inesauribile per scrivere romanzi immortali, storie avvincenti, spietate, violente, appassionate. Da quasi un secolo, milioni di persone in tutto il pianeta continuano a leggerle, tramandandole di gene-

115

razione in generazione. Forse non c'è una lingua scritta in cui Jack London non sia stato tradotto. Erano già molte finché era in vita, ma a lui sembrava che non interessasse particolarmente. All'apice del successo piantò tutto e se ne andò a vivere qualche tempo negli *slums* di Londra, l'East End dove si accalcava una corte dei miracoli che rappresentava il livello più basso della condizione umana. Ne trasse *Il popolo degli abissi*, più trattato politico che reportage, scritto nella carne viva dei derelitti relegati al margine della società, di quel sistema che London odiava e combatteva, pur con tutte le contraddizioni tipiche della sua esistenza travagliata. L'impegno politico era in lui totale, e non si accontentava certo della militanza nel Socialist Labor Party, prima della quale era finito in galera due volte – per vagabondaggio mentre si recava a una manifestazione di disoccupati a Washington, e per aver tenuto un comizio in strada incitando i miserabili alla rivolta. L'inquietudine che avvertiva per la futura integrazione della classe operaia a discapito degli emarginati ghettizzati, la repressione sanguinosa che il potere avrebbe scatenato quando si sarebbe sentito minacciato, si concretizzarono nel profetico *Il tallone di ferro*, amato da Trockij, vietato da Mussolini, esaltato da Ejzenštejn e Majakovskij, mal tollerato da Stalin, avversato dai socialisti che lo accusarono di "catastrofismo", e dimenticato dall'autore pochi anni dopo averlo scritto, quando prevalse in lui una sorta di pessimismo apocalittico, con la perdita della speranza in qualsiasi cambiamento, e l'autodistruzione diventava l'unica possibilità di scampo.

Nel 1906, a trent'anni, Jack London torna a perdersi fra i ghiacci, usando solo i ricordi e la penna: nasce *Zanna bianca*, saga del lupo selvaggio che finisce con l'adattarsi alla casa dell'uomo. Lui per riuscirci deve bere di continuo, illudendosi a tratti di poter costruire una grande dimora che chiamerà "La Casa del Lupo". Un incendio la raderà al suolo prima che il tetto sia finito.

Il Wild, il suo lato selvaggio, lo richiama irresistibilmente. Jack deve muoversi, non può farne a meno. Ma non smette di bere. Si imbarca sul suo *Snark* per un giro intorno al mondo, e carica innanzitutto barili di whisky. Il Wild non dà tregua. E il titolo originale di un altro suo romanzo eterno non parlava di "foresta", come vuole la traduzione italiana: *The call of the wild*, il richiamo non della foresta bensì dell'istinto selvaggio. E Jack scrisse: "Il Wild gela l'acqua per impedirle di correre al mare. Succhia la linfa degli alberi per assiderarli fino all'interno del tronco. Ma in modo ben più feroce e terribile, il Wild si accanisce sull'uomo: l'uomo che è la

forma di vita più irrequieta, sempre in rivolta contro il principio che ogni azione deve alla fine cessare...".
Arrivò un giorno in cui Jack London capì che il suo corpo e il suo cuore non avrebbero più potuto obbedire al richiamo dell'istinto selvaggio. Era invecchiato di colpo, l'alcol lo aveva corroso, si sentiva stanco, non provava più il desiderio di perdersi tra i ghiacci, di inseguire lupi e di condividere le solitudini innevate con i cani della slitta. Quel giorno, Jack si uccise. Aveva quarant'anni.

"Hasta siempre, Osvaldo"

Della variegata diaspora argentina, Osvaldo Soriano è stato tra i non molti che hanno avuto il coraggio, o semplicemente il fegato, di tornare a vivere nel paese che non c'è più, tra le macerie – umane e culturali – rimaste dopo il bagno negli acidi dell'orrore. Ma l'Utopia, per Soriano, era anche vivere nell'irrimediabile senza rassegnarsi all'ultimo sguardo, pungolando, sferzando, ridicolizzando, ostinandosi a ricacciare indietro l'oblio, che per gli argentini (come per gli italiani) sembra essere una triste legge di sopravvivenza. Dimenticare, per non dover notare l'assenza di tutto ciò che è andato perduto. *Racconti degli anni felici*, da noi tradotto *Pensare con i piedi*, tra le sue opere è quella che più d'ogni altra contiene il bisogno di memoria, di rievocare persone e situazioni, e Soriano le ricorda con affetto, anche con ironia ma senza infierire, o addirittura con dichiarato rimpianto: "Che cosa ci fu in queste terre prima della rapina e della disillusione? Com'erano e cosa pensavano i fondatori dell'Argentina? È il caso di dare un'occhiata ad alcune pagine lasciate da quegli uomini del 1810 di cui nessuno si ricorda più," scrive all'inizio del capitolo *Utopie*, dove ridà voce agli eroi sconfitti e cenciosi di una Storia che i sussidiari scolastici hanno preferito cancellare. E quando ci racconta perché l'*argentinità* esiste e ha un passato di fierezza, sembra voler dire: attenzione, ai criminali dell'altro ieri e ai cialtroni di oggi non dobbiamo permettere di cancellare i sogni di giustizia da cui siamo nati, come nazione e come individui di una minoranza irriducibile. È la minoranza degli amici tornati e dei tanti rimasti in giro per il mondo, senza sapere "quale patria dovremo vivere" se non quella dei legami indissolubili, una "patria" che non ha bisogno di frontiere e passaporti. Ognuno di loro ha usato la scrittura per salutare l'amico, El Gordo Osvaldo, e da ogni luogo si sono manifestati emergendo tra i tanti coccodrilli di maniera. José Pablo Feinmann, per esempio, racconta quando, entusiasta per l'uso del computer, Osvaldo aveva definito la macchina da scrivere "l'invenzione meno duratura nella storia dell'umanità". E oggi Feinmann aggiunge: "Uno vive come se fosse eterno. Invece no: siamo come la macchina da scrivere. Invenzioni fugaci. Solo che nel caso del Gordo Osvaldo non c'è un video con tastiera a poterlo sostituire. Soriano è stato un'invenzione insostituibile".

Jacobo Timerman afferma che Soriano aveva scoperto zone di tenerezza e amore per le cose semplici che commuovevano gli argentini, correggendosi subito dopo: "In realtà, seguendo il suo pensiero, dovrei dire che tali cose commuovono gli argentini *decenti*". Perché verso gli altri, gli "indecenti", i complici del terrore di stato, gli ignavi e i cinici, Soriano era gioiosamente crudele, li sbeffeggiava cogliendo gli aspetti grotteschi delle loro minuscole esistenze, li scaraventava in drammi che sfociavano nel tragicomico, li irrorava con una "pioggia di merda" come accade in *Mai più pene né oblio*, magari sparsa da un pilota ubriaco ai comandi di un velivolo concimatore. Avrebbe voluto essere lui, quel pilota. E siccome non odiava l'Argentina, nonostante tutto, anzi l'amava con rabbia e tenerezza, al posto di bombe avrebbe sganciato letame sulle loro teste infarcite di retorica, o così vuote da lasciarsele riempire di "menemismo". Dice Timerman: "Lui capiva bene questa nazione che risulta assurda da tanti punti di vista, perché Soriano sapeva maneggiare l'elemento dell'assurdo. Ha creato simboli, termini, personaggi, fantasmi, e tutto questo era la forma con cui ci faceva capire le difficoltà del vivere in Argentina. E anche il grande desiderio di vivere in Argentina. Ci mancherà il suo umorismo, la sua allegria. La sua stupenda sfacciataggine".

Ricordando gli anni della giovinezza, quando lavorava durante le vacanze scolastiche e gli capitava di partecipare, o soltanto assistere, a proteste di piazza, Soriano ha scritto: "Io non cantavo come loro ma le botte furono uguali per tutti, con cariche a cavallo e manganellate. Spargevamo biglie per far scivolare i cavalli, ma non so perché a cadere eravamo noi. Imparavamo a essere argentini, a correre e a nasconderci, a scappare, a perdere". Perché "essere argentini" significa, dunque, abituarsi a perdere e a correre, alla sconfitta e all'esilio, almeno se si è "argentini decenti".

E anche a lui non restò che partire, a un certo punto, per arrivare fino a Parigi e a Bruxelles, dove sopravviveva alla giornata, contando gli spiccioli per arrivare a sera, finché la pubblicazione all'estero del suo primo romanzo – con quel titolo geniale, *Triste, solitario y final*, così indovinato da non aver bisogno di traduzione

– gli permise di dedicarsi alla scrittura come professione *primaria*. Cioè di barcamenarsi tra innumerevoli collaborazioni per tirare avanti, soprattutto come atipico giornalista sportivo. Nell'86, rientrato a Buenos Aires, si mise a commentare i Mondiali del Messico per "il manifesto", e ogni mattina all'alba doveva discutere animatamente con il telegrafista, che trascriveva e inviava gli articoli, perché questi era totalmente in disaccordo sui contenuti: pretendeva di censurargli le critiche al portiere Nery Pumpido o di correggere certe interpretazioni troppo "disinvolte", e alla fine sentenziava immancabilmente che "gli italiani sono poco seri", se si affidavano a lui, che per giunta commentava le partite del Messico da Buenos Aires... Personaggi così, Soriano ne incontrava tanti che sembrava avesse una "calamita per attirare squinternati". Ma il mondo – e soprattutto l'America Latina – ne è pieno, a scarseggiare sono quelli capaci di assorbirli strada facendo e rigenerarli in romanzi e racconti memorabili, usando un linguaggio apparentemente semplice, perché, come lui stesso diceva, "ci sono scrittori che scrivono per se stessi e scrittori che scrivono per i lettori". E Guillermo Saccomanno ha aggiunto: "Non scriveva per i cenacoli o per i critici, e tanto meno per il pollaio letterario. Scriveva per la gente e non scendeva a patti con il populismo". Sì, El Gordo Soriano era davvero un'invenzione insostituibile. E lo salutiamo con le stesse parole del suo amico José María Pasquini Durán: *Hasta siempre, Osvaldo*.

Il Cavaliere dalla Triste Figura

Era il 16 gennaio 1605. Dalla tipografia di Juan de la Costa, a Madrid, uscivano le prime copie di un romanzo che cominciava così: "*En un lugar de la Mancha, de cuyo nombre no quiero acordarme...*".
Miguel de Cervantes Saavedra guardava le casse di volumi con occhi speranzosi, mentre prendevano le strade di Spagna e dei territori dell'Impero più acculturati: Fiandre, Lisbona, Bruxelles, alcune città della Penisola italica... La gloria e la fama? *Quizás*. Perché la dea Fortuna gli aveva voltato le spalle tante volte che ormai non si illudeva più sul futuro, ma nell'immediato Cervantes si augurava di evitare almeno altri anni di galera per debiti. Come ha scritto Eduardo Galeano, "nacque in prigione questa immortale avventura della libertà": nel 1597 Cervantes era stato arrestato per colpa di un banchiere truffaldino, e l'autodidatta scrittore disavventuriero, in una cella a Siviglia, iniziò *El ingenioso hidalgo don*

Quijote de la Mancha più per "dar passatempo allo spirito malinconico e abbattuto", secondo le sue stesse parole, che perché nutrisse sogni di successo. Del resto, ingegnarsi per sopportare il tedio della prigionia gli era ormai abituale... Già nel 1569, ventiduenne, fuggiva da Madrid a Roma, ricercato per aver ferito un tizio in una rissa, rimandando di qualche tempo l'appuntamento con il destino di ceppi e catene. Arruolatosi a Napoli, nel 1571 combatteva nella battaglia di Lepanto, uscendone malconcio: quando decise di rientrare in patria, la galera *Sol* sulla quale si era imbarcato veniva abbordata dai pirati berberi, che lo condussero ad Algeri. Qui avrebbe sopportato cinque anni di penosa schiavitù. Per un curioso capriccio del caso, il pirata che lo catturò al largo delle coste di Cadaqués si chiamava Dalí: un pittore con lo stesso nome, sulle scogliere della stessa Cadaqués, più di tre secoli dopo avrebbe realizzato le memorabili illustrazioni del capolavoro di Cervantes.

Nell'anno di pubblicazione, le disavventure del cavaliere errante in groppa a Ronzinante ottennero ben sei ristampe, e alcune di quelle casse piene di volumi presero il largo sui galeoni, dirette nel Nuovo Mondo, dove Cervantes aveva cercato di espatriare prima di finire in carcere: se ci fosse riuscito, forse Don Chisciotte non sarebbe mai esistito, e laggiù, nelle sconfinate Americhe, approdò al posto del suo creatore, superando nell'arco di quattro secoli l'eterea condizione di personaggio letterario per divenire simbolo ed essenza vitale di infinite imprese, modello di ribelli votati alla "nobiltà della sconfitta", quella che da Tupac Amaru al Che Guevara, passando per Pancho Villa ed Emiliano Zapata, ha trasformato tanti utopisti in eroi popolari. E oggi, nelle città grandi e piccole dell'America Latina, Don Chisciotte ha più monumenti di qualsiasi altro "condottiero" realmente esistito, mentre la narrativa, soprattutto dall'indipendenza ai nostri giorni, ha visto un'immane proliferazione di personaggi e trame a lui ispirati.

In Europa, l'influenza del *Don Chisciotte* si manifestò già nel secolo successivo, fornendo linfa a Swift per *I viaggi di Gulliver* come a Defoe per *Moll Flanders*, mentre nell'Ottocento Dickens dava vita ai personaggi di Pickwick e Sam Weller, sorta di Don Chisciotte e Sancho Panza in versione londinese. Nel paese di lingua anglosassone al di là dell'Atlantico, Melville creava un capitano Achab donchisciottesco nelle imprese e amletico nello spirito, e Mark Twain dimostrava quanto amasse Cervantes scrivendo *Le avventure di Huckleberry Finn*.

Se per due secoli l'Inghilterra – o il mondo culturale anglosassone – sembrò diventare la seconda patria per il Don Chisciotte ispiratore, l'America Latina lo adotterà definitivamente nel Novecento. Borges assunse l'eredità cervantina soprattutto nel gioco tra realtà e letteratura, e un esempio eclatante ne è *Pierre Menard autor del Quijote*, mentre García Márquez, con *Cent'anni di solitudine*, ha dato vita a personaggi dalle vite eccessive, narrate con un linguaggio che alterna il tono leggendario all'umorismo sconfinante nell'assurdo: lo stesso Arcadio Buendía è donchisciottesco nel suo tentativo di arrivare al mare... anche se gli manca la follia visionaria, sostituita dal fatalismo. Altri due capolavori del romanzo latinoamericano che devono molto alla creatura di Cervantes sono *Terra nostra* di Carlos Fuentes e *Tre tristi tigri* di Guillermo Cabrera Infante.

Negli ultimi anni, l'Hidalgo della Mancha sembra reincarnarsi continuamente in figure di cocciuti investigatori... Tra gli esempi innumerevoli, ricordiamo il Víctor Silanpa creato dal colombiano Santiago Gamboa e protagonista di *Perdere è una questione di metodo*, e il Belascoarán del messicano Paco Taibo II, che ha all'attivo una lunga serie di avventure pubblicate e una appena scritta a quattro mani con il Subcomandante Marcos, altro estimatore del Don Chisciotte, a cui ha dedicato il personaggio di tanti suoi racconti, lo "scarabeo errante" Don Durito de la Lacandona. E senza dimenticare la Auxilio Lacouture di Roberto Bolaño, in *Amuleto*, "alta e magra come Don Chisciotte", e la Claire di Carmen Boullosa in *Duerme*.

Fin qui, la Spagna brilla per l'assenza, come a voler confermare il vecchio proverbio sui profeti in patria... Occorre arrivare alla "generazione del '98" per registrare un rinnovato interesse nei confronti del *Don Quijote*, elevato a icona fondamentale, metafora dello scontro fra grandi ideali e miserevole ignoranza dei poteri oscurantisti. Principale interprete di ciò fu Miguel de Unamuno, in particolare con *Vida de Don Quijote y Sancho*. Ma anche Ramón María del Valle-Inclán fu *quijotesco* nel suo ricorso alla satira, alla distorsione – l'*esperpento* –, per narrare la realtà spagnola della sua epoca. Poi, seguì la "neoinquisizione" del franchismo, durante la quale El Ingenioso Hidalgo finì nel limbo dell'approccio superficiale, relegato a testo per scolari sedati dall'acriticità. La generazione del risveglio culturale seguito alla fine della dittatura lo ha visto riprendere a cavalcare nell'ispirazione di diversi autori, come per esempio Eduardo Mendoza e Antonio Muñoz Molina, ma è José Manuel Fajardo a dichiarare apertamente la sua passione: a parte il capitolo dedicato a Cervantes nel recente *Vite esagerate*, già nel suo primo romanzo, *La epopeya de los locos*, c'erano espliciti riferimenti al Don Chisciotte, dove i *locos*, i pazzi, sono gli spagnoli idealisti che parteciparono alla Rivoluzione francese; mentre nel romanzo *Al di là dei mari* i due protagonisti, l'ebreo *converso* Mendieta e il pícaro Thomas Bird, rappresentano quanto di meglio la tradizione donchisciottesca sta producendo in questi anni. E in occasione del quattrocentesimo compleanno del Cavaliere dalla Triste Figura, la prestigiosa casa editrice Alfaguara ha pubblicato, in collaborazione con la Real Academia de la Lengua, un'edizione commemorativa dell'opera originale. Perché, occorre ricordarlo, le versioni che circolano per il mondo derivano quasi tutte dal testo censurato dall'Inquisizione.

PS Cervantes e Shakespeare ebbero esistenze curiosamente dense di coincidenze e analogie, e morirono all'alba dello stesso giorno, il 23 aprile 1616. Ma... come avrebbe detto uno dei loro personaggi, tutto nella vita è apparenza, compresa la morte. Infatti, quel 23 aprile in Inghilterra era martedì, mentre in Spagna era sabato. La spiegazione sta nei diversi calendari, uno giuliano e l'altro gregoriano, dunque spirarono in realtà a una decina di giorni di distanza, ma per una singolare coincidenza la sfasatura dei calendari li unì nella data di morte senza che si fossero mai incontrati in vita.

Un livido raggio di sole sui dannati della Terra

Per l'ottantaquattresimo compleanno, dall'Italia ha ricevuto un piccolo grande regalo, atteso forse da almeno mezzo secolo: l'editrice Granata Press di Bologna ha pubblicato il secondo romanzo della "trilogia nera", avviando così la diffusione di una lunga serie di opere finalmente tradotte in italiano. Léo Malet, francese per l'anagrafe ma cittadino ideale di un mondo senza frontiere, è il maestro indiscusso della letteratura noir, un colore che ha amato fin da ragazzo, quando scelse le bandiere nere dell'anarchia per esprimere con il cuore e con la penna tutta la sua avversione alla tracotante borghesia della cosiddetta Belle Époque. Un'epoca che fu "bella" solo per i magnati dell'industria post-bellica e per i generali che ordinavano il fuoco sugli scioperanti, tronfi militari pluridecorati rimasti orfani dell'abitudine alla carneficina acquisita tra il '14 e il '18. Militante appassionato e ostinato utopista, Malet ci racconta con i suoi romanzi cupi, disperati, violenti sino alla follia, quanto fossero sanguinari e miserabili quegli anni, se visti dal fondo dei vicoli della Parigi affamata e umiliata, nella desolazione dei quartieri dove neppure il sole si degna di scaldare i condannati alla sconfitta. Cantore dei reietti e dei vinti, Malet non indulge mai al pietismo verso i suoi personaggi maledetti, e con crudeltà dolente ne narra tutta la sordidezza, evoca il tanfo dei tuguri, l'amoralità imposta dall'ultimo gradino della condizione umana, alternando il furore alla malinconia.

La stessa biografia di Léo Malet potrebbe essere narrata come un lungo romanzo di disavventure sofferte e passioni esaltanti, tutte invariabilmente percorse da profonda dignità e coerenza. Nato a Montpellier nel 1909, a quindici anni viene assunto come fattorino da una banca, che poco dopo lo licenzia per aver diffuso il giornale anarchico "L'Insurgé", fondato da André Colomer, la cui amicizia assumerà un ruolo di primaria importanza nella vita del giovane Léo. Trasferitosi a Parigi nel 1925, collabora a varie pubblicazioni libertarie e debutta come chansonnier al cabaret La Vache Enragée, nella Libera Comune di Montmartre. Dopo una serie di impieghi precari e malpagati, Malet viene arrestato per vagabondaggio; uscito dal carcere minorile, torna prima a Montpellier, quindi soggiorna qualche tempo a Lione, e infine riaffronta Parigi, dove sopravvive lavando bottiglie ai magazzini Félix Potin, mentre nel tempo libero canta e suona nei cabaret. Durante una delle sue esibizioni, conosce Paulette Doucet, che gli sarà compagna fino alla morte, avvenuta nel 1981.

Un giorno, andando ad aggiustare l'impianto di riscaldamento in un bordello di lusso, vede una vetrina della rue Clichy che espone materiali della Révolution Surréaliste: un colpo di fulmine politico e artistico. Inizia a frequentare André Breton al Café Cyrano, si lega a Tanguy e a Salvador Dalí, e nel '32 il suo nome compare nel primo dei dodici manifesti del Surrealismo. Creatore del *décollage*, Malet partecipa a esposizioni con i suoi oggetti surrealisti, ottenuti con fotografie replicate allo specchio, e nel '36 pubblica la prima raccolta di poesie. Il primo gennaio 1938, Rudolf Klément, segretario di Trockij, esce dall'abitazione di Malet dopo una riunione e viene sequestrato da agenti della GPU; il suo corpo non sarà mai ritrovato. Per Malet, è l'inizio della condanna a essere eretico per tutta la vita, inviso ai borghesi quanto ai difensori acritici dello stalinismo. Si guadagna da vivere facendo lo strillone di giornali, finché, grazie alla raccomandazione di Consuelo de Saint-Exupéry, viene assunto nel '39 in una fabbrica di pompe idrauliche. Nel 1940 è arrestato per "attentato alla sicurezza interna ed esterna dello stato", a causa della sua propaganda sovversiva, e internato nel carcere di Rennes. Pochi mesi dopo, all'avvicinarsi delle armate naziste, i guardiani lo liberano assieme a tutti gli altri detenuti. Malet tenta di raggiungere Parigi a piedi, ma è bloccato dai soldati tedeschi e inviato in un campo di concentramento, lo Stalag XB, tra Brema e Amburgo. Un anno più tardi viene liberato per gravi motivi di salute, in seguito all'intervento del dottor Robert Desmond. E nel luglio del '41 pubblica il suo primo romanzo "poliziesco", di impronta stilisticamente americana, a cui seguiranno di lì a poco le opere che segnano l'inizio del *polar* francese.

Nel 1945, è con Magritte all'Esposizione Surrealista di Bruxelles, e un anno dopo viene realizzato il primo film da un suo romanzo, *120, rue de la Gare*. Poi, nel '48, scrive il primo volume della Trilogie Noire, *La vie est dégueulasse*, che la Granata ha tradotto alla lettera con *La vita è uno schifo*, storia di un militante sindacale che rapina banche per sovvenzionare gli scioperi e, quando si ritrova isolato e ripudiato proprio da coloro che voleva aiutare, trasforma la violenza cieca nell'unico scopo della sua tragica esistenza. Il secondo romanzo della trilogia, *Il sole non è per noi*, è un esempio di alta letteratura ingiustamente confinata nella narrativa di genere. Il giovane protagonista, uno sbandato privo di speranze, ripercorre parte della travagliata esistenza dell'autore, che qui descrive lo squallore di un carcere minorile come luogo dove si può solo scendere inesorabilmente verso il fondo, non certo riscattarsi. Un fondo che sembra non avere limite estremo, una volta tornato nelle strade dei quartieri sottoproletari: la miseria non concede scampo, è un marchio a fuoco, e qualsiasi proposito di risalire alla luce è destinato a franare, trascinando il ragazzo ancora più in basso. Non si sfugge al destino di chi nasce nel luogo sbagliato, sembra voler dimostrare Malet attraverso pagine di carne viva e ritmo affannoso, perché il sistema sociale è a compartimenti stagni e impone ai reietti confini insormontabili. E se la vita non ha alcun valore, perderla è facile quanto toglierla agli altri. Il sole, intanto, illumina la ricchezza e gli agi dei potenti, rimanendosene estraneo e indifferente agli affanni di chi sopravvive nell'ombra. E quando qualcuno muore, è spesso la cronaca nera a occuparsene, con tutta la piattezza gelida che le è propria. A meno che non vi sia uno scrittore disposto a scrutare là dove il sole non batte mai...

Il cacciatore di storie

Unidad Modelo è un quartiere a ridosso della lunga, immensa avenida Río Churubusco, tra Ermita Ixtapalapa e La Viga, in un vago Sudest della più grande megalopoli del pianeta, se teniamo come punto di riferimento il centro storico di Città del Messico, come la chiamiamo noi, mentre per i suoi abitanti – i *chilangos* – è semplicemente De-Efe, iniziali del Distrito Federal, lo stato della federazione più piccolo per estensione e al contempo il più popoloso. E "piccolo", si fa per dire... Unidad Modelo non è un *barrio* malfamato, ma una *colonia* di ceti medi, medio-bassi e bassi del tutto. Perché nel DF ci sono isole di ricchezza inaudite e ben delimitate, agglomerati di catapecchie dilaganti, colline verdissime con ville esclusive, ampi spazi verdi con parchi ariosi, intrichi di viuzze e vicoli e piazzette o borghi secenteschi inglobati dalla metropoli eppure rimasti paciosi e sereni, ci sono i palazzi coloniali e le chiese barocche meglio conservati delle Americhe, con il centro storico più vasto al mondo, e poi... tanti quartieri dove si mescola di tutto, i professionisti benestanti vivono accanto ai derelitti, i lavoratori onesti incrociano torvi ragazzacci di bande che a volte sono davvero temibili e altre fanno soltanto scena. Ecco, Unidad Modelo è così: un po' colonia gradevole e tranquilla, giardini e alberelli, gente per bene – che come tutta la "gente per bene" nasconde vizi e virtù, spesso ipocrisie imperdonabili e piccole o grandi mostruosità –, e un po' *barrio* degradato, dove spaccio al dettaglio e bullismo inquinano e talvolta minacciano il bisogno di quiete di tutti gli altri.

Guillermo Arriaga è nato e cresciuto nella Unidad Modelo, in calle Retorno 201, che porta un numero perché qui ci sono una miriade di "Ritorno". Facile ritrovare queste strade "contraddittorie", di forti contrasti, negli scenari di *Amores perros*, il film che ha portato Arriaga al successo internazionale. I combattimenti di cani non mancavano, quando lui era ragazzo e imperversava una banda che si faceva chiamare Los Nazis, tutto un programma. Guillermo ragazzino prometteva già la corporatura che lo contraddistingue nell'età adulta, e soprattutto il carattere e la fierezza *muy mexicana* del *chilango* che non si fa mettere sotto da nessuno: così, a soli tredici anni, in una delle tante *peleas callejeras* – scaramucce e scazzottate di strada – ha perso l'olfatto per un colpo malandrino. Subito dopo, si è messo a tirare di boxe, caparbio, puntuale in palestra, disciplinato, deciso a diventare un campione. Chissà. La boxe a Città del Messico è la speranza di riscatto di tanti giovani. Ma in realtà Guillermo non ne aveva bisogno, di riscatto: sia chiaro, non era un "ragazzo di vita" di pasoliniana memoria, la strada la viveva ma non *ci* viveva notte e giorno, frequentava una buona scuola e già alle medie si dedicava al teatro, tanto che a quindici anni aveva non solo recitato e diretto ma anche scritto una sua opera, poi non andata in scena perché si era rifiutato di cambiare il finale... Un primo segno inequivocabile che sapeva cosa voleva e non era disposto a cedere a compromessi. Poi scriveva racconti e cominciava a guadagnare i primi pesos con sceneggiature per la radio e la televisione. Intanto, non mollava tutto il resto, boxe compresa, e tralasciava di cogliere i sintomi, sempre più insistenti e pericolosi, di un'infezione al pericardio: due mesi costretto a letto, e l'inizio dell'avventura da scrittore. Aveva ventiquattro anni, e i racconti di *Retorno 201* sono frutto di quella forzata immobilità, mentre rinunciava al pugilato e accettava il fatto inesorabile che "se non raccontassi storie, il mondo mi sarebbe incomprensibile".

Così, dall'apparente paciosità della Unidad Modelo emergevano gli spietati "borghesi piccoli piccoli" come il medico di *Per legittima difesa*, o il ginecologo vile e ipocrita, il perfetto conformista benpensante dalla doppia vita, di *La notte azzurra*. E se all'inizio *L'invitto* è *pura vida callejera, chavos-banda*, teppismo di strada scritto in un gergo che è una lingua a sé, tutto il resto – lo squallore della violenza "innocente" in *Lilly*, o l'annichilente ineluttabilità autodistruttiva di *Ultimatum violetto*, o l'intima desolazione di *Nell'oscurità* – sembra appartenere a un'altra dimensione, eppure con questi estremi ci convive, nel contrasto a volte paradossale di calle Retorno 201, la periferia che è al contempo il cuore della metropoli, dove la strada è *brava* a un angolo e *acogedora* all'isolato successivo, insidiosa e accogliente, alternativamente, o più spesso in modo mescolato, sovrapposto, confuso, dove per sopravvivere è bene imparare a distinguere certe sfumature, apprendere regole che nessuno ti insegna se non l'istinto e l'esperienza.

Un po' come in tutta l'area metropolitana del Distrito Federal, del resto, dove la generosa sensibilità di innumerevoli, umanissimi individui si interseca con la crudeltà incomprensibile, con l'imprevedibile, con il substrato oscuro di un magma inestricabile, e nonostante ciò l'insieme rivela una sua incommensurabile e ammaliante armonia. E Guillermo Arriaga è il cantore degli aspetti meno solari e più viscerali del Monstruo Querido, di una metropoli che lui ama, appunto, visceralmente. La Città del Messico affascinante e al tempo stesso inquietante è lo scenario – dominante, pervadente – di *Il bufalo della notte*, le vite di tre amici, due ragazzi e una ragazza, ridotte a due, perché Gregorio, schizofrenico, si suicida e lascia Manuel perseguitato dal ricordo della follia dell'amico perduto, ossessionato dallo spettro di una presenza palpabile che si insinua in modo devastante nel rapporto con l'altra protagonista, Tania, presenza sfuggente, cupa, inafferrabile. Il rapporto con la morte fa parte della poetica di Arriaga, è parte indissolubile del suo modo di narrare la realtà, e in ciò trae linfa dalle radici della cultura messicana, permeata di morte e – per noi *paradossalmente* – proprio per questo capace di cogliere in maniera più intensa la vita: "Cerco di recuperare il senso della morte per rendere omaggio alla vita. Viviamo in una cultura che nega la morte, anche le piccole morti quotidiane, quelle del decadimento fisico, arrivando a rifiutare la vecchiaia, finendo per abbandonare gli anziani al loro destino. È per questo che parlo tanto della morte, perché amo la vita, perché voglio che la morte si converta in uno specchio della vita". Sta in ciò la *moderna mexicanidad* di Arriaga: legami indissolubili con la *muerte* intesa come generatrice di vita, secondo tradizioni ancestrali che si perdono nell'universo azteco e maya, e la "densità rarefatta" (altro apparente paradosso, altro contrasto incomprensibile allo straniero) della metropoli per eccellenza, l'iperattivo e ipertecnologico DF che all'improvviso si stempera in rivoli e anfratti sotterranei, dove la materica fisicità della superficie si trasforma ingannevolmente in realtà eterea, da intuire perché è impossibile spiegarla e meno che mai descriverla secondo canoni precostituiti. È in tutto questo che Arriaga è un maestro, nel narrare l'inenarrabile, perché difficile da afferrare e fissare sul foglio.

Prima di *Il bufalo della notte*, ha scritto *Un dolce odore di morte*, il romanzo in cui emergono maggiormente i legami con uno degli autori che ama citare come maestri, Juan Rulfo. Siamo in un mondo apparentemente opposto: uno sperduto villaggio nel deserto, quanto di più lontano e diverso si possa immaginare dai ritmi e dall'affollamento della megalopoli. Eppure, anche o soprattutto questo è Messico, e Arriaga coglie con rara precisione i dettagli di una "realtà a parte", senza mai dimenticare che è anche di questa realtà che, poi, la metropoli si nutre, creando contrasti ineguagliabili. Con *Un dolce odore di morte* lo scrittore, se conosciuto solo per le sceneggiature di *Amores Perros* o *21 grammi*, lascia spiazzato il lettore, quasi costringendolo a chiedersi se si tratti della stessa penna: ecco un esempio di cosa sia il talento del narratore, capace di penetrare in profondità contesti e situazioni così differenti, che sembrano separati non solo dallo spazio ma anche dal tempo, da epoche o addirittura ere. Qui un meccanismo implacabile mette in moto un destino perverso a cui soccombe un'intera comunità, cedendo alle peggiori pulsioni innescate da un magma di vendette, odio e orgoglio, raccontato con l'asciuttezza di chi sembra un abitante stesso del villaggio polveroso e torrido.

Con un altro passo indietro, troviamo sul cammino letterario di Arriaga un curioso romanzo breve, *Pancho Villa e lo Squadrone Ghigliottina*, dove l'autore ci rivela un'altra dote: irridere le umane tragedie narrandocele con un'ironia stridente rispetto alle tragiche imprese di quella che fu la prima rivoluzione del XX secolo. E ancora una volta, anche questo è Messico: passione, morte, e l'irrefrenabile capacità di ridicolizzarle entrambe pur rispettandole. In pratica, con soli quattro libri Arriaga ci ha fornito un panorama completo della *mexicanidad*, spaziando dal presente metropolitano a quello rurale e spolverando un pezzo di storia imbalsamata nei musei ma tuttora vivacissima, se raccontata senza retorica né prosopopea. Perché anche Pancho Villa sapeva ridere in faccia alla morte e commuoversi fino alle lacrime per le passioni che gli gonfiavano il cuore. Magari attorniandosi di improbabili "rivoluzionari" come quello inventato da Arriaga, che offre la ghigliottina a un esercito di insorti dove la mancanza di munizioni rende difficile persino fucilare i nemici che se lo meritano...

Il cinema lo ha reso celebre in ogni angolo del pianeta, ma Guillermo Arriaga ci tiene a ribadire che il mestiere di sceneggiatore è solo una propaggine del narratore, scrivere cinema è per lui sempre e comunque *fare* letteratura: "Scrivo romanzi per il cinema, non sceneggiature". Ed è fermamente convinto che il mezzo espressivo debba restare subordinato alla storia da raccontare, lo stile non può mai essere un fine ma solo uno strumento per meglio trasmettere il clima, l'ambiente, lo spessore delle vicende e dei personaggi. Con *Amores perros* ha comunque creato uno stile, quello della narrazione circolare dove vicende umane ed eventi inizialmente separati ed estranei si inseguono, si intersecano, cozzano tra loro e si intrecciano in un destino – spesso beffardo, infine pietoso – che fonde tra loro esistenze apparentemente lontane anni luce, diverse in tutto, quasi a dimostrare che nessuno può dire di non aver niente a che fare con chicchessia; ad *Amores perros* sono seguiti *21 grammi* e *Babel*, una trilogia che Arriaga considera conclusa, aprendone forse un'altra, "della frontiera", con il capolavoro *Le tre sepolture*, diretto e interpretato da un denso Tommy Lee Jones, dove le vere protagoniste sono la dignità dei lavoratori immigrati messicani e l'amicizia di un gringo che si distingue dalla maggioranza dei suoi connazionali, "messicanizzato" dalla frequentazione della parte migliore del Texas.

A leggere i dati biografici, la passione giovanile per il pugilato e quella odierna e di lunga durata per la caccia, la dimestichezza con fucili e coltelli (non a caso, cita anche Hemingway tra i suoi numi tutelari), l'infanzia *callejera* ("la *calle* me la porto dentro, scrivo di lei e delle vicende vissute, molto e nulla di ciò è autobiografico, perché le mie non sono cronache ma invenzioni letterarie"), si rischia di immaginarselo ben diverso da come in realtà è. Perché Guillermo Arriaga, a conoscerlo, è un uomo di rara sensibilità e gentilezza d'animo – quasi commovente, quando lo si frequenta con la famiglia al completo, padre amorevole e disponibile –, delicato nonostante l'imponenza del fisico e, in definitiva, in sintonia con le storie che narra: intense, profondamente intrise di *pietas* per la condizione umana malgrado la crudezza delle vicende, attente ai dettagli, dove, per quanto la violenza le attraversi lasciando solchi e lacerazioni, sono sempre la dignità e la solidarietà tra gli umili a vincere sul cinismo.

Retorno 201 è dunque la sua prima opera letteraria, che viene pubblicata a distanza di tanti anni, ma Guillermo Arriaga ha deciso di non apportare alcuna modifica, neppure piccole correzioni, consegnandocela esattamente come la scrisse nei mesi di convalescenza, quando intuì che la narrativa – e il buon cinema che ne deriva – sarebbe stata la sua vera, quotidiana battuta di caccia per tutta la vita.

I cortili dello Zio Sam

Nella presentazione di *Alla corte di re Artù*, l'editrice Elèuthera definisce Noam Chomsky "infaticabile guastafeste dell'intellighenzia americana". E infatti, pur essendo considerato il più grande linguista vivente, con cattedra dal 1955 al prestigioso Massachusetts Institute of Technology, Chomsky continua a subire un assoluto ostracismo su giornali "autorevoli" e network televisivi per tutto ciò che riguarda la sua opera di impegno politico. Negli Usa, viene pubblicata da piccoli editori o su periodici a diffusione limitata, una forma di oscuramento che la dice lunga sulla pericolosità dei suoi scritti, eversivi in quanto impossibili da confutare. Ma nonostante il boicottaggio informativo, i saggi politici di Chomsky ne fanno, secondo una ricerca condotta da Arts and Humanistics Citation Index, uno degli autori viventi più citati nel mondo, mentre figura all'ottavo posto assoluto, subito dopo Platone e Freud. *I cortili dello Zio Sam* potrebbe rappresentare un folgorante riassunto delle sue note denunce sulla politica estera statunitense e sul lavaggio del cervello planetario che fa da supporto al Nuovo Ordine Mondiale. Come sempre, la riproduzione di documenti rende inconfutabile ogni sua asserzione. Per esempio, se qualcuno affermasse che gli Stati Uniti sono i veri eredi, e prosecutori, dei princìpi nazisti propugnati da Hitler, è facile immaginare quali reazioni scomposte susciterebbe, dallo scherno sprezzante alla richiesta di cure psichiatriche. Ma come, se gli Stati Uniti sono il referente primario e gli artefici della diffusione della democrazia nel mondo intero... Il libro conta solo un centinaio di pagine, ma risultano più che sufficienti a dimostrare pienamente tale affermazione. A cominciare dal riciclo sistematico dei gerarchi nazisti operato alla fine della Seconda guerra mondiale. Per prima cosa misero Reinhard Gehlen, ex capo dello spionaggio militare tedesco sul Fronte Orientale, a dirigere la rete informativa dell'Est europeo. "Tale rete era soltanto uno dei frutti di quell'alleanza tra nazisti e statunitensi che portò in breve tempo all'arruolamento di molti dei peggiori criminali di guerra e che estese poi le proprie operazioni in America Latina e in molte altre regioni del mondo." Persino Klaus Barbie, il Boia di Lione, dove dirigeva la locale Gestapo, ricevette dall'esercito statunitense l'incarico ufficiale di spiare i personaggi più in vista della sinistra e del sindacalismo francesi. Il colonnello Eugene Kolb, del controspionaggio militare, nel 1982 ha dichiarato: "C'era un gran bisogno delle capacità di Barbie, dal momento che le sue attività erano state dirette contro la Resistenza". E il principale obiettivo era proprio il disarmo, e anche l'eliminazione fisica dei partigiani che non mostravano troppo entusiasmo per il nuovo invasore camuffato da liberatore: in Grecia, gli inglesi arrivarono dopo che i tedeschi si erano ritirati e imposero un regime corrotto per impedire un'ipotesi di governo di sinistra scaturito dalla Resistenza. Non essendoci riusciti appieno, ricevettero nel 1947 il fraterno aiuto Usa. Bilancio: centosessantamila morti, uso della tortura, esilio per decine di migliaia di greci, smantellamento dei sindacati e "campi di rieducazione" per i sopravvissuti al massacro. "Tutto ciò mise la Grecia saldamente nelle mani degli investitori americani", che resta poi il motivo per cui ogni zona del pianeta, nessuna esclusa, ha subìto in questo secolo almeno un'invasione militare statunitense, sempre volta a proteggere gli "investitori", il "libero mercato", la "democrazia in crisi". Tutti termini dei quali Chomsky (da linguista, oltre che coscienza critica e fustigatore dei manipolatori) dimostra, in un illuminante capitolo che prende il titolo da *1984* di Orwell, come subiscano un costante stravolgimento, comunicando sempre il significato contrario di ciò che dovrebbero: "difesa da un'aggressione", per esempio, vuol dire invasione di un paese dove gli interessi economici e strategici di Washington vengono minacciati, cioè "aggrediti". Bombardarlo e mandarci i marine è appunto un modo per difendersi da una simile aggressione. Per drogare l'opinione pubblica e convincerla a sostenere "guerre giuste", esistono quelli che Chomsky definisce "i media: commissari politici del sistema".

I capitoli dedicati in particolare al Guatemala, al Salvador, al Nicaragua, a Panamá – come anche all'Indonesia, nell'altro emisfero – riescono addirittura ad andare oltre la tesi iniziale sulla "prosecuzione" del progetto nazista. L'ossessione è sempre la stessa: anche il più miserabile e insignificante dei paesi non può costituire un esempio pericoloso per il mantenimento dei privilegi conquistati in un secolo di sopraffazioni. E va annientato immediatamente, prima che contagi qualcun altro.

In quanto allo stalinismo, che si camuffasse o meno da "socialismo" – o "nazionalsocialismo" –, ha sempre svolto una funzione complementare, e Chomsky cita Bakunin come esempio di lungimiranza politica, quando predisse con notevole anticipo la sorte della classe emergente intellettuale di fronte a un futuro bipolarismo: "O cercare di sfruttare le lotte popolari per prendere il potere, trasformandosi quindi in una brutale e oppressiva 'burocrazia rossa', oppure, diventare i manager e gli ideologi di società basate sul capitalismo di stato".

E attenzione, perché "capitalismo di stato" è un termine che, paradossalmente, si può applicare anche in Occidente: il sedicente "libero mercato" viene imposto solo al Terzo Mondo, mentre qui i profitti sono sì dei privati, ma la ricerca che li produce, e gli eventuali fallimenti, sono sempre sovvenzionati da denaro pubblico. La collettività fornisce i capitali per investimenti, speculazioni, azzardi, e se si vince incassa soltanto l'élite.

Se *I cortili dello Zio Sam* è un libro irrinunciabile in ogni sua parte, vale la pena soffermarsi in modo particolare sulle cosiddette "guerre alla droga", e sul corollario di colossali menzogne che continuano a propinarci al riguardo. Duole ancora il ricordo di un Giorgio Napolitano che si fece intervistare dai telegiornali la notte in cui gli

Stati Uniti invadevano Panamá usando come principale pretesto il narcotraffico, e mentre in quegli stessi istanti migliaia di civili panamensi venivano trasformati in luce e calore dai nuovi bombardieri Stealth, Napolitano dichiarava tutto il suo appoggio alla "giusta operazione di pulizia contro il trafficante Noriega".
Alla luce dei fatti, documentati e inoppugnabili, Orwell ha davvero peccato di ottimismo.

Victor Serge: "Il caso Tulaev"

Il 17 novembre 1947 Victor Serge fermò un taxi nel centro di Città del Messico. Era un lusso raro, per lo scrittore cinquantaseienne. Ma aveva fretta di rientrare a casa: un forte dolore al petto, la vista che si annebbiava... Poco dopo, Victor Serge rantolava sul sedile posteriore, agonizzante. Il tassista si fermò in un commissariato di polizia, dove gli agenti constatarono la morte dello sconosciuto. Solo due giorni dopo i familiari riuscirono a rintracciare il corpo. In quel periodo, Victor Serge stava lavorando, fra le altre cose, a un rapporto sulle attività del laboratorio di Jagoda, dove si mettevano a punto sostanze in grado di provocare attacchi cardiaci senza lasciare tracce sospette. Pare che molti sicari stalinisti le stessero già usando con "buoni risultati". Probabilmente lo stesso figlio di Trockij, Lev Sedov, fu eliminato in quel modo.
Anche Victor Serge lasciava un figlio, Vlady Kibalchich, affermato pittore di Città del Messico. L'ambasciatore ed ex ministro del governo messicano Juan Carlos de Negri, al funerale gli disse: "Vlady, mi dispiace, e non vorrei doverlo dire proprio a te che sei il figlio, ma io non crederò mai a un attacco cardiaco".
Lo stesso Vlady mi raccontò questo e altri particolari inquietanti, nella sua casa-atelier della capitale messicana, dove custodiva l'immenso archivio del padre, tutt'oggi inedito. Ma ogni volta che Vlady si lasciava andare alla tentazione di aggiungere sospetti e gravi indizi, subito sentiva l'urgenza di prendere le distanze dalle *illazioni*, quasi che il fantasma del padre gli desse una gomitata: "La sua etica, il suo stesso carattere gli impedivano di cedere alle congetture, e soprattutto alle mitizzazioni".
Victor Serge, in quel taxi, morì con il rimpianto di non aver visto pubblicato il romanzo che resta il suo capolavoro: *Il caso Tulaev*.
La prima edizione vide la luce in Francia un anno dopo, e finalmente anche in Italia *Il caso Tulaev* riemerge dall'oblio, avvalendosi di un'appassionata prefazione di Susan Sontag che si chiede indi-

gnata: "Come si spiega l'oscurità cui è stato condannato Victor Serge, uno dei protagonisti del XX secolo, per spessore critico e qualità letterarie? Quale la ragione dell'oblio in cui è caduto *Il caso Tulaev*, un romanzo splendido, più volte riscoperto e rimesso nel dimenticatoio?".

Ambientato nella Mosca del 1938, nel pieno delle "purghe staliniane", il romanzo prende avvio dall'assassinio di Tulaev, membro del comitato centrale del Partito comunista, eseguito dal giovane Kostja. Troppo semplicistico l'accostamento al fatto realmente accaduto, cioè l'omicidio di Kirov *ufficialmente* a opera di un giovane bolscevico, che fornì il pretesto per avviare la campagna di epurazioni. In realtà, *Il caso Tulaev* usa tale evento per darci un affresco annichilente del Grande Terrore degli anni trenta a Mosca, senza mai indulgere all'autobiografia, che l'autore detestava quanto la narrativa intimista, al punto che volle lasciare scritto ai posteri: "Questo romanzo appartiene all'invenzione letteraria. La verità creata dal romanziere non dovrà essere in alcun modo confusa con quella dello storico o del cronista".

In effetti il romanzo dimostra, come sostiene Susan Sontag, la superiorità della verità letteraria su quella dello storico, perché solo il grande romanziere è capace di addentrarsi nei meandri dell'animo umano perseguendo una verità più variegata, complessa, che la semplice cronaca degli eventi non ci può trasmettere. Solo il romanziere può cogliere i pensieri, le sensazioni, il dramma dei sinceri rivoluzionari – Rublev l'intellettuale, Ryjik il trockijsta irriducibile, Kondriatiev il vecchio bolscevico, Makeev il contadino combattente, Erchov l'irreprensibile commissario – che hanno già sacrificato tutto e si vedono costretti ad autoaccusarsi in nome di un meccanismo infernale che, se venisse inceppato, potrebbe offrire il fianco al Nemico Supremo... Ma il nemico marciava alla loro testa, e solo un grande scrittore come Victor Serge è riuscito a ricostruire quel clima di menzogne reboanti e laceranti silenzi. E lo fece rimanendo nella posizione più scomoda, quella dell'eretico contro tutti, odiato dagli stalinisti e ignorato con disprezzo da quanti avrebbero voluto da lui l'abiura di ogni ideale. Allora come oggi, o si sta da una parte o si sta dall'altra. Guai a chi rivendica il diritto al libero arbitrio, alla critica lucida e puntuale, guai ai *not embedded*.

La sua fu una vita talmente avventurosa da essersi ritorta contro la sua opera: troppo interesse per le azioni dell'uomo Serge e troppo poco per il letterato. Viktor Lvovic Kibalcic nacque il 31 dicembre 1890 a Bruxelles da una famiglia di esuli russi antizaristi, e fin dall'infanzia l'esilio e la lotta contro gli oppressori lo segnarono: le foto dei parenti alle pareti di casa erano di persone quasi tutte impiccate o sparite nelle carceri dello zar, e il Belgio era l'ultima tappa di una peregrinazione attraverso Austria, Svizzera, Inghilterra e Francia. Il giovane Viktor si guadagnò ben presto da vivere: operaio del gas, tipografo, correttore di bozze, fotografo ambulante, traduttore. Vicino agli ambienti anarchici, iniziò a collaborare a varie riviste militanti, per poi trasferirsi a Parigi nel 1909, dove scriveva assiduamente su "l'Anarchie" con lo pseudonimo di Le Rétif, che fu il primo di una lunga serie: Le Masque, Alexis Berlovski, Siegfred Gottlieb, Victor Stern, Poderevski, Klein, fino al definitivo Victor Serge con cui firmava i libri. La lingua delle sue opere resterà il francese, ma scriveva e parlava correntemente in russo, inglese, spagnolo e tedesco. E tutto questo da autodidatta.

In quegli anni divenne l'interprete dell'altra faccia della Belle Époque, fatta di miseria, condizioni d'esistenza infime per minatori e operai, scioperi che finivano in massacri. A Bruxelles aveva un amico d'infanzia, Raymond Callemin detto Raymond-la-Science, che nel 1912 ritrovò a Parigi come membro della famigerata Banda Bonnot, rapinatori di banche anarchici che devolvevano il bottino ai poveri, finiti dal primo all'ultimo uccisi per strada o ghigliottinati. Viktor venne arrestato per la prima volta: non c'entrava nulla con la banda, ma trasformò la difesa al processo in un'arringa contro i crimini della "borghesia gaudente e irresponsabile". Cinque anni dietro le sbarre. Nel 1917 non fece in tempo a riassaporare la libertà che venne subito espulso, in Spagna. A Barcellona collaborò ai giornali "Solidaridad Obrera" e "Tierra y Libertad". Altri arresti, altre espulsioni, finché riuscì a raggiungere la Russia, dove combatté nella rivoluzione. Viaggiò in Germania e in Austria come membro del Comintern, soggiornando a Vienna tra il '24 e il '25, dove frequentò Gramsci e Lukács. Tornato a Mosca, ben presto iniziò a criticare l'involuzione autoritaria, e mentre in Francia pubblicavano i suoi romanzi, saggi, poesie e racconti, l'eretico Kibalcic finiva nel mirino di Stalin. Finché, nel 1933, fu arrestato. Si salvò solo grazie alla campagna in suo favore di alcuni intellettuali, tra cui André Gide e Simone Weil. L'ultimo esilio, a Città del Messico, dove scrisse *Il caso Tulaev*. E non poteva esserci anno migliore del 2005 per ripubblicare questo capolavoro: nel quarto centenario del *Don Chisciotte*, Victor Serge, il cavaliere errante delle cause perse, una vita "dalla parte del torto" in nome della ragione, torna per ricordarci che la dignità non ha prezzo. Costi quel che costi, *la vida misma*, in un taxi, un giorno di novembre, i vestiti logori, in tasca una poesia per il figlio Vlady, e a malapena i pesos per pagare una corsa che non arriverà a destinazione.

"Io sono un uomo"

L'8 ottobre 1967 Ernesto Che Guevara viene catturato nella Quebrada del Yuro, dopo un aspro scontro a fuoco con i ranger boliviani: diciassette guerriglieri contro trecentoventisette uomini dei reparti speciali, coordinati da consiglieri statunitensi e supportati da elicotteri e aerei da attacco al suolo, mentre tutte le altre compagnie della regione convergono nella zona per stringere inesorabilmente il cerchio... È la fine del *foco* guerrigliero in Bolivia, l'ultimo atto di un azzardo ben presto tramutatosi in impresa disperata.

Il Che è ferito a una gamba, con il fucile fuori uso e senza munizioni per la pistola, lacero e denutrito, i piedi avvolti in pezze di cuoio dopo aver perso gli scarponi attraversando un torrente: sembra l'immagine della sconfitta ineluttabile. Eppure, il suo atteggiamento incute rispetto, e gli iniziali insulti, le provocazioni, le minacce dei ranger esasperati dalla tensione, ben presto si stempereranno in un muto miscuglio di curiosità e timore reverenziale. Hanno di fronte una leggenda vivente. E stentano a crederci. Come ha potuto un uomo divenuto ministro, lo stesso che ha parlato all'assemblea dell'Onu senza reticenze né falsa acquiescenza, ricevuto da capi di stato con tutti gli onori – spesso con ossequiosa ipocrisia, da politicanti consci del suo disprezzo –, un uomo che aveva raggiunto le vette del potere e della notorietà, come può adesso ritrovarsi lì, "rotolato in fondo al burrone" del Yuro, in quelle condizioni, sporco e sfinito, con in mano un vecchio fucile spezzato da una pallottola, senza scarpe, a stomaco vuoto, lui, che avrebbe potuto godersi privilegi neppure immaginabili dai cenciosi contadini boliviani in nome dei quali ha vagheggiato una rivoluzione impossibile e che, per di più, lo hanno persino segnalato ai militari...

L'immaginario dei soldati semplici boliviani ha un corto circuito: possono capire che si rischi la vita per conquistare il potere, che si impugnino le armi per fare una rivoluzione, ma è *inconcepibile* che si rinunci a tutto questo dopo averlo ottenuto.

Inizia così la notte più lunga nell'intensissima quanto breve vita di Ernesto Guevara. L'indomani, l'agente della Cia Félix Rodríguez trasmetterà l'ordine di ucciderlo. Undici anni dopo, nel 1978, Jean Cau rivive quell'interminabile nottata di veglia assieme al Che.

"La cosa peggiore che possa accadere a un rivoluzionario è vincere una rivoluzione," amava ripetere il poeta estridentista Germán List Arzubide, che, da irriducibile ribelle fino all'ultimo dei suoi giorni, poteva permettersi di irridere il crudele destino di quanti, trasformando la ribellione in progetto rivoluzionario, all'indomani dell'agognato *triunfo* devono fare i conti con la fine dei sogni e l'accettazione della ragion di stato, della realtà che frantuma le illusioni dei tempi più duri ma straripanti di entusiasmo.

Jean Cau conosceva bene la "materia" di cui sono fatti certi sogni...

Approdato a Parigi dall'estremo Sud con in tasca una laurea in filosofia, si getta anima e corpo nell'ambiente dell'estrema sinistra di Saint-Germain-des-Prés, divenendo ben presto assiduo collaboratore di Jean-Paul Sartre. Tanto che a partire dal 1947 viene definito il suo "segretario personale", definizione che continuerà a mandarlo su tutte le furie: Jean Cau, segretario di chicchessia... Preferiva essere considerato "il figlio indocile", tutt'al più, secondo un'altra etichetta affibbiatagli. Ecco due costanti della sua vita: l'istintivo rifiuto per le etichette e la propensione all'estremismo, a costo di risultare sgradevole a chi più lo ammirava, lancia in resta contro i "benpensanti" d'ogni risma, in particolare quelli della sinistra radical chic camuffati, a suo parere, da rivoluzionari capaci solo di incendiare a parole il salotto di turno. La militanza comune nell'esistenzialismo dura una decina d'anni, poi la rottura e la serie di ritratti al vetriolo di certi personaggi – compresa Simone de Beauvoir, che non sopportava – dell'intellighenzia *germanopratine*, tutta "whisky, pastis e marxismo", ma senza mai scrivere una sola riga denigratoria nei confronti di Sartre, fedele a quella che considerava "una pura questione di stile". Nel frattempo, sviluppa un amore totalizzante e imperituro per la Spagna, anzi, per l'Andalusia e Siviglia in particolare, appassionandosi alle corride e celebrando con vero e proprio lirismo la sfida dell'uomo in *traje de luz* solo nell'arena, contro il toro affrontato con elegante sprezzo del pericolo, affascinato da quell'indifferenza davanti alla forza bruta. Altrettanto elegiaci i suoi scritti sui galli da combattimento, e se a questo aggiungiamo il crescente interesse per Nietzsche, era inevitabile che la miopia dei risentiti compagni d'un tempo gli procurasse accuse di reazionario, a cui risponde con sferzante ironia.

Dopo la rottura con Sartre, Jean Cau prese a coltivare una forma di "europeismo dei valori" che oggi, paradossalmente anche per lui, sarebbe molto più apprezzato a sinistra che a destra, e in quanto alle accuse di certi contemporanei di aver subìto un'involuzione reazionaria, a conti fatti sembrano da attribuirsi più alle sue passioni personali – le corride e i galli da combattimento, segno di un *machismo* all'epoca imperdonabile nell'ambiente della Rive Gauche – che alle posizioni pubbliche in materia di politica generale. Certo, Jean Cau manifestò a un certo punto simpatie golliste, ma sempre coltivando l'istinto di andare comunque controcorrente, irridendo gli schematismi dei compagni di strada di un tempo e sfoderando un caustico sarcasmo verso chi, a destra, si illudeva di poterlo irreggimentare e usare per i propri scopi.

E con strepitante sorpresa della "destra" che credeva di averlo arruolato, nel 1979 pubblica questa sorta di elegia all'Uomo Che Guevara, con sommo disprezzo per quanti ne hanno fatto un'icona da magliette e poster in cameretta, critico fino all'invettiva verso il mito ma commosso ammiratore della sua capacità di restare "un fiore sul letamaio della politica".

Questo monologo rivolto al fantasma del Che ha il tono confidenziale, intimo, di chi parla a un amico lasciandosi andare a uno sfogo accorato, nelle interminabili ore di agonia, fino all'alba in cui tutti i sogni muoiono, quando il *guerrillero heroico* finirà per tramandare un'immagine da Cristo deposto del Mantegna: e di conseguenza, beffa la morte, perché conscio che così diviene immortale. La simbologia del Cristo – di pari passo con quella del Don Chisciotte – cattura Jean Cau: mentre "Tiberio regnava a Washington ed Erode in Bolivia", il Che "è morto appena in tempo" e "in bellezza", non permettendo alla vecchiaia di corromperne l'essenza di "rivoluzionario selvaggio, senza morso né sella", eternamente "arcangelo della Rivoluzione". Ammette senza mezzi termini che "il tuo sacrificio mi ha affascinato", e accenna una vaga nota di rimpianto, quando, gridandogli "cristiano, cristiano!", confessa subito dopo "la banale quotidianità della mia vita".

Una passione per Che Guevara è titolo volutamente ambiguo: passione dell'autore, che malgrado le proprie convinzioni maturate dolorosamente e non senza pagare prezzi alti continua a nutrire per l'Uomo senza morso né sella, o passione cristiana, pervicacemente perseguita da Ernesto votato all'immortalità? Entrambe le cose. Perché Jean Cau ha ormai fatto della disillusione una regola di vita, ma ripudia il cinismo: in fondo, il suo è un rimpianto di passione, dell'intensità che solo le passioni travolgenti sanno dare all'esistenza, un'inconfessata nostalgia per l'emozione del ribellarsi, un sottile filo di fascinazione respinta dalla ragione... Ecco infatti che usa il termine "romanticismo" nell'accezione più negativa – che non disprezza ma rifiuta –, eppure, *sente* che ogni essere umano degno e capace di provare emozioni, cioè sensibile – "fosti sempre innamorato dei disastri come si addice a un'anima sensibile impossibilmente avida di assoluto" –, non può fare a meno di quell'indecifrabile bisogno di commozione che spesso, superficialmente, definiamo "romanticismo". Tanto da riuscire ad aggirare la trappola ricorrendo all'amata Spagna, nella cui lingua *romance* possiede valenza ben diversa, *Romancero del mio Cid, Romancero del mio Che Guevara...*

E se "cristiano" oscilla tra l'insulto – affettuosamente provocatorio – e la presunta constatazione, Jean Cau non ignora neppure l'insopprimibile bisogno di spiritualità degli esseri umani, il bisogno di religiosità e misticismo, che pur non avendo qui nulla da spartire con la fede acritica e passiva ha decretato la fine dell'ideologia marxista che pretende di negare tale bisogno profondamente umano.

Solo in un punto, l'elegia-invettiva di Jean Cau risente del tempo, o meglio, tradisce i limiti del momento in cui venne scritta. Nel 1978 l'autore non poteva sapere dove fosse finito Ernesto Che Guevara nel 1965. Sparì dalla scena, immediatamente invasa da un diluvio di illazioni, alcune architettate ad arte dai professionisti della disinformazione, altre farneticanti fino all'esilarante: il Che è recluso per i dissidi con Castro, è in manicomio in preda a una crisi mistico-paranoide, è fuggito all'estero portandosi via un'ingente somma, è morto in un duello a revolverate con Fidel, addirittura sarebbe deceduto a Las Vegas al termine di un'inenarrabile nottata di baldoria ed eccessi... Un delirio che oggi ci appare come tale, ma che all'epoca occupò pagine e pagine di quotidiani, spesso a firma di "autorevoli" giornalisti. Jean Cau, che del giornalismo seppe fare un'arte – o forse avrebbe preferito definirlo "un appassionato artigianato" –, qui non si presta a dar voce a quei deliri, però lascia intendere che, in effetti, qualcosa tra il Che e Cuba, o con Castro in persona, si fosse rotto, che l'idillio si stesse frantumando... Oggi sappiamo che non ci fu alcun "mistero", ma la meticolosa preparazione all'impresa – fallimentare – in Congo che prevedeva la scomparsa di scena e che si avvalse anche delle illazioni per renderla più praticabile. Mentre il mondo veniva distolto dalle farneticazioni sulla "fine del Che", il comandante Guevara smetteva di improvvisarsi ministro e tornava a fare il guerrigliero, e attraversava clandestinamente il Lago Tanganica, dopo essersi cambiato i connotati al punto da risultare irriconoscibile persino ai compagni che avevano combattuto con lui sulla Sierra.

Il livore di Jean Cau nei confronti di Celia, la madre di Ernesto, si basa su quell'ultima lettera da lei scritta quando era ormai minata dal cancro che l'avrebbe uccisa, dove appare più granitica e inflessibile del figlio nel rimproverargli la scelta di tagliare canna da zucchero anziché dedicarsi a compiti ben più rilevanti e strategici, ma Cau non coglie nel segno, sapendo oggi come andarono le cose. Non può avvenire alcun dialogo con Fidel il 23 aprile, perché già dal 19 il Che è a Dar es-Salaam in attesa di passare dalla Tanzania al Congo, e agli inizi di maggio fu Osmany Cienfuegos, fratello di Camilo, a raggiungere avventurosamente l'accampamento guerrigliero di Luluaburg, sulle alture a cinque chilometri da Kibamba, per avvisare Ernesto che sua madre Celia stava morendo di cancro. Questo "abbaglio" preso riguardo al 1965, "l'anno in cui non siamo stati da nessuna parte" – dal titolo del diario tenuto in quel periodo e solo recentemente reso pubblico – è utile a ricordarci che si tratta pur sempre di un romanzo – o *romancero* – dove l'autore dichiara onestamente di "immaginare" come siano andati certi eventi, e aver scritto "immagino questo dialogo con Fidel" lo assolve dal fatto che quel dialogo non poté avvenire mai, se non nell'immaginazione di Jean Cau. Però almeno in un dettaglio fa centro: quando con sarcasmo definisce Celia "un'ingenua". Neppure la madre morente sapeva dove fosse e cosa stesse facendo in quei giorni Ernesto, *ingenuamente* convinta che si dedicasse davvero alla produzione di zucchero...

I sogni possono uccidere, è vero. Ma uccidono soltanto i vivi. I morti viventi, i "seduti vecchi e nuovi", non corrono questo rischio. Jean Cau lo sa, o meglio lo *sente*. Sarcasmo, invettiva, livore, tutto si stempera quando emerge, insopprimibile, il profondo rispetto per la dignità dell'uomo Ernesto. Ferito, il fucile inservibile, senza munizioni nella pistola, si erge davanti ai ranger e dice – "senza disperazione" – "*Yo soy el Che Guevara*". E Jean Cau coglie in pieno l'essenza di quella frase. Non è l'estremo tentativo di impedire l'ultima scarica, di prolungare l'agonia e sperare in chissà quali soluzioni (diplomatiche? Impossibile, stiamo parlando del Che, di colui che aveva buttato a mare onori e privilegi, e al momento non ha neppure gli scarponi ai piedi, è sporco e affamato, probabilmente desideroso di farla finita, "senza disperazione" alcuna). Pronuncia il suo nome con orgoglio, la sola cosa di cui nessuno può spogliarlo, un nome che è leggenda, storia, realtà. "Voi non siete niente e io sono quello che sono." O ancora: "Voi siete la vittoria e la morte, siete l'enorme Nessuno, siete il Grande Anonimo... e io, che ho un nome, sono un uomo. Sono il Che Guevara". Sono un uomo, e voi nessuno, se non la vittoria e la morte. Difficile trovare, fra i tanti biografi del Che, una pagina densa di commosso rispetto come quella scritta da Jean Cau, animato sì dal furore di demolirne il mito, ma capace di riconoscere l'essenza, di quell'uomo.

Certo, Jean Cau è tentato di definire tutto ciò come puro e semplice fanatismo. E torna con la memoria alle fucilazioni dei collaborazionisti al termine del conflitto mondiale, quando, ancora ragazzo, è stato testimone dell'esecuzione di un "vecchio soldato aristocratico" che affronta la Bella Morte con la coerenza di chi l'ha corteggiata, esaltata e sicuramente inflitta. Dunque, se "ci sono eroi e martiri in tutti i campi", allora non restano altro che "la solitudine e lo stile di un uomo". E il fanatismo li accomuna, insinua l'abile provocatore Jean Cau, forte delle esperienze acquisite e con il senno di chi sa bene come vanno a finire le rivoluzioni... Eppure, manca *qualcosa*. Manca un aspetto fondamentale nell'insidiosa similitudine. Perché l'uomo Ernesto Guevara si lascia alle spalle una storia di dignità e rinuncia ai privilegi dei "vincitori", mentre alle spalle del "vecchio soldato aristocratico", così fascinoso nella sua coerente indifferenza davanti ai fucili puntati, c'è una storia fatta di intesa con gli occupanti nazisti – i vincitori di turno, allora – e di complicità con i campi di sterminio, nel suo recente passato c'è la delazione che ha condotto intere famiglie nelle camere a gas e nei forni crematori. L'immagine ultima non cancella tutto ciò che lo ha condotto fin lì.

Dunque, l'abisso che separa "la solitudine e lo stile" del Che dagli apparentemente simili solitudine e stile del collaborazionista davanti al plotone d'esecuzione ha un nome ben preciso: si chiama etica, e ha pervaso ogni istante dell'esistenza di Ernesto, dell'uomo Ernesto. Un'etica che ha sicuramente sfiorato il fanatismo, ma anche sulle infinite sfumature negative e positive di questo termine si potrebbe disquisire a lungo, e in ogni caso, la dignità nel momento estremo non può far dimenticare la storia di una vita: ecco l'immensa differenza, perché l'atteggiamento svagato del collaborazionista è soltanto arroganza, ultima sbruffonata di fronte alla Bella Morte.

Infine, nella puntigliosa citazione di nomi ed eventi, sorprende l'assenza di Régis Debray: conoscendo Jean Cau, è difficile pensare a un'omissione dettata dalla voglia di evitare polemiche. Lui si nutriva di provocazioni, non chiedeva di meglio che aizzare le scomposte reazioni dei concittadini "illustri", per non parlare degli incauti propugnatori di guerriglie che finivano per produrre "terroristi che moriranno troppo tardi e in orrore", anziché "in tempo e in bellezza"... Piuttosto, il suo sembra un silenzio sprezzante verso il rivoluzionario da salotto che ha provato il brivido della lotta armata finendo per suscitare fondati sospetti di "essersi calato le braghe" al momento di affrontare la dura realtà della cattura. A uno come Jean Cau, che ammirava nell'uomo il coraggio e la dignità davanti alla morte – altro fiato alle trombe di chi lo accusava di *machismo da corrida* –, Debray doveva apparire come la summa del peggio. *Lo peor en absoluto*, come direbbero nell'amata Andalusia, o in quell'America Latina che Jean Cau conosceva così bene da non pretendere di capire e di spiegare, accettandone l'immensa, abissale diversità da noi, dalla nostra perniciosa pretesa di interpretarla e filtrarla attraverso schemi che ci illudiamo siano universali.

Narrare è resistere

"Io sono stato qui e nessuno racconterà la mia storia." Sulla ruvida superficie di una pietra, nel campo di sterminio di Bergen Belsen, un anonimo condannato all'orrore e all'oblio incise – con un chiodo? – questa frase disperata, terribilmente angosciosa. Senza la memoria, siamo il nulla. Persino la morte sarebbe meno vana e assurda se si potesse lasciare almeno una traccia, una testimonianza utile a resistere contro la prossima manifestazione di malvagità, contro i futuri carnefici. Perché se dopo l'Olocausto gli esseri umani sono stati ancora capaci di "scrivere una poesia", nonostante l'incommensurabile smarrimento della coscienza, è anche vero che quegli orrori si sono ripetuti, come nell'America Latina dei desaparecidos e dei neonati strappati alle partorienti e allevati dai kapò di turno.

Per Sepúlveda, lo stimolo a scrivere nasce più dalla ribellione – e anche dall'apertamente dichiarato amore per l'umanità marginale – che da pretese di sfoggiare virtuosismi letterari. E lui stesso ribadisce che la lingua serve innanzitutto a comunicare, quindi è un mezzo – straordinario, delicato, persino pericoloso – e non un fine: "Prima bisogna vivere, poi scrivere". In questo caso, la ribellione è contro il silenzio e la mancanza di un'identità: chi fu a tracciare quelle parole sulla pietra, e perché nessuno ha finora raccontato la sua storia? Il bisogno insopprimibile di narrarla – che si potrebbe paragonare al dipinto di Munch *L'urlo*, citato dall'autore come unica opera pittorica capace di provocargli un brivido d'emozione – è simile al gesto sublime delle innumerevoli mani che sfiorano quella pietra per far sì che la polvere non ricopra l'*urlo* silenzioso di chi lo incise. E così, il "raccontatore di storie" si mette all'opera raccogliendo frammenti di umanità, ma sempre acceso dall'indignazione e dal bisogno di giustizia – la vendetta è un'altra cosa –, al pari di Fritz Niemand, "Federico Nessuno", nome profetico di una vittima sopravvissuta allo sterminio, cieco ed evirato, ma con un udito prodigioso in cui la memoria ha registrato le voci degli aguzzini. Il Signor Nessuno da Wuppertal nel 1967 riuscì a identificare uno dei medici che lo ridussero a un relitto, combattendo irriducibilmente contro quella sorta di "incanto" grazie al quale dall'oggi al domani tanti boia nazisti si sono trasformati in "democratici esemplari". Niemand ha continuato a vagare in cerca di voci, finché Sepúlveda non lo ha incontrato nel 1986, e poi ancora nel 1990, ai funerali delle donne e dei bambini turchi bruciati vivi dai neonazisti a Mölln: "Gli chiesi come stava, come si sentiva, e mi rispose che aveva paura perché le voci dei carnefici si moltiplicavano".

Tra le tante vicende raccolte nel suo peregrinare per il mondo, Sepúlveda ha deciso di rivelarne una che lo riguarda molto da vicino, trovando un raro senso della misura: l'incontro di sua moglie Carmen Yáñez con la cara amica Marcia Scantlebury, avvenuto casualmente a Venezia poco tempo fa. Oggi Carmen è poetessa di fama, Marcia giornalista affermata. A metà degli anni settanta erano insieme nelle segrete di Villa Grimaldi, centro di tortura e sterminio sotto l'egida di Pinochet. Carmen venne infine gettata in una discarica. *Doveva* essere un cadavere tra i tanti. Qualcuno notò che respirava ancora, e il resto è quotidiana resistenza contro gli spettri del passato. Anche Marcia la credeva morta, e lo stesso pensava Carmen di lei. A Venezia, la "bruna e la bionda" hanno scoperto che non era così, davanti agli occhi stupiti e commossi dello scrittore.

Le rose di Atacama sono fiori "color sangue" che sbocciano nel deserto cileno per un solo giorno all'anno, e subito vengono bruciati dal sole calcinante. Simbolo di una natura che non si arrende neppure a se stessa, ci ricordano la storia di Fredy Taberna, che un giorno accompagnò l'autore a vedere quelle rose effimere quanto memorabili. Fredy annotava sul suo quaderno le meraviglie del mondo, "che erano più di sette", anzi, "infinite e continuano a moltiplicarsi". Tre giorni dopo il golpe di Pinochet, i militari massacrarono Fredy, colpevole di difendere le cose buone della vita contro le ondate di liquami dittatoriali. È sufficiente una pagina e mezzo per restituirci l'immenso patrimonio di quelli come Fredy Taberna: "Forse ha ragione Neruda quando dice 'Noi, quelli di allora, non siamo più gli stessi', ma in nome di Fredy continuo ad annotare le meraviglie del mondo su un quaderno con la copertina di cartone".

Poi...

C'è un pittore che vuol vedere il mare. Ne ha bisogno, non può più dipingere – e forse neppure continuare a vivere – senza vedere il mare. Dalla sua finestra, a Stoccolma, può scorgere il Baltico, ma quello "è un pozzo di putredine, completamente morto". Così, convince la sua donna a partire. Un lungo viaggio in auto verso la Spagna, e nelle Asturie, terra di minatori e piogge, scopre finalmente il "mare": era dentro di sé, bastava cambiare luogo e perdere per sempre l'amore di lei, ormai stanca di una crisi senza soluzione. Il "mare" è al di là di una bottiglia di sidro che lascia cadere un fiotto dorato, dall'alto, descrivendo un arco fino a infrangersi nel bicchiere: "Quando si varca l'arco d'ingresso al tempio dei sogni, lì, proprio lì, c'è il mare". Un racconto su cui potrebbe aleggiare il fantasma di Hemingway, se non fosse che Luis Sepúlveda non ha bisogno di paragoni: è Sepúlveda, punto e basta. Dopo i romanzi di successo ormai mondiale, lo scrittore cileno si rivela ottimo narratore di storie brevi, confermando che la scuola del racconto latinoamericano continua a essere la migliore, oltre che la più feconda. Racconti memorabili, alcuni dei quali lasciano l'amaro nell'anima, e tutti confermano la frase tanto cara all'autore: "Narrare è resistere". Storie di guerriglieri votati alla sconfitta, come il gruppo che si unisce a un pugile per raggiungere la Bolivia e continuare la lotta del Che, caduto anni addietro; o della dozzina di confinati politici sperduti nel deserto cileno che rimettono in moto una vecchia locomotiva a vapore, facendone il simbolo dell'aspirazione alla libertà; storie di rapporti d'amore lacerati da una guerra vera o strisciante, storie di vecchi anarchici attraversati dai fulmini della vita ma incapaci di chinare la testa, e prostitute commoventi, fieri malavitosi dei porti, esuli per scelta o per inesorabile destino... E l'oblio, in Sepúlveda, è il nemico subdolo che ricopre di cenere le vite di personaggi meritevoli di immortalità: ogni sua pagina riscatta frammenti di memoria trasformandoli in voci, suoni, presenze palpabili, sensazioni conosciute, e poco importa chiedersi quanto vi sia di autobiografico, perché comunque "la scrittura arriva dopo la vita, e la vita verrà sempre prima della scrittura".

L'impeccabile viandante

Basterebbe quella foto che gli scattò lord Snowdon nell'82: scarponi appesi al collo, bisaccia in spalla, sguardo inquieto e momentaneamente distolto dal sentiero per dare un'occhiata veloce all'obiettivo, sguardo che sembra voler dire: "Fai pure, ma io non posso fermarmi"... In quell'immagine, Bruce Chatwin è l'emblema del viandante, e poco importa se stesse posando da ore o minuti, ciò che resta impresso è il senso del movimento, con tutti i simboli del vagabondaggio perenne addosso.

In qualsiasi aeroporto dove sta per decollare un volo diretto in Patagonia, tante persone ingannano l'attesa sfogliando il suo libro in varie lingue, letto e consultato quasi fosse una guida turistica. Eppure, l'ultima cosa che avrebbe voluto Chatwin, era "istigare" altri viaggiatori a seguire le sue orme. Come Hemingway e Céline prima di lui, portava sempre con sé un quadernetto per gli appunti rilegato in similpelle nera e con l'elastico a tenerne chiuso il contenuto. Li faceva un vecchio artigiano di Tours, e Chatwin aveva comprato un'intera giacenza di bottega: ne ha lasciati ben cinquanta, fitti di impressioni colte al volo. Oggi le moleskine si sono messi a fabbricarle a livello industriale, un feticcio in più per sfruttare il mito, e le trovi addirittura sui banchi delle librerie, neanche fossero romanzi a salve da caricare di avventure. Se lo avesse immaginato, Chatwin avrebbe preso appunti sui notes a spirale, ci scommetto.

Suo malgrado, è diventato un mito e viene addirittura considerato una sorta di nume tutelare per chi coniuga viaggi e scrittura, nonostante si ritenesse un narratore allo stato puro, al punto da rifiutare ostinatamente la proposta dell'editore inglese che voleva pubblicarlo nella non fiction: era convinto di scrivere romanzi, non certo "libri di viaggio". E se il mito si alimenta del morire prima di invecchiare, consegnando alla memoria collettiva quell'immagine di indelebile giovinezza vagabonda, resta pur sempre questo dato di fatto: Chatwin è unico, come scrittore mitico, e non ha predecessori né eredi. Perché?

Forse perché tutto in lui è contraddizione inimitabile, al limite del paradosso e della schizofrenia. Colto, esteta fino a rasentare lo snobismo, scrisse chiaro e tondo: "I migliori viaggiatori sono illetterati; non ci annoiano con le reminiscenze". Amante della bellezza più sofisticata, sceglieva di fotografare i dettagli della desolazione più annichilente, riuscendo a conferirle una dignità rara: scorci di bidonville, ritagli di lamiere ondulate su baracche miserabili, brandelli di stoffa appesi in un canneto... Non nutriva alcun fascino ipocrita per la povertà, ma neppure se ne sentiva insultato considerandola un'ingiustizia. E prediligeva il rosso, da ritrarre ovunque, il colore che rappresentava "fuoco, sangue, rivoluzione" lo ossessionava tanto da pensare di scriverci sopra un trattato. Però, quando si imbatteva nelle storie di rivoluzionari che avevano dato la vita per un ideale, non riusciva a reprimere quel tono così distaccato e ironico da sfiorare il cinismo. Viandante solitario, si ritrova oggi a fare da "guida" spirituale – e materiale – a frotte di viaggiatori frettolosi, lui che era "viandante" proprio perché non conosceva la fretta, l'urgenza di arrivare da nessuna parte, e sembrava tornare a casa solo per via della Terra che è rotonda, e prima o poi si ripassa dallo stesso punto... "La vita è un viaggio da compiere a piedi," diceva. Sarebbe un concetto davvero rivoluzionario, in un mondo dove gli aerei arrivano pressoché dappertutto e che è ormai avvolto da una ragnatela di autostrade, andando sempre più veloci, con scarpe sempre meno usate per camminare.

Si soffermava nei luoghi abbastanza da restarne emotivamente coinvolto, eppure c'è una sorta di indifferenza verso le passioni altrui che pervade ogni descrizione, ogni racconto di persone conosciute. Da buon conservatore, era affascinato dai popoli nomadi perché considerano il mondo perfetto, mentre i sedentari tentano di mutarlo. Ma rimaneva inesorabilmente attratto dagli esuli di qualsiasi specie e per qualsiasi motivo, dai banditi *desperados* alla Butch Cassidy e Sundance Kid, che sentiva simili a lui se non altro per la mancanza di una patria elettiva, per la certezza che non esiste una Terra Promessa. Uno strano conservatore, un esteta imprigionato in corriere puzzolenti e locande fatiscenti, senza le quali qualunque posto, anche il più interessante, dopo un po' gli faceva crescere dentro questa smania, l'indefinibile inquietudine che ti spinge a riprendere il cammino, tra polvere e sudore. Ma con aspetto impeccabile.

"Mutazioni": il presente senza fine

Curioso destino, quello che ha legato Philip K. Dick al cinema: da un lato i suoi libri, a una prima lettura, appaiono così complessi e tortuosi da indurre alla resa la maggioranza di produttori e registi, dall'altro... basta dire *Blade Runner*, il film cult per eccellenza e tra i più visti nella storia del cinema – basato sul suo romanzo *Il cacciatore di androidi* –, per dimostrare quanto l'opera di Dick si presti al grande schermo. Poi è seguito *Total Recall*, con minor fortuna se paragonato alla creatura di Ridley Scott, e il pressoché sconosciuto *Confessions d'un barjo* del giovane regista francese Jérôme Boivin, presentato a Cannes nel '92. Ma l'elenco di film che devono molto alla prodigiosa fonte ispirativa di Dick è lunghissimo, tanto da rendere difficile poter parlare di fantascienza nel cinema senza trovare una sua diretta o indiretta influenza. Eppure, definirlo uno scrittore di fantascienza sarebbe riduttivo. Da *La svastica sul sole* a *Le tre stigmate di Palmer Eldritch*, e soprattutto con *Scrutare nel buio*, Philip K. Dick si è rivelato un precursore, o addirittura un profeta, capace di anticipare la realtà: molti eventi o fenomeni della storia recente erano già contenuti nei suoi scritti, basti citare per esempio i telepredicatori oggi onnipresenti nel quotidiano statunitense, o la realtà virtuale e la manipolazione dell'informazione televisiva per scopi bellici, come accaduto con le recenti guerre... Giorno dopo giorno, il suo desolato "pessimismo cosmico" prende forma nel discutibile avanzare del progresso.

Il culto di cui è oggetto Philip K. Dick trae linfa anche dalla sua biografia di "maledetto" oltre ogni limite: "schizoide" per sua stessa ammissione (anzi, lo rivendicava come parte integrante della sua libertà creativa), attraversò gli inferi della sofferenza psichica e fisica, cadendo in abissi di deliquio nei quali poteva restare un'intera settimana senza memoria; abusò di droghe a profusione privilegiando l'eroina finché non finì in una clinica per disintossicarsi, tentò il suicidio e si innamorò dei personaggi femminili inventati nei suoi libri, al punto da rompere il rapporto con la donna *vera* che lo aveva amato. Infine, si convinse di possedere capacità medianiche che gli valsero la sbrigativa diagnosi di "pazzo irrecuperabile". Morì il 2 marzo 1982, a cinquantaquattro anni, senza poter vedere *Blade Runner* realizzato, dopo avervi profuso energie e tormenti a non finire.

Nella sua breve e faticosa vita (perseguitato anche dalla miseria, se tutto il resto non fosse già abbastanza), ha scritto moltissimo, e la mole di interventi e appunti sulle questioni più disparate, a cui vanno aggiunte le interviste-fiume, costituisce una miniera dalla vena non ancora esaurita. Lawrence Sutin, considerato tra i massimi conoscitori dell'opera di Dick, ha raccolto una cospicua parte di questi materiali – compresi saggi e brevi scritti filosofici, autobiografici e letterari, nonché lettere, interviste e interventi critici – in un volume pubblicato in Italia con il titolo di *Mutazioni*. Dal magma di testi emergono le multiformi filosofie dell'autore, influenzate da Platone e Hume, dal dualismo gnostico e da un realismo non oggettivo, dove numerose realtà parallele si compenetrano, si fondono o sovrappongono all'infinito. Tale *schizofrenia*, per Dick, permette di immaginare una realtà al di fuori dei limiti, unendo il misticismo agli stati di allucinazione indotti da sostanze psicotrope, oppure dovuti a spontanee manifestazioni neurologiche: il tutto, in grado di dar forma a una diversa concezione del tempo, considerato da Dick come "un presente senza fine".

Ben altri muri...

Sarebbe facile, a distanza di tanto tempo, analizzare con un grossolano principio di "marketing a ritroso" il folgorante successo goduto da *La spia che venne dal freddo*. Era il terzo romanzo di John Le Carré ed ebbe l'indubbia fortuna di uscire mentre in Gran Bretagna cadeva il governo conservatore in seguito allo "scandalo Profumo", Kim Philby smetteva di fare il doppio gioco e disertava in Unione Sovietica e al cinema imperversava *Dalla Russia con amore*. L'ambiente era fin troppo favorevole ad accogliere un romanzo che parlava di Muro di Berlino e di conflitti spionistici Est-Ovest. Ci sono grandi scrittori entrati nella storia della letteratura con una sola opera, così come ci sono mediocri narratori che con un libro ottengono un esplosivo clamore, spesso dovuto a cause contingenti, e poi scompaiono dalla memoria nonostante la dozzina di volumi seguenti. Se Le Carré avesse smesso di martoriare la macchina da scrivere trent'anni fa, verrebbe comunque ricordato come l'autore di un romanzo sofferto, intricato e intrigante, scritto con un bisturi che squarcia in profondità l'animo degli esseri umani materializzati in quelle pagine, e non solo i protagonisti, ma anche, e soprattutto, le fugaci, smarrite comparse di un mondo torbido, impalpabile, ambiguo. E senza speranza, perché il Bene che alla fine trionfa sul Male si lascia per strada gli individui, uomini e donne reali, schiacciati dalla ragion di stato che non riconosce mai i diritti del singolo.

Ma David Cornwell, alias John Le Carré, non si fermò con *La spia che venne dal freddo*. E andò tanto avanti da ottenere la qualifica di "più grande scrittore inglese vivente". Con malcelato fastidio, molti hanno storto il naso sostenendo che, dopo tutto, si tratta pur sempre di uno "scrittore di genere". Come dire: toglietegli la Guerra fredda, il conflitto Est-Ovest e il Muro, e quel tale Cornwell potrà ritirarsi a coltivare petunie nel suo eremo sulle scogliere di Land's End. Tutte e tre le cose sono scomparse da qualche anno. Ma John Le Carré non si è sbriciolato come la Muraglia di Honecker. Anzi, sembra avere ancora un sacco di cose da raccontare. *The night manager* "parla" per quattrocentoquarantatré pagine dense e dolenti. Non c'è più il freddo d'oltrecortina, ma c'è quello del cinismo e dell'avidità, non c'è più il Muro tra le due Germanie, ma c'è quello immenso che divide il Nord dal Sud; e continua a esserci lo spionaggio, inteso come infezione dell'anima e causa diffusa di tante sporcizie fisiche e morali. Perché i veri muri, quelli che nessun piccone potrà abbattere, sono innalzati e costantemente rinforzati dagli interessi economici – primo fra tutti il traffico d'armi –, mentre i mattoni uniti dal cemento politico e ideologico sono così fragili da polverizzarsi fino a essere dimenticati, e in fretta.

A pochi mesi dalla vendita dei souvenir in calcestruzzo berlinese, si è tenuto all'Avana l'annuale incontro itinerante fra scrittori di genere delle "Tre Frontiere", cioè il triangolo formato da Stati Uniti, Messico e Cuba. La notorietà degli autori statunitensi non ne ha mai avute, di frontiere, ma è un vero peccato che non si conoscano altrettanto la quantità, e la qualità, della produzione dei numerosi scrittori thriller che si aggirano sull'isola caraibica e nel grande paese a sud del Río Bravo. L'ordine del giorno di conferenze e dibattiti era stato ovviamente stravolto dall'argomento imperante, e dalla conseguente domanda: "Che fare?". Non ci si riferiva ovviamente al famoso quesito di Lenin (che comunque l'aveva *rubato* allo scrittore russo Nikolaj Černyševskij, che aveva intitolato così un suo romanzo scritto in carcere nel 1863), ma alla caduta del Muro. Cioè, senza la Guerra fredda, cosa avranno più da narrare gli specialisti di Cia, Kgb e relative corti dei miracolati dai Blocchi? Alcuni "nordici", come Stuart Kaminsky e Donald Westlake, hanno sostenuto che di schifezze nel mondo continuano a esserecene così tante da avere sempre inesauribile materia di ispirazione. Ben più polemica la risposta di vari autori messicani: "C'è stata una guerra fredda? Spiacenti, non ce n'eravamo accorti. Siamo troppo occupati a descrivere la guerra calda tra Nord e Sud, che qui da noi è ben lontana dal raggiungere un armistizio". Purtroppo, John Le Carré non figurava tra gli invitati (l'incontro non comprendeva autori europei). Ma è facile immaginare il sorriso sornione che avrebbe sfoggiato al momento di prendere la parola. E qualcosa di molto simile a quanto detto dai colleghi messicani lo ha scritto in un recente articolo sul "New York Times", anche se con modi più pacati e meno provocatori: "Troppo spesso abbiamo confuso l'anticolonialismo con il comunismo. La lotta al comunismo ci ha sminuiti. Ha giustificato i nostri eccessi, di cui non possiamo certo andare fieri. Ha intorpidito il nostro amore per il dissenso".

Un grande scrittore non può spegnersi perché crolla un muro e il mondo si ritrova con un solo padrone anziché due. Il solo fatto che al vecchio pianeta, stanco e asmatico, si voglia imporre un "nuovo ordine mondiale" rappresenta uno stimolo bruciante. Adesso c'è meno pace di prima, e le "spiocrazie", termine coniato da Le Carré, hanno tanto lavoro come non mai. Il traffico d'armi ha assunto una tale importanza nelle economie dei paesi da ridicolizzare lo stesso principio di "elezioni libere e democratiche": il potere deriva dalla massa di dollari che si è in grado di spostare, non certo dalle promesse e dagli sforzi dei volti nuovi della politica. È su questo che ruota la complessa trama di *The night manager*. E dalla forza che emana, fa presupporre che la vena di David Cornwell non solo non è in via di esaurimento, ma ha trovato nuovi tunnel da scavare sotto i molti muri invisibili, fluidi, ipocritamente ignorati, e ferocemente solidi.

PS Černyševskij, scrittore che trascorse nelle carceri zariste buona parte della sua esistenza per l'accanita opposizione al regime, oltre che autore di *Che fare?* – titolo usato da Lenin per un suo scritto che avrebbe oscurato l'opera originale –, fu anche il fondatore dell'organizzazione rivoluzionaria clandestina Zemlja i Volja, cioè Terra e Libertà: mezzo secolo dopo, Emiliano Zapata l'avrebbe adottato come motto del movimento insurrezionale *campesino* nel Sud del Messico, mentre nel 1936 lo avrebbero ripreso i libertari spagnoli nella Guerra civile.

Moon Palace

Con il successo ottenuto anche in Italia dal film *Smoke*, il nome di Paul Auster ha raggiunto un pubblico ben più vasto degli appassionati lettori che già lo amavano per il romanzo *Mr Vertigo*, mentre un'altra sua opera letteraria, *Città di vetro*, veniva proposta in una magistrale versione a fumetti disegnata da David Mazzucchelli. Assieme a *Fantasmi* e *La stanza chiusa*, il romanzo *Città di vetro* faceva parte della *Trilogia di New York*, pubblicata negli Usa tra il 1985 e il 1987 e in Italia nel 1996 in un unico volume. Oggi Paul Auster – nato a Newark nel 1947 – è un punto di riferimento della nuova narrativa nordamericana, autore di pagine dalla straordinaria ricchezza tematica e suggestiva: un traguardo raggiunto dopo essersi mantenuto a lungo come traduttore dal francese e scrivendo gialli sotto pseudonimo, e dopo che per anni si era visto rifiutare il primo romanzo da parte di editori che oggi si mordono le mani. Il "mestiere" acquisito nello sfornare trame d'azione e d'indagine gli permette di giocare con i generi senza demolirli, ne sovverte gli schemi ma trae da essi la capacità di mantenere intatto il piacere della lettura in testi di notevole spessore letterario. *Moon Palace* è uno dei romanzi scritti dopo la *Trilogia* e narra il viaggio alla ricerca delle proprie origini di Marco Stanley Fogg, figlio degli anni sessanta oppresso dalla solitudine, moderno picaro incosciente ma tenace che si sposta dai "canyon" di Manhattan fino agli sconfinati deserti dell'Ovest, in un percorso attraverso lo spazio e il tempo, un *on the road* della memoria che abbraccia tre generazioni. L'ironia è l'arma sottile, tagliente ma estremamente equilibrata, che Auster predilige, e anche qui viene usata per esorcizzare drammi e sconfitte, eventi epici e piccole tragedie quotidiane. "Era l'estate in cui per la prima volta gli uomini posero piede sulla Luna. A quei tempi ero molto giovane, tuttavia non credevo esistesse un futuro..." racconta l'orfano Fogg, emblema di un'America senza certezze, vogliosa di un'identità che sembra sfilacciarsi di continuo e la cui ricerca è lo stimolo a muoversi incessantemente. Un "moto perpetuo" che Auster ben conosce: il bisogno di non restare fermo lo ha spinto a vagabondare per il mondo, fermandosi qualche anno a Parigi, dove sopravviveva tra povertà ed espedienti, coltivando la passione per il romanzo picaresco e l'amicizia con lo scrittore Edmond Jabès, che considera un maestro.

PS (2008) Un paio di anni fa stavo pedalando sui viali di Bologna diretto alla stazione. Un'auto mi affianca, e dal finestrino del passeggero Paul Auster mi saluta con la mano. Abbassa il vetro e dice: "Hi, Pino". Non avendolo mai incontrato prima, per un istante ho pensato a una somiglianza, a uno scherzo dell'immaginario fotografico (Auster ha un volto inconfondibile, ma a volte le foto ingannano...). Poi, le facce divertite degli altri in auto hanno svelato il sortilegio: erano gli amici della Fondazione Solares di Parma che lo stavano accompagnando a un incontro, e avendomi avvistato, avevano fatto in tempo a spiegargli sommariamente chi ero e come mi chiamavo. Credo sia stato l'incontro più surreale mai fatto a Bologna mentre pedalo forsennatamente.

L'ostico Cormac

A Cormac McCarthy non gliene frega niente di seguire i passi dei suoi romanzi per il mondo. Le poche volte che qualche "estraneo" (un giornalista) è riuscito a fargli dire una frase al microfono, ha sempre tagliato corto con un: "Quello che ho da dire sta scritto nei miei romanzi". Però McCarthy non è scontroso né burbero, al contrario. Solo che preferisce starsene in pace a El Paso, Texas, senza concedere interviste, né tenere corsi di scrittura creativa, e tanto meno frequentare ambienti letterari. Ho conosciuto un giornalista messicano che stravede per lui e qualche anno fa andò a cercarlo nel suo polveroso casolare ai bordi del deserto, poco al di là del confine: Cormac uscì imbracciando un fucile, giusto per chiarire che non gradiva visite a sorpresa. Poi, identificato lo scocciatore come messicano – quasi fosse la riprova che non si trattava di uno dei tanti intervistatori cacasenno –, si rilassò e accettò di chiacchierare davanti a una bottiglia di bourbon: l'intervista informale finì con l'esaurirsi della seconda bottiglia, suggellata da un rude abbraccio e un amichevole "h*asta la vista, cabrón*".

Dunque, considerata l'indole, difficilmente lo conosceremo in un tour italiano per presentare il suo *Meridiano di sangue*. Che, anche senza l'apporto di interviste e conferenze, è un romanzo che ha preso a cavalcare spedito, al galoppo disteso. Storie della sterminata borderline, linea di sangue tra Stati Uniti e Messico, anni intorno alla metà del secolo scorso. Un ragazzo diventato adulto in fretta – e come si potrebbe restare bambini a lungo fra bottigliate in faccia, coltellate nella schiena, sparatorie e impiccagioni... – incontra sul cammino uomini senza passato e dal presente precario quanto gli ideali di giustizia nel magma violento del West. Si unisce al Giudice, dispensatore di filosofia e di morte, saggio e assurdo, crudele e tenero. Tutto intorno – ma anche *dentro*, nei polmoni e nelle viscere –, una natura ben poco benevola, fango e polvere, deserti infuocati e villaggi miserabili, dove una corte dei miracoli venuta da ogni angolo del mondo è pronta a scannare il prossimo anche solo per dimostrare che uccidere ti fa sentire invulnerabile, e sfidare la sorte dà un senso alla vita. Ha un senso, la vita a cavallo della frontiera? Il ragazzo non se lo chiede. Tutto ciò che fa serve soltanto ad arrivare vivo al giorno dopo. E niente, mai, è una libera scelta, perché il destino sceglie per lui, per gli altri, per tutti.

"Trágame Tierra"

I grandi fiumi raccolgono e narrano la storia di interi popoli e paesi, ne sono il simbolo, l'esistenza stessa, e il loro nome evoca da solo millenni di civiltà, di conquiste, di tragedie e resurrezioni. Basta citare il Nilo per spaziare in una memoria che si perde nel passato, o il Danubio, che scorre nelle vene di una cultura mitteleuropea ormai dissolta, o il Rio delle Amazzoni come ultimo baluardo di una natura indomita. Ci sono poi grandi fiumi dimenticati, pressoché sconosciuti lontano dal loro letto, e che per le genti vicine sono l'immagine ancora viva di sofferenze e soprusi, fiumi un tempo amati come fonti di sopravvivenza e in seguito odiati per il tradimento delle speranze che avevano alimentato.

Il Río San Juan scorre nell'estremo Sud del Nicaragua. Verso la fine del secolo scorso, quando venne decisa l'apertura di un canale interoceanico, Panamá non esisteva ancora ed era territorio colombiano: nessuno pensava di usare quella zona per scavare un valico di acque navigabili affrontando dislivelli e impiegando un ardito sistema di chiuse. Non c'era bisogno di un simile lavoro immane, dato che il Nicaragua era perfetto per tale scopo: il canale esisteva già, tanto che i corsari inglesi e olandesi entravano dall'Atlantico attraverso il Río San Juan e raggiungevano Granada, sul Gran Lago e a pochi chilometri dal Pacifico, cannoneggiando le fortezze spagnole. Era sufficiente allargare l'ultimo tratto e il Canale si sarebbe realizzato senza eccessivo dispendio di energie, in tempi infinitamente più brevi rispetto alla faraonica impresa di Panamá. Gli Stati Uniti acquistarono la concessione per tre milioni di dollari; la cifra era irrisoria, ma neppure venne versata, facendola inghiottire automaticamente dal debito estero del piccolo paese centroamericano. Comunque, per molti nicaraguensi si accendeva l'illusione di un immediato benessere, anche a prezzo della propria sovranità nazionale. La prosperità sarebbe venuta da un appezzamento di terra lungo il fiume, dai nuovi commerci, dal passaggio di valuta straniera a getto continuo. Poi Washington decise di spostare l'intero progetto nella neonata Panamá, per ragioni di controllo politico ed economico sull'istmo, strappando così terreno e influenza agli inglesi. Ma al tempo stesso, doveva impedire che qualcun altro aprisse un secondo canale in Nicaragua: da qui, l'ossessiva presenza statunitense nel piccolo, martoriato paese, occupato militarmente nel 1912. Quindici anni dopo, Augusto Sandino organizzava la resistenza, e sconfiggeva ripetutamente i marine fino a ottenerne il ritiro nel 1933. Poco più tardi, sarebbe stato assassinato da colui che divenne il primo dittatore della sanguinaria dinastia Somoza, l'uomo di cui Roosevelt disse: "È un gran figlio di puttana, ma è il *nostro* figlio di puttana".

Quel fiume e quegli anni fanno da sfondo a *Trágame Tierra*, romanzo dolente e vigoroso dello scrittore nicaraguense Lizandro Chávez Alfaro. Il vecchio Plutarco Pineda si trascina con la sua barca lungo la rete di affluenti e corsi minori, sotto una pioggia fine, ossessiva, trasportando frutta troppo matura e animali troppo scarni. Al pari di un Sisifo condannato a intraprendere sempre un nuovo viaggio inutile sulla stessa acqua, sopravvive solo nel rimpianto di un sogno inseguito tutta una vita, il Canale, il miraggio che evoca tempi illuminati dalla speranza, animati da personaggi energici, da suoni e voci non ancora dissolti nell'uniformità della pioggia, confusi nel fango che lo trattiene, lo appesantisce, strappandogli quell'invocazione che è il titolo del libro: "Inghiottimi, Terra".

Attraverso la maschera di rughe pietrificate dell'inerte Plutarco Pineda, i suoi gesti lenti perché nessuna fretta può più condurre a niente, i suoi occhi lontani che guardano il nulla ma registrano passivamente ogni dettaglio, lo scrittore lascia scorrere le immagini sovrapposte di mezzo secolo di storia perdente. *Trágame Tierra* è la saga di due generazioni di vinti, uomini senza radici che vengono trascinati alla deriva nei loro piccoli, immensi drammi come l'acqua dei fiumi nicaraguensi, una saga narrata senza concessioni alla pietà: severo, crudo in certe descrizioni di una piccola borghesia che si affanna a guadagnare la benevolenza dei dominatori stranieri, Chávez Alfaro dà vita a personaggi che spesso appaiono come cani ansiosi della carezza di un qualche padrone. Tutti consumeranno la propria tragedia: chi nella resa a un destino che si vorrebbe già tracciato, chi spazzato via da un potere cieco e rozzo, ancora troppo forte per essere fermato da un gesto di estrema ribellione, chi soffocato dal cerchio di piccole convenienze e quotidiane miserie che ogni comunità impone ai propri diversi. Ma l'embrione di una coscienza nuova si avverte già sotto il fango, da dove si alzano le prime voci a maledire la passività dei padri.

All'inizio del romanzo, Plutarco Pineda sta scendendo lungo un fiume che scorre poco più a nord del San Juan, il Río Escondido, che da El Rama costituisce ancora l'unica via per raggiungere la baia di Bluefields, sull'Atlantico. Qualche tempo fa ho compiuto, per una volta, il viaggio mille volte affrontato dagli innumerevoli Plutarco da un secolo a oggi. Per raggiungere El Rama, il modo più sicuro e rapido è stato accordarsi con un taxista a Managua, spesa tutto sommato modesta, anche se allora si dovette attendere che l'esercito sandinista liberasse un punto della strada attaccata dai mercenari. Cinque o sei ore di andatura modesta, fra vulcani e boscaglia, e si arriva a El Rama, che sembra esistere unicamente per il molo da cui salpano le imbarcazioni dirette alla costa atlantica. C'è un traghetto, ma piuttosto lento, anche se a quei tempi aveva la garanzia di qualche militare a bordo e una mitragliatrice sempre puntata verso la giungla. Oggi non occorre più annotarsi nella lista degli stranieri che si avventurano in zona di guerra, ma resta preferibile una veloce lancia di qualche pescatore che può portarvi a Bluefields in metà tempo.

Bastarono pochi chilometri, per rivivere il clima e l'atmosfera di *Trágame Tierra*: indios sumo e rama che risalivano la corrente su vecchie piroghe scavate nei tronchi, bambini assiepati sulle palafitte a salutare chiunque passasse, tartarughe e piccoli caimani indolenti, piuttosto infastiditi dal rumore del fuoribordo, e giungla a perdita d'occhio su entrambe le sponde. Poi, la magia di Bluefields, città di legno variopinto, abitata in prevalenza da neri e percorsa da onnipresenti ritmi reggae. È nato qui, nel 1929, Lizandro Chávez Alfaro, con la pelle più chiara rispetto alla maggioranza dei concittadini ma con lo stesso sangue che scorre nelle vene di quanti, dal 1979, hanno ritrovato l'orgoglio di essere nicaraguensi e un'identità nazionale mai conosciuta prima. Purtroppo, lassù nel Nord, qualcuno continua a considerare questa terra come il proprio cortile di casa. E quell'orgoglio legittimo costa ancora immense sofferenze.

Il mistero di B. Traven

1948. John Huston è in Messico per girare *Il tesoro della Sierra Madre*. Dopo una lunga e complicata serie di contatti, è finalmente riuscito a ottenere una risposta dallo scrittore Traven, autore del romanzo da cui è tratta la sceneggiatura. Huston lo avrebbe voluto accanto a sé durante le riprese, ma, per quanto a malincuore, Traven ha scritto di essere impossibilitato a raggiungerlo, garantendo comunque la presenza di una persona di estrema fiducia, tale Hal Croves. Huston, con il passare dei giorni, scopre che Croves conosce a tal punto l'opera in questione da risultare utile nella lavorazione quanto lo stesso scrittore. Ci sono solo alcuni particolari che incuriosiscono il regista... Hal Croves è eccessivamente schivo, evita i giornalisti, scompare ogni volta che c'è un fotografo nelle vicinanze, parla poco con chiunque, se non si tratta di problemi legati alle riprese. Dopo l'ultimo ciak, il misterioso Hal se ne va senza lasciare alcun recapito. Solo qualche tempo più tardi, Huston scoprirà la sua "vera" identità...

Una situazione analoga si ripete quando il regista Alfred Crevenna decide, nel 1954, di trarre un film dal romanzo *La ribellione degli impiccati*, sempre di Traven. Per la seconda volta, arriva Hal Croves in qualità di agente e consulente per la sceneggiatura. Ma, in questo caso, rischia di essere smascherato. Una certa Rosa Elena Luján è stata incaricata di tradurre in spagnolo il copione, e quando la presentano a Croves lo fissa a lungo, con uno sguardo denso di domande... Rosa Elena ha già conosciuto quest'uomo. Glielo avevano presentato due amiche antropologhe: "Questo è mister Torsvan, fotografo". Era più giovane, ma Rosa Elena non ha dubbi, si tratta della stessa persona. Perché adesso si fa chiamare Hal Croves? Mentiva la prima volta, o sta mentendo adesso? La donna continua a fissarlo, ma non permette che la domanda esca dalle sue labbra. Da buona messicana, pensa: "Avrà i suoi motivi. Con il tempo, capirò...".

L'uomo non si chiamava né Torsvan, né Croves. Era lo scrittore B. Traven. Ma neppure su questo nome c'è alcuna certezza: "B." stava per Berick, anche se molti lo chiamavano Bruno, e *probabilmente* un tempo si era chiamato Ret Marut. Rosa Elena, comunque, con il tempo ha capito. E l'amore tra i due è iniziato da quel suo gesto di rispetto, dall'avergli concesso fiducia senza chiedergli nulla.

Nessuno scrittore "straniero" è riuscito ad assimilare e a rendere la *messicanità* quanto Traven, a penetrare così a fondo in quella realtà complessa e per molti incomprensibile divenendo più "messicano" della stessa moglie, Rosa Elena Luján nata a Progreso, nello Yucatán, e alla quale diceva spesso "riuscirò a essere più messicano di te": che significava sentir pulsare il cuore di un popolo nonostante le profonde differenze con le sue lontane radici. Parecchi scrittori hanno subìto il fascino del Messico, ma è stato un passaggio, un rapporto vissuto con intensità ma pur sempre "a termine", consegnato alle pagine di un libro per poi continuare l'esistenza altrove, come per David Herbert Lawrence con *Il serpente piumato*, Malcolm Lowry con *Sotto il vulcano* e Graham Greene, Artaud, Steinbeck, e chissà quanti altri. Per Traven si è trattato invece di un assorbimento totale, il bisogno di raccontare tutto ciò che vedeva e *viveva*, restituendoci come il fotografo la bellezza di immagini fermate nel tempo.

Il mistero sulla vita privata di Traven resta immutato con il trascorrere degli anni, acquistandone in fascino e attrazione. Le notizie certe sono scarse, la moglie non ama raccontare del loro lungo percorso in comune, rispettando in questo le scelte del marito, e le rare volte che lo ha fatto non ha aggiunto nulla di nuovo sulla vita e l'identità di uno scrittore tra i più famosi del Novecento e al tempo stesso "sconosciuto". Rosa Elena rievoca solo gli anni trascorsi insieme nella casa a tre piani a Città del Messico, quando viveva, assieme alle figlie avute dal precedente matrimonio, con quell'uomo introverso che se ne stava a lavorare lassù, nel sottotetto, dove aveva ricavato uno studio perennemente stipato di giornali, manifesti, oggetti dai colori sgargianti fatti a mano dalle donne indie, fra cappelli con le frange colorate tipici degli indios chamula, frecce di ossidiana, e le cose più strambe acquistate negli innumerevoli viaggi, o ricordi precedenti al loro rapporto. Scendeva solo prima di cena, si versava una tequila e discuteva di politica, letteratura o anche di questioni sessuali con le ragazze, impartendo ogni tanto lezioni di tedesco o francese. Le educava giocando, recitando brani di Shakespeare, immaginando quella casa come una nave a cui ognuno dei componenti dovesse dare il proprio personale impulso perché navigasse, e per questo era soprannominato Skipper. Elena e Malú – che in un primo tempo, come Rosa Elena ricorda, erano solo "le mie ragazze", e poi divennero "le nostre figlie" – crescevano con l'amore per il teatro, il gioco del travestimento, la passione per le lingue straniere, la letteratura. In qualche modo, l'affetto per quelle ragazzine compensava il rifiuto di Traven di mettere al mondo dei bambini, pensava che i figli di personaggi famosi dovessero pagare un prezzo troppo alto, sopportare un peso immenso, e lui non voleva caricare nessuno di questa pesante eredità.

Ma il mistero sulla sua vita non apparteneva alla famiglia. Il loro mondo privato era semplice eppure inviolabile, evitavano ogni giornalista da qualsiasi parte del mondo provenisse, imparando a proprie spese quanto fosse difficile tenerli lontani o dire loro "no". Traven odiava parlare di sé, riteneva di non avere una storia personale da raccontare, era innamorato della vita di tutti i giorni, del senso comune, delle cose semplici, qualsiasi storia individuale non poteva suscitare alcun interesse se non scorreva nella vita collettiva. Il suo lavoro era importante, non lui, amava ripetere. Forse non immaginava neppure quanti grattacapi dava a coloro che cercavano di mettersi sulle sue tracce per scrivere qualcosa, che fosse un retro di copertina o un articolo su qualche rivista, contribuendo involontariamente a ingigantire la fama della sua persona, conosciuto e ricercato com'era in tutto il mondo, visto che i suoi libri erano già allora tradotti in almeno trenta lingue. Amava vivere seguendo il proprio istinto, diceva che non avrebbe mai lasciato che il successo o i soldi lo cambiassero. Essere troppo felici, sosteneva, era come avere troppi soldi, e se si avevano troppi soldi voleva dire che erano stati sottratti a qualcuno. Adorava circondarsi di animali – nella sua casa convivevano scimmie e pappagalli –, il suo hobby era il giardinaggio e pare avesse l'ossessione di piantare alberi a centinaia, ovunque, senza preoccuparsi di sapere in quale terreno lo stesse facendo o che razza di pianta vi sarebbe cresciuta. Era il suo piccolo contributo per una natura minacciata e offesa.

Di lui si è detto tutto e il contrario di tutto, c'è chi ha persino immaginato fosse Jack London che, dopo aver finto il suicidio, si sarebbe nascosto in Messico continuando a scrivere sotto pseudonimi, mentre un'altra supposizione lo vuole nipote del kaiser Guglielmo II... cioè nato da una relazione tra Leopold Ferdinand, figlio di Guglielmo di Hohenzollern, e la cantante finnico-tedesca Laura Björnson, che era vedova dell'inglese Robert Croves: ecco dunque da dove avrebbe preso il cognome Croves per inventarsi una delle tante identità false (i frustranti tentativi di biografia ne "registrano" almeno ventinove). Stando a tale "leggenda", sarebbe stato affidato ancora in fasce al conte Eitel von Heiden, crescendo nella sua dimora fino al 1908, anno in cui si perdono le tracce del misterioso adolescente.

Probabilmente, era nato a Chicago nel 1891 da genitori scandinavi, ma buona parte dell'infanzia e della giovinezza l'aveva trascorsa in Germania. Di idee anarchiche, partecipò ai moti insurrezionali di Monaco del 1919 e fu costretto a espatriare per sfuggire alla repressione. Arrivò in Messico agli inizi degli anni venti, girovagando per la repubblica con una macchina da scrivere e l'inseparabile, scalcagnata macchina fotografica tedesca. Conobbe Edward Weston, da cui – pare – avesse preso lezioni di tecnica fotografica, divenne amico di Tina Modotti, Álvarez Bravo e Gabriel Figueroa, si appassionò al mezzo espressivo pur possedendo un equipaggiamento modesto, fatta eccezione per un obiettivo speciale che conservava come un tesoro. Amava la fotografia almeno quanto odiava essere fotografato. Gran parte del Messico è stato esplorato da Traven, per mare e per terra, nelle spedizioni archeologiche alla scoperta di piramidi e tombe, tra le foreste del Chiapas che divenne il suo campo d'azione preferito. Qui si è ispirato per romanzi, libri di viaggi e numerosi racconti. Il suo primo romanzo, *The cotton pickers*, venne pubblicato da una piccola casa editrice tedesca di tendenze socialiste, e per i contatti con l'editore Traven usava come indirizzo una casella postale di Tampico, città portuale sul Golfo del Messico. Il secondo romanzo, *La nave dei morti*, ottenne nei paesi di lingua tedesca un enorme successo e più tardi negli Stati Uniti, in Inghilterra e nel 1950 anche in Italia. Seguono poi *La carreta* e *Il ponte nella giungla*, quindi tre romanzi definiti minori, *I ribelli*, *Rosa blanca*, e *Il canale*, e una raccolta di dodici racconti messicani dal titolo *Il santo rapito*. Quasi tutto il mondo di questo scrittore tedesco-messicano è quello degli indios e dei gringos che vi convivono, un mondo umile saccheggiato dalla civiltà dei consumi. Nelle sue opere descrive in modo straordinariamente affine la quotidianità fatta di piccoli gesti, un microcosmo fonte di un'ispirazione ineguagliabile.

Traven viaggiò tra gli indios del Chiapas andando da loro in visita come un fratello: non li guardava da estraneo curioso, non li osservava come si usa fare con gli insetti, né li considerava reperti di antropologia, ma si rapportava con la stessa attenzione che riservava a ogni essere umano. Di notte dormiva assieme a loro avvolto nel suo *sarape*, ed era talmente abile a imparare le lingue da riconoscerne anche gli svariati dialetti. Si accettarono reciprocamente, scambiandosi regali che Traven teneva nel suo studio stipato fino all'inverosimile. Possedeva la rarissima capacità di guardare il mondo con gli occhi degli altri, fossero quelli di un bambino o di un vecchio indio: non si limitava a descrivere, ma viveva le loro stesse sensazioni, in assoluta empatia.

Durante la vita matrimoniale lui e la moglie non si sono praticamente mai separati, e se Rosa Elena Luján era riuscita a modificare in parte certe abitudini di vagabondo, lei dichiara di aver acquistato, in cambio, la consapevolezza di un'altra visione del mondo, un mondo fatto di gente affamata e sfruttata. E al terzo piano di quella casa restano solo i cappelli chamula, i manufatti delle donne indie, i regali dei fratelli, le frecce di ossidiana e il calco del suo viso.

Scrittori sotto i vulcani

"Chi ha respirato la polvere delle strade del Messico, non troverà più pace in nessun altro paese." Così Malcolm Lowry rese pienamente l'inquietudine, la smania di tornare in Messico di chi, *extranjero*, lo ha conosciuto a fondo pur senza poterlo mai conoscere del tutto. Lowry guardava il vulcano da Cuernavaca, quel colosso ben visibile dalla Città dell'Eterna Primavera, storpiatura di Cuauhnahuác, e scriveva il suo capolavoro, identificandosi nel console Firmin, frequentatore di *cantinas* quanto lui, al punto che il manoscritto originale lo perse in una bettola per poi ritrovarlo e riperderlo nell'incendio della casa (alla fine, quella che leggiamo oggi è la terza stesura). Vita dissoluta, in un Messico che da tempi immemorabili assiste silente e tollerante all'autodistruzione – l'illusione della libertà assoluta comprende anche questo – di tanti intelletti stranieri. Che qui bruciano in fretta per raggiungere il massimo della luminosità, e a Città del Messico qualcosa rimane di ciò che ammaliò William Burroughs, Jack Kerouac, Neal Cassady e tanti altri della Beat Generation venuti a stravolgersi di sensazioni forti – in tutti i sensi, con tutti i sensi. Molto prima di loro, in queste strade allora polverose aveva trovato ispirazione D.H. Lawrence, che nel primo capitolo de *Il serpente piumato* rievoca le immagini di una corrida nella capitale e si trasferì poi a Chapala e quindi a Oaxaca per ritrovare l'anima indigena del paese.

Delle tante strade del Messico capaci di suscitare echi e memorie di un passato recente o remoto, forse soprattutto una è così densa di storia da lasciar immaginare cosa fu la nascita di una nazione, parto travagliato, o meglio concepimento da stupro: come dice la lapide di Tlatelolco, "Non fu vittoria e non fu sconfitta, ma la dolorosa nascita del popolo meticcio". È la strada del Passo di Cortés, che il Conquistador percorse nel 1519 proveniente dalle coste del Veracruz, attraverso la Sierra Madre, fino alla sontuosa Tenochtitlán edificata sulle acque del Lago Texcoco, l'odierna capitale federale, allora capitale di un impero, quello degli Aztechi detti anche Mexicas. Per raggiungere la meta, Cortés dovette superare il passo tra i vulcani: il Popocatépetl, Montagna Fumante in lingua náhuatl, e l'Iztaccíhuatl, La Donna Bianca, anche se tutti la chiamano la Mujer Dormida.

Facendola in senso inverso, da Città del Messico, si percorre la vasta Calzada Ignacio Zaragoza, che gradualmente si lascia alle spalle agglomerati di casupole abbarbicate alle colline per spaziare su panorami ariosi, su e giù tra le vallate boscose di pinete, sotto un cielo terso che solo i duemila metri di altitudine possono donare, curve su curve in direzione di Puebla, la città con il record mondiale di chiese e conventi, tripudio del barocco churrigueresco e plateresco. Arriviamo nella città di Cholula, con la sua piramide più imponente e alta di qualsiasi altra – supera anche quella di Cheope, in Egitto: solo che appare come una montagna, sovrastata da una chiesa, perché si è deciso di non liberarla dalla terra e dalla vegetazione dei secoli, a parte un lato dove la scalinata in pietra vulcanica lascia attoniti alla base, e in preda alle vertigini sulla cima.

Nel romanzo dedicato al Messico, Lawrence ha scritto: "Cholula, col tempio dove c'era il suo altare!" riferendosi a Quetzalcóatl, il cui nome significa appunto "serpente piumato". Da qui inizia l'ascesa ai guardiani della Valle de México, e a questo punto nello stesso senso di marcia di Cortés. L'asfalto svanisce presto, e se la stagione è secca, la polvere della pista è fine e nera, praticamente cenere di eruzioni costanti, benedette dai contadini della zona perché rendono le loro terre fertili. E infatti le genti che vivono alle pendici del Popo e dell'Izta tendono a considerare i vulcani esseri viventi, soprannominati affettuosamente Don Gregorio, accorciato in Don Goyo, e Doña Rosita; ed esiste ancora in questi villaggi il mestiere del Tiempero, sorta di sciamano e messaggero, che periodicamente si inerpica fino al cratere attivo per gettarvi offerte e ingraziarsi colui che regola le piogge sia d'acqua che di ceneri. Lungo il cammino incrociamo spesso campesinos a cavallo o a dorso di mulo che trasportano a valle immani carichi di mais, mentre la foresta di conifere diventa sempre più fitta. Sembra di salire all'infinito, i tremila metri sono presto superati, e come non pensare alle staffette azteche che, a piedi, correndo incessantemente, riuscivano a portare persino pesce fresco – o quasi – fino al palazzo dell'imperatore, passandosi il canestro in punti prestabiliti dalla costa fin quassù e poi, a rotta di collo, giù nella valle allora lacustre. E quando la vegetazione scompare all'improvviso, finalmente, a 3600 metri, ecco il Paso de Cortés: un vasto altopiano, e l'inizio dei ghiacciai, con il Popocatepétl abbagliante, argentato di nevi perenni, e a seconda dei giorni, brontolone e impennacchiato di fumo e vapori. Se invece sta cercando di svegliare sua moglie, l'Izta – principessa che secondo la leggenda cadde in un sonno eterno quando credette che il suo amato fosse morto in battaglia, e così gli dèi li trasformarono in vulcani –, allora la strada viene sbarrata in attesa che gli passi la sfuriata di lava e lapilli. La vista da quassù è talmente indescrivibile da riportare alla memoria quel passo di un romanzo di Carlos Fuentes, grande estimatore di questa strada: "Non si può raccontare il Messico: occorre credere nel Messico, con passione, con rabbia, con totale abbandono". E Octavio Paz, ammaliato, scrisse una poesia che inizia così: *"Mi inabissavo nella lettura / circondato da prodigi e disastri / al sud i due vulcani / fatti di tempo, neve e lontananza / sulle pagine di pietra / i barbari caratteri del fuoco / le terrazze della vertigine"*. Ed è un senso di vertigine che si prova ammirando questo scenario, e immaginando quanto dovette sentirsi smarrito Hernán Cortés, davanti a tale immensità.

Poi, la discesa verso Amecameca è più agevole, l'asfalto cancella buche e polvere, i grandi cartelli lungo la strada istruiscono su come comportarsi in caso di eruzione, dove recarsi, cosa fare e cosa non fare. Infine, Amecameca, ai piedi dell'Iztaccíhuatl, che da qui si staglia perfettamente simile a una donna stesa sul talamo, di cui riconosciamo il volto di profilo, i seni, il ventre e le lunghe gambe e persino i piedi, ricoperta da un sudario di nevi che al tramonto è rosaceo. E allora ci attardiamo nella piazza del paese, con il suo mercato variopinto e la gente che ti saluta ancora mettendosi una mano sul cuore. Come dice mistress Norris nel *Serpente piumato*, "Non c'è nulla di simile al Messico, in tutto il mondo".

"La Milagrosa"

Nel febbraio del 1992, la classifica dei libri più venduti in Messico vedeva al primo posto il romanzo *Son vacas, somos puercos*, titolo trasgressivo, persino provocatorio, per un libro che narra le vicissitudini di un pirata del XVII secolo, tale Smeeks, che da schiavo diventa apprendista chirurgo, quindi *curandero*, e infine filibustiere affiliato ai Fratelli della Costa. Storia di uomini liberi, a loro modo generosi, ma anche crudeli e spietati, in una società ribelle che si autogoverna e sfida con fierezza il potere delle corone europee. Sull'isola della Tortuga la proprietà privata è abolita, i pirati si autodefiniscono "porci", mentre tutti gli altri, i sedentari, i servili, i rassegnati ai princìpi della famiglia, del profitto e della monarchia, sono "vacche" da depredare e disprezzare.

Il romanzo costituiva una molteplice sorpresa. Innanzitutto, riusciva a descrivere eventi efferati e sanguinosi con un calibrato lirismo, e ricorrendo al genere d'avventura sviluppava temi velatamente attuali, come la rivolta contro il colonialismo nell'anno delle celebrazioni della Conquista. Forse anche per questo riusciva ad attirare un vasto pubblico, nonostante trattasse un argomento poco affine ai gusti dei lettori messicani. Per di più, l'io narrante era maschile e riferiva dal proprio punto di vista i mille particolari di un ambiente totalmente maschile, dove le donne restavano perennemente al margine. Ma era stata una donna, a scriverlo. Carmen Boullosa, nata nel 1954, aveva già sperimentato con notevoli risultati l'inclinazione a calarsi nell'intimo di personaggi estremamente lontani da qualsiasi forma di letteratura autobiografica, o che comunque attinga a esperienze personali. Il suo primo libro, *Mejor desaparece*, aveva per protagonisti dei bambini, e il linguaggio risultava quindi estremamente semplice, trasmettendo l'assoluta impotenza del bambino nell'affrontare le traversie di un mondo tirannizzato dall'adulto, ma al tempo stesso sviluppando una trama estremamente complessa e a tratti surreale. In seguito, avrebbe scritto *Llanto. Novelas Imposibles*, immaginando le sensazioni laceranti provate dall'ultimo dei re aztechi, Moctezuma Xocoyotzin, che torna in vita nell'odierna Città del Messico cinque secoli dopo la distruzione di Tenochtitlán, sulle cui fondamenta è stata eretta la più vasta e popolosa megalopoli del pianeta. Un testo "impossibile" ma reso immaginabile attraverso gli occhi di Moctezuma (o Motecuhzoma, secondo l'esatta trascrizione dalla lingua *nahuatl*), che trasmettono la *visión de los vencidos*, la visione dei vinti, un tema, questo sì, da sempre caro alla messicanità, i cui eroi sono immancabilmente sconfitti, dagli aztechi fino a Villa e Zapata. Nel paese dove la morte è oggetto di culto irridente, i miti traggono linfa immortale dalla propria caduta. Ma essendo la realtà un continuo sovrapporsi di dimensioni diverse, i morti non muoiono mai, e i vivi, in fondo, devono la propria esistenza ai morti, senza i quali non avrebbero memoria alcuna. Per questo *Llanto* (pianto), è un romanzo *impossibile* ma non irreale.

La scelta espressiva della Boullosa nel coniugare ricostruzioni storiche con la sfera del "fantastico", dove l'azione subisce gli influssi del sogno e di poteri soprannaturali, ha prodotto i recenti romanzi *La Milagrosa* e *Duerme*. Quest'ultimo ha per protagonista Clara, eroina in lotta contro il colonialismo spagnolo che un incantesimo ha reso androgina e che oltre ad assumere, a seconda delle circostanze, sembianze alternativamente maschili e femminili, subisce mutamenti di razza e di classe sociale, sconfinando dalla vita "reale" a tutto ciò che potrebbe esserci *oltre*. Se l'*Orlando* di Virginia Woolf può sembrare il precedente a cui fa riferimento *Duerme*, va però ricordata la tradizione teatrale spagnola del *Siglo de Oro*, con le commedie che vedevano uomini e donne scambiarsi spesso i ruoli, e di conseguenza sembianze e costumi.

Con *La Milagrosa*, Carmen Boullosa assume l'io narrante al femminile, ma solo nelle parti in cui è la giovane donna dotata di poteri miracolosi a riflettere, ricordare, elucubrare sul perché gli esseri umani abbiano sempre bisogno di un miracolo che li renda diversi da come sono, dimostrandosi alla fine incontentabili e condannati alla perenne insoddisfazione. Per il resto, sono ancora una volta gli uomini a raccontare: l'ipotetico curatore del libro, che ha raccolto e ordinato le carte della "Miracolosa" trovate tra le braccia di un cadavere assieme a un nastro magnetico, e l'investigatore privato che, dopo aver ricevuto l'incarico di rovinare la reputazione della "donna magica", se ne innamora perdutamente. Tre linguaggi diversissimi tra loro, addirittura in stridente contrasto, dove le parole della *Milagrosa* sono dolenti, tormentate da domande senza risposta, quasi un esercizio spirituale, mentre il racconto dell'investigatore è all'inizio scanzonato, volgare, cinico, per poi diventare appassionato e convulso, quando scopre quale bellezza fisica e morale irradi dalla persona che riteneva una ciarlatana. Impersonale e asettico il "curatore", che si limita a un breve commento finale privo di speranza, a cui si aggiunge una sorta di lettera scritta da un quarto personaggio, la donna che cuce i vestiti della *Milagrosa*, quasi una sua emanazione, che vive in funzione della giovane e ne imita ogni gesto. A tutto questo, si aggiungono le suppliche dei futuri miracolati, piccoli esseri umanissimi alla ricerca di una grazia che renda la loro esistenza meno sofferta, riparando a un torto imposto dalla natura o più spesso dalla società, oppure arrivando a chiedere l'assurdo, come il dono del volo per non dover più vivere a contatto con le discariche di immondizia dalle quali si è ricavata una fortuna, o un invecchiamento precoce che riduca le distanze con l'anziano uomo amato...

Dallo sfondo, emerge gradualmente la vita sotterranea della megalopoli, con i suoi sordidi equilibri di potere, le faide, il sopruso dei potenti disposti a qualunque raggiro per arrivare in cima alla scala sociale, compreso il ricorso a un "miracolo". E non è forse un maleficio, a rendere possibile l'ascesa al potere di un uomo dal passato torbido, che grazie alla televisione entra nelle case dei messicani e li convince di essere la soluzione per tutti i mali? Carmen Boullosa non aveva bisogno di ispirarsi al Brasile, dove uno sconosciuto senza particolari qualità, Collor de Mello, veniva letteralmente inventato dalla televisione che lo insediava addirittura alla presidenza del paese, perché anche in Messico, evidentemente, l'elettrodomestico catodico sembra avere poteri soprannaturali... Per fortuna, almeno tra quelle genti c'è ancora la possibilità di compiere un miracolo alla rovescia, spezzando l'incantesimo e riportando l'Uomo della Provvidenza nel fango da cui era sorto.

Le Clézio: il sogno messicano

Si è a lungo congetturato su quale destino avrebbe avuto la spedizione di Cortéz, e con lei l'economia dell'intera Europa, se Moctezuma II avesse dato l'ordine di spazzare via gli stranieri venuti dal mare. Tutto sarebbe finito in poche ore, forse minuti, di spietata battaglia. La leggenda vuole che i presagi funesti e la convinzione di trovarsi di fronte a divinità mandate da Quetzalcóatl, il dio che le sacre scritture descrivevano "di aspetto grave, la pelle bianca e barbuto", decretarono l'inizio della fine: accolti con grandi onori, i Conquistadores si videro aprire le porte della città che nessun esercito invasore avrebbe mai potuto espugnare. Ma se la prima fase della conquista si rivelò per Cortéz tanto rapida e irresistibile, fu perché le genti del Messico portavano nel proprio cuore il germe della rassegnazione, coscienti di un'era e un ciclo che si stavano inesorabilmente concludendo: il merito dell'opera di Jean-Marie Le Clézio sta proprio in questo, nell'intuire, e dimostrare, che la società azteca era pervasa dal sentimento di ineluttabilità prodotto dal dubbio prima, e da un profondo pessimismo poi, che non lasciava speranze nel futuro. Poco importa che gli stranieri fossero creduti o meno emissari degli dèi, ciò che risulta determinante è la coscienza di un sogno giunto al termine, il *sogno messicano* della società perfetta.

Una perfezione ottenuta da molto tempo, quando gli aztechi, popolo guerriero, conquistano tutto il conquistabile. Sopita l'ansia di trionfi bellici, i mexicas si dedicano gradualmente alle arti, alla poesia, alla filosofia. Si chiedono il perché di un'esistenza così effimera, dove "tutto è come un sogno" e nulla resta per l'eternità, e la concezione magica e spirituale del loro collettivismo, dove ogni essere vivente è parte di una cosmogonia che si nutre di miti e fatalismo, nulla avrebbe potuto contro l'individualismo predatore dell'europeo. Non fu di Cortéz e della sua impresa, la grandiosità, ma del mondo messicano, afferma Le Clézio: e senza tale grandiosità degli sconfitti, lo spagnolo sarebbe rimasto relegato al ruolo di un qualsiasi bandito saccheggiatore. Non passò alla storia come abile stratega e coraggioso condottiero, solo come astuto anticipatore dell'Era Moderna.

Eppure l'autore non ha alcuna pretesa di denunciare il genocidio secondo i canoni di un facile terzomondismo, bensì riscatta dal silenzio una civiltà perduta – vinta innanzitutto dalla propria religiosità –, il cui tramonto coincide drammaticamente con il bisogno di espansione di quell'Europa che si avviava a tessere una rete di commerci su ogni territorio conosciuto fino a sfociare nella Rivoluzione industriale. Il silenzio è per Le Clézio inaccettabile, colpevole, e dar voce a un sogno svanito – ma che fu realtà – è il motivo principale della sua ricerca esaltante e sofferta. Il silenzio fu anche il mancato protagonista di un'impossibile salvezza: non saranno gli archibugi, i cavalli o le armature, a sancire la tragedia, ma la parola. Le uniche sconfitte Cortéz le riceverà a causa del silenzio, quando non può comunicare e convincere, cioè ingannare. Dal momento in cui Moctezuma II accetta il dialogo, scoprendosi, è già sconfitto. E l'unico tentativo di resistenza, l'olocausto degli ultimi aztechi guidati dall'ultimo re, rischia di capovolgere le sorti della battaglia proprio perché Cuauhtémoc resta in silenzio davanti ai tentativi di mediazione di Cortéz. Il cui linguaggio, sostiene a ragione Le Clézio, era da "giocatore di dadi", perfetto nell'irretire, distrarre o spaventare, e soprattutto sobillare le popolazioni vicine, ingannandole con parole che sanno toccare tutti i registri a seconda delle necessità, dall'amore paternalistico alla collera temibile. Moctezuma accetta il dialogo per amore del proprio popolo: tergiversa, parlamenta, mostra la sua debolezza e la sua angoscia all'avversario nella speranza di scongiurare l'estinzione del sogno. Ma il suo mondo apparteneva a un'epoca remota, condannato dal pragmatismo dominatore dell'Europa del Rinascimento.

Riguardo alle colpe del cattolicesimo, in nome del quale si consumarono innumerevoli soprusi, Le Clézio sa riconoscere che ci furono non pochi religiosi ai quali dobbiamo, al contrario, il riscatto dall'oblio e dal silenzio di quelle civiltà perdute. Senza, ad esempio, fra Bernardino de Sahagún, che ha dedicato buona parte della propria vita a raccogliere le testimonianze tramandate oralmente dai sopravvissuti, ben poco sapremmo dell'universo complesso e multiforme che ha costituito il Sogno Messicano. E lo stesso Bernal Díaz, con le sue memorie, sancisce la condanna di un'impresa che non ebbe nulla di eroico. Come non ricordare, poi, "anomali" personaggi quali Álvaro Núñez Cabeza de Vaca, che da Conquistador si tramutò in strenuo e appassionato difensore degli indios e della loro millenaria cultura. La croce e la spada avanzarono unite, l'una a giustificazione e protezione dell'altra, è vero; ma se gli aztechi dovettero infine soccombere alla superiorità delle armi, lo sterminio di altri popoli avvenne per la diffusione delle malattie contro le quali gli indigeni non avevano difesa alcuna. Non va perciò dimenticato che nelle Americhe di lingua ispanica, e quindi cattoliche, sono tuttora presenti molte delle etnie che vivevano qui cinque secoli fa, a differenza del Nord, dove l'invasione bianca, anglosassone e protestante, non ha lasciato scampo agli abitanti delle praterie. Ancora una volta, celebrando il quinto centenario da quell'"incontro" fatale, la parola è servita per mistificare, corrompere, confondere. Dall'una e dall'altra parte, si è disquisito su Cristoforo Colombo e si è preferito dimenticare ciò che dovrebbe invece essere sotto gli occhi di un Occidente molto più colpevole oggi di ieri. E il Nobel a Rigoberta Menchú, che rappresenta quelle stesse genti, delle quali è diretta discendente, è stato accolto con tale miopia da istruire un antistorico processo all'avventuriero genovese (ammesso che fosse tale, e comunque *spagnolo* per tutta la sua vita) con tanto di stizzite reazioni delle false coscienze: polverone utilissimo per celare alla vista quanto accade oggi, a cinque secoli da quel sogno calpestato. Perché è oggi, che gli indios dell'America Latina vengono uccisi se osano levare la testa, se hanno l'ardire di rivendicarsi come esseri umani con eguali diritti di coloro che sono "gente di ragione". Si disquisisce di Colombo, e dei "giocatori di dadi" che vennero dopo di lui, per tacere dei potentati militari e delle famiglie onnipotenti, bianchi o meticci che siano, che per difendere i propri assoluti privilegi – assieme a quelli del coacervo di interessi al di là del Río Bravo – si rivelano ben più feroci e spietati dei loro predecessori venuti dal mare.

Gli scritti di Le Clézio narrano di genti lontane nel tempo, certo, ma che avevano gli stessi volti attoniti e gli stessi sguardi feriti degli odierni abitanti delle periferie di tutte le città latinoamericane. Nelle quali ancora oggi, al turista incantato dai colori delle vesti pittoresche e dai mercati dai mille profumi, capita di incrociare una stradina che si chiama "calle del Indio Triste"...

Il diario di Frida Kahlo

Qualche anno fa, il nome di Frida Kahlo si è guadagnato considerevoli spazi sulla stampa internazionale grazie al record di oltre un milione e mezzo di dollari nella vendita all'asta di un suo quadro, aggiudicato alla signora Ciccone, meglio conosciuta come Madonna. La scoperta di Frida da parte dello star system risaliva tuttavia al 1938, quando Edward G. Robinson aveva comprato quattro suoi dipinti in blocco. Negli anni novanta, comunque, è esploso il "fenomeno Frida": manifesti, magliette, distintivi, cartoline, persino scarpe e profumi, e un posto tra le dieci donne più amate dalle giovani statunitensi. Ma in Messico la leggenda di Frida, legata indissolubilmente a quella di Diego Rivera, non conosce cali di interesse dagli anni venti a oggi. Il lettore italiano ha a disposizione le due migliori biografie della Kahlo finora scritte: quella della statunitense Hayden Herrera, rigorosa e approfondita in ogni dettaglio, e quella della franco-messicana Rauda Jamis, appassionata e a tratti romanzata. Entrambe citano il diario che Frida tenne negli ultimi dieci anni della sua vita tormentata. *Il diario di Frida Kahlo. Autoritratto intimo*, curato da Sarah M. Lowe, è la riproduzione di appunti "dipinti" su acquerelli, guazzi e disegni, in un'edizione di impressionante fedeltà, se si considera che in molte pagine l'inchiostro e i colori trasudano nel retro formando altre composizioni con il testo. L'introduzione è di Carlos Fuentes, che è anche uno degli interpreti più rappresentativi della cultura messicana.

Nata nel 1907 a Coyoacán, allora sobborgo di Città del Messico, la figlia dell'ebreo ungherese Guillermo Kahlo e della meticcia Matilde González si rivelò ben presto un "parto" della rivoluzione che, "al di là dei fallimenti politici, fu un successo culturale: produsse donne come Frida e uomini come Diego Rivera, e consentì loro di comprendere tutto quanto avevano dimenticato, tutto quello che volevano diventare". E del suo paese, Frida fu il simbolo e il *sintomo*. Il Messico spezzato in due dalla perdita di metà del territorio nazionale conquistato dagli Stati Uniti, travagliato dalla guerra civile e dalla perenne, ostinata resistenza a ogni nuova invasione. A diciotto anni il suo corpo venne straziato in un incidente, mentre tornava a casa in tram: frattura della spina dorsale e dell'osso pelvico, con una sbarra di ferro che la trapassa dalla schiena all'inguine. Non rimase paralizzata, ma fu l'inizio di un calvario di sofferenze, con lunghe degenze a letto, decine di operazioni, l'amputazione di una gamba nel 1953, l'uso di morfina e la frequente consolazione nella bottiglia di brandy. "Come il popolo è spaccato in due da povertà, rivoluzione, memoria e speranza," scrive Fuentes, "così lei, l'unica, insostituibile, irripetibile donna chiamata Frida Kahlo è spezzata, lacerata nel proprio corpo quanto il Messico è lacerato all'esterno." E nei suoi quadri, diviene la narratrice del Dolore per eccellenza. Ma attenzione: siamo in terra messicana, dove la morte è celebrata, irrisa, blandita. Ciò che "più a nord" viene scambiato per fatalismo, qui è invece un rapporto carnale, intimo, amichevole con la morte, che non viene allontanata e rimossa, ma affrontata come presenza quotidiana. Fuentes sottolinea infatti che, per la messicanità, la morte non è finalità ma origine: "Discendiamo dalla morte. Siamo tutti figli della morte. Senza i morti, non saremmo qui, non saremmo vivi. La morte è nostra compagna. E Frida aveva il talento di ingannare la morte, di giocare con la morte". Per questo la sofferenza narrata attraverso i colori diviene in lei solare, chiassosa, irriverente. Se in pubblico era allegra, sempre pronta alla *carcajada* – una sonora risata nella sua bella voce profonda –, in privato coltivava una scherzosa confidenza con quell'Angelo Nero che a volte invoca come liberazione, ma che sa tenere a bada sbeffeggiandolo ogni giorno.

L'amore con il celebre muralista Diego Rivera, da cui divorziò nel '39 per poi risposarlo l'anno seguente, è un sentimento totalizzante ed estremo, frammentato da innumerevoli "tradimenti" reciproci, dove anche la comune passione politica è fonte di unione e separazione: entrambi ferventi comunisti, ripudieranno Stalin scegliendo Trockij, ma non all'unisono e con successivi ripensamenti. Nelle pagine variopinte, lui è sempre presente: "Diego: nulla di paragonabile alle tue mani, niente di uguale all'oro verde dei tuoi occhi. Il mio corpo si riempie di te per giorni e giorni. Sei lo specchio della notte, la luce violenta del lampo, l'umidità della terra".

Rimane l'eterno dubbio: è giusto pubblicare un'opera così intima, non certo concepita per essere divulgata? Lo dichiara la stessa Sarah Lowe nelle prime pagine: "Percorrere il diario di Frida Kahlo è senza dubbio un atto di trasgressione, un'impresa irrimediabilmente carica di voyeurismo".

È dunque una profanazione? Non lo so. È certo però che saremmo più poveri, senza simili profanazioni.

Il banchetto dei corvi

Miguel Angel Morgado è un avvocato di Città del Messico membro di Amnesty International che si occupa prevalentemente dei diritti umani. Svolge la sua "missione" con la scanzonata e pessimistica passione di un moderno cavaliere errante in una metropoli e in un paese dove vigono codici non scritti e tutti da intuire (al volo, prima che sia troppo tardi), contattato da sconfitti d'ogni sorta in cerca di riscatto e di un'impossibile giustizia: Morgado non dice mai di no e non molla la pista, a costo di rischiare la pelle, tanto che da avvocato si trasforma spesso in investigatore anomalo, imprevedibile e accanito... Morgado non è un vincente ma neppure un perdente, non è un duro ma sa essere spietato quanto gli avversari, non ha più illusioni ma continua a difendere i propri ideali nella concretezza quotidiana.

Le cinque storie che compongono *Il banchetto dei corvi*, di Gabriel Trujillo Muñoz, sono una saga di frontiera – quella per antonomasia, tra Messico e Stati Uniti –, una ferita aperta che divide non soltanto due paesi ma due concetti di realtà, due filosofie di vita contrapposte, due irriducibili avversari. Morgado torna alla frontiera per svolgere indagini su eccidi odierni o per rivangare scomparse lontane quasi mezzo secolo, essendo originario di Mexicali, la più desolante tra le città di confine, dove, malgrado tutto, la *mexicanidad* emerge con le sue profonde radici fatte di orgoglio e dignità. Morgado affronta realtà spesso per noi incomprensibili, violenze che allo "straniero" appaiono gratuite ma che hanno sempre una motivazione chiara, per chi conosce a fondo i messicani, e l'autore – pregio notevole – non si preoccupa di spiegare tutto e di renderlo comprensibile fino in fondo, puntando più sull'intuito del lettore, e riuscendo così a coinvolgerlo senza pretendere di convincerlo.

Il rapporto di attrazione-repulsione per il Grande Vicino del Nord è, in queste cinque storie, protagonista quanto il Messico degli umili e degli sconfitti: Morgado sa bene che i peggiori mali del suo paese hanno origine al di là della frontiera, questa linea imposta con la forza e che rappresenta sempre il *despojo*, cioè il "furto" di metà del territorio messicano annesso dagli Usa, ma al tempo stesso convive con il Nemico e sfrutta i rapporti inconfessabili con un losco agente – della Cia o della DEA, a seconda dell'epoca e delle mansioni... – con il quale si presume abbia avuto una relazione di complicità in un lontano passato, durante la guerra in Nicaragua. Trujillo Muñoz racconta il minimo indispensabile per lasciar intuire che a suo tempo Morgado salvò la vita o fece comunque un grosso favore all'agente statunitense, che ora non può rifiutargli occasionali informazioni e *dritte* mai del tutto chiare.

Narcotrafficanti di mezza tacca, espiantatori di organi, poliziotti entusiasticamente corrotti e poliziotti irriducibilmente onesti, sequestratori, bande di temibili motociclisti che al tempo stesso costituiscono associazioni di volontariato (l'apparenza del male teppistico che si rivela un'accozzaglia mal assortita di benefattori), ex guerriglieri in "mutuo soccorso", politicanti spregevoli e criminali "stimabili", giocatori d'azzardo e prostitute... Un magma in cui Morgado si muove agilmente, con la consapevolezza che la giustizia non è cosa di questo mondo, ma rinunciare a perseguirla sarebbe indegno di un messicano fino al midollo come lui.

Gabriel Trujillo Muñoz costruisce trame senza farne il principale motivo del suo narrare: la complessità di un intrigo o la ricerca del colpo di scena non sembrano interessarlo granché, preferisce senz'altro far emergere attraverso questi romanzi brevi la realtà della Frontiera per eccellenza, questa terra di nessuno della condizione umana, dove tutto può accadere portando alla luce il meglio e il peggio degli esseri umani. La Frontiera Usa-Messico è la linea d'ombra, o il cuore di tenebra per due mondi contrapposti eppure legati indissolubilmente da una sorta di perversione del destino storico. Amarezza, delusione e sferzante ironia del singolare personaggio di avvocato-donchisciotte ricordano certo la narrativa di genere più celebrata, ma l'originalità sta nell'ambiente, nei comportamenti di comparse che emergono dallo sfondo, il senso di rimpianto per un Messico che sarebbe potuto diventare diverso e migliore, ma che viene amato così com'è, visceralmente e rabbiosamente, con tutti i suoi difetti... E l'autore, in ogni storia, lascia il dubbio che, forse, molti di quelli che a noi sembrano difetti sono in realtà pregi, o comunque motivi di fascino per l'inspiegabile e incomprensibile territorio a sud del Río Bravo.

Il volo

Adolfo Scilingo, ex capitano di fregata della marina argentina, è un omino dimesso, cortese, grigio e senza qualità, ma soprattutto privo di aggressività e ferocia belluina. Non siamo abituati a immaginarlo così, un carnefice e torturatore di esseri umani indifesi. Un giorno ha avvicinato nella metropolitana di Buenos Aires il giornalista Horacio Verbitsky, noto per il suo rischioso impegno contro le violazioni dei diritti umani, e gli ha detto: "Sono stato alla Scuola di Meccanica della Marina e vorrei parlargliene". Sentendo il nome del famigerato campo di sterminio, Verbitsky lo ha scambiato per una vittima, e gli ha espresso tutta la sua comprensione. "No. Ha capito male..." Inizia così la confessione di un travet della tortura, che assassinava in nome della guerra alla "sovversione dilagante". Scilingo gettava oppositori nell'oceano da un aereo, dopo averli sommariamente narcotizzati. Erano vivi, e spesso riacquistavano un barlume di coscienza nel momento in cui precipitavano nel vuoto. Trentamila argentini scomparvero nel nulla, e spesso i loro carnefici erano come Scilingo: uomini *normali* che commettevano atroci crimini con la giustificazione di "ripulire la patria dai nemici interni". E bastava poco, molto poco, per essere considerati tali: oppositori di ogni credo politico, e relativi familiari e amici, ma persino chiunque mostrasse un'indecisione, o rimanesse vittima di un equivoco. "Si renderà conto che abbiamo fatto cose peggiori dei nazisti," dice con voce sommessa Scilingo, raccontando l'inferno al giornalista. E rappresenta un caso anomalo, perché nessun altro militare ha finora mostrato rimorso, tutti si sono appellati alla cosiddetta "obbedienza dovuta" ottenendo una vergognosa amnistia, mentre i due soli condannati all'ergastolo, il generale Videla e l'ammiraglio Massera, sono rimasti cinque anni in una sontuosa villa dell'esercito, dove ricevevano ospiti, praticavano sport, giocavano a poker, e il fine settimana... libera uscita. Dopo di che, hanno riacquistato la totale libertà. Oggi, l'unico militare detenuto in un carcere è Scilingo: all'indomani della sua piena confessione lo hanno incriminato per aver emesso assegni a vuoto. Secondo la giustizia argentina, i responsabili del genocidio sono da considerare meno colpevoli di chi ha uno scoperto in banca.

PS (2008) molte cose sono cambiate con il governo di Nestor Kirchner. L'impunità non è più un fatto ineluttabile. La memoria ha ripreso forza, e oggi la famigerata ESMA, Escuela de Mecánica de la Armada, è diventata un museo per non dimenticare che fu un campo di sterminio. Molti militari che si credevano intoccabili sono tornati sul banco degli imputati e stavolta il carcere non lo hanno potuto evitare. Persino un cappellano militare è stato processato e condannato: carpiva confessioni ai torturati fingendo di offrire loro sostegno in quei momenti estremi, per ottenere altri nomi di persone da far sequestrare, e incoraggiava i pochi soldati che avevano crisi di rigetto per quell'orgia di orrori. L'Argentina sta cambiando, e forse, almeno per il momento, non è più "un paese senza speranza". Tra i consiglieri più vicini al presidente Kirchner in questo arduo impegno c'è il mio amico fraterno Miguel Bonasso. Ho anche l'orgoglio di aver tradotto i suoi libri memorabili: *Ricordo della morte*, *Dove ardeva la memoria*, e il più recente *Diario di un clandestino*.

L'amaca di Pennac

Finalmente svelato il mistero Pennac: come poteva uno scrittore europeo maneggiare con tanta disinvoltura gli eccessi di fantasia che sono sempre stati un'esclusiva dei narratori sudamericani? La risposta è nel romanzo *Ecco la storia*. Daniel Pennac, prima di mettersi a scrivere, dal 1978 al 1980 è vissuto in Brasile, non quello delle spiagge dorate e dei grandi alberghi sulla costa, ma nell'arido e poverissimo *sertão*, "l'interno dell'interno", dove regna il silenzio e si apprezza il trascorrere del tempo lasciandosi dondolare da un'amaca... E se in Brasile non c'è più tornato, l'amaca se l'è portata dietro, usandola come antidoto allo stress della produttività: "L'amaca dev'essere stata creata da un saggio per contrastare la tentazione del divenire: ti avvolge e ti protegge dalla realtà, e mentre ispira tutti i progetti immaginabili, al contempo dispensa dal realizzarne foss'anche uno solo. Nella mia amaca sono il romanziere più fecondo del mondo e il più improduttivo in assoluto".

Dopo la saga della famiglia-tribù Malaussène, Pennac racconta se stesso nel *sertão* partendo da una sorta di resurrezione: l'atterraggio di emergenza "alla brasiliana" in quel di Teresina, capitale del nulla in mezzo al niente. Scampato al disastro, solo oggi lo scrittore ricorda quel periodo della sua vita, malgrado confessi che la sua memoria è un colabrodo, perde volti e nomi ma, evidentemente, trattiene emozioni e atmosfere. Però non stiamo parlando di un libro autobiografico – anche se a tratti lo è –, bensì di un fantasmagorico crescendo di storie che si intrecciano, sgorgano per gemmazione, proliferano l'una sull'altra: c'era una volta un giovane dittatore – di Teresina, appunto –, "agorafobico" perché una maga gli ha predetto che finirà linciato dalla folla: tediato dal nulla in cui tiranneggia e illudendosi di sfuggire al suo destino, decide di trasferirsi in Europa dove si toglierà ogni sfizio, lasciando al suo posto un sosia... e il sosia cercherà poi un altro sosia per potersene scappare a Hollywood, e il secondo sosia ne troverà un altro, e così via alla maniera delle matrioške, tutti in cerca di un'identità perduta o mai posseduta, fino a scoprire che l'originale – e quindi le "copie" – somiglia incredibilmente a Rodolfo Valentino... E a questo punto entra in campo Charlie Chaplin, ma ci fermiamo qui con i cenni sulla trama, perché neanche il miglior alunno del professore di lettere Pennac potrebbe mai fare il riassunto di un romanzo come *Ecco la storia*. E alla fine, inebriati dalla girandola di trovate, le pagine che forse hanno lasciato il segno più profondo sono quelle meno fantasiose, dove l'autore ci affascina con un pezzo di vita intensissima in un frammento di nulla smarrito nell'interno dell'interno di un paese smisurato. "È confuso," dicono in una bettola a uno dei sosia che tenta di narrare la propria storia, e lui ribatte: "È confuso perché è vero". Ecco com'è la realtà: così confusa da aver bisogno della fantasia di un grande narratore per essere comprensibile. O per assomigliare ai sogni, senza i quali non potremmo vivere.

L'amore degli insorti

Tra gli anni settanta e i primi anni ottanta, oltre seimila persone finirono in carcere per attività "sovversive" legate a quella tragica stagione di lotte suicide che da una parte si chiamavano semplicemente "armate" e dall'altra, la parte dei fin troppo scontati vincitori, venivano bollate come "terrorismo". Con un dilagante stupro del linguaggio, chi aveva commesso stragi – o comunque coperto gli stragisti – chiamava terroristi quanti spesso avevano imboccato la strada senza ritorno delle armi proprio per reazione alle bombe nelle piazze, sui treni, nelle stazioni, tra genti inermi usate come carne da macello per imporre a una generazione refrattaria ciò che oggi è norma ineluttabile: neoliberismo selvaggio e pensiero unico, tenaglia dalla quale si può sfuggire soltanto silenti o reietti. Eppure, la Storia non si è affatto fermata e da altre zone del mondo genti meno assuefatte della nostra hanno ripreso a dimostrare che il re è nudo e il Dio Mercato non solo ha fallito, ma è il più spietato e sanguinario dei demoni.

Intanto... non erano tutti tra quei seimila reclusi nelle famigerate carceri speciali, i "combattenti" – come allora si autodenominava chi aveva fatto la scelta della clandestinità, forse più per disperazione che per fede in una rivoluzione impossibile – e molti si defilavano sciogliendosi come olio nell'acqua in una realtà di finzione quotidiana, vano tentativo di scordare il passato, in un mondo che è "un taglio nella pelle profondo solo agli occhi di chi lo vuol vedere". E per di più con l'angoscia che nessuno avrebbe raccontato questa storia, perché non conveniva ai protagonisti desiderosi di ombra e di oblio e non interessava all'Italia proiettata nel criminoso "arricchitevi e non pensate". Stefano Tassinari lo ha fatto: ha raccontato la vicenda umana e politica di uno di quegli innumerevoli personaggi da oltre vent'anni diafani e pressoché invisibili, chiamandolo Emilio Calvesi, un tempo Paolo, che sfuggito alla "giustizia" ha cambiato città e abitudini, si è faticosamente e dolorosamente adattato – pur condannato a essere un eterno disadattato – alla cosiddetta "vita normale" – eufemismo per qualificare tutto ciò che fino a prima aveva aborrito –, diventando persino un "uomo di successo", secondo i parametri dell'alienazione istituzionalizzata. Finché... *qualcuno* comincia a spedirgli lettere firmate misteriosamente "Sonia", dimostrando di conoscere tutto di lui e di quell'altra vita, e di colpo quest'altra vita di Calvesi diviene "sospesa tra una memoria intima e un futuro da inventare"; all'improvviso "in quarantena", Calvesi si sente braccato, costretto a rivivere il passato che non passa mai, tutto perché allora "l'ha fatta franca"... Proprio questa frase, sembra scatenare in lui una sorta di orgoglio tenuto forzosamente sopito per un quarto di secolo, e si chiede cosa mai significhi "farla franca", se il prezzo è stato interminabili anni di testa bassa e storie inventate per riempire i vuoti. E rifiuta pentimenti d'ogni sorta, anzi rivendica il diritto a non dimenticare il clima di quegli anni pur essendo ormai impossibile raccontarlo, ricordando a se stesso – senza poterlo fare a nessun altro – che "i morti sono morti, i nostri e i loro, e per di più non siamo stati noi a cominciare". Frase, quest'ultima, che potrebbe far storcere il naso a certi "irriducibili" – che hanno se stessi come unico referente nella realtà –, convinti che comunque la "rivoluzione" andava fatta e che loro giammai presero la pistola per difendersi o per reagire alla disperante situazione di chi andava a manifestare in piazza con i bastoni delle bandiere e si ritrovava a schivare pallottole di piombo, quelle dello stato che diede il nome agli anni del *suo* piombo. Credo che porre l'accento sulla rivolta contro le violenze subite sia un modo onesto di riportare alla memoria quegli anni, anche se questo significa guardare sul fondo del crepaccio – e non "labile confine" come alcuni vorrebbero – che separa da sempre i ribelli dai rivoluzionari: i ribelli come scintilla e scoppio di qualunque motore che tiene in movimento la democrazia, rivoluzionari come futuri repressori o pentiti del proprio ardire. Anche in questo caso, è un – grosso – problema di linguaggio.

Un libro coraggioso, come è l'indole di Stefano Tassinari che quegli anni li visse sul selciato insanguinato da tanti ragazzi e ragazze ammazzati alla stregua dei "terroristi" che non erano né sarebbero mai stati, ma tra i molti pregi di questo prezioso – salutare, direi – esercizio di memoria c'è anche quello di uno scrittore che riesce a dare voce e pensieri a un personaggio che non necessariamente la pensa come lui su tutto; e proprio per questo Emilio Calvesi risulta concreto, visibile, perché l'autore lo ha sapientemente rianimato dal limbo degli *invisibili* lasciandogli intatti non solo le sue qualità ma anche i suoi difetti, se per "difetti" intendiamo la scelta della lotta armata che proprio Stefano Tassinari allora non condivise né giustificò. Perché all'autore sta a cuore – anche questo è un atto di coraggio in tempi di viltà diffusa – ricordarci che non si può pretendere da una generazione – politica ma non solo, perché il campo era ben più vasto – di umiliarsi al punto da gettare via il proprio passato per vederlo scorrere nelle fognature dei salotti televisivi. Perché rimane "la certezza che si possa sbagliare dalla parte giusta" senza che questo significhi affatto che *loro* avessero ragione.

Il romanzo ha un ritmo trascinante per la felice idea di tenere il lettore nell'attesa di capire chi e perché stia mettendo in atto la "persecuzione", e quale sia l'obiettivo ultimo, ma la sua forza sta anche nella capacità di far riaffiorare una memoria rimossa per troppo tempo – compresi gli episodi più laceranti, come gli scontri con l'arrogante servizio d'ordine di Lama all'Università, scavando così nel pus di una ferita su cui nessuno ha mai messo neppure un cerotto –, come nel saper calare il lettore nella "disumanizzazione" di chi scelse la via delle armi: basti l'esempio delle pagine commoventi e al tempo stesso raggelanti della morte di Angela, dove l'autore ricorre a una scrittura volutamente distaccata come doveva essere il protagonista allora per non soccombere, il distacco da quell'evento atroce che rende in pieno tutto il percorso di rimozione ed estraniamento compiuto da Emilio Calvesi per diventare ciò che è oggi: "Chi ha fatto la mia vita deve riuscire a sopportare i tagli alla radice"... Tagli che non comportano certezze assolute, quelle che tanti danni hanno fatto all'umanità lungo l'intero suo corso, bensì dubbi, che sono comunque fecondi: stalinista fu l'ottusa chiusura a quel variegato movimento rinnovatore da parte di tanti autorevoli "padri" comunisti di allora, e nella storia del XX secolo solo gli stalinisti non hanno mai avuto dubbi, mentre noi, "poveri untorelli", tra i tanti dubbi abbiamo anche quello di quale sia il lascito dello stalinismo: la Russia delle mafie? La narco-Albania? La corruzione dilagante dalla Polonia all'Ucraina? L'ex Germania dell'Est che pullula di neonazisti? L'odierna Mosca dell'*arricchitevi con qualunque mezzo* che risplende delle insegne al neon di bordelli di lusso intervallati dai McDonald's e invariabilmente attorniati da schiere di mendicanti? La Cina colosso economico al prezzo del lavoro schiavizzato? È questo che ci hanno lasciato coloro che non hanno mai avuto dubbi sulla via da seguire.

A un certo punto del romanzo, Tassinari affida alla misteriosa persecutrice "Sonia" la domanda chissà quante volte rimuginata dagli stessi che in quegli anni fecero la scelta senza ritorno: "Potevate imboccare un'altra strada?", e se lei si dà già la risposta – "Io credo di sì" – il dubbio resta e non si scioglierà mai, seguito dal lungo poema a verso libero che è struggente sintesi di tanto sentire e che si conclude con la motivazione del titolo stesso: "Schierati a protezione di un'intesa tra l'utopia di chi insegue gli orizzonti e gli orizzonti stessi, che si spostano per noi come se fossero le guide di un cammino in fondo al quale scavalcare il mare, per ritrovare lì l'amore degli insorti, che solo noi sappiamo pronunciare".

Il protagonista della nostra storia – che considero "nostra" in molti sensi – aggiunge il commento "versi intrisi di un romanticismo che è stato anche il mio", quasi a voler rimarcare che è stato e non è più, in questa vita sospesa e in quarantena, ma Stefano Tassinari appartiene a quella sempre meno esigua schiera di narratori delle passioni e della memoria da non smarrire – finora inseguita da noi lettori soprattutto al di là dell'oceano, in quelle terre che si estendono dal Río Bravo alla Patagonia – che non hanno paura dei sentimenti, che hanno il coraggio di essere romantici nel senso più nobile del termine, efficace antidoto al tossico cinismo imperante dei vassalli dell'Impero.

Infine – per ragioni di spazio, non certo perché non avrei altro da aggiungere – Tassinari è un attento osservatore del linguaggio e qui, con penna leggera e sfumata ironia – autoironia, trattandosi di "noi" –, non perde occasione fra una pagina e l'altra di cogliere tanti intercalari di moda, sottolineando *de paso* che in fin dei conti denotano sempre un "non sapere come andare avanti". E chissà quanti sorrideranno di se stessi leggendo che dobbiamo niente meno che a Marcuse la nefanda "nella misura in cui" che ci fece perdere il senso del ridicolo nelle innumerevoli discussioni, nelle assemblee, nei proclami e negli intimi "scazzi", come dicevamo allora. Ma quanto erano dense, quelle nottate e giornate di dubbi contrapposti alle certezze, se confrontate con quello che è venuto dopo...

I perdenti di Eric Ambler

"Ci sono autori che conoscono il finale dei propri romanzi prima ancora di aver scritto una sola parola. Io non so mai come andrà a finire il libro che sto scrivendo. So solo che devo sudare a lungo, prima di scoprirlo." Questa affermazione di Eric Ambler basta a spiegare come i suoi personaggi si ritrovino in vicende a cui hanno forse dato l'avvio, magari con un intento onestamente criminoso, ma che finiscono con l'intricarsi sulle loro teste senza che loro possano contrastarne gli sviluppi. Deriva da questo la sua predilezione per gli aspetti più nascosti e casuali nell'intreccio degli avvenimenti, unita a una maestria descrittiva delle azioni che hanno ispirato e influenzato Ian Fleming. Ma lo spessore psicologico dei personaggi creati da Ambler rappresenta l'antitesi di un semplice 007. Non necessariamente spie, sono quasi sempre perdenti, vittime delle circostanze eppure disposti a battersi fino all'ultimo, senza le patetiche risorse tecniche e lo sprezzo dell'intelligenza a cui ci hanno abituato certi fabbricanti di supereroi. Il suo romanzo più famoso è forse quel *Topkapi* (*The light of day*) reso celebre dal film di Jules Dassin e ispirato a una vicenda vera. Il cinema continua a tributargli più onori della carta stampata: Hitchcock lo considerava il miglior inventore di trame sul mercato, e molti registi, da Norman Foster a Jean Negulesco, si sono rivolti alla sua opera; la Cbs ha prodotto due serial con la sua firma (*Climax* e *Scacco matto*). Come scrittore non è certo sminuito da queste attenzioni commerciali, tanto che viene incluso insieme a Somerset Maugham e Graham Greene in una triade di autori "che hanno portato l'intrigo a dignità di arte".

Di Eric Ambler ho appena letto un romanzo meno conosciuto, *L'eredità Schirmer*, una strana avventura che prende l'avvio addirittura dalla figura di un sergente dei dragoni di Ansbach, uno dei corpi più singolari tra quanti parteciparono alle guerre napoleoniche. Legati da giuramento al Margravio, dovevano fedeltà al re di Prussia, ma un anno prima della battaglia di Eylau il principato di Ansbach fu venduto alla Baviera, alleata di Napoleone. Secondo gli schieramenti, si sarebbero dovuti battere al fianco dei francesi: invece si ritrovarono sul versante dei russi e da soldati di professione rimasero con il primo che li assoldò; dopo due giorni di combattimenti costituirono l'ultima retroguardia a protezione della ritirata prussiana. Questo assurdo storico serve solo come lontano precedente all'intera vicenda, che ruota attorno all'eredità di quel sergente dei dragoni, ed è emblematico delle scelte narrative dell'autore per quanto riguarda personaggi e ambientazioni. La storia riprende nello studio legale di Filadelfia incaricato di rintracciare il legittimo erede, per trasferirsi nella Grecia lacerata dalla guerra civile che seguì alla fine dell'ultimo conflitto mondiale, soffocata dagli inglesi in nome delle alleanze atlantiche. Il discendente di quel dragone è anch'egli un soldato tedesco, disertore perché unico superstite di un'imboscata e quindi combattente nelle file comuniste, ma senza un credo o una scelta sofferta: soltanto per una

177

delle tante concatenazioni di eventi che sradicano gli individui dalle loro "normalità" e li scagliano in balìa del caso, lasciando loro nient'altro che la possibilità di battersi per sopravvivere.

Belli come demoni

Tra i Serafini, Lucifero non era solo il più bello, ma anche il più sensibile. Il suo orgoglio lo oppose al Tiranno, e per questo fu cacciato dai cieli. Lo seguì nell'esilio una schiera di angeli ribelli, che per millenni sognò e progettò la riconquista dell'Infinito e l'abbattimento del Demiurgo. Finché, in un'epoca che potremmo vagamente fissare attorno all'inizio del XX secolo, una parte degli angeli incaricati della custodia dei mortali abbracciò la nobile causa della rivolta e assunse sembianze umane, per poter studiare la cosmologia, i massimi sistemi, le teorie della materia e le trasformazioni dell'energia. E nella Parigi dell'epoca, a contatto con nichilisti russi, anarchici italiani, rifugiati politici d'ogni razza e cospiratori d'ogni paese, oltre alle teorie tiranniche gli angeli ribelli affinarono le pratiche dinamitarde. Finalmente, Lucifero raccolse il grido di rivolta delle sue schiere, e mosse alla conquista dei cieli.

Le armate lealiste, al comando dell'arcangelo Michele, approntano immediatamente la controffensiva. Michele non è Puro Spirito riflessivo, ma irruente e incline al combattimento, di conseguenza le falangi divine vengono subito guidate fuori dalle mura celesti e lanciate all'attacco delle orde ribelli. Da consumato militare qual è, egli sa che non vi è speranza di vittoria nella difensiva. Avvistato l'oceano di bandiere nere del nemico, Michele invia tre armate al comando di Uriele, Raffaele e Gabriele. Gli stendardi dai colori d'Oriente si confondono nel nero delle Oscurità, e per tre giorni e tre notti la battaglia divampa sui tappeti di stelle e i fulmini siderali rischiarano le profondità delle galassie. Al Trono le notizie giungono frammentarie e contraddittorie. Qualcuno inneggia all'imminente vittoria, qualcun altro vocifera su un presunto putsch dell'angelo custode Arcade, che, aggirate le tre divisioni lealiste, avrebbe aperto varchi attaccando alle spalle. I Cherubini, appesantiti dalla lunga pace celeste, percorrono a passi incerti i bastioni del Monte Sacro, e facendo scorrere sulle nubi sfolgoranti del Signore lo sguardo lento dei loro occhi bovini, si sforzano di mettere in posizione le batterie divine. Ora, come tutti sanno, vi sono tre gerarchie di spiriti celesti, e ciascuna è composta da nove cori. La prima comprende i Serafini, i Cherubini e i Troni; la seconda, le Dominazioni, le Virtù e le Potenze; la terza, i Principati, gli Arcangeli e gli Angeli propriamente detti. Per la cronaca, il nostro condottiero Arcade apparteneva a quest'ultima.

Invano il Tiranno ordina a Michele di gettare nella mischia quanti tra questi gli sono ancora fedeli: l'esercito governativo sembra condannato alla disfatta, e già i primi angeli spennati rientrano nelle mura in una ritirata che è prossima alla rotta.

Come si svolse quel massacro tra immortali, e soprattutto i preparativi che si intrecciarono nella Parigi di inizio Novecento, ce li narra Anatole France nell'ultimo romanzo da lui scritto e pubblicato nel 1914, alla vigilia di un'altra Grande Carneficina altrettanto nefasta ma infinitamente più volgare e immotivata. Oltre che godibile e allegramente blasfemo, *La rivolta degli angeli* si può considerare come il testamento spirituale di Anatole France, al termine di una vita spesa nella ricerca di risposte ai grandi interrogativi del suo tempo, sulla religione, l'intelletto umano e il senso stesso dell'esistenza. Il settantenne accademico conclude con uno sberleffo in faccia alla moralità dell'epoca (attualissima per noi, afflitti dal Vaticano odierno), descrivendoci angeli che, assunta la fisicità degli uomini, cominciano a comportarsi di conseguenza, e cioè "desiderando la donna d'altri", disonorando il Padre e uccidendo disinvoltamente ogni volta che ciò si rende necessario. Angeli che ben presto imparano che amarsi gli uni sugli altri è più gradevole e coinvolgente del sereno e amorfo Affetto Celeste, e tutte le complicazioni che ne derivano sono preferibili alla piattezza del Regno dell'Altissimo. Ma Anatole France non lascia che quella battaglia si concluda. Quando Lucifero si rende conto che la vittoria è possibile, viene illuminato dalla visione di una nuova, tremenda realtà: cacciare il Demiurgo e insediarsi al suo posto significherebbe soltanto sostituire un Tiranno, non abbattere per sempre il Potere. Il Dio vinto diventerebbe il Satana, e Satana vincitore diventerebbe Dio. Dalle profondità della Gehenna scruterà con lo stesso sdegno il palazzo del re dei cieli, e assumerà forse la sua stessa fierezza, quella del Lucifero oscuro, sfinito, terribile e sublime. E allora si chiede a che servirebbe tutto questo, se poi lo spirito del Dio è ancora profondamente radicato negli esseri umani, che a sua somiglianza sono gelosi, vendicativi, nemici delle Arti e della Bellezza, del Piacere e della Libertà. Così Lucifero resterà tra gli stupendi eroi sconfitti, perdente per scelta; perché, come dirà molti anni dopo Albert Camus, "starò sempre con i vinti, non fosse altro che per l'arrogante tracotanza dei vincitori".

Materiale interessante

Su *Materiale interessante* Bernardo Iovine ha realizzato un video di letture&musica e brani di intervista all'autore. "La poesia era uno strumento per superare il muro di cinta, per *evadere*," dice Notarnicola, "e la scrittura era tutto, per chi come me non poteva comunicare in altro modo: persino i rapporti d'amore erano basati sulla scrittura. La privazione dell'amore è l'aspetto più feroce e tragico della detenzione. Scrivendo lettere e poesie, io ho amato, e mi sono anche sposato, in carcere..."

La telecamera inquadra uno sfondo di cortile bolognese, nella vecchia via del Pratello dove Sante Notarnicola gestisce una "movimentata" osteria, e il verde del giardino rigoglioso contrasta con le immagini della memoria che rievocano una vita trascorsa in celle di carceri quasi sempre speciali.

"Questa," dice accarezzando una grossa foglia di aspidistra, "per te è qualcosa di banale, sei abituato a vederla lì perché è sempre stata lì... ma per me questa foglia ha un altro senso, perché io non l'ho mai vista per vent'anni, otto mesi e un giorno..." Poi sorride, quasi imbarazzato: "Certo, non voglio dire che bisogna andare in galera, per affinare i sensi, per rendersi conto di ogni dettaglio della natura e rispettarla... Però è vero che la prigionia ti porta a tenere le antenne dritte, a essere sensibile verso ogni aspetto dell'esistente che, ad altri, può sembrare banale".

Oltre alle poesie, nel libro ci sono due pagine che descrivono il cimitero di Casaglia a Marzabotto, gli echi lasciati dalla memoria delle vittime, le loro voci contro il "silenzio frastornante" dell'oblio, e un superstite che si lascia sfuggire: "Sono passati cinquant'anni e non ho ancora capito perché". In fondo, tutto iniziò da lì. Cioè, dalla Resistenza che molti, negli anni cinquanta, consideravano tutt'altro che esaurita. Sante Notarnicola, giovane immigrato pugliese nella Torino operaia, iscritto alla Fgci e poi segretario della sezione di Biella, conobbe e frequentò diversi partigiani, e tra questi Danilo Crepaldi, uno che confermava le preoccupazioni di quel generale inglese quando disse: "I partigiani hanno deposto le armi; il problema è che loro sanno *dove* le hanno deposte e noi no". Fu proprio il mitra del partigiano Crepaldi, la prima arma che Notarnicola prese tra le mani. E con Pietro Cavallero (più tardi si unirà anche Adriano Rovoletto) decisero di assaltare banche per finanziare movimenti di liberazione, quello algerino soprattutto. La storia di quei giorni (a cui si ispirò "liberamente" un film con Gian Maria Volonté nella parte di Cavallero), e dei vent'anni di carcere che ne seguirono, Notarnicola l'ha raccontata in un libro scritto in cella e pubblicato nel '72, di lì a poco introvabile (anch'esso sarebbe diventato "materiale interessante") e ora ristampato, con prefazione di Pio Baldelli e una lunga intervista all'autore in appendice. *L'evasione impossibile* non è solo l'autobiografia di un "operaio, comunista, rapinatore di banche, carcerato, scrittore, poeta", ma anche la cronaca quotidiana e la storia di un *clima* dimenticato e rimosso troppo sommariamente: le sezioni del Pci in quegli anni, gli entusiasmi e le delusioni laceranti, gli scioperi e gli scontri, le discussioni accese, il sogno di coniugare la liberazione con la presa del potere, l'Algeria e Cuba come simboli del riscatto, la decisione di prendere la via senza ritorno delle armi... tutto narrato con partecipazione ma mai con trionfalismo e mancanza di dubbi, anzi, il dubbio è una presenza costante e sofferta. Poi, il "giorno fatidico", quel 25 settembre 1967 quando tutto finì, l'ultima azione, e in pochissime parole, una riga appena, c'è il dramma che avrebbe intasato giornali e notiziari per mesi e anni: "per caso, fummo intercettati dalla polizia: sparatorie, morti, feriti...".

Notarnicola non cerca attenuanti, non si appella al fatto che nessuno ha mai voluto appurare se le pallottole nei corpi delle vittime vennero sparate dagli inseguiti o dagli inseguitori. La pagina è alla metà esatta del libro. Il resto, è carcere. Sette mesi di isolamento assoluto, durante i quali la tentazione di farla finita emerge spesso, ma il controllo ossessivo delle guardie gli impedisce persino questa scelta estrema e disperata. In pieno periodo di rievocazioni del Che, una volta, a un tavolo della sua osteria mi ha detto: "Sai come ho saputo che lo avevano ucciso in Bolivia? Nel cesso alla turca della sezione isolamento, a San Vittore, qualcuno lasciava dei pezzi di giornale da usare come carta igienica... In realtà, era l'unica maniera per avere un qualche contatto con la realtà, con le cose che accadevano nel mondo. Potevamo andarci solo una volta al giorno, per vuotare il bugliolo e avere pochi minuti a disposizione nel caso di bisogno. Lo ricordo come se fosse adesso: prendo il pezzo di carta umida e stropicciata, lo spiano, e vedo Ernesto Guevara sul tavolo di cemento, con i militari intorno... Che mazzata".

Negli anni seguenti, Sante Notarnicola diventerà un punto di riferimento per le lotte carcerarie; poco alla volta, si ottengono diritti che, allora, erano negati con ottusa pervicacia: leggere i giornali, avere colloqui anche con i non familiari, organizzare commissioni di rappresentanza dei detenuti, persino un ufficio legale interno per quanti non potevano permettersi un avvocato... Fin dal momento dell'arresto, Notarnicola aveva dovuto combattere contro il marchio di "delinquente comune", subito sposato dal Pci, preoccupato per i suoi trascorsi di segretario della Fgci, mentre alla fine del '71, in occasione del processo d'appello, sul "manifesto" si apriva un infuocato dibattito dove alcuni interventi dicevano che "difendere politicamente Notarnicola significa cedere a una chiara provocazione", perché altrimenti "ogni scassinatore diventa un eroe della lotta di classe"... Lui, nel libro, risponde: "Le rivoluzioni non si fanno con i teppisti in quanto tali. Il problema era un altro, era quello di non abbandonare a se stessi neppure gli sbandati, era tentare in ogni modo di salvarli, di inserirli nella vita sociale".

È ciò che ha cercato di fare in quei vent'anni, otto mesi e un giorno: confrontarsi e discutere con i detenuti incontrati nelle carceri, rivedendo tante certezze effimere per coltivare i dubbi – spesso laceranti – anziché liquidarli nel nome di una rivoluzione impossibile, e tentare di sviluppare coscienze anche tra i reietti più disperati, diventati "delinquenti" non per scelta ma per destino spietato. Lo stesso impegno di quando era un giovane operaio tra gli esclusi dal "miracolo economico", quei sottoproletari – come si diceva allora – votati all'illegalità perché nascere poveri è un marchio che condanna all'eterno bivio: rassegnati o rivoltosi. E tra la rivolta e il crimine, il confine è alquanto labile.

Ancor oggi, a distanza di tanto tempo, la sinistra fatica enormemente a confrontarsi con quel pezzo della propria storia, finora scritta dai tribunali e dalla cronaca nera, da sempre pessimi interpreti della realtà sociale.

La lettera di Primo Levi

Quando era in carcere, per Sante Notarnicola la scrittura costituiva anche un contatto con la realtà esterna attraverso una fitta corrispondenza con tante persone; tra queste, ci fu anche Primo Levi, che spesso gli mandava libri, superando faticosamente le maglie della censura e dei regolamenti del carcere speciale. Dal 1979 a oggi Sante ha sempre ricordato, in particolare, una lettera di Primo Levi che a suo tempo era sicuro di aver consegnato a Bianca Guidetti Serra, allora suo avvocato, ma niente, chissà dov'era finita. Pensò fosse andata perduta in uno dei numerosi trasferimenti, assieme a un'infinità di frammenti di memoria. Poi, giusto pochi giorni fa, l'ho incontrato casualmente passando davanti alla sua osteria in via del Pratello, a Bologna, e con voce incrinata dall'emozione, mi ha raccontato che stava rimettendo ordine tra i tanti libri e da uno è spuntato un vecchio foglio ingiallito, scritto a macchina... Era la lettera di Primo Levi che aveva tanto cercato, e che pareva aver deciso di tornare alla memoria viva proprio adesso. Questa è la lettera:

> *Caro Notarnicola,*
> *ho ricevuto le tue poesie solo adesso, alla riapertura degli uffici di Einaudi presso cui giacevano. Le ho subito lette con partecipazione intensa.*
> *Tu mi conosci quanto basta per sapere che io non sono d'accordo né con l'introduzione del volume né con la premessa. La tua dedica mi ha toccato, e te ne ringrazio, ma non posso accettare l'equiparazione del carcere coi Lager. So bene (e i tuoi versi ne rendono tremendamente l'angoscia) quanto sia duro essere privati della libertà, ma in Lager questa era l'ultima delle sofferenze, percepibile solo nelle poche ore di tregua: prima venivano la fame, il freddo, la fatica, l'isolamento, la morte intorno. In Lager, solo ad Auschwitz, morivano diecimila persone al giorno, e queste non avevano commesso altra colpa se non quella di esistere. Il Lager non era una punizione; non c'era traccia di giustizia, neppure di quella giustizia borghese che tu, a ragione o a torto, rifiuti, e che certo, nel tuo caso, non sa riconoscere quanto tu sia migliore delle tue teorie, e quanto sproporzionata la misura della pena a quella della colpa.*
> *Detto questo, devo subito aggiungere che le tue poesie (alcune, come sai, le conoscevo già) sono belle, quasi tutte; alcune bellissime, altre strazianti. Mi sembra che, nel loro insieme, costituiscano una specie di teorema, e ne siano anzi la dimostrazione: cioè, che è poeta solo chi ha sofferto o soffre, e che perciò la poesia costa cara. L'altra, quella non sofferta, di cui ho piene le tasche, è gratis. Memorabile fra tutte, addirittura miracolosa per concisione e intensità, è "Posto di guardia". Ti ringrazio per avermele mandate: le rileggerò, le farò leggere e ci penserò sopra. Pensaci sopra anche tu: forse lo scrivere è il tuo destino e (in molti sensi) la tua liberazione.*
>
> *Primo Levi*

5 settembre 1979

PARTE TERZA
Bastiancontrario

La Fiat è nostra?

Quanto mi piace, lo spot della Fiat 500. Finalmente, un annuncio pubblicitario ricorre a uno slogan che corrisponde a realtà: "La nuova Fiat 500 appartiene a tutti noi".

E come potrebbe essere altrimenti, considerando che i miei nonni, i miei genitori e io stesso abbiamo tutti sborsato fior di quattrini in tasse per rimpinguare le casse perennemente svuotate della Fiat, periodicamente prosciugate dall'incapacità imprenditoriale della dinastia Agnelli, della quale Lapo è il degno epilogo? Capitalismo all'italiana: quando incasso metto in tasca e quando perdo paga la collettività. Facile, no?

Tra sovvenzioni, incentivi, sgravi fiscali e cassa integrazione, la Fiat appartiene a chi ha pagato i conti fino a oggi, e in una nazione decente, in un paese "normale", la Fiat dovrebbe essere da tempo "nostra", cioè di chi l'ha finora mantenuta, e quindi nazionalizzata, perché lo stato – con i nostri soldi – l'ha già pagata almeno dieci volte il suo valore. In Europa importanti case automobilistiche, come per esempio la Renault, sono a partecipazione statale: sarebbe una pratica logica prevedere "tanto ti do, tanto mi prendo in azioni". Ah, già, dimenticavo che tra un paese "normale" e l'Italia c'è la stessa differenza che corre tra Marlene Dietrich e una velina.

Ma andiamo a rivangare un po' di storia, che è sempre *magistra vitæ*.

Fondata nel 1899 da Giovanni Agnelli, fino allo scoppio della Prima guerra mondiale era un'azienda che annaspava per restare a galla durante la depressione economica internazionale, acuitasi nel periodo 1904-1905 e poi aggravatasi per l'Italia con il terremoto di

Messina e Reggio Calabria del 1908, che dissestò ulteriormente il bilancio dello stato. Con le guerre coloniali in Libia del 1911-12 la Fiat era riuscita a piazzare un po' di veicoli militari, ma niente di paragonabile alla *bonanza* della Grande guerra. Bastino questi dati: nel 1914 era al trentesimo posto fra le aziende italiane con quattromila addetti; grazie alla macelleria voluta dagli interventisti, nel 1918 contava ben quarantamilacinquecentodieci dipendenti – cioè più che decuplicati –, mentre il capitale sociale passava dai miseri venticinque milioni del 1914 ai centoventotto milioni del 1918. Autocarri, autoblindo, aerei, mitragliatrici, bombe: una manna dal cielo, la guerra, con le sue trincee piene di sangue, viscere, fango e pidocchi.

Un simile "miracolo economico" era dovuto alle commesse di guerra, ovviamente, ma anche alla manodopera militarizzata: legislazione speciale che sospendeva i diritti sindacali, turni massacranti, scioperi considerati "boicottaggi", salari da fame. Come scriveva il giornale socialista "Avanti!" il 22 marzo 1916, "entrando alla Fiat gli operai devono dimenticare nel modo più assoluto di essere uomini per rassegnarsi a essere considerati come utensili". Visto che Austria e Germania avevano offerto all'Italia, in cambio della neutralità, esattamente gli stessi territori che avrebbe ottenuto alla fine della guerra e costati centinaia di migliaia di morti, la domanda della persona sensata è: perché l'Italia entrò in guerra? La domanda va rivolta ovviamente alla Fiat, e la risposta sta nei dati precedenti, applicabili in misura minore a tante altre industrie italiane che producevano materiale bellico.

Poi Giovanni Agnelli divenne un sostenitore del fascismo così entusiasta da rivestire l'incarico di senatore in un senato prono ai voleri di Mussolini. E si arrivò alla Seconda guerra mondiale, con la Fiat a fornir carri armati di latta – le famigerate trappole Fiat Ansaldo M40 e P40, patetici cingolati dotati di cannoncino e spediti nel deserto di El Alamein con i carristi ad arrostirci dentro, per quanto si arroventavano sotto il sole –, che gli inglesi preferivano sfondare in corsa con i loro tank per risparmiare granate perforanti; e anche aerei da caccia biplani – i Fiat CR32, già intervenuti in Spagna a sostenere i golpisti di Francisco Franco, e i CR42 –, quando l'intero apparato aereo dei paesi coinvolti nel conflitto aveva abbandonato i biplani da anni; bastano alcuni dati per comprendere quanto l'industria italiana fosse antidiluviana rispetto alle macchine messe in campo dal "nemico": il Fiat CR42 poteva raggiungere una velocità massima di 440 km/h con un motore da 840 hp, mentre lo Spitfire inglese superava i 590 km/h grazie alla spinta dei suoi 1498 hp, e persino il più vetusto Hawker Hurricane volava a

505 km/h, mentre il rispettivo armamento vedeva il misero Fiat combattere con due mitragliatrici contro le otto dei velivoli avversari. Quando la Fiat tentò di mettersi alla pari, sfornò un monoplano, il G50, così evoluto da avere a malapena un parabrezza e l'abitacolo aperto anziché un tettuccio a proteggere il posto di pilotaggio – come tutti i velivoli inglesi e tedeschi –, oltre a essere tragicamente lento e poco maneggevole. Sembra quasi che il motto della Fiat fosse, allora come oggi, "Sempre un passo indietro rispetto agli altri": tanto poi c'è chi paga il conto dei cocci rotti.

E in effetti lo stato italiano pagava profumatamente quei catorci. Ma non solo: alla fine della macelleria, la Fiat ebbe la sfacciataggine di chiedere e ottenere risarcimenti per danni di guerra, cioè gli stabilimenti bombardati dagli Alleati, risorti "più belli che pria" grazie al denaro delle casse statali rimpinguate dagli Stati Uniti e... dai soliti fessi, gli italiani che lavorano.

Per il suo coinvolgimento con il regime responsabile del disastro bellico e delle leggi razziali contro gli ebrei, Giovanni Agnelli temette di vedersi espropriare e nazionalizzare la Fiat: niente paura, siamo in Italia, e bastò nominare capo supremo Valletta, con la famiglia Agnelli a defilarsi vilmente per continuare a incassare i proventi. Fu la grande occasione persa: restituire agli italiani l'azienda che avevano finanziato e mantenuto in vita a prezzo di vergognosi sacrifici.

Ma facciamo un passo indietro per rivangare la storia... cioè come nacque la 500.

Fu un'idea di Benito Mussolini. Nel 1930, il Duce aveva convocato il senatore Giovanni Agnelli per comunicargli una "inderogabile necessità": *motorizzare* gli italiani con una vettura economica che non superasse il costo di cinquemila lire. Un'idea di grande impatto propagandistico che Hitler, non appena assunto il potere, si affrettò a copiare convocando Ferdinand Porsche per intimargli di realizzare un'automobile dal costo non superiore ai mille marchi, quella che sarebbe divenuta famosa con il nome di Maggiolino. Il prototipo della prima 500 ebbe risvolti tragicomici: il motore prese fuoco e i tre baldanzosi occupanti – il collaudatore, il progettista Lardone e l'ineffabile senatore Agnelli – si buttarono fuori in corsa, rotolando poco elegantemente sull'asfalto della salita del Cavoretto, subito dopo essersi lasciati alle spalle il Lingotto. Infuriato, il Senatore licenziò su due piedi il povero Lardone. Finalmente, il 15 giugno 1936, venne messa in vendita la Fiat 500 A, poi soprannominata Topolino. Una vetturetta modesta per tecnica e prestazioni, il cui prezzo era di ottomilanovecento lire: venti volte lo stipendio di un operaio specializzato e ben oltre le cinquemila lire pretese dal Duce. Nel 1936 Porsche aveva già realizzato i prototipi definitivi del Maggiolino, che veniva messo in produzione negli stabilimenti di Wolfsburg e venduto a novecentonovanta marchi, corrispondenti a cinque volte lo stipendio di un operaio tedesco. Uno a zero per il Führer.

Quando, nel 1966, con il fascismo dimenticato in fretta, Gianni Agnelli assunse le redini dell'azienda, la Fiat 500 ronzava per tutte le strade della Penisola. Era l'epoca in cui veniva decretato l'affossamento del trasporto pubblico su rotaia, tram compresi, per avallare quello privato su gomma: l'Italia si avviava così a divenire il paese più inquinato d'Europa, grazie all'accoppiata Agnelli-Pirelli. Una tirannia economica alla quale i polmoni di milioni di italiani dovrebbero presentare il conto... postumo. Ora la 500 torna ad ammorbare la nostra aria con un trogloditico motore a scoppio alimentato a costosa e letale benzina e viene promossa da un filmettino dove il regista – poveraccio, "tengo famiglia," dirà lui – si è permesso di usare l'immagine di tante persone morte: siamo sicuri che Arturo Toscanini, Philippe Noiret, i giudici Falcone e Borsellino, sarebbero stati d'accordo sul prestare la propria faccia per pubblicizzare un'automobilina destinata a fighetti falliti? So di sicuro cosa avrebbe risposto alla Fiat Federico Fellini: li avrebbe cortesemente mandati a farsi fottere, e lo dico perché l'ho conosciuto bene, e frequentato proprio nel periodo che conduceva la sua solitaria e vana campagna contro le interruzioni pubblicitarie nei film (ricordate? "non si interrompe un'emozione"... era il 1989), poi travolto dalla crociata martellante della canea Fininvest: la statura intellettuale dei Vianello-Mondaini, Bongiorno, Columbro e compagnia cantante, contro un Fellini solo e trattato da rompicoglioni. Ricordo la sua amarezza, un giorno che ci incontrammo a Roma subito dopo un suo colloquio con Oscar Mammì, allora ministro delle Poste e Telecomunicazioni che si era visto accollare la faccenda, e mi trasmise tutto il suo schifo per la piega che stavano prendendo gli eventi. Poi anche la Rai avrebbe cominciato a interrompere i film con gli spot, e oggi hanno la macabra sfacciataggine di trasmettere magari *Ginger e Fred*, malinconico testamento di artisti travolti dalla paccottiglia della televisione commerciale, infarcendolo di carta igienica, pillole contro la flatulenza, pannolini che trattengono chilogrammi di escrementi e deodoranti da cesso. Vedere Federico nella pubblicità della Fiat è ripugnante, è un insulto alla sua memoria e a tutto ciò che ha tentato di fare contro il flagello dei "consigli per gli acquisti".

Certo, anche lui, alla fine, ha realizzato alcuni spot, arrendendosi ai tempi che corrono, ma un conto è bere qualche bicchiere a pasto e un altro è diventare alcolizzati all'ultimo stadio: la pubblicità onnipresente ormai ci intossica e, in ogni caso, massacrare i film con cumuli di scempiaggini che in totale superano la lunghezza dell'opera cinematografica è intollerabile.

E intollerabile è soprattutto l'uso dei morti, da Totò a James Dean, con il cattivo gusto, per quest'ultimo, di farlo comparire anni fa nella pubblicità di un'automobile, lui che è deceduto nello schianto di due scatole di lamiera su ruote.

L'essere umano è l'unico mammifero che a un certo punto della sua evoluzione si è ritrovato privo di predatori in grado di minacciarlo. Così, ha inventato il proprio predatore, l'autoveicolo, che ne fa strage ogni giorno e ogni notte, e se non lo dilania, lo uccide lentamente con i gas che emette. Pubblicizzare il nostro predatore è come fare uno spot in favore della diffusione del colera.

Pedalate, gente, pedalate... ma attenti ai predatori, sono ovunque.

Siamo davvero in troppi?

Fame e sovrappopolazione: un binomio che siamo abituati a considerare indissolubile. La popolazione mondiale cresce ogni anno, e di pari passo aumenta il numero di esseri umani che sopravvivono al di sotto della cosiddetta "soglia di povertà". Da diversi decenni, prestigiosi (?) organismi internazionali ci ripetono che il controllo delle nascite è la soluzione basilare. Siamo in troppi, dunque. Ma è davvero così?

Senza pretendere di affermare alcunché, vorrei soprattutto esprimere dubbi, invitando a non ripetere meccanicamente formulette propinate da "esperti" fin troppo interessati. E parto da una domanda banalissima: se esiste il problema della sovrappopolazione, allora perché i paesi più ricchi del mondo risultano essere anche i più popolati?

Vediamo alcuni dati, che chiunque può trovare nella più modesta enciclopedia casalinga. L'India viene indicata come l'esempio più nefasto di "troppa gente-uguale-fame". Ma uno dei paesi più ricchi, cioè il Giappone, ha una densità di popolazione addirittura superiore a quella dell'India. La Germania non è molto lontana, in termini di abitanti per chilometro quadrato, eppure, chiunque abbia viaggiato nel territorio tedesco non può non aver provato la sensazione di un soffocante "eccesso di esseri umani"... E la Cina, altro esempio di paese che si vorrebbe sovraffollato, ha una tale estensione da rendere la densità inferiore a quella dell'Italia e più o meno pari a quella della Francia. Forse è il caso di riflettere, prima di sposare la tesi oggi tanto cara al Fondo monetario internazionale, organismo altamente responsabile dello sterminio per fame grazie all'imposizione del modello neoliberista ai tre quarti del pianeta. Cioè, ai tre quarti che si dissanguano di materie prime e lavoro schiavistico per permettere a un solo quarto di mantenere (o aumentare) i propri osceni e intollerabili privilegi.

Passiamo all'America Latina, continente dove a ogni richiesta di terre da parte dei contadini, latifondisti e governi rispondono all'unisono: "Se i poveri non facessero tanti figli, la terra basterebbe". Questa è una falsità criminosa. I poveri non aumentano perché partoriscono troppo, ma perché ogni anno milioni di persone scivolano dal "ceto medio" alla miseria, indipendentemente dal numero di figli. I paesi latinoamericani sono tra i più spopolati del pianeta. Il Brasile ha solo diciotto abitanti per chilometro quadrato (un decimo rispetto all'Italia!), eppure il movimento dei Sem Terra deve lottare a prezzo di continue stragi per rivendicare appezzamenti da coltivare. Un esempio, concreto quanto la consistenza di un pugno di terra: in Brasile esiste un individuo che possiede milioni di ettari, pari alla superficie dell'Olanda. Un solo proprietario terriero che, se volesse percorrere a piedi i suoi possedimenti e conoscerne ogni metro quadro, non gli basterebbe l'intera vita.

I latifondisti ci dicono che gli indios fanno "anche dieci figli per coppia", però dimenticano di aggiungere che spesso solo uno dei dieci arriva all'età adulta, e che la vita media non raggiunge i quarant'anni. Quando i Conquistadores misero piede sul continente, si calcola che le popolazioni indigene fossero complessivamente tra gli ottanta e i novanta milioni di individui. Un secolo e mezzo più tardi, erano ridotti a... tre milioni e mezzo! E oggi, nonostante le asserzioni sulla sovrappopolazione, gli indios non hanno neppure raggiunto le cifre di cinque secoli fa. Gli Stati Uniti, soprattutto negli anni sessanta, hanno inviato squadre di "tecnici" a sterilizzare migliaia di donne in Amazzonia: come si spiega un simile crimine, se in Amazzonia incontrare un essere umano è più raro che nel deserto del Sahara? Semplice: le comunità indigene poggiavano i piedi sopra giacimenti di materie prime utili ad arricchire le imprese multinazionali. Estinguerli gradualmente era la soluzione meno eclatante, ma in molti casi si è preferito il genocidio sistematico, senza aspettare i risultati delle sterilizzazioni forzate e ricorrendo alle armi, all'avvelenamento dei corsi d'acqua, all'incendio delle foreste. La metà di Bolivia, Cile, Ecuador e Brasile è territorio completamente disabitato. Come si può affermare che la miseria diffusa in quei paesi sia causata dalla sovrappopolazione? Da quando il Cile viene additato come esempio positivo di progresso economico – azzeramento dell'inflazione, investimenti esteri ecc. –, non si aggiunge che in Cile il quaranta per cento della popolazione è in miseria e che la disoccupazione è in costante incremento. I cileni non sono aumentati granché negli ultimi anni, eppure sono aumentati a dismisura i poveri. Erano già nati, quando le loro famiglie appartenevano ai ceti medi.

La terra non basta agli esseri umani di America Latina, Asia e Africa non perché siano loro in troppi, ma perché immensi latifondi vengono usati per allevare vacche da hamburger (un dato agghiacciante: ogni giorno vengono aperte decine di nuove filiali McDonald's, ogni giorno devono di conseguenza aumentare i milioni di capi di bestiame). È questo uno dei principali motivi per cui si abbatte la selva amazzonica, come quella del Chiapas, e bruciano le foreste dell'Indonesia. Anche addentando un hamburger, ci rendiamo complici del genocidio. Ma ci è molto più comodo pensare che la responsabilità stia nel fatto che i poveri non usano gli anticoncezionali...

Come si spiega la palese contraddizione di un Nord del mondo che considera sovrappopolato il Sud e poi, puntualmente, ci propina il piagnisteo sulla crescita zero (vedi alla voce Italia) a causa della quale ben presto non ci saranno sufficienti "abitanti attivi" per pagare le pensioni agli "inattivi"?

Il vero disastro planetario non avverrà per eccesso di popolazione, ma quando masse enormi di individui si adegueranno al nostro *way of life*. Il senatore-avvocato Agnelli diceva davanti alle telecamere con raggelante cinismo: "La sfida del millennio che sta per iniziare consiste nel motorizzare gli abitanti di Cina e India". Diceva proprio così: "motorizzare". Ecco, provate a immaginare cosa ne sarà della già asfittica atmosfera terrestre, il giorno in cui altri due miliardi di automobili accenderanno il motore... Oggi ci sono troppe macchine e troppe ciminiere, non troppi uomini, donne e bambini. E la povertà è dovuta all'ingiustizia economica, al fatto che i trecento (trecento!) uomini più ricchi del globo possiedono da soli la metà delle ricchezze del pianeta Terra, o che una sola multinazionale come la Toyota fattura in un anno una cifra superiore al prodotto interno lordo di paesi economicamente forti come la Norvegia. Le risorse non sono scarse, ma sono concentrate nelle mani di pochi che impediscono agli altri di accedervi. È su questi dati che occorre riflettere, quando ci parlano di sovrappopolazione. Anche perché, grazie all'accelerazione imposta dal capitalismo selvaggio al saccheggio delle risorse negli ultimi decenni, la razza umana rischia di autodistruggersi molto prima di raggiungere la saturazione.

"Apocalypto"

Per i casi della vita sono capitato a Catemaco proprio mentre giravano *Apocalypto*. Catemaco è una cittadina sul lago omonimo nello stato del Veracruz, molto lontana dai territori dei maya: qui siamo sul Golfo del Messico, ma la zona è prediletta dalle troupe hollywoodiane per la fitta selva tropicale circostante e la relativa vicinanza con grandi città dove usufruire di tutti i servizi della modernità. C'è persino una sorta di "agriturismo", un ecovillaggio dove ogni dettaglio mette in risalto il rispetto della natura, che all'ingresso ostenta un enorme cartellone con centinaia di foto di star. Fra tutte spicca Sean Connery, che qui interpretò *Mato Grosso*. Le autorità messicane hanno imposto regole molto severe, come il divieto assoluto di spezzare un solo rametto: se vogliono girare l'abbattimento di alberi devono portarseli di plastica, e infatti ce ne sono alcuni esposti tra quelli veri, a riprova di quanto fossero verosimili certe scene (compresa quella di *Apocalypto* in cui viene abbattuta una gigantesca ceiba secolare). L'accampamento di Mel Gibson sembrava quello di un esercito di occupazione, sovrastato da un'interminabile antenna satellitare, e i messicani ridevano raccontandomi che la frase da lui più urlata era: "Sangue! Voglio più sangue!". Pensai che non sarei mai andato a vederlo, dopo aver sentito quei commenti a caldo. Poi... la curiosità come sempre ha vinto, complice l'isteria collettiva sul trito tema della "violenza".

Ora si è scomodato persino un ministro annunciando una riforma della censura, dopo le accorate proteste di genitori preoccupati per le scene sanguinolente ("*Blood! More blood!*") di questo film di fantasia, non a caso distribuito dalla Disney. Che in *Apocalypto* ci sia molta violenza è inconfutabile, ma non supera certo in efferatezza quella di tante pellicole d'azione che frotte di infanti si sorbiscono ogni giorno in tv, e non vedo come sia meno diseducativo spappolare avversari con pallottole espansive anziché trafiggerli con pugnali di ossidiana. Ben altre polemiche sta suscitando in Messico, dove si leggono sui giornali pareri furibondi di storici, antropologi, archeologi, discendenti maya ecc., tutti concordi nel definirlo paccottiglia – un tempo dicevamo "un'americanata" – che stravolge la civiltà maya mettendo in risalto sacrifici umani e crudeltà gratuita senza ricordare che furono eminenti astronomi, matematici, artisti, architetti, nonché agricoltori esperti, e così via. Tanto rumore per nulla. *Apocalypto* con i maya non c'entra niente, infatti se non ce lo dicessero le conferenze stampa di Mel Gibson, nulla nel film lo afferma o lo dimostra: si tratta semplicemente di un filmone di avventure, anzi di disavventure, con protagonista un indio cacciatore, membro di un'idilliaca comunità dove tutti si scompisciano dalle risate facendosi scherzi goliardici e forse più consoni alle caserme Usa che alla foresta yucateca o chiapaneca o guatemalteca, finché arrivano i "cattivi", cioè i guerrieri di una città-stato, a procurarsi prigionieri per sbudellarli, strappar loro il cuore e far rotolare allegramente la testa dall'alto della scalinata di una piramide, tra i sorrisi compiaciuti di sacerdoti e sovrani e i lazzi dell'obeso erede al trono. Tutto qui.

Certo, non si accenna minimamente al fatto che i maya avevano messo a punto un calendario di 365 giorni più preciso di quello in uso all'epoca presso gli europei, sapevano prevedere le eclissi e conoscevano perfettamente i cicli lunari, edificavano piramidi con immensi affreschi dotati di prospettiva ben otto secoli prima che Michelangelo si sbizzarrisse nella Cappella Sistina, erano cultori dell'igiene personale al punto da superare i Romani in quanto a mania per le acque cristalline in cui bagnarsi quotidianamente e mai e poi mai avrebbero vissuto, come si vede nel film, tra cumuli di cadaveri putrescenti. Insomma, l'essenziale è sapere che non si tratta assolutamente di un film sulla civiltà maya, ma solo delle disavventure di Zampa di Giaguaro che scappa per due ore, ingaggiando sporadici duelli molto simili a quello che conclude *L'ultimo dei mohicani*. Mel Gibson ha affermato di aver "studiato" e di essersi avvalso di "esperti in materia", ma sul set c'erano più probabilmente consiglieri texani con un tasso alcolico elevato quanto il suo, considerati gli innumerevoli svarioni della sua pretesa ricostruzione epocale (l'unico consulente autorevole, il docente di antropologia Richard Hansen, appena visto il film montato ha preso le distanze dichiarandosi "profondamente deluso"): il maya yucateco che parlano gli attori è quasi del tutto incomprensibile ai maya che popolano tuttora lo Yucatán, secondo i quali la pronuncia risente in maniera spesso grottesca di un forte accento "gringo" – con la sola eccezione di una bambina e un vecchio, unici due figuranti indigeni yucatechi, gli altri provengono da diverse etnie, mentre i protagonisti sono quasi tutti statunitensi di nascita o adozione, – il bambù (parola malese risalente al XVI secolo, successivamente diffusa dai portoghesi) a cui legano i prigionieri allora non cresceva in quella regione, così come i cani che si vedono nel villaggio sono di pura razza bastarda nostrana odierna; per non parlare poi della pantera nera, cioè la varietà di leopardo cosiddetta "melanica" e presente in Africa e in Asia meridionale, mentre sul set si sarebbero dovuti vedere giaguari, che con qualche whisky di troppo possono anche assomigliare ai leopardi... ma allora tanto valeva mettere nella giungla mesoamericana pure cammelli ed elefanti.

E che dire del finale, esilarante se non preannunciasse la vera apocalisse per quei popoli: arrivano i "buoni", che sbarcano da caravelle levando in alto la croce, e... finalmente quei sanguinari la faranno finita con i sacrifici umani e regneranno la pace, la fraternità, la giustizia. È l'arrivo di una "missione umanitaria", quella dei Conquistadores spagnoli, preoccupati dalle usanze barbare degli indios e disposti a sobbarcarsi perigliose traversate in mare per venire a evangelizzare questa terra di selvaggi tagliagole. Peccato che poco prima abbiamo visto una città con palazzi e piramidi, cioè corrispondente all'epoca del periodo classico (ne è prova il fatto che stanno costruendo nuovi edifici maestosi), che si situa tra il IV e il X secolo d.C., praticamente un millennio o quanto meno mezzo millennio prima dello sbarco dei salvatori europei. Già a partire dall'anno Mille iniziò l'inarrestabile decadenza, e quando Hernán Cortés mise piede in Messico tutte le città maya che andavano dallo Yucatán al Guatemala e al Salvador erano ricoperte da milioni di tonnellate di terra, con la fitta foresta tropicale a custodirne il segreto. C'erano i maya, sì, ma intesi come comunità di contadini e cacciatori, e soprattutto pescatori, perché si erano ritirati sulla costa, in villaggi senza più piramidi né palazzi, e tanto meno sacrifici umani, pacifici ma non ottusi, tanto che non credettero a nessuna missione umanitaria e diedero filo da torcere ai conquistatori, facendo fuori buona parte di quanti si spinsero nel Sudest del Messico. In qualche scontro catturarono vivi alcuni spagnoli, che giustiziarono con un rituale che era anche una richiesta agli dèi di non mandarne altri. Questo fornì il pretesto ai conquistatori per affermare che fossero dediti ai sacrifici umani, ma occorre tener conto che presso i maya, come presso tutte le altre civiltà mesoamericane, la pena di morte era prevista per diversi reati considerati gravi; solo che, a differenza dei nostri metodi, per loro si trattava sempre e comunque di mettere in atto una cerimonia, in modo da offrire ai rei la possibilità di riscattarsi nell'aldilà. E chissà che fra due o tremila anni, se la nostra era dovesse concludersi con un "collasso", gli eventuali posteri dei sopravvissuti non si scervellino a studiare usi e costumi dell'*Homo sapiens* (si fa per dire) tra II e III millennio, arrivando a considerare la lunga trafila dell'iniezione letale negli Usa o le kermesse delle fucilazioni pubbliche in Cina – per non parlare poi degli sgozzamenti videoregistrati o delle lapidazioni islamiche – come barbari rituali di sacrifici umani.

A proposito della scena finale con il frate sulla scialuppa, lo sguardo fra l'assorto e il bonario, comunque animato dalle migliori intenzioni, va ricordato che fu davvero un frate a recarsi nello Yucatán, il francescano Diego de Landa Calderón, che nel 1562 decise di porre fine drasticamente alle "idolatrie" dei maya istituendo un tribunale dell'Inquisizione che torturò migliaia di indios per farsi consegnare idoli e documenti, senza risparmiare neppure i bambini: poi fece un immenso autodafé bruciando una montagna di reperti archeologici, mandando così in fumo tutta la storia scritta di una civiltà millenaria, e facendo diventare matti i futuri archeologi e antropologi che cinque secoli dopo ancora si scervellano a decifrare la complessa scrittura dei templi finora strappati alla foresta. Sono scampati alla furia del francescano in missione umanitaria solo tre codici di una certa rilevanza – a parte le iscrizioni scolpite, che erano custodite da madre natura nel cuore della selva, anche se nel XX secolo buona parte delle stele in pietra finemente lavorata hanno preso la via di collezioni private inglesi e statunitensi, trafugate in vario modo. Vanamente il Messico ne chiede la restituzione.

Tornando all'annosa questione dei sacrifici umani, è in costante aumento la schiera di studiosi messicani che confutano tale credenza, diffusa interessatamente dai Conquistadores, che per giustificare i loro eccessi riuscirono a presentarsi come "civilizzatori" di popoli dediti a tale barbarie: la tesi opposta è che furono praticati in misura sporadica, e comunque appartenevano ormai al passato quando gli spagnoli misero piede sulla costa del Veracruz. L'8 novembre 1519 quei quattrocento ardimentosi a cavallo entrarono nella sontuosa Tenochtitlán, l'odierna Città del Messico, restando abbagliati dalle strade sopraelevate che solcavano le acque del Lago Texcoco e dalle costruzioni imponenti. Regnava Moctezuma II e gli aztechi, conquistato tutto il mondo da loro conosciuto, avevano cessato di combattere e si dedicavano alle arti e alle scienze;

il poeta Nezahualcóyotl scriveva: "Viviamo su questa terra per un tempo effimero, il nostro non è che un sogno. Vi è forse qualcosa di eterno? E dove mai andremo, dove? Solo il canto degli uccelli e il profumo dei fiori ci appartiene su questa terra", ben rappresentando le inquietudini di un popolo avviato alla "modernità del dubbio" e disposto ad accogliere i barbuti centauri con offerte e doni, quando sarebbe bastato un cenno per annientarli. Di sacrifici umani, Cortés avrebbe sentito i racconti del passato. E riguardo ai maya, finché furono una civiltà isolata, praticarono l'autosacrificio, cioè i dignitari di corte, sovrani compresi, per restituire alla terra il sangue che essa donava agli uomini sotto forma di mais, si trafiggevano parti del corpo in un lungo rituale. Più tardi, tra il 975 e il 1200, sotto l'influenza dei toltechi venuti dal Nord, praticarono i sacrifici umani in casi estremi, non certo in maniera "massiva". Per tentare di capire quanta sacralità fosse insita nella pratica del sacrificio, occorre sapere che spesso si trattava di volontari, che nei giorni precedenti venivano trattati come semidei destinati a entrare in contatto con il regno dei morti e con chi reggeva l'universo, oggetto di ogni attenzione e persino adorazione. In quanto ai prigionieri di guerra, i maya sacrificavano soprattutto guerrieri nemici o sovrani di città rivali, e ciò accadeva al termine di una lunga campagna militare; basti un esempio: la guerra tra la città di Calakmul, nell'odierno stato del Campeche, e Palenque, nel Chiapas, vide le schiere della prima percorrere ben trecento chilometri nella selva per espugnare la roccaforte nemica. Questo significa che i conseguenti sacrifici umani avvenivano, in media, ogni mezzo secolo, perché simili guerre non erano certo eventi frequenti.

Attorno all'anno mille dell'era cristiana le città-stato e i centri cerimoniali vennero abbandonati e inghiottiti dalla selva, lasciando ai posteri un mistero affascinante e terribile, custodito però da numerosi maya delle classi inferiori, che si tramandarono una mole di materiale considerato sacro, poi fatto distruggere da Diego de Landa. Per lungo tempo si è creduto che i maya fossero pacifici; dalla decifrazione di numerosi glifi rinvenuti soprattutto in Chiapas, oggi sappiamo che la casta dei guerrieri era potente e che vi furono guerre tra alcune città, ma più spesso le dispute territoriali venivano risolte con matrimoni di convenienza che apparentavano le dinastie, e come ha recentemente dichiarato l'ex rettore dell'Università del Quitana Roo, Francisco Rosado May, entrando nella polemica su *Apocalypto*: "Come avrebbero potuto raggiungere risultati così straordinari in astronomia, matematica, architettura e ingegneria, se fossero stati in costante guerra gli uni contro gli altri? Risulta ovvio che vi furono lunghi periodi di proficua comunicazione e coordinamento fra una città e l'altra, confrontando e unendo le conoscenze acquisite, perché una sola dinastia non sarebbe potuta arrivare a tanto. Si trattò di una civiltà estremamente complessa, ma la nostra cultura occidentale ama semplificare le cose e accontentarsi della teoria del 'collasso', dovuto a ipotetiche guerre sanguinarie".

Non servirebbe controbattere a un simpatico ubriacone come Mel Gibson che per altri due secoli i "buoni" della sua scena finale avrebbero continuato a praticare supplizi e tormenti, a bruciare sul rogo le donne colpevoli di avere i capelli rossi (chiaro segno di "probabile stregoneria"), a perseguitare gli ebrei con il pretesto della religione per impossessarsi delle loro proprietà, e che in una evoluta e bellissima città come Siviglia erano in uso i famigerati *quemaderos*, i "bruciatoi", forni in pietra che potevano ospitare una dozzina di "eretici" alla volta, cotti a fuoco lento, perché ce n'erano così tanti da arrostire che i semplici roghi individuali non sarebbero bastati, non c'erano piazze a sufficienza... Per contro, sarebbe come se un regista messicano girasse due ore di film facendo unicamente vedere come si crepava all'interno di un *quemadero* di Siviglia, con dettagli e primi piani sulle ustioni progressive, sui resti carbonizzati, magari aggiungendo una bella scena di battaglia nelle Fiandre dove decine di migliaia di uomini si massacravano con archibugi, spadoni e alabarde, e poi annunciasse in una conferenza stampa di aver realizzato un film "sulla civiltà cattolica". Certo, il cattolicesimo fu *anche* questo, ma non è *soltanto* questo.

È un po' deprimente dover constatare che l'Italia – polemiche genitoriali a parte – è il paese dove il filmaccio d'azione sta riscuotendo più successo, quasi godesse dei favori di un vasto pubblico a cui non importa nulla della storia e della memoria, quel che conta è l'adrenalina, mentre negli stessi Stati Uniti, dove le sparate antisemite di Gibson hanno certamente rarefatto le simpatie di cui godeva, si registrano commenti al vetriolo, inferiori per indignazione solo a quelli comparsi in Messico: se la rivista "Archeology" lo ha liquidato come "pornografico" (per il bearsi della bassa macelleria, non certo in senso sessista), Kenneth Turan sul "Los Angeles Times" ha scritto spietatamente: "Gibson ha realizzato un film che può essere raccomandato solo a spettatori che abbiano una tolleranza nei confronti della barbarie ripugnante pari a quella di un comandante di campo di concentramento", e il più pacato – e lungimirante sul piano dei guadagni – "New York Times" ha concluso: "Tra i giornalisti c'è la tendenza a dividersi tra chi lo considera un genio e chi un mostro: falsa opzione, perché si tratta in realtà di un astuto regista con una mentalità sanguinaria. Lui è un intrattenitore. Sa farsi pubblicità e i risultati economici non tardano ad arrivare".

Earl Shorris, autore di *In the language of kings: an anthology of Mesoamerican literature, pre-Columbian to the present*, ha scritto un dolente commento su "The Nation" in cui considera quanti danni farà questo film nell'immaginario collettivo di chi "ignora" la realtà dei maya di allora come quella odierna, e finisce con questa amara constatazione: "L'unico significato profondo che si possa trarre dal film è che vi è uno stretto rapporto tra razzismo e violenza. Il messaggio di tale produzione cinematografica è che i maya sono persone inaccettabili; non vogliamo vederli come sono adesso e li disprezziamo per come erano allora".

In definitiva: *Apocalypto* è un'americanata semplicistica ma ben girata, soprattutto nelle scene all'interno della foresta, pellicola ansiogena e a tratti avvincente, che però andava intitolata *Arma Letale Maya 1*, sperando che non seguano la 2 e la 3.

Per un altro caso della vita, nel recente viaggio che ho fatto in Messico sono stato nelle zone archeologiche di Calakmul, stato del Campeche, a poca distanza dalla frontiera con il Guatemala. Là ho conosciuto Alfredo González, esperto in materia che parla e scrive il maya – compresi i glifi fonetici – e a suo tempo ha accompagnato Mel Gibson nei sopralluoghi effettuati in alcune città maya, in particolare Edzná. Alfredo mi ha raccontato di averci creduto, alla buona fede di Gibson: "Tutti ci siamo illusi che fosse animato dalle migliori intenzioni, ma ci ha preso in giro". Dopo aver visto il film, Alfredo è più amareggiato che arrabbiato, quasi addolorato per la cialtroneria del regista. E mi ha elencato un'altra sfilza di errori, superficialità e invenzioni gratuite:

"A parte la ricostruzione delle piramidi, che mescolano simbologie e architetture azteche, zapoteche, miztzeche, come solo a Disneyland potrebbero fare, l'inizio con l'idilliaca comunità nel cuore della selva è assurdo: i maya delle classi umili, come i contadini, abitavano intorno alle città-stato, e non esistevano villaggi isolati. Quindi, tutti conoscevano benissimo i centri cerimoniali e i palazzi, lo stupore dei prigionieri ostentato nel film è semplicemente un'invenzione. Come le frecce con cui i cattivissimi guerrieri si dilettano nel tiro al bersaglio sui fuggitivi: i maya non conoscevano l'arco, usavano un bastone per lanciare dardi, ma esclusivamente per cacciare animali, perché il combattimento avveniva corpo a corpo ed era considerato un atto di viltà colpire un avversario da lontano. Tanto che la lancia non veniva mai scagliata, ma impugnata saldamente. E così andarono avanti anche dopo i contatti con gli aztechi, che diffusero archi e frecce, aztechi che vissero in pace con i maya delle coste, avviando con loro floridi commerci.

"E lasciamo perdere la lingua: nel film non parlano maya, è come se gli attori, di lingua madre inglese, avessero imparato a memoria frasi astruse che ripetono con pronunce e accenti che le rendono incomprensibili. Il señor Gibson non può andare in giro a dire che ha girato in lingua maya, perché il suo film è in una lingua che non esiste né è mai esistita. Infine, ero presente alla conferenza stampa dopo l'anteprima: un giornalista gli ha chiesto a quale epoca maya si fosse ispirato, cioè al preclassico, classico, o postclassico, e Gibson, dopo essersi schiarito la voce, ha risposto 'Preclassico, sì, preclassico', forse pensando al termine che più si addiceva ai buoni selvaggi nella selva. Allora il giornalista gli ha fatto notare che gli spagnoli della scena finale sono arrivati addirittura dopo il postclassico tardo. E Gibson a quel punto ha fatto la 'faccia da Bush': ha guardato verso l'alto di traverso, come cercando ispirazione da una mosca sul soffitto, e infine si è corretto: 'Volevo dire postclassico, *of course*'. È stato l'unico momento in cui mi ha fatto un po' pena. Ma resta un ciarlatano in mala fede animato da due cose: i lauti guadagni e il fondamentalismo della sua setta pseudocristiana".

Torture argentine: così fan tutti

Qualche tempo fa, in un negozio di sviluppo e stampa di foto, a Buenos Aires, il proprietario ha visto uscire dalla macchina una serie di immagini da far venire i brividi: uomini nudi, legati e incappucciati, che venivano torturati da militari. Elettrodi sui testicoli, immersione in tinozze di liquami, umiliazioni e violenze di ogni sorta... Lo stupefatto negoziante ha fatto il suo dovere di buon cittadino e si è precipitato a consegnarle al Segretariato per i Diritti umani, che a sua volta ha avvisato il governo: il presidente Kirchner ha immediatamente ordinato un'inchiesta, intimando agli alti gradi delle forze armate di chiarire dove fossero state scattate e di identificare gli uomini in divisa che torturavano quei prigionieri. Doppia sorpresa: i volti appartenevano a ufficiali tuttora in servizio, e le immagini risalivano agli anni novanta, cioè in piena democrazia, e non ai tempi bui della dittatura militare. Ma mancava ancora una sorpresa, la più inquietante: i torturati non erano presunti "sovversivi" sequestrati o prigionieri per qualsiasi motivo, bensì soldati anch'essi, e che soldati... membri delle forze speciali, i commandos dell'esercito argentino. E le torture non erano una messinscena, tutt'altro: si è così scoperto che gli eredi dei genocidi in divisa che fecero scomparire nel nulla trentamila persone hanno continuato a praticare la tortura su... se stessi. Grazie all'energica determinazione del presidente argentino Kirchner, gli alti comandi militari hanno dovuto spiegare che praticare la tortura sui soldati delle forze speciali serviva a temprarli e a valutare la loro soglia di resistenza nel caso fossero stati catturati dal nemico. Il che significa che ogni militare dà per scontato che, se cade nelle mani del "nemico", verrà immancabilmente torturato. Insomma, così fan tutti... Forse è inutile aggiungere che gli ufficiali responsabili di tali procedimenti vengono tutti da corsi di addestramento negli Stati Uniti o direttamente dalla famigerata Scuola delle Americhe gestita dal Pentagono.

Le madri di plaza de Mayo, le madri dei desaparecidos, hanno aggiunto che torturarsi a vicenda serve soprattutto a rendere spietati i militari, a disumanizzarli, e lo scandalo che ne è seguito è servito a rendere pubbliche le allucinanti cifre sui decessi tra i soldati non solo argentini, ma anche di altri paesi latinoamericani.

Tornando a quegli anni dell'incubo senza fine, quando la tortura poteva colpire chiunque osasse criticare lo stato di cose vigente, vorrei invitare a riflettere su cosa sia stata la pratica della *desaparición*.

Se i campi di sterminio restano nella memoria dell'umanità come il massimo livello di orrore possibile, con il genocidio sistematico portato avanti tramite una razionale macchina organizzativa, credo che con la *desaparición* si sia addirittura superato tale confine dell'abominio: una persona usciva di casa al mattino, e di colpo scompariva nel nulla. Parenti e amici iniziavano così un calvario infinito, annichiliti dal ricatto di non potersi esporre, di evitare denunce e proteste nella speranza che la persona cara non venisse soppressa, che le torture a cui era sottoposta potessero non giungere alla morte... Intanto, i travet del genocidio gettavano i sequestrati ancora vivi nel Río de la Plata o nell'Oceano Atlantico, convinti dai cappellani militari che stavano semplicemente "separando il grano dalla crusca", cioè eliminando la parte insana della società... E oltre a tutto ciò, le donne incinte venivano lasciate in vita fino al parto, per poi affidare i neonati alla famiglia dei carnefici, giungendo al punto di allevare i figli delle vittime in un ambiente che inoculava loro l'odio e il disprezzo per i "sovversivi", cioè per i veri genitori. E tutto ciò non è frutto della perversione di pochi militari argentini, che pure ne furono i solerti esecutori, bensì di un piano messo a punto negli Stati Uniti, voluto e avallato da Henry Kissinger, che nel frattempo riceveva il premio Nobel per la Pace: nonostante le sue pur tetre intuizioni, quando scrisse *1984* George Orwell peccò di ottimismo.

"La guerra è pace, la schiavitù è libertà", i pianificatori di genocidi sono insigniti del Nobel per la Pace...

Oggi molti di quei bambini strappati alle madri e cresciuti nelle case degli aguzzini, divenuti adulti, cercano la propria identità a prezzo di lacerazioni indicibili.

Immagini della Colombia

La memoria televisiva è ingannevole e subdola. Concentra in un solo evento un'intera storia, che non conosceremo mai, e ci resta l'immagine, parziale, crudele, frammentaria.

Se ci limitassimo alle immagini della Colombia che conserviamo nella memoria, senza sapere null'altro di quell'affascinante paese, dovremmo trarne la conclusione di un inferno maledetto da divinità malvagie dove si concentrano tutte le disgrazie del genere umano. La Colombia non lo merita. Eppure... la violenza è ormai endemica in molte sue zone, i paramilitari compiono efferatezze inaudite di cui nessun tribunale internazionale si preoccupa minimamente, la corruzione consuma le istituzioni dall'interno, il narcotraffico ha assunto poteri tali da risultare spesso intoccabile. Ma non è tutta qui e tutta così, la Colombia.

Immagini rimaste incise in modo indelebile, iniettate nel cervello dal piccolo schermo onnipotente...

Il volto di Omaira immersa nel fango, la rassegnata stanchezza nei suoi occhi di bambina condannata a morire lentamente, primi piani di mani che inutilmente cercano di strapparla alla morsa mortale. Era il 1985, l'eruzione del vulcano Nevado del Ruiz aveva sciolto il ghiacciaio provocando una valanga che seppellì la città di Armero. Un'immane tragedia concentrata nell'agonia della sola Omaira, bambina scoop, inghiottita centimetro per centimetro da una poltiglia di cenere e terra sotto gli obiettivi implacabili delle televisioni di mezzo mondo. Tutto il resto, quello che non ci hanno raccontato, è l'impossibilità dei medici di salvare migliaia di altre Omaira sparse nel buio perché non disponevano di gruppi elettrogeni. Ma le troupe televisive ne avevano di fin troppo potenti, per illuminare Omaira che l'indomani dovrà commuovere il pianeta (pronto a dimenticarla dopodomani). E non ci hanno raccontato che le tonnellate di aiuti internazionali nessuno sa dove siano finite, dopo che sono state consegnate all'esercito. Un esercito che non poteva essere screditato: stava (e sta) combattendo la sovversione, "fonte di tutti i mali". Ogni anno gli Stati Uniti forniscono a quell'esercito cifre oscene in armamenti e addestramento e mezzi corazzati ed elicotteri da combattimento e... ma neppure un centesimo arriva alle tante Omaira che sopravvivono di stenti nelle campagne o nelle fognature di Bogotá.

Immagini di devastazioni da autobomba. Inizio della campagna anti-Pablo Escobar. Qualcuno se lo ricorda ancora? Il boss del cartello di Medellín divenne un'ossessione tale da lasciar credere che la Colombia fosse lui e nient'altro. O comunque abitata soltanto da gente come lui. Morto – ammazzato – Escobar, nulla è migliorato riguardo alla tanto sbandierata "lotta al narcotraffico". Perché non è diretta contro la cocaina, ma mira unicamente a controllare l'immane flusso di dollari, così incommensurabile da poter sconvolgere equilibri economici molto più a nord, a est e a ovest. A sud no, perché il peggio c'è già e sembra non avere mai un limite. Qualcuno conserva forse nella memoria l'immagine di un banchiere delle Bahamas arrestato per riciclaggio? Chi sono i veri narcotrafficanti?

Cocaina, cocaina, e sempre cocaina. La Colombia ha buttato miliardi in pubblicità all'estero per ricordarci che produce soprattutto un ottimo caffè. Inutile. Lo scrittore Santiago Gamboa scherza spesso sul fatto che "noi colombiani siamo gli unici al mondo ad avere sul passaporto le caratteristiche... del naso".

Ma non sono gli Stati Uniti ad averci convinto che non c'è offerta senza domanda? Gli Stati Uniti sono il primo consumatore mondiale di cocaina (e di tutte le altre droghe conosciute). I colombiani *adictos* alla cocaina sono in numero infinitamente inferiore agli statunitensi: allora perché sui passaporti Usa non è previsto uno spazio che dica, per esempio: "naso asciutto o gocciolante", "pupille nella norma o frequentemente dilatate", e così via? Sì, sarebbe assurdo, improponibile. Quasi quanto essere colombiano e poter passare una dogana a testa alta.

Nessuno – che non sia colombiano – può immaginare cosa significhi per loro prendere aerei, varcare frontiere, fare semplice turismo all'estero. Colombiano? E ti rivoltano anche i calzini, e ti va bene se non ti sventrano persino la fodera della giacca. Il mio amico Santiago Gamboa è un giornalista affermato, scrittore tradotto in diversi paesi, corrispondente da Roma per testate del suo paese. Ha tutte le carte in regola per essere considerato una persona "rispettabile". Ma quando l'agente di frontiera di turno prende il passaporto e legge la parola maledetta, "Colombia", non ci sono tessere e attestati che tengano. Fuori dalla fila, controllo speciale.

Che cosa hanno fatto di male al mondo i colombiani per essere considerati un popolo di violenti o, nel migliore dei casi, di predestinati a un meritato disastro? È la sottocultura dell'immagine parziale, inoculata attraverso sporadiche corrispondenze dal presunto inferno sulla Terra.

Certo, è *quasi* tutto vero: la droga, la violenza diffusa, i sequestri, i dati spaventosi sui morti ammazzati. Ma non ci autorizzano a dimenticare che i colombiani sono in massima parte pacifici – come i contadini inermi quotidianamente massacrati dai paramilitari dei latifondisti e dei narcotrafficanti protetti dall'esercito che lascia a loro il lavoro sporco –, gente generosa, di innata allegria, che sa ironizzare persino sulle proprie disgrazie. Ho amici che hanno vissuto e lavorato per anni a Bogotá e non ne sono tornati per niente traumatizzati: al contrario, hanno contratto il virus della nostalgia per i grandi altrove che ti restano per sempre nel cuore. I colombiani meritano di essere conosciuti, non relegati ai servizi dei telegiornali stranieri: la loro straordinaria capacità comunicativa, l'ostinato ottimismo malgrado le difficoltà, la vitale creatività in ogni campo – dall'artigianato di strada fino alla letteratura da Nobel – hanno contagiato innumerevoli viandanti. Facile esotismo? Va bene anche questo, se può servire a svelare una realtà bistrattata, per avvicinarsi agli altri senza il timore di essere pugnalato alle spalle. Eppure, il governo statunitense sconsiglia ai propri cittadini di recarsi in Colombia: troppo pericoloso. Quale paese al mondo raccomanda ai propri abitanti di non soggiornare per nessun motivo a Los Angeles, a New York, o a Chicago? E meno che mai a Miami, dove neppure gli stilisti sono più al sicuro... Arroganza di chi fonda il potere planetario sulla disinformazione organizzata. E distribuisce patenti di democrazia o dittatura, di combattente per la libertà o terrorista, di stimato banchiere o spregevole spacciatore di morte.

L'epopea di Pablo Escobar fu emblematica. Non divenne il nemico pubblico numero uno del mondo intero per l'attività legata al narcotraffico: quello è continuato dopo di lui senza la benché minima diminuzione. La sua colpa è di aver oltrepassato l'impalpabile confine: da capo mafioso a capopopolo. Ha preteso di fare "politica" improvvisandosi come una sorta di Robin Hood di Medellín. Si è impicciato di questioni eccessivamente delicate: il crollo dei prezzi del caffè o del riso, del cotone o delle banane, che costringono i contadini alla miseria, e dalla miseria ci si può difendere soltanto coltivando foglie di coca, o impastandone la massa, o facendo gli operai nelle raffinerie... Gli altri boss, potenti quanto e più di lui, hanno saputo tacere e aspettare. Ucciso Escobar, i tremila ranger addestrati dai "consiglieri" statunitensi sono forse stati mandati a combattere gli altri cartelli? No. Li hanno spediti sui fronti della guerriglia. Perché la "lotta al narcotraffico" nasconde in realtà la guerra contro le formazioni che da decenni ormai si battono per... verrebbe voglia di dire che non lo sa più nessuno, per cosa si uccide e si muore sulle montagne della Cordigliera: i guerriglieri sognano un progetto politico anacronistico, e i soldati combattono per mantenere i privilegi di una casta altrettanto anacronistica.

L'accusa infamante alle Fuerzas Armadas Revolucionarias de Colombia, principale organizzazione guerrigliera in armi che, assieme all'ELN, controlla oltre un terzo del territorio nazionale, è di gestire il traffico di cocaina e la coltivazione della coca. Non è proprio così. Le FARC impongono una sorta di pedaggio a chi la trasporta, e nella recente intervista a Manuel Marulanda detto Tirofijo – il più anziano capoguerrigliero rimasto nel continente – viene spiegato chiaramente come si potrebbe smantellare produzione e traffico: non con i defoglianti, ma offrendo ai contadini una via d'uscita, un modo decoroso di vivere e sfamare i propri figli, la possibilità di vedersi pagare un giusto prezzo per i prodotti che costituiscono la vera ricchezza del paese. Peccato che per ottenere un simile risultato occorrerebbe rivoluzionare il sistema economico mondiale, dove a decidere i prezzi sono i compratori – paesi ricchi – e non i produttori – paesi "poveri", cioè depredati e saccheggiati di ogni risorsa. Il colpo di stato in Guatemala del '54 fu voluto e organizzato dal governo degli Stati Uniti perché il presidente democratico Jacobo Arbenz aveva tentato, con una riforma agraria, di rendere meno miserabile la vita dei contadini, assegnando loro terre tolte ai latifondisti. Ma così facendo, aveva minacciato gli interessi della multinazionale United Fruit (che adesso usa il marchio Chiquita). Si può scatenare un genocidio anche per le banane, figuriamoci per altri generi quali il petrolio e la droga, i due principali motori che fanno circolare masse immani di dollari.

Certo, la guerriglia colombiana può essere accusata di molti errori, di attaccamento a ideologie vetuste e superate, di pratiche spietate nei confronti di presunti delatori; possiamo condannarli come volgari sequestratori o irriderli come certi giornali che, davanti al "fenomeno comunicativo" zapatista, li hanno tacciati di incapacità di stare al passo dei tempi (e di essere gelosi di Marcos...). Per quanto mi riguarda, sono il primo a sostenere che chiunque pretenda di imporre il leninismo in un paese latinoamericano evidentemente con la testa vive su un asteroide e non conosce minimamente la propria gente. Ma che importa, vanno bene tutto e il contrario di tutto, disquisire di guerriglia vivendo in agiate dimore europee è un vezzo insignificante, aria fritta per annoiati dell'una e dell'altra sponda. La realtà è che intanto in America Latina passano i decenni, i guerriglieri di questa o quella formazione vengono sterminati o si reinseriscono faticosamente nella vita politica nazionale, estenuanti trattative di pace si trascinano per anni, ogni tanto si giunge a un accordo e, alla fine dei conti, resta sempre un dato incontrovertibile: la povertà aumenta e la stragrande maggioranza della popolazione sta peggio oggi rispetto agli anni in cui Ernesto Che Guevara si faceva ammazzare per gli stessi, eterni, maledetti motivi. E non dimentichiamo che in Colombia ci sono stati sacerdoti che, di fronte all'intollerabile ingiustizia e alla ferocia del potere, hanno deciso di impugnare le armi sostenendosi al Vangelo. Camilo Torres fu uno di loro. Uno dei tanti che hanno dato la vita per tentare di migliorare l'esistenza degli esseri umani in una fetta di mondo che da cinque secoli subisce soprusi e umiliazioni, saccheggi e genocidi. Tutto inutile: mai la diseguaglianza era arrivata ai livelli odierni, con il cinquantasei per cento della popolazione del pianeta ridotta in miseria, mentre ogni tre anni muoiono di fame o malattie curabili più persone di quante non ne siano state uccise nei sei anni della Seconda guerra mondiale.

Immersa in una situazione simile, potrebbe mai la Colombia, da sola, stracciare il copione che le ha assegnato il ruolo del *malo*, il cattivo del film?

La chiesa dei poveri

Per molto tempo ho considerato l'anticlericalismo un sano antidoto ai concetti di gerarchia, obbedienza cieca, rassegnazione, mentre ammetto che l'istintiva rivolta al concetto di "religione" – se intesa come fede che fornisce speranze a chi ha ben poco da perdere – ha subìto notevoli *attenuazioni* da quando ho cominciato a conoscere di persona uomini e donne che, professandola, dimostrano nella pratica quotidiana di meritare rispetto e non rifiuto precostituito. Mi riferisco soprattutto a certi sacerdoti latinoamericani (e a qualche raro caso europeo), sulla cui condotta umana credo sia giusto continuare a discutere all'interno del movimento anarchico. Lasciamo subito da parte la questione della fede, che comunque non andrebbe affrontata con superficiali assolutismi, e per la quale, oggi, la vecchia asserzione "oppio dei popoli" comincia a suonare superata, dato che imperano lavaggi del cervello ancor più efficaci: la televisione, in tal caso, dovrebbe fare le funzioni alternativamente di Roipnol e Prozac, al cui confronto l'oppio risulta un piacevole passatempo. E comunque ricordo sempre la battuta di padre Ernesto Cardenal, durante una discussione fra amici a Managua: "La religione è l'oppio dei popoli? Può darsi, e allora? È forse così spiacevole, l'oppio?".

Mi riferisco invece agli uomini e alle donne di quella "chiesa dei poveri" che per il Vaticano sono nemici peggiori di qualsiasi altro, tanto che Wojtyla, nonostante qualche rifacimento di facciata, ha dedicato l'intero mandato papale a denigrarla, attaccarla, smantellarla e disperderla. Se avere un avversario comune (il Vaticano) non è sufficiente per essere automaticamente "alleati", credo però valga la pena approfondire l'argomento.

Nei suoi interventi in pubblico, Diego Camacho/Abel Paz ha spesso sottolineato un aspetto del film *Tierra y Libertad*, quando i miliziani fucilano il prete franchista: "Lo uccidono perché ha sparato sui compagni, perché era un delatore, e non in quanto prete," afferma Diego, "e la propaganda reazionaria ci ha dipinto come assassini di preti e suore, evitando di raccontare quali crimini avessero commesso prima di finire come sono finiti. Ma c'erano anche preti ben diversi, che noi anarchici rispettavamo".

E infatti, la storia riscritta a uso e consumo dei vincitori, falangisti e stalinisti che fossero, si è sempre guardata dal raccontare come il Vaticano avversasse ferocemente quei sacerdoti, soprattutto della regione basca, che si schierarono con i contadini e gli operai contro le oligarchie e i militari. Preti che vennero uccisi dai franchisti, ma dei quali Roma non vuole neppure ricordare i nomi. Certo furono una minoranza, di fronte al clero spagnolo che avallò e fomentò repressioni e persecuzioni prima, durante e dopo la guerra, ma non per questo vanno dimenticati. Per ignorarne l'esistenza, Pio XII ricevette tremila falangisti in udienza solenne, sancendo ufficialmente da che parte stesse la *sua* Chiesa, mentre Wojtyla si è prodigato a "beatificare" preti e suore "vittime degli eccessi repubblicani": il primo benediceva i cannoni di Mussolini, e il secondo è andato a Santiago del Cile per abbracciare pubblicamente Pinochet.

Ma veniamo a tempi più vicini e a terre più lontane. La valanga di luoghi comuni che ha travolto la vera memoria del Sessantotto dimentica cosa sia stato il "Sessantotto della Chiesa", cioè quel Concilio Vaticano II voluto da un papa *anomalo*, Giovanni XXIII, che "spalancò le finestre e fece irrompere aria nuova", a detta di alcuni vescovi e cardinali che avrebbero, da lì in avanti, aperto la strada alla cosiddetta Teologia della Liberazione. Contemporaneamente, dovrebbero farci riflettere certe asserzioni, come quella del reazionario cardinale Ottaviani, a capo degli integralisti, che dichiarò: "Preferirei morire prima della fine del Concilio, perché solo così morirei come cardinale della Santa Chiesa Romana e non come funzionario di una Chiesa filocomunista!". Ovviamente, il vecchio Ottaviani usava la parola "comunismo" allo stesso modo in cui certi utili idioti dell'odierno politicantame dicono "anarchia" intendendo caos e disordine.

Dopo Giovanni XXIII, ben poco sarebbe rimasto in piedi delle iniziali spinte prodotte dal Concilio Vaticano II in Europa, ma molto avrebbe attecchito invece nell'America Latina. Aver sancito che la ribellione contro l'oppressione e lo sfruttamento è giusta e condivisibile portò alcuni sacerdoti al passo estremo di impugnare le armi contro dittature e oligarchie. Il sacerdote Camilo Torres, in Colombia, si unì alla guerriglia quando capì che all'orrore non si può rispondere offrendo l'altra guancia, e affermava: "Sappiamo che la fame è mortale, e se lo sappiamo, ha senso perdere tempo a discutere se l'anima sia immortale?". Finì ammazzato dall'esercito, lottando per un ideale per lui identificabile nel vero cristianesimo, e che, sicuramente, rifiutava l'autoritarismo in ogni sua forma. Ecco il punto: se tra le molteplici insurrezioni e guerriglie latinoamericane della seconda metà del secolo alcune hanno avuto connotati, almeno iniziali, di indole libertaria e antiautoritaria, lo si deve non solo all'apporto di militanti coscienti e avversi ai vari partiti comunisti, ma anche (o soprattutto) alla presenza di cristiani di base, o come li si voglia definire, che hanno contribuito a contrastare l'attrazione totalitaria, i vagheggiamenti della "dittatura del proletariato", i dogmi importati da Mosca senza chiedersi quanto fosse diversa la realtà in cui li si voleva trapiantare e applicare.

Lo stesso fu per il sandinismo nicaraguense: c'erano settori del Frente apertamente marxisti-leninisti, ma altri (e a loro è dovuta l'indubbia apertura dei primi tempi) che si rifacevano al cristianesimo e contrastavano le involuzioni autoritarie. Non a caso, nel suo scellerato viaggio a Managua, Karol Wojtyla per prima cosa sospese *a divinis* Ernesto Cardenal, sacerdote, poeta, e ministro della Cultura, senza perdere tempo, al punto che lo "bollò" davanti a tutti nello stesso aeroporto Augusto Sandino, appena messo piede a terra. Poi andò in piazza, dove migliaia di madri chiedevano una parola in ricordo dei figli uccisi dai mercenari finanziati dagli Stati Uniti, e Wojtyla, con un gesto di estrema arroganza, urlò quel "*Callense!*" (state zitte!) che mise fine burrascosamente alla sua "visita pastorale" in Nicaragua. Ho conosciuto Cardenal, e ho scoperto in lui un libertario di rara sensibilità umana e politica. La comunità dell'isola di Solentiname, di cui è stato promotore e strenuo difensore, si basava sui princìpi "da ciascuno secondo le sue possibilità e a ciascuno secondo i suoi bisogni" (inizialmente, furono gli stessi princìpi che reggevano i kibbutz israeliani). Se al Nicaragua fosse stato lasciato il tempo di scegliere la propria strada, senza l'aggressione militare ed economica di cui è stato vittima, sono convinto che persone come lui (tante) avrebbero imposto un cammino ben diverso al sandinismo, evitandogli le condizioni di sbandamento e le lotte intestine in cui versa.

Facile giudicare con il senno del poi, certo. Ma anche il movimento anarchico dovrebbe riflettere in modo più approfondito su cosa sia stato il fenomeno sandinista ai suoi albori. Mai, prima, in America Latina una rivoluzione è stata così vicina agli ideali libertari (con l'eccezione di alcuni aspetti della Rivoluzione messicana), e con tante similitudini con la Spagna pre-Guerra civile, quella delle comuni agricole, che cercava di cambiare non un governo o le sole condizioni economiche, ma i rapporti tra gli esseri umani, sognando l'avvento di quello che il sandinismo definiva El Hombre Nuevo, così come Durruti parlava del "mondo nuovo che ci portiamo nel cuore". Ho conosciuto *quel* Nicaragua, e vedendo com'è ridotto oggi, rimpiango il molto che, allora, era ancora possibile fare. Era stato l'unico paese a mettere in discussione la "necessità del carcere", trasformando le prigioni in fattorie aperte, gestite come cooperative dove i semi-detenuti si dividevano il ricavato dei lavori, e mi capitò spesso di vedere folti gruppi di "condannati" andare a fare il bagno nel Gran Lago, accompagnati da una sola guardia, e disarmata. Del resto, la prima misura presa dal "governo di ricostruzione" fu l'abolizione non solo della pena di morte, ma anche dell'ergastolo, introducendo misure che avrebbero comunque ridotto enormemente l'uso di celle e sbarre.

Certo, allo stesso tempo c'erano i giovanotti tornati dalla Germania Est, i funzionari istruiti alla becera scuola di Honecker, pronti a "depurare" le Brigate Internazionali (composte principalmente da latinoamericani, come la Simón Bolívar, ma anche da europei) dagli "elementi anarchici e trockijsti, avventurieri e irresponsabili", secondo una versione aggiornata dell'editto pubblicato dalla "Pravda" nel 1937. Erano i militanti "comunisti" rimasti al riparo quando gli altri si facevano ammazzare sulle montagne, rientrati per "rimettere le cose a posto", nei quali riponevano tutte le loro speranze i partiti comunisti delle due Europe. Ma se non ebbero vita facile fu grazie all'unione di intenti tra libertari laici e preti militanti, come quei giornalisti del "Nuevo Diario", pronti a denunciare senza peli sulla lingua, a mettere sempre in piazza ogni stortura, e nella cui redazione ricordo di aver visto uno strano quadro: raffigurava un Gesù Cristo con lo sguardo fiero, il fucile in spalla e la cartucciera a tracolla. Erano i dettagli che facevano imbestialire Wojtyla, esattamente come le messe *politiche* di certi sacerdoti creavano problemi ai giovanotti venuti dall'Est: in un *barrio* di Managua, c'era un prete che aveva costruito il suo altare con il lastricato delle strade divelto nei giorni dell'insurrezione contro Somoza, a ricordo delle vittime e come monito ai nuovi pretendenti al trono. In quelle messe, i contadini si sentivano invitare a non abbassare la guardia sia verso i carnefici di ieri, sia verso gli autoritarismi del presente. E non dimentichiamo che, nelle elezioni in cui i sandinisti sono stati sconfitti, il minuscolo Partito comunista nicaraguense si è presentato con il "polo" di centrodestra, la Uno di Violeta Chamorro, un particolare che la dice lunga al riguardo...

Passando a un altro esempio, il Salvador, sappiamo bene quali nefandezze siano avvenute nel nome della rivoluzione, facendo rivoltare nella tomba il povero Farabundo Martí; certo Martí era stato attratto dalla sirena moscovita, ma prima di morire mise per iscritto tutta la sua amarezza per come il Comintern si era comportato con Sandino, avversandolo e definendolo "caudillo e lacchè dell'imperialismo": tutto perché il rivoluzionario nicaraguense non solo aveva preso le distanze dallo stalinismo, ma addirittura era arrivato allo scontro armato con alcuni dei suoi agenti. All'interno dell'FMLN salvadoregno ci sono stati gli artefici dell'assassinio del poeta e combattente rivoluzionario Roque Dalton. La pratica dell'eliminazione fisica dei sospetti "traditori" pesa come una macchia indelebile sulla loro storia. Ma questo non deve offuscare quella parte dell'opposizione armata alla dittatura (camuffata da democrazia, con tanto di elezioni farsa) che in Salvador ha mantenuto connotati libertari, quasi sempre legati al cristianesimo di base e alla Teologia della Liberazione. Il vescovo Oscar Arnulfo Romero – scelto dal Vaticano proprio su richiesta dell'oligarchia salvadoregna, che lo considerava un prelato malleabile e disposto a chiudere entrambi gli occhi – ebbe il coraggio di sfidare così apertamente il governo di Napoleón Duarte (Democrazia cristiana, il suo partito), denunciandone i crimini, che i sicari del maggiore D'Aubuisson dovettero porre rimedio all'errore sparandogli al cuore mentre diceva messa. E in seguito, i militari avrebbero fatto strage dei gesuiti docenti dell'Università Centro Americana di San Salvador, ravvisando in essi una fonte di sovversione intollerabile. Dal loro punto di vista, avevano concrete motivazioni: nelle file dell'FMLN combattevano anche sacerdoti, come padre Rogelio Ponseele.

Un elenco di preti e suore assassinati in America Latina per aver minacciato i privilegi delle oligarchie e gli interessi di Washington sarebbe infinitamente lungo. Quella che è stata ribattezzata "la Chiesa dei martiri" non voleva essere il vero argomento di questa riflessione, bensì la necessità di confrontarci sul perché cristianesimo e spirito antiautoritario, in quelle terre, si muovano insieme perseguendo fini comuni. Arrivando al Messico, e all'insurrezione del Chiapas, i connotati libertari del neozapatismo sono dovuti soprattutto a ciò che Emiliano Zapata ha rappresentato nella storia e tentato di portare a termine a prezzo della sua vita. Ma non possiamo ignorare l'apporto dei tanti catechisti sconosciuti, inviati nelle comunità dalla diocesi di San Cristóbal retta da Samuel Ruiz, alla diffusione di una coscienza divenuta oggi inarrestabile. Da quando la chiesa del Chiapas (non tutta, ma la maggioranza) ha smesso di propagandare la rassegnazione, giustificando e avallando la ribellione quando la dignità viene negata, e addirittura promuovendola quando il potere è sordo e i latifondisti ricorrono agli eserciti privati per strappare le terre ai contadini, allora ha cominciato a manifestarsi un fenomeno che avrebbe assunto proporzioni straordinariamente vaste. Intendiamoci, gli indios in questi cinque secoli si sono ribellati innumerevoli volte, e la Chiesa non li difendeva di certo, ma solo adesso che l'altra chiesa, quella in aperto contrasto con le gerarchie romane, dà loro sostegno in ogni senso hanno finalmente trovato un'unità da sempre cercata e mai ottenuta. E il Vaticano, a conferma del fatto che non si può mai, parlando della realtà latinoamericana, considerare il mondo cattolico univoco e uniforme, scatena i suoi "generali" contro i ribelli al Nuovo Ordine Mondiale.

Il nunzio apostolico Girolamo Prigione arrivò a Città del Messico dopo una fruttuosa carriera presso le più sanguinarie dittature latinoamericane, alle quali aveva sempre fornito colpevole silenzio o addirittura aperto appoggio, e fin dall'inizio del suo nuovo incarico si sarebbe dedicato ossessivamente a perseguitare Samuel Ruiz chiedendone la rimozione. Solo le mobilitazioni di massa degli indios chiapanechi hanno costretto il Vaticano a recedere dai *consigli* di monsignor Prigione. Ma vale la pena spendere qualche parola per definire meglio la figura di questo campione del papato. Per esempio, nel 1974 venne mandato in Ghana, probabilmente uno dei ricordi peggiori della sua brillante carriera: il governo del paese africano avrebbe finito per dichiararlo "persona non grata" dopo averlo accusato di traffico di valuta e contrabbando di avorio. Un'altra macchia infamante, il cardinale nativo di Castellazzo Bormida l'avrebbe rimediata nel 1985, poco dopo il devastante terremoto di Città del Messico: trafugamento di una grossa somma in dollari inviata dai cattolici di New York per le vittime del sisma. Secondo una ricostruzione della rivista "Impacto", pubblicata nel marzo del 1991, Girolamo Prigione aveva utilizzato padre Kurgoz, noto per i suoi legami "lavorativi" con la Cia, depositando centosettantamila dollari in un conto segreto negli Stati Uniti. Del Messico dice: "Qui mi trovo benissimo, e non ho alcuna intenzione di andarmene," ma da qualche tempo Prigione deve fare i conti con i problemi che gli creano i giornalisti, per lui ben più pericolosi di quelli che gli creano i diseredati. Il colpo più duro glielo hanno inferto pubblicando la notizia di un suo incontro segreto con i fratelli Arellano Felix, potenti boss del Cartello di Guadalajara, che si sarebbero recati addirittura nella sua residenza privata, nonostante fossero i narcotrafficanti più ricercati del paese. Prigione non ha potuto smentire, e con innocente candore ha dichiarato: "Volevano confessarsi, non potevo certo rifiutarmi...". Gli Arellano Felix, per inciso, sono accusati dell'omicidio di Juan Jesus Posada Ocampo, il cardinale di Guadalajara crivellato di pallottole all'aeroporto e la cui valigetta è misteriosamente scomparsa dall'auto. Il settimanale "Proceso" del 17 ottobre ha pubblicato una circostanziata ricostruzione del suo attivismo in campo economico: il nunzio sarebbe stato addirittura il consigliere finanziario del magnate Carlos Cabal Peniche riguardo alle sue piantagioni di banane, che Prigione perlustrava in elicottero privato: anche adesso che Cabal Peniche è finito in galera per bancarotta fraudolenta, il Vaticano continua a tacere. Intanto, Girolamo Prigione, con l'arroganza usuale, rilascia dichiarazioni contro "quei vescovi che confondono la teologia con la lotta di classe". Rispetto a certe "confusioni", Samuel Ruiz si è preso una divertente rivincita durante un'assemblea episcopale: nella lettura di un documento della sua commissione, aveva posto particolare enfasi su un preciso passo che riguardava gli sfruttati e gli emarginati, causando la bocciatura di molti altri vescovi che lo avevano ritenuto "sovversivo". A quel punto, don Samuel ha rivelato che si trattava di una citazione del profeta Isaia dal Vecchio Testamento. Per le gerarchie reazionarie, persino i Vangeli andrebbero censurati.

Dunque, essendo Ruiz un vescovo e Prigione un nunzio, e conoscendone i rispettivi comportamenti, sarebbe quanto meno miope considerarli entrambi come due esponenti di una gerarchia da avversare in blocco.

Le diversità e le distinzioni andrebbero sempre colte e approfondite. Generalizzare dovrebbe rimanere una prerogativa dell'autoritarismo. E nel variegatissimo "universo clero", ci sono molti individui degni di attenzione e rispetto, anche – ma non solo – perché essi stessi sono avversi al dispotismo del Vaticano.

Cartoline dagli aeroporti

Il mio amico R.V. ha vissuto per vent'anni in Messico, dove faceva il falegname, poi ha deciso di tornare a Milano e nel giro di un anno si è reso conto che non si era perso granché, al contrario: così ha colto al volo l'occasione di costruire una casa in riva al Pacifico per un altro amico (R.V., oltre a essere falegname, se la cava anche come "direttore dei lavori" affidandosi a un *albañil* messicano che ne sa più di architetti e geometri messi assieme) ed è tornato in Messico; poi la malattia di suo padre si è aggravata, e R.V. è tornato ancora una volta in Italia per stare vicino al suo vecchio fino all'ultimo giorno. Ormai, nulla lo legava più a questo paese desolato. Ha acquistato un altro biglietto, con la British perché gli permetteva di portare un peso di bagagli superiore alle altre compagnie, e ha fissato anche il ritorno, di lì a quasi un anno, perché comunque non aveva intenzione di tagliare i ponti (o di bruciare le navi, secondo l'usanza di Cortés). Dopo di che si è imbarcato, con il progetto di costruire un'altra casa in Messico: stavolta, la sua.

Durante lo scalo a Londra, R.V. è stato avvicinato da due energumeni di una supposta "sicurezza" che gli hanno chiesto le generalità, gli hanno ritirato la carta d'imbarco, immediatamente stracciata sotto i suoi occhi e, trascinandolo verso il primo aereo per Milano, gli hanno soltanto detto: "Lei non può sorvolare i cieli degli Stati Uniti".

Il mio amico R.V. in Italia aveva una schedatura come "sovversivo" risalente alla fine degli anni settanta. Una piccola condanna per aver ospitato qualcuno che avrebbe fatto meglio a non ospitare, ma si sa, erano tempi confusi e oscuri... Di fatto, oggi R.V. non ha alcuna pendenza con la giustizia, italiana e mondiale, e ne è prova il fatto che ha viaggiato più volte da una parte all'altra dell'Atlantico senza problemi. Però... sembra che da qualche tempo gli Stati Uniti abbiano inasprito le misure "antiumanità" estendendo a loro insindacabile arbitrio la sovranità anche sui cieli che sovrastano gli Usa, e siccome tutti i voli che dall'Europa vanno a Città del Messico seguono le rotte "artiche" o quasi – cioè puntano a nord e poi ridiscendono lungo Canada e Stati Uniti –, finisce che comunque lambiscono almeno un pezzo di Florida...

Dunque, il mio amico R.V. non sa più cosa fare: non ci sono compagnie che gli garantiscano di portarlo a Città del Messico senza che venga sequestrato e fatto rimbalzare indietro da gorilla al servizio degli imperscrutabili capricci della "più grande democrazia del mondo".

Il mio amico D.M. è un fotografo di fama internazionale. Argentino, ebreo, parigino, e un sacco di altre cose ancora, insomma, un cittadino del mondo che ogni tanto incontro nei luoghi più disparati, l'ultima volta in Spagna poche settimane fa, e prima ancora... neanche me lo ricordo, lo conosco da tanti anni e mi rendo conto che a casa sua non ci sono mai stato, né in quella di Parigi né in quella di Buenos Aires, perché è sempre per strada che ci riabbracciamo. La madre di D. ha una settantina d'anni e qualche tempo fa transitava dall'aeroporto di Miami, in Florida. Stava tornando a Buenos Aires dopo aver partecipato a una fiera turistica: lei è un agente di viaggi, dunque negli Stati Uniti ci va spesso. Alla solita trafila di domande – "Qualcuno le ha consegnato qualcosa nelle ultime ore? Ha tra i bagagli qualcosa che non le appartiene? Ha mai avuto intenzione di attentare alla sicurezza degli Stati Uniti d'America?" ecc. – la mamma di D. rispondeva cortesemente, sorridendo tra il divertito e l'imbarazzato, perché molte di quelle domande sono davvero sceme e inutili a qualsiasi fine "antiterroristico". Ma così va il mondo, in quest'epoca scellerata, e la mamma di D. si sottoponeva di buon grado all'interrogatorio demenziale, finché... estenuata da quell'in-

215

finità di sciocchezze, dopo ripetute richieste di spiegare perché la sua valigia fosse "così pesante" (conteneva dépliant e fascicoli di agenzie turistiche, e si sa, la carta pesa, più della cultura) e cosa potesse essere il misterioso marchingegno scovato dai raggi X (pare si trattasse di un'aspirabriciole da tavola, regalo per qualche figlio o nipote), la mamma di D., forse lasciandosi andare a un impulso istintivo della proverbiale ironia ebraica, commettendo comunque un errore fatale, sempre con il suo sorriso amichevole rispondeva improvvidamente: "E cosa vuole che porti una donna della mia età nella valigia, una bomba?".

La scena è mutata nel giro di un istante. L'addetto alla "sicurezza" ha chiamato alcuni agenti dell'Fbi, che hanno ammanettato la mamma di D., l'hanno trascinata in una stanza "segreta", le hanno calato un cappuccio nero sulla testa, l'hanno interrogata brutalmente: ce n'era uno che amava ripeterle "sporca ebrea", segno che i neonazi non si sono infiltrati solo nell'esercito Usa, come denuncia una recente inchiesta del Pentagono, ma anche nell'Fbi. Infine, la mamma di D. è stata rinchiusa in un carcere di "massima sicurezza" (tutto, oggi, è "sicurezza" al massimo livello). Persino Amnesty International e la comunità ebraica statunitense si sono mobilitate per farla rilasciare, quando i familiari non sapevano più dove fosse finita: desaparecida per due giorni. Nel frattempo, la mamma di D. non poteva usufruire di un avvocato perché non aveva con sé il denaro in contanti per pagare l'anticipo – sì, funziona così: i diritti sono sacrosanti solo per chi ha i contanti per garantirseli subito – e infine è stata espulsa. Poco importa se, a distanza di sei mesi, un tribunale statunitense le ha dato ragione: di fatto, non ha ricevuto nessun risarcimento.

Oggi, la mamma di D. rifiuta di parlare di quei due giorni. Non vuole ricordarli. Il trauma è stato tale che è diventata un'altra donna: ha perso l'allegria per la quale era famosa tra parenti e vicini, è taciturna, spenta. L'amico D. mi ha scritto di sua madre:

"*Mi vieja era una tipa jovial, una mezcla de rabino, gaucho y jefe sindical, siempre de buen humor, generosa y dispuesta a sacrificarse y a dar una mano. Desde entonces es otra, se apagó, quedó traumatizada con este triste episodio. Nunca, NUNCA, habla de él, tu sabes, hay quienes lo canalizan contando y otros, otros escogen refugiarse en el silencio*".

E l'amico D., già che c'era, mi ha raccontato un altro episodio della serie "soprusi aeroportuali in nome della sicurezza del mondo".

Un ragazzo di Marsiglia stava sorvolando lo "spazio aereo

Usa" suo malgrado, diretto altrove, su un velivolo di una compagnia statunitense, quando ha avuto un attacco di diarrea. Dal momento che era da tempo chiuso nella toilette, una hostess è andata a bussare ripetutamente alla porta. Esasperato per il malessere e l'insistenza della cameriera-garante della sicurezza, il giovane marsigliese ha avuto la pessima idea di rispondere alterato: "Lasciatemi cagare in pace, che cazzo state pensando, che sto innescando una bomba?".

La parola "bomba" è sufficiente a rendere questo scritto immediatamente risucchiato e classificato dai computer di Echelon. A bordo di quell'aereo, è costato al giovane marsigliese l'immediato atterraggio nell'aeroporto Usa più vicino, il suo arresto, un interrogatorio "duro" e l'espulsione (da dove? Lui non voleva andare negli Usa...). Nel suo caso, il sindaco di Marsiglia gli aveva procurato un avvocato, e persino Chirac ha rivolto una formale richiesta di spiegazioni al governo Usa.

Nulla di fatto, la diarrea gli è passata, ma nei cieli statunitensi non ci passerà più. E per andare in America Latina... Non è dato sapere come diamine si possa fare, per i reietti dei cieli e degli aeroporti.

Perché dobbiamo sopportare tutto questo?

Londra: alleva corvi, e ti beccheranno gli occhi

La loro logica sembra fin troppo chiara: vi dimostriamo cosa si prova a essere bombardati. Logica perversa, ai nostri occhi di contrari a qualunque guerra, logica che in realtà è perversa per un unico motivo: perché asseconda ciò che si prefiggono i cosiddetti neocon – i fondamentalisti Usa che hanno preso malamente le redini di un sistema ereditato dai paleocon alla Kissinger –, cioè il clima di paura che permette qualunque misura repressiva, qualunque abominio contro i "nemici interni", trasformando gli oppositori in "disfattisti" da perseguire. Patriot Act, controlli capillari, esistenze spiate in ogni istante, insomma, la fine dello stato di diritto e di conseguenza il graduale smantellamento dell'essenza stessa della democrazia.

I terroristi dell'una e dell'altra parte uniti nella lotta: lo stesso scopo, conquistare l'egemonia nella propria zona d'influenza e prendere la guida della guerra senza quartiere. I terroristi che premono bottoni per sganciare bombe e lanciare missili e i terroristi che tirano una linguetta a strappo dilaniandosi e dilaniando. La sola differenza sostanziale è che "loro" hanno superato l'istinto di conservazione, dunque sono invincibili.

Contrari a qualunque guerra, dicevo. Ma il problema è che questa non è affatto una "guerra", perché sfugge ai canoni di vittoria/sconfitta. Non possono esserci vincitori, non può finire mai se non si estinguono le cause alle radici, e ogni tentativo di soffocare l'odio con altrettanta violenza ottiene l'effetto di chi tenta di spegnere il fuoco soffiandoci sopra: è come il vento che alimenta gli incendi. Più repressione, uguale crescita esponenziale degli attacchi. Da entrambe le parti, in un crescendo demenziale.

Il Grande Paradosso: se si trattasse davvero di "guerra al terrorismo islamico", allora si sarebbe dovuto rafforzare il regime di Saddam Hussein, anziché abbatterlo – con il risultato di frantumarlo in una galassia di attaccanti incontrollabili, facendo della "questione irachena", come ha scritto Guido Viale, "il punto di irradiamento planetario del terrorismo" –, avviando così il più grande, spaventoso incendio terroristico della storia contemporanea, variegato e smisurato terreno di coltura per "cinture esplosive" e "autobombe" all'infinito. Perché il regime di Saddam Hussein era una garanzia anti-integralismo islamico. Ne ammazzava così tanti, di integralisti, da farci inorridire e convincere che andasse fermato. Tra lui e la signora idrofoba che abbaia dall'alto di un attico di Manhattan, c'era un legame sordido quanto inconfessabile: ammazzali, ammazzali...

Il paradosso lo sancirà la Storia: tra i tanti cialtroni che inneggiano alla compostezza e incitano al coraggio di fronte a un nemico che non spedisce le V1 da Peenemunde ma è nato e cresciuto nel rione accanto, un nemico che fa bassa macelleria in metropolitane e autobus dove non metteranno mai piede i "governanti senza paura", sarà Saddam Hussein l'unico a essere ricordato come credibile, considerando che prima dell'invasione dichiarò: "Sarà come scoperchiare la pentola del diavolo". Lo trattarono da pagliaccio, ma è andata esattamente così. E adesso nessuno sa come rimettercelo, quel coperchio. La Storia, spietata, lo ricorderà anche come un imbecille: dissanguò il proprio paese nella guerra con l'Iran per conto dell'Occidente ricevendone in cambio la promessa di ottenere un ampio sbocco al mare tra la foce dello Shatt El Arab e le isolette antistanti per i suoi oleodotti, poi si lasciò invischiare in sterili trattative orchestrate da Washington per ottenere quel fazzoletto di deserto che era parte integrante dell'Iraq prima che Londra inventasse l'inesistente Kuwait (leggi Q8 ai distributori). Basta dare un'occhiata all'atlante per capire che il Kuwait è stato creato appositamente per limitare lo sbocco sul Golfo Persico all'Iraq. Infine, Saddam Hussein cascò nella trappola quando l'ambasciatrice Usa April Glaspie gli disse che Bush senior lo avrebbe spalleggiato in caso di "legittima" invasione della stazione di servizio gestita da uno sceicco con harem di quaranta donnine, sancendo così la fine non solo di se stesso, ma della più antica civiltà del genere umano, la Mesopotamia, odierno Iraq. John Stockwell, all'epoca alto funzionario della Cia, ha dichiarato: "Gli Stati Uniti e l'Arabia Saudita convinsero con l'inganno Saddam Hussein ad attaccare il Kuwait".

Per i dettagli della fregatura che l'imbecille Saddam si prese abboccando all'amo, si legga per favore il saggio edito da Fazi *Dominio*, di Nafeez Mosaddeq Ahmed, che, malgrado il pericoloso nome "esotico" è inglese e dirige l'Institute for Policy Research and Development di Brighton. Un esperto in materia, come si suol dire. Nonché un connazionale del sindaco Ken Livingstone, che invita a restare impassibili, senza preoccuparsi troppo dei tiratori scelti in abiti civili che da qualche giorno sono appostati sui tetti di Londra, e di quelli meno "scelti" che sparano in testa a un lavoratore brasiliano perché – come avrà pensato quel poliziotto a Central Park che uccise un campione olimpionico nero di maratona sparandogli alla schiena – "se vedi un muso scuro che corre avrà pur fatto qualcosa di male". In effetti, alcuni brasiliani hanno tratti vagamente simili a quelli pakistani, o mediorientali, o comunque non ostentano capelli biondi e occhi cerulei e pelle color mozzarella avariata, dunque, che non si lamentino: siamo in guerra, è stato *a tragic mistake*, come si dice da tempo e sempre più spesso.

Blair, novello Churchill, annuncia che non bisogna aver paura e che con le bombe si può convivere: come no, basta evitare metrò, bus, centri commerciali, stazioni, traghetti, aeroporti, luoghi affollati in generale e girare in auto blindata con la scorta su percorsi sempre diversi, o in elicottero, o in aereo personale a cui si accede da ingressi appartati. Insomma, lui davvero non ha paura, gli basta scorrere il calcolo delle probabilità per scoprire che in Downing Street è più facile che esploda la pentola a pressione della moglie mentre cuoce il minestrone che non un'autobomba al suo passaggio. Anche Churchill a suo tempo annunciò alla nazione "sangue, sudore e lacrime", in attesa dell'ineluttabile Vittoria; Churchill che da giovane faceva il tiro al bersaglio sui boeri, poi, ancor giovane ma avvezzo all'arte della guerra, ordinava di spianare le sedi degli anarchici londinesi con l'artiglieria, e successivamente favoriva sotto banco con ogni mezzo Francisco Franco in Spagna e ammirava

Hitler, salvo poi restarci malissimo quando il suo beniamino con i baffetti da Charlot prese a terrorizzare i londinesi spedendo oltremanica nottetempo Heinkel 111 e Junker 88 carichi di spezzoni incendiari al fosforo e V1 a tutte le ore. Londinesi che, va loro riconosciuto, rimasero composti e "quasi" impassibili. Quasi.

Anche allora, si poteva citare il vecchio proverbio spagnolo: "Alleva corvi, e ti beccheranno gli occhi".

E a proposito di inglesi che allevano corvi...

Negli anni novanta, almeno duecento cittadini inglesi di origine pakistana e di religione musulmana sono stati reclutati dai servizi di intelligence britannici, in collaborazione con quelli statunitensi, e spediti in campi di addestramento in Pakistan gestiti dall'Harkat-ul-Ansar (HuA, che oggi "ovviamente" figura tra le organizzazioni terroristiche da sterminare, essendosi intanto trasformata in Harkat-ul-Mujahideen, filo-bin Laden) con lo scopo di essere poi trasferiti in Bosnia a combattere i serbi. A capo della "legione inglese pakistana" c'era Omar Sheik, attualmente ritenuto il responsabile dello sgozzamento del giornalista Daniel Pearl: Omar Sheik ha studiato alla London School of Economics, prima di assumere il comando del contingente anglo-pakistano in Bosnia, inviato ufficialmente dall'allora primo ministro Benazir Bhutto su sollecitazione del "democratico" Bill Clinton, che voleva limitare la presenza delle legioni arabe nei Balcani provenienti dall'Afghanistan, dove erano state create, armate e addestrate dagli Usa in funzione antisovietica. La stessa zona in cui l'ex collaboratore della Cia Osama bin Laden meditava di mordere la mano di chi lo aveva nutrito...

Cría cuervos y te picarán los ojos.

Gli scellerati governanti europei non si avvedevano minimamente del fatto che stavano alimentando un Frankenstein di cui presto avrebbero perso il controllo, la priorità era colpire i serbi a qualunque costo, compreso quello, oggi "passato all'incasso", di armare una legione di terroristi che combattevano con la chiara consapevolezza che occorre sfruttare la forza del nemico per fortificarsi e poi rivolgergliela contro.

Tutto ciò – il suicidio europeo dell'interventismo nei Balcani – non viene ricordato all'interno dei confini di Schengen, ma se lo ricorda benissimo uno dei massimi esperti in terrorismo pakistano, l'ex alto funzionario dei servizi antiterrorismo di Nuova Delhi B. Raman, editorialista di "Asia Times" e direttore di un centro studi geopolitici nell'area. Raman ha dichiarato: "Si sarebbe potuto prevedere: la radicalizzazione della gioventù britannica di origine pakistana è cominciata a metà degli anni novanta con la piena complicità delle intelligence statunitense e britannica".

Alleva corvi e...

Un recente annuncio di Greenpeace mi ha colpito per la sapienza del messaggio: "Difendilo tu il pianeta, prima che il pianeta si difenda da solo".

Perché se il pianeta si difende da solo, poveri parassiti umani che ne infestano l'epidermide...

C'è una sorta di micidiale saggezza da parte del pianeta Terra nell'aver messo l'una contro l'altra armate (con disparità di mezzi, ma con eguale e speculare ferocia) le due peggiori creature che lo stesso pianeta abbia mai partorito: il fondamentalismo Usa e il fondamentalismo islamico. Si nutrono uno dell'altro, senza il nemico-gemello nessuno dei due sopravvivrebbe.

Il primo è stoltamente convinto di saper gestire la destabilizzazione, finalizzata a breve termine a ridurre la concorrenza economica dell'Europa e a lungo termine ad accaparrarsi le risorse del suddetto pianeta in previsione del futuro e inevitabile scontro con la Cina. Il secondo massacra la propria gente con la finalità di acquisire l'egemonia della "guerra santa", altrettanto idiota perché non ha ancora capito che non si tratta affatto di una guerra ma di una progressiva autodistruzione, nel senso di specie a cui appartengono purtroppo anche loro.

E le mosche cocchiere intanto ronzano intorno ai corvi che hanno contribuito ad allevare. A chi toccherà farsi beccare gli occhi nei prossimi giorni?

Pearl Harbor: la madre di tutte le panzane

Durante la presidenza Roosevelt, l'opinione pubblica statunitense era in massima parte contraria all'entrata in guerra, mentre per i vertici politico-economici rappresentava l'occasione di assumere la leadership del mondo. Occorreva dunque un evento traumatico che portasse a urlare vendetta. Lo strangolamento del Giappone, privato dei vitali rifornimenti petroliferi a partire dal 26 luglio 1941, spingeva inesorabilmente la nazione del Sol Levante verso lo scontro diretto con gli Usa. E già nel gennaio precedente, ipotizzando l'entrata in guerra, l'ammiraglio Frank Knox, allora ministro della Marina a Washington, scriveva in un rapporto al presidente: "È assai probabile che le ostilità con il Giappone si aprano con un attacco contro la nostra flotta di Pearl Harbor, e i precedenti dimostrano che le forze dell'Asse attaccano preferibilmente di sabato o domenica". Sarebbe andata esattamente così il 7 dicembre successivo. E il 3 novembre, un mese prima dell'attacco, l'ambasciatore Usa a Tokyo, Joseph Grew, comunicava che l'ambasciatore del Perú gli aveva rivelato che negli ambienti ufficiali tutti davano per scontato che la marina nipponica si stava preparando a bombardare Pearl Harbor. Tali avvertimenti e rapporti compongono una lista incredibilmente lunga. Un ultimo dettaglio inquietante: il 6 dicembre, a ventiquattr'ore dall'attacco, l'ammiraglio Halsey, al comando della portaerei *Enterprise*, ordinava di alzare la bandiera di combattimento e di fronte alle proteste di un ufficiale (il tenente William Jackson) rispondeva seccamente di "eseguire gli ordini". Dalla dichiarazione dell'ammiraglio Kimmel, comandante in capo della squadra del Pacifico, si apprenderà successivamente che non solo anche l'altra portaerei, la *Lexington*, ma addirittura la stessa base di Pearl Harbor erano in stato di allarme fin dal 27 novembre, dopo il telegramma da Washington che diceva testualmente: "I negoziati con il Giappone sono stati interrotti. Attendiamo nei prossimi giorni una mossa aggressiva". A Pearl Harbor gli statunitensi lasciarono solo le vecchie corazzate, obsolete e praticamente inutilizzate nella seconda parte del conflitto, mentre tutte le portaerei – il fulcro della guerra moderna – si trovavano ben lontane, pronte a sferrare la "ritorsione". Quello di Pearl Harbor fu un deliberato, cinico inganno di proporzioni colossali, volto a "conquistare i cuori e le menti" di una società civile indecisa o addirittura avversa. Sacrificarono duemila uomini per ottenere lo scopo.

È un esempio eclatante, ma da allora quasi tutti i conflitti sarebbero stati preparati allo stesso modo, e il copione si ripete spudoratamente identico, oggi anche con l'apporto dirompente dei falsi televisivi e fotografici. L'elenco risulta infinito: l'autoaffondamento del *Maine* nel porto dell'Avana per avviare la guerra contro la Spagna che avrebbe permesso agli Usa di assumere il controllo dei Caraibi, il falso *incidente* nel Golfo del Tonchino per la guerra in Vietnam, e poi, più recentemente, la messinscena del "massacro di Timisoara" con l'esposizione di cadaveri di indigenti presi dall'obitorio e messi "in posa" per le strade, i sacchi di cocaina a casa di Noriega (era farina per fare *tamales*) durante l'invasione di Panamá costata la vita a migliaia di civili, le stragi di musulmani bosniaci (quella del "mercato", o delle raffiche sui funerali) compiute da miliziani musulmani attribuendole ai serbi (tutto documentato dagli ufficiali dell'Onu, che hanno provato l'impossibilità dei mortai serbi di raggiungere quel punto, sebbene ciò non tolga nulla alla ferocia dei boia agli ordini di Mladić), l'Iraq come quarta potenza bellica (!), Bush senior che diede a Saddam il consenso-trappola a invadere il Kuwait per poi dimostrarsi sbalordito e infuriato, l'attentato di Lockerbie che venne "dirottato" sulla Libia quando era emersa chiaramente la partecipazione di elementi iraniani e siriani eccetera eccetera eccetera. Sulla manipolazione del consenso, è meglio leggersi i tanti testi di Noam Chomsky, e difendersi tenendo il televisore spento.

Paradossalmente, converrebbe augurarsi, da bravi egoisti, che gli Usa continuino anche nel XXI secolo a non sbagliare un colpo come hanno fatto nel XX, perché se dovessero esagerare nell'ottimismo e non prevedere che qualche suddito potrebbe fare gesti inconsulti, tutto ciò che nel futuro costituirà materia d'insegnamento sarà il padre che mostra al figlio – entrambi coperti di bubboni – come meglio usare la clava.

Bufale belliche: il caso Kosovo

Kosovo, ovvero: come la Nato realizzò il sogno di Enver Hoxha. Se mai volessimo l'ennesima conferma storica che stalinismo e nazismo traggono linfa da radici comuni, l'Uck – il cosiddetto Esercito di Liberazione del Kosovo – sarebbe l'esempio odierno più concreto. Viviamo in un'epoca nella quale sia il progetto di Hitler – dominare il mondo – sia quello di Stalin – controllare cuori e menti degli esseri umani – sono stati portati a compimento non da una singola nazione o alleanza di stati, bensì dal coacervo di imprese transnazionali che chiamano questo incubo "globalizzazione", mentre il mezzo con cui lo concretizzano, il "neoliberismo", è in sé una contraddizione in termini: mai il mercato è stato meno libero, perché ferreamente controllato e spietatamente escludente, capillarmente a senso unico (come sostiene da anni Noam Chomsky, "il neoliberismo è una ricetta che viene imposta dai suoi propugnatori alle proprie vittime, quegli stessi prougnatori che si guardano bene dall'adottarla per sé").

Tornando agli albori di quello che, all'apparenza, sembrerebbe un assurdo storico – la convergenza di intenti fra il dittatore staliniano Hoxha e la Nato –, va ricordato che l'Uck è in fondo una creatura del dittatore albanese deceduto nel 1985: fu lui a vagheggiare la "Grande Albania" – sebbene il progetto fosse già caldeggiato dal governo collaborazionista durante l'occupazione fascista – e a organizzare, armare e sovvenzionare il primo nucleo di "guastatori" kosovari albanesi, negli anni che lo vedevano acerrimo nemico di Tito e della Iugoslavia fermamente antistalinista (anche se per motivazioni tutt'altro che libertarie...). La memoria cortissima dei nostri mezzi d'informazione ha ignorato alcuni illuminanti reportage pubblicati in epoca non sospetta dal... "New York Times", cioè lo stesso giornale che più tardi avrebbe capeggiato la campagna in favore dell'intervento "umanitario". Nel 1982, l'inviato David Binder descriveva una situazione con termini sorprendentemente simili rispetto a quella che diciassette anni dopo avrebbe scatenato la guerra, ma diametralmente opposta: la minoranza serba risultava vittima di ogni sorta di soprusi da parte della maggioranza albanese, mentre il governo centrale si guardava bene dall'intervenire per non alimentare il nazionalismo di entrambe le parti e non fornire pretesti alla bellicosità di Tirana. Scriveva Binder il 9 novembre dell'82, dopo l'ennesima aggressione con tentativo di bruciare vivo un bambino serbo: "Incidenti di questo genere hanno spinto molti degli abitanti del Kosovo di origine slava a fuggire dalla provincia, favorendo così la richiesta dei nazionalisti di un Kosovo etnicamente puro e albanese. Secondo le stime di Belgrado, ventimila serbi e montenegrini hanno abbandonato per sempre il Kosovo dopo i tumulti del 1981". Riguardo ai quali, il NYT del 28 novembre pubblicava quanto segue: "In una spirale di violenza iniziata con gli scontri all'Università di Pristina nel marzo 1981, un gran numero di persone sono state uccise e centinaia ferite. Con frequenza settimanale, si sono registrati casi di stupri, incendi, saccheggi e sabotaggi con lo scopo di espellere dalla provincia gli slavi ancora rimasti nel Kosovo".

Nel 1986, un altro inviato, Henry Kamm, a proposito del clima di aggressione ai danni degli "slavi" (serbi e montenegrini) sottolineava che le "autorità comuniste locali, di etnia albanese" coprivano i crimini dei nazionalisti. Considerando che dall'altra parte della frontiera Enver Hoxha finanziava i gruppi paramilitari, embrioni del futuro Uck, il NYT non aveva remore nel descrivere la situazione. Va ricordato che risale ad allora la coniazione del termine "stupro etnico", largamente usato dai kosovari albanesi (*comunisti*, a quei tempi) per "convincere" i serbi ad abbandonare terre e case. Binder tornò in Kosovo nel 1987, e l'11 gennaio scrisse: "Gli albanesi nel governo locale hanno dirottato fondi pubblici e modificato regolamenti per impadronirsi di terre appartenenti ai serbi, sono state attaccate chiese ortodosse, hanno avvelenato pozzi e bruciato raccolti. Molti giovani albanesi sono stati istigati dagli anziani a stuprare le ragazze serbe". Difficile liquidare tutto questo come "vittimismo serbo": gli archivi del NYT non sono stati colpiti da missili intelligenti e chiunque, magari nella sua prossima vacanza nella Grande Mela, può andare a verificare. Milošević fu molto abile nello sfruttare l'esasperazione della minoranza serba per raccogliere voti (giurando alla folla che non avrebbe mai più subìto soprusi e violenze dalla maggioranza albanese), ma non dovette faticare granché, vista la serie di orrori praticati per anni con quotidiano accanimento dai giovanotti che propugnavano la Grande Albania e ammiravano Enver Hoxha. Gli stessi che anni dopo sventoleranno bandiere a stelle e strisce, con notevole capacità di trasformismo politico.

Orfani del satrapo di Tirana, i nazionalisti specializzati in stupri e saccheggi hanno trovato, un bel giorno, il più potente protettore che il destino potesse loro riservare: George Tenet, direttore quarantaseienne della Cia. Tenet viene da una famiglia albanese – sua madre fuggì dal "comunismo" (quello di Hoxha) a bordo di un sommergibile inglese – e nel luglio del '97 è diventato uno degli uomini più potenti del mondo per volere di Clinton, che all'apice di una carriera folgorante lo ha messo a capo della centrale di spionaggio statunitense con il compito di ristrutturarla. Da allora, George Tenet ha lavorato in modo assiduo per gli ex connazionali. E ha individuato nel Kosovo il punto nevralgico di una strategia che con i nazionalismi non c'entra nulla, ma che riguarda esclusivamente il controllo delle risorse energetiche e la destabilizzazione dell'Unione Europea all'indomani del varo dell'euro, per fiaccare sul nascere l'unica potenza economica in grado di impensierire quella statunitense (prima o poi toccherà alla Cina, già "avvisata" proprio durante la guerra contro la Iugoslavia). La realizzazione degli oleodotti e dei gasdotti che dalla Russia e dall'Iran – via Mar Nero-Romania-Serbia – avrebbero potuto rendere i paesi dell'Europa mediterranea meno dipendenti dai giacimenti del Mare del Nord (controllati da Gran Bretagna e Stati Uniti, il che spiega esaurientemente l'atteggiamento di Blair al riguardo) ha subìto una battuta di arresto. Washington considera il Caucaso parte della sfera di intervento Usa e Nato, e ha sostenuto la costruzione dell'oleodotto Baku-Supsa (in Georgia) proprio per tagliare fuori la Russia, diminuendone l'influenza geopolitica nell'area: l'apertura è avvenuta dopo una serie di manovre militari congiunte fra Azerbaigian, Ucraina e Georgia in un piano di alleanze che comprende anche la Moldavia, collegata alla Nato tramite la Nato Partnership for Peace (Orwell ci ha insegnato che la parola "pace" non può mai mancare, quando si tratta di scatenare guerre...).

Ma, dal Vietnam in poi, è assodato che prima di far decollare i bombardieri occorre conquistare l'opinione pubblica, compito non certo difficile se si considera la pressoché totale inesistenza di organi d'informazione indipendenti in grado di incidere in profondità sulle coscienze (anche a questo riguardo, si veda l'illuminante produzione di Noam Chomsky, in particolare *Manifacturing Consent*, "La fabbrica del consenso", scritto in collaborazione con Edward S. Herman). E così, è stato messo a capo dell'Organizzazione per la Sicurezza e la Cooperazione in Europa (OSCE) il famigerato William Walker (senza che nessun giornale si chiedesse perché un nordamericano dovesse mai comandare un organismo prettamente europeo). Fatalmente omonimo dell'avventuriero che invase il Nicaragua nel 1855 per conto della multinazionale Vanderbilt, Walker ha un curriculum degno del compito assegnatogli. Entrato in "diplomazia" nel 1961, specialista di questioni latinoamericane, iniziò la carriera come funzionario in Perú, quindi fu assegnato al Dipartimento di Stato nell'ufficio per l'Argentina, e a Rio de Janeiro tra il '69 e il '72, durante la sanguinosa dittatura di Garrastazu Medici, la prima di un'assidua frequentazione di gorilla genocidi sud e centroamericani. Tra il '74 e il '77 Walker diresse la sezione politica dell'ambasciata Usa in Salvador, ai tempi delle famigerate formazioni paramilitari di "Orden", addestrate dalla Cia e dai Berretti Verdi. Nell'82, con Reagan, fu spedito in Honduras, paese strategico in funzione anti-Nicaragua sandinista, dove vennero dislocati i contras. Lavorando a stretto contatto con il colonnello Oliver North – quello dello scandalo Iran-Contras per i fondi occulti al terrorismo antisandinista (una *covert action* in cui ebbe un ruolo notevole l'allora giovane Osama bin Laden, ingaggiato dalla Cia e incaricato dei contatti con l'integralismo islamico, poi armato e finanziato in funzione antisovietica in Afghanistan) –, Walker frequentava a quei tempi persino Felix Rodriguez, istruttore di reparti speciali dal Vietnam all'America Latina, lo stesso che interrogò Ernesto Che Guevara dopo la cattura a La Higuera e trasmise l'ordine di ucciderlo.

Nonostante il successivo scandalo dei fondi, con Walker che compare in ben tredici passi del rapporto della commissione d'inchiesta, la sua stella non sarebbe mai tramontata. Nel 1988 fu nominato ambasciatore in Salvador, dove, l'anno seguente, in occasione dell'elezione di Alfredo Cristiani a presidente, diede un party per festeggiarlo e invitò il maggiore Roberto D'Aubuisson, organizzatore degli squadroni della morte e mandante, tra gli innumerevoli eccidi, anche dell'assassinio del vescovo Oscar Romero.

Quando, il 16 novembre 1989, i militari salvadoregni fanno irruzione nell'Università Centroamericana e massacrano i docenti gesuiti, Walker dichiara di non aver nulla da dichiarare... Nel '92 ha lasciato il Salvador per occuparsi di Croazia, e quindi del "Supremo" Tudjman, altro ex fanatico comunista poi campione degli interessi Usa nei Balcani. Infine, Walker è stato inviato in Kosovo, per creare i presupposti di un conflitto a scopo preventivo che limitasse una futura espansione economica russa – e di conseguenza anche iraniana – e permettesse agli Stati Uniti di costruire la più grande base militare nei Balcani – l'odierna Bondsteel, nei pressi di Orahovac –, i cui lavori in corso sono di tale portata da dimostrare che le truppe Usa resteranno lì per secoli. Il pretesto all'intervento "umanitario" a suon di missili e proiettili all'uranio lo avrebbe inventato il 15 gennaio 1999 a Racak.

Quello che sarebbe passato alla storia come il *casus belli* della guerra umanitaria, cioè la cosiddetta "strage di Racak", fu, è ormai pienamente provato, una macabra, spudorata messinscena. L'inviato del "Figaro" Renaud Girard fu tra i primi a denunciare l'eccidio di quarantacinque civili albanesi, ma soltanto due giorni dopo pubblicò un secondo articolo denunciando di essere stato "preso in giro dall'Uck", al pari degli altri giornalisti. Poi anche "Le Monde" e "Libération" hanno smascherato l'inganno, ma troppo tardi (e comunque, al di fuori della Francia non hanno destato alcuna eco). Girard si era recato sul posto il 15, su invito delle autorità serbe, in seguito a un attacco dell'Uck e a un contrattacco della polizia, con un bilancio di quindici combattenti albanesi uccisi. Sia i giornalisti sia gli osservatori dell'Osce non videro alcuna vittima civile, e il villaggio "appariva del tutto normale". L'indomani, Racak era tornata sotto il controllo dell'Uck, e i giornalisti furono portati a vedere il massacro: quarantacinque corpi che prima non c'erano, apparsi molto tempo dopo il ritiro delle forze serbe. Girard pubblicò il 20 gennaio un dettagliato resoconto dell'inganno subìto, spiegando che erano stati mostrati cadaveri di persone uccise lontano da Racak, trasportati lì per la messinscena della strage: perché, il giorno in cui sarebbe avvenuta, nessuno nel villaggio ne sapeva nulla? E perché Walker si era riunito per ben quarantacinque minuti con i capi militari dell'Uck proprio a Racak? L'articolo mandò su tutte le furie i corrispondenti anglosassoni, che accusarono Girard di "uccidere la loro notizia"... Il mondo fece come gli osservatori dell'Osce: ignorò la verità e giudicò sacrosanto l'inizio della guerra. Ottimo lavoro, Mr Walker.

Michel Chossudovsky, docente di economia presso l'Università

di Ottawa, Canada, è un profondo conoscitore delle guerre nei Balcani e ha dedicato un lungo studio al cosiddetto Esercito di Liberazione del Kosovo, Uck, nel quale vengono alla luce i legami con le organizzazioni mafiose di Turchia, Albania e Italia. Chossudovsky ha scritto a tale riguardo nel giugno del 1999:
"Ricordate Oliver North e i contras? Lo schema in Kosovo è simile ad altre operazioni segrete della Cia in America Centrale, Haiti e Afghanistan, dove 'combattenti per la libertà' (*freedom fighters*) erano finanziati tramite il riciclaggio del denaro sporco proveniente dal narcotraffico. Dalla fine della Guerra fredda, i servizi segreti occidentali hanno sviluppato complesse relazioni con il traffico di narcotici. Caso dopo caso, il denaro ripulito dal sistema bancario internazionale ha finanziato operazioni segrete. [...] L'Albania è un punto chiave per il transito della via balcanica della droga, che rifornisce l'Europa occidentale di eroina. Il settantacinque per cento dell'eroina che entra in Europa occidentale viene dalla Turchia, e una larga parte delle spedizioni di droga provenienti dalla Turchia passa dai Balcani. [...] Il traffico di droga e armi fu lasciato prosperare nonostante la presenza, fin dal 1993, di un grande contingente di truppe nordamericane al confine albanese-macedone, con il mandato di rafforzare l'embargo. L'Ovest ha finto di non vedere. I proventi del traffico venivano usati per l'acquisto di armi e hanno consentito all'Uck di sviluppare rapidamente una forza di trentamila uomini. In seguito, l'Uck ha acquisito armamenti più sofisticati, tra i quali missili antiaerei e razzi anticarro, oltre a equipaggiamenti di sorveglianza elettronica che gli permettono di ricevere via satellite dalla Nato informazioni sui movimenti dell'esercito iugoslavo. [...] Il destino del Kosovo era già stato accuratamente disegnato prima degli accordi di Dayton del 1995. La Nato aveva stipulato un insano 'matrimonio di convenienza' con la mafia. I *freedom fighters* furono piazzati sul posto, il traffico di droga consentiva a Washington e a Bonn di finanziare il conflitto in Kosovo con l'obiettivo finale di destabilizzare il governo di Belgrado e di ricolonizzare completamente i Balcani: il risultato è la distruzione di un intero paese".

La storia si ripete nonostante le diverse latitudini: mentre Washington lancia guerre sante contro la droga – spesso per occultare interventi controinsorgenti, come in Perú e in Colombia –, usa i profitti del narcotraffico per finanziare organizzazioni terroristiche destinate a realizzare i suoi piani di destabilizzazione internazionale. E nel frattempo, ha l'arroganza di concedere o negare "certificazioni" a questo o a quell'altro paese... compreso il Messico.

Come ha giustamente dichiarato Carlos Fuentes: "Dovrebbe essere l'esatto contrario: dovremmo essere noi a certificare o decertificare gli statunitensi".

Riaffermare che la verità è la prima vittima di ogni guerra appare ormai scontato, ma vale sempre la pena soffermarsi sugli esempi concreti, per quanto la nostra sia una lotta di minuscoli Don Chisciotte contro mulini a vento globalizzanti. Tra le poche incrinature nella monolitica campagna di disinformazione, vanno registrate le corrispondenze da Pristina di Paul Watson, inviato del "Los Angeles Times", cioè di un organo tutt'altro che critico nei confronti della guerra. Anche Watson, rispetto alla "strage di Racak", dapprima avalla la versione di Walker, ma in seguito esprime gravi dubbi e intervista addirittura alcuni abitanti del villaggio che confermano le deduzioni avanzate dagli inviati francesi. Quando iniziano i bombardamenti, Watson si rifiuta di lasciare il Kosovo e assume la scomoda posizione di testimone diretto, affermando a più riprese che la Nato "sta colpendo soprattutto chi dice di voler salvare" e gli obiettivi degli attacchi sono sempre civili inermi, senza distinzione tra profughi dell'una o dell'altra etnia. Ben presto, lo sconcerto di Watson si trasforma in indignazione: il 17 aprile dichiara alla Cbc canadese che la Nato sta mentendo riguardo ai presunti massacri di civili albanesi a opera dell'esercito serbo a Pristina. E aggiunge: "Non posso essere d'accordo con i governi della Nato, che stanno solo cercando di nascondere le loro responsabilità per l'esodo dei profughi dal Kosovo. È molto improbabile che un esodo di tale entità sarebbe avvenuto, se non fosse stato per i bombardamenti". E il 20 giugno scrive: "Come unico corrispondente statunitense in Kosovo, per buona parte dei settantotto giorni di bombardamenti della Nato sono passato attraverso una guerra la cui prima vittima è stata, come nella maggioranza dei conflitti, la verità. La Nato ha chiamato la sua devastante guerra aerea un 'intervento umanitario', una battaglia tra il bene e il male per fermare la pulizia etnica e far ritornare i kosovari albanesi alle loro case. Ma, vista dall'interno del Kosovo, questa guerra non è mai apparsa così semplice e pura. È sembrato piuttosto come aver chiamato un idraulico per riparare una perdita e averlo osservato allagare completamente la casa".

È stato anche a causa della presenza di Watson (e di un fotoreporter della Reuters) se la Nato ha dovuto ammettere il massacro del 14 aprile, quando oltre ottanta profughi kosovari albanesi rimangono uccisi in ripetuti attacchi aerei (ben quattro incursioni a bassa quota, a distanza di tempo una dall'altra, e non l'errore di un singolo pilota). Nelle ore successive, i telegiornali mostrano servizi nei quali diversi presunti "profughi scampati al bombardamento" giurano di aver riconosciuto le insegne di Belgrado sui velivoli responsabili della carneficina. Ma in seguito alle immagini diffuse dall'inviato della Reuters e alle descrizioni inviate da Watson, la Nato ammetterà il "tragico errore". Resta solo da chiarire un punto: i testimoni erano vittime di psicosi collettiva o avevano ricevuto l'ordine di dichiarare il falso? È assolutamente impossibile confondere i colori iugoslavi con le insegne statunitensi che spiccano su ali e timoni di coda. Comunque fosse, rappresentano un esempio da tenere sempre bene in mente, di fronte a certe "accuse irrefutabili di testimoni oculari".

Qualche mese dopo la fine dell'intervento "umanitario", persino le tanto sbandierate fosse comuni hanno subìto un drastico ridimensionamento. Nessuno potrebbe mai negare la ferocia dei paramilitari serbi – fermo restando, come ha affermato persino una funzionaria dell'Osce, che questi si sono scatenati *dopo* l'inizio degli attacchi Nato, e non prima, a riprova che l'incolumità dei kosovari albanesi è stata solo un pretesto per altri scopi –, ma le famose foto satellitari di presunte sepolture di massa sono risultate altrettante montature a uso e consumo della propaganda. Durante il conflitto, la Nato ha diffuso la spaventosa cifra di diecimila civili uccisi dai serbi: calata l'attenzione dei media, risulteranno essere circa duemila, dei quali la maggior parte combattenti dell'Uck, mandati allo sbaraglio dai loro comandi per ottenere maggiori riconoscimenti sul campo, e resta inoltre impossibile quantificare quanti civili albanesi siano stati uccisi dall'Uck perché considerati "collaborazionisti". Il 17 ottobre 1999 la Fondazione Stratford, un centro di studi strategici con sede ad Austin, Texas, ha emesso un approfondito rapporto in cui fra l'altro si legge: "Nel caso che gli Stati Uniti e la Nato si fossero sbagliati [sulla cifra di diecimila vittime], i governi dell'Alleanza che, come quello italiano e quello tedesco, hanno dovuto a loro tempo fronteggiare pesanti critiche potrebbero venirsi a trovare in difficoltà. Ci saranno molte conseguenze, qualora risultasse che le dichiarazioni della Nato riguardo alle atrocità commesse dai serbi erano largamente false".

Sembra che il problema non sussista: sono ormai trascorsi diversi anni senza la benché minima difficoltà nel digerire e dimenticare qualsiasi falsità ingoiata.

Poi avremmo assistito a una capillare pulizia etnica, stavolta davvero totale: a parte i serbi, anche turchi, montenegrini, croati, goran, rom ed ebrei hanno dovuto lasciare il Kosovo, cacciati a for-

za di stragi e distruzioni sistematiche. Una pagina del tutto taciuta dall'informazione globale è quella che riguarda il dramma della comunità ebraica di Pristina. Jared Israel, del Brecht Forum di New York, ha intervistato Cedda Prlincevic, presidente della comunità, scampato al pogrom scatenatosi con l'ingresso della KFOR – cioè dei "liberatori" – e rifugiatosi prima in Macedonia e quindi a Belgrado grazie all'aiuto di un amico israeliano, Eliz Viza, e del presidente della comunità ebraica di Skopje. Riporto di seguito alcuni stralci delle sue dichiarazioni:
"Sono successe cose orribili. Ma i serbi come popolo, come nazione, dall'inizio della loro storia fino a oggi non hanno commesso atrocità né genocidi. Ci sono stati individui che hanno compiuto atti che non avrebbero dovuto compiere. Ma qualcuno sta sfruttando questo, lo sta esagerando: il popolo serbo non aveva problemi con gli albanesi del Kosovo. Si sono aiutati a vicenda, specialmente nell'ultimo periodo. Ma appena sono entrate le truppe KFOR e il confine è stato aperto alla Macedonia e all'Albania, sono arrivati da fuori moltissimi albanesi e si è creata un'enorme confusione, con molte uccisioni. Durante i bombardamenti nei luoghi dove viveva la gente comune, non si sono verificati massacri commessi dalla popolazione locale. Anzi, spesso erano gli stessi serbi a difendere gli albanesi dalle milizie paramilitari. [...] Poi, con la ritirata dell'esercito, c'erano gruppi paramilitari da entrambe le parti, allora la situazione è diventata sporca. Prima, non si verificavano eccidi. A Pristina ci rifugiavamo in cantina insieme con gli albanesi. Tutti insieme, rom, serbi, turchi, albanesi, ebrei, tutti inquilini dello stesso condominio. Stavamo tutti insieme. [...] Il pogrom è stato messo in atto dagli albanesi stranieri. Loro parlano una lingua diversa. Un altro dialetto. Non posso garantire al cento per cento che siano soltanto gli albanesi d'Albania a farlo, ma non ho visto neppure un albanese di Pristina compiere una vendetta contro un vicino di casa. [...] Noi non siamo stati cacciati dagli albanesi di Pristina, ma da quelli venuti dall'Albania. È la stessa gente che alcuni anni fa dimostrava in Albania e che stava demolendo l'intero paese. Adesso, sono venuti in Kosovo. Nessuno li sta fermando. La KFOR è lì, vede tutto e permette di fare ciò che hanno fatto. La popolazione si aspettava davvero protezione dalle truppe KFOR. Ma invece di difendere la popolazione, sono rimasti a guardare, e fra giugno e luglio almeno trecentomila abitanti non albanesi hanno dovuto lasciare il Kosovo. Persino molti kosovari albanesi hanno avuto grossi problemi, non solo chi era contrario al separatismo, ma persino chi si è limitato a non sostenerlo".

C'è una domanda su cui Cedda Prlincevic sembra reticente, quasi imbarazzato, tanto che Jared Israel gliela pone più volte: riguarda le notizie della stampa sulle atrocità compiute dall'esercito iugoslavo contro gli albanesi durante i bombardamenti. Infine, il presidente della comunità ebraica dice: "Anche se ne parlassi, nessuno ormai si fida più dei serbi. Persino se affermassi che non è accaduto, nessuno crederebbe ai serbi. E se un ebreo di Pristina dicesse che questa accusa è falsa, sarebbe molto difficile per lui essere creduto".

La guerra in Kosovo ha colpito quasi esclusivamente i civili – si calcola che siano soltanto tredici (tredici!) i carri armati serbi distrutti dalla Nato, mentre oltre duemila i civili uccisi dai bombardamenti. Ma questo bilancio, per quanto spaventoso, è poca cosa al confronto delle conseguenze terrificanti che si verificheranno negli anni a venire, e che colpiranno le future generazioni per decenni e forse secoli. Perché la guerra "umanitaria" in Kosovo non è stata assolutamente di tipo "convenzionale", cioè con l'uso di armi "previste" dalla Convenzione di Ginevra, bensì chimico-nucleare. Infatti, come in Iraq, anche contro la Serbia – e sul territorio kosovaro, cioè quello che si diceva di voler "liberare" – sono stati impiegati proiettili e missili con testate all'uranio cosiddetto "impoverito" (*depleted uranium*), ottenuti rifondendo le scorie delle centrali nucleari. Solo in seguito a una precisa richiesta dell'Onu, la Nato ha ammesso – il 7 febbraio 2000, in una breve lettera del segretario generale George Robertson a Kofi Annan – di aver lanciato durante il conflitto almeno trentunmila proiettili all'uranio, senza però specificare che le ogive dei missili Tomahawk sono anch'esse a base di *depleted uranium*. Soltanto lungo la strada che collega Peć a Prizren, dove attualmente sono dislocati i militari italiani della KFOR, si calcola in oltre dieci tonnellate il quantitativo di uranio lanciato sul terreno.

Per gli Stati Uniti, che si ritrovano con almeno cinquecentomila tonnellate di scorie radioattive da smaltire dalle proprie centrali nucleari, il riciclaggio sotto forma di proiettili e testate di missili è un doppio business: si "distribuiscono" all'estero rifiuti altrimenti costosissimi da stoccare e isolare, e si ottiene un'arma letale, infinitamente più efficace delle munizioni convenzionali. Infatti, un proiettile all'uranio – che pesa il doppio del piombo ma è estremamente più denso e duro – all'impatto con la corazza di un mezzo blindato brucia ad altissima temperatura fondendo qualsiasi metallo e incenerisce all'istante gli occupanti chiusi all'interno. Bruciando, l'uranio si trasforma in finissime particelle di ossido radioattivo, che si spargono nell'atmosfera e quindi ricadono al suolo. Ogni particella inalata crea cellule cancerogene nei polmoni e nel sangue, successivamente, sotto forma di polvere impalpabile, penetra nelle falde acquifere ed entra nel ciclo alimentare. È stato calcolato che ogni missile Tomahawk con testata all'uranio può causare in media milleseicentoventi casi di tumore nella popolazione che vive intorno al punto in cui è esploso. Nel gennaio del 2000, un volontario di una Ong italiana ha prelevato un campione di terra nella città di Novi Sad e lo ha fatto analizzare al suo rientro in Italia: ne è risultata una radioattività da isotopo 238 – quello presente nel *depleted uranium* a uso bellico – addirittura mille (!) volte superiore al limite considerato accettabile per gli esseri umani.

Oggi sono ormai novantamila i veterani della guerra contro l'Iraq del 1991 che, per l'esposizione alle polveri di ossido di uranio provocate dal lancio di proiettili anticarro e missili antibunker, accusano sintomi riconducibili alla cosiddetta "sindrome del Golfo": molti sono già deceduti per leucemia, tumori linfatici e polmonari, i loro figli sono nati con gravissime malformazioni, mentre un gran numero di sopravvissuti è costretto a un'esistenza enormemente pregiudicata, con costanti dolori alle ossa, nausea, vertigini e stanchezza spossante. Dato che gli effetti dell'inalazione e dell'ingestione di ossido di uranio si manifestano nel medio e lungo periodo, tra qualche anno avremo un lungo elenco di militari della KFOR che denunceranno i propri governi chiedendo un risarcimento (si registrano già diversi casi di militari italiani morti di leucemia dopo essere stati inviati in Bosnia, tra il novembre del '98 e l'aprile del '99, in una zona contaminata da proiettili all'uranio). Ma la popolazione serba e kosovara, i bambini che nasceranno deformi, le madri condannate al cancro, gli operai delle fabbriche distrutte che per primi hanno tentato di ricostruirle esponendosi alla contaminazione, i contadini kosovari "liberati" che avranno ingerito acqua e cibi tossici a loro insaputa, tutte le vittime innocenti di questa guerra *umanitaria*, a chi chiederanno un risarcimento? E in quali ospedali potranno sperare di farsi curare, e con quali medicine, in un paese prima devastato dalle bombe e poi stremato dall'embargo, o in un Kosovo governato dalla mafia del narcotraffico?

Infine, l'Italia sopporterà il peso più oneroso tra i paesi che hanno partecipato a questa sciagurata alleanza. Oltre all'inquinamento ambientale che ci colpirà nel lungo periodo – prima toccherà agli altri paesi balcanici e alla Grecia, dove già si registrano impennate nei tassi di radioattività –, l'Adriatico è infestato di ordigni pericolosissimi, le famigerate *cluster-bombs* a frammentazione, ufficialmente vietate dalla Convenzione di Ginevra e successivamente da quella di Ottawa. Le *cluster-bombs* sono micidiali ordigni che esplodono al contatto con il terreno solo parzialmente, infatti si calcola che circa il trenta per cento rimane inesploso ma attivo, pronto a deflagrare appena il singolo cilindro – poco più grande di due lattine di birra – viene rimosso. Decine di migliaia, forse centinaia di migliaia, di *cluster-bombs* (ogni singolo contenitore a forma di serbatoio subalare ne racchiude circa duecento) sono state sganciate in mare dagli aerei della Nato al rientro dalle missioni, su preciso ordine dei comandi, per "questioni di sicurezza" (evitando di atterrare negli aeroporti con quel carico potenzialmente devastante). Non passa mese senza che i pescatori del Veneto, della Romagna, delle Marche, della Puglia, di tutte le regioni costiere, ne segnalino la presenza tra le reti tirate in secco, e sono già diversi i feriti gravi per le esplosioni avvenute a bordo o poco distante dai pescherecci. E la Nato continua a rifiutarsi di indicare con precisione i punti in cui sono state sganciate. In effetti, nelle migliaia di incursioni aeree effettuate, risulta ormai impossibile stabilire dove e quante siano, le *cluster-bombs* finite sul fondo del mare divenuto tra i più inquinati al mondo; nelle cui acque, fra l'altro, riposa ancora l'intero carico in bidoni di gas nervino di una nave statunitense affondata dai tedeschi nei pressi del porto di Bari (ufficialmente non dovrebbe esistere, perché "ufficialmente" gli Alleati non hanno usato gas nervino nella Seconda guerra mondiale...).

Forse, un giorno, nelle Università dei nostri paesi, facoltà di Scienze politiche, si studierà l'inesplicabile, assurdo caso di un'Europa che contribuì, nel lontano 1999, a destabilizzare se stessa e a condannare intere generazioni ad affrontare la più subdola e pericolosa delle forme di inquinamento letale.

Il sequestro di Simona & Simona:
forse la memoria aiuta più della scarna cronaca

Il poeta salvadoregno Roque Dalton venne assassinato quattro giorni prima di compiere quarantadue anni. Era il 10 maggio 1975. Roque Dalton, la voce poetica del Salvador libero, irriverente, immune dai dogmi ottusi e dal grigiore dell'ortodossia; Roque Dalton, ammirato dagli spiriti più anticonformisti della cultura latinoamericana, amato dai sandinisti nicaraguensi e venerato da tanti giovani salvadoregni assetati di nuovo linguaggio per un nuovo modo di intendere e praticare la lotta rivoluzionaria... e profondamente odiato, per tutto ciò, dal potere del suo paese, si era unito alla guerriglia, decidendo che la poesia non bastava: gli squadroni della morte non permettevano più alcuna attività di opposizione legale e costringevano alla clandestinità. Liberare il Salvador imponeva la scelta della violenza perché in Centroamerica si debellasse finalmente il cancro della violenza. Dunque, Roque Dalton combatté per i suoi ideali di giustizia, con lo stesso impeto e la stessa ironia – e autoironia – che metteva nelle sue poesie. Ma non cadde in combattimento. A ucciderlo, fu "una pallottola sparata di fianco", perché, come ha scritto Eduardo Galeano nel commosso ricordo di Roque in *Memoria del fuoco*, "da un fianco doveva venire quella pallottola, l'unica pallottola capace di trovarlo", dopo essere scampato rocambolescamente all'esercito che per due volte era stato sul punto di fucilarlo, ai torturatori che credevano di averlo ridotto in fin di vita, alla polizia che lo aveva inseguito prendendolo a revolverate.

A uccidere Roque Dalton furono alcuni compagni. Erano convinti che Roque lavorasse per la Cia. Una sapiente regia li aveva spinti prima a dubitare, poi a verificare, e infine a trovare quelli che credettero fossero "indizi inoppugnabili". Non prove, ma validi indizi. E decisero di sparare al poeta Dalton, al compagno Roque, alla spia che passava informazioni ai servizi che foraggiavano, armavano e addestravano gli squadroni della morte salvadoregni.

L'assassinio di Roque Dalton suscitò un'ondata di sdegno in tutta l'America Latina. Pochi tacquero, in nome di una stravolta "ragion di stato" applicata alla rivoluzione, in molti accusarono la guerriglia salvadoregna di cecità, follia, intossicazione mortale...

I dirigenti della guerriglia rimasero attoniti, ci fu chi assicurò "inchieste interne", chi minacciò vendette, chi si chiuse nel mutismo impotente, mentre tanti combattenti della "bassa forza" lasciarono l'organizzazione nauseati, con un dolore insopportabile nel petto.

Ma come si era potuto arrivare a sospettare una persona dalla condotta limpida e dalla pulizia morale come Roque Dalton di essere niente meno che una spia?

Il lento, inesorabile, capillare lavorio che inoculò tali sospetti in alcuni guerriglieri fu messo in atto da una delle più efficaci operazioni della Cia in Centroamerica. Sciogliere le briglie agli squadroni della morte era roba per bisonti che caricano a testa bassa, per grezzi fautori della terra bruciata. Diffondere notizie false con paziente maestria, lasciar intendere senza dire chiaramente, creare le condizioni per demolire dall'interno la forza di volontà di quanti sono disposti a dare la vita per un ideale di giustizia, è faticoso, certo, è un'opera degna di menti sottili, non dà risultati immediati, ma quando finalmente li dà sono dirompenti, devastanti a lungo termine, definitivi.

Paco Taibo II ha dedicato un capitolo – l'undicesimo – del suo magistrale *A quattro mani* alla trama che portò all'assassinio di Roque Dalton, ricostruendo il paziente lavoro portato a termine da un agente statunitense specializzato nello "Shit Department", una sezione addetta a "spargere merda"...

Roque Dalton era stato ucciso perché sospettato di essere un informatore della Cia, ucciso da ottusi guerriglieri che avevano ricevuto gli indizi, senza esserne coscienti, da una sezione apposita della Cia.

E così, come scrive Paco Taibo II, "la guerriglia salvadoregna si scisse e la sinistra perse il suo più lucido militante".

Una decina di anni dopo, a Managua, avrei ascoltato questa stessa versione dei fatti da militanti della guerriglia salvadoregna: quelli della generazione successiva, che avevano continuato a lottare ma che non trovavano pace per l'assassinio del poeta Roque Dalton, "il migliore di tutti noi," dicevano.

Troppo tardi. Infatti, sappiamo com'è andata a finire in Salvador, chi ha vinto e chi ha perso.

Ripensavo alla vicenda di Roque Dalton in questi giorni, vagliando gli innumerevoli dati "anomali" del sequestro di Simona Torretta e Simona Pari. Fin dall'inizio si sono levate voci da ogni parte, dall'Iran alla Palestina, dallo stesso Iraq, che accusavano ipotetici "servizi segreti" di aver gestito l'operazione. Persino Naomi Klein, a un certo punto, ha dichiarato che nel sequestro erano "implicati servizi occidentali". Poi, lunedì 27 settembre, su "l'Unità", Maurizio Chierici citava, in un illuminante articolo sul filo di una memoria che tendiamo a perdere in fretta, l'elenco degli organi di informazione occidentali e "autorevoli" che avallavano tale ipotesi, ricordandoci come, per esempio in Nicaragua, innumerevoli azioni sanguinose da imputare ai sandinisti fossero state messe in atto dalla Cia, e la "casualità" della presenza in Honduras, dove venivano pianificate, dell'ambasciatore statunitense Negroponte, lo stesso che oggi è plenipotenziario in Iraq... La sua storia nera ce l'ha ricordata recentemente Noam Chomsky, e non se la scordano di certo i tanti cittadini centroamericani – quelli sopravvissuti – che hanno avuto a che fare con l'operato dei suoi "Shit Departments".

Il dettaglio che più mi ha colpito, nei racconti di Simona Torretta, è la serie di iniziali interrogatori nei quali i sequestratori sembravano davvero convinti di aver "catturato delle spie". In effetti, nei primi giorni del sequestro, alcuni siti internet infestati dai "tagliatori di teste" – così simili a chi ha sparato "di fianco" a Roque Dalton, integerrimi depositari della verità assoluta – avevano riportato l'accusa alle due donne di essere appunto "spie" degli occupanti.

Chi aveva diffuso, inoculato, il dubbio e gli indizi sul loro presunto ruolo di informatrici del "nemico"?

Adesso salta fuori un elenco "made in Usa" che riporterebbe i loro nomi fra i collaboratori degli occupanti, dove comparirebbe anche quello di Enzo Baldoni.

La storia si ripete, dunque. E bisogna essere davvero ignoranti in Storia, per non sapere come agisce la Cia nei territori di qualunque paese occupato o "da liberare". Oltre che davvero miopi – e ignoranti – per credere che gli statunitensi siano tutti come li vediamo in certi servizi pseudo-giornalistici di "costume", cioè ingenui, un po' sempliciotti, magari inconsapevolmente crudeli ma in fondo bonari...

La leadership – o dovremmo forse dire "leadershit"? – statunitense è profondamente diversa dalla maggioranza dei suoi elettori di turno. Solo un coacervo di menti sottilmente abili, elastiche, capaci di vedere in prospettiva e di prendere decisioni apparentemente incongrue ma efficaci sul lungo periodo poteva raggiungere la meta agognata da tanti prima di loro: il dominio del pianeta. È un coacervo perché spesso entrano in conflitto tra loro per interessi opposti, ma dimostrano un'infallibile efficienza nel perseguire gli obiettivi. Per ottenere un simile dominio, e gestirlo, occorre essere non solo molto intelligenti e scaltri – a differenza degli elettori che li puntellano, e quando non puntellano abbastanza si può sempre ricorrere a brogli degni di una qualsiasi Banana Republic –, ma anche spietati oltre ogni limite, disposti a sacrificare chiunque sull'altare del bene supremo. Che non è la "sicurezza nazionale", bensì il "tenore di vita degli statunitensi".

Già nel 1948 George Kennan, a capo dell'ufficio programmazione del Dipartimento di Stato, scriveva un rapporto catalogato come Studio n. 23 del Policy Planning dove affermava:

"Noi possediamo circa il cinquanta per cento delle ricchezze del globo, ma siamo solo il 6,3 per cento della popolazione mondiale. In tale situazione, non possiamo che essere oggetto di invidie e risentimenti. Il nostro vero compito nell'immediato futuro consiste nell'individuare uno schema di rapporti che ci consentano di mantenere tale condizione di disparità. Per farlo, dovremo rinunciare a tutti i sentimentalismi e ai sogni a occhi aperti; la nostra attenzione dovrà concentrarsi, sempre e a qualunque costo, sul nostro obiettivo nazionale. Dovremo smetterla di parlare di obiettivi vaghi e irreali come i diritti umani, l'innalzamento del livello di vita e la democratizzazione. Non è lontano il giorno in cui dovremo agire in termini di potere diretto. Meno saremo intralciati da slogan idealistici, meglio sarà".

Kennan, ricordiamolo, non era un "falco" repubblicano, ma una "colomba" in quota ai democratici. E nel 1949, in nome degli "interessi nazionali", dimostrò cosa intendeva per "rinunciare a ogni sentimentalismo": il suo ufficio al Dipartimento di Stato diede avvio a una rete spionistica nell'Europa dell'Est affidandone la gestione a Reinhard Gehlen, già capo dello spionaggio nazista sul Fronte Orientale e perciò considerato criminale di guerra.

Chi gestisce un simile potere – una vastità di dominio mai ottenuto in imperi precedenti – non ha certo il volto ebete di un Bush junior, e neanche i volti di quanti si mostrano in televisione. Le facce dei veri potenti, rassegniamoci, non le vediamo mai, e stanno negli uffici meno conosciuti del Dipartimento di Stato, o nei consigli d'amministrazione di multinazionali che commercializzano indifferentemente cibarie e missili balistici, medicinali e bombe a frammentazione, tettarelle per neonati e mine antiuomo, interruttori salvavita e apparecchi per infliggere scariche elettriche ai torturati...

Gli occupanti hanno il volto dei soldati, spesso smarriti e indecisi, altre volte oscenamente allegri davanti a una vittima, a un prigioniero da umiliare, volti di scellerati o di sprovveduti, volti di disperati che si arruolano per ottenere la cittadinanza, gli studi pagati, uno stipendio allettante... Volti di mercenari navigati o volti di ragazzini idioti, ma pur sempre paraventi, fantasmi destinati a dare un'immagine all'inimmaginabile.

Il vero volto degli occupanti non lo vedremo mai, come non abbiamo mai visto il volto di chi ha sapientemente convinto quei poveracci di guerriglieri salvadoregni che Roque Dalton fosse una spia.

È il volto senza volto di chi sta organizzando e gestendo lo "Shit Department" in Iraq, e che userà sempre più spesso "integerrimi combattenti convinti delle proprie verità assolute".

È un lavoro faticoso, ingrato, paziente, capillare, che non dà risultati immediati, ma già ne sta ottenendo di strabilianti: hanno allontanato le Ong scomode, quelle "infestate di pacifisti", di contrari alla guerra, e hanno diffuso anche su Enzo Baldoni la micidiale accusa di essere una "spia" – prontamente accolta da occasionali "giustizieri" –, hanno fatto filtrare che il suo autista e amico, Ghareeb, fosse un palestinese doppiogiochista che passava informazioni al Mossad israeliano, con il risultato di intimidire e costringere all'inazione i pochi giornalisti non ancora *embedded*; e soprattutto, hanno convinto milioni di persone nel mondo che l'Iraq è un'accozzaglia di feroci tagliatori di teste, dove non si deve mettere piede a meno che non si indossi una divisa o non si abbia un contratto da *contractor*. E anche in questo caso, meglio che si avventurino qui individui esperti e determinati, ben diversi da certi "brancaleone" italiani...

La guerra va male? Per la nostra sensibilità di persone che inorridiscono di fronte ai massacri quotidiani, certamente. Ma non illudiamoci. La guerra va benissimo per chi l'ha voluta. Vi faccio un esempio pratico: ho saputo di un ingegnere petrolifero italiano a cui la famigerata Halliburton – sì, quella di Cheney – ha offerto uno stipendio di duecentomila dollari al mese – sì, ho scritto bene, *duecentomila al mese* – per un ingaggio di sei mesi in Iraq. Se sono disposti a pagare simili cifre a tecnici europei, riusciamo a immaginare quanto stiano guadagnando dall'occupazione dell'Iraq? Sta tutto qui, l'andamento della guerra. Va benissimo, senza dubbio.

Infine...

I sequestratori di Simona Torretta e Simona Pari, a detta delle prigioniere, sono uomini "molto religiosi": pregavano tutti i giorni. Anche gli assassini di Roque Dalton, a modo loro, erano molto devoti a un'ortodossia: una forma malata di marxismo-leninismo che, per quei poveri scellerati, era un dogma assoluto, una fede cieca, una motivazione più che valida per trasformare sospetti in certezze e quindi in condanna a morte.

La Cia ha sempre avuto buoni rapporti e ottenuto proficui risultati, con gli integralisti di ogni ordine e grado. A suo tempo ne ebbero di stretta collaborazione con ex gerarchi nazisti, in epoca più recente hanno fornito mezzi a Osama bin Laden per organizzare attacchi contro i sovietici in Afghanistan e prima ancora, quando bin Laden era un giovane rampollo di buona famiglia, per fare da tramite nell'affare Iran-Contras in funzione antisandinista (il Nicaragua è forse l'unico paese dove molti ricordano il nome di Osama fin dai lontani anni ottanta). La sua forza sta anche nella nostra ignoranza e mancanza di memoria: chi diavolo si ricorda di un certo Roque Dalton?

L'assassinio di Nicola Calipari: un "avvertimento"?

Nel dicembre del 1989 Bush padre ordinò l'invasione di Panamá, con il pretesto di catturare Manuel Noriega, ex collaboratore della Cia ai tempi in cui Bush ne era direttore, e successivamente sfuggito al controllo di Washington vagheggiando perniciose tendenze "nazionaliste". Alla base della decisione c'erano in realtà due motivi inconfessabili: primo, Noriega aveva finto di collaborare con gli Stati Uniti a un piano per assassinare buona parte della dirigenza sandinista nicaraguense, solo che al momento cruciale non solo non aveva accolto i commandos di mercenari Contras, ma aveva addirittura avvisato i sandinisti. Secondo, pretendeva il rispetto degli accordi sul Canale che prevedevano la sovranità panamense, firmati da Carter nel 1977 con l'allora presidente Omar Torrijos, poi eliminato con il metodo dell'"incidente aereo": il velivolo presidenziale era esploso in volo nel 1981, togliendo di scena Torrijos che negli ultimi anni si era rivelato uno statista determinato a ottenere l'indipendenza reale di Panamá e il ritiro del numeroso contingente militare statunitense a guardia del Canale.

In quei giorni precedenti il Natale del 1989, le truppe statunitensi uccisero migliaia di civili, mentre il Pentagono approfittava dell'occasione per sperimentare i nuovi Stealth, i cosiddetti "bombardieri invisibili". In una sola notte trasformarono in luce e calore l'intero quartiere popolare di El Chorrillo, fulcro della resistenza panamense. Il numero dei morti non fu mai accertato, perché le truppe d'occupazione lavorarono alacremente nei giorni successivi per portare via decine di autocarri carichi di cadaveri, sepolti in fosse comuni mai rintracciate.

Il 21 dicembre la giornalista spagnola inviata da "El País", Maruja Torres, girava per le strade di Città di Panamá con il fotografo Juantxu Rodríguez, che aveva appena scattato varie foto all'obitorio dell'ospedale di Santo Tomás: cumuli di cadaveri di civili, a testimonianza dell'orrore che si stava commettendo in quei giorni. Quelle di Juantxu Rodríguez sarebbero state le uniche immagini del massacro. Forse qualcuno lo aveva notato e segnalato... Ma non si può definire un "agguato" ciò che accadde mentre Maruja e Juantxu cercavano di rientrare all'Hotel Marriott.

L'albergo era stato occupato dai marine. Juantxu si stava dirigendo verso l'entrata, quando spuntarono alcuni carri armati all'angolo di vía Israel e aprirono immediatamente il fuoco con le mitragliatrici, seguiti da truppe appiedate. Juantxu, d'istinto, scattò qualche foto. Maruja Torres si gettò sotto l'auto, sulla quale spic-

cavano le scritte con il nastro adesivo "Press", "Prensa" e "TV". I soldati la presero di mira e crivellarono l'auto. "Per un paio di minuti interminabili sentimmo cadere intorno a noi un diluvio di pallottole," ha scritto qualche anno più tardi Maruja Torres nel suo libro *Amor América*. "Pregavo Ismael, un amico giornalista morto, e gli chiesi che le pallottole non colpissero il serbatoio o la mia pancia. 'Dritto in testa, dritto in testa,' pregavo."
Ci fu una pausa, un silenzio di morte calato all'improvviso. Juantxu Rodríguez era sul selciato. Una pallottola lo aveva centrato all'occhio. Quell'occhio che stava testimoniando il massacro non avrebbe più intralciato il lavoro degli invasori...
"*It was a tragic mistake*," avrebbe dichiarato l'indomani il comando statunitense alle agenzie di stampa, dopo aver tentato di contrabbandare la versione di cecchini panamensi, immediatamente smentita da altri giornalisti presenti all'interno del Marriott. Ma come credere al "tragico errore" sapendo che dopo la sparatoria avevano continuato a dare la caccia alla giornalista persino con un elicottero da attacco, come lei stessa racconta dettagliatamente nel suo libro...

Non sapremo mai se sia stato un agguato, l'attacco all'auto di Giuliana Sgrena. O, per dirla con Pasolini, "non abbiamo le prove" né mai le avremo. Sicuramente, i militari statunitensi ce l'hanno "a morte" con i servizi italiani. Proviamo a metterci nei loro panni (nella mimetica, in questo caso): abbiamo avuto oltre millecinquecento caduti, un numero enorme di mutilati e invalidi, ogni giorno ci sparano addosso o ci piazzano cariche esplosive dove passiamo, e cosa fanno i servizi italiani? Trattano con il nemico, e gli consegnano valigette con milioni di dollari che useranno per procurarsi altre armi, altre munizioni, altro esplosivo...
Occorreva "dare una lezione" ai servizi italiani, e in primo luogo all'uomo che più di ogni altro si era prodigato nelle trattative: Nicola Calipari.
Sappiamo che la Cia sapeva. Non c'è bisogno di orchestrare un agguato, nella Baghdad odierna, dove si spara più facilmente di quanto si respiri. Sappiamo che l'auto è stata crivellata di fianco, non di fronte, dunque, quando era praticamente ferma davanti a loro. Un "raccontatore di storie" che abbia un po' di dimestichezza con certe situazioni fa presto a immaginare come potrebbe essere andata...
Pattuglia di soldati inesperti, impauriti, nervosissimi. Ordine

di controllare l'accesso all'aeroporto, a settecento metri, lungo la strada dalla città. Notte, buio, rumori inquietanti, raffiche in lontananza, sporadiche esplosioni. Tensione in aumento. Fari in avvicinamento. Comunicazione via radio da parte di chi ha deciso che non devono più "passarla liscia": "Attenzione, attenzione, auto sospetta in avvicinamento, attenz...". Rumori di fondo, disturbi, comunicazione interrotta. E intanto l'auto è lì davanti. Confusione, urla, faro che si accende, partono le prime raffiche, adesso sparano tutti senza sapere perché e a cosa, urla dall'auto: "*Italians! We are Italians! Don't shoot! Italians!*". Cessate il fuoco! Cessate il fuoco! Sconcerto. Sgomento. "*Oh, my God... Shit... I'm sorry... I'm sorry... It was a tragic mistake.*"

Obbiettivo raggiunto: niente più giornalisti *not embedded*, Nicola Calipari non condurrà più trattative e non libererà altri ostaggi "piantagrane".

Nessuno ha ordinato di ucciderli. In tal caso, nessuno ne sarebbe uscito vivo. Occorreva soltanto "dare una lezione".

Ogni giorno vediamo tornare i nostri ragazzi nei sacchi di plastica, e questi mangiaspaghetti danno milioni di dollari ai terroristi...
Comprensibile, se fossi stato al posto loro.

Ma... come diceva Fabrizio De Andrè, "al vostro posto non ci so stare".

Quell'ingrato di Ahmadinejad

Mahmoud Ahmadinejad, chi è costui?

A poche ore dalla sua elezione a presidente dell'Iran – cioè del paese che un tempo chiamavamo Persia e che da millenni si distingue come il "nemico naturale" del mondo arabo –, i mezzibusti dei telegiornali si affannavano a pronunciarne l'ostico cognome producendo suoni ingarbugliati. Ci ha pensato lui, in capo a pochi mesi, a costringere tutti a imparare la pronuncia esatta. Lo ha fatto nel modo più banale e volgare: guadagnandosi le prime pagine dei giornali a livello internazionale con una sparata degna di un guitto della politica: "Israele va cancellata dalle carte geografiche". Apriti cielo. La bolsa claque dell'Impero si è dovuta faticosamente rimettere l'elmetto e fare il proprio dovere: fungere da grancassa agli sproloqui di una marionetta per tentare di distogliere l'opinione pubblica dal disastro in corso. Nessun giornale italiano si è preso la briga di ricordare alcuni punti chiave della carriera di Ahmadinejad, primo fra tutti l'Irangate o Iran-Contras, e suona persino sospetto il silenzio calato frettolosamente sulla partecipa-

zione di Ahmadinejad al sequestro del personale diplomatico Usa a Teheran nel 1979.
Credo valga invece la pena di "prenderla alla larga". Torniamo con la memoria ai lontani anni sessanta, quando sbarcava in Texas Muhammad bin Laden, il patriarca della nefasta dinastia. Era già allora uno degli uomini più ricchi dell'Arabia Saudita, e in Texas cercava nuovi affari. Ne avviò diversi, ma un misterioso incidente aereo lo tolse di mezzo nel 1968. Gli successe il figlio prediletto, Salem, fratello (anzi fratellastro, perché i bin Laden amano possedere un harem e raramente i figli hanno la stessa madre) di quell'Osama che oggi è celeberrimo. Salem fonda nel 1973 una compagnia aerea in Texas, la Bin Laden Aviation, ed entra in contatto proficuo con Bush senior, papà George, erede di un impero petrolifero e agente Cia fin dal 1961, cioè dalla Baia dei Porci in avanti. Dagli affari in combutta con Salem ottiene così tanti soldi e appoggi da diventare capo della Cia nel 1976, per poi introdurre nel giro anche il figlio George W., che diventa socio del capostipite bin Laden fondando la Arbusto Energy, multinazionale petrolifera ("arbusto" è la traduzione in spagnolo, e curiosamente anche in italiano, della parola inglese *bush*: in Texas lo *spanglish* è molto diffuso). Nel consiglio di amministrazione figurano due nomi eccellenti: Khaled bin Mahfouz, odierno alleato di Osama e personaggio di spicco dell'invenzione mediatica chiamata Al Qaeda (nessun terrorista usa questa sigla per rivendicare attentati, ma a furia di essere citata dai media ormai Al Qaeda è diventata una sorta di franchising, anche se non esiste un'organizzazione che coordina le azioni), e James Bath; entrambi uomini chiave nel successivo scandalo della Bank of Commerce and Credit International, che la magistratura statunitense nel 1988 ha accusato di essere la banca che ricicla il denaro del narcotraffico per conto della Cia allo scopo di finanziare gruppi terroristici nel mondo, dall'Iraq al Nicaragua, da Cuba all'Afghanistan, e ovviamente in Pakistan, dove venivano smistati i micidiali missili antiaerei Stinger poi finiti anche nelle mani dei Contras e di altri mercenari in Centroamerica, tanto da aver spinto Colin Powell a tentare di rastrellare le rimanenze nel timore che vengano usati "in malo modo".

Alcune postille prima di passare al vero motivo di questo esercizio di memoria:
• la Bank of Commerce and Credit International aveva stretti rapporti con il Banco Ambrosiano di Roberto Calvi – e quindi con la loggia P2 – e con la Banca Nazionale del Lavoro di Atlanta;
• Salem bin Laden, raggiunta una posizione di eccessivo pote-

re nel clan Bush, perisce in un "incidente aereo", guarda caso in Texas, confermando che il mezzo di trasporto meno sicuro al mondo è un velivolo su cui viaggia un uomo che minaccia gli interessi di qualche statunitense, ancora peggio se si tratta di un petroliere (vedi Enrico Mattei, o anche Samora Machel, statista del Mozambico, o Omar Torrijos, presidente di Panamá, o l'ingombrante Zia Ul-Haq in Pakistan ecc.).

Torniamo dunque all'ennesimo Frankenstein di cui si è perso il controllo: Ahmadinejad.

Nel 1979, con Bush che pur avendo lasciato la direzione della Cia conserva ottimi rapporti con i suoi dirigenti (e di lì a due anni diverrà vicepresidente di Reagan), e Jimmy Carter presidente inviso ai potentati petrolifero-militari, il giovane comandante dei pasdaran – i guardiani della rivoluzione islamica iraniana – capeggia il sequestro del personale dell'ambasciata Usa a Teheran. È il 4 novembre, e i pasdaran prendono in ostaggio cinquantacinque tra funzionari e impiegati con il pretesto di volere l'estradizione dello scià rifugiatosi a New York dopo il trionfo di Khomeini. Mentre nell'intero Iran le esecuzioni sommarie diventano un'orgia di sangue – con l'immagine particolarmente originale delle gru a cui vengono impiccati ad altezze vertiginose tutti i sospetti "comunisti", in modo che si possano vedere da ogni punto della città, passando poi ad appendere tutti gli oppositori in genere e persino gli omosessuali –, le lobby che tramano per distruggere politicamente Carter trattano sottobanco con i pasdaran, e quindi con Ahmadinejad. L'obiettivo è far durare il sequestro almeno fino alle elezioni, in modo da favorire Ronald Reagan. E il sequestro durerà addirittura quattrocentoquarantaquattro giorni... È il risultato sperato da George Herbert Walker Bush, massone di Rito Scozzese Antico e Accettato, nonché capo della Central Intelligence Agency dal '76 al '77 e ora impegnato nella campagna a favore di Reagan. Difficile che ci siano documenti da desecretare riguardo a una delle *covert actions* più sporche dell'intera storia della Cia, quella che fece perire nel deserto iraniano un reparto dei famigerati Navy Seals, truppe d'élite fiore all'occhiello della macchina bellica statunitense, commandos che vennero inviati da Carter per liberare gli ostaggi con un blitz e che, assurdamente, finirono con gli elicotteri in panne per una supposta tempesta di sabbia: l'unico elicottero rimasto operativo si "scontrò accidentalmente" con un C130 da trasporto, una versione ufficiale insostenibile per uomini di tale esperienza di combattimento e di volo strumentale e a vista. Chi li fece crepare nel deserto, quei militari che avrebbero potuto salvare Carter dal crollo di immagine e proiettarlo verso la rielezione? Forse una perversa concatenazione di casualità. O forse no.

Il 16 gennaio 1981 la Federal Reserve e la Banca d'Inghilterra, cioè le banche centrali di Usa e Gran Bretagna, trasferiscono sette milioni di dollari (cinque tramite Chase Manhattan Bank e due tramite Citibank, entrambe controllate dalla famiglia Rockefeller) in un conto presso una banca iraniana a Teheran. Il 21 gennaio Ronald Reagan si insedia alla Casa Bianca e annuncia la liberazione degli ostaggi...

Oltre ai dollari, i pasdaran ottennero anche armi, e fu Israele a organizzarne reperimento e consegna. Ma sarà soprattutto con il successivo affaire Iran-Contras, gestito dal colonnello Oliver North, che si sarebbe raggiunto il culmine della doppia morale, cioè la triangolazione che vedeva l'Iran rifornito di armi e i proventi usati per finanziare i mercenari antisandinisti in Nicaragua, mettendo in moto un mostruoso meccanismo che porterà negli Usa tonnellate di cocaina – risultato degli accordi con i piloti che andavano a rifornire i Contras in Honduras e con i cosiddetti Managua Boys, i rampolli delle famiglie somoziste residenti in Usa che ne gestivano lo smercio – e in seguito al quale Israele si incarica di armare l'Iran integralista, come già faceva con Hamas in funzione anti-Olp di Arafat.

Oggi l'ingrato – o comunque ipocrita – apprendista stregone Ahmadinejad, per distogliere i sudditi dal disastro economico e dalla corruzione che dilaga nel suo sventurato paese, annuncia che Israele va cancellata dalle carte geografiche. Proprio lui che deve tutto a Israele e agli Stati Uniti della dinastia Bush, senza i quali non esisterebbe. Però rischia di sbagliare le mosse, perché sembra non aver fatto tesoro della Storia, quella degli Imperi che usano gli ascari e poi se ne liberano spietatamente, creano Frankenstein e poi fingono di averne perso il controllo per poterne invadere la nazione di appartenenza (*do you remember* Noriega, un tempo sul libro paga della Cia?). A meno che Ahmadinejad non stia continuando a fare la marionetta attaccato agli stessi fili di quando prolungava il sequestro dell'ambasciata fino a far vincere le elezioni a Reagan, cioè per gli interessi dell'apparato che da oltre mezzo secolo impone al mondo un'economia di guerra, terrorizzando il pianeta perché è terrorizzato dall'ipotesi di doversi adeguare a un'economia di pace, nella quale il denaro pubblico non terrebbe più in piedi un sistema di privilegi economici ereditato dalla Guerra fredda.

PS A proposito di quest'ultimo argomento, consiglio vivamente la lettura del saggio di Jacques R. Pauwels, docente di storia presso le Università di York, Western Ontario e Toronto, *Il mito della guerra buona*, edito in Italia da Datanews.

Ho inventato me stesso

Durante la conferenza stampa del 27 maggio 2003 a Bologna che ha presentato la campagna d'informazione riguardo alla "privatizzazione del vivente", ho brevettato me stesso dichiarandomi "invenzione biologica unica e irripetibile". Il modulo inviato all'ufficio ministeriale Brevetti e Marchi offriva anche la possibilità di registrare l'invenzione di una creatura del mondo animale e una di quello vegetale: ho depositato pertanto il brevetto della cozza e del prezzemolo, ritenendo che l'una non possa fare a meno dell'altro; in futuro, pagherò i dovuti diritti a chi ha brevettato l'aglio per poter continuare a produrre – saltuariamente ma legalmente – le cozze alla marinara presso la mia cucina...

Se tutto ciò si presenta come un'ironica provocazione, la faccenda è terribilmente seria: in silenzio e nella penombra degli Uffici brevetti, oscuri funzionari stanno registrando l'invenzione di piante e animali che esistono da millenni. E anche se alcuni casi possono apparire demenziali, c'è poco da ridere. Mentre le multinazionali farmaceutiche hanno sguinzagliato segugi a caccia di biodiversità in ogni zona del pianeta, per "brevettare" piante che contengono princìpi attivi utili a certi medicinali o cosmetici, esistono esempi macroscopici di questo delirio, come il mais messicano. O addirittura i fagioli. Tra le tante varietà, ce n'è una particolarmente pregiata per i valori nutrizionali, popolarmente detta "fagiolo giallo" o *mayocoba*. Nel 1994 gli emissari della multinazionale PodNers, con sede in Colorado, hanno semplicemente acquistato fagioli gialli nei mercati generali di Sonora e nel 1999 hanno ottenuto il brevetto negli Usa sostenendo che quei fagioli li hanno creati loro, e non secoli di lavoro dei contadini messicani, non madre natura e tanto meno il buon Dio. Ora, grazie al brevetto, i coltivatori non possono più vendere i loro fagioli all'estero se prima non pagano le royalties alla PodNers del Colorado. Risultato: le esportazioni di fagioli gialli hanno subìto un crollo del novanta per cento, e altri contadini sono passati dalla penuria alla miseria nera.

L'Università della Georgia e l'impresa inglese Molecular Nature hanno raccolto in Chiapas oltre seimila varietà di piante e funghi e ottenuto la registrazione di duecento formule medicinali che sono in uso da secoli presso le popolazioni indigene di etnia tzotzil. Ma ci sono altri esempi che rasentano il surreale. Come quello della zuppa che costituiva il piatto forte della cucina azteca: si chiama *pozole*, e ha molti ingredienti, tra i quali il mais, diverse verdure e carni, con gli immancabili peperoncino e spruzzata di limone. Ebbene, un gruppo di biologi dell'Università del Minnesota ha brevettato il *pozole*, e avrei voluto vedere la loro faccia come il culo quando sono andati all'ufficio Brevetti dicendo: "Abbiamo inventato questa zuppa e l'abbiamo chiamata *pozole*"...

Infine, l'emblema del Messico è un'aquila che stringe un serpente fra gli artigli nell'atto di posarsi su un *nopal*, pianta cactacea che noi chiamiamo fico d'India... Stenterete a crederci, ma il fico d'India è stato brevettato in... Italia!

Dal 1994, le forme di vita sono diventate brevettabili se si dichiara che quella certa varietà è stata ottenuta grazie alle proprie ricerche e modificazioni genetiche. E allora brevettiamoci tutti, uno per uno, sostenendo che siamo un'invenzione di noi stessi frutto di lunghe e accurate modifiche quotidiane: intasiamoli di invenzioni irripetibili!

Microsoft razzista

La rivista "Forbes" ha incoronato Bill Gates III "uomo più ricco dell'anno", con una fortuna "personale" di diciotto miliardi di dollari. Il giovane imperatore della Microsoft gestisce una multinazionale dalle filiali così numerose da non poter conoscere ogni dettaglio delle infinite attività collaterali: per esempio, non avrebbe mai il tempo di leggere i dizionari che la Microsoft fornisce in diverse lingue. Non sappiamo se Bill conosce lo spagnolo, comunque non è di sua competenza revisionare il lavoro di linguisti profumatamente pagati per redigerli. Probabilmente, il clamore suscitato in Messico da uno dei suoi più recenti gioielli deve averlo costretto a fare una serie di telefonate fustigatrici, per rimediare almeno in parte alla valanga di critiche che stanno rovinando l'immagine della sua azienda. Ecco cosa è successo.

La Microsoft ha immesso sul mercato il processore di testi in spagnolo Word 6 dotato di dizionario dei sinonimi, consultabile anche dall'universo di utenti internet. Alla voce "messicano", leggiamo: "rozzo, volgare, chiassoso, ridicolo". Per contro, un "occidentale" viene definito "bianco, civilizzato, colto". E "meticcio" significa "ibrido, incrociato, bastardo". Passiamo a "indio": per Microsoft, è sinonimo di "selvaggio, primitivo, cannibale". Non si è mai avuta notizia di rituali antropofagi tra gli indigeni dell'America Latina, ma... andiamo avanti, perché non è finita qui. Digitiamo il termine "omosessuale". Ne otteniamo: "invertito, deviato". E di conseguenza, una "lesbica" risulta identificabile con "viziosa e perversa". Sì, perversa, che in spagnolo si scrive e si pronuncia proprio come in italiano. Persino alla voce "donna" c'è da riflettere, perché non viene definita "essere umano" come invece spetta all'"uomo". A quale specie appartengono, dunque, le donne? Adriana Luna Parra, della Commissione Cultura presso la Camera dei Deputati, come donna e come messicana ha dichiarato: "I concetti divulgati dalla Microsoft sono semplicemente razzisti. È una gravissima mancanza di rispetto verso tutti noi messicani, e verso le nostre radici indigene". Il collega parlamentare Florentino Castro ha rincarato la dose: "Quel dizionario ha un taglio chiaramente fascista, e si inserisce pienamente nell'ondata di feroci discriminazioni d'oltrefrontiera, dove un candidato alla presidenza degli Stati Uniti si dichiara apertamente antimessicano e antilatinoamericano. Il dizionario della Microsoft è soltanto un'espressione del clima di intolleranza che stiamo vivendo".

Prima dei politici, erano insorti noti intellettuali e accademici. Fernando Benítez, che ha dedicato l'intera esistenza allo studio e al riscatto delle culture indigene del Messico, ha detto fremendo di sdegno: "Gli autori di questo dizionario sono degli imbecilli e dei cretini. Ignorano che la nostra cultura india è un fenomeno unico al mondo: mentre altre civiltà antiche si dedicavano principalmente a sviluppare le tecniche belliche, qui proliferavano grandi matematici, architetti, astronomi, pittori e scultori. Il fatto che la Conquista spagnola e il seguente razzismo che abbiamo ereditato costringano oggi le popolazioni indigene alla miseria non significa che abbiano perso quell'immenso patrimonio di intelligenza e creatività. Definire gli indios 'selvaggi, primitivi e cannibali', è una falsità degna dei razzisti".

Alla Microsoft di Città del Messico sono andati in tilt i telefoni. Affannati e imbarazzati, i dirigenti si sono precipitati a chiedere scusa e a garantire una approfondita revisione del dizionario "che sembra l'opera di professori risorti dalle catacombe del Terzo Reich", come ha scritto senza mezzi termini il quotidiano messicano "La Jornada". L'insigne linguista argentino Ricardo Colusso, collaboratore della Microsoft, ha prenotato il primo volo per il Messico, dove si incontrerà con vari personaggi del mondo accademico per tentare di rimediare alla vergogna. Nel frattempo, un dirigente della multinazionale si è coperto di ridicolo cercando giustificazioni strampalate: "Il termine 'selvaggio' non ha connotati dispregiativi, un indio è selvaggio perché vive nella selva...". Dalla casa madre gli hanno tempestivamente ordinato di evitare ulteriori contatti con i giornalisti: che se ne stia zitto e lasci lavorare il "pronto intervento linguistico" venuto dall'Argentina.

Purtroppo, quel clima di intolleranza a cui fa riferimento il deputato Florentino Castro produce innumerevoli mostruosità, a molte delle quali nessuno apporterà alcuna "correzione". Per esempio, si sta diffondendo anche in Italia un videogame così concepito: su un maxischermo compaiono "buoni" e "cattivi" e il giocatore deve sparare con una pistola elettronica ai secondi evitando i primi. Poliziotti, ostaggi o innocenti passanti sono invariabilmente "anglosassoni", cioè biondi e con gli occhi azzurri. Narcotrafficanti, killer e sequestratori, sono tutti *latinos*: carnagione scura, baffi neri, tratti del volto tipicamente meticci o indios. Attenzione: non si tratta di personaggi d'animazione, ma di attori che impersonano dei ruoli. A seconda di chi viene colpito, la scena seguente prenderà una piega anziché un'altra. È un gioco "interattivo", e si spara a uomini e donne, non a cartoni animati. Da anni, milioni di ragazzini statunitensi si "allenano" su simili bersagli. E assimilano l'abitudine a riconoscere un delinquente in una "faccia da latino". Per loro, c'è il serio rischio che la parola "messicano" o "meticcio" sia davvero sinonimo di "bastardo".

PS (marzo 2007) La Ubisoft Usa ha messo in vendita un nuovo videogioco ideato da Tom Clancy, già noto come autore di romanzi d'azione e spionaggio. Si chiama Tom Clancy's Ghost Recon Advanced Warfighter 2 e prevede l'intervento in territorio messicano di una unità d'élite con base a Fort Bliss, Texas, per *eliminare* ribelli che minacciano la sicurezza degli Stati Uniti. La versione numero 1 consisteva nell'andare a liberare il presidente Usa sequestrato da terroristi "nel profondo del Messico".

Quest'uomo è un maniaco

Il dottor James Grigson è ormai prossimo alla sessantina, ha una moglie di vent'anni più giovane e nel suo studio di Dallas campeggia la foto di un teschio con la sigaretta in bocca – un severo monito a non azzardare l'accensione di una sigaretta in sua presenza –, accanto a una laurea in psichiatria. Ma il dottor Grigson non ha mai curato nessuno. Lui si dedica a far uccidere chiunque gli capiti a tiro in un'aula di tribunale, e finora non ha sbagliato un colpo. Se il dottor Grigson, psichiatra legale, interviene in un processo, immancabilmente l'accusato verrà consegnato al boia. Certo, non è un compito eccessivamente difficile, il suo, considerando la smania di pena capitale che agita la maggioranza degli statunitensi. Però gli va riconosciuta una notevole abilità nel manipolare i giurati, usando soprattutto il suo carisma di uomo sicuro di sé ma gentile, affabile, estremamente professionale e autorevole. Ogni tanto, comunque, il dottor Grigson si vede costretto a ricorrere a mezzucci e improvvisazioni, ma non è colpa sua se nelle giurie ci sono sprovveduti che non credono nel potere rigeneratore della sedia elettrica o dell'iniezione letale. Una volta, per esempio, si è trovato davanti una signora testarda, che avrebbe votato contro la massima pena per l'imputato di turno. Grigson indagò, scoprendo che la donna aveva una figlia di quattordici anni. Poi si mise d'accordo con il pubblico ministero, che prima della conclusione gli avrebbe chiesto: "Secondo lei, l'imputato sarebbe capace di violentare e uccidere una ragazzina di quattordici anni?". La risposta del dottor Grigson fu: "Ma certamente. Ne sono del tutto sicuro, quell'uomo violenterebbe e ucciderebbe una ragazzina di quattordici anni se gli venisse data l'opportunità di farlo". La signora, opportunamente suggestionata, accettò di votare a favore, e l'imputato finì a contorcersi sotto le scariche elettriche. Eppure, non era accusato di nulla che assomigliasse allo stupro e all'uccisione di una ragazzina. È bastata quell'abile insinuazione concordata per spacciarlo. Ma l'avvocato, perché non si è opposto? Be', ci ha provato. Solo che i giudici, quando hanno il dottor Grigson in aula, sembrano sempre inclini a zittire i difensori.

 E poi, c'è un dato di fatto da tenere in considerazione: negli Stati Uniti nessuno è mai stato condannato a morte se si è potuto permettere un avvocato a pagamento. Non ci sono statistiche da fare: tutti i giustiziati, senza una sola eccezione, erano difesi da un avvocato d'ufficio, cioè giovane e inesperto, e quindi gratuito; non è mai accaduto che un assassino "pagante" sia finito nelle mani del boia. Negli Stati Uniti, se si hanno i soldi per onorare l'esosa parcella, la pena di morte non esiste. A finire gasati, elettrificati, impiccati o avvelenati, sono esclusivamente i nullatenenti. Dunque, il dottor Grigson si trova sempre ad affrontare avvocatelli senza esperienza né eccessiva voglia di contrastarlo; quello che fanno, essendo gratis, per loro è già troppo. Inoltre, è facilmente immaginabile quanto sia impari lo scontro fra un principiante difensore da un lato, e un navigato accusatore supportato da un noto psichiatra dall'altro. Così, la mania omicida di James Grigson si avvia a coronare le centoventi condanne a morte eseguite grazie ai suoi servigi. L'Associazione psichiatri americani lo ha duramente redarguito in più occasioni, ma la legge sta dalla sua, i giudici lo amano perché rende più agevole e spiccio il lavoro, mentre i governatori gli sono riconoscenti perché a ogni nuovo nullatenente soppresso i loro voti aumentano.

Raramente il "doctor Death", come lo hanno affettuosamente ribattezzato gli addetti a questo sporco lavoro, è stato visto in difficoltà durante un processo. Solo nel caso Gayland Bradford la difesa riuscì per qualche minuto a renderlo nervoso, suscitando in lui un fugace imbarazzo. Bradford era accusato dell'omicidio di un poliziotto durante una rapina; a parte le prove, consistenti nelle immagini sfocate di una telecamera interna del supermercato assaltato, a favore dello psichiatra c'erano tre particolari schiaccianti: Bradford era nero, la vittima un bianco, e bianchi erano anche tutti i membri della giuria. Un caso talmente facile da far commettere un'imprudenza al dottor Grigson, che, provocato dal difensore, manifestò un'isterica avversione per la faccia dell'imputato, per il suo taglio di capelli e per lo sguardo che lo rendeva sicuramente un lurido assassino. "Ottimi motivi per condannarlo a morte," aveva ribattuto l'avvocato – raro caso di "donchisciotte" del foro –, suscitando un brusio ostile allo psichiatra. Subito il giudice era accorso in suo aiuto decretando una pausa nel dibattimento. Alla ripresa, il dottor Morte aveva avuto tempo per ricomporsi e ostentare un teatrale atteggiamento cortese e moderato, in certi casi persino arrendevole, quanto bastava a far dimenticare la stizza del giorno prima. Così, recuperato l'autocontrollo, sarebbe riuscito a conquistarsi nuovamente i giurati; e Bradford, nero, con i capelli dal taglio indubbiamente "asociale", i modi poco urbani e lo sguardo fastidiosamente ostile, venne condannato a morte dagli onesti, laboriosi e bianchi componenti della giuria popolare.

La "cartella clinica" del dottor James Grigson avrebbe suscitato un profondo interesse nel buon, vecchio Freud, convincendolo a scriverci su un intero trattato: i genitori erano commercianti in lapidi tombali e il piccolo James è cresciuto vagando da un cimitero all'altro, abituandosi all'idea che la morte altrui è sinonimo di benessere in famiglia, diminuzione degli attriti interni, possibilità di accedere a costosi studi e quant'altro di positivo offre la vita a un giovane con la testa a posto. L'adolescente James trascorreva le giornate con l'amato fratello, ingaggiando partite a scacchi che a volte si prolungavano per buona parte della notte. Il rapporto antagonista tra i due li rese indissolubili. Finché, crescendo, il fratello di James saltò il fosso, diventando un malavitoso. James ne subì un tale trauma da trasformarsi in un maniaco assetato di sangue. E la legge gli mise a disposizione strumenti adatti a sfogarsi. Sarebbe fin troppo facile diagnosticare la paranoia ossessiva in quest'uomo che identifica il fratello traditore in ogni imputato alla sbarra, il Caino che lo abbandonò lasciandolo solo e impotente di fronte alla scacchiera della vita. Considerando ciò, possiamo arguire che non è colpa sua, ma del destino che gli ha giocato questo tiro tremendo. In ogni caso, ci auguriamo che qualcuno lo fermi al più presto. Non sappiamo che fine abbia fatto suo fratello, probabilmente è in galera, ma ci sarà pure un fratello di qualche sua vittima disposto a mettere il dottor Grigson in condizioni di non nuocere più ai disgraziati che gli capitano fra le mani.

PS (2008) James Grigson è morto il 3 giugno 2004.

Rapinatori di banche

Notizia di cronaca comparsa su alcuni quotidiani messicani: un piccolo proprietario terriero si è "accampato" davanti a una banca nella città *norteña* di Aguascalientes, portandosi appresso moglie, due figlie e i pochi animali rimasti del rancho ormai perduto. Il suo caso è simile a quello di innumerevoli coltivatori a sud e a nord del Río Bravo: dopo aver chiesto un prestito a una banca, i gravosi interessi si sono riprodotti come metastasi e hanno inghiottito la proprietà. Il contadino messicano in questione aveva ottenuto un prestito di ventimila pesos e dopo averne sborsati sessantacinquemila si è visto vendere il rancho a un anonimo acquirente, da parte della banca che deteneva i certificati di proprietà. I clienti che accedono alla succursale devono ora scavalcare maiali, tacchini, capre e galline (e soprattutto i loro escrementi), ma davanti ai cronisti concordano unanimemente sulla solidarietà alla famiglia rovinata e stramaledicono in coro le banche usuraie...

Molto tempo prima che Bertolt Brecht tramandasse ai posteri la famosa frase: "Fondare una banca è un crimine ben più grave che rapinarla", la simpatia popolare nei confronti degli svaligiatori si nutriva in parte di vacuo mito da frontiera – almeno negli Usa – e soprattutto di istinto di rivalsa nei confronti dei banchieri, considerati l'emblema stesso del cinismo elevato a sistema, la spietatezza del Dio Denaro responsabile della progressiva distruzione di valori a volte soltanto intuiti o vagheggiati, comunque rimpianti. E se la cinematografia messicana ha le gambe corte per quanto riguarda la distribuzione all'estero, Hollywood da oltre mezzo secolo fa rivivere le gesta dei più famosi – o famigerati – eredi di Robin Hood: quasi nessuno rubava ai ricchi per dare ai poveri, questo è vero, ma tutti rappresentavano la rivincita per milioni di angariati dallo strapotere dei banchieri. Basti pensare che al funerale di Bonnie Parker e Clyde Barrow, forse la coppia più tristemente celebre in questo pericoloso "mestiere", parteciparono migliaia di comuni cittadini: cosa li spingeva a seguire il feretro dei due rapinatori crivellati da centosessanta pallottole? Il disprezzo per le banche unito al clamore della stampa. Impossibile stabilire quale dei due prevalesse, ma è certo che i giornali non avrebbero reso così famosi Bonnie & Clyde se anziché "alleggerire" casseforti di filiali si fossero dedicati a un altro genere di crimini.

Nelle patrie galere esistono leggi non scritte che sono in vigore da sempre: la quasi totalità dei detenuti emargina gli autori di reati spregevoli, vili, umilianti. Così, i "papponi" che campano sulle spalle delle prostitute devono starsene in disparte, se vogliono evitare il costante disprezzo della popolazione carceraria, mentre chi si è macchiato di crimini legati alla pedofilia fa meglio a chiedere l'isolamento se non vuole rischiare la giustizia sommaria. Per contro, un alone di rispetto e ammirazione circonda i rapinatori di banche. Al punto che vengono considerati una sorta di élite, di "aristocrazia" delinquenziale. Il rapinatore di banche, agli occhi di ogni altro carcerato, è l'uomo – o la donna, in casi rari ma spesso entrati nella leggenda – che con coraggio in punta di pistola va a riprendersi il "maltolto", senza ricorrere a sotterfugi o furbizie ma affrontando la questione di petto, perché alla fine dei conti è sempre questa, la molla: le banche sono da molti considerate "associazioni a delinquere tramite usura" e chi le svuota riscuote ammirazione. E anche fuori dalle prigioni, la musica non è molto diversa... Come nello struggente film *L'uomo del treno*, a volte il rapinatore, invecchiato, solo e stanco, sogna una vita serena in pantofole e vestaglia, ma chi quella vita la fa da sempre, almeno una volta sogna di essere l'*altro*.

Il vero rapinatore di banche non ricorre alla violenza, perché sa quanto sia stupido attirarsi l'ira della legge uccidendo gratuitamente. Chi ha il grilletto facile è un disperato, una "mezza tacca", uno sballato, non certo un professionista del *colpo*. E così, la leggenda si nutre di personaggi che, nell'arco dell'ultimo secolo, hanno a loro volta alimentato narrativa di qualità e cinema.

Se ai tempi del *Mucchio selvaggio* il cavallo costituiva un binomio indissolubile con lo svaligiatore, non appena è comparsa sulla scena l'automobile, il fedele compagno del *desperado* è finito negli archivi della memoria collettiva per essere tutt'al più riesumato dagli sceneggiatori. La rapina in automobile: il primo in assoluto non fu statunitense ma francese. Si chiamava Jules Bonnot, era anarchico militante e mago dei motori, in un'epoca in cui, quando si trattava di motori, bisognava essere davvero industriosi e creativi: 1911. Un anno dopo finì imbottito da un numero impressionante di pallottole dopo un assedio a Choisy-le-Roi, sobborghi di Parigi, che vide impiegare persino battaglioni dell'esercito. Perché chi tocca le banche difficilmente muore in un letto. Jules Bonnot divenne una leggenda nera, al grido di: "Le banche rappresentano il male supremo della società e vanno colpite prima ancora di vagheggiare qualsiasi rivoluzione". Crepò da poveraccio: non spendeva certo in ostriche e champagne i proventi delle rapine, ma devolveva quasi tutto al movimento anarchico, che non lo amava perché, purtroppo, non riuscì a compiere le sue imprese senza spargere sangue. E anche per l'altra faccia della Belle Époque, cioè i milioni di diseredati, disoccupati (e anche molti *depredati* dalle banche), ammazzare *flics* non era un'azione di cui andar fieri. A distanza di tanto tempo, però, la figura di Bonnot avrebbe riacceso l'interesse di nuovi ribelli: nel maggio del '68, gli occupanti della Sorbona gli hanno dedicato niente meno che l'aula magna dove tenevano le assemblee.

Tra gli anarchici e le banche non è mai corso buon sangue: anzi, si può dire che di sangue se ne sia sparso anche troppo. Ma restano nella memoria figure di assaltatori solitari che, pur tentando di "riprendersi il maltolto" (almeno secondo il loro punto di vista), sono riusciti a non torcere mai un capello a nessuno. Basti ricordare Horst Fantazzini, anarchico italiano che rapinava banche con pistole giocattolo e spediva successivamente mazzi di fiori alle cassiere che si erano "spaventate". Ha trascorso in galera trentatré anni senza aver mai ucciso, accumulando pene detentive per gli innumerevoli tentativi di evasione – Enzo Monteleone, regista di *El Alamein*, lo ha raccontato in un film che avrebbe meritato molta più attenzione, *Ormai è fatta* –, finché, uscito in semilibertà sulla soglia dei sessant'anni, una mattina lo hanno *pizzicato* mentre gironzolava intorno a una banca: il passamontagna gli è valso l'ennesimo arresto, benché non avesse pistole con sé, neppure di plastica, e pochi giorni dopo se n'è andato definitivamente libero per un aneurisma nella sua "nuova" cella... Rivedendo la storia dei più noti rapinatori – alcuni dei quali sembrano personaggi da romanzo noir, come l'irlandese Martin Cahill ("giustiziato" dall'Ira, a riprova che i terroristi sono un surrogato del potere e perseguono a modo loro un "ordine sociale" spesso ancor più autoritario e spietato di quello contro cui combattono), o il francese Jacques Mesrine, che da Nemico Pubblico Numero Uno si toglieva lo sfizio di rilasciare interviste (finché la polizia parigina gli tese un agguato e oltre a ficcargli diciotto pallottole in corpo lo finirono con una revolverata alla nuca) –, rivedendo la loro storia, si diceva, si potrebbe trarre una malinconica conclusione: la rapina in banca diventa con gli anni una sorta di morbo che scorre nelle vene, nessun "saltatore di banconi" si accontenta di mettere da parte un bottino, e deve per forza andare avanti, colpo su colpo, finché non finisce ammazzato come un cane sull'asfalto. Ma esistono casi – rari – di "guarigione" dal virus. L'esempio più eclatante è quello della tedesca Katharina de Fries, che dopo assalti e conseguenti anni di galera è diventata giornalista e madre esemplare. A questo proposito, ha dichiarato: "Una madre possiede tutta l'abilità necessaria per tale scopo: non c'è nessun'altra situazione che richieda nervi saldi, pazienza e tenacia quanto una rapina in banca. Una madre esercita tutto questo ogni giorno".

Parola di mamma.

PARTE QUARTA
La memoria non m'inganna

Ah, che bei tempi!

"Dio non ha creato nulla di inutile. Ma con le mosche e i professori c'è andato molto vicino."

La scritta campeggiava su un grande foglio tratteggiato a china che avevo fatto e appeso alla parete della classe durante le lezioni di disegno, un'accozzaglia di scopiazzature dai fumetti di Magnus – Bob Rock, Superciuk e soci: del resto, nemmeno la frase incriminata era farina del mio sacco ma veniva dal Gruppo TNT, capolavoro della coppia Magnus & Bunker. I prof furono così saggi da ignorarmi.

Eppure avrei dovuto essere più accorto, con le mosche. Perché in prima media proprio a causa di tali insetti – che abbondavano su banchi e zazzere, ronzavano distraendoci subdolamente, scacazzavano i vetri oltre i quali non dovevamo comunque guardare per seguire attenti le lezioni – mi beccai la prima sospensione. I fatti nudi e crudi: durante l'ora di scienze – e quale, se no? Scienze naturali applicate, le mie –, con il compagno di banco ci industriavamo ad acchiappare mosche vive, affinando un colpo di polso da far invidia ai campioni di tennis, poi le infilavamo nel cannello vuoto di una bic, e ognuno incitava la sua con vari metodi, via via sempre più rumorosi. Vinceva la mosca che spingeva fuori l'altra dalla parte opposta, cioè perdeva quella che rinculava fino all'uscita. Il tifo si estese ai banchi adiacenti. A un certo punto facemmo un tale casino – la mia stava ormai trionfando, in diversi avevano scommesso la merenda proprio su quella – che l'esasperata prof abbandonò le scienze per precipitarsi su noi due e schiaffarci dal preside. Il preside, che assomigliava incredibilmente a un personaggio di Magnus, più Superciuk che Bob Rock, ascoltata la filippica della prof in crisi isterica, emise il verdetto di sospensione con giudizio sommario ed esecuzione della pena entro le successive ventiquattr'ore.

Però la sospensione era soggetta a una formuletta infingarda: con obbligo di presenza. Ma che sospensione era, se poi dovevamo comunque andare a scuola? Nella pratica, io e il mio sventurato compagno di banco trascorremmo una mattinata da zombie, cioè eravamo lì ma i prof dovevano fare come se non ci fossimo, e da parte nostra, guai ad aprire bocca o a muovere un muscolo: ufficialmente sospesi, cioè in una sorta di limbo, persi nel vuoto siderale della surreale formuletta "presenti-da-ignorare-ma-costretti-a-obbedir-tacendo", e in quanto alle mosche, quel giorno parvero intuire la situazione di forzata impotenza, perché ci provocarono beffardamente posandosi persino sulle bic inerti.

Trauma ben peggiore lo avrei dovuto affrontare di lì a poco, quando il prof di italiano – noto esponente del partito di governo dell'epoca che alternava la carica di sindaco di paesino limitrofo al passatempo scolastico, facendo entrambe le cose distrattamente – ci diede il tema "La Grande guerra nei racconti del nonno". La mia generazione aveva nonni che si erano visti sbattere nel fango delle trincee e qualcuno il nonno non ce l'aveva più perché dalla trincea non era tornato. Comunque, a differenza di altri i cui nonni erano imboscati o ufficiali o defunti, io potevo vantare un nonno materno che non solo faceva parte della schiera di contadini trasformati dall'oggi al domani in fantaccini, ma ero orgoglioso del fatto che mi raccontasse spesso i suoi ricordi – certo inficiati dalla sua particolare visione dell'esistente, essendo un comunista sfegatato, ma pur sempre ricordi di vita, e morte, narrati con pudica commozione per i compagni persi e vibrante indignazione per l'operato degli ufficiali. Racconti di soldati semplici fucilati sul posto perché si rifiutavano di andare all'assalto, racconti di nottate a parlare con gli austriaci dall'altra parte della trincea scambiandosi tozzi di pane secco e patate mezze marce e tentando di mettersi d'accordo per non scannarsi l'indomani, racconti di un generale che sparava in testa a un alpino perché gli aveva "mancato di rispetto". Storie che la sezione di Storia del sussidiario ignorava e aborriva. Ingenuamente, li trascrissi nel tema, quei ricordi del nonno. Apriti cielo. Il sindaco-professore-difensore della Patria mi additò al pubblico ludibrio della classe, dandomi del bugiardo, e aggiungendo, bontà sua, che la fantasia va bene per scrivere "romanzetti" ma non può essere usata per infangare l'eroica guerra d'indipendenza dal giogo austroungarico, dove il fulgido esempio di un Enrico Toti che pur senza una gamba eccetera eccetera. Un comizio. Forse si preparava alle prossime elezioni, chissà. Eppure, chiuso nel mio muto sdegno, sapevo che mio nonno non era un bugiardo... Con gli anni, avrei appurato che ben di peggio avvenne, in quelle trincee dell'ignominia, in quelle offensive dell'abominio, in quella carneficina tra poveracci dall'una e dall'altra parte. E oggi mi sono addirittura convinto che Enrico Toti non sia mai esistito, perché nessuno è tanto folle da tornare in trincea dopo che gli hanno amputato una gamba e nessun esercito accetta di farsi carico di un mutilato affetto da gravi turbe e per giunta in vena di smargiassate.

Insomma, con la scuola ho sempre avuto un rapporto conflittual-stimolante-sospeso, nel senso che c'ero ma non c'ero e nel frattempo mi incazzavo e facevo incazzare gli insegnanti; tutto sommato, però, trovavo stimoli per evitare di andare a lavorare anziché studiare, il che era un grande risultato viste le convinzioni di un altro prof, che a mia madre ripeteva: "I figli degli operai devono fare gli operai, perché in questo paese qualcuno deve pur lavorare, no? O vogliono fare tutti gli intellettuali? E a zappare la terra chi ci va? E se ho bisogno di un idraulico chi chiamo, uno dei tanti ingegneri che sono a spasso?". Temo che almeno uno dei tanti colpi che gli mandò mia madre – diciamo uno per ogni operaio in cassa integrazione, quelli poi destinati a diventare "esuberanti", ma non nel senso di disinibiti e disinvolti – dev'essere arrivato a segno, perché l'anno dopo quel sostenitore delle caste anticipò la pensione per "esaurimento nervoso".

Però ho chiuso in bellezza. Cioè è sempre l'ultimo ricordo quello che prevale, e grazie al fato benigno in quinta ebbi un prof di italiano così appassionato alla delicata missione che si era scelto da stravolgermi e coinvolgermi, da instillarmi giorno dopo giorno il piacere della lettura malgrado *I promessi sposi* imposti dal programma; e credo sia stato anche grazie a lui, se da lì in avanti cominciai a torturare parenti e amici con racconti illeggibili e aborti di romanzi. Però, con il tempo... Perché l'artigiano impara strada facendo, e se ha fortuna incontra buoni maestri. Magari non subito, ma l'essenziale è non arrendersi alle prime impressioni. E non farsi distrarre dalle mosche.

"Odio gli indifferenti"

Nel giugno del 1960 non avevo ancora compiuto cinque anni, eppure assorbivo già l'aria che tirava in famiglia: un'aria che indubbiamente non potrei definire serena e spensierata, ma certo intensa e appassionata. Un'aria carica di speranze lontane e vicine, dove gli echi della Rivoluzione cubana – si parlava dei *barbudos* di Castro e Che Guevara come se fossero vicini di condominio – si mescolavano alle parole accorate del "papa buono", quel Giovanni XXIII che di lì a poco avrebbe convocato il Concilio Vaticano II e dalla cui "opzione per i poveri" sarebbe nata la Teologia della Liberazione... Ricordo i commenti pieni di entusiasmo per quel papa, proprio a casa mia dove aleggiava una scarsa simpatia per il clero in generale, e ricordo anche i tanti momenti di tristezza che le nostre passioni provocavano, come il giorno in cui, tornato da scuola (era ormai il 1967 e facevo la seconda media a Chiavari), trovai i miei in lacrime: con una stretta al cuore, pensai fosse morta una persona cara, pensai ai nonni o allo zio preferito... Avevano ucciso il Che Guevara, ed era in effetti una persona cara, carissima, a casa mia, anche se vista soltanto in foto e in rari servizi televisivi (memorabile il discorso all'assemblea dell'Onu, che gareggiava in popolarità domestica soltanto con i furibondi colpi di scarpa sferrati da Nikita Chruščëv sul banco dei delegati); comunque, la tragedia era attesa, da circa un mese, da quando avevano diffuso la notizia che Tania la Guerrigliera era caduta in un'imboscata dell'esercito boliviano, assieme a tutto il suo gruppo. Prima ancora (nel 1961), la stessa tristezza l'avevo respirata dopo l'assassinio di Lumumba, e non saprei neppure spiegare come i miei genitori sapessero della sua esistenza e ne seguissero le gesta, ma per me Lumumba era un nome che evocava dignità per l'Africa come lo sarebbe stato tanto tempo dopo quello di Mandela...

E la prima volta che mi sono "avventurato" a Genova da solo, attirato da quella che ai miei occhi era una sorta di frontiera, aria pervasa di aromi d'Africa e America Latina nei vicoli del grande porto allora in piena attività, ecco perché, passando da piazza De Ferrari, ricordo di aver rivissuto in un'ondata di emozioni tutti i discorsi e i commenti accesi su quell'epopea antifascista che era stato il giugno del '60 nei racconti di casa mia: i camalli e i partigiani, i famigerati "caroselli" delle camionette e qualche bagno forzato nella fontana, giusto per spegnere un po' di tracotanza, la solidarietà delle genti dei carruggi che dalle finestre lanciavano fiori sulla celere di Tambroni ma con tutto il vaso, terra compresa, e gli appelli di Pertini e Terracini, persino una canzone che rievocava tutto questo, sentita fino a consumare il vecchio disco comprato in qualche festa dell'Unità sul lungo Entella.

A quei tempi, una dozzina d'anni dopo le degne giornate di Genova, mio padre andava a sedersi sui binari della ferrovia con i suoi compagni della Fit Ferrotubi, a ogni nuova cassa integrazione che poi pagavano quando capitava e mai del tutto, trasformando i diritti in elemosine e i doveri in umiliazioni, e mia madre ingoiava rospi senza tacere alla San Giorgio, quella degli impermeabili impeccabili... Metalmeccanico lui, tessile lei, decenni di lotte e alla fine stessa conclusione: licenziamento per chiusura e tanti saluti.

Insomma, sono cresciuto in quel clima, respirando quell'aria sana, anche se spesso amara, imparando che senza la memoria siamo sacchi vuoti che vanno dove li sbatte il vento, banderuole prive di coscienza, per di più con i nonni materni che nel '43 tenevano nascosti i partigiani in solaio mentre a pianterreno i tedeschi saccheggiavano la cucina; e un'altra volta, in cui erano venute le camicie nere a cercare un parente più giovane per arruolarlo o sbatterlo al muro – a lui la scelta –, mio nonno li aveva squadrati da capo a piedi limitandosi a dire fuori dai denti: "Vergognatevi". La minaccia di fucilarlo nell'aia rimase soltanto urlata, forse anche perché c'era da trebbiare e i contadini in quel momento servivano vivi. Probabilmente sarebbero tornati dopo, a saldare i conti... ma *dopo* passò il fronte, e nell'aia venne a piazzarsi una compagnia di artiglieri polacchi, e la storia andò avanti con la famiglia al completo. Intanto, molto più a sud, mio padre, a pochi giorni dal suo quindicesimo compleanno, ammirava il viavai di navi da guerra alleate nel porto di Bari appena "liberato". Era il 2 dicembre '43, quando un fulmineo contrattacco dell'aviazione tedesca aveva messo a ferro e fuoco l'intera rada e parte della città, affondando diciassette navi. Tra queste, un cargo militare, il *John Harvey*, bruciando avrebbe causato molte più vittime nei giorni e mesi successivi: perché conteneva duemila bombe all'iprite, e quel fumo avvelenò almeno mille civili e oltre seicento soldati. Il segreto sarebbe stato mantenuto per mezzo secolo, perché l'iprite era stata messa al bando dalla Convenzione di Ginevra e il suo uso vietato fin dal 1925. Nonostante i documenti e i filmati siano ormai "declassificati", nessuno ha mai chiesto a Washington cosa ci facessero quelle duemila bombe ufficialmente inesistenti e quindi "mai usate" nella Seconda guerra mondiale... Ancora non so come mio padre sia sopravvissuto a quelle esalazioni, visto che per giorni cercò di aiutare come poteva a caricare feriti e sgomberare macerie.

Dunque, sono cresciuto in una famiglia di persone che, nel loro piccolo, non sono mai rimaste indifferenti, non hanno "badato ai fatti propri". Diceva Gramsci nel 1917:
"Odio gli indifferenti. Credo che vivere voglia dire essere partigiani. Chi vive veramente non può non essere cittadino e partigiano. L'indifferenza è abulia, è vigliaccheria, non è vita. Perciò odio gli indifferenti".

È ripensando a tutto questo, che ho provato gioia – sì, credo di poterla definire gioia – quando ho saputo che sarebbe stato scritto – e finalmente pubblicato – un libro sul giugno del '60 a Genova.

Abbiamo bisogno di testimonianze che ci raccontino la vera storia, le vicende umane di quanti non sono rimasti indifferenti e hanno partecipato e parteggiato, e anche nelle sconfitte non sono mai stati vinti, perché hanno difeso e mantenuto in vita il bene più prezioso: la dignità.

E non si tratta affatto di crogiolarsi nel passato per delusione del presente: tra la Genova del 1960 e la Genova del luglio 2001 c'è più che un filo, c'è una cima, una gomena, mille legami tra persone che non dimenticano e ricordano le proprie radici per gettare germogli nell'oggi e nel domani, con la chiara coscienza che quella parte più oscura e brutale del genere umano è sempre pronta a scatenarsi quando l'indifferenza glielo permette.

Francesco Lorusso

Venerdì 11 marzo 1977.
Arrivo in piazza Verdi che l'ambulanza lo ha portato via da poco. "Hanno fatto il tiro a segno alla schiena mentre correvamo via," mi dice un compagno con la voce che trema e gli occhi rossi. Poi un singhiozzo gli strozza la gola e scoppia a piangere, ma è un attimo: si riprende subito, fissandomi stupito per quel pianto che non è riuscito a controllare. Poco distante, altri piangono abbracciati a qualcuno o in solitudine.

C'è chi impreca forte o tra i denti, chi va avanti e indietro senza riuscire a frenare l'angoscia che fa muovere i muscoli per conto loro, chi batte i pugni su una colonna, e altri provano a consolarlo per cercare consolazione stando vicini, a contatto di pelle, per vincere non la paura ma questa tristezza infinita che somiglia alla disperazione. Un senso di stupore aleggia su tutti e prevale su ogni altro sentimento: perché hanno sparato per ammazzare? Qui, a Bologna, dove il movimento si è sempre distinto per creatività, ironia, irrisione, senza cadere nella trappola dello scontro per lo scontro, proprio qui, dove "Sarà una risata che vi seppellirà" ha sempre ricacciato indietro le sporadiche tendenze belliciste... Lo stupore di rendersi conto all'improvviso che hanno cercato il massacro, hanno sparato per uccidere in una situazione che non giustificava neppure un lacrimogeno...

Un caro amico – d'allora come d'oggi – mi trae in disparte e mi mostra il fazzoletto che ha in tasca: è zuppo di sangue, ancora fresco, rosso da far male. Mi racconta a voce bassissima, per trattenere l'emozione, che Francesco gli è crollato tra le braccia, e in quattro lo hanno trascinato al riparo dalle pallottole che piovevano e prendevano d'infilata i portici di via Mascarella. "Francesco ha fatto solo in tempo a dire 'M'hanno colpito' e poi ha mosso ancora qualche passo in avanti, perdendo forza..."

Lui ha cercato di tamponargli il buco, ma già il sangue gli sgorgava dalla bocca e dal naso, ha capito subito che era finita, per Francesco.

Vago inebetito sotto i portici di via Mascarella: provo a contare i fori sulle colonne, perdo presto il conto, e quando arrivo davanti al muro mi sembra la parete delle fucilazioni, soltanto qui ci sono tredici buchi grossi come pugni, quasi tutti ad altezza di cuori e teste, solo un paio a portata di gambe, un plotone d'esecuzione per ragazzi che, al massimo, avevano in mano un sasso, e molti neanche quello.

Con il passare del tempo, i fori delle fucilate sulle colonne se li porteranno via lo stucco e il cemento, ma almeno quelli del muro infame no, quelli restano lì ancora oggi, dietro un cristallo voluto da amici di Francesco per non dimenticare. E per dimostrare quanto fosse vile e ipocrita la "versione ufficiale": a noi che eravamo lì quel giorno non hanno potuto raccontare la menzogna di un solo carabinere, "giovane e inesperto", che avrebbe sparato qualche colpo in preda a chissà quale eccesso paranoide, senza che nessuno avesse aggredito lui e i suoi commilitoni... I colpi di fucile e di pistola furono così tanti da rendere assurdo il tentativo di scaricare tutto su un unico capro espiatorio, eppure alla fine l'avrebbero archiviata così, sputando in faccia alla realtà di muri e colonne crivellati di pallottole. Perché volevano una strage? L'ha ordinata qualcuno o il caso ha riunito su quelle camionette una serie di uomini smaniosi di uccidere? E quale motivo avevano per tanto odio, se a Bologna nessuno li aveva mai colpiti?

Non lo sapremo mai, ennesimo mistero di questo paese insanguinato dai codardi, e continuo a chiedermelo da quel pomeriggio, mentre fissavo i buchi grossi come pugni e la macchia di sangue che scuriva con i minuti e le ore, diventando nera come la notte disperata che avevamo davanti.

Alle dieci del mattino c'era un'assemblea di Comunione & Liberazione, allora nell'occhio del ciclone per la parossistica campagna contro gli aborti nella Seveso avvelenata dal disastro della diossina. Cinque studenti di medicina hanno provato a intervenire, subito aggrediti e scaraventati fuori dall'aula. Era credibile che in cinque potessero "attaccare" un'assemblea di quattrocento persone? C'è una sequenza fotografica che ritrae alcuni ultras di Cl affacciati a una finestra: brandiscono spranghe e hanno l'atteggiamento spavaldo, tutt'altro che intimorito...

Davanti all'istituto di Anatomia si radunano un centinaio di compagni. Urlano qualche slogan in coro, "Seveso, Seveso", niente di più. Il loro non è certo un assedio: sono in numero così esiguo da rendere ridicola qualsiasi ipotesi di "scontro imminente", si sono ritrovati lì perché si è sparsa la voce dei cinque studenti malmenati, senza aver "preordinato" o "organizzato" niente di niente. Chissà cos'hanno detto al telefono i dirigenti ciellini o qualche scellerato docente, perché arrivano camion e gipponi, cellulari stipati di poliziotti in assetto da battaglia, carabinieri che balzano a terra come se stessero per affrontare un'insurrezione armata, forze sproposite per un'emergenza inesistente.

Si muovono a squadre veloci, prendono posizione come alle manovre dell'assurdo, occupano giardini e spiazzi, i graduati urlano ordini e si agitano neanche fossero al fronte di una guerra scoppiata solo nella loro testa. Cominciano ad accanirsi sui pochi che riescono a raggiungere davanti all'istituto: manganellate e calci con gli scarponi, una furia inconcepibile, considerando che non è successo niente. Tutti gli altri scappano su via Irnerio, verso Porta Zamboni, e si vedono piovere addosso candelotti lacrimogeni a grappoli. Da questo momento in poi, c'è chi reagisce e si difende lanciando sassi, peraltro difficili da trovare in questa parte di Bologna asfaltata e priva dei famigerati sampietrini.

Nella confusione generale, perché nessuno capisce come e perché si sia scatenato tutto questo, un gruppo tenta di tornare indietro su via Irnerio. E vengono esplosi i primi colpi: forse un carabiniere isolato, forse un agente in borghese. Non verrà mai chiarito.

Francesco Lorusso era rimasto in casa a studiare fino a mezzogiorno e mezzo, poi è uscito e si è ritrovato tra i compagni che corrono da una parte all'altra, inseguiti dai candelotti. Nessuno si è ancora reso conto che, tra i "tutori dell'ordine", c'è qualcuno che ha già impugnato la pistola d'ordinanza e qualcun altro che ha inserito pallottole vere nei caricatori delle carabine M1. Francesco e gli altri che sono con lui vedono una colonna dei carabinieri che sbarra via Irnerio e corrono verso l'Università imboccando via Mascarella. E qui, comincia il tiro a segno.

I lavoratori della vicina casa editrice Zanichelli testimonieranno di un militare con l'elmetto ma senza bandoliera, che prende la mira con precisione, tenendo il braccio appoggiato a una macchina, e spara tutti i sette colpi del caricatore. Ma non è l'unico: il numero di fori sulle colonne e sul muro lo dimostra ancor oggi. Francesco, sentendo quella serie di spari in rapida successione, si volta in corsa: anche lui, come gli altri compagni accanto, è incredulo... *Ci stanno sparando addosso...* Perché? Che diavolo sta succedendo? Non sono candelotti, stanno sparando con pistole e fucili... Deve aver pensato questo, in quei pochi istanti che lo vedono correre di traverso, guardando indietro per cercare di capire l'inconcepibile. Una pallottola lo raggiunge trasversalmente, la spinta gli fa percorrere un'altra decina di metri, poi crolla sul pavimento del porticato, di fianco e poco oltre il muro del plotone d'esecuzione. Lo raccolgono in quattro, lo trascinano dentro la libreria anarchica Il Picchio. Poco più tardi, l'ambulanza lo porta all'ospedale, ma Francesco è già morto.

Alle tredici e trenta precise, Radio Alice dà la notizia: hanno ammazzato un compagno. Prendo la Lambretta e arrivo in piazza Verdi, che è già stracolma di dolore, scoramento, stupore annichilito, con tanti che ancora non ci credono e si fanno spiegare dieci volte cosa è successo: ma in realtà non lo sa nessuno, cosa sia successo davvero. L'unica verità è che hanno cercato la strage, hanno sparato per uccidere, e la sorte ha messo Francesco sulla linea di tiro. Con lui, adesso, all'obitorio, potevano essercene tanti altri... Almeno tredici, se ciascuna pallottola conficcata nel muro dell'infamia avesse trovato il bersaglio che inseguiva. Almeno chissà quanti, se la vecchia Bologna non offrisse il riparo di innumerevoli colonne e portici sinuosi e irregolari...

Francesco Lorusso si era trasferito a Bologna da Pesaro, dove aveva frequentato gli ambienti del volontariato cattolico e dei boy scout. Nella città emiliana si era iscritto alla facoltà di medicina, e nel '72 aveva aderito a Lotta Continua, entrando di lì a poco nel servizio d'ordine.

Me lo ricordo bene, i primi tempi, lui, uno studente universitario, uno dei pochi con la macchina, con una solida situazione familiare, eppure così deciso e generoso come chi non ha nulla da perdere. Mi dava fiducia, sentirlo di fianco in qualsiasi situazione, per me era una garanzia...

Un compagno

Il servizio d'ordine era formato da un gruppo affiatato di giovani militanti che, dalla sede di via Rimesse, organizzava e garantiva la difesa dei cortei da eventuali provocazioni squadriste. Anche se a Bologna i neofascisti non costituivano un costante pericolo come a Roma o a Milano, erano pur sempre aggressivi e pronti ad assalire compagni isolati o a effettuare sporadiche incursioni.

Lo ricordo con me davanti alle piccole fabbriche di Zola Predosa, a parlare e a discutere con gli operai... Francesco ci teneva molto a confrontarsi con gli operai... Avevo fiducia in Francesco quando dirigeva lui lo spezzone di servizio d'ordine dove c'ero anch'io. Non lo vedevo certo come un condottiero imbattibile, era un compagno che anche sul problema della violenza cercava di confrontarsi con gli altri...

Franco

Francesco faceva anche parte del collettivo di medicina e, secondo gli amici che lo frequentavano ogni giorno, considerava il futuro mestiere di medico un impegno assiduo e quasi una missione di altruismo.

Frequentavamo lo stesso reparto all'ospedale Sant'Orsola. Francesco aveva imparato subito a conoscere i ferri da chirurgo, sembrava avesse una naturale predisposizione... Lo vedevo molto appassionato allo studio, certamente aveva capito quanto fosse importante avere una buona preparazione tecnica, specialmente in un campo così delicato e difficile come la chirurgia... Una cosa è certa: non l'ho mai visto fare il saccente, durante le visite parlava poco e seguiva con attenzione l'operato del professore, voleva imparare bene il suo mestiere... Tornando a casa, si parlava spesso del nostro futuro, delle nostre speranze, e quindi di politica, cercando di capire, discutendo sui diversi punti di vista, e devo ammettere che mi faceva sorridere il suo passare da momenti di chiara analisi politica a un intenso romanticismo, e allora sembrava quasi un novello Robin Hood...

Giorgio

Dopo il lacerante congresso di Lotta Continua a Rimini, Francesco rimase, come molti altri militanti della sua organizzazione, assillato da dubbi e incertezze, che cercava di stemperare impegnandosi ancor più nel movimento e nello studio della medicina...

Francesco che scoppia a piangere in mezzo a noi in uno dei momenti più drammatici dell'assemblea di Rimini. È questa l'immagine che più mi è accanto nel ricordo di Francesco...

Un compagno

Poi
siamo rimasti impastati di silenzio
del silenzio dei compagni davanti alla morte
del silenzio della città occupata
del silenzio delle radio distrutte

(da *Bologna marzo 1977... fatti nostri...*)

Poi, fu l'inizio della fine.
Niente sarebbe più stato come prima. Niente risate e allegria irriverente nei cortei, niente canti e assemblee festose, non più murales variopinti e scritte esilaranti: le parole divennero dure come pietre, la rabbia prese il sopravvento su ogni sentimento, tutti i colori virarono al grigio dei passamontagna e al verde scuro dei tascapane pieni di molotov e sampietrini. La creatività si diluì velocemente nella disciplina, nel furore organizzato, nell'illusione di rispondere colpo su colpo e sostenere uno scontro impari e suicida.
Molti si sarebbero gettati nella fornace della lotta armata, au-

toalimentandosi di disperazione e vagheggiando che lo stato avesse un cuore: poveri loro e peggio per tutti noi. L'abitudine a vivere in piazza, ritrovandosi spontaneamente per un istintivo bisogno di comunanza, venne dispersa dalla necessità di sfuggire alla repressione, dalla tetra risposta al "che fare" che alcuni credevano di aver trovato, dai mille motivi che avremmo sommariamente definito "riflusso", sinonimo di solitudine che volevamo chiamare in un altro modo... E come d'incanto, arrivò una coltre di eroina a sopire sogni e fantasie, ad anestetizzare menti e cuori, con una diffusione così rapida da lasciare attoniti e insospettiti...

Quel pomeriggio dell'11 marzo, la zona universitaria si trasforma in una cittadella sbarrata da barricate. Le assemblee, cupe e tese, si formano spontanee, riempiono ogni spazio disponibile, si organizzano i servizi d'ordine per il corteo imminente. Sarà un corteo determinato allo scontro. Ottomila, forse diecimila persone vi partecipano: il corteo è a ranghi serrati, gli slogan sono minacciosi, vedendo le facce dei passanti ci si rende conto di non trasmettere più divertita simpatia ma di incutere timore. A poche ore dalla morte di Francesco, è come se fossimo cambiati tutti all'improvviso. La voglia di reagire è sacrosanta, eppure... il sentore che sia l'inizio della fine ce l'hanno in pochi, ma diventerà certezza con il trascorrere dei giorni e dei mesi.

La battaglia divampa subito dopo aver superato piazza Maggiore, in via Ugo Bassi, nel cuore del centro storico, quando la polizia attacca per impedire che il corteo si avvicini alla sede della Democrazia cristiana, contraddizione in termini che offende non solo i democratici ma soprattutto la memoria di Cristo.

La testa del corteo non indietreggia, e il resto non si disperde ma si riversa nelle strade laterali e contrattacca, mentre una grossa parte si ricompone in via Indipendenza, puntando sulla stazione. Occupati i binari, viene bloccato il traffico del principale nodo ferroviario nazionale, ma ingenti forze di polizia arrivano rapidamente su cellulari e camionette e irrompono nell'atrio principale. Anche in questo caso, diversi agenti sparano: tra la pioggia di candelotti, vengono esplosi numerosi colpi di pistola, che scheggiano le colonne delle pensiline. In un caso accertato, un manifestante fa appena in tempo a ripararsi dietro un carrello della posta che tre o quattro impatti forano la lamiera. Per sua fortuna, il carrello è pieno, e i sacchi di lettere fermano il piombo.

La zona universitaria è diventata una sorta di retrovia del fronte. A piccoli gruppi, tutti tornano qui e si riorganizzano. La notte si bivacca dietro le barricate, con i vini d'annata e le costose cibarie di un vicino ristorante di lusso svuotato fin nelle cantine. Alcuni compagni, in particolare amici di Francesco, scuotono la testa con profonda malinconia: qualcuno, a denti stretti, critica chi sta bevendo e mangiando durante quello che si appresta a diventare il funerale del movimento... Perché la consapevolezza di essere scesi sul terreno di scontro voluto dallo stato è una sensazione opprimente, un presagio di sventura... Anche se molti, adesso, vivono quella strana, inesplicabile sensazione di ebbrezza ed esaltazione che si diffonde tra chi innalza barricate, l'effimera convinzione di essere ancora un tutto, un insieme, una forza d'urto...

Intanto, la repressione è iniziata, ma pochi possono accorgersene. Irruzioni, perquisizioni, arresti sporadici di compagni colti di sorpresa, isolati dal mucchio.

Il 12 marzo polizia e carabinieri tentano di riconquistare la cittadella. Attaccano la prima delle quattro barricate di via Zamboni, ma vengono respinti quando avanzano sulla seconda. Ci riprovano lateralmente, da via delle Moline, ma non passano nemmeno qui.

Un'immagine surreale: sulla barricata principale di via Zamboni, tra le panche e i tavoli della mensa accatastati, hanno issato anche il pianoforte tirato fuori dal ristorante saccheggiato. E in mezzo ai candelotti, ai sassi e ai bulloni che volano ovunque, un ragazzo si arrampica in cima e si mette a suonare... Chi non ha visto quella scena con i propri occhi, a distanza di tempo si sarà convinto che fosse una leggenda metropolitana. E invece, in quell'inferno di spari e fumo, il ragazzo suonava il pianoforte offrendo un bersaglio così assurdo da rimanere illeso...

Poi le barricate vengono incendiate, il calore tira su il fumo dei lacrimogeni, e gli attacchi e contrattacchi vanno avanti fino a notte fonda.

All'alba del 13 marzo, una domenica, nel cuore di Bologna echeggia un rumore sinistro, che fa credere ai più anziani di avere un incubo: sferragliare di cingoli come ai tempi della guerra, un suono che mette i brividi a chi lo ha conosciuto e ricorda ancora le croci nere e le svastiche sulle fiancate dei carri armati... Stavolta, i mezzi corazzati hanno le insegne della "Repubblica fondata sul lavoro che ripudia la guerra ecc."... I pochi rimasti dietro le barricate carbonizzate non credono ai propri occhi. Lo sferragliare di cingoli si ripercuote amplificato sotto gli archi medioevali, echeggia in tutto il centro storico nel silenzio spettrale di una domenica irreale. Il primo mezzo corazzato che apre la colonna sfonda la barricata principale e prosegue. Gli altri sciamano nella zona universitaria, seguiti da drappelli della Celere e dei carabinieri che iniziano la sistematica occupazione delle varie facoltà: sfondano cancellate, abbattono vetrate, scardinano portoni.

Poi... l'irruzione a Radio Alice e la distruzione dell'emittente che ha fatto la storia delle radio libere, la chiusura di ogni altra stazione disposta a ridarle voce, lo stillicidio di arresti a centinaia, casa per casa, nome per nome, sbattendo in carcere o costringendo alla latitanza tanti che, coerentemente, hanno sempre lottato a viso aperto e sono conosciuti dagli inquirenti uno per uno, selvaggina fin troppo facile da cacciare.

I ricordi di Francesco sono tratti dall'opuscolo *Parliamo di Francesco*, edito a un anno dalla sua morte e scritto dai suoi amici più cari, a quell'epoca quasi tutti in carcere. Un grazie particolare a Mauro Collina, che lo conserva ancora, e che per difendere la memoria di Francesco è riuscito a impedire che cancellassero anche i buchi sul muro dell'infamia, in via Mascarella.

Vlady, memoria della memoria

Ho conosciuto Vlady verso la metà degli anni ottanta. È trascorso molto tempo da quei pomeriggi nella grande casa-studio d'artista dove allora Vlady viveva, in calle Ferrocarril del Valle 70. L'anno successivo al devastante *temblor*, lasciai San Miguel de Allende dopo una lunga permanenza e mi stabilii per qualche tempo nel Distrito Federal per dedicarmi alla ricerca di notizie su Tina Modotti, seguendo le tracce di un fantasma che mi portarono a conoscere, una dopo l'altra, persone di inestimabile valore, di straordinaria coerenza, vite intere dedicate alla dignità. Una di queste persone fu Vlady, e ringrazio ancora il "fantasma" di Tina – comunque la pensasse lei su certi vecchi libertari come lui – per avermelo fatto incontrare.

Il fatto singolare fu che, dopo tante telefonate, prima ancora di poter accedere al prezioso archivio del padre Victor Serge – lo scrittore, militante rivoluzionario e uno dei massimi pensatori del XX secolo –, il cui vero cognome era Kibalcic, poi *messicanizzato* in Kibalchich, Vlady cominciai a frequentarlo assiduamente – almeno agli inizi della nostra amicizia – non a Città del Messico ma a Managua. Perché allora Vlady aveva ricevuto l'incarico dal governo sandinista del Nicaragua di affrescare il salone d'ingresso del Palacio Nacional. Dell'opera di Vlady muralista conoscevo già gli affreschi nella biblioteca Miguel Lerdo de Tejada, dove mi recavo spesso per consultare testi sempre per le mie ricerche, e la prima volta che vidi quelle pareti apocalittiche, magmatiche, dense di una energia vibrante, Vlady non lo conoscevo ancora.

Dunque, una mattina ero a Managua, dove mi trovavo assieme ad altri "compagni di strada" per coordinare la partecipazione di numerosi editori italiani alla prima Feria de Libros nel Nicaragua in guerra, in uno strano clima dove si mescolavano entusiasmo culturale e angoscia per le frequenti notizie di attentati sanguinosi, tra le febbrili attività di allestimento della Feria e file di camion militari carichi di giovani *cachorros* che partivano per il fronte – un fronte evanescente, inafferrabile, sulle montagne di Matagalpa, Estelí, Jinotega, verso il labile confine con l'Honduras – e noi ci affannavamo al caldo della capitale più calda del mondo tra casse di libri e bambini mutilati che venivano ad aiutarci, chi senza una mano e chi senza una gamba, arti persi nell'esplosione delle mine dei contras. Insomma, in mezzo a tutto questo, andai al Palacio Nacional a cercare Vlady, secondo i nostri accordi presi nel DF.

Il Palacio Nacional si stagliava nella piana che un tempo era il centro di Managua. Sul lato verso il lago era ancora in piedi lo spettro della cattedrale, con l'orologio fermo a quella mezzanotte e venti dell'antivigilia di Natale del 1972. Il terremoto – ancora il terremoto – aveva lasciato intatti soltanto l'Hotel Intercontinental, il grattacielo della Bank of America e il teatro Rubén Darío che Somoza fece costruire su perfetta imitazione di un teatro statunitense. Sul colonnato vagamente neoclassico del Palacio Nacional campeggiavano i grandi ritratti di Sandino e Carlos Fonseca, il fondatore del Frente ucciso solo un anno prima della liberazione, nel '78. Due volti profondamente diversi: il primo *curtido* dal sole, con l'espressione bonaria e un sottile sarcasmo nello sguardo, il secondo, un'armonia di intelligenza e candore giovanile, gli occhi cerulei dietro le lenti, persi in un punto al di sopra di tutto, senza l'ombra di sfida del generale guerrigliero. All'entrata c'era un anziano sandinista con il kalashnikov a tracolla; gli chiesi del maestro messicano e lui sorrise indicandomi qualcosa verso l'alto. Sulla parete a sinistra c'era un'impalcatura di legno e bambù alta almeno quindici metri, con una mezza dozzina di persone sulla cima. Vlady, con l'immancabile berretto blu e la larga camicia da lavoro, si affacciò, fece un gesto come per dire "ma guarda chi è arrivato", e mi gridò: "Vieni su!". Poi sorrise, come per rassicurarmi. E io mi arrampicai fin lassù, dove Vlady mi accolse come se fossi un vecchio amico: lui era così, gli bastava l'istinto per riconoscere i compagni di ideali, di passioni, di comune sentire e sentieri in comune. Avevamo parlato quasi sempre al telefono, e già mi accoglieva senza considerarmi uno scocciatore che gli faceva perdere tempo. Nel Palacio Nacional di Managua Vlady dipinse un mural di grande impatto visivo, secondo il suo stile inconfondibile. Non l'ho più rivisto, quell'affresco, perché il Nicaragua preferisco ricordarlo com'era in quegli anni memorabili, prima che dovesse soccombere e arrendersi alle devastazioni del dio Mercato, ben più annichilenti dei terremoti, piccolo paese coraggioso in guerra con l'Impero, che difendeva la dignità di un intero continente e infine fu sconfitto, com'era ineluttabile.

Vlady lo rividi qualche mese dopo nella capitale messicana, durante una pausa dei lavori, in calle Ferrocarril del Valle, dove il suo cane lupo Pugachov mi annusò a lungo prima che Vlady gli dicesse: *"Es un compañero de los nuestros, déjalo entrar"*. E l'abbraccio fugava gli ultimi dubbi di Pugachov, che a quel punto mi leccava la mano.

Poi parlammo del Nicaragua, e lui manifestava entusiasmo, diceva che il sandinismo stava realizzando qualcosa di unico nella storia, e anche se aveva smesso di farsi illusioni – questo ci teneva a precisarlo – gli sembrava che fosse una genuina alternativa ai blocchi contrapposti della Guerra Fredda, una rivoluzione che era riuscita a evitare l'involuzione autoritaria.

Ricordo che quando presi a frequentare la sua casa ascoltandolo raccontare mille dettagli e aneddoti sulla vita del padre, a un certo punto Vlady fece qualcosa che credo abbia fatto raramente con altri: mi permise non solo di leggere alcuni scritti inediti di Victor Serge, ma addirittura di andarli a fotocopiare in un posto *a la vuelta de la esquina*. E quando stavo per uscire, con il prezioso fascio di fogli stretti sotto il braccio, Vlady li fissò, poi, fingendosi serio, disse: "D'accordo, però che succede se non torni? Facciamo così: lascia qui i pantaloni come pegno e vai a fare le fotocopie in mutande, così torni di sicuro". E ridacchiò, con quel suo modo discreto e un po' picaro, sotto i folti baffi grigi, agitando una mano come a voler dire "scherzavo, vai e torna presto".

Vlady mi offrì ogni sorta di aiuto nelle ricerche per il mio libro su Tina Modotti e mi mise in contatto con persone che sono orgoglioso di aver conosciuto proprio grazie a lui. Ma non solo: mi diede modo di comprendere il *clima* – lo ripeteva spesso: "il difficile è capire il *clima* che c'era allora" – degli anni della spietata lotta tra stalinisti e antistalinisti, tra sicari di una dittatura che avrebbe trasformato il sogno di riscatto in incubo e *luchadores* che ponevano la libertà al di sopra di ogni fine, non disposti a rinunciare ai propri ideali in nome di una perversa "difesa del baluardo sovietico"...

Vlady parlava, raccontava, passeggiando per la stanza con le mani in tasca, e diceva con un tono di voce che diventava sempre più denso, accalorato ma pacato: "L'unica cosa importante è cercare di rendere l'idea del *clima* in cui tutto avveniva. Si poteva uccidere con estrema leggerezza un avversario politico, ma allo stesso modo si poteva montare un'accusa a posteriori. Vuoi che ti faccia un esempio? Alcuni anni prima che David Alfaro Siqueiros morisse, ci siamo visti negli studi di una televisione, per presentare un suo dipinto. Si intitolava *Cristo guerrillero*, e credo che sia finito al Vaticano. Siqueiros aveva invitato dei gesuiti, uno di destra e uno della teologia della liberazione, oltre a vari critici e a me, che rappresentavo il collega e l'avversario politico al tempo stesso. Bene, è successo che alla fine ci siamo ritrovati per qualche minuto da soli, e allora non ho resistito. Tu conosci la dinamica del primo attentato a Trockij messo in atto da Siqueiros, no? Insomma, gli ho detto: 'Adesso che nessuno può sentirci, vuoi dirmi come hai deciso di sparare a Trockij? Con quale criterio hai organizzato l'attentato?'. E sai cosa mi ha risposto? 'Non sapevo neppure chi fosse realmente'".

Vlady fece una pausa, mi guardò a lungo, e poi disse: "Ecco, sei stupito, e io devo aver fatto la tua stessa faccia. Allora Siqueiros si è avvicinato ancora di più e mi ha spiegato a bassa voce: 'Cerca di capire quello che ti sto dicendo. Io ho letto uno scritto di Trockij per la prima volta quando ero in carcere, dopo l'arresto per quell'attentato. Fino ad allora non ne sapevo niente. Uno lavora per il partito, uno frequenta persone che tutti i giorni parlano di un traditore, di un nemico della rivoluzione, e così ci si monta a vicenda, falsando la realtà e i fatti. Un nemico va ucciso, e quando uno crede in qualcosa comincia a pensare alla maniera di eliminarlo. Tutto qui'. Ecco, questo può spiegarti cosa intendo quando parlo di *clima*. Si arrivava a uccidere senza sapere con precisione chi fosse realmente e cosa avesse fatto quella certa persona, solo perché gli altri lo accusavano di essere un *nemico*".

Ricordo che uno dei momenti più intensi di quei lunghi pomeriggi di conversazioni fu quando Vlady mi portò nel suo studio privato, dove si ritirava a scrivere o a prendere appunti per i bozzetti degli affreschi, e in silenzio, in un'atmosfera carica di emozione, prese una cassettina di legno, un cofanetto, lo aprì, e mi mostrò la maschera mortuaria di Victor Serge. Lo considerai il segno di una fiducia di cui sarei sempre andato fiero.

Vlady lo ricorderò sempre come l'ho sempre visto: il sorriso picaro, gli occhi scintillanti, alto ed energico, un po' Don Chisciotte e un po' soldato dell'*Armata a cavallo* di Babel', la voce tranquilla, pacata, e al tempo stesso piena di forza, e il berretto da marinaio del Baltico e la camicia di seta alla russa, quasi fosse la sua maniera per prolungare la memoria di un sovietismo perduto; il sovietismo di Kronstadt, il sovietismo del padre Victor, che era fedele all'ideale del soviet nel senso di governo dei consigli, cioè assembleare, l'ideale di una rivoluzione libertaria tradita dai bramosi di potere personale. E anche nel suo modo di vestire Vlady manifestava la devozione alla memoria di un padre che dalla Storia non ha ricevuto il rispetto e il valore che avrebbe meritato. E so che quando tornerò nella biblioteca Miguel Lerdo de Tejada, a cercare qualche altro vecchio libro per qualche altra ricerca, guardando i suoi murales sentirò di nuovo echeggiare la risata divertita di Vlady che mi invita a salire sull'impalcatura, rivedrò i suoi occhi chiari che mi fissano per capire se sono stato in grado di comprendere il *clima*, e sentirò che Vlady resterà per sempre parte viva di questo nostro amato Messico, dove ha lasciato una memoria concreta, indelebile, imperitura. La memoria di un grande artista, ma soprattutto la memoria di un uomo degno.

Justo.
Lettera alla moglie Cristina e ai cari amici di Gijón, Asturie

Questo nodo alla gola, il cuore rattrappito e stretto come un pugno rabbioso, il tremito alle mani, insomma, già lo sapete, che ve lo dico a fare...
Voglio soltanto raccontarvi due immagini, due ricordi fra i tanti che continuerò a dividere con il mio amico, con il nostro amico Justo Vasco.
All'Avana, diversi anni fa. La nostra comune amica Rita, italiana di passaggio a Cuba, organizza una gran mangiata: tagliatelle al ragù. Tutti mobilitati a procurare uova, farina, carne: mattinata di lavorio incessante, poi, all'assalto. Daniel Chavarría, panza combattente, ingurgita tre piatti senza mollare la trincea della tavola, neppure un attimo di incertezza. Justo, più magro di Daniel (lo era ancora di più, allora), quando attacca il quarto piatto si arrende e poi trascorre il resto del pomeriggio a lottare con la digestione, ma senza pentirsi, perché pentirsi, giammai. Risate e un forte abbraccio, *hasta la próxima, Justo, nos vemos en algun cruce de caminos...*
Altro ricordo: a Gijón, durante la Semana Negra, pochi anni fa. A Paco Taibo salta in mente di organizzare una gara di tiro. E ci raduna: "Se siete bravi scrittori di romanzi d'azione, allora vediamo come ve la cavate con una pistola in mano". E si va tutti al poligono di tiro, con gli agenti municipali che ci prestano le loro armi d'ordinanza. Cominciamo a sparare, quando un fotografo rischia la pelle perché si mette a scattare foto davanti alla linea di tiro, giusto un attimo prima delle prime scariche. Uno spavento dell'ostia. Justo piazza qualche buon colpo, ma rimane fuori dai primi classificati: mi guarda, sorride, fa una smorfia e dice: "È che a Cuba mi sono abituato a esercitarmi con un kalashnikov, questa merdina di revolver mi pare un giocattolo...".
Risate, e un forte abbraccio, *y hasta la próxima*, Justo.
No, non ci sarà più la prossima volta, né incrocio di sentieri dove tornerò ad abbracciarti, caro amico di tante *travesías y travesuras*, di tanta allegria condivisa e tante chiacchierate fino all'alba. Che dolore, che rabbia, che vuoto, Justo.

Evita

Era il 1935, e l'Argentina si apprestava a diventare un paese ricco ma tutt'altro che rasserenato. Una ragazza di sedici anni lasciò il paesino di Los Toldos, nella provincia di Buenos Aires, andando incontro all'avventura nella grande, sontuosa, abbagliante capitale. Si chiamava Eva Duarte, e aveva già fatto l'abitudine a lottare per sopravvivere, anche perché non erano tempi generosi per i figli illegittimi, soprattutto se femmine. Quattro stracci nel sacco di tela, una magrezza da far pena, né brutta né bella, ma con un'energia che sprizzava scintille di fascino istintivo. Sognava di diventare attrice. Trovò lavoro in teatri di infima categoria, per compenso si accontentava di un caffellatte a pranzo e a cena. Ma non demordeva. A Buenos Aires doveva esserci per forza un varco, uno spazio, un buco per la sua ostinazione. Nel 1943 si aprì una porta, dopo tanto furioso bussare e scalciare. Radio Belgrano la assunse per interpretare i ruoli di "grandi donne della storia". Finalmente uno stipendio, con cui affittò subito un modestissimo appartamentino in calle Posadas. Davanti al microfono ostentava disinvoltura, ma all'inizio non ne imbroccava una. Sbagliava pronunce, grammatica, sintassi, persino nomi che avrebbe dovuto apprendere alle elementari... Il suo sprezzo per la lingua spagnola rischiò di far sospendere la trasmissione. Ma a molti ascoltatori risultò immediatamente simpatica, al punto che seguivano le trasmissioni convinti che si trattasse di opere comiche. Evita, l'esile ragazza con il fuoco nel cuore, cominciò a procurarsi lo spazio a gomitate, pur continuando a ingoiare rospi e lacrime. Ce l'avrebbe fatta a qualsiasi costo, meno che rinunciando alla dignità. Perché, come donna giovane e senza familiari maschi a proteggerla, teneva testa agli uomini (portandoseli a casa alla faccia del vicinato maldicente) con piglio inusuale. Ancor più inusuale se consideriamo il tempo e il luogo. Un altro anno, e sarebbe addirittura entrata nella Storia.

Il 15 gennaio 1944 un terremoto squassò la città di San Juan. Una settimana dopo venne organizzato un festival di beneficenza per le vittime. Lo avrebbe inaugurato personalmente Juan Domingo Perón, militare populista che da giovane aveva ammirato l'organizzazione dello stato mussoliniano, e che una volta giunto al potere si era inimicato oligarchia e potenze straniere per una forma di nazionalismo considerato sinistrorso dai potenti e demagogico da chi a sinistra militava da sempre. Per Evita, Juan Domingo era l'Uomo in senso assoluto. Il "colonnello del popolo" che prometteva una vita migliore agli umili e soprattutto agli umiliati, come lei si sentiva. Il condottiero che amava ripetere: "Sono soltanto un umile soldato a cui è toccato l'onore di proteggere la massa dei lavoratori argentini". E all'Argentina doveva averlo davvero mandato la Provvidenza, su questo Evita non aveva dubbi.

La sola idea che potesse avvicinarlo appariva a tutti come una sciocca illusione da attricetta (e per di più radiofonica)... Ma nessuno conosceva veramente Evita. Se avessero scommesso, avrebbero perso. Intanto riuscì a procurarsi un posto in prima fila, vicino al colonnello Anibal Imbert, direttore di Poste e Telegrafi e quindi responsabile del suo contratto con Radio Belgrano. Indossava una gonna a pieghe e una camicetta chiara con una grande rosa di stoffa, e un cappellino vaporoso. Quando Perón fece il suo ingresso trionfale, tutti si alzarono per applaudirlo. Evita mosse, tremante, qualche passo in avanti e poi andò decisa a stringergli la mano. Il colonnello aveva quarantotto anni, lei non ancora venticinque. Chissà quanto aveva rimuginato una frase a effetto da pronunciare in quell'occasione. Disse soltanto: "Colonnello". Lui replicò senza neppure guardarla: "Che c'è, figlia mia?". Evita lo fissò, e pronunciò le tre parole che avrebbero costretto lo sguardo del colonnello a incontrare i suoi occhi castani: "Grazie di esistere".

Oggi suonerebbe stantio e ben poco originale, ma in quel 1944, e in Argentina, sicuramente "grazie di esistere" non era una frase già sentita. Perón rimase interdetto, quasi imbarazzato. Dalla piccola mano che stringeva forte la sua, avvertiva quell'energia di cui non avrebbe più saputo fare a meno. I notiziari dell'epoca ripresero quel brevissimo colloquio. Ma solo la cinepresa degli inviati messicani seguì l'epilogo della vicenda: dopo la sfilata di attrici celebri sul palco, si vide Evita allontanarsi lungo il corridoio di uscita insieme a Juan Domingo Perón. E la mano di lei era appoggiata sulla spalla di lui. "È la donna che deve scegliere, non aspettare che la scelgano," sosteneva Evita nelle chiacchiere tra amiche, durante le pause alla radio.

Si sposarono nel 1945. Le dame dell'oligarchia argentina la accolsero con un disprezzo aperto, "rumoroso": chiamandola "la Ballerina", evitavano semplicemente di pronunciare la parola "puttana" e facevano a gara nel riesumarne presunte condotte immorali, oltre a sottolineare che si trattava pur sempre di una "bastarda". Entro poco tempo, l'avrebbero addirittura odiata come la peggiore delle iatture. Perché per prima cosa Evita si batté per il voto alle donne, cioè all'enorme massa di diseredate che avevano ancora meno voce in capitolo dei poveracci loro mariti, padri o figli. Divenne un'arringatrice di folle dall'eloquenza diretta e folgorante, trasformò tutti gli epiteti dispregiativi in vezzeggiativi (*mis queridos descamisados*," diceva, rivolgendosi a quelli che non possedevano neppure la camicia, o "*grasitas*", conferendo una valenza affettuosa al termine "*grassa*", usato dai ricchi per definire le persone di

279

umili origini, cioè sudice e senza istruzione). Divenne l'elemento dinamico del peronismo, il referente degli sfruttati, che in lei vedevano l'emblema del riscatto possibile. Certo non aveva in mente di scatenare una rivoluzione, ma impose al marito una progressiva distanza dalla casta dei militari più reazionari e dall'oligarchia legata al capitale statunitense e inglese. Probabilmente scherzava col fuoco senza rendersene pienamente conto. Ma era sincera. A sinistra, molti la consideravano una demagoga e una pazza. A destra, aspettavano il momento della vendetta. Il destino non avrebbe permesso ai suoi nemici di rigettarla nel fango da cui era sorta. Non ne ebbero il tempo.

Era ossessionata dal rispetto per la dignità dei più poveri. Non sopportava che i bambini abbandonati dovessero dipendere dalla carità delle dame riunite nella Società di Beneficenza. Nel 1946 le signore dell'alta borghesia andarono da lei in visita ufficiale. Come *Primera Dama*, le spettava il titolo di presidentessa onorifica. La sera prima avevano mandato una lettera alla scrittrice Delfina Bunge de Gálvez, che non nascondeva l'avversione per Evita: "Speriamo che tu, Delfina cara, venga alla residenza con noi. Sappiamo che sei una donna dai gusti raffinati e che la visita a quella *h.d.p.* ti darà il voltastomaco...". Avevano messo solo le iniziali di *hija de puta*, figlia di puttana. *Noblesse oblige*. Evita le ricevette con tre ore di ritardo, dicendo: "Siete fortunate, al piano di sopra ci sono due ambasciatori che aspettano da cinque ore". Poi rifiutò il titolo onorifico: "Non so giocare a bridge, non mi piace il tè con i pasticcini, insomma, vi farei sfigurare". Felici del rifiuto, stavano per ritirarsi, ma Evita aggiunse: "Però la tradizione va rispettata. Una presidentessa ci vuole". La più invelenita delle dame dell'alta società ribatté acida: "Ha forse qualche suggerimento?". "Ma certo. Nominate mia madre. Ha già cinquant'anni, e lei non è una figlia di puttana come me. Comunque, gode di una fama sicuramente migliore della vostra," e lasciò cadere sul tavolo una copia della lettera a Delfina che il suo servizio informazioni aveva intercettato prima di consegnarla a destinazione. Nel giro di poche settimane il malcostume della carità da salotto scomparve dall'Argentina, e venne fondato un ente per occuparsi dei bambini poveri, garantendo assistenza e colonie per le vacanze. Non fu un gesto rivoluzionario, ma un atto dovuto che però le classi dominanti non avevano mai voluto concedere.

Per diventare un mito, le mancava solo di scomparire prima che l'aura di paladina del popolo venisse incrinata da delusioni e compromessi. Morì di cancro a soli trentatré anni, nel 1952. Tra i sogni rimasti incompiuti, c'era un monumento al *descamisado* che prevedeva la figura di un lavoratore muscoloso alta sessanta metri e con un piedistallo di settantasette: nel progetto di Evita, il simbolo della rivincita argentina doveva essere il doppio più grande della Statua della Libertà. Perón le fece costruire un mausoleo, dove il suo corpo imbalsamato avrebbe ricevuto l'omaggio (e l'idolatria) del suo popolo. Non fu così. E non solo perché, senza di lei, il dittatore populista avrebbe conosciuto un rapido declino fino al colpo di stato militare del 1955.

Il corpo di Evita costituiva una fonte di sovversione, per i generali che presero il potere con l'idea fissa di smantellare e disperdere quel mito pericoloso. Ne fecero fare tre copie di cera e vinile per confondere le tracce, e diedero inizio a una serie di trasferimenti della bara con la vera salma che sconfinano nel grottesco. Un colonnello dei servizi segreti dell'esercito, Carlos de Moori, venne incaricato di seppellirla in un luogo segreto. Ma ben presto la sua missione si rivelò una vera maledizione: ovunque la bara sostasse comparivano fiori deposti da mani misteriose, costringendolo a cambiare i piani. Uno dei suoi ufficiali impazzì e uccise la moglie convinto che avesse assunto le sembianze di Evita, un altro ebbe un incidente mentre trasportava la salma e rimase orrendamente sfigurato. Si decise allora di trasferirla all'estero, prima a Bruxelles, poi a Bonn, e successivamente a Milano, dove venne sepolta nel cimitero Monumentale sotto il nome di Maria Maggi, con tanto di cerimonia e falso vedovo piangente. L'ultima tappa di questa assurda peregrinazione fu Madrid, e solo nel 1974 la "bara nomade" tornò in Argentina; oggi si trova nel cimitero La Recoleta, protetta da una blindatura d'acciaio. Durante il trasferimento all'aeroporto madrileno di Barajas, a bordo del furgone c'erano due agenti della Guardia Civil che litigarono per un debito di gioco e conclusero la discussione a revolverate. Il mezzo si schiantò contro un cancello e prese fuoco. I due morirono mentre la bara non riportò neppure un graffio. E nel 1976, a Buenos Aires, venne trasferita dalla residenza presidenziale al cimitero, a bordo di un'ambulanza militare. La scorta era di due soldati, che portavano i fucili con la baionetta inspiegabilmente inastata. Ci fu una brusca frenata nel traffico, ed entrambi rimasero uccisi, sgozzati dalle baionette che si erano piantati nella gola. Il colonnello Moori venne confinato in Patagonia, prese a ricattare i superiori, ottenne di essere trasferito presso l'ambasciata di Bonn, dove il suo delirio lo portò a chiedere, sempre con il ricatto, di riavere la salma. Gliene mandarono una copia, che però qualcuno trafugò al momento dello sbarco, e dopo qualche tempo la "bambola di cera" ricomparve in una vetrina del quartiere a luci rosse di Amburgo. Il colonnello la riscattò e la seppellì nella campagna tedesca. Tornato a Buenos Aires, ormai alcolizzato, mentre assisteva con un amico allo sbarco sulla Luna si mise a urlare che erano andati fin lì per seppellirci Evita. Morì poco dopo.

La "novela negra" di Fujimori

Una *novela negra* degna dei migliori scrittori della cosiddetta "neoavventura latinoamericana": il despota dal sorriso paterno ma capace di ogni crudeltà senza lasciar trasparire la benché minima emozione, la perfida moglie che dopo averlo irretito, esortato, galvanizzato e spinto nei meandri del Potere, ha lasciato il talamo nuziale – scarmigliata e scomposta – giurando "io ti ho creato e io ti distruggerò", e infine il consigliere viscido, assetato di denaro pubblico e perfido nella vita privata, novello Rasputin con inclinazioni da Torquemada... Peccato che non sia soltanto un "romanzo nero", ma la realtà che il Perú ha dovuto sopportare per anni e anni; sperando che la cloaca della Storia inghiotta davvero i protagonisti, anche se si teme che i mezzi fin qui acquisiti garantiranno loro un futuro tutt'altro che gramo.

All'inizio della storia c'è un uomo che mente persino sulla propria nascita. Un articolo della Costituzione peruviana sancisce che chiunque può diventare presidente – quaggiù anche le costituenti hanno il senso dell'umorismo – a patto che sia nato in un punto qualsiasi tra la Cordigliera del Condor e il Lago Titicaca, tra le coste del Pacifico e la selva amazzonica, comunque in Perú. Alberto Fujimori era però un giapponese immigrato, cosa che non gli aveva impedito di guadagnare ricchezze tra le lacrime – altrui – e crearsi un "posto al sole", ma in quanto ad aspirare alla presidenza della Repubblica... Nessun problema: la moglie, donna Susana Higuchi, lo voleva sul trono, e il diabolico consigliere, Vladimiro Montesinos, stipendiato contemporaneamente dalla Cia e dai narcos, mescolò un poco le carte all'anagrafe sfornandogli un certificato di nascita falso. Una volta sanciti i natali peruviani, Fujimori, detto El Chino – perché da queste parti gli orientali sono detti "cinesi" senza tanti distinguo –, sbaragliò l'avversario, niente meno che Mario Vargas Llosa, letterato prestato alla politica e immediatamente restituito. Non fu difficile: la maggioranza dei votanti considerava Vargas Llosa un *señorito* poco avvezzo all'intrico della politica andina, per di più residente a Parigi, che voleva saperne lui... E quando da queste parti del globo si parla di "votanti", occorre sempre ricordare che ci riferiamo a una minoranza della popolazione, perché per la maggioranza, composta da contadini meticci e indios in misere condizioni, votare è un lusso costoso, che in pratica soltanto gli abitanti delle città possono permettersi. Comunque, l'irresistibile ascesa iniziò con grandi successi nell'eterna lotta al terrorismo, El Chino si mostrò alle telecamere niente meno che con il trofeo del "comandante Gonzalo", capo supremo di Sendero Luminoso, l'organizzazione sedicente maoista che pretende di applicare al Perú ideologie direttamente apprese su Marte. Un ingrato, Fujimori: senza la follia dei senderisti, che ammazzano contadini quasi quanto l'esercito regolare, tanti cittadini non lo avrebbero mai votato. Altro capolavoro di populismo con l'elmetto lo realizzò muovendo guerra al buon vicino di sempre, l'Ecuador, per una disputa territoriale che gli permise di farsi immortalare in tuta mimetica tra i suoi "bravi". Gli mancarono soltanto la trebbiatura del grano e la nuotata in un fiume gelido. Infine, il massacro nell'ambasciata giapponese di Lima, occupata senza colpo ferire dai guerriglieri tupamaristi dell'MRTA, in ritardo sulla storia di troppi decenni.

I ragazzi e le ragazze al comando di Nestor Cerpa Cartolini sognavano forse di ripetere l'azione realizzata dai sandinisti, quando assaltarono una villa sequestrando non solo alcuni parenti stretti del dittatore Somoza, ma anche un certo numero di membri dell'oligarchia nicaraguense. Somoza cedette e il colpo subìto ebbe un clamore internazionale: ma i sandinisti godevano nel loro paese di un vasto appoggio popolare, mentre lo stesso Somoza si era alienato buona parte dei consensi nell'alta borghesia per i suoi insaziabili appetiti. In qualche modo, Fujimori è giunto allo stesso risultato: ammorbato dal potere assoluto, ha perso di vista il consenso delle alte sfere – Washington e Wall Street *in primis* – e si è illuso di poter depredare, corrompere, comprare chiunque. Ma allora, nei giorni dell'ambasciata giapponese, El Chino non era ancora arrivato a tanto. La sua mano di ferro – senza alcuna parvenza di guanto di velluto – era apprezzata da chi voleva innanzitutto la stabilità nel paese andino, a qualunque prezzo. La guerriglia e il terrorismo venivano considerati fattori endemici, Fujimori colpiva duro dove gli conveniva o dimostrava di poterci convivere tenendone il livello al di sotto del limite di guardia. In quanto al narcotraffico... aveva scelto la formula vincente di mussoliniana memoria, quando "si tenevano le porte aperte" semplicemente perché era proibito pubblicare sui giornali i fatti delinquenziali e quindi molti credevano che non avvenissero: di coca e cocaina, nel Perú di Fujimori, si parlava infinitamente meno che nei paesi limitrofi, eppure la produzione di foglia è ai vertici della classifica mondiale, mentre l'infaticabile Montesinos rastrellava parte dei proventi. Un intoccabile, Vladimiro: persino alcuni settori delle stesse forze armate lo accusarono di far assassinare – oltre ai "soliti" contadini e studenti – giornalisti e docenti universitari, senza ottenere nulla. Poi, quando dall'interno delle forze di sicurezza saltarono fuori le denunce di donne poliziotto per i suoi eccessi, si narra che Montesinos le fece torturare e squartare. Una gli sfuggì, l'agente Leonor La Rosa, ma per quanto si fosse dannata a tenere conferenze stampa e a rivolgersi ai magistrati, il Rasputin di Fujimori ne uscì indenne.

Finalmente, l'incrinatura destinata ad aprire la voragine. Donna Susana un bel giorno – o una brutta notte – se ne andò sbattendo la porta per diventare la nemica pubblica numero uno del Chino. Annunciò persino un libro ricco di dettagli intimi che lo avrebbero svergognato: per fortuna ce lo ha finora risparmiato. Ma donna Susana non è rimasta con le mani in mano: ha fondato un'organizzazione contro l'ormai oscena corruzione del marito, e alla fine c'è riuscita: una piccola telecamera che filma la mazzetta di Montesinos a un deputato, routine quotidiana per garantirsi quei quattro voti che reggevano il governo del suo pupazzo. E là dove milioni di persone che hanno protestato in nome della democrazia non sono riuscite a nulla, pochi fotogrammi hanno ottenuto il miracolo. Potenza delle immagini.

L'ultima vedova di Pancho Villa

Li chiamavano Dorados. Avevano uniformi ben tagliate e color della sabbia, il portamento fiero, e soprattutto i migliori cavalli, focosi, ben nutriti, lustri. Ai poveri *campesinos* del Chihuahua, i loro difensori apparivano come uomini "dorati". Erano la "vecchia guardia che muore ma non si arrende" di Pancho Villa, combattenti della leggendaria División del Norte, gli invincibili Dorados, che dall'estremo Nord scesero fino a Città del Messico sbaragliando i *federales* in ogni battaglia. Villa, il "Centauro del Nord", conosceva uno per uno i suoi uomini e sapeva farsi amare, fino alla venerazione. Ma anche temere per la spietatezza. Su una questione era inflessibile: rispettare sempre le donne come si conviene a un vero *caballero* messicano. "Per me potete fare quello che volete, ma prima... vi sposate!" ripeteva ogni volta che si accorgeva di un innamoramento, o anche solo di un interesse particolare. Perché se a qualcuno dei suoi fosse venuto in mente di abusare di una donna, lo avrebbe sbattuto al *paredón*, davanti al plotone d'esecuzione. E mai un esercito, rivoluzionario o meno, ha registrato tanti matrimoni. Lui, per dare il buon esempio, si è sposato continuamente. Quante mogli ha avuto Pancho Villa? I biografi discordano. Un amico di Chihuahua, Raúl Rodríguez, portandomi in visita l'anno scorso alla casa museo di Villa, mi diceva che "dovrebbero" essere state almeno venticinque, da cui ha avuto ventiquattro figli. Chissà, forse il mito ha ingigantito il numero reale, ma che importa. Nel 1996 il Messico ha ricordato l'ultima vedova del General, Soledad Seañez Holguin, anni cento, giunta agli ultimi sospiri con quel suo cuore secolare ormai prossimo a spegnersi in un ospedale di Chihuahua, dove l'avevano ricoverata. Francisco detto Pancho la sposò il primo maggio 1919, nel villaggio di Valle de Allende, nel Chihuahua, e chissà se davanti al prete avrà usato il suo vero nome, Doroteo Arango. Perché gli eroi del Messico sono spesso senza volto, e quando ne hanno uno portano un nome inventato. Il Centauro del Nord aveva deciso di ritirarsi nella hacienda di Canutillo, non certo vecchio ma forse stanco di lotte fratricide, tradimenti, tanti e tanti morti, e il vero nemico, quello oltrefrontiera, era troppo forte, *todopoderoso*, per poterlo battere con il solo coraggio. Per Soledad, che portava il nome della solitudine, fu amore da non consumare in fretta, perché finalmente sembrava fossero venuti anche per Pancho gli anni della pace. Nella grande fattoria di Canutillo fecero costruire persino un teatro, e c'erano scuole, falegnamerie, empori, calzolai, un ufficio del telegrafo e un generatore elettrico: per i contadini, Villa e sua moglie rappresentavano un sogno realizzato. Quando passeggiavano a cavallo per i campi, tutti agitavano il sombrero e li salutavano a gran voce. "Il loro affetto," scrisse Villa, "mi sprona a servire ancor più il popolo per cui ho combattuto con le armi in pugno. Ma oggi credo che il miglior servizio per il mio amato Messico sia quello di svilupparne le ricchezze con il lavoro."

Non sarebbe durato molto. La Revolución era incompiuta, e le ingiustizie al di là del piccolo mondo di Canutillo lanciavano un irresistibile richiamo. Pancho conservava intatto un immenso carisma. E molti erano pronti a seguirlo. Non fece in tempo a rispondere, a quel richiamo. Oltre al governo, che vedeva in lui un costante pericolo, c'era l'istinto vendicativo dei gringos. Nel 1917 Washington lo aveva fregato vendendogli una partita di cartucce a salve, e nella battaglia di Celaya conobbe la sconfitta. Villa radunò i superstiti guidandoli all'attacco di Columbus, in Texas. La mise a ferro e fuoco, l'unico caso di invasione degli Stati Uniti, come recitano ancora le foto ricordo vendute ai turisti di passaggio nell'aeroporto di Chihuahua. Il 20 luglio 1923, decine di fucili crivellarono di pallottole la Dodge Brothers di Villa, uccidendo lui e la sua scorta nella cittadina di Parral.

Nel 1996 Soledad stava per intraprendere l'ultima cavalcata su Siete Leguas, la giumenta nera del marito. Chissà se, quando lo ha rivisto tra quelle nubi che corrono incessantemente nell'azzurro terso della Sierra, lo avrà salutato altezzosamente con un "*Mi general...*", o se semplicemente gli avrà detto: "*Hola, Pancho, cuanto tiempo...*".

PS (2008) Nella biografia di Pancho Villa scritta da Paco Taibo II (e tradotta in italiano da me, con incommensurabile piacere), la biografia a tutti gli effetti "definitiva" per la meticolosa ricostruzione di ogni dettaglio e la più appassionante, da leggere come una narrazione avvincente, un capitolo della parte iniziale è dedicato alle mogli – dalla lettura si desume che furono *almeno* ventinove –, e a figli e nipoti, dei quali è difficile tenere il conto.

Tuxpan: quelli del "Granma"

"*Nací con la luna de plata, nací con alma de pirata,*" dice una vecchia canzone di Agustín Lara, cantore di Veracruz, la città portuale messicana che negli anni cinquanta evocava avventure esotiche più amorose che rivoluzionarie, o magari poliziesche, come nel film di Don Siegel con un impeccabile Robert Mitchum in giacca e cravatta malgrado il clima torrido. Nell'omonimo stato di Veracruz, più a nord, la notte tra il 24 e il 25 novembre 1956 era "buia e tempestosa" come nel più banale degli inizi di un'avventura. Dal porto fluviale alla foce del Río Tuxpan, ottantadue uomini si stipano su un motoscafo che ne potrebbe trasportare comodamente una decina e scomodamente non più di venti, e già questo sembra un azzardo, anzi, un'impresa scellerata. L'imbarcazione si chiama *Granma*, abbreviazione di *grandmother*, perché il precedente proprietario gringo aveva un debole per sua nonna. Iniziò così la Revolución cubana, con un atto di sfida contro ogni logica dei rapporti di forza, delle condizioni avverse, persino delle leggi della fisica riguardo all'ammassarsi di corpi su un motoscafo sgangherato per una traversata di otto giorni con mare infuriato. Comunque la si pensi, fu un'impresa che è entrata nella storia. E iniziò da qui, da Tuxpan, città del Veracruz alla foce di un grande fiume, oggi conosciuta soprattutto dai tecnici petroliferi e poco frequentata dal turismo, anche se per le feste comandate frotte di messicani raggiungono dall'entroterra la sua immensa spiaggia sulla Barra, spingendosi sporadicamente fino all'incantevole oasi naturalistica della Laguna Galindo. Tra mangrovie e canali naturali, i pescatori si prestano con innata giovialità veracruzana a portare il viandante in giro per la vasta laguna, popolata da innumerevoli specie di volatili così disabituati a essere disturbati dagli umani che raramente si scomodano a volare via. Tartarughe e coccodrilli restano altrettanto indifferenti.

Sono passati cinquant'anni e, come ogni 24 novembre, Antonio del Conde lascerà Cuba, dove risiede dal "triunfo de la Revolución", per tornare a Tuxpan e presenziare alle commemorazioni. L'ho conosciuto a quelle del Quarantanovesimo, e mi ha colpito quanto fosse diverso dai funzionari cubani presenti: loro seriosi e formali, lui inguaribilmente *pícaro*, ironico, smaliziato, sempre pronto alla battuta salace, refrattario a qualsiasi retorica. Lo considerano un eroe, lo fotografano accanto alla statua di José Martí o al busto del Che, nel giardino che vide gli ottantadue *expedicionarios* salire sul *Granma* muti e bagnati di pioggia, eppure l'ottuagenario Antonio ride sardonico, poco incline a considerarsi anch'egli un monumento. Ma è orgoglioso della propria memoria, e fiero delle scelte fatte allora come adesso. E mi racconta: "Facevo il commerciante, non ero certo un rivoluzionario di professione, e forse neppure di vocazione. Abbracciai il progetto dell'impresa perché... *me cayeron bien*, mi piacevano, avevano passione, dedizione, nutrivano ideali che, da buon messicano, condivisi subito. E poi commerciavo in armi, cioè avevo una piccola armeria, e così potei rendermi utile anche da questo punto di vista, procurando parti di fucili e munizioni. Che caricai personalmente sul *Granma*, rompendomi la schiena, oltre ai sacchi di arance, perché loro non dovevano farsi vedere. Era una nottataccia, pioggia battente e mare mosso. La capitaneria di porto aveva proibito la navigazione. E loro erano già in ritardo sui tempi, rischiavano di saltare appoggi e coordinamento con la struttura della resistenza a Cuba, il Movimento 26 Luglio. Insomma, quella notte dovevano assolutamente salpare, anche per il rischio che venissero scoperti dagli agenti di Batista, che non conoscevano la mia identità, solo il soprannome, El Cuate, e sul Cuate avevano messo una grossa taglia in dollari... Così, io che non bevo e non fumo, passai la serata a bere rum e a fumare sigari con l'ufficiale della capitaneria, per convincerlo che *do-*

vevo fare un giro con alcuni importanti imprenditori e relative signorine, che si sarebbero fermati solo una notte e volevano fare un po' di baldoria percorrendo il fiume e la foce, e alla fine, lui mezzo ubriaco e io che non sentivo l'alcol per i nervi tesi, ho ottenuto l'agognato permesso. Ed è iniziata l'impresa".

La casa sul fiume è diventata un museo che contiene i pochi reperti raccolti: immagini d'epoca, qualche arma, plastici e mappe, e una stanza dedicata agli *expedicionarios*. Tra le foto formato tessera, ingrandite fino a sfocarle, riconosco subito il volto bonario di Gino Donè, l'italiano del *Granma*. Lo dico ai presenti e tutti mi guardano perplessi: neanche loro sapevano che c'era pure un italiano. Ed è tra i pochi del *Granma* ancora vivi e vegeti.

Gino Donè, nato a Passarella di San Donà di Piave, si unì ai partigiani non ancora ventenne e combatté i nazifascisti nelle paludi tra Caorle e Jesolo; nel dopoguerra emigrò in cerca di lavoro a Cuba, dove fece il muratore, il ferraiolo, il decoratore, finché entrò in contatto con gli ambienti dell'opposizione alla dittatura e cominciò a fare la spola con il Messico portando dollari cuciti nelle fodere dei vestiti per comprare le armi a quelli del *Granma*. A un certo punto, Fidel lo volle con sé a bordo: in pratica, era l'unico ad aver combattuto davvero contro un esercito di occupazione. E se era scampato ai tedeschi... Inoltre, era diventato amico del Che, e Gino continua ancora oggi a chiamarlo Ernesto. Poi, lo sbarco disastroso, Ernesto che rimane indietro, Gino che torna a cercarlo e lo ritrova che arranca con mitra, lanciagranate in spalla e cassetta dei medicinali, in pieno attacco d'asma. Si radunano, sfiniti, e commettono il primo errore fatale: riprendono fiato nella piantagione di canna da zucchero di Alegría de Pío, nome beffardo per un massacro. L'esercito di Batista, che li aspettava, attacca con l'appoggio di aerei e blindati. Molti cadono tra quelle canne, i superstiti si disperdono, altri verranno successivamente catturati, torturati e finiti con un colpo alla nuca. Gino non rivedrà più l'amico Ernesto: preso il comando di un gruppo di sette uomini, riesce a portarli sulle montagne, perde i contatti con Fidel, raggiunge Santa Clara e si unisce alla resistenza clandestina, finché, braccato dalla polizia, si imbarca e gira per il mondo come marinaio di mercantili. Adesso, che è tornato a vivere nel suo Veneto, si reca spesso all'Avana per le celebrazioni di "quelli del *Granma*", e il 24 novembre, per il Cinquantenario, lo hanno convinto, lui così schivo, a tornare nella casa sul fiume a Tuxpan, per dire ai messicani indicando la sua foto tessera: "Quello lì sono io". E nient'altro, perché Gino è sempre stato uomo di poche parole.

PARTE QUINTA
Per esempio, ho conosciuto...

Federico

Sembra una favola, a ripensarci dopo tanti anni. Nel febbraio del 1988 uscì il mio primo libro, *Outland rock*, che avevo scritto almeno otto anni prima, rifiutato da decine di editori e infine pubblicato dalla piccola Transeuropa di Ancona. Passavano le settimane e – ora mi viene da dire "ovviamente" – nessuna recensione in vista, già era una fortuna che qualche libreria ne avesse presa una o due copie. Poi mi cercò mia sorella: si era da poco trasferita anche lei a Bologna e quindi era l'unica "Cacucci" sull'elenco, mentre io allora non avevo neppure il telefono (e che me ne facevo, visto che negli ultimi anni avevo vissuto più in Messico che a Bologna e già pensavo di tornarci, "dandola su" con le illusioni letterarie...). Lella mi preavvertì che probabilmente si trattava di uno scherzo di qualche mio amico bravo a fare le imitazioni, però il fatto era che... aveva telefonato uno dicendo di essere Federico Fellini. E siccome Lella lì per lì si era messa a ridere ribattendo: "E magari fa anche il regista", il *sedicente* Fellini era stato al gioco rispondendo: "Sì, così dicono", e alla fine, dopo un divertito scambio di battute, aveva concluso: "Be', se lei è la sorella gli dia questo numero, è di casa mia, e gli dica che vorrei parlargli".

Rimasi indeciso a lungo, sospettando in particolare di un caro amico che era un vero demonio nell'ordire scherzi atroci, e sapendo che era appena uscito il mio primo libro... Finalmente, feci quel numero. Era davvero Federico Fellini e voleva incontrarmi. Aveva letto *Outland rock*, gli era piaciuto e pensava addirittura di parlarne a qualche giornale. Così fece. Nel giro di pochi giorni uscirono articoli su quotidiani e riviste, quasi tutti con lo stesso titolo, tipo

L'esordiente che è piaciuto a Fellini. Poco dopo, mi cercò persino uno che parlava a nome di Mario Cecchi Gori chiedendo se ero disposto ad andare a Roma per un colloquio, in vista di affidarmi soggetti e sceneggiature... Insomma, la vita aveva improvvisamente preso un'accelerazione da lasciarmi frastornato.

Ma a parte i risultati pratici – fin troppo evidenti, perché da allora non ho più avuto problemi a trovare editori e a vedere i miei libri ben esposti –, quello fu l'inizio di un'amicizia che ora resta tra i più bei ricordi della mia vita. La prima volta che andai a trovarlo a Roma, mi raccontò come il mio libro gli fosse finito tra le mani. Stava cercando l'immagine di un gorilla per un certo lavoro – uno spot tipo "pubblicità progresso" per invogliare la gente a leggere – e, andando ogni mattina alla Feltrinelli di via del Babuino, a pochi passi da casa sua, aveva visto quella copertina. Sì, perché, incongruamente, e senza che c'entrasse nulla con le storie narrate, in copertina il fantasioso editore Canalini – un simpatico matto capace ogni tanto di qualche colpo di genio, che in questo caso fu del tutto involontario – aveva messo proprio il testone di un gorilla, vagamente pensoso e persino un po' malinconico. Fellini, me lo giurò, sul momento era stato tentato di staccare la copertina, perché di quel libro non gli importava nulla. Invece lo acquistò, con l'idea di mostrare il gorilla a un suo truccatore, per dirgli: "Lo voglio così". Intanto, era stato un colpo di fortuna che il libro fosse esposto in quella libreria, considerando la distribuzione sporadica e affidata totalmente al caso e alla buona volontà dei singoli librai. Poi, altra fortuna, Federico era un lettore vorace e onnivoro, e per giunta soffriva d'insonnia. Dunque, quella stessa notte lo lesse. E si mise in testa di conoscermi per dirmi quanto gli fosse piaciuto. Con gli anni avrei appurato che era una sua forma di generosità: quando trovava un libro di autore sconosciuto di cui nessuno parlava, se a lui piaceva si spendeva in prima persona per promuoverlo. Questo suscitava – me lo avrebbe confessato più tardi – reazioni cortesemente infastidite da parte di certi suoi amici "critici autorevoli", che, quando lo sentivano parlare con toni appassionati di qualche libro da loro ignorato, pur senza dirlo apertamente gli facevano capire che avrebbe fatto meglio a occuparsi di cinema, mentre le recensioni e la scoperta di nuovi talenti erano affar loro. Mi citò, con sarcasmo, anche il nome di un celebre trombone della cultura "alta", della Letteratura con la maiuscola, che quando lo aveva sentito parlare del mio povero *Outland rock* aveva fatto una smorfia e un cenno vago, come per dire "lascia perdere".

Federico aveva in mente da anni l'idea di realizzare un film con trama noir, mi accennò più volte alla possibilità di scriverlo insieme, ma intanto stava lavorando a *La voce della luna*, che avrebbe girato l'anno successivo e sarebbe uscito nel '90 – mi invitò varie volte sul set durante le riprese, era affascinante vederlo dirigere, sempre suadente e pacato, ma capace di convincere anche le pietre a fare esattamente ciò che aveva immaginato, senza neppure un copione scritto –, e alla fine il progetto sul noir rimase nell'immenso baule della sua memoria colmo di idee che non avrebbe mai realizzato. Negli ultimi anni della sua vita incontrò crescenti difficoltà a girare nuovi film: i produttori "puri" stavano ormai scomparendo e il ciarpame delle commediole all'italiana invadeva ogni spazio, garantendo facili guadagni a realtà produttive ibride e cialtronesche, condannando il cinema di qualità alla morte per asfissia. Altre amarezze, e rospi da ingoiare, glieli avrebbe riservati l'impegno contro le interruzioni pubblicitarie nei film, una battaglia persa: mi capitò di incontrarlo subito dopo un colloquio con il ministro delle "Telecomunicazioni" di allora, e Federico si sfogava con un misto di rabbia e scoramento. Lo presero in giro, finsero di dar peso al suo parere contrario e poi calarono le braghe davanti al nascente impero della televisione commerciale, al quale si sarebbe ben presto adeguata anche quella cosiddetta "pubblica".

Ma fin dalle prime chiacchierate era emersa in lui una curiosità famelica per tutto ciò che riguardava il Messico. Saputo che avevo vissuto un lungo periodo in quel variegato paese dalle realtà multidimensionali, dove spesso nulla è come appare e ciò che per noi è impossibile per tanti messicani è normale, mi tempestava di domande sulle mie esperienze, lasciando trasparire in modo sempre più palpabile una sensazione che all'inizio faticavo a decifrare: un misto di attrazione e paura, una sorta di affascinata inquietudine, una malia – parola che amava – che lo tormentava di rimpianti. E finalmente un giorno mi raccontò quale fosse stata la *sua* esperienza in Messico.

Ricordo che nel grande studio di Federico c'era sempre il suo amico di una vita, oltre che stretto collaboratore, Pietro Notarianni. Quando squillava il telefono, Federico improvvisava una delle sue gag preferite: riusciva a modificare la voce spacciandosi per un segretario baritonale o una segretaria in falsetto, e se si trattava di qualcuno con cui voleva parlare, diceva "aspetti che glielo passo", per poi, dopo qualche istante, riprendere con la voce di sempre; in caso contrario, liquidava l'interlocutore con un "mi spiace, non c'è per tutta la settimana, riferirò il suo messaggio". Riattaccando, mi guardava con un'espressione di finto rammarico – in realtà si divertiva come un monellaccio – e aggiungeva: "Scusa, ma mi tocca fare così, non hai idea di quanti rompiscatole mi facciano perdere tempo". Chi non lo conosceva probabilmente pensava che avesse uno stuolo di collaboratori, sentendo al telefono voci sempre diverse...

Federico coltivava da chissà quanti anni l'idea di girare un film tratto dai romanzi di Carlos Castaneda. L'attrazione nasceva dalla sua passione per ciò che superficialmente viene definito l'*occulto* – la sua amicizia con il "mago" Rol di Torino era di vecchia data –, e soprattutto per quegli strati di realtà sovrapposte o parallele che siamo soliti bollare come "parapsicologia" ma che in certe zone del mondo rappresentano una cultura ancestrale e atavica. Castaneda, con i libri sul *brujo* don Juan, sulla sua presunta iniziazione alla "conoscenza", era per Federico motivo di interesse al di là della concreta possibilità di farci un film: voleva almeno conoscerlo e dialogare con lui su tutto ciò che lo seduceva irresistibilmente. Ma l'autore sembrava irraggiungibile, innumerevoli tentativi di contatto non avevano portato a niente. Finché un giorno, nei primi anni ottanta, il contatto si era stabilito. E i due avevano concordato, tramite non meglio identificati "intermediari", un appuntamento a Los Angeles. Federico conobbe così Castaneda – che si presentò con due giovani donne, più "adepte" che segretarie o collaboratrici –, parlarono del progetto, e lo scrittore propose di intraprendere un lungo viaggio attraverso il Messico per "vedere" sul posto cosa sarebbe potuto maturare, strada facendo. Qualche tappa in aereo, e tanti chilometri in auto. Ma iniziarono subito degli eventi "strani". E a questo punto del racconto, Federico guardò Pietro Notarianni, che sembrava fungere da testimone, quasi volesse conferma del fatto che mi stava rivelando cose vere, non fantasie di regista immaginifico. Notarianni, noto comunista della vecchia guardia e materialista di ferro, annuì sospirando, e mi disse: "Per quanto stenti ancora a crederci, ero presente e certe cose sono davvero successe. Non c'è spiegazione plausibile, sono successe e basta".

E Federico riprese il racconto...

Castaneda era sulla cinquantina, tarchiato, volto olivastro e dal sorriso cordiale, vestito di bianco e panama in testa, bastone nodoso che agitava scherzosamente. In un'atmosfera amichevole e festosa, il gruppo partì verso la frontiera su due auto, una per Castaneda e le due "vestali", l'altra per Federico e i suoi accompagnatori, tra i quali Notarianni, tutti lì per cominciare a "pensare" l'eventuale film, quasi un inizio di sopralluoghi. Però, già la prima sera,

in un hotel lungo la strada, nei pressi di Mexicali, Federico trovò una sorta di cartolina sul pavimento della sua stanza: con una calligrafia incerta, un misterioso sconosciuto si rivolgeva in inglese a lui, al "regista italiano", mettendolo in guardia da Castaneda, invitandolo a diffidare, e avvertendolo che i loro movimenti erano controllati. Federico pensò a uno scherzo, e quando mostrò il messaggio ai suoi, questi pensarono l'esatto contrario: l'ennesima trovata di Fellini che si divertiva a rendere più movimentato il viaggio...
   Inutile che mi dilunghi sui dettagli delle successive tappe del viaggio, riporto solo alcuni degli "eventi inspiegabili": Federico si vide bersagliare da un crescendo di messaggi, sempre più inquietanti, dove non veniva minacciato, piuttosto esortato da qualcuno che parlava alla prima persona plurale a lasciar perdere il "profittatore" Castaneda, che a "loro" avviso aveva lucrato su certe cose e volgarizzato conoscenze ancestrali, e ad affidarsi a "loro", che lo avrebbero guidato nella realizzazione del film. I messaggi non solo comparivano in luoghi dove nessuno poteva aspettare il gruppo – spesso motel lungo il tragitto – ma addirittura, in un caso, durante una sosta in aeroporto, Federico era passato accanto a un telefono di servizio – un anonimo apparecchio appeso a un muro, per comunicazioni interne, non una cabina pubblica –, questo aveva squillato, e lui, eterno ragazzo sempre pronto a divertirsi, aveva staccato il ricevitore dicendo: "Allò". Una voce gli aveva bisbigliato: "Fidati di noi, diffida del profittatore...". A quel punto Federico si era davvero preoccupato. E ancor più la notte, quando in una camera d'albergo aveva ricevuto una telefonata dalla stessa voce. Aveva urlato di piantarla con quegli scherzi, perché non erano affatto divertenti. E la voce: "Non ci credi? Ma se persino le tende sanno che facciamo sul serio". E le tende alla finestra avevano preso a volteggiare, come per un'improvvisa folata di vento. Solo che la finestra e la porta erano perfettamente chiuse...
   Federico decise di parlarne seriamente in una sorta di riunione. Pur essendo sempre pervaso da quella che lui stesso definiva "curiosità compiaciuta e acritica" nei confronti dell'inspiegabile, avvertiva un forte senso di smarrimento e solitudine, per l'incomprensione e l'estraneità di quanti lo accompagnavano. Persino l'amico per la pelle, Notarianni, cominciava a innervosirsi, però era l'unico a credere che non poteva più trattarsi di uno scherzo di Federico; e comunque, ormai nessuno si divertiva più. Castaneda lo ascoltò senza mostrare alcuna emozione, impassibile. Federico gli riferì per filo e per segno il contenuto dei messaggi, sia quelli scritti che le telefonate, e Castaneda, alla fine, aveva detto semplice-

mente: "Domani si vedrà". E si era ritirato con le due giovani accompagnatrici.

Fu l'ultima volta che lo videro. L'indomani mattina, Carlos Castaneda era sparito, aveva fatto i bagagli prima dell'alba, o forse la notte stessa, andandosene chissà dove – probabilmente era rientrato negli Stati Uniti – assieme alle due "adepte", e negli anni seguenti qualsiasi tentativo di Federico di riallacciare i contatti sarebbe stato vano.

Giunti a quel punto del viaggio, Federico decise di continuare a vedere cosa gli avrebbe riservato il Messico. Era intrigato, affascinato, ammaliato da ogni aspetto del paese, dalle sue genti, e continuava a cullare il sogno di farlo, un film, non sapeva bene come e su quale soggetto, ma il Messico lo attirava sempre più. Solo che... i messaggi ripresero a cadenza regolare. Quasi a ogni sosta trovava un foglietto in camera, a volte all'arrivo, altre volte al mattino, magari sul letto, pur avendo sbarrato la porta con una sedia di traverso o addirittura un tavolo.

E intanto Notarianni annuiva, mi guardava socchiudendo gli occhi e mormorava: "Purtroppo, è tutto vero". E quel "purtroppo" stava a significare che tutto in lui, le convinzioni di un'intera vita, dovevano aprire una parentesi, un buco nero, riguardo a quel viaggio indimenticabile e irto di eventi inspiegabili.

Finale in crescendo, come se fosse stato già un film anziché un'esperienza vissuta: ultima tappa nello Yucatán, a Tulum (che Federico si è sempre ostinato a chiamare *Tulun*). L'auto ha qualche problema, si fermano in un hotel, anche in questo caso senza alcuna prenotazione, il primo incontrato sulla strada. Federico, sempre con Notarianni presente – e non solo lui –, era seduto a un tavolo del ristorante dell'albergo, aspettando di mangiare qualcosa. Da un altro tavolo, un signore dall'aria dimessa e umile si era avvicinato salutando e chiedendo se fosse lui, il regista italiano. Federico aveva annuito, ormai rassegnato. "Ho questo messaggio per lei." E gli aveva dato una busta con dentro un biglietto. Stesse "raccomandazioni": fidati di noi, ti guideremo e girerai il tuo film, ora che il profittatore se n'è andato... C'era solo un particolare diverso dalle volte precedenti, un'*aggiunta*: in un angolo del foglio, un rettangolino di stoffa a quadretti trattenuta da una spilla. Più tardi, in camera, Federico aveva disfatto i bagagli, ormai intenzionato a tornare prima possibile in Italia e a rinunciare per sempre all'idea di quel film – e poi, quale film? –, quando, appendendo il cappellino, di quelli che era solito portare lui, aveva notato... che ne mancava un pezzo. Esattamente quel rettangolino pinzato al foglio, che combaciava perfettamente. E mi raccontò:

"Devi sapere che quel cappello lo avevo comprato insieme a Rol. Ero andato a trovarlo e una mattina, nel centro di Torino, eravamo entrati in un grande negozio di cappelli. Non sapevo bene cosa cercare e Rol, indicando verso l'alto, mi aveva fatto notare una scatola che sporgeva: era l'unica leggermente fuori posto in una muraglia di scatole tutte perfettamente allineate. Dentro c'era quel cappello, che comprai su suo consiglio, anzi, aveva anche detto qualcosa sul fatto che mi sarebbe servito per un certo viaggio, ma sul momento neanche gli badai. Poi, rientrato in Italia, andai a raccontargli tutto e Rol, sorridendo, mi disse che dovevo accettarlo per ciò che era: sotto la superficie della realtà scorrono tante realtà più profonde, a me era toccato semplicemente di sfiorarne una... Comunque quella sera, nello Yucatán, eravamo nei pressi di una zona archeologica. La mattina dopo, con Pietro," e Pietro Notarianni confermò, sempre sospirando, "portai quel dannato cappello su una piccola piramide maya, e lo bruciai. E mi andò bene che i guardiani non se ne accorsero...".

Federico non rideva, raccontandomi tutto questo. Era fin troppo serio. E aggiunse che, a distanza di un anno, aveva ricevuto una telefonata a casa di un'amica, a Roma: la stessa voce lo pregava di non rinunciare al progetto, di tornare in Messico e di affidarsi a "loro", che sapevano come guidarlo... Esasperato, aveva deciso di scrivere la vicenda camuffandola da soggetto cinematografico, come per liberarsene affidandola alla carta stampata. L'ha pubblicata in *Block-notes di un regista*, e successivamente Milo Manara ne ha tratto un memorabile libro a fumetti. Ma tutti hanno pensato che fosse frutto della sua fervida fantasia, nonostante abbia scritto al termine del capitolo: "Il viaggio e la misteriosa avventura che stanno all'origine della storia, liberamente ricostruita e raccontata in forma di trattamento cinematografico, sono realmente accaduti".

Anche l'ultima volta che l'ho visto, a Roma, mi ha ribadito che gli sarebbe piaciuto tornare in Messico, magari assieme a me, che avrei potuto accompagnarlo nei tanti luoghi conosciuti, tra persone amiche, *rassicuranti*... ma si vedeva che il Messico lo intimoriva ancora, lo attraeva e lo respingeva. Non ha avuto il tempo di vincere quell'inquietudine, di superare il ricordo di quel suo interminabile viaggio sulla superficie del cuore inaccessibile del Messico.

María Luisa

María Luisa Tomasini, classe 1923, che nei suoi innumerevoli "viaggi della militanza" ha conosciuto e frequentato Ernesto Che Guevara, e *de paso* Jurij Gagarin, Valentina Tereskova, Indira Gandhi o Nikita Chruščëv; María Luisa, che nella notte maledetta del '68 era nella plaza de las Tres Culturas e scampò *de milagro* al massacro di Tlatelolco, e che negli anni settanta organizzava comitati di appoggio per le guerriglie centroamericane e contro le dittature più a sud, dopo aver pianto per Salvador Allende che aveva abbracciato poco tempo prima in un aeroporto; María Luisa, che conserva su una mensola il ricordino di un pezzo di fusoliera di un bombardiere Usa abbattuto dalla contraerea di Ho Chi Minh...
María Luisa, un giorno, ai tempi del dialogo di pace a San Andrés, ha scritto una lettera a Marcos dicendogli di sentirsi ormai vecchia, esprimendogli il rammarico per non riuscire a fare abbastanza per lo zapatismo. Marcos le ha risposto con una lunga lettera poetica, dove le ricorda che gli anni sono soltanto fogli di calendario che scivolano sulla pelle senza graffiare il cuore di donne come lei, e l'ha nominata ufficialmente *abuela de todos los zapatistas*. María Luisa, la "nonna di tutti gli zapatisti", ha pensato che Marcos aveva ragione e che l'utopia è davvero come l'orizzonte, che nella vita non ci sono traguardi oltre i quali fermarsi ma cammino da percorrere, e continua a partecipare, dal Chiapas al Distrito Federal, da Tapachula in cui attualmente risiede, ai confini con il Guatemala, fino al Monstruo Querido dove ha vissuto per tanti anni e dove l'ho conosciuta – madre del mio *amigo carnal* Ernesto –, senza mai rinunciare a quella lotta per la *dignidad* che ha caratterizzato tutta la sua vita, senza rimpianti e senza mai perdere la speranza in un mondo che faccia un po' meno schifo di questo.

Nella casa della figlia Malú a San Cristóbal, nel costante viavai di persone che stilavano testi di volantini e manifesti, organizzavano carovane per la selva o manifestazioni in città, María Luisa si è presa una lunga pausa e mi ha raccontato un po' di questa sua vita memorabile...

"Nel 1958 presi la decisione di tornare alle radici paterne, di vedere i luoghi da cui i Tomasini avevano intrapreso l'avventura nelle Americhe: il villaggio di Olmeto, in Corsica. Avevo un'amica in Germania, presi un appuntamento con lei al telefono per vederci in un certo caffè di Marsiglia in un tal giorno e a una ancor più vaga ora... Non so come feci ad andare fin là senza alcuna certezza di trovarla davvero. A trentacinque anni, non sentivo il bisogno di pianificare la vita in ogni dettaglio. Insomma, ero sbarcata dalla nave, e dopo ore di attesa la mia amica passò da quella piazza, la vidi e... proseguimmo per la Corsica. Scoprire dove diamine fosse Olmeto fu un'impresa inenarrabile, ma alla fine ci arrivai. Mi bastò dire a qualche passante che ero una Tomasini, nel mio francese improbabile, e subito mi ritrovai circondata da attenzioni e affetto, con tante persone pronte a darmi indicazioni, e addirittura qualcuno che di cognome faceva Tomasini e che mi offrì ospitalità a casa sua, sostenendo che comunque dovevamo essere parenti. Poi, l'indomani, mi portarono a vedere la casa dei Tomasini che erano emigrati in Messico... Era l'epoca della Prima guerra mondiale e in Chiapas, chissà come, si era creata una piccola immigrazione di corsi che, in qualche modo, 'sapevano di caffè', cioè erano capaci di coltivare, raccogliere e tostare caffè. Mio padre aveva iniziato a imparare il mestiere nel Nordafrica, e quando decise di trasferirsi in Chiapas in breve tempo riuscì a risparmiare abbastanza da comprarsi un terreno e fondare la *finca cafetalera* chiamata Chapultepec, a cui sarebbe seguita quella di Quien Sabe, perché la vita era così, *mañana quien sabe*, chissà come andranno le cose...

"Si sposò con una india chiapaneca di etnia mam, originaria di Motozintla, ma figlia di una indigena guatemalteca, mia nonna. Ebbene, mia nonna era rimasta precedentemente incinta e pare fosse stato il padrone della piantagione, un latifondista tedesco. Quando videro che la neonata aveva un paio di occhi azzurri impressionanti, pretesero di toglierla agli indios e allevarla in casa loro: così mia nonna una notte fuggì, o almeno questa è ormai la leggenda che ci tramandiamo da tre generazioni, passò dal Guatemala al Chiapas con la bimba nel *rebozo*, avvolta nello scialle, e lì avrebbe conosciuto mio nonno, con cui si sposò ed ebbe una seconda figlia, cioè mia madre, sorellastra della bimba con gli occhi da 'tedesca'. Poi mia madre avrebbe conosciuto l'immigrato corso, si misero insieme senza matrimonio, e sono nata io, nel 1923. Era dunque il 1958 quando tornai a vedere la casa dei Tomasini... ormai abbandonata, cadeva a pezzi, ma l'emozione fu fortissima. Mio padre era morto da tanti anni, per la puntura di un insetto che gli fece cancrena, perché era diabetico senza saperlo, e il clima di Tapachula, un caldo umido che manda in suppurazione le ferite, non gli diede scampo. Avevo diciassette anni, studiavo a Città del Messico dalle suore, che mi dicevano: 'Prega, figliola, prega che tuo padre si sposi con tua madre perché vivono nel peccato', e io pregavo, e speravo si sposassero – ah, quanto ero ingenua, allora – e intanto lui moriva... Fu il primo grande trauma della mia vita: mio padre ci teneva che studiassi e mi affrancassi dalla vita nei campi, dalla *finca* dove vivevo come una selvaggia – e quanto ero felice, laggiù –, faceva ogni sacrificio per mantenermi a Città del Messico, la nascente metropoli tra il 1935 e il 1940, dove neanche mi giungevano gli echi della Guerra civile di Spagna e poi della Seconda guerra mondiale, chiusa nel collegio delle monache. A dodici anni, arrivata là, ero 'un animaletto', a detta delle suore, che non sapevano come domarmi. Ero un'irriducibile ribelle, e quando mi mandavano a confessarmi dal prete non sapevo che diamine dovessi mai confessare... E lui diceva: confessa i cattivi pensieri. E allora finivo per raccontargli le barzellette sui preti che sentivo dalle convittrici più grandi. Ripensandoci, credo fossero le confessioni più esilaranti che si possano immaginare, solo che si concludevano con severe penitenze.

"Dopo la morte di mio padre, nel 1940, lasciai il collegio, e di lì a poco le suore si sarebbero trasferite negli Stati Uniti perché la laicità dello stato messicano rendeva loro la vita molto difficile... In breve tempo avrei perso tutta la fede che mi avevano inculcato. Rimasi a vivere nella casa di Città del Messico, nella colonia Del Valle, che mio padre aveva comprato prima di morire, e nel 1945 mi sposai con Eugenio, che avevo conosciuto a un ballo... Un bravo ragazzo, ma, a detta dei miei familiari, un buono a nulla, con poca voglia di lavorare. Nel '47 nacque il mio primo figlio, Pancho, e poi mia figlia Malú, e qualche anno dopo divorziammo. E andai a un altro ballo... dove conobbi José Manuel Piquero, un asturiano, di cui mi innamorai perdutamente: secondo matrimonio, e nacque Ernesto, nel 1957. José Manuel era un po', come dire?, *aventurero*: per giunta lavorava nel commercio del rum, e assaggiava un po' troppo spesso i prodotti che vendeva... Suo fratello ci ostacolò in tutti i modi possibili, per quel bigotto io ero una 'divorziata', quindi una poco di buono, e José Manuel fu costretto ad arrangiarsi senza il sostegno della famiglia, così dovemmo vivere nella casa della colonia Del Valle, dove lui, poco alla volta, entrò in conflitto con i miei fratelli, e insomma, mise in piedi una panetteria che andò a rotoli, e un giorno sparì. Così, dalla sera alla mattina. Neanche una lettera di addio, niente. Pensai che dovevo smetterla di sposare uomini conosciuti a un ballo... Pare sia ancora vivo, qualcuno mi ha detto che sarebbe diventato ricco, e in un certo periodo, tanti anni fa, mi era venuta voglia di rintracciarlo, ma poi non se ne fece niente, e forse è stato meglio così. Mi dispiace per Ernesto, che l'ha appena conosciuto e praticamente neanche se lo ricorda, e per lui sì, lo avrei fatto, di rintracciarlo, perché era il padre, ed Ernesto aveva diritto di conoscerlo, di avere un contatto.

"Intanto, uno dei miei fratelli, Juan, aveva sposato Aurelia Bassols, figlia di Narciso Bassols, ministro della Pubblica Istruzione dal '32 al '34 e quindi ministro dell'Interno nel governo di Lázaro Cárdenas, poi ambasciatore del Messico a Londra, Mosca, Parigi e Madrid. Bassols fu un personaggio straordinario, nel panorama politico dell'epoca, un vero socialista, integerrimo fino al fanatismo, di cui si narravano aneddoti come quello delle scarpe: lui e sua moglie se ne compravano un nuovo paio solo quando quelle vecchie avevano le suole bucate... Un esempio concreto di quanto l'onestà fosse il suo credo assoluto lo diede riducendosi lo stipendio da ministro, a suo avviso eccessivo per un servitore dello stato, e rifiutando una residenza lussuosa con tanto di scuderie: lo fece anche per essere inattaccabile, irreprensibile, visto che con i corrotti era spietato. Inoltre, Narciso Bassols era un uomo di grande cultura, prima di darsi alla politica attiva era stato docente universitario e quindi rettore della facoltà di Economia: un mito, per noi che cominciavamo a coltivare ideali di riscossa sociale e vedevamo crescere la corruzione nei governi successivi. Ancor oggi sussistono seri dubbi sulla sua morte: nel '59 'cadde' dalla bicicletta durante il suo giro quotidiano, proprio quando si parlava di lui come di un probabile candidato alla presidenza...

"Con mia cognata Aurelia nacque una grande amicizia, che continua tuttora, e grazie alle relazioni, alle conoscenze e agli ideali politici della madre Clementina Bassols ho potuto viaggiare come mai avrei sperato, io, ex collegiale delle suore ed ex selvaggia della *finca*, divorziata prima e abbandonata dopo... Più che militanza, la mia era partecipazione appassionata a qualsiasi attività internazionale mi si presentasse all'orizzonte, in particolare con le organizzazioni delle donne, come la Unión Nacional de Mujeres Mexicanas, che mi permisero di andare a innumerevoli congressi e riunioni. La Revolución aveva trionfato a Cuba, e nel 1960 andai all'Avana, dove conobbi il Che... Avevo pochi anni più di lui, e per me, oltre che il Che, era anche il bellissimo uomo Ernesto. Confesso che faticavo a separare i due aspetti... Ricordo una mattina in cui facemmo colazione assieme, lui non parlava molto, bastava lo sguardo, una battuta, poche frasi, e quel sorriso che ogni tanto affiorava sul volto pensoso, riflessivo... Fidel l'ho frequentato sporadicamente, la prima volta che lo vidi mi impressionò per quanto era alto: una sera, per richiamare la sua attenzione, lo tirai per i pantaloni, come una bambina discola, ma di sicuro non arrivavo a battergli la mano sulla spalla.

"Poi, con le delegazioni che dal Messico andavano ai vari congressi, mi recavo spesso in Unione Sovietica, dove ho visto i lati buoni del socialismo – allora notavamo più l'efficienza degli ospedali o l'aspetto sano dei bambini ben vestiti e istruiti, che la mancanza di libertà civili, e per noi messicane quelli erano dettagli di non poco conto, viste le condizioni del nostro continente... Di Jurij Gagarin ricordo la simpatia un po' guascona, la semplicità di un giovane alla mano che la notorietà planetaria non aveva per nulla cambiato. Ma ancor più emozionante fu conoscere Valentina Tereskova, perché, vedi, per noi la prima cosmonauta, la prima donna che aveva condotto da sola la *Vostok 6* nell'orbita della *Vostok 5* – un'impresa straordinaria –, era un simbolo di riscatto, di emancipazione veramente rivoluzionaria: ero una donna messicana che proveniva da situazioni familiari tutto sommato tradizionali, e Valentina per me rappresentava molto, e poi era incredibile vederla così giovane, aveva una quindicina d'anni meno di me, e già 'la prima donna nel cosmo'... In un altro viaggio ho conosciuto Nikita Chruščëv, che sembrava simpatico e istintivo come all'Onu, quando si era tolto la scarpa e l'aveva sbattuta più volte sul banco. Poi, con la crisi dei missili a Cuba, per noi sostenitori sfegatati della Revolución l'immagine di Nikita si sarebbe un po' sbiadita... *Nikita-mariquita-lo que se da no se quita*, gridavano i cubani. Be', *mariquita* non era il termine adatto, ma più che un insulto sessista, era un problema di rime...

"Il bello di tutte queste esperienze era l'ambiente che si creava, tutto il contrario di una situazione formale, anzi, tra cubani e messicani ogni congresso finiva in festa, con bevute colossali dove i russi si dimenticavano l'etichetta, e uno tira fuori il ron e l'altro declama le virtù della vodka e quell'altro della tequila, e così via, tra discussioni interminabili, in un clima divertente, amichevole, di grande affetto generale, di comunanza di ideali e di semplice godimento della compagnia... Be', il pranzo con Indira Gandhi, qui in Messico, in effetti fu più formale, quello sì.

"Intanto, c'era la guerra in Vietnam e io facevo parte del gruppo Morelos, semiclandestino, perché i tempi stavano peggiorando e bisognava stare in campana, e andavo spesso all'ambasciata del Vietnam del Nord a coordinare le attività. E così arrivò il Sessantotto... Partecipavo a tante manifestazioni, e spesso ci portavo Malú e persino Ernesto, che era ancora piccolo, neanche nove anni, mentre Pancho era un militante a tempo pieno, lui il Movimiento lo ha vissuto dall'inizio alla fine. Per fortuna Ernestito non era con me, la notte di Tlatelolco. All'improvviso, l'elicottero che accende il faro, e subito comincio a vedere gente che cade colpita intorno a me, la *desbandada* della folla, tutti che corrono senza sapere dove, con le scariche di fucileria e le raffiche delle mitragliatrici che falciano a casaccio, i calcinacci dei muri che si scheggiano sotto la pioggia di pallottole, e io che penso: *ahora sí me toca*, stavolta è finita... A un certo punto sbatto contro un soldato con il fucile imbracciato, ma anziché sparare quello mi dà uno spintone ringhiando: 'Togliti dai piedi, *pinche vieja*'. Mi sono ritrovata fuori dalla piazza, salva per caso, lasciandomi alle spalle centinaia di morti e feriti. E l'indomani le Olimpiadi, come se niente fosse, il mondo indifferente, il Messico attonito, e, di lì a poco, la guerriglia sulle montagne... Pancho se ne andò a Cuba, per sfuggire alla repressione, e là cercò di arruolarsi per andare a combattere con le guerriglie anticoloniali, ma aveva problemi di salute, doveva prendere medicinali ogni giorno, e così non poté partire, e a un certo punto tornò in Messico.

"E io a organizzare comitati di appoggio, sempre più clandestini, perché ormai ci si giocava la pelle. Con gli anni settanta vennero i movimenti di resistenza in Centroamerica, io ufficialmente militavo nella Unión de Mujeres, ma seguivo le attività di vari comitati, dove raccoglievamo aiuti, fondi, e offrivamo ospitalità ai feriti che dovevano ristabilirsi, o ai delegati che rappresentavano le organizzazioni guerrigliere all'estero. L'altro duro colpo fu nel '73, con il golpe di Pinochet in Cile: la morte di Allende ci lasciò prostrati, lo avevo conosciuto qui, all'aeroporto, durante una visita ufficiale, e con lui moriva una grande speranza, piansi un giorno intero, come se fosse un fratello, uno di famiglia, e... si doveva ricominciare tutto da capo, stringendo i denti, a resistere, come sempre, a resistere... *Hasta la victoria siempre*... Già era stato così duro, accettare la notizia della morte del Che, nel '67. Ma a parte Cuba, ogni vittoria finiva affogata nel sangue, dal Cile al Nicaragua, dove la rivoluzione sandinista – altra impennata di entusiasmo e di speranza – ha dovuto cedere sotto la costante aggressione del nemico di sempre... Gli Stati Uniti sono il cancro del pianeta. E noi a darci da fare con gli esiliati, che almeno in questo il Messico si è distinto, perché il governo magari sparava addosso a noi ma non rifiutava l'accoglienza ai rifugiati di ogni sconfitta. In quegli anni mettemmo in piedi un circolo dove proiettavamo film come *La battaglia di Algeri*, a cui ero particolarmente legata perché a suo tempo avevo seguito da vicino la lotta di liberazione degli algerini. Ricordo che in un viaggio da Mosca a Parigi mi fermai qualche giorno nella capitale francese ospite in un appartamento che risultò essere di un algerino clandestino, che cominciò a farmi una corte sempre più pressante... Be', quando dovetti ripartire era tristissimo, e per qualche tempo continuò a scrivermi, invitandomi ad andare a vivere con lui in Algeria... Insomma, dicevo del cineclub: era un modo per sensibilizzare giovani che inizialmente venivano solo perché attirati dalla possibilità di vedere film gratuitamente, e diffondevamo la rivista 'Estrategia', anche se criticavo i contenuti troppo intellettualistici, e lo dissi chiaro ai compagni della redazione: così non possiamo pretendere che la leggano i lavoratori, rischiamo di rivolgerci ai pochi che hanno un alto livello di istruzione... Poi, con gli anni ottanta, mentre dedicavamo tutte le energie per difendere il sandinismo e per appoggiare il Frente Farabundo Martí in Salvador, qui sarebbe arrivata l'ubriacatura di Salinas de Gortari, l'illusione in cui caddero tanti di far entrare il Messico nel Primer Mundo... Stiamo ancora pagandoli cari, i danni fatti da quel farabutto, che peraltro continua ad avere molto potere.

"Con la fine degli anni ottanta e l'inizio dei novanta, tutto sembrava finito: la stanchezza, lo scoramento, la convinzione che non ci fosse più alcuna possibilità di cambiare *el rumbo*, la rotta verso il caos del neoliberismo... Lasciai Città del Messico, vendetti la casa nella Del Valle che aveva visto tante storie, tante vicissitudini, e me ne andai a vivere a San Cristóbal. E all'alba del primo gennaio '94, succede che la Storia si rimette in marcia, proprio quando pretendevano di convincerci che fosse finita. Fino a qualche tempo prima ero a Città del Messico, a casa di mio fratello Pablo. Era un pessimo periodo, per tanti motivi – familiari, politici, insomma, uno scoramento generale... Bene, un bel giorno mio nipote Martí mi dice: *abuela*, andiamo a San Cristóbal, e fu lui a farmi prendere la decisione, a darmi l'occasione per togliermi da quella situazione. Martí aveva i suoi buoni motivi, e a San Cristóbal c'era già mio figlio Ernesto, dunque, perché non tornare nel mio *querido* Chiapas?

"La notte di Capodanno ero a casa di un amico di Ernesto, alla fine della cena sono tornata a casa, senza accorgermi di niente: sì, dopo, ho ripensato a certi gruppetti di persone che si muovevano nell'ombra, ma al momento non ci avevo fatto caso. Al mattino, vado a casa di Ernesto e trovo lui, la sua ragazza e altri amici tutti chini sulla radio, e mio figlio mi dice: "Hanno occupato il municipio, sta succedendo qualcosa di grosso". Subito squilla il telefono: mio figlio Pancho da Tapachula, con voce ansiosa, mi dice di non uscire perché ha saputo che a San Cristóbal c'è una situazione pericolosa, non si capisce bene cosa e come, insomma, mi raccomanda di non muovermi. E figuriamoci se me ne restavo chiusa in casa... sono andata subito in centro. E vedo centinaia, migliaia di indios armati, o con fucili finti, di legno, che svuotano gli archivi del palazzo del governo, che girano per le strade come pattugliandole, tutti con l'aria molto stanca. La piazza era un tappeto di fogli, carte, documenti, certificati... Ricordo in particolare le donne: infangate, poche con armi da fuoco, molte con machete o zappe in spalla, e tutte con la faccia smagrita, emaciata, come se avessero percorso a piedi chissà quanti chilometri... Erano circa le nove del mattino. Allora sono tornata di corsa a casa, e ho detto a tutti quelli che se ne stavano lì dentro: non siate *cobardes*, non si tratta di un saccheggio di bande di ladri, sono guerriglieri, non ho dubbi, quindi... non c'è da aver paura, no? E andiamo tutti in piazza. Vedo una donna che dà ordini via radio – poi avrei saputo che era la *mayor* Ana María, che negli anni seguenti ho avuto modo di conoscere bene. E quel tipo che ogni tanto si infilava in una camionetta e parlava per radio, e poi tornava in piazza e parlava con chiunque, spiegando chi erano e perché avevano occupato San Cristóbal. Marcos. Il Subcomandante. El Sup, come lo chiamiamo adesso. E poi entra nel palazzo, si affaccia al balcone, e dice: 'Non siamo banditi, né criminali, né ladri. Siamo gente che lotta contro questo governo, a cui dichiariamo guerra'. Sono tentata di gridare 'Viva!', ma mi guardo intorno e vedo solo facce preoccupate, tese, tutti zitti, tutti come se vivessero una situazione irreale. Be', quando Marcos scende, mi avvicino e gli dico: che possiamo fare? Raccogliamo cibo, medicinali? Come possiamo aiutarvi? Come farvi arrivare sostegno da Tapachula? Dissi 'da Tapachula' perché lì viveva mio figlio maggiore, che è medico e ha una serie di ambulatori, quindi mi sarebbe stato più facile raccogliere medicinali e generi di pronto soccorso. Marcos rimane interdetto, deve aver pensato: abbiamo appena cominciato e già si è formato un comitato di appoggio a Tapachula, cioè a un giorno di strada da qui... E dice: grazie, ma ce ne stiamo andando.

"E poi... i soldati in città che ci puntavano i fucili in faccia, il massacro di Ocosingo pochi giorni dopo, e i comitati, le carovane, le manifestazioni, le prime trattative di pace, i 'cinturoni' per proteggere i delegati zapatisti, la faticosa presa di coscienza di una società civile che tentava di resuscitare, finché, un giorno in cui mi sentivo stanca, incapace di fare abbastanza per loro, ho scritto quella lettera. E pochi giorni dopo, un compagno mi ha portato dalla selva la risposta di Marcos, che non aspettavo, con quella sorta di nomina ufficiale a 'nonna di tutti gli zapatisti'. E niente, eccomi qua, *a luchar para la dignidad cotidiana, nada más.*"

Salutandoci con la stessa promessa di sempre, "ci rivediamo presto", María Luisa mi ripete la raccomandazione che da qualche anno mi fa a ogni commiato: "Ricorda che sto vivendo il *tiempo extra*, non tardare, che la vita non può aspettare ancora per chissà quanto". E lo dice con serenità, ridendo con quel suo viso da ragazzina impenitente, da eterna ribelle che non invecchierà mai.

Magnus

E di colpo, tutto è diventato privo di senso. Con la stessa velocità che impiegò Hiroshima a scomparire dalla carta geografica. Disquisire su cosa possa distinguere una guerra giusta da una ignobile, protestare garbatamente perché si fermi il massacro, organizzare commoventi serate e malinconici digiuni, tutto è diventato all'improvviso una pantomima grottesca e annichilente per la sua impotenza assoluta: la guerra finisce quando il nemico è sterminato, e invocarne la brevità, paradossalmente, ora suona come aver invocato che li ammazzassero più in fretta. Magari senza farli soffrire, trasformandoli in luce e calore nello spazio di un attimo fuggente, senza il tempo di un grido, di un'ultima maledizione, di una bestemmia contro un dio che sta sempre con i più forti. Di fronte al trionfo, agli allori, alle fanfare, alla dimostrazione schiacciante che le guerre sono giuste se si sta dalla parte giusta, provare pietà per i morti, i mutilati, gli agonizzanti di colera o di cancrena, è come minimo di cattivo gusto. E dopo aver rischiato tante volte l'accusa di antisemitismo, ci buscheremmo quella di antiamericanismo. L'America. Se l'America appartenesse agli Hemingway, ai Jim Thompson, ai Philip K. Dick... Se l'America fosse Jim Morrison, se l'America stesse tutta in un film di Coppola, o di Lynch... Se la contenesse per intero un quartiere di San Francisco, o una strada di New York... Allora, solo uno come Schwarzkopf potrebbe essere antiamericano. E comunque, l'America è davvero *anche* tutto questo, come è vero che inizia dalla Tierra del Fuego e finisce in Alaska. Però, esistono gli Stati Uniti. Quelli che eleggono i Bush, quelli che hanno iniziato la propria storia con un genocidio e non conoscono altro sistema per risolvere i problemi, gli Stati Uniti che da quando esistono non possono vantare un solo anno senza un intervento, nipotini delle Giacche Blu che mozzavano i seni alle squaw per farne sacchetti per il tabacco e che oggi sulle bombe appese sotto gli aerei scrivono "Strumento per il controllo demografico in Iraq". Gli Stati Uniti che non ne hanno mai vista cadere una sulle loro case [fino all'11 settembre 2001, *N.d.A.*], che le sganciano sui bambini e poi si inventano subito una barzelletta per sdrammatizzare. Gli Stati Uniti capaci di piangere vedendo uno struggente film sugli indiani, e che fra un secolo piangeranno per un'altrettanto struggente opera sulla millenaria cultura mesopotamica, dispersa per una guerra le cui cause nessuno ricorderà con precisione. Niente di nuovo, dunque. Le guerre, sempre uguali, con i perdenti che tacciono e i vincitori che ne scrivono la storia e, a posteriori, anche i motivi e i perché.

Eppure, non è stata come le altre. Questa non solo ha sancito definitivamente il dominio di un cinque per cento della popolazione del pianeta su tutto il resto, ma soprattutto è stata la dimostrazione scientifica di come si possa scatenare qualsiasi cataclisma, qualsiasi sterminio, e ottenere il consenso della stragrande maggioranza del mondo manipolando le reazioni elettrochimiche della sua massa cerebrale. La folgorante intuizione orwelliana è rimasta troppo indietro rispetto alla realtà. E la realtà è quella che si decide che sia, non quella che è. Qui non si è trattato di usare semplicemente la rozza propaganda che da sempre fa da supporto alle guerre più ancora che le armi stesse. L'operazione è stata molto più sofisticata, ma da un lato puramente tecnico risulta di un agghiacciante automatismo: far leva sul sincero e democratico rifiuto della censura per dilatare al massimo la ricettività di immagini e notizie, quindi inventarne di inesistenti facendo solo attenzione a non ridere troppo forte ogni volta che vengono bevute e ingigantite autonomamente. Più profonda sarà l'emozione, più l'inconscio rifiuterà di ammettere l'evidenza quando e *se* salterà fuori. Che importa, se è ormai dimostrato che il cormorano incatramato non è mai esistito? In quanti sarebbero disposti a riconoscere che ci si è commossi con l'intera famigliola davanti a immagini che risalivano a quattro o cinque anni prima, cioè alla guerra con l'Iran... E chi glielo racconterebbe mai, ai figlioletti che hanno versato caldi lacrimoni, che mentre passavano i filmati d'archivio su quei poveri uccellini annaspanti migliaia di loro coetanei venivano ridotti a una poltiglia carbonizzata, fusi in un unico magma con i loro quaderni penne sedie e banchi... E gli ornitologi che spiegano come sia impossibile, per madre natura, far comparire dei piccoli di cormorano nel mese di gennaio, cioè quando neppure si sono fecondate le uova, fanno la figura dei marziani: che importa cosa è veramente successo, quando già abbiamo provato ciò che dovevamo provare? I dati di fatto non possono nulla, contro le emozioni. Non serve a niente fornire le prove che sono stati i bombardamenti a provocare la fuoriuscita di petrolio, non serve a niente constatare che comunque si tratta di centocinquantamila barili e non di un milione e mezzo. E suona infantile, ridicola, la proposta dell'Iraq che voleva un'inchiesta dell'Onu al riguardo, così come suona doveroso e fermo lo sprezzante rifiuto di Washington. È così che si trasforma l'Iraq nella quarta potenza bellica. È così che si inventa l'atomica in un paese dove l'arma più letale è un sistema di missile che funziona sul principio della catapulta. E se ne ottiene anche l'involontaria complicità, facendogli credere di essere temuto, quando anche l'ultimo degli ufficiali dell'Invincibile Armata sapeva benissimo che dopo quaranta giorni di bombardamenti sarebbe stato come picchiare un cieco paralizzato e sordo. Il quale, però, doveva essere umiliato, per costituire un monito per eventuali nuovi ribelli, e per guadagnarsi il disprezzo dei pochi sostenitori. È accertato che i prigionieri inginocchiati a baciare le mani dell'imbarazzato marine erano soldati kuwaitiani che recitavano una scena concordata. Forse anche per questo il marine era imbarazzato. Ma in che senso, è "accertato"? E cosa significa, aver accertato qualcosa? E a che servirebbe, ormai?

L'intervista che segue è stata realizzata quando il colossale tiro al bersaglio appariva ancora come una guerra in corso. E resterà valida e attuale anche per il prossimo sterminio, quando verranno inventati un nuovo nemico e una nuova *giusta causa*.

Dall'esterno sembrerebbe un'autorimessa. Dentro, il "covo" di Magnus si rivela un labirinto accogliente e ordinato, con un tavolo da lavoro lungo quanto una pista, tavole sparse ovunque, milioni di penne pennini pennarelli, e moltissimi libri. Devastati come siamo dall'immaginario bellico, potremmo definirlo il rifugio antiaereo dell'ultimo saggio scampato alla follia, quella che là fuori, pochi metri sopra le nostre teste, sembra regnare sovrana.

Ha ripreso a lavorare a ritmo costante, impegni e contratti affollano le sue giornate e buona parte delle notti, anche se ammette che quasi tutto ha perso di senso, dal 17 gennaio 1991 in poi. O, per lo meno, sono cambiate le motivazioni. Certo, Magnus non ha l'aria di uno che sia smarrito o frastornato. Al contrario, l'abituale sguardo sornione, attraversato spesso da lampi di ironia corrosiva, ha sporadiche impennate di sdegno ben lontane dalla rassegnazione confusa. Una volta tanto, l'ennesima intervista non riguarderà questi disegni e sceneggiature che invadono ogni ripiano del covolabirinto. Con Magnus voglio parlare di sensazioni, pareri, ipotesi, delusioni, speranze, tutte legate a una realtà che, comunque, ha permeato di frequente le sue opere. Chi lo conosce solo attraverso il suo lavoro può immaginarne la profonda conoscenza del mondo arabo. Ma in realtà, Magnus lo si potrebbe interpellare addirittura come uno dei massimi conoscitori dell'Islam che abbiamo in questo disgraziato paese, se non fosse che certe etichette di esperti dell'ultima ora già vengono contese da un intero gregge di falsi sapienti. E lui, giustamente, non ci tiene affatto a mescolarsi in quest'orgia di mezzibusti declamanti la Verità Unica e Suprema. Semplicemente, accetta di chiacchierarne senza la pretesa di fornire illuminazioni, dal punto di vista di chi ha percorso innumerevoli sentieri nel deserto, ha dormito sotto il tetto di stelle che si stende dal Nilo all'Eufrate, ha osservato, dialogato, ma soprattutto ha saputo ascoltare, con il rispetto e l'umiltà che mancano agli arroganti della Terra. Quelli che, con la loro infinita stoltezza, hanno dato anche un pretesto al nostro incontro.

L'inizio non può che riguardare la guerra. E l'argomento si presenta così vasto e accecante da giustificare un approccio neutro, sottolineato da un sorriso vagamente divertito. Perché Magnus, prima di avventurarsi in un terreno troppo complesso e irto di infinite distinzioni, preferisce citare un passo del Corano:

"Quando i credenti videro i confederati avversari, essi dissero: questo è ciò che Dio e il suo Apostolo ci hanno predetto. E Dio e il suo Apostolo sono stati veritieri. E ciò non fece altro che aumentare la loro fede e la loro rassegnazione. Cioè il loro Islam. Fra i credenti, vi furono uomini fedeli nell'osservare ciò che avevano promesso a Dio, e di essi alcuni assolsero il loro voto cadendo martiri per la fede, altri attendono la stessa fine, né hanno fatto alcun cambiamento. Perché Dio possa ricompensare i veritieri per la loro veridicità e punire gli ipocriti se Egli vuole, o rivolgersi benigno verso di essi: Dio invero è indulgente e compassionevole. Dio respinse i miscredenti nella loro ira, sì che non ottennero alcun vantaggio da questa guerra, e Dio basta a proteggere i credenti nel combattimento poiché Dio è forte e potente".

Richiuso il Corano, Magnus ci tiene a rimarcare che questo non basterebbe certo a risolvere l'argomento, ben più complicato e dai molteplici risvolti.

"Riguardo però a Saddam Hussein, va considerato che i dotti islamici della Mecca lo hanno condannato come assalitore dei compagni di fede. Ma è altrettanto importante l'accusa che gli è stata più volte mossa, cioè di essere il nuovo Satana... Per l'Islam, Satana fu condannato a causa della sua gelosia verso Dio. Quindi, per un eccesso d'amore... Anche il concetto di peccato non è tanto semplice da liquidare. Una profonda ma sottile ironia pervade tutta la cultura islamica, ingiustamente considerata dall'Occidente assolutista e dispotica. Ed è proprio un bel pulpito, quello da cui lanciano simili accuse: la storia del cristianesimo annovera efferatezze e crudeltà che non hanno uguali nel resto del pianeta. Per non parlare di certi luoghi comuni, come l'immagine del musulmano furbesco e raggiratore: innanzitutto si fa confusione tra musulmani e arabi, e anche riguardo a questi ultimi, se paragonati alla malafede e alla capacità d'inganno degli occidentali, risultano addirittura ingenui..."

Certi fatti, come la condanna di Salman Rushdie, sono stati usati dall'Occidente per avvalorare un'immagine spietata e vendicativa dei musulmani. Fino a che punto il Dio dell'Islam è repressivo come ce lo hanno dipinto?

"Intanto, la condanna a morte di Rushdie è stata emessa da Khomeini, che rappresentava un settore particolare dell'Islam, l'integralismo sciita. E questa condanna ha purtroppo contribuito a oscurare sui nostri mezzi d'informazione l'Islam moderato, che è maggioritario rispetto ai fanatici fondamentalisti. Nel Corano viene ripetuto continuamente che il Dio di Maometto è 'clemente e misericordioso e compassionevole', ma spesso accade che i fedeli interpretino in modo diverso i testi sacri, a uso e consumo dei fini che vogliono perseguire. Del resto, anche la storia del cristianesimo ci dimostra che nella pratica la parola di Gesù è stata seguita ben poco."

Tornando alla guerra, e a come ognuno affermi di avere Dio dalla sua... un tuo giudizio su Saddam Hussein?

"Ha sfidato una potenza che non vedeva l'ora di avere un'occasione simile. Io, prima, avevo un atteggiamento di sarcasmo verso i comportamenti degli americani. Oggi, devo confessare che mi fanno paura: non hanno la benché minima remora a cancellare un popolo dalla faccia della Terra, se osa sbarrare loro il passo. Gli Stati Uniti sono una nazione belligerante da sempre. Nati da una guerra, hanno continuato a fare guerre. Sembra non conoscano altro modo di risolvere i problemi. E se l'Iraq ha dimostrato irresponsabilità, resta il fatto che il peso di una reazione dev'essere rapportato alla misura dell'affronto subìto. Gli spaventosi bombardamenti ventiquattr'ore su ventiquattro, che oltretutto uccidono più bambini che soldati, non possono essere giustificati dall'invasione del Kuwait. Però è anche vero che il mondo sembra attraversato da veri e propri flagelli biblici, in quest'epoca: un milione di uomini che si fronteggiano in una guerra di sterminio, ma anche epidemie che esplodono all'improvviso, equilibri ecologici che si frantumano... È come se il genere umano stesse subendo un corto circuito. Istintivamente non sono un catastrofista, ma è un dato di fatto che oggi basta un minimo errore per causare cataclismi."

Per l'immediato futuro, quindi, sei pessimista.

"No, perché credo che la salutare mescolanza di razze attraverso l'immigrazione contribuirà a contrastare la paura del diverso, che è sempre alla base di guerre e sopraffazioni. Anche se sarà un processo lungo e travagliato, dove il razzismo prevarrà in molti casi sulla ragione. L'unica speranza è questa: un cambiamento morale nell'Occidente, che favorisca la tendenza a sprecare meno ricchezze per poter depredare meno il Terzo Mondo. Non è necessario rinunciare ai grandi privilegi che, indubbiamente, l'Occidente oggi possiede: basterebbe frenare la corsa allo spreco insulso. Anche riguardo alle catastrofi ambientali, una soluzione c'è: quando riusciranno a trasformare il rispetto della natura in un affare lucroso, allora questo saccheggio scellerato si fermerà. Certo, senza un guadagno sembra non esserci alcuna soluzione possibile."

Ma questa strage spaventosa non approfondirà il baratro fra Nord e Sud?

"Temo che, per quanto riguarda gli arabi, l'odio nei confronti dell'Occidente abbia già raggiunto il punto di non ritorno, almeno per un periodo di tempo molto, molto lungo. È stato messo un grosso mattone nella muraglia dell'odio. Poco importa, ormai, come sia cominciata. Petrolio e banche sono le vere cause di questo scoppio di ferocia. Posso capirne i motivi, ma non mi adeguo. Gli effetti potrebbero durare due secoli. E se Saddam venisse decapitato alla Mecca, bisognerebbe augurarsi che un infarto salvi il mondo dalla presenza di Bush... Comunque, uomini simili passano, finiscono, e col tempo anche gli effetti delle loro scelleratezze. Ma come rassegnarsi al fatto che i bombardieri hanno cancellato millenni di storia? In Iraq è nata la civiltà dell'uomo su questo pianeta. Musei, scavi archeologici, vestigia che appartenevano all'intero genere umano, sono stati spazzati via sotto migliaia di tonnellate di bombe. Questo scempio, sì, resterà indelebile nella storia del mondo."

Il mondo arabo si trova per la seconda volta a rispondere al richiamo della guerra santa. Ma il Corano come interpreta la jihad?

"La jihad di cui parla il Corano era la resistenza dei fedeli contro i confederati che assediavano Maometto per ucciderlo. Ovviamente, le sacre scritture incitano anche alla difesa: 'colpiteli sul collo con le vostre spade'... Però, resta il problema non solo delle interpretazioni, ma anche delle traduzioni. Per leggere correttamente il Corano bisognerebbe conoscere approfonditamente l'arabo, perché troppo grande è la responsabilità di chi lo ha tradotto. Ecco, quello del traduttore è un mestiere nobile e grandioso, l'esatto contrario di chi fa il pilota di bombardieri..."

Da alcuni tuoi lavori emerge una conoscenza di Israele altrettanto profonda di quella del mondo arabo. Era solo un'esigenza pratica, o conservi rapporti anche con ambienti ebraici?

"Io ho molti amici ebrei, e sono costernato da certi rigurgiti di antisemitismo. In quanto al fatto che si vorrebbe Israele estranea a questa guerra... be', persino il termine sionista viene da Sion, le cui torri furono abbattute da Nabucodonosor. Sono passati i millenni, ma purtroppo i discendenti di Sion e di Nabucodonosor continuano a combattersi. E purtroppo, la conoscenza dell'Occidente riguardo a questa regione si basa sempre su personaggi o fatti sanguinosi, perché contano più gli eventi negativi che i positivi, quando si tratta di fare 'notizia'. Per esempio, si fa un gran parlare dei palestinesi che avrebbero festeggiato sui tetti la caduta degli Scud su Tel Aviv. Io invece darei molta più risonanza a un fatto, di cui ho conoscenza diretta, come questo: un soldato israeliano di guardia durante il coprifuoco nei territori occupati, a un certo punto, nella notte, ha appoggiato il fucile a un muro e ha preso la chitarra che aveva portato con sé sulla jeep. Ha cominciato a suonare una canzone ebraica tradizionale e gli altri, a poco a poco, hanno lasciato i fucili e si sono messi a ballare. Bene, dopo un po', dalle finestre delle case molti palestinesi si sono affacciati per applaudire e ritmare la musica. Quando i soldati abbandonano i fucili per prendere le chitarre, i palestinesi sembrano dispostissimi a ballare con loro... Ma non credo interessino molto, episodi come questo, ai nostri giornali."

Quindi ritieni che non sia troppo tardi per fermare la marea dell'odio.

"I palestinesi non sono affatto bellicosi, per tradizione e cultura. Ma la disperazione è un'arma terribile, capace di annullare qualsiasi istinto. Quei ragazzi che hanno compiuto la strage a Fiumicino erano stati fra i pochi bambini sopravvissuti al massacro del campo profughi di Tall el Zatar. Non hanno conosciuto altro che odio, nella loro vita. Per quanto riguarda Israele, c'è un movimento pacifista che si oppone alla logica di sterminio. Non è ancora abbastanza forte da imporsi sui governanti, ma lascia aperta una speranza. Per certi versi, lo stesso discorso vale per il Kuwait: la dinastia Al Sabah deriva da una famiglia tutt'altro che nobile, arricchitasi enormemente con il commercio degli schiavi. E il loro grado non tanto di corruzione, quanto di provocazione rispetto alle masse di arabi diseredati, è difficile da mettere in discussione. Però sono del parere che il marcio debba cadere da solo, senza interventi esterni. E se poi gli iracheni hanno cacciato gli Al Sabah con i carri armati, di sicuro non l'avranno fatto per motivi morali, ma resta un dato ineluttabile: i carri armati non sono eterni. Quando sono entrati in Ungheria e poi in Cecoslovacchia, non si è scatenata una guerra mondiale. E vediamo che fine abbiano fatto."

Che sensazione ti dà questo fiorire di giornalisti con l'elmetto e di esperti della chirurgia a suon di bombe?

"I pusillanimi non meritano neppure che li si citi con il loro nome. Sono comunque agghiacciato dalla loro ignoranza. Pretendono di spiegare realtà che poi dimostrano di non conoscere nella maniera più assoluta, neanche vagamente. Per la maggior parte, non si può nemmeno accusarli di malafede: quello che sanno lo hanno imparato alle cene e nei salotti, che altro ci si dovrebbe aspettare?"

Sebastião Salgado

Sono tante le foto di Salgado che mi guardano dalle pareti di questa casa in cui vivo adesso, come mi guardavano in altre case, tutte rispuntate fuori al momento giusto nonostante gli innumerevoli traslochi. Dico che mi "guardano" perché sono immagini di volti divenuti familiari malgrado l'immensa lontananza, occhi luminosi d'intensa energia, con sfondi di luoghi particolari e universali al tempo stesso. Il grande narratore per immagini è capace, con un'alchimia della durata d'un attimo che unisce cuore-occhio-polpastrello, di raccontare storie lunghe cento pagine e volumi interi...

Un esempio concreto: ho davanti quei due uomini, uno praticamente nudo e l'altro con addosso una misera divisa da soldato. L'uomo a torso nudo è un colosso, un fascio di muscoli temprati attraverso generazioni e generazioni di lavori sfiancanti, risultato di una spietata selezione, e il colore della sua pelle è simile al bronzo, lucido di sudore e opaco di polvere e fango. Il soldatino è minuto e biondiccio, anche lui ha nelle vene il sangue di chissà quante razze, forse di contadini veneti o padani, o anche bavaresi o iberici, terre oggi opulente e un tempo – non ancora remoto – disperate e aride. Il soldatino impugna un fucile: la canna è puntata al petto del gigante mulatto. Che l'afferra e sembra volerla piegare con la sola forza del pugno in cui si concentra la rabbia di secoli. La storia che mi raccontano quei due, colta in un istante di chissà quale giorno ma eterna, è fatta di frustrazioni comuni, umiliazioni che nel primo hanno prodotto orgoglio e fierezza, nell'altro meschina scappatoia nell'uniforme da indossare per sentirsi sollevato da ogni decisione, con un moschetto in mano per distinguersi da chi ha solo pietre da scagliare. Gli sguardi sono fissi l'uno nell'altro, quello del mulatto è impavido e sfidante, quello del giovane soldato è quasi implorante... E sembra dire, piagnucolare: ti prego, non costringermi a sparare, perché se ti sparo poi tutti gli altri mi faranno a pezzi, e quelli come me spareranno anche loro, e poi... Il cercatore dell'oro altrui, che si è visto passare per le mani fortune che non ha mai potuto fermare, il mulatto che passa la vita a scavare nel fango, con il suo sguardo dice: e spara, se hai il fegato... Ecco, ce l'ho sul cuore, il tuo fucile assassino, tira quel dannato grilletto e vediamo come va a finire... Io non ho paura perché non ho niente da perdere, non l'ho mai avuto... Se devo chinare la testa davanti a una marionetta come te, allora tanto vale crepare qui, adesso. Ed entrambi mi raccontano vite di migranti, genitori e nonni e bisnonni partiti un giorno a cercar fortuna e scampo a un'esistenza grama in quelle terre delle Americhe, dopo settimane e mesi su ponti e stive di bastimenti gravidi di speranze e nostalgia precoce. Bastimenti carichi di niente da perdere...

Ci vuole un eccesso di sensibilità per saper narrare tutto questo in un'immagine. Tanto, troppo cuore.
Una sera, a Parma, ho finalmente abbracciato Sebastião Salgado. Erano i giorni in cui vagabondava per la città cogliendo facce e corpi e mani di genti che mettono nel lavoro un pezzo di se stessi, un po' di anima anche nei gesti quotidiani, e sguardi di bambini ancora puri verso un mondo che è pur sempre l'unico che abbiamo, ovunque la sorte ci faccia nascere. Sebastião mi ha salutato mettendosi una mano sul cuore, alla maniera antica delle genti migliori di questo disgraziato mondo – e che ogni tanto lo costringe, come ha detto, a lasciare la macchina fotografica per cercarsi un angolo in cui piangere da solo –, e mi ha confermato tutto ciò che intuivo o speravo... Sebastião è davvero come la sua opera: sensibile e schietto, generoso e umile, capace di cogliere storie di vita con la mano sul cuore.

Negli anni, Salgado l'ho incontrato diverse volte. Il testo che segue mi è stato chiesto per il catalogo della Biennale di Valencia del 2003:

Sebastião Salgado non ruba immagini, non scatta fotografie a tradimento, e quando ti chiede in prestito l'anima, lo fa con sguardo aperto, vulnerabile, da eterno ragazzo che conserva la capacità di stupirsi, la dote migliore per chi resta sempre immune dal cinismo. Sebastião Salgado "chiede permesso" con pudore e serenità, con innata gentilezza che gli viene dal cuore: lo fa perché ha rispetto degli esseri umani e non li considera *oggetti* per impressionare la pellicola ma *soggetti* di una storia di vita, protagonisti di momenti memorabili, interpreti coscienti, fosse anche per un solo istante, di un frammento di realtà profonda. Solamente una persona sensibile può cogliere l'anima – chiedendola "in prestito", non rubandola – di una città attraverso i suoi abitanti.
Per sua stessa ammissione, Salgado non è un ritrattista, eppure attraverso i volti delle persone ci narra una città intera e le restituisce i suoi ricordi, trattenendo il presente per consegnarlo al futuro: "A volte dimentichiamo il rapporto tra la fotografia e la memoria, e credo che questo potere che ha la fotografia si possa spiegare attraverso i ritratti. Perciò io voglio che le persone guardino l'obiettivo, perché attraverso gli occhi si possa entrare un po' nelle loro vite... Ma non voglio rubare immagini, chiedo sempre il permesso di fotografarli, come ho sempre fatto in vita mia. Quello che

tento di ottenere è un'integrazione tra il fotografo e la gente, affinché la materia delle mie foto sia sempre l'essere umano".

Il filo che unisce i tanti "cuori pulsanti" della Biennale di Valencia è *La ciudad ideal*.
Esiste forse una "città ideale"? Sicuramente no, o non ancora, ma proprio perché *ideale*, e perché siamo come Sebastião inguaribili utopisti, non ci limitiamo a immaginare come potrebbe essere ma cominciamo a edificarla partendo dalle relazioni tra le persone.
"La città ideale è una proposta molto interessante di progetti creativi e teorici. Ci sono varie esperienze e iniziative che indagano su come dovrebbero essere una città ideale, un comportamento ideale, un quartiere ideale, un edificio ideale... Le mie fotografie cercano di colmare questi spazi ideali con la visione reale di una società."

Ecco perché Salgado non ha realizzato un reportage, bensì ritratti di persone: una città ideale ma concreta attraverso gli esseri umani, anziché architetture, palazzi, strade... L'anima della città ideale con le sue facce e i suoi corpi vivi al posto del corpo freddo e senz'anima che qualsiasi "cartolina" potrebbe mostrarci.
E Salgado è assolutamente sincero quando afferma:
"Se dovessi dire qual è la città ideale per vivere in Europa, probabilmente direi Valencia. Perché qui sto imparando tanto... È una città che possiede un'eredità storica fenomenale, e più che un'eredità storica, ha una tradizione di apertura verso gli altri popoli. Valencia da secoli ha rappresentato un porto aperto ad altri luoghi e alle culture mediterranee, è stata la capitale della Repubblica e in generale si è distinta per il grande sforzo partecipativo delle sue genti. Io credo che tutto ciò sia rimasto impresso nella città".

"Partecipazione" è la parola che sta più a cuore a Sebastião Salgado. "Partecipazione" è la speranza del suo continente, l'America Latina, e oggi, soprattutto, del suo paese d'origine – per quanto lui sia un cittadino del mondo in tutti i sensi –, il Brasile, che sta vivendo un risveglio in ogni settore della società civile, dove politica e cultura si alimentano a vicenda. "Partecipazione" è la speranza del continente europeo, che da tempo vive il pericolo dell'indifferenza, del cinismo diffuso, e ora più che mai abbiamo bisogno di partecipazione a tutti i livelli dell'esistente.

"Partecipazione" è anche l'elemento essenziale, l'anima stessa della cosiddetta "fotografia documentale" di cui Salgado è massimo interprete.

"Ci sono molti fotografi sull'intero pianeta che si preoccupano delle questioni sociali, coinvolti pienamente nel dibattito della società, un dibattito partecipativo, comunitario. Io credo che la fotografia documentale si debba a tutti loro, è quasi una necessità umana, un bisogno comunitario, di comunicazione, e questo modo di fare fotografia serve un po' da base a tale dibattito, alla discussione. Per esempio, qualche anno fa è stato fondato il Foro Sociale Mondiale, nel mio paese – il Brasile –, a Porto Alegre. La scelta di questo luogo è stata fatta in seguito a un dibattito internazionale, ed è una situazione molto interessante perché da lì si è avviato un dibattito più ampio sullo stato dell'umanità... Ed è a questo punto che entra in campo la fotografia, come pure i documentari cinematografici, come le persone interessate a fare un giornalismo diverso. Qui la fotografia documentale ha la sua localizzazione, il suo posto, la sua casa. Attualmente, abbiamo un enorme problema di monopolio dell'informazione: grandi agenzie e grandi gruppi d'archivio costituiscono un monopolio di immagini in stock, foto che hanno accumulato, acquistato, e non *creato*... Ma oggi esistono altre fonti, che sono piccole pubblicazioni parallele, e forse rappresentano la principale fonte di vera informazione, c'è un grande numero di Ong che cominciano a essere un 'potere parallelo': a mio avviso, sono la riserva morale del mondo in cui viviamo. Ci sono tanti giovani fotografi documentali che lavorano con loro. Credo che la vera democrazia passi da lì, perché c'è tutto un sistema informativo basato sul dibattito che risulta alternativo e comincia a manifestare una sua forza."

Tornando alla "città ideale", Salgado racconta Valencia attraverso i volti dei suoi abitanti, fotografandoli con il loro consenso ma, al tempo stesso, senza che sembrino in posa: sono persone che sanno di essere ritratte, eppure non "recitano" la propria parte. Però la interpretano comunque: in tutti i loro sguardi, Salgado riesce a mettere in risalto l'orgoglio del proprio essere, di un mestiere quotidiano svolto con "partecipazione", che sia un *picador* avvolto nel sontuoso costume antico di secoli o un giovane saldatore che impugna la fiamma ossidrica, tutti narrano qualcosa che va oltre, *más allá* dell'istante, e si consegnano alla memoria dei futuri abitanti della "città ideale" come protagonisti del proprio tempo, cittadini coscienti di far parte di una *comunidad* e non occasionali comparse davanti all'obiettivo.

"Occorre instaurare una relazione da animale umano ad animale umano, da persona a persona, da pensiero a pensiero," mi spiega Salgado, con quel suo tono di voce pacato, "tra persone che hanno le stesse origini, che hanno avuto una madre, sono stati allattati, e un'intera società li ha accolti, ma poi ognuno è stato lasciato solo, come cittadino di questo pianeta. Occorre raggiungere una vera intimità con l'altra persona, abbiamo molto in comune perché dipendiamo entrambi, il fotografo e il fotografato, esattamente dalle stesse cose. Dipendiamo da una società, dipendiamo da tutto ciò che consumiamo, siamo realmente animali gregari. Due animali gregari che si incontrano in questo momento. E lì dev'esserci una comunione. Poi ci si separa, certo, ma occorre un'intimità per creare questa fotografia... Ciò che voglio è fotografare la gente che forma questa società: i commercianti, i produttori, quelli che costituiscono il patrimonio folklorico, chi ha una qualche importanza sulla piazza finanziaria al pari dei gitani o dei contadini che lavorano nei dintorni della città... e anche gli immigrati, che sono entrati da poco tempo nella società valenciana, e che sicuramente saranno una componente determinante nel futuro di questa società. Però non intendo fare un lavoro sull'immigrazione, bensì un lavoro sulla comunità, dentro la quale ci sono anche immigrati. Ovviamente non posso fotografare tutti i membri di tale comunità, però voglio creare uno specchio della società in modo che la gente, guardando i propri vicini, possa riconoscersi."

Uno specchio in cui si riflettono orgoglio o *picardía*, speranze nel futuro o amarezze del presente, allegria del momento o preoccupazione per il domani, fiducia nell'utopia della città ideale e... mai diffidenza, mai, perché dall'altra parte della macchina fotografica c'è sempre uno sguardo rispettoso, di una persona che mette il cuore e la sensibilità nell'obiettivo, e riesce a creare un'intimità istintiva.

Rigoberta Menchú

> Un giorno uno straniero ha chiesto a un contadino maya: "Perché vi uccidono?".
> Il contadino rispose: "Ci uccidono perché lavoriamo insieme, perché mangiamo insieme, dormiamo insieme, cantiamo insieme, sogniamo insieme... Per questo ci uccidono: perché insieme affrontiamo la vita e la morte".
> Quando qualcuno si vergogna delle proprie radici o si sente superiore alla cultura altrui, l'umanità fa un passo indietro.
>
> RIGOBERTA MENCHÚ

"Non vorrei essere considerata come un premio Nobel, o come un'ambasciatrice di buona volontà dell'Unesco, vorrei essere per voi soltanto una fra le tante vittime della guerra in Guatemala, una fra le tante donne che hanno sofferto l'ingiustizia e l'emarginazione," esordisce Rigoberta Menchú davanti a una platea affollatissima, dove è piombato un silenzio commosso non appena dalla sua bocca sono uscite frasi in lingua maya *quiché*, un saluto di auspicio affinché "tutti qui aprano i propri cuori divenendo parte di questo momento".

Minuta, apparentemente fragile ma con un'energia risoluta che emana dai gesti e dal tono della voce, con il suo tradizionale *huipil* variopinto e il sorriso amabile, quasi infantile, Rigoberta è venuta a Bologna in una sera di maggio, senza essere annunciata da grandi clamori, senza personalità autorevoli ad accoglierla, eppure il passaparola ha reso troppo piccola la vasta sala ad anfiteatro, dove si accalcano persone diverse per credo ed esperienze, unite dal rispetto verso questa incrollabile donna divenuta il simbolo degli indios oppressi, perseguitati, sfruttati e decimati, la voce di quanti, da secoli, resistono a ogni forma di colonialismo e al silenzio degli indifferenti. Un silenzio che lei è riuscita a rompere nel 1983, raccontando al mondo se stessa e il proprio popolo, i maya del Guatemala, in un libro dal titolo *Mi chiamo Rigoberta Menchú*.

La sua famiglia è stata sterminata dai militari, al servizio di una casta di quattordici famiglie che ancor oggi, in Guatemala, possiede l'ottantaquattro per cento delle ricchezze del paese. Un paese peraltro da sempre asservito agli interessi degli Stati Uniti e delle compagnie che sfruttano le sue risorse. E da quando sono stati individuati giacimenti di petrolio e di pietre preziose nelle terre ancora abitate dai contadini indios, l'oppressione si è trasformata in genocidio. Della famiglia di Rigoberta, il primo a morire è stato Patrocinio, il più giovane. Nel 1979 rifiutò l'arruolamento forzato che lo avrebbe convertito in un carnefice della propria gente: lo accusarono di essere un "sovversivo" e, con altri ragazzi come lui, fu torturato a morte. Per protestare contro questo e tanti altri crimini, nel gennaio 1980 il padre, Vicente Menchú, occupò l'ambasciata di Spagna con un gruppo di contadini. Era un gesto simbolico e pacifico, volevano che il mondo sapesse cosa stava accadendo in Guatemala. Il mondo rimase sordo e cieco, mentre i militari, violando l'extraterritorialità dell'ambasciata, gettavano benzina all'interno dei locali e bruciavano vivi tutti gli occupanti, davanti a telecamere e fotografi. La Spagna ruppe le relazioni diplomatiche, ma l'Onu, su dirette pressioni degli Stati Uniti, neppure in quel caso condannò il Guatemala per violazione dei diritti umani. In quindici mesi furono oltre quattromila i contadini indios assassinati dall'esercito, che usò persino il napalm sui villaggi ritenuti "covi di sovversivi": ne vennero distrutti almeno duecentocinquanta, costringendo intere popolazioni a un drammatico esodo. Tre mesi dopo l'uccisione di Vicente, anche la madre di Rigoberta fu sequestrata, portata in un accampamento militare e torturata per quindici giorni. "Forse per lei la morte fu un sollievo," ha detto Rigoberta, ricordando la figura di quella donna amata dal suo villaggio, dov'era levatrice e guaritrice, madrina di tanti bambini, pochi dei quali sarebbero sopravvissuti alla barbarie. Un altro fratello di Rigoberta è stato fucilato dai militari "per dare un esempio agli altri", e con lui hanno ucciso il figlioletto di cinque anni, perché, a distanza di un secolo, per i difensori del due per cento della popolazione che possiede quasi tutto resta valido il motto del generale Custer: "L'unico indiano buono è quello morto".

Rigoberta, al pari di tanti suoi simili, trovò rifugio in Messico, nei vasti accampamenti per profughi guatemaltechi approntati negli stati del Chiapas, del Campeche e del Quintana Roo. Nel 1992 le è stato conferito il premio Nobel per la Pace, che Rigoberta ha usato come "lasciapassare" nel suo instancabile cammino verso l'affermazione di una dignità negata. Dopo l'accordo di pace, è venuta anche in Italia per sostenere e diffondere un processo delicato quanto difficile, eppure, nonostante tutto – perché non basta una firma per cancellare razzismo, sopruso e miseria –, è pur sempre l'inizio di una speranza da alimentare con ogni mezzo.

"La lotta per la pace non può riguardare solo noi, deve coinvolgere anche tutti voi. Questa è la prima volta che sono partita dal Guatemala con molta speranza. La pace è stata firmata da soli quattro mesi, e speriamo che sia davvero la fine di una guerra durata trentasei anni. Sono nata in un piccolo villaggio, da una famiglia molto povera, e fin da piccoli abbiamo cominciato a lavorare per guadagnarci di che sopravvivere. Ma sono anche nata in un popolo che ha una cultura millenaria, una cultura dalle radici molto profonde. Grazie ai miei genitori, fin da bambina ho imparato ad ascoltare il silenzio della notte, il canto degli uccelli o i movimenti degli animali che annunciano l'arrivo delle piogge. I nostri nonni ci hanno tramandato molti valori, ma questi valori non li abbiamo mai potuti raccontare a voi, perché solo di guerre e tragedie ci è stato possibile parlare fino a oggi. Quando la guerra è iniziata, io avevo un anno. Non l'ho scelta, la guerra, come non l'hanno scelta tanti guatemaltechi: abbiamo dovuto subirla. In questi cinque secoli, sono stati scritti migliaia di libri sui popoli indigeni, ma a noi non è stata ancora data la possibilità di parlare, di spiegare come vorremmo il mondo, quale società preferiremmo, come ci piacerebbe educare i nostri giovani. Chissà se nel nuovo millennio potremo aprire i nostri cuori a questa cultura millenaria che ha molto da insegnare all'intera umanità.

"Ho vissuto in esilio per quattordici anni, un tempo durante il quale ho conosciuto e imparato tante cose, e non so se avrò tempo sufficiente per assimilarle, per apprezzarle fino in fondo. Ma c'è una cosa che ho capito: i problemi che vive il Guatemala, il Centroamerica, non sono problemi soltanto nostri, appartengono purtroppo anche all'Africa, all'Asia, e persino qui sono presenti in qualche forma. Per questo credo sia necessaria un'educazione alla pace, creare una cultura di pace non partendo dalla guerra ma dai valori che possediamo, come esseri umani, come società, come indios, come uomini e donne nati da diverse culture. Noi indios pensiamo che il nostro contributo alla pace non possa che essere interculturale, di scambio tra culture diverse. Interculturale significa non limitarsi a 'studiare' i popoli indigeni, ma essere disposti a imparare dalla loro arte, dalle loro tradizioni, dalla loro medicina, dal loro pensiero, dal loro modo di vivere... Questa è la mia speranza per il nuovo millennio. Quando mi chiedono di parlare della nostra cultura millenaria, io mi sento come una formichina, sono troppo piccola per conoscere tutto di una simile cultura, che tanti non hanno ancora capito. Al massimo, verso di noi c'è del paternalismo, ma non la volontà di conoscerci a fondo. Il tanto sangue versato, le lotte, la resistenza di secoli... speriamo che tutto questo serva a un futuro migliore. Ma è chiaro, per noi, che il futuro dobbiamo continuare a costruirlo ogni giorno, ogni minuto, ogni istante della nostra vita. In questi ultimi anni ho viaggiato in molti luoghi del mondo, non solo nel continente americano, ma anche in India, Birmania, Cina, Thailandia, Giappone... Ho sempre constatato un fatto concreto: le genti povere sono stanche dei discorsi, vogliono fatti. Troppe popolazioni, nel mondo, hanno una vita media di trentacinque, massimo quarant'anni. In Guatemala, aver firmato la pace non significa che sia arrivata una colomba bianca che, posatasi sulle nostre teste, come per incanto ha risolto tutti i problemi... Pace vuol dire anche, anzi soprattutto, diritto a un'esistenza dignitosa, poter sfamare i nostri figli, dar loro un'istruzione, avere un tetto sotto cui ripararsi e una terra da coltivare. In questi giorni, in Guatemala, stiamo vivendo un momento cruciale: molti rifugiati tornano dal Messico, bisogna risolvere un'infinità di problemi, e intanto i combattenti della guerriglia hanno deposto le armi e iniziano a partecipare alla vita civile, alla politica... In un momento così delicato, qualcuno mi ha chiesto: perché te ne vai proprio adesso? Gli ho risposto: vado perché il mondo non deve dimenticarsi di noi. E se voi vi dimenticherete di noi... be', verremo ancora qui, a chiedervi di non dimenticarci, di non restare indifferenti."

Quando Rigoberta Menchú lascia la parola al pubblico, le domande e le richieste di chiarimenti piovono numerosi, e lei spiega, racconta, si sforza di tradurre in parole una realtà complessa che, da secoli, ha ricevuto soltanto curiosità superficiale e interessi di studiosi, mai un dialogo alla pari, uno scambio di pareri e consigli. Le ore passano, è tarda notte e Rigoberta, che non appare stanca, deve comunque pensare all'aereo che poco dopo l'alba la porterà altrove. Al termine dell'incontro, la valanga di libri da firmare la trattiene per un'altra mezz'ora, e nonostante il viaggio fatto e quello che l'attende domani accetta di fermarsi per una breve intervista.

Nel 1994 sei tornata in Guatemala, e parlando a un gruppo di rifugiati appena rientrati nel paese hai detto che il destino dell'uomo, il senso della sua vita, non può consistere nel comprare, vendere, guadagnare e accumulare ricchezze... Oggi, che il neoliberismo è stato imposto a tutto il continente latinoamericano, c'è ancora speranza che il destino dell'essere umano non sia questo?

"Credo che il recupero dei nostri valori, soprattutto quelli morali, etici, sia la principale difesa contro la perdita dell'essenza della vita spirituale, contro la logica del guadagno facile, che comporta lo sfruttamento selvaggio e il disprezzo verso i più deboli. La sfida più grande di questa fine secolo è riscattare il vero senso dell'esistenza. Un'altra questione riguarda il rispetto delle promesse: in tanti ci hanno promesso di aiutare i popoli oppressi, i paesi meno sviluppati, ma spesso dietro queste promesse c'è soltanto l'interesse privato. Costruire scuole, case, varare una vera riforma sociale, non crea guadagni... In nome del profitto si portano avanti politiche antisociali, si distruggono gli equilibri della natura, e questo porterà a un peggioramento della situazione, perché non basta qualche aiuto umanitario a un villaggio o a una piccola parte della popolazione, occorre affrontare il problema alla radice, e... già sai quello che penso del Fondo monetario internazionale e delle sue *ricette*, che ci stanno fruttando solo devastazione... Occorre che una nuova etica si sviluppi in quelle zone del mondo dove i privilegi sopiscono le coscienze, occorre rendersi conto che lo sfruttamento e l'ingiustizia creano squilibri che, prima o poi, portano conseguenze negative per tutti. Questo non vuol dire che io viva nel pessimismo, la speranza non mi abbandona mai, però... so che il mondo, così com'è, non va bene. So che ogni persona deve contribuire a riscattare i valori etici."

Puoi parlarci del libro che hai appena finito di scrivere?

"Il titolo non è ancora stabilito, lo decideremo nel giro di pochi mesi. Ciò che ho appena detto è uno degli argomenti principali che ho tentato di trattare. Racconto di esperienze vissute, non solo dell'esilio e del Guatemala, ma anche delle tante frontiere che ho oltrepassato, l'Onu, le realtà dei paesi da me conosciuti... Ci sono anche la lotta dei guatemaltechi e le sofferenze dell'esilio, la realtà dei rifugiati che tornano e si ritrovano in un paese diverso da quello che avevano lasciato, con tutti i problemi, le lacerazioni che questo comporta... Il libro è un insieme di valori che non vogliamo perdere, i valori degli indios maya, quell'identità che noi spesso nascondiamo per proteggerla, per non disperderla... è anche un libro dove la memoria è preponderante: ricordi, aneddoti, nostalgie... Nel primo libro, per esempio, non avevo parlato di mia madre: non potevo, non ce la facevo, era stata uccisa soltanto da un anno... Neppure adesso mi è facile, ma non dobbiamo dimenticare i nostri morti, dobbiamo onorarli, mantenerne viva la memoria. Non ho voluto scrivere di tragedie, ma di valori e speranze, di culture millenarie e dell'apporto che potrebbero dare alle culture più giovani."

Lo hai scritto direttamente in spagnolo?

"Dentro di me c'era una battaglia continua tra il *quiché*, la mia lingua, e lo spagnolo, che ho imparato in un secondo tempo. E mi sono resa conto di essere analfabeta, per quanto riguarda la mia vera lingua. Spero un giorno di poter scrivere direttamente in *quiché*. Un grande poeta guatemalteco, Humberto Ak'abal, si è impegnato a tradurlo in *quiché*, un lavoro che faremo insieme, in modo che il libro resti patrimonio della nostra gente, non solo degli editori stranieri... In quanto all'edizione in lingua spagnola, che uscirà in molti paesi, ho ottenuto che, riducendo i miei diritti, potesse uscire a un prezzo più accessibile. In America Latina i libri sono oggetti di lusso, costano troppo per i poveri, cioè per la maggioranza della popolazione."

Nel mondo, rappresenti più di tanti uomini la resistenza di una cultura e di una civiltà, quella indigena, contro cinque secoli di repressione: ma la condizione della donna in Guatemala?

"Innanzitutto dobbiamo considerare che, in quanto donne, apparteniamo a una realtà di ingiustizia, povertà, fame... E finché sarà così, come potremo parlare di 'condizione della donna'? Una madre che vede morire di fame i propri bambini vive una situazione talmente tragica da rendere inutile qualsiasi discorso di liberazione. Non dovete guardare Rigoberta e pensare che tutte le donne abbiano raggiunto la consapevolezza dei propri diritti. Io sono un caso raro, credetemi. E neppure io, nonostante tutto, posso dire di aver raggiunto i miei pieni diritti, perché subisco gesti di razzismo negli aeroporti, discriminazioni in alcuni paesi, perché sento che la mia faccia è quella di una donna povera e questo da certe persone è considerato un *difetto*... Il fatto che alcune donne, nel mondo, abbiano ottenuto posti di rilievo non significa che questo rispecchi una situazione generale: in Guatemala, per esempio, nessuna donna è mai diventata neppure sindaco, in tutta la storia del paese, e siamo ben lontane dall'avere pari diritti... Quando ho partecipato alla conferenza mondiale di Berlino, pensavo: speriamo che queste *first ladies*, queste artiste di fama internazionale, loro che appartengono a un circolo ristretto di donne che hanno raggiunto posti di rilievo, speriamo che sappiano proporre e portare avanti con forza le grandi sfide dell'umanità. Credo sia necessario creare nuovi valori per distinguere tra i veri traguardi raggiunti dalle donne e i successi effimeri, o falsi."

Un'ultima cosa: com'è la situazione attuale dei rifugiati guatemaltechi che intendono rientrare?

"Finora abbiamo ottenuto il ritorno di circa trentamila compatrioti dal Messico al Guatemala. I problemi sono enormi: non hanno più le terre che avevano lasciato, non ci sono i presupposti che permetterebbero loro di reintegrarsi nella vita civile. Poi c'è la grande quantità di guatemaltechi rimasti in Messico, almeno venticinquemila, e per loro abbiamo ottenuto dal governo messicano la possibilità di nazionalizzarsi senza che vengano costretti a rientrare in Guatemala. Nel giro di qualche anno, quelli che decideranno di restare in Messico potranno farlo. Il problema più grande è negli Stati Uniti, dove vivono circa un milione di guatemaltechi rifugiati. Le recenti leggi razziste sono state concepite contro di loro, contro i messicani e i centroamericani in generale. Se il governo nordamericano decide di espellerli tutti, potete immaginare l'impatto negativo sulle delicate trattative di pace in corso: il Guatemala non potrebbe mai affrontare l'arrivo di un milione di persone tutte insieme. Stiamo lottando per evitare tutto questo, ma le leggi razziste che hanno cominciato ad applicare specialmente in California creano un clima di drammatica incertezza, di preoccupazione... Questo non è un problema che riguarda solo il Guatemala, ma coinvolge gli Stati Uniti a pieno titolo, visto che sono loro ad aver imposto, nel 1954, il colpo di stato militare, e ad aver sostenuto le dittature che poi si sono succedute. Perciò gli Stati Uniti hanno un debito con il Guatemala, e l'unico modo di pagarlo è fornire ai nostri rifugiati l'opportunità di restare, evitando la deportazione. I miei compatrioti non chiedono certo l'elemosina negli Stati Uniti: lavorano, fanno i lavori più duri e ingrati. I governi degli Stati Uniti sono responsabili dei tanti mali che ci hanno afflitto in questi decenni, e oggi non possono usare il pretesto della firma in un trattato di pace per cacciare via un milione di esseri umani che hanno contribuito a costruire la loro ricchezza."

Una donna maya a Venezia: "Ma io non sono estinta"

La più vasta mostra mai allestita sulla civiltà maya continua a essere visitata a Venezia con notevole successo di pubblico. E questo sarebbe un bene, se solo servisse a ricordarci che i maya esistono, sono milioni nonostante il genocidio subìto, e resistono da cinque secoli alla colonizzazione non solo militare, economica e politica, ma soprattutto culturale, nella più variegata e profonda accezione del termine.

Quando è stata inaugurata, mi sono chiesto cosa avrebbero pensato i maya odierni di un'esposizione che riguarda i fasti dei loro antenati. Per poi rispondermi da solo: niente, tanto non potranno mai visitarla. E invece... Una loro discendente ha percorso le calli veneziane, ha trascorso un'intera giornata a Palazzo Grassi e ne è uscita con una certa malinconia nel cuore, la paradossale sensazione di appartenere a qualcosa di estinto.

Alberta Tista Toj è una donna maya guatemalteca di lingua *achi*, venuta in Italia per promuovere incontri e contatti con realtà della cooperazione e amministrazioni comunali, e da queste ultime intende anche trarre insegnamenti da mettere in pratica, visto che è candidata a sindaco del suo paese, San Miguel Chicaj, nella regione di Baja Verapaz. Alberta è anche tante altre cose, una fonte inesauribile di saggezza che fluisce dalla voce pacata, in un dolce spagnolo imparato come seconda lingua: *curandera*, sacerdotessa, segretaria federale dell'Urng – l'Unidad revolucionaria nacional guatemalteca –, che da fronte unito della guerriglia si è trasformato in partito politico.

"Con il termine *curandera* non dovete pensare a una sorta di *bruja*, una strega, o fattucchiera, ma soltanto a una persona che cerca di tramandare la conoscenza della medicina tradizionale maya, che si avvale delle risorse della natura, soprattutto erbe ma anche sostanze di origine animale. Non direi che vi sia una contrapposizione con la medicina ufficiale, quella che io definisco 'chimica'. Anzi, auspico un'unione tra le due medicine per meglio curare gli esseri umani. Però dovete considerare che le nostre genti vivono in zone dove per raggiungere una farmacia o un presidio medico occorrono giorni di cammino, mentre le risorse della natura sono intorno a noi, a portata di mano, e conoscerle equivale spesso a salvarsi da malattie guaribili ma per noi letali.

"Sono sacerdotessa della spiritualità maya," continua, "pur accettando la religione cattolica. Purtroppo, i nostri rituali devono essere officiati all'esterno delle chiese, perché le alte gerarchie cat-

toliche non li accettano. Pensa, la prima volta che ho potuto officiare all'interno di una chiesa è stato proprio ieri, qui, in Italia..."
Alberta è stata ospite della parrocchia di don Arrigo, a Pioppe, vicino a Marzabotto, dove i fedeli hanno accolto con curiosità e rispetto la presenza di un manto bianco con il calendario maya e una sacerdotessa venuta da un mondo a loro sconosciuto, ma non poi così lontano, a ricordare che le religioni dovrebbero essere motivo di fratellanza dei popoli e non di divisione. A Marzabotto è stata ricevuta dal sindaco di un paese che ha conosciuto l'orrore dello sterminio, proprio lei, che viene da una zona dove pochi anni fa l'intera popolazione del villaggio di Río Negro è stata massacrata dall'esercito: è stata trovata una fossa comune con i resti di centosettantacinque bambini e centoventicinque donne. Oggi il processo di pace garantisce, almeno sulla carta, il diritto di esistenza della cultura maya, che significa scuole bilingui, elezione di propri amministratori, libertà di culto e di praticare le proprie conoscenze mediche, persino di indossare le vesti tradizionali, perché, mi spiega: "Durante la guerra, i militari reprimevano l'uso degli indumenti etnici. Era un'affermazione di identità che poteva costarci la vita. Inoltre, dato che i colori contraddistinguono la provenienza, a loro serviva da pretesto per accusarci: 'tu vieni da una zona di guerriglia, pertanto meriti la morte'...".
Tornando alla mostra di Venezia, lo sguardo di Alberta si vela di rimpianto.
"Per carità, per me è stata una grande emozione... Ma ho sentito la mancanza di uno spazio dedicato alla realtà odierna. Si esce da lì senza la coscienza che tutto questo ancora esiste, che noi siamo i diretti discendenti e che quella cultura non è estinta. Tutto ciò che ci è stato tramandato viene dai nostri antenati: il rapporto con madre natura e il rispetto per ogni sua forma e manifestazione, le conoscenze del cuore del cielo e del cuore della Terra, la spiritualità... Ti faccio un esempio concreto: a Venezia è esposto il *Rabinal Achí*, e nessuno può immaginare che quello è ancora oggi il nostro testo sacro, cioè non appartiene a un passato remoto ma persiste nell'attualità, però tutto questo non viene detto. Vedi... ci hanno rubato i frutti, tagliato i rami, bruciato il tronco: ma non sono riusciti a estirpare le nostre radici. E da quelle radici continuiamo a trarre linfa, noi, i maya: purtroppo, la mostra ha perso l'occasione per divulgarlo. Comunque, sarebbe davvero stupendo se i maya potessero accedere alla mostra sui propri antenati. Io costituisco un paradosso: una donna indigena povera che, grazie alla propria organizzazione politica, è potuta arrivare fino a Venezia. Certo, mol-

ti reperti provengono dal Museo di Antropologia di Città del Messico: ma per molti maya del Chiapas, ad esempio, andare nella capitale federale equivale a un viaggio costoso quasi quanto il mio in Italia. Un sogno impossibile."

Alberta Tista Toj ha svolto per anni anche il compito di *comadrona*, cioè levatrice, diffondendo la pratica del parto in comunione, non individuale, con l'assistenza di varie donne del villaggio. Poi ha lasciato che altre si dedicassero a ciò che lei ha contribuito a consolidare, impegnata com'è in innumerevoli attività, tra le quali il coordinamento dell'organizzazione Majawil Q'lj, che in lingua *mam* significa Nuova Alba. E si trova in Italia per promuovere una campagna di informazione e la raccolta di fondi per il progetto Mano a mano, volto a garantire la partecipazione al voto delle donne guatemalteche, in particolare indigene.

"Dovete tentare di capire cosa signifchi per noi ciò che chiamate 'libere elezioni': al momento, il settantacinque per cento delle donne non può votare. Su undici milioni di abitanti, sono appena tre milioni i cosiddetti 'abilitati al voto'. E di questi, alle ultime elezioni ha partecipato solo il trentacinque per cento. Se ne deduce che a malapena poco più di un milione di guatemaltechi hanno avuto il privilegio di scegliere il governo imposto a tutti. Perché? Innanzitutto, occorre essere in possesso di una carta d'identità. Questo significa per le popolazioni rurali, cioè la maggioranza nel mio paese, recarsi nel capoluogo di provincia – l'unico in grado di rilasciare il documento – sobbarcandosi almeno una giornata di cammino tra le montagne, trascorrerne un'altra in città, e aspettare vari giorni per il rilascio, oppure fare ritorno al villaggio e la settimana seguente rimettersi in viaggio per andarla a ritirare... Immaginate i costi, per un contadino povero, che oltretutto deve abbandonare il lavoro nei campi, a cui va aggiunto che per il documento occorre pagare una tassa; e siccome è obbligatorio richiederlo al compimento dei diciotto anni, tutti quelli che non lo hanno fatto devono pagare anche una multa aggiuntiva. Non basta: quanti avevano l'età del servizio militare durante la guerra, e si sono sottratti per non essere costretti a uccidere la propria gente, adesso non si presentano e non votano, altrimenti verrebbero accusati di renitenza alla leva, o peggio, sospettati di essersi uniti alla guerriglia. Inoltre, nel caso delle donne, se non parlano spagnolo devono farsi accompagnare in questa estenuante peregrinazione da un interprete, altrimenti gli impiegati dell'ufficio rifiutano di capirle. Poi, tutto ciò va ripetuto per ottenere il rilascio della tessera d'iscrizione al diritto di voto: giorni e giorni di viaggio, spese, umiliazioni... Infine, le urne elettorali sono anch'esse nei capoluoghi: chi intende votare deve sottoporsi al calvario per la terza volta. Risultato: i governanti vengono eletti da una parte degli abitanti delle città – non i poveri, che non possono permettersi di pagare tasse e concessioni –, dove le oligarchie hanno quindi gioco facile. Capisci ora perché in Guatemala, e non solo in Guatemala, parlare di libere elezioni non ha senso? Votare è un lusso..."

Bernard Boursicot

Mi ritrovo su una corriera che non è proprio "stravagante", ma piuttosto singolare per genere di passeggeri: scrittori, editori e giornalisti che deambulano per il Nord della Spagna salutando sindaci, conferenziando con improbabili fan, concedendo interviste ad attenti cronisti locali che poi chissà cosa diamine scriveranno per i loro lettori. Il signore accanto a me sfoglia un libro pieno di fotografie, si intitola *Liaison*, autrice tale Joyce Wadler, redattrice del "Washington Post". Sto sbirciando incuriosito quando passa un tipo robusto, capelli a spazzola, volto da legionario non ancora in pensione, che indica il libro e dice in francese: "Gran bella storia, vero? Peccato che il protagonista sia un vero disastro...". Il mio vicino lo squadra con aria interrogativa, e quando l'uomo ripete la frase in inglese, sobbalza, sorride imbarazzato, si complimenta. Ma intanto il misterioso "legionario" è andato a sedersi dietro, facendo cenni con la mano come per dire: "Lasci perdere, lo so, lo so...".

A questo punto allungo il collo sul libro, e il vicino esclama: "È lui! Ma sì, è proprio lui," e agita il volume. Non capisco, così me lo passa e apprendo che si tratta della storia di "M. Butterfly", cioè la vicenda realmente accaduta a cui si ispira il film di David Cronenberg. Ma "lui", il tipo che adesso si trova alle mie spalle, chi sarebbe? Con gesti febbrili, il signore accanto mi mostra alcune delle foto contenute in *Liaison*. E finalmente, capisco. O meglio, mi convinco di un equivoco, dico "non è possibile", ma il vicino continua a far segno di sì...

Dunque, vediamo di riassumere la questione partendo dal film. Chi lo ha visto, sa già di cosa sto parlando. Per tutti gli altri... Bene, Cronenberg ha raccontato la storia travagliata di un funzionario dell'ambasciata francese nella Cina di Mao, che si innamora perdutamente di una cantante dell'Opera di Pechino, tale Shi Pei Pu. Una carriera in procinto di rovinarsi, una passione che sfida i rigidi confini morali e politici del luogo e dell'epoca, e il progressivo "tradimento" del diplomatico verso il proprio paese: infatti, per non perdere l'amata, l'uomo finisce per passarle informazioni riservate. Epilogo drammatico: il controspionaggio lo scopre e lo sbatte in galera. Colpo di scena: Pei Pu è un uomo. Molto *femminile*, certo, leggiadro e delicato di modi e lineamenti, ma pur sempre un uomo. Il diplomatico, oltre al carcere, deve affrontare una delusione annichilente. E nell'ultima scena, durante una rappresentazione teatrale all'interno della prigione, si trucca come usava fare l'amata/o, pronuncia le ultime parole "Sì, Madame Butterfly sono io", e... si taglia la gola. Lo spettatore, quasi sempre commosso, ha dato per scontata la morte del diplomatico. Errore. È Cronenberg a lasciarcelo credere. Perché Bernard Boursicot, nel film "monsieur Gallimard", è sopravvissuto a quel tentativo di suicidio: adesso se ne sta seduto nella fila dietro la mia, in questa corriera più che stravagante, e ostenta una orrenda cicatrice che gli attraversa la gola da un orecchio all'altro. Joyce Wadler, che ha narrato la sua vicenda in questo libro che anch'io sto sfogliando, lo ha convinto a fare un giretto in Europa per conquistare nuovi editori dopo aver ottenuto un discreto successo negli Usa.

Cambio posto e mi avvicino al redivivo Boursicot. Non è un fantasma, e neppure ha l'aspetto di un ex diplomatico: il carcere duro lo ha senza dubbio segnato. Notando il cartellino da invitato, gli chiedo se sia anche lui scrittore o giornalista. "Nessuna delle due cose," ribatte in tono poco socievole, "io sono soltanto quello che..." E si passa l'unghia del pollice sotto la gola, mimando il raccapricciante gesto di tagliarsela. Aggiunge persino un verso, una sorta di *squeeerkl*, che la dice lunga su quanto si sia riappacificato col mondo. Ma dopo molti chilometri tutti curve e saliscendi, Boursicot qualcosa me l'ha detta, anche se non è per niente loquace e tutt'altro che felice di farsi ammirare come un'attrazione da circo.

"Non mi piace fare il buffone, che è la sensazione che provo spesso stando in pubblico. Ho accettato di fare questo giro di conferenze per tentare di convincere chi mi sta davanti che non sono un caso assurdo: quello che mi è successo è possibile, è reale, perché a me *è* successo. Io mi sono innamorato di un ideale di donna, non di una persona concreta, e mai, davvero mai, sono stato sfiorato dal sospetto che Pei Pu fosse un uomo. Mi sono costruito un amore senza vedere la realtà. Per questo è giusta la frase che chiude anche il film: 'Madame Butterfly sono io'."

Boursicot è convincente. Ma quando ha creduto che Pei Pu gli avesse addirittura dato un figlio, lo spettatore del film ha sicuramente cominciato ad avvertire un senso di irrealtà. Fino a che punto l'amore rende ciechi?

"È troppo complicato, forse il libro riesce a spiegarlo almeno in parte, ma... dovete immaginare certe convenzioni, il fatto che una donna cinese, una cantante dell'opera, trova naturale non mostrarsi nuda neppure al suo amante... Ogni volta che ho davanti un pubblico, leggo sui volti la domanda che nessuno ha mai il coraggio di farmi. Così, rispondo da solo: innanzitutto, al contrario di quanto accade nella versione cinematografica, io non solo non avevo una moglie, ma non avevo avuto neppure una precedente esperienza sessuale. Nemmeno una. Pei Pu prendeva l'iniziativa e faceva tutto molto in fretta, anche perché la nostra relazione era rigorosamente clandestina, furtiva... E a un certo punto mi ha detto di essere rimasta incinta. Prima ha usato dei cuscini sempre più voluminosi, poi è scomparsa per qualche tempo, tornando con il bambino... Se avevo creduto di amare la mia Shahrazad ideale per tanti anni, perché non avrei dovuto credere di aver avuto un figlio da lei?"

Lo sguardo di Boursicot è in apparenza tagliente, provocatorio, ma nel fondo degli occhi ha un'innocenza disarmante, un'ingenuità pura e pulita, nonostante l'inferno che ha attraversato in carcere. Pei Pu aveva "comprato" un neonato da una famiglia di contadini poverissimi, e oggi vive a Parigi, dove risiede anche Boursicot. Non si frequentano, ma entrambi considerano il ragazzo come loro figlio. "La sogno spesso," dice in tono improvvisamente malinconico, abbandonando la corazza di autodifesa che si è costruito. E si rivolge a Pei Pu ancora al femminile. "Ma vorrei dimenticarla. Ho saputo che era un uomo soltanto quando mi trovavo già in carcere. E poi, il processo, i flash dei fotografi, gli insulti dei 'sinceri patrioti', lo scherno volgare degli stupidi... Forse, avrei amato egualmente Pei Pu se mi avesse detto *come* era, se non mi avesse ingannato e usato per qualcosa che io – ma credo neppure lei – non consideravo una forma di spionaggio. Oggi mi sono rifatto una vita e sto con un uomo, che mi ha aiutato molto quando mi trovavo in prigione. Oggi voglio bene a una persona, che è un uomo reale e non una donna ideale, costruita dalla mia disperata voglia di innamoramento..."

Gabriele Salvatores

Poco tempo fa, in un affollato pomeriggio al Dams di Bologna, a un certo punto ha alzato la voce, dicendo: "Avete presente quell'usanza di certi jazzisti americani, che mettono il soprannome tra il nome e cognome? Per esempio, Charlie 'Bird' Parker... Bene, vuol dire che i prossimi film li firmerò Gabriele 'Furbo' Salvatores!".

Non ce l'aveva con gli studenti, che lo stavano peraltro avvolgendo di affetto e calca da bivacco d'altri tempi, ma era un principio di sfogo, subito ricondotto nel tono cordiale che gli è istintivo. Però, la voglia di riflettere ad alta voce sul perché qualcuno lo ha accusato di "furberia" non ha nessuna intenzione di farsela passare. E la chiacchierata che segue non può essere inscatolata negli argini dell'intervista. Dunque, sarebbe stato del tutto inutile trascrivere domande e risposte. Facciamo come se fosse un video, o magari un film amatoriale: immagini un po' mosse, a tratti sfocate, con l'audio pieno di rumori della strada e voci anonime.

"Tutto quello che ho fatto e detto negli ultimi mesi mi ha procurato solo problemi e inimicizie. Essere furbi credevo volesse dire guadagnare consenso andando dove ti porta la corrente, assecondare, smussare, evitare di mettersi *contro*. Bene: il testimonial a Greenpeace ha fatto dire a qualcuno 'comodo! adesso Salvatores fa l'ecologista'. Presenzio per Sofri, considerandola una battaglia per i diritti civili, poi vado a Rifondazione – non perché mi ci riconosca, ma solo perché credo che in questo paese ci sia bisogno soprattutto di opposizione, e quindi mi sento di appoggiare qualsiasi forma di opposizione si manifesti... Vado a Cuba, e stravolgono ogni mia parola, persino il senso di quelle due settimane passate sull'isola. E quando mi hanno chiesto di parlare di calcio, un argomento apparentemente innocuo e *qualunquista*, ho fatto un discorso ben preciso su cosa significa, e che prezzo abbia, questo che vorrebbero considerare 'il più bel campionato del mondo'. Insomma, ogni volta ci ho rimesso una bella fetta di consenso, inimicandomi un sacco di gente. E questo, per qualcuno, sarebbe 'essere furbo'. I miei comportamenti mi stanno costando notevoli ostacoli anche nel lavoro, eppure continuerò a fare e a dire le cose che ho sempre fatto e detto. Bel furbo... ci ho solo rimesso. Ma mi va bene così, altrimenti..."
(Stacco su piazza Maggiore. Piccioni impolverati, passanti frettolosi. Gabriele cammina con le mani affondate nelle tasche. In testa ha il solito berretto blu da marinaio, identico a quello di Clint Eastwood in *Fuga da Alcatraz*.)

"La questione è molto più complicata, e profonda. È un problema forse irrisolvibile: la sinistra non può ammettere il successo, non lo prevede, non fa parte del suo immaginario. L'Oscar che mi è arrivato addosso ha stravolto i canoni dell'essere, e vivere, a sinistra. Per certi intellettuali, se hai successo automaticamente devi passare dall'altra parte. Non è vero, ma si è abituati a pensare che lo sia. Forse è una sindrome che riguarda più la psicologia che la politica. Ci ho pensato molto, e non smetto di pensarci: il pubblico di sinistra, il pubblico 'alternativo', si sceglie interessi sconosciuti alla grande massa... Così è stato per l'Elfo, un po' come succede per i gruppi rock, perché, innanzitutto, ha questa capacità di individuare delle punte, delle espressioni fuori dalla norma, e poi, perché la sinistra e i suoi intellettuali giocano continuamente in un sistema di specchi. Io so di essere lo specchio di una serie di persone, e dato che queste persone mi piacciono, le guardo, ci vivo insieme, e le racconto... È una forma di amore sincero, che tu senti per quelle persone: ma quando il gioco di riflessi si dilata, e lo specchio diventa ampio, più grande, allora le persone non si riconoscono più, e credono che non appartieni più a loro, ma a 'tutti'. È un meccanismo che risale fin dai tempi di Saint-Just. Se hai un po' di successo, non puoi più essere alternativo, anche se continui a fare la stessa vita e a pensare e dire le stesse cose. Gli intellettuali sono i primi a crederlo, e bollano come furbizia quello che prima era un sincero modo di vedere il mondo. E si convincono, senza alcuna cognizione, che tu stai facendo i miliardi, e quindi come ti permetti di citare all'inizio di *Puerto Escondido* un Eduardo Galeano che parla dei bisogni reali... E innescano un meccanismo folle, ma non sanno un cazzo della vita che faccio, delle notti in bianco a spaccarmi la testa su certi problemi, e a mettermi in discussione senza risparmio... Non lo sanno, e neanche gliene frega niente saperlo. Uno dice che non sono sincero; e sbaglia, perché io so che sono sincero. Ma subito dopo mi chiedo: io, sono sincero? Cioè, fino a che punto controlli il meccanismo, e fino a che punto è il meccanismo che sta controllando te? Non c'è soluzione. È un discorso a doppio taglio, con due diramazioni: una è avere la certezza che *loro* hanno torto, l'altra è che per rimanere nello specchio devo essere alternativo a me stesso, cambiare in fretta per non farmi bloccare in una sola immagine, rimettermi in gioco di continuo. La sinistra è legata alla giovinezza: quando si dice che la sinistra è portata verso la vita perché è giovane significa che ci stai dentro solo finché riesci a essere alternativo... ma non al mondo, bensì a te stesso. Tutto sommato, è un modo di criticare che risulta utile, che serve a rinnovarti. Però nessuno può affermare che non sono sincero, qui mi incazzo, anche se poi sono pronto a chiedermelo io stesso.

"C'è un limite tra comunicazione e commercialità. È difficile, come discorso, perché da una lato ti poni il problema di dire delle cose arrivando a più gente possibile, dall'altro... se arrivi al grande pubblico, vuol dire che hai avuto successo. E questo ti proietta fuori dallo specchio piccolo, anche se tu continui a guardarci dentro e sei convinto di non essere affatto cambiato."
(Il cielo è grigio, e il sole è un chiarore bianco sporco. Inquadrandolo, si può immaginare un altro sole...)

"Posso raccontare com'è andata a Cuba. Anche perché nessuno mi ha permesso finora di dire la mia al riguardo. Dunque, dopo l'Oscar ho preso la prima mazzata. E con Cuba, la seconda. Fanno male, non credere... Allora, la mia illusione è stata questa: mi concedono un'attenzione smisurata, e io la uso per sfruttare l'occasione, dicendo le cose che sento. Un'illusione. Mi hanno dato un potere che non avevo chiesto. E io parlo, parlo, parlo, con i giornali e la televisione. Cerco di esprimere il mio pensiero su un sacco di cose, ed era la prima volta, perché prima nessuno mi aveva chiesto un parere. Ma non mi rendo conto che in questo sistema non puoi esprimere le tue idee, perché c'è sempre un filtro, una sorta di sintesi che finisce con lo stravolgerle. Non hanno bisogno della censura, perché basta il taglio, l'estrapolazione, il titolo, una frase riportata senza il contesto, e tu non riconosci assolutamente ciò che invece volevi dire. Tutto è all'insegna della polemica, dello scontro, e ti ci coinvolgono a qualunque costo, anche se non stai polemizzando con nessuno. Un meccanismo che ha funzionato in modo lampante, all'Avana. Io ero all'ambasciata italiana, solo perché ha il generatore autonomo, e a Cuba, con l'embargo, a una certa ora staccano la corrente, così non siamo potuti rimanere all'Associazione degli Scrittori. All'ambasciata non erano previsti giornalisti, e c'era solo uno del 'Granma', il quotidiano di Cuba. Rispondo a una sua domanda, e una tipa, che credevo anche lei cubana, e che parlava in spagnolo, mi chiede il motivo della mia visita a Cuba. Dico che guardo a Cuba con affetto, che sono qui per solidarietà, e che la mia formazione giovanile è di impronta marxista, e che sto cercando di usare la popolarità derivatami dall'Oscar per parlare dell'America Latina, un continente che mi coinvolge per la sua civiltà giovane, per le sue stesse contraddizioni, mentre l'Europa la vedo ormai morente, con il fascismo che risorge, i razzismi di ogni forma, l'intolleranza... Più tardi, si è scoperto che quella era italiana, una giornalista dell'Ansa, e sono scemo io a non averle chiesto chi fosse, ma non sono abituato a filtrare la gente come fanno le star... Insomma, in Italia escono articoli con sei volte la parola 'marxista' in venti righe, dicendo che 'dedico' l'Oscar a Cuba, e uno scrive addirittura che è facile per Salvatores sognare, mentre gli uomini attorno a lui sono ben svegli e stanno nella merda... Pensate che Fidel Castro, quando l'ho incontrato, aveva già letto gli articoli, e mi ha detto: o sei ingenuo, o hai qualcosa da scontare. Nel secondo caso ti va bene il massacro, e quando torni quelli ti massacreranno. Se invece sei solo ingenuo... allora stai attento, perché tu non puoi venire da là, dire quelle cose, e poi tornare come se niente fosse. Te la faranno pagare cara.

"Aveva ragione. Si sono inventati persino un inesistente comitato che negli Stati Uniti chiedeva il ritiro dell'Oscar. E da 'sinistra', ricominciano a dire che Salvatores fa il furbo: ma come può vincere un Oscar e poi andare a Cuba? Vuol forse dimostrare di essere ancora alternativo, controcorrente? No, non ci caschiamo, fa solo il furbo. Poi, vado a Los Angeles, per il festival di Palm Springs, e mi telefona un giornalista, l'inviato di un importante quotidiano italiano. Conferma che negli Stati Uniti neppure se ne sono accorti, che ero andato a Cuba... e mi pare ovvio, o forse crediamo che l'Italia sia al centro dell'attenzione mondiale? Togliamocelo dalla testa. Lui, comunque, vuole intervistarmi sulla faccenda. Io accetto, e passiamo un intero pomeriggio a parlare. Se ne va con un pacco di fogli fitti di appunti... e l'indomani richiama, per dire che il direttore ha deciso di non pubblicare niente. Quindi, non ho avuto alcun diritto di replica. Stravolgono quello che dici, ma poi non ti lasciano replicare. È pura illusione, credere di poter esprimere le proprie idee attraverso i media. Allora, non mi resta altro che il cinema. I miei film. Continuerò a parlare usando i miei film. E ognuno è libero di sentire e pensare ciò che crede, vedendoli. Anche che faccio il furbo, se preferisce. Ma neppure starò zitto, fuori dal set, questo no. E poi, quello che conta davvero è fare delle cose, cose diverse, senza stare a commentarle, farle e basta. Cioè, tornare a Cuba quando mi pare, frequentare i centri sociali, conoscere e avere tanti amici tra i ragazzi delle posse... Quelli del Leoncavallo mi hanno chiesto, il giorno che dovessero sgomberarli, di andare a girare tutto. E lo farò, così resteranno nella memoria anche le immagini e le voci, non soltanto gli articoli compiaciuti nei giornali dell'indomani".

(Stanza di un appartamento del centro, interno giorno. In sottofondo, musica di Mauro Pagani: *Suerte*)

"È successo anche qui, l'altro giorno, al Dams. E lo vedo ovunque vado. Siamo costretti a renderci conto di avere delle responsabilità. Abbiamo dei fratelli minori... o dei figli. Quei figli che non abbiamo avuto fisicamente, che non abbiamo messo al mondo... ma, in un certo senso, ne abbiamo egualmente... Una ragazza mi ha detto: tu hai avuto il Sessantotto, noi abbiamo te. Mi sono venuti i brividi, mi ha fatto male. No, guarda, scordatelo, non dirmi più una cosa del genere... È una responsabilità grossa, troppo grossa, io non la volevo e non l'ho mai cercata. È pericoloso, quando qualcuno ti prende per un simbolo di qualcosa. Il cinema può trasmettere emozioni, ma non può sostituirsi al resto, alle emozioni che vanno vissute, non soltanto viste e ascoltate.

"Le emozioni... La fregatura, è che gli anni si accumulano, e mentre passano, e io vado per i quarantatré, vengono fuori le paure, scopri cos'è la stanchezza... Ti ritrovi a commuoverti per l'Angola, per la Somalia... oppure, come mi è successo l'altro giorno, per il ricordo di un amico che ci ha lasciato. Stavo andando a Milano, in autostrada, e ascoltavo i Nomadi. Augusto cantava 'Io, vagabondo che son io', e ho pensato che mi sarebbe piaciuto averlo messo alla fine di *Marrakech Express*. Ho anche pensato che Augusto era sempre riuscito a restare fuori da certi meccanismi... e mi sono venute giù le lacrime. Però, vedi, così è troppo facile: io me ne sto andando in giro con la mia bella macchinetta, al calduccio, e mi commuovo ascoltando musica... Quando cominci ad avere un po' paura del freddo, delle scomodità, rischi di intorpidirti, di vedere troppo faticoso il rimetterti in gioco..."

(Stanza, interno "tramonto", una luce accesa sul tavolo. In sottofondo, musica di El Son y la Rumba: *Valentina*)

"C'è chi ha scritto che in *Puerto Escondido* non si vede il vero Messico, che il Messico è un'altra cosa. A Palm Springs l'ha finalmente visto la responsabile della produzione messicana, quella che tutti chiamavamo la Gordita. E alla fine ha detto: 'Mi ha commosso, sono sincera, a me è piaciuto molto. Però ti creerà dei problemi proprio in Messico. Perché tu fai vedere la faccia scura, la malinconia che lo pervade, e le persone, i messicani, hanno la pelle dei meticci, cioè della maggioranza... Ma il pubblico che in Messico va al cinema è un'élite. È un pubblico ormai occidentalizzato, proiettato verso gli Stati Uniti, gente che vuole apparire bionda e con la pelle chiarissima. Avrai gli stessi problemi di Peckinpah e di Sergio Leone, cioè di chi mostra il volto povero, quello più vero, del mio paese, della mia gente... E tutto questo, al pubblico non piacerà. Perché preferisce sognare con le finzioni dell'America, anziché guardarsi allo specchio...'.

"A me non interessava riprendere i paesaggi da cartolina, i colori dei mercati che strappano gridolini ai turisti. Volevo raccontare quello che vedi se ci vivi, non se ci passi venti giorni al mare. I visi che incontri, le atmosfere, i muri scalcinati, sbrecciati, la polvere... Così, rischio di non essere capito qui, ma vengo capito anche troppo laggiù, tra quelli che ci vivono e conoscono bene la differenza tra il Messico dei turisti e il Messico dei messicani... E i messicani biondi, che sognano di non essere messicani, non mi troveranno nemmeno furbo, ma soltanto sgradevole."
(Ultime note di *Valentina*. Dissolvenza)

Diego Abatantuono

Nei primi anni ottanta un "eccezziunale terrunciello" inventò un linguaggio e un atteggiamento, influenzando mezza Italia che prese a imitarlo e a citarlo in ogni situazione, mentre uno stuolo di nuovi comici creava personaggi di meridionali milanesizzati da lui ispirati. Ma nel frattempo Diego Abatantuono si era stancato, e l'uomo stava cambiando di pari passo con le esigenze dell'attore. Nel 1984 girava *Attila*, che avrebbe segnato il punto di non ritorno: il film non ottenne il successo sperato e Abatantuono colse l'occasione per dare una sterzata decisiva alla sua carriera.

"Sarebbe probabilmente successo prima, se mi avessero dato modo di cambiare genere. Stavo facendo sempre lo stesso film, riproponendo me stesso e non una sceneggiatura o un soggetto nuovi, ero io come mi presentavo negli spettacoli di cabaret, condannato a ripetermi all'infinito. Non mi restava altro che l'immobilità: smettere di girare, per manifestare in questo modo un disagio crescente, una stanchezza, un bisogno di interpretare film anziché copiare e ricopiare il cliché che all'inizio aveva funzionato. Un inizio che, certamente, mi aveva visto pieno di entusiasmo, ed è per questo che non rinnego nulla, ma col passare del tempo ero cambiato, la mia vita aveva subìto una trasformazione, com'è normale che accada maturando e guardandosi indietro. La cosa più terrorizzante del cambiamento è che cominci a vedere gli altri cogliendone la stessa trasformazione... Penso all'esempio di certe vecchie rockstar che, dopo tanti anni, si ripresentano ancora con la stessa capigliatura, gli stessi orecchini, i giubbotti di pelle stretti per la ciccia che intanto è cresciuta dentro, e a me danno malinconia, vederli maturi, sicuramente diversi nel cuore e nell'anima, che continuano a imitare se stessi com'erano dieci o vent'anni prima, solo perché allora la cosa aveva funzionato..."

Dopo *Attila*, Diego conosce il produttore Maurizio Totti, e con lui e Gabriele Salvatores fondano la Colorado Film. È un incontro destinato a mutare definitivamente le sue scelte, che fino a quel momento erano sentite come un'istintiva esigenza ma ancora priva di sbocchi concreti.

"Non si trattava soltanto del lavoro. Era l'ovvia trasformazione di uno che prima era più giovane e a un certo punto si ritrova con un bagaglio di esperienze che costringono a pensare, a prendere nuove responsabilità. Nella pratica, cambiavano le mie abitudini: cominciavo a frequentare meno gente, a non sopportare più come una volta la baraonda, l'affollamento, il tirare l'alba... E apprezzavo sempre più i momenti di solitudine, o la compagnia di amici veri, con cui dividere pezzi di vita e non solo il chiasso e la frenesia."

Gabriele, riferendosi alla "famiglia" di attori che insieme a lui e a tutta la troupe creano un film, ha detto che la cosa più importante è che non siano attori. A parte il tuo rapporto di lavoro, e di amicizia, con Gabriele, c'è un momento in cui senti la differenza tra recitare una parte imposta dal copione e l'essere semplicemente te stesso davanti alla macchina?

"La differenza non c'è, perché io non so recitare. So fare come faccio, tutto qui. Quando vado al cinema, mi piace vedere attori che non recitano, che trasmettono una sensazione di realtà in ciò che sta accadendo. Certo, i ruoli cambiano per ogni film, ma qualcosa di me c'è in tutti i personaggi interpretati. Vedi, quando facevo una rapina in *Puerto Escondido* non ero poi così distante dal magistrato di *Arriva la bufera*... Voglio dire che quando ho messo la toga da giudice non ho modificato i miei atteggiamenti, quelli che ho nella vita reale. E credo che esista, un magistrato come quello che ho interpretato, perché era un uomo, con le sue debolezze e sofferenze, come le aveva il bancario trapiantato in Messico che va ad assaltare un carcere. Il problema riguarda gli stereotipi, cioè il credere che chi fa una rapina è per forza un cattivo e chi fa il magistrato è automaticamente dalla parte dei buoni. La realtà non è così, ha mille sfumature diverse e centomila facce nascoste. Un regista che mi conosce un po' a fondo non mi offre la parte di uno stereotipo distante da come io sono. È questo che intendo, quando dico che non so recitare."

E il giorno che il regista Giovanni Veronesi ti ha proposto di diventare san Giuseppe?

"Perfetto, perché si trattava di Giuseppe senza il 'san'. Un uomo che, come dice il titolo, *Per amore, solo per amore*, vive con intensa spensieratezza le sue giornate nella Palestina dell'anno 1 avanti Cristo... Cioè se la gusta, la sua esistenza, si diverte con gli amici, ama le donne ma rispetta il volere del Signore: Lui ha detto di non desiderare la donna d'altri e Giuseppe amoreggia con le vedove, che secondo lui non sono di nessuno e quindi non si fa peccato ad andarci a letto. Poi, di colpo, si innamora sul serio, totalmente: conosce Maria, e si dedica solo a lei. Finché, accade che Maria resta incinta... E la trasformazione di Giuseppe passa dalla devozione amorosa al tormento: chi poteva credere, allora, alla storia dello Spirito Santo? Oggi, se non altro, avremmo un precedente, ma per Giuseppe era la prima volta che si sentiva una cosa del genere, cioè che una donna, e proprio la sua donna, rimane incinta per opera dello Spirito Santo... Per amore le dà fiducia, ma i dubbi non gli concedono pace, e dal viveur che era diventa un uomo sofferto, indeciso, che compie uno sforzo di fede per puro amore, soltanto per amore. Anche nei panni di Giuseppe, sento di essere perfettamente a mio agio. Perché, lo ripeto, non mi sfiorerà neppure per un istante il fatto che quel Giuseppe un giorno verrà considerato un santo. Io interpreterò solo l'uomo, con le sue gioie, le sue bravate e i suoi dubbi uguali a quelli di qualsiasi altro uomo nelle sue condizioni."

Girare un film significa spesso viaggiare, conoscere persone e paesi diversi per cultura, abitudini, concezioni di vita. Fino a che punto il viaggio ha cambiato te?

"Il più sostanziale cambiamento nella mia vita è coinciso con un viaggio, il primo di una lunga serie. Dopo *Regalo di Natale*, di Pupi Avati, ho lavorato a *Il segreto del Sahara*, girato in Marocco. Da quella volta ho sempre preferito girare all'estero, perché quando sei lontano dalla tua casa, dalle tue abitudini quotidiane, in un modo o nell'altro ti ritrovi costretto ad assimilare la vita che conduce la gente nel luogo in cui ti porta il viaggio, e perdi per strada le mille piccole traversie d'ogni giorno, la telefonata al commercialista, l'appuntamento col dentista, la rogna da risolvere all'ultimo momento... Tutto si allontana, e non solo nello spazio, ma quasi nel tempo, in un'altra dimensione. E dimenticando il resto, finisci con l'aprirti, con lo scoprire che il tuo modo di vivere, considerato irrinunciabile fino a poco prima, può risultare a tratti inutile, affannoso, sprecato. Un mese vissuto in viaggio, a me dà molto di più di un anno speso tra Roma e Milano. Poi c'è stato *Marrakech Express*, che considero il momento decisivo, della muta, del cambiamento di pelle."

Una mutazione cominciata nel deserto del Sahara, quindi ancora il Marocco, e il deserto messicano, e ancora il deserto della Tunisia con il film su Giuseppe.

"Il deserto fa ormai parte della mia vita. Ci tornerei anche senza un film da girare. Certo, è strano, questo ricorrere ciclicamente del deserto nel mio lavoro. Conoscere quegli spazi infiniti, dove all'apparenza tutto è morto ma gradualmente scopri che la vita ti scorre attorno, con ritmi opposti e diversissimi dai tuoi... È il nulla che al tempo stesso non è vuoto, ma intenso, pieno di sensazioni, di emozioni sottili, impalpabili. La prima immagine che ho avuto del deserto, per me indimenticabile, è legata a delle riprese notturne. Il set è un cerchio di luce, una bolla di atmosfera compressa, attorno alla quale non c'è niente. Tu esci di un solo metro dalla luce del set e non esisti più, nessuno può vederti, e nel buio potresti fare qualsiasi cosa, compreso farti prendere dal panico... Ma ricordo l'emozione fortissima provata nel guardare da lontano quella specie di astronave piena di gente illuminata al centro del nulla. Visti dai rari beduini e tuareg, dovevamo sembrare dei pazzi. E in un certo qual modo lo eravamo, se si pensa al senso di un set nel bel mezzo di un deserto. Un altro particolare che colpisce è lo stravolgimento rispetto alle abitudini di girare in Italia, dove immediatamente si viene circondati da centinaia di curiosi e in breve spuntano bibite, patate fritte, popcorn, e tu devi sempre fare i conti con un pubblico che ti osserva, che ti distrae... Nel deserto, all'improvviso, scopri che è come girare un film all'interno del teatro di posa più vasto del mondo, dove non c'è assolutamente nessuno, e se passa una carovana ti guardano come si può guardare un gruppo di matti scappati dal manicomio. Inoltre, a me il deserto ha dimostrato quanto possano esser diversi i valori a seconda di dove vivi. Per esempio, ci capitava durante gli spostamenti di incontrare ogni tanto un tizio con un tubo in mano, o qualcosa che aveva comprato per aggiustarsi il lavandino di casa o qualsiasi altro oggetto... Bene, lui veniva da un punto che per noi, guardando l'orizzonte, rappresentava il nulla assoluto, e stava andando verso il nulla che avevamo alle nostre spalle. Noi non avevamo alcun punto di riferimento, ma lui sì, sapeva benissimo dove andare. Ciò che per me era assurdo, per lui era normale. E viceversa... Quello stesso uomo, se portato in una delle nostre città nevrotiche e asfissianti, ci guarderebbe con lo stesso stupore con cui noi guardavamo lui."

La maggior parte degli attori legge la sceneggiatura, si cala nella parte studiandosela e si presenta sul set il primo giorno delle riprese. Tu, invece, partecipi sempre ai sopralluoghi, che spesso ti occupano più delle stesse riprese.

"Perché considero il viaggio per i sopralluoghi il vero momento in cui il film nasce e prende forma. Non potrei lavorare a un film, specie se girato in un paese lontano, senza averlo conosciuto prima attraverso i sopralluoghi. *Marrakech Express* è il film che più di ogni altro rappresenta tutti noi come eravamo durante il primo viaggio. E i rapporti che nascono durante gli spostamenti sono così sinceri che ogni luogo usato per un set è un punto dove conservo degli amici, che mi mandano a salutare ogni volta che un altro italiano capita da quelle parti. Gli abitanti di Kastellorizo, dopo *Mediterraneo*, sono rimasti in contatto con ognuno di noi, ci si scrive, qualcuno telefona..."

Nessun ricordo di un incontro negativo?

"L'incontro più negativo è quello che ho fatto con le piastrelle di un muro a Puerto Escondido, contro cui ho sbattuto la mano scivolando e rompendomi un dito. Non so quanti se ne siano accorti, ma nella scena d'azione durante l'assalto alla caserma, sparo al televisore con la Carrà usando la sinistra, proprio perché la destra era fratturata e mi faceva pure un male cane... Be', a parte le piccole cicatrici che mi ricordano ognuna un film diverso, di incontri negativi – intendo con persone – non ne ho molti da raccontare. Forse il più grottesco, che ha sfiorato il tragicomico, è quel tizio in Grecia... Avevamo affittato una scassatissima Dune Buggy, con Gabriele, per girare in cerca di luoghi adatti a *Mediterraneo*, ed eravamo in cinque. A un certo punto, vediamo un pazzo su una Fiat 850 rossa che ci insegue, suona, si sbraccia. Lo prendiamo per matto, e tiriamo dritto. Il tipo accelera, ci sorpassa in tromba, fa dei numeri incredibili con quella macchinetta che andava sparata come se fosse turbo, chissà che diavolo di motore aveva sotto... Alla fine, l'850 rossa si mette di traverso e ci sbarra la strada. Esce un piccoletto esagitato, che sbraita cose incomprensibili. Passa la polizia, e lui ferma la pattuglia. Insomma, era il meccanico della ditta che ci aveva affittato la Dune Buggy, che sosteneva dovessimo pagargli tutte le magagne della sua scassata macchina. Il motivo: perché eravamo in cinque anziché in quattro, e questo secondo lui aveva causato i danni che si erano accumulati in almeno dieci anni di uso ininterrotto... E voleva mille dollari... Mi sono messo a ridere, e la polizia mi ha arrestato. C'è voluta mezza giornata in commissariato, per spiegare che quel fuori di testa stava delirando. L'avventura è ripresa con il trasferimento a Kastellorizo, su una nave che era la più sgangherata che mai avessi visto. Poi, una volta conosciuta l'isola, abbiamo abbandonato l'idea di girare in vari posti, e tutti se ne sono fregati della mancanza di alloggi, che era il motivo per il quale i collaboratori greci si ostinavano a sconsigliarci Kastellorizo. A tutti noi piacciono le comodità, ma una volta in viaggio ce le scordiamo per strada, e non ci mancano affatto."

E se dovessi consigliare dei viaggi in base alle tue esperienze di sopralluoghi e riprese?

"Innanzitutto, comincerei con lo sconsigliarne uno: non andate a Malindi, che ho conosciuto girando *Nel continente nero*, perché con l'Africa Malindi non c'entra niente. Invece, inviterei senz'altro a prendere una macchina e a ripetere il tragitto di *Marrakech Express*, attraversando la costa francese, passando da Barcellona, e giù fino all'Andalusia, a Gibilterra, e poi il Marocco, Fès, Meknès, e infine Marrakech. Un altro viaggio legato al deserto, ma che consiglio solo a chi volesse per qualche giorno astrarsi completamente dal mondo, è in Messico, a Real de Catorce, il paese fantasma nel deserto della Sierra Madre. Ci si arriva attraverso un tunnel di vari chilometri fatto scavare dagli spagnoli, privo di illuminazione, e stretto al punto che l'accesso è regolato da due tipi alle estremità che comunicano con una specie di telefono. Quando loro smontano, se resti a dormire a Real sei al tempo stesso nel deserto e in un'isola senza possibilità di comunicare. Ero nell'unica locanda, con le finestrelle che davano sulla vallata, e faceva molto freddo. Per giunta, cominciò a salire la nebbia... Insomma, sembrava di stare più in Transilvania che in Messico, con i ruderi spettrali delle case abbandonate da cui ti aspettavi di veder spuntare un vampiro... Un'atmosfera che evocava i fantasmi dei Conquistadores e dei guerrieri indios, dove, tra i pochi abitanti rimasti, incontri sempre qualcuno disposto a raccontare leggende antiche, alla luce di una lampada a petrolio e col vento che sibila tra i muri di pietra e i vicoli polverosi... È davvero un posto magico, Real de Catorce."

George Weah

"La maggior parte del mondo occidentale non pensa all'Africa come a un continente, ma solo a quei paesi che ritiene possano offrire delle risorse. Ogni giorno laggiù ci sono persone che muoiono di fame, ma in genere le nazioni che ricevono aiuti sono quelle in cui esistono interessi economici utili al mondo occidentale. Vedere i bambini costretti a vivere in strada, senza neppure un tetto per ripararsi, e vederli morire, provoca un grande dolore. Ma è un dolore facile da evitare: basta non conoscere l'esistenza di simili problemi, o fingere che non ci siano. Per questo, credo che anche lo sport possa fare molto, cioè può aiutare a far conoscere questa situazione e sensibilizzare le coscienze dell'Europa. Per esempio, io, come atleta liberiano, uso la mia notorietà anche per parlare della Liberia, e finalmente qui molti scoprono l'esistenza di un paese finora ignorato, o dimenticato, e quindi i gravi problemi di cui soffre. Questo non è certo sufficiente a risolverli, ma conoscerli è già un inizio... Noi atleti africani abbiamo a disposizione un mezzo per diffondere nel mondo occidentale la conoscenza dei nostri paesi, tanto delle nostre culture, quanto delle dolorose situazioni in cui si trovano le genti che vi vivono."

George Weah mi guarda dritto negli occhi quando parla, e la voce trasmette una tranquillità e una forza interiore invidiabili. La lunga chiacchierata inizia con l'argomento che più gli sta a cuore: l'Africa, che dalle sue parole emerge come un patrimonio di sentimenti da difendere, e la Liberia, amatissima, patria sofferta e travagliata, dove è certo di voler tornare a vivere, e che resta al primo posto anche nel suo mestiere di calciatore. "Nel Milan mi trovo benissimo, ma quella liberiana rimane sempre la mia Nazionale."

Ai bravi giocatori si concede un periodo di "ambientamento", si accettano le iniziali incertezze dovute al cambio di paese e di squadra ecc., ma i grandi come George, quelli che nascono di rado e restano nella storia, possono lasciare il Paris Saint-Germain un giorno, fare un salto a New York a salutare i parenti che gestiscono il suo ristorante di Brooklyn, trasferirsi a Milano l'indomani e cominciare a giocare immediatamente al massimo, lasciando a bocca aperta tutti quelli che avevano pronte le giustificazioni di cui sopra. Ma non sarà il calcio, l'argomento del nostro incontro. Perché lo sport che lo ha riscattato dalle traversie di un'infanzia dura, quando tirava avanti vendendo popcorn e lecca lecca, per portarlo sotto i riflettori del mondo intero, è soltanto una delle sue passioni. Le altre... be', con George Weah c'è molto da ascoltare e si resta affascinati dalla profondità con cui racconta il suo mondo, le sue aspirazioni, le speranze rivolte agli altri proprio nel momento in cui lui potrebbe permettersi tutto o quasi: perché gli agi del presente non gli fanno dimenticare per un solo istante la sensibilità acquisita nel passato. Anche la musica, importantissima nella sua vita quotidiana, non rappresenta un semplice passatempo ma un legame con le radici.

"Adoro il reggae, Bob Marley in particolare, e soprattutto la religiosità rasta, che ha ispirato moltissimi giovani e ha insegnato loro a essere forti di fronte alle difficoltà della vita. Vado in Giamaica almeno una volta all'anno, e mia moglie è giamaicana. È la terra dell'ispirazione, dove ritrovo le mie energie: laggiù mi sento subito meglio, ritrovo l'amore degli africani per l'Africa. Il reggae insegna a rispettare e a credere negli altri, ad amare chiunque sia apparentemente diverso da te. È qualcosa di più che una musica, è una filosofia di vita, ma occorre parlare con i rasta per capirlo in modo non superficiale."

George Weah è musulmano, si è convertito all'Islam dopo essere cresciuto in una famiglia cristiana.

"Conosco la Bibbia e conosco il Corano. Ma le religioni non devono dividere gli uomini, bensì unirli. L'Islam in cui io credo è tolleranza, non avversione per gli altri, è rispetto nella diversità di popoli e razze. Per questo, quando parlo di Africa unita, parlo di un sogno realizzabile attraverso una religiosità che insegni semplicemente questo: la vita è il bene fondamentale, guerre e odio ne sono la negazione, e per riuscire a superare le divisioni occorre una fede molto forte, e che il nostro agire sia conseguente al nostro credere. Bisogna arrivare alla consapevolezza che le guerre sono utili solo a chi vuole che l'Africa continui a subire ciò che subisce da secoli."

George legge molto, e alcuni testi addirittura li *studia*, come quelli di Martin Luther King e Malcolm X.

"Se non si legge, se non si acquisisce conoscenza, si è perduti, è come non esistere. Mi interessano i libri di politica, i saggi, soprattutto sui leader neri, perché voglio conoscere a fondo la storia dei paesi africani e degli uomini che hanno dedicato la vita all'africanità'. Però questo discorso vale anche per tutte le altre cose a cui dedico il maggior tempo possibile, come il viaggiare: nei tanti luoghi del mondo in cui ho avuto la fortuna di andare, non mi attiravano tanto le bellezze del panorama, quanto la conoscenza di altre genti, i loro modi di vivere, tutto. Credo che, se viaggio molto, sia fondamentalmente per un motivo: non voglio che siano gli altri a raccontarmi cosa succede altrove, voglio andarci e scoprirlo di persona, imparare da solo, non fermarmi alle apparenze. E non mi basta mai, vorrei poter andare ovunque, viaggiare è un grande insegnamento. Purtroppo, anche questa è una fortuna di pochi: molti non possono permetterselo, e allora finisce che gli raccontano cose false, diverse dalla realtà. Poi, un'altra passione è il cinema. Prima, con mia moglie e i bambini andavamo al cinema almeno ogni domenica, vedendo anche più di un film, però adesso, dato che in Italia si gioca di domenica... Be', appena posso noleggio sei o sette videocassette alla volta, e me le sparo una dopo l'altra. Il difficile è trovare film che mi interessino veramente: non sopporto quelli pieni di sparatorie e violenze, con tutto quel sangue gratuito... Se conosci il sangue vero, se hai vissuto dove la gente muore sul serio, allora ti viene rabbia a vedere che la morte diventa un divertimento. Mi piacciono i film ispirati a storie vere, per conoscere vicende che grazie al cinema vengono divulgate, raccontate a tutti. E anche le storie d'amore, confesso che mi catturano, se sono ben narrate..."

Dopo le prime apparizioni in pubblico appena giunto in Italia, i giornali hanno notato che Weah ama vestire bene, e a volte si diverte anche a farlo in modo eccentrico. Se è vero che le sue passioni più forti riguardano questioni serie e spesso dolorose, non si deve pensare che George sia un asceta serioso e assorto nei suoi pensieri. Certo, quando parla dell'Africa lo sguardo sembra scavare dentro chi gli sta davanti, e misura in modo calibrato ogni frase, ogni dettaglio. Ma è anche dotato di un'allegria istintiva e contagiosa, ha la battuta pronta e non si risparmia l'autoironia se si affronta il discorso di certi suoi hobby...

"Forse dovrei vergognarmene un po', ma davanti alle scarpe non resisto: è una vera mania, compro scarpe e ormai stanno diventando una collezione, visto che non posso usarle tutte al punto da consumarle... Però, riguardo al vestire, è ovvio che sia importante come mi presento: non essendo certo una gran bellezza, grazie ai bei vestiti divento più 'presentabile'... A tutti i giovani piace vestire bene, credo sia un fatto naturale, e se puoi permetterti di farlo, allora... figuriamoci, con la qualità che avete in Italia, come non approfittarne? In certe situazioni, poi, devo rappresentare una società, e il vestito diventa importante. Ma sono sempre tentato dalla stravaganza, lo ammetto."

Recentemente, George ha incontrato Diego Maradona a Parigi per gettare le basi di un'associazione internazionale dei calciatori professionisti, che abbia voce in capitolo anche nelle trattative, nelle strutture organizzative, nella distribuzione dei proventi. Maradona ha avvertito: "Blatter e Havelange non potranno più fare come pare a loro", seguito da altri che hanno rincarato la dose sull'essere considerati "macchine da soldi" che devono obbedire e star zitti. Weah, molto più diplomatico, ha rilasciato dichiarazioni moderate: "Da questa associazione spero di ottenere vantaggi per il continente che rappresento, l'Africa". Ma con Diego Armando è nato un feeling immediato.

"Per me è sempre stato un idolo da venerare, come lo era Pelé per altre generazioni. Quando l'ho conosciuto di persona mi è piaciuto ancora di più, perché... è completamente pazzo! Di una simpatia unica, davvero. Oltre che un grandissimo giocatore, Diego è anche un leader naturale: e nonostante quello che rappresenta, si comporta come il più semplice degli uomini. Ti senti subito a tuo agio parlando con lui, e ha dimostrato una profonda attenzione e grande rispetto per tutti. Se gli stai vicino, non puoi non volergli bene: è una persona generosa, e semplice, alla mano, un vero amico."

PARTE SESTA
Varie ed eventuali

Il galeone

1654. Il maestoso galeone *Jesús María de la Limpia Concepción* salpa dal porto fortificato di El Callao, nei pressi di Lima, facendo rotta su Panamá. L'ammiraglia della flotta spagnola ha un nome che suona come una raccomandazione divina, in questi tempi di sconfitte e rivolte, anche se tutti la chiamano semplicemente *La Capitana*. Nelle stive porta un immenso tesoro, linfa vitale per la Corona di Spagna afflitta da una crisi senza precedenti: tonnellate d'oro e d'argento in monete di diverso valore, coniate nel Vicereame, e numerosi forzieri di pietre preziose. Spiegando le vele e rivolgendo il timone a nord, l'equipaggio della *Capitana* scruta incessantemente l'orizzonte, nel costante timore di un attacco di corsari. Le imprese di Hawkins e Drake sono un'eco lontana, ma già si affermano nuovi nomi leggendari nella guerra da corsa, quali Jean David Nau detto l'Olonese e l'ancora giovanissimo Henry Morgan, che supererà tutti in ferocia e ardimento. Le rotte del Pacifico sono meno infide di quelle dei Caraibi, ma tra Manila ed El Callao transitano ricchezze tali da attirare corsari e pirati d'ogni provenienza e nazionalità. Francia, Inghilterra e Olanda offrono i loro stendardi ai peggiori tagliagole del mare, qualunque efferatezza è consentita purché incrini il potere spagnolo. Raggiungere Panamá, e trasbordare il tesoro via terra per poi intraprendere il viaggio sull'Atlantico fino in Spagna, è per *La Capitana* una missione di estrema importanza.

A Madrid, l'imbelle Filippo IV sta lasciando andare il paese alla deriva. Dopo il disastro dell'Invencible Armada, gli inglesi hanno il predominio sulle rotte oceaniche, mentre la disfatta di Rocroi e la conseguente abdicazione diplomatica di Vestfalia decretano l'inesorabile decadenza della Spagna dal rango di prima potenza mondiale. L'economia è a pezzi, la cacciata di "mori" e "giudei" avvenuta mezzo secolo addietro ha privato il paese di ottimi agricoltori, artigiani e commercianti, le avventure belliche si sono risolte in disfatte a catena e l'isteria dell'Inquisizione colpisce le menti migliori che potrebbero avviare l'auspicato rinnovamento. Alla Corona non resta che continuare a depredare i popoli sottomessi d'oltreoceano, tenendoli sotto un giogo spietato, affogando le ribellioni nel sangue. Nelle stive della *Capitana*, ci sono le ultime ricchezze che furono degli Incas, estratte dalle miniere di Potosí che, tra non molto, si riveleranno prossime all'esaurimento.

L'ammiraglia *Jesús María de la Limpia Concepción* sta navigando al largo dell'Ecuador e le vedette non segnalano navi nemiche in vista. I fanti armati di archibugi e *toledana* al fianco oziano sul ponte e sottocoperta, pregando Gesù e l'Immacolata Concezione che tengano lontani i predatori; sono i soldati dei leggendari Tercios, i battaglioni veterani delle Fiandre, reduci da guerre interminabili che molti di loro non ricordano nemmeno più perché vennero intraprese, ora imbarcati per difendere le ultime ricchezze, come lo furono sulle galere che ingaggiarono battaglia contro i turchi. Hanno ormai coperto oltre la metà del percorso, e se la fortuna non volterà le spalle... Ma laggiù, nel cielo del Pacifico, si addensano rapidamente enormi nubi nere, avvisaglie di una tempesta, un'esplosione improvvisa che gli indios di Hispaniola chiamano *huracán*. La *Capitana* riduce la velatura per non farsi disalberare, punta verso la costa in cerca di una baia che offra riparo. Ce l'ha quasi fatta, mancano poche miglia, tra gli scrosci d'acqua e le ondate alte come muraglie qualche marinaio crede di scorgere la costa, forse il porto di Chanduy... Ma è tutto inutile. L'*huracán* sembra portare con sé la furia vendicativa degli incas depredati, nell'urlo del vento ci sono le voci di Atahualpa, di Manco Yupanqui, di Túpac Amaru I e di milioni di esseri umani passati a fil di spada, sventrati da colubrine e archibugi, arsi sui roghi, sterminati dalle fatiche della schiavitù... La possente struttura del galeone non basta a vincere la furia degli elementi, le mareggiate spazzano via uomini e cannoni, il fasciame geme, scricchiola, cede. Dalle voragini aperte sulle murate, l'acqua irrompe e sommerge le ricchezze ottenute con il saccheggio e il sopruso. L'Oceano Pacifico è, per una volta, un giustiziere implacabile.

Per tre secoli e mezzo quel galeone è stato il sogno e l'ossessione di innumerevoli cercatori di tesori sommersi, l'Eldorado subacqueo più ambito di tutti i tempi. Ma a un certo punto la caccia è finita. La SubAmerica Discoveries, società specializzata in imprese chimeriche, ha annunciato il ritrovamento della *Capitana Jesús María de la Limpia Concepción*, e la beffa per tutti gli altri sta nel fatto che l'ammiraglia dell'Armada si trovava adagiata a soli undici metri di profondità... A nasconderla non erano dunque gli abissi, ma un velo lattiginoso di sabbia smossa dalle maree e microrganismi in sospensione che rendono l'acqua costantemente torbida. Alcune monete sono già state recuperate, e l'archeologo John de Bry ha accertato che quei dobloni d'argento vengono dalle zecche di Potosí, nell'odierna Bolivia, e che furono coniati tra il 1648 e il 1652. Il carico stipato nel gigantesco ventre del galeone potrebbe far venire il mal di mare al navigante più esperto: secondo Robert Logan, portavoce della SubAmerica Discoveries, tra *escudos* e *reales* in oro e argento, più i forzieri di gioielli, si arriverebbe tranquillamente a un valore di quattrocento milioni di dollari. Ma c'è già un mistero: la scoperta è rivendicata da un'altra impresa, il consorzio norvegese La Capitana Invest, che ha perso la breve disputa legale perché il governo dell'Ecuador ha deciso di affidare il recupero alla società statunitense. Secondo i norvegesi, il tesoro sarebbe di gran lunga più ingente: fra i tre e i sette miliardi di dollari... In attesa di verificare quale sia il vero valore, la marina militare ecuadoregna ha piazzato delle unità da guerra per tenere alla larga eventuali sognatori frustrati in cerca di rivincita. Al paese sudamericano andrà la metà del ricavato, e sembra che le monete verranno vendute una per una: stanno già piovendo richieste da Paperoni di mezzo mondo, europei, statunitensi, asiatici, nonché dagli immancabili sceicchi petrodollarosi. Qualche doblone, si spera, finirà nei musei che si sono detti interessati all'acquisto. In quanto al relitto della sfortunata *Capitana*, per il momento nessuno è intenzionato a riportarlo a galla.

A questo punto, non ci resta che aspettare qualche anno. Immancabilmente, come è consuetudine per i ritrovamenti di inestimabili tesori, avremo "la maledizione del galeone". I giornali parleranno della singolare quanto inspiegabile serie di oscuri incidenti accaduti a vari possessori di quei dobloni, alcuni dei quali lasceranno scritto, o registrato nel computer, un incubo ricorrente: ogni notte appariva loro un guerriero inca, testa coronata di piume e lancia in pugno, il volto ridotto a un teschio e due occhi fiammeggianti nelle orbite nere... I futuri acquirenti sono avvertiti.

Il "Penacho" di Moctezuma

L'antefatto

L'imperatore scrutò la notte stellata. Era turbato da quel sogno premonitore, in cui aveva visto esseri mostruosi sorgere dalle acque della costa orientale, per la metà superiore uomini, e quadrupedi nella parte inferiore. Stava fissando una costellazione, quando il nefasto prodigio di una cometa solcò la volta celeste. L'imperatore convocò i sacerdoti, dai quali ebbe conferma che eventi straordinari erano annunciati da inequivocabili segni della natura.

L'indomani, giunsero a Tenochtitlán messaggeri dalle coste orientali, che informarono Moctezuma II Xocoyotzin dell'arrivo dal mare di uomini "dai capelli che crescevano anche al di sotto del volto". L'imperatore e i sacerdoti interpretarono quella notizia come il ritorno del dio Quetzalcóatl, il Serpente Piumato che le scritture descrivevano come unico "barbuto" in un popolo di glabri. Moctezuma II meditò a lungo.

Gli aztechi non erano più un popolo guerriero. Conquistata ogni terra conosciuta, si dedicavano da tempo alle arti e alla contemplazione, i loro poeti declamavano quanto effimera fosse l'esistenza e si chiedevano cosa davvero appartenesse all'uomo su questo mondo. L'esercito azteco era ancora possente, ma Moctezuma II non scelse di scagliare le sue schiere invincibili contro i centauri venuti dal mare. Dovevano accoglierli come messaggeri degli dèi. E inviare loro doni degni di tale lignaggio. L'imperatore degli aztechi decise: avrebbe posto fra le mani del loro condottiero quanto di più prezioso possedeva, la sua corona.

Hernán Cortés aveva appena fondato la prima città della Nuova Spagna, battezzandola Veracruz, quando giunsero gli emissari di Moctezuma II con il dono regale. Cortés guardò quella sontuosa corona dai riflessi stupefacenti, creata dai migliori tessitori di piume dell'impero azteco che avevano usato anche quelle del quetzal, l'uccello sacro delle foreste meridionali. Era un oggetto raro e di straordinaria bellezza, ma al Conquistador interessava l'oro, non le penne di volatili esotici. Poteva benissimo inviarlo al re Carlo V, per lui non valeva niente e per di più costituiva un enorme ingombro durante la marcia.

Il sogno di Cuauhtémoc

Cuauhtémoc Cayetano Gutiérrez Calderón stava ammirando da almeno un'ora il *Penacho* di Moctezuma esposto nel Museum für Volkerkunde di Vienna. Il giovane messicano si era recato in Austria solo per questo: vedere dal vero la corona che dal capo dell'imperatore azteco era passata nelle mani di Cortés, da questi inviata a Carlo V – che l'aveva donata al cugino Ferdinando del Tirolo imparentato con gli Asburgo –, e che, dopo essere rimasta a lungo nel castello di Ambras, era stata trasferita nel museo viennese di etnologia. Per sempre? Comunque da troppo tempo, pensavano molti messicani, che da anni, ciclicamente, tentavano di convincere il governo austriaco a restituirla. E Cuauhtémoc Cayetano Gutiérrez Calderón si trovava lì, nel silenzio ovattato del museo viennese, per rappresentare il desiderio di innumerevoli connazionali.

Grazie alla mole di fogli falsificati in cui figurava come alto dirigente dell'Istituto di Storia e Antropologia, ottenne un colloquio con un funzionario, il signor Müller (il direttore era in ferie). Scorrendo le credenziali, l'anziano dipendente, sorridendo, accennò al nome di battesimo del giovane messicano, il quale replicò con fierezza: "Porto il nome dell'ultimo imperatore, che in náhuatl significa Aquila-che-cade. E fu profetico, perché cadde armi in pugno nell'ultima battaglia a Tlatelolco. Ma in questo momento a cadere sarà la sua testa, egregio signore, se non farà quel che le dico," e sfoderò un tagliente pugnale di ossidiana, materiale ignorato dai più sofisticati metaldetector. Il funzionario impallidì, e attese di capire. "Venga con me," tagliò corto Cuauhtémoc, tenendogli la lama vitrea appoggiata alla gola. In quel giorno di agosto, il museo era semideserto. Raggiunsero la sala del *Penacho* e Cuauhtémoc ordinò al signor Müller di disattivare i sistemi d'allarme. "Non le servirà a niente, le guardie la fermeranno comunque," mormorò il malcapitato funzionario. L'altro fece una smorfia di sufficienza. Una volta staccati i contatti, rimosse la teca di vetro, sempre fissando negli occhi l'ostaggio per prevenire un'eventuale reazione, quindi... si denudò. Tolti pantaloni e giacca, rimase coperto soltanto da un perizoma e un gonnellino istoriato di motivi aztechi. Dalle tasche prese i sonagli fatti con semi secchi di *cocuyos* che infilò ai polsi e alle caviglie, oltre a ninnoli e bracciali di pelle che lo trasformarono in una sorta di sacerdote pronto per un rito propiziatorio. O per un sacrificio umano, pensò inorridito il funzionario del Museum für Volkerkunde. A quel punto, Cuauhtémoc si pose la corona piumata sul capo. E istruì l'austriaco su cosa avrebbe dovuto dire alle guardie, premendogli la punta del pugnale nella schiena.

Quando i guardiani videro il signor Müller avvicinarsi in compagnia di un selvaggio conciato come se fosse carnevale, rimasero allibiti.

"Questo è il rappresentante del corpo di ballo folkloristico dell'ambasciata messicana," disse con voce incerta il funzionario, "fuori ci sono altri elementi che mi daranno un breve saggio... Torno subito." E uscirono, seguiti dagli sguardi interdetti dei sorveglianti.

Due ore dopo, in giacca e cravatta e con un voluminoso scatolone fra le braccia, Cuauhtémoc Cayetano Gutiérrez Calderón prendeva il primo volo per Città del Messico, dopo aver lasciato il signor Müller legato come un salame in un gabinetto pubblico a gettoni.

Già immaginava il clamore e gli onori che la patria gli avrebbe tributato. Il *Penacho* di Moctezuma tornava nella terra degli avi. Non si trattava di un mero simbolo da relegare in un museo, ma del concreto segno che il riscatto annunciato nei testi sacri stava per avverarsi...

"Cuauhtémoc, accidenti a te, sono già le sette!"
La madre stava assestando calci alla branda sbraitando come un'ossessa. Il giovane aprì un occhio. Intravide la squallida stanzetta intasata di cianfrusaglie, sentì strillare i fratelli e le sorelle, e quando infine udì il pappagallo emettere il consueto: "*Despierta, cabrón, despierta!*", cadde in una profonda depressione. Si alzò barcollando, andò a orinare nel gabinetto del cortile, tornò nella casa di mattoni crudi per bere il caffè e si rassegnò a indossare il costume con cui ogni giorno si guadagnava qualche manciata di pesos agli incroci delle strade nel centro storico. Il problema era salire a quell'ora del mattino sulla metropolitana stando attento a non farsi sgualcire le lunghe piume di fagiano. Il pappagallo attaccò con la litania di parolacce e insulti insegnatagli da Pepito, il fratello più piccolo: "*Chingatumadre, pendejo maricón!*". Cuauhtémoc gli rifilò una pacca in testa, e il pennuto parassita aggiunse: "*Hijo de perra! Pinche puto!*".

Due ore dopo, assonnato e con una faccia patibolare, Cuauhtémoc danzava e faceva tintinnare i sonagli sotto un semaforo, conciato da improbabile azteco, e con in testa la corona abbellita da tre nuove piume tolte alla coda del pappagallo.

PS Le autorità messicane hanno ripetutamente richiesto la restituzione del *Penacho* di Moctezuma, ma invano. Un direttore del museo viennese, qualche anno fa, si era dimostrato possibilista, ma lo hanno immediatamente redarguito a livello internazionale: creerebbe un precedente destabilizzante, avviando un'immane mole di richieste di restituzioni che, se accolte, svuoterebbero buona parte dei musei europei. Ogni anno, davanti al Museum für Volkerkunde di Vienna, un anonimo cittadino messicano protesta silenziosamente, con cartelli, pretendendo che l'atavico simbolo ritorni nella terra d'origine.

"Questa voce un giorno fu mia..."
Dalla masseria si scorgevano le luci di Castellaneta, che andavano accendendosi nella penombra del crepuscolo. Le macchie bianche dei mandorli fioriti si spegnevano gradualmente uniformandosi alla distesa scura e massiccia degli ulivi. Guardavo la campagna della Murgia Alta, la pulizia dei poderi senza tracce di abbandono, nemmeno un filo d'erba fuori posto, la terra ordinata come solo i contadini pugliesi sanno tenerla. Al pari delle stradine fuori dall'uscio, le genti di qui non si limitano a rassettare l'interno delle proprie case, ma anche tutto il piccolo mondo che vi è all'esterno. Devono amarla molto questa terra, pensavo, per tenerla con tanta puntigliosa cura.

Quella sera, dalla terrazza della grande casa colonica dov'ero rimasto da solo, ospite di amici che sarebbero tornati l'indomani, osservavo la cittadina illuminata e mi chiedevo quanto fosse cambiata dal giorno in cui Rodolfo Valentino la lasciò per cercare fortuna nelle Americhe. Quasi un secolo, eppure... qualcosa è rimasto immobile, identico, forse un'anima delle cose che si è rifiutata di mutare, grazie all'amore di chi ci vive a contatto.

Dal mare veniva una brezza fresca, mitigata dal tepore dell'anticipata primavera delle Puglie, e trovato un vecchio disco in una madia cigolante, mi ero messo ad ascoltare canzoni evocative, che di più non era possibile: Carlos Gardel, *tanguero* argentino, cantore della malinconia, poeta del rimpianto per tutto ciò che va perdendosi. Gardel e Valentino. Il tango da ascoltare e il tango da ballare.

Di Valentino conoscevo un'altra passione, quella per l'esoterico, il paranormale, le sedute spiritiche non per gioco ma per convinzione. La scrittura automatica, poesie dettate da entità venute da chissà dove, e quello spirito guida, che lui chiamava Penna Nera, indiano d'America, consultato per ogni decisione da prendere. Con quanti fantasmi avrai parlato, prima di divenire fantasma anche tu, trattenuto da innumerevoli ricordi al punto da restare per sempre un'anima in pena...

"Alma en pena," stava cantando Gardel in quel momento. *"Il tempo non è ancora riuscito a cancellare il suo ricordo... Questa voce che torno a sentire un giorno fu mia..."*

Già, quanti fantasmi, in quella notte.

L'ombra prese a scivolare leggera lungo il muro. La guardavo senza stupore. In fondo, basta una certa musica in un luogo complice durante una sera particolare, a rendere credibile l'immaginazione. L'ombra accennò una figura di tango impeccabile, pochi passi di eleganza fine, eterea. Poi si appoggiò alla balaustra, senza rivolgermi lo sguardo, che andò invece a perdersi nella campagna, verso un orizzonte ormai invisibile oltre il quale c'era sicuramente lo Ionio nel suo vasto golfo.

"È così che andrebbe ballato, il tango... Senza un corpo a limitarti i movimenti. Perché il tango raggiunge il sublime quando il ballerino diventa incorporeo. Senza il mio corpo, avrei potuto raggiungere la perfezione. Ho sempre lottato contro il peso del mio corpo, contro la sua... fisicità. Ma certo non intendevo liberarmene così presto. O forse sì. Chissà. Ce l'hai, tu, una risposta?"

Io lo fissavo senza un pensiero, e la cosa che più mi aveva colpito, ricordo, era la voce. Perché nessuno sa come fosse, la sua voce. Io la stavo ascoltando. O mi illudevo di ascoltarla.

"Mi hai chiamato qui, e adesso sembri aver perso la parola. Non è poi così strano, posso garantirtelo. Io avrò parlato con almeno cento fantasmi, e l'unica cosa che mi turbava era doverli lasciar andare via..."

A quel punto, credo di aver detto qualcosa sulla sua voce, perché lui ribatté:

"Tanto non potrai descriverla. Questo è solo un sogno. Puoi inventarti qualunque cosa, io non smentirò di certo... Per il mondo, resterò sempre un'immagine muta. Questa è la voce di Rodolfo Guglielmi. A Valentino, invece, bastavano gli occhi, i gesti, l'espressione del volto, per trasmettere le sensazioni volute. Era il corpo, a parlare per lui".

Si voltò verso il giradischi. Gardel esalava le ultime strofe di *Alma en pena*.

"Strano quanto fosse importante il tango, in quegli anni. E quanto lo sia stato per me. Scoprii di avercelo nel sangue. Sì, pochi passi e fu subito mio, il *due quarti* con ogni battuta variata nella prima parte, il mulinello, l'otto, combinazioni ripetute dalla donna esattamente all'inverso, un'inventiva continua e sinuosa di figure che l'uomo non riuscirebbe mai a ripetere identiche. Ogni tango è una creazione a sé. Lo imparai sul *Cleveland*, e il tempo non mancava: nel 1913, i bastimenti ci mettevano un pezzo di vita, nella traversata fino a New York. Conobbi Marion ed Eleanor, e nelle lunghe serate a bordo, passo dopo passo, il tango prese a scorrermi nelle vene. Come emigrante, ero un privilegiato. Mentre centinaia di altri italiani si ammucchiavano sul ponte di terza classe, io me la spassavo in prima coperta. Non che avessi le tasche gonfie di dollari, al contrario... E grazie al tango, quando mi ritrovai squattrinato a Little Italy, potei guadagnarmi da vivere senza spezzarmi la schiena. Ci chiamavano *taxi-dancer*. Le americane venivano nei *thé-dansants* e pagavano per ballare con quelli come me. Non c'era nulla di morboso, nessuno lo trovava deplorevole. Era normale. Però... non eri tu, a scegliere la dama. Loro pagavano, e tu le facevi volteggiare, fingevi di corteggiarle, garantivi le giuste dosi di simpatia e sensualità. Dicono che il tango derivi dall'abitudine dei gauchos argentini a trascinare gli stivali appesantiti dagli speroni sui tappeti dei bordelli. Dopo qualche tempo, quel mestiere ha cominciato a farmi schifo. Aspettavo di essere 'scelto', e ballavo per denaro. Stringevo fianchi, sfioravo bocche, scompigliavo capelli... Solo per soldi. Un modo come un altro di prostituirsi. E per poco che mangiassi, tendevo comunque a mettere su qualche chilo. Un *taxi-dancer* doveva essere più magro possibile. Di lì a pochi anni, quel dannato corpo sarebbe diventato un'ossessione... Peggio ancora di quando lo usavo per far ballare le annoiate signorine newyorkesi."

Forse emise un sospiro, o soffiò fuori l'aria con disprezzo, ricordando quel periodo; o più probabilmente, fu il vento tra gli ulivi, a produrre quel suono cupo. Quando guardai verso di lui, stava scuotendo la testa e intuii un sorriso vago, appena accennato nel buio che ormai confondeva i contorni della terrazza.

"Allora, a vent'anni ero convinto che la volontà potesse piegare il corso del destino. Che fosse l'individuo, a imporre la rotta a ciò che comunemente chiamiamo destino. Invece, rivedendo come andarono le cose, temo che tutto sia legato al caso. Qual è il confine che separava le due vie? Potevo ridurmi a un mezzo delinquente, ricacciato in queste terre con il foglio di via, o... diventare quello che poi saresti diventato. Il caso fece la differenza. Nel 1916 mi ritrovai invischiato in una sporca faccenda di ricatti ed estorsioni. Poco importa che non c'entrassi. E comunque, non è neppure vero che fossi completamente estraneo alla questione... Mi arrestarono. Per giunta, qualche settimana prima, avevo accettato di deporre al processo per una causa di divorzio. Bel fesso. Poco tempo dopo, quella brava signora finì accusata di aver ammazzato il marito. La mia fedina penale non era più immacolata. Così, prima che mi risbattessero dentro, me ne andai prudentemente a Los Angeles. Perché proprio Los Angeles? Perché avevo trovato un provvidenziale ingaggio in una compagnia di ballo che avrebbe concluso laggiù la sua tournée. Il tango continuava a darmi da vivere.

Ma lì c'era Hollywood. Lavorare come comparsa mi attirava. Non si poteva definire un mestiere, però... sempre meglio che continuare a fare il parassita. Pardon, il gigolo, si diceva a quei tempi. Fu destino, secondo te? No. Un caso, soltanto un caso. Il filo sottile che separava una strada dall'altra. Una riportava diritta al carcere di Tombs. L'altra... sul set."

Presi a chiacchierare con l'ombra come se parlassi da solo (ed era probabilmente ciò che stavo facendo, se volessi oggi restare ancorato alla *realtà*; ma quante realtà esistono? Infinite, credo). Confrontammo le mie nozioni – apprese su libri scritti molti anni dopo quegli eventi – con i suoi ricordi volutamente vaghi, imprecisi, quasi preferisse sfuggire a qualsiasi puntualizzazione: il mito si nutre della fantasia dei posteri, e lui non era lì per rivelare verità o svelare misteri. Ripercorrevamo la dozzina di pellicole a basso costo dove compariva in ruoli secondari, i personaggi da bullo italiano o cavaliere medioevale – tutte parti che detestava –, e la scoperta sorprendente di poter imparare le lingue con una facilità rara, al punto da recitare in inglese, francese o spagnolo a seconda dei ruoli, nonostante dalla sua bocca non uscisse alcun suono per lo spettatore. E infine, *I quattro cavalieri dell'Apocalisse*, l'esordio vero e proprio.

"Fu un turbine di eventi concentrati in uno spazio limitato. Conobbi June Mathis, scrittrice tra le più quotate a Hollywood per adattamenti di opere letterarie, e questo proprio mentre cominciavo a rendermi pienamente conto delle mie doti medianiche. Anche June partecipava a sedute spiritiche, credeva fermamente nella reincarnazione. Mi volle per la parte di Julio, ballerino di tango, bohémien e seduttore, travolto dall'Apocalisse della Grande guerra che lo costringe a diventare uomo... Ci misi l'anima, in quel film. Ogni singola espressione la provavo e riprovavo, ogni gesto, sguardo... Già, i critici notarono soprattutto l'intensità dello sguardo. Ero miope, e le lampade sparate in faccia mi creavano notevoli problemi. Così, per *vedere* il volto che avevo davanti, dovevo concentrarmi al massimo. Buffo, no? Grazie a un mio difetto, trasmettevo una sensazione di maggior intensità... In un certo senso, le cose marciavano al contrario. Per il pubblico diventavo il 'grande amatore', e intanto mi innamoravo sul serio di Jean Acker, la sposavo, e la prima notte di matrimonio... Jean mi buttò fuori. Sì, mi cacciò dalla stanza dell'albergo, richiuse a chiave e mi lasciò lì, nel corridoio. Forse fu il più breve matrimonio della storia. Povera Jean... Temo sia stata vittima di una schizofrenia: pensava di aver sposato Valentino, senza accettare che, in quella stanza, io ero 'soltanto' Rodolfo Guglielmi. Non so cosa si aspettasse, davvero... non l'ho mai capito. I meno teneri si indaffararono a convincermi che mi aveva sposato solo per convenienza. Insomma, un contratto d'affari, per un'attrice insicura, poco apprezzata, che al momento di essere davvero mia moglie... si era resa conto di aver commesso una follia. Non so. Può darsi che sia andata così. Per quanto mi riguarda, rimasi annichilito. Un perfetto imbecille che si guardava intorno in un corridoio d'albergo. Ci sarebbe da ridere, se non fosse successo a me."

L'Usignolo, come tutti chiamavano Gardel, sembrò commentare a modo suo, con le strofe di *Mi noche triste*.

"*...Amata, che mi hai piantato... lasciandomi l'anima ferita e spine nel cuore... Di notte, quando mi corico, non posso chiudere la porta, perché lasciandola aperta, mi resta l'illusione che tornerai...*"

"Poi, dovetti darmi da fare sul set, per guadagnare almeno il necessario ad affrontare la causa di divorzio. Stavo girando *Uncharted seas*, ambientato sui ghiacci... Avevo addosso la pelliccia artica, quando venni chiamato e portato al cospetto delle Tre Cavallerizze dell'Apocalisse."

Ebbi la netta sensazione che ridesse tra sé. Un suono strano, che della risata aveva la cadenza, ma non l'allegria.

"L'immancabile June Mathis, l'onnipotente Alla Nazimova, e... Nataša. Nataša Rambova. Che si chiamava Winnifred Shaughnessy ed era nata a Salt Lake City, ma a quei tempi un nome russo faceva così esotico, a Hollywood. Me ne stavo lì, con quell'assurda pelliccia di finto orso polare, mentre le Tre Grazie mi studiavano come... be', riprovai quella sgradevole sensazione di anni prima, quando aspettavo di essere 'scelto' dalle ricche signore di New York per un giro di tango. Dev'essere ciò che sente una prostituta in un bordello mentre il cliente lascia correre lo sguardo su cosce e seni, chiedendosi quale tipo di carne farà al caso suo. Oddio, magari sto esagerando... Però, Sua Maestà Alla Nazimova era abituata non solo a scegliere, ma anche a cambiare, a imporre, a mutare persino i connotati delle facce dei suoi favoriti. Disse che ero troppo grasso, e che la mia carnagione andava 'schiarita', perché eccessivamente latina. E definì le mie sopracciglia 'grotteschi cespugli neri'. Dovevo dunque dimagrire, farmi depilare, e, senza perdere tanto tempo, mi lavarono subito i capelli per togliere la brillantina. Un pupazzo consenziente. Accettai qualunque cosa. Innanzitutto perché mi si stava offrendo di interpretare *La signora delle camelie*, e le mie tasche erano perennemente vuote, poi... c'era lei, Nataša. La fissavo imbambolato, pensando che recitare accanto a quella donna valesse ogni sacrificio. Alla fine delle riprese, ne ero innamorato con tutto me stesso. Nataša danzava come una dea, il suo corpo flessuoso si muoveva nell'aria sfiorando appena la terra sotto i suoi piedi, e per di più scoprimmo la comune passione per lo spiritismo, l'astrologia, il mondo al di là della materia. Vedi... per me, recitare significava entrare in contatto con un'esistenza precedente, calarmi nei panni e nel corpo di qualcun altro, assorbirne l'anima facendola mia... Nataša capì cosa provavo, in quei momenti. Lei sentiva qualcosa di simile, ricreando ambienti, curando le scenografie, ricostruendo mondi del passato dove gli altri vedevano finzione scenica mentre erano una realtà già esistita, già *vissuta*."

Il disco sul piatto smise di girare, e fu il silenzio. O quasi. Un cane abbaiava in lontananza, il vento portava fino a noi i latrati a intervalli irregolari, per il resto era solo fruscio di alberi che ondeggiavano lenti, invisibili.

"Un film dietro l'altro, con quelle tre donne infaticabili che sapevano come inventare e costruire il divo, l'amante universale. Fu così che cominciai a confondere il set con la vita. Senza quasi rendermene conto, mi ritrovai a recitare la parte di Valentino credendo fosse quella, la realtà di ogni giorno. Sai... è difficile spiegare quanto tutto diventi più facile se ti muovi con armonia, indossi abiti eleganti, imprimi sul tuo volto le espressioni esatte che gli altri si aspettano da te... Vivevo in una costante messinscena. Vivevo la vita di Hollywood: contava apparire, non *essere*. E mi accorsi troppo tardi, quanto costasse. Anche in termini di soldi, intendo. Buttavo al vento tutto quello che guadagnavo. O che presumevo di guadagnare. Quando dovetti sborsare dodicimila dollari a Jean per il divorzio, il produttore Lasky me li anticipò. E così via, un anticipo dopo l'altro. Che stupido. Ai produttori conveniva tenere i propri divi perennemente indebitati. Non sei in grado di rifiutare niente, se devi un mucchio di soldi a chi ti offre una parte che ti fa schifo. Aprii gli occhi solo grazie alla galera. Eh, sì, mi riarrestarono. Avevo sposato Nataša nel maggio del '22, senza lasciar trascorrere almeno un anno dal divorzio. Che diavolo vuoi che ne sapessi, di simili leggi idiote... In California, funzionava così. E una settimana dopo le nozze mi sbatterono in cella. Lasky non mosse un dito. Ero considerato un rompiscatole, perché pretendevo di recitare a modo mio, non mi piacevano certi copioni, mi infuriavo quando pretendevano di mettermi in bocca scemenze che nessuno avrebbe mai pronunciato... Così, Lasky deve aver pensato che un po' di galera mi avrebbe fatto abbassare la cresta. Solo poche ore, per fortuna. Alcuni amici vennero a garantire per me. Ma non lui,

Lasky, il mio produttore. Per giunta, stava per uscire sugli schermi *Sangue e arena*: aveva tutta la convenienza a farmi finire sulle prime pagine dei giornali, un sacco di pubblicità gratuita."

L'ombra si spostò verso l'interno della terrazza. Andò ad appoggiarsi al muro, le mani affondate nelle tasche dei pantaloni chiari, mentre la brezza gli gonfiava la camicia provocando onde e increspature, per poi afflosciarsi ogni tanto, come vuota.

"Andava sempre peggio. Io non sopportavo nessun produttore, per la verità. Ma scivolavo progressivamente in un incastro, una morsa a cui non trovavo scampo. Perché Nataša disprezzava Hollywood più di me, sognava film europei, dove l'anelito artistico prevaleva sulle ragioni commerciali, e mi riversava addosso il suo livore quando accettavo parti che sminuivano ciò che, secondo lei, era talento innato... Però avevo bisogno del set, non per i soldi – tanto ormai facevo debiti e me ne fregavo –, no, era che... sul set sentivo le energie che mi raffluivano nelle vene, recitare era una droga irrinunciabile... Riuscii a ottenere due rovine in un colpo solo: guastare tutti i rapporti con la produzione e trasformare l'amore per Nataša in insofferenza. Ricordo che qualche tempo prima avevo conosciuto Abel Gance, di passaggio a Los Angeles. Lo pregai di portarmi con lui in Europa, gli dissi 'sono stufo di questo posto, l'atmosfera mi opprime, tutto è così artificiale, finto, ipocrita'... Gance non ci sentì, da quell'orecchio. Secondo lui, Hollywood faceva al caso mio, dovevo stringere i denti e dimostrare di valere senza cedere alle difficoltà del momento. Belle parole. Non aveva capito un accidenti, di me. Ormai ero per tutti il *latin lover*, l'irresistibile amatore idolo delle folle femminili e oggetto d'invidia per quelle maschili. La gente di me conosceva frasi del tipo: 'Un uomo sa sempre essere dolce con una donna di cui non gli importa nulla. Ma sa essere crudele solo con una donna che ama o che ha amato'. Che banale idiozia. Quelle scempiaggini non le ho mai pronunciate. Le scriveva Elinor Glyn, assunta dagli studios per costruire l'immagine dei divi. Ritoccava le mie interviste, o addirittura le scriveva di sana pianta. Raggiunto il culmine, li mandai all'inferno, Lasky per primo. I creditori presero a far fioccare querele, avvocati compresi. Qualcosa dovevo fare, per tappare i buchi che diventavano voragini. Una tournée con Nataša: settemila dollari alla settimana per spostarci su un vagone privato, esibirci in numeri di danze esotiche e alla fine... declamare le qualità di una crema di bellezza, prodotta dalla ditta che pagava lo stipendio. Uno squallore. Il fondo.

"Tornai da Lasky, e accettai un accordo. Nataša avrebbe ottenuto la direzione delle scenografie per il prossimo film. Tutto sistemato. Non arrivai a disprezzare il lavoro sul set, ma trascorrevo più tempo possibile in casa. Fuori di lì, le iene si gettavano su chiunque avesse la sventura di inciampare. Guarda cosa fecero al povero Fatty Arbuckle, accusato di stupro e omicidio: era innocente, lo assolsero, ma dopo averlo sbranato vivo. Nessuno lo riassunse più, rimase bandito per sempre dagli schermi. Forse avevo paura. Temevo di fare il passo falso che mi avrebbe portato sotto le zanne di quei cannibali. Lo spirito di avventura che avevo creduto inesauribile sembrava essersi limitato alla mossa di salire a bordo del *Cleveland* per lasciare queste terre, dove in fondo avrei potuto vivere decentemente... Il fuoco si era spento, e l'unica cosa che mi attirava era starmene rintanato in casa, nella penombra, lontano dal clamore, dalle luci accecanti, dalle sanguisughe. E non era niente male, la nostra nuova casa. Una villa sulle colline che avevamo chiamato Falcon Lair, il covo del falco. Suona ridicolo, ripensandoci adesso. Quale falco? Dove? Magari, come simbolo di solitudine... Perché ben presto Nataša si stancò, prese a starsene sempre più lontana, io non avevo il potere di imporre i film che lei avrebbe voluto per entrambi, e... se ne andò. Finiti gli impegni contrattuali con Lasky, andai a parare nelle mani di Shenck, della United Artists. Schenck mi diede un mucchio di soldi, ma non ne volle sapere di assumere anche Nataša. Lei si trasferì a New York. La accompagnai al treno. Fu l'ultima volta che la vidi."

Mosse qualche passo verso l'estremità opposta della terrazza. Di schiena, lo sentii mormorare:

"Chissà perché ci ha messo tanta cattiveria, in quelle dichiarazioni di qualche tempo dopo... Certi giornali si sbizzarrivano a inventare calunnie sul mio conto, aizzando i maschi americani contro l'imbrillantinato *maccaroni*... E lei fornì altra benzina per il falò delle carognate. Ero così stupido, che mi misi a sfidare bellimbusti sul ring".

Lo vidi alzare le spalle. Poi si voltò, venne ad appoggiarsi alla balaustra.

"Cosa volevo dimostrare? Di essere un vero uomo? Oh, intendiamoci... con i pugni ci sapevo fare, o... insomma, il fisico non mi mancava, ero agile sulle gambe, se anziché l'attore avessi fatto il pugile forse avrei ottenuto una fama di ballerino del ring, di funambolo del cazzotto su due gambe instancabili... Se mi avessero spaccato la faccia, sarebbe stato meglio. In fondo, avevo ormai raggiunto il masochismo puro anche nella recitazione. Mi trovavo perfettamente a mio agio nelle parti in cui dovevo esprimere amarezza, solitudine, con interpretazioni sempre più cupe, desolate..."

Non so se i fantasmi possano assaporare l'aria. Lui, a quel punto, sembrò inspirare a pieni polmoni. E ributtò fuori l'aria con lentezza, chinando al contempo il capo, per rimanersene a fissare il buio sul pavimento.

"L'ho veramente amata, Nataša? Credevo di sì, almeno finché non l'ho perduta. Dopo... ho l'impressione di aver capito che l'unica cosa che ho amato davvero è stata la morte. Chiamavo a me gli spiriti dei morti perché mi attirava il vuoto da cui provenivano. Chiedevo loro cosa si provasse, a essere pura energia dissolta nell'universo... Ero innamorato della morte. Mi era piaciuto morire per una patria altrui nei *Quattro cavalieri dell'Apocalisse*, e morire per l'onore in *Sangue e arena*... Dio, che bella scena, quando vengo trascinato fuori dall'arena lasciandomi dietro una lunga scia di sangue... E *Il figlio dello sceicco*, dove finisco appeso alle sbarre e torturato... Ho sempre avuto un patto con la morte, capisci? Non potevo farla aspettare ancora a lungo."

Infatti aspettò pochissimo, credo di aver aggiunto io. Venne ad abbracciarti quando avevi trentun anni, e quella volta non c'erano i riflettori accesi, nessuno gridò "Motore ciak si gira!", né "Stop!". Era una domenica di caldo soffocante, giorno di ferragosto del 1926. Una settimana di agonia e, il 22, prese inizio il culto necrofilo di un mito immortale.

"'Ulcera e appendicite perforante,' dissero i medici. 'Una pallottola ancor più perforante,' insinuarono le malelingue."

Fece una risata sommessa, appena un mormorio.

"Certo, un colpo di pistola avrebbe aiutato molto, a propagare la leggenda. Un attacco di ulcera, insomma... è triviale, troppo comune, troppo umano. O forse sono stato avvelenato? O... se mi fossi avvelenato io, che ne penseresti? Un'uscita di scena in grande stile, no? L'amante della morte che offre l'ultimo tributo al proprio mito, che come tutti i miti si nutre di necrofilia, di folle immense ai funerali, di dame velate e misteriose che depongono per anni fiori sulla tomba... Io ho cessato di essere Rodolfo Guglielmi per diventare Valentino fin dal giorno in cui sono salito a bordo del *Cleveland*. E a Valentino, sinceramente, non può dispiacere che ciascuno scelga la versione della sua morte che meglio preferisce. Nel testamento, lasciai un dollaro a Nataša. Può sembrare un gesto di disprezzo. Ma se consideri che tutto il mio patrimonio ammontava a... un cumulo di debiti, Nataša, se non altro, l'ho tenuta al riparo dalla canea dei creditori che si sarebbe scatenata di lì a poco. Di amici veri, credo di non averne mai avuti. È difficile trovarne, nel mio mestiere."

Si portò un dito alle labbra, assumendo una posa tipica di certe sue pellicole a metà carriera, quando non rinunciava a espressioni ironiche pur nei momenti di intensità recitativa.

"Adesso che mi ci hai fatto pensare... perché un giovane di trentun anni dovrebbe mai preoccuparsi di fare testamento?"

Non mi aspettavo una risposta. Lui non me l'avrebbe data, lo sapevo.

Le chiome dei mandorli e degli ulivi prendevano forma nel chiarore dell'alba. Come si diceva un tempo, tutti i sogni muoiono all'alba. Prima di sfumare e confondersi con i contorni ancora incerti del fondale, l'ombra mormorò:

"Non c'è più tempo per essere romantici. Tutto è cambiato, da allora. Ho solo avuto la fortuna di andarmene al momento giusto. Di me, dicevano che sapevo entrare in scena come nessun altro. Si sbagliavano. Era soprattutto nell'uscirne, che sapevo scegliere il modo migliore".

Forse accennò qualche passo di tango. O forse fu solo il riverbero del sole nascente, che allungava le ombre degli alberi, mentre la brezza dal mare le faceva danzare sul muro candido di calce della vecchia masseria.

"*Il peggior fallimento è piacere a tutti*"

"Mi interessa il lato oscuro degli esseri umani, e quanto possa essere assurda la vita," ama ripetere Arturo Ripstein.

In Europa i suoi film fanno fioccare il più inflazionato aggettivo applicato al Messico dai tempi di Breton e Buñuel: "surrealista". E "influenza buñueliana" è il marchio apposto più volte al suo cinema come sorta di timbro "visto e approvato". Ma siamo sempre di fronte allo stesso fenomeno: gli europei non capiscono la complessità multidimensionale del Messico e prendono la scorciatoia del *surrealismo*, nel tentativo di interpretare qualcosa che, per i messicani, è la realtà quotidiana. Come dice Paco Taibo II, "Se Kafka fosse nato a Città del Messico, avrebbe fatto il cronista di nera in un giornale locale".

Ripstein è il cantore della *mexicanidad* per immagini così come Carlos Fuentes, Juan Rulfo o Octavio Paz lo sono in letteratura, dove per "messicanità" si intende quella imperscrutabile filosofia esistenziale fatta di vita intensa e presenza costante della morte. La Pelona, la Calaca, la Mera Dientona, passando per la sofisticata Catrina dipinta come scheletro femminile elegante – e persino un po' smorfioso –, fino alla vituperata Chingada a cui affidare l'insulto *callejero*, la Santa Muerte, con i suoi mille soprannomi, permea la vita dei messicani con divertita irriverenza e, al tempo stesso, profondo rispetto. Perché qui, come dice una vecchia ballata, *la vida no vale nada*, mentre la Muerte è la vera origine dell'esistente, non la fine. "La differenza dalla concezione europea della morte," ha scritto Fuentes, "è che noi la vediamo come origine, non come finalità. Discendiamo dalla morte. Siamo tutti figli della morte. Senza i morti, non saremmo qui. La morte è nostra compagna." Ed è una concezione che affonda le radici nella civiltà azteca e prima ancora tolteca e maya, nutrendosi poi del sangue della Conquista e sfociando in letteratura e successivamente – ma in molti casi *contemporaneamente* – nel cinema, che a noi suscita una fascinazione intrisa di esotismo e che invece dovrebbe costituire un atto di resa: non capisco e non capirò mai. Perché buona parte dell'opera di Ripstein può apparire *surrealista* ai nostri occhi, ma non a quelli di qualsiasi messicano. Forse sta proprio qui, la chiave di lettura di un successo che, con rimpianto a volte risentito di Ripstein, si registra in svariati paesi europei e non in patria – *nemo profeta...* –, o meglio, non ai livelli raggiunti all'estero. Lo stesso vale per le frequenti citazioni di Buñuel da parte della critica europea: fu Buñuel a essere influenzato dal Messico, e Ripstein, da buon *chilango*, cioè nato e cresciuto a Città del Messico, per quanto possa aver amato Buñuel – da ragazzino lo adorò fino a fargli da galoppino obbediente e silenzioso –, non ha bisogno della sua influenza per narrare la *mexicanidad* che gli scorre nelle vene.

"Mi attira il lato oscuro della coscienza, la parte segreta di ogni vita, quella sotterranea, nascosta agli sguardi superficiali. Mi attira ciò che viene detto a metà, l'inconfessabile. E sono abbastanza ottimista da poter fare ciò che faccio."

Ciò che faccio, sempre a detta di Ripstein, è "il sordido elevato ad opera d'arte", traendo spesso spunto da drammatici casi di devastazione umana presi dalla cronaca, i "patetici fiori del male", perché ama "i personaggi alle corde, gli umiliati, gli oppressi. Gli sconfitti, i disperati. Filmo perché certe cose mi fanno paura e filmo per prendermi una rivincita contro la realtà. Faccio finzione partendo da fatti realmente accaduti, perché in fondo la finzione è semplicemente la compattazione degli eventi reali, renderli concisi e dar loro un senso strutturale. La realtà non ha struttura, mentre l'arte tende alla struttura".

Ciò che faccio sono almeno una ventina di film, oltre a svariati telefilm, corti, pièce teatrali e documentari (a Cannes 2005 ha presentato *Los héroes y el tiempo*, struggente testimonianza sui detenuti politici del Sessantotto nel famigerato carcere di Lecumberri, oggi riadattato ad Archivio Nazionale: un frammento di memoria che tanto gli sta a cuore, assieme al tema dell'esilio trattato in altri lavori).

Figlio del produttore Alfredo Ripstein, Arturo è passato dalla culla alle poltrone di una sala proiezioni, è cresciuto tra cineprese, riflettori e cavi ingarbugliati sul pavimento, e già a quindici anni conobbe Buñuel, che lo "tollerò" come assistente alla regia nel 1962 per le riprese de *L'angelo sterminatore* ("Ma no, quale assistente... Insistetti tanto che alla fine mi sopportò"). L'adolescenza lo vide realizzare due cortometraggi, giusto per debuttare a ventun anni come regista di *Tiempo de morir*, tratto da una sceneggiatura scritta da Gabriel García Márquez assieme a Carlos Fuentes. Erano anni duri per un giovane regista, in Messico come altrove, con l'aggravante che in patria doveva affrontare una rigida struttura "sindacale" che lasciava pochi spazi ai nuovi talenti. Lo favorì non poco la creazione del Centro Universitario de Estudios Cinematográficos, la prima scuola di cinema dell'America Latina, che ebbe un ruolo decisivo nel rinnovamento del panorama cinematografico nazionale. Già nel 1968 Ripstein riusciva a realizzare *Los recuerdos del porvenir*, tratto dal romanzo di Elena Garro, scrittrice molto stimata in Messico e, per inciso, ex moglie di Octavio Paz. Gli anni settanta rappresentarono per Ripstein il consolidamento in un mestiere di per sé precario e in Messico addirittura aleatorio: nell'arco di sette anni girò tre film – *El castillo de la pureza*, *El lugar sin limites*, *Cadena perpetua* –, che gli valsero le prime attenzioni all'estero.

Seguì un periodo incerto, finché, nel 1985, conobbe la scrittrice Paz Alicia Garcíadiego: nacque così l'unione di vita e di lavoro che ha portato alla realizzazione delle sue opere più famose. A cominciare da *El imperio de la fortuna* del 1985, un binomio, Ripstein-Garcíadiego, che ha ben presto suscitato un particolare interesse in Spagna e in Francia, avviando la lunga serie di partecipazioni a mostre, festival, premi e rassegne. Al successo di critica non ha sempre corrisposto quello di pubblico, specie in patria, ma Ripstein, che all'estero è stato definito "il miglior regista messicano dei nostri tempi" mentre in Messico continua a dover lottare per ogni nuova opera da realizzare, sostiene senza indugi che "il peggior fallimento nella vita è piacere a tutti".

E nel 1999, ci fu *el rencuentro* con Gabo...

"El coronel no tiene quien le escriba"
"Nel 1965 avevo ventun anni e diressi il primo lungometraggio, *Tiempo de morir*, che qualcuno ha definito un 'western sofocliano'. La sceneggiatura era scritta da Fuentes e García Márquez. Un inizio fortunato. Conobbi García Márquez prima che fosse García Márquez, e visto che ero il figlio del produttore insistetti molto per esserne il regista: fu penoso convincere mio padre, che alla fine acconsentì ma senza entusiasmo. Allora gli presentai Gabo dicendogli che era un grande scrittore: all'epoca aveva trentaquattro anni, se ben ricordo, ed era appena arrivato in Messico, dove si guadagnava da vivere facendo la pubblicità. Insomma, anche nel suo caso mio padre alla fine accettò, ma con la stessa mancanza di entusiasmo. Insieme, avevamo scritto un'altra sceneggiatura, tratta da un racconto di Juan Rulfo, *El gallo de oro*. Lo stimavo così tanto, già allora, che riuscii a convincere mio padre... E avevo letto *El coronel no tiene quien le escriba* [*Nessuno scrive al colonnello*], del 1961. Smaniavo di trarne un film, ma lui ne aveva già venduto l'opzione a qualcun altro, che poi sarebbe scaduta, per mia fortuna... Comunque, Gabo fu onesto quando mi disse: 'Prima dovresti imparare bene il mestiere di regista'. E aveva ragione: avventurarsi agli esordi in un'opera di quello spessore, e per di più così amata dal suo autore... Bene, passarono gli anni, García Márquez diventò García Márquez, e qualche anno fa mi ha detto: 'Ti ricordi cosa mi hai chiesto nel '64?'. Non capivo a cosa si riferisse. 'Non volevi fare un film da *El coronel*? Bene, voglio che sia tu a farlo.' E mi dettò le condizioni: niente collaborazione alla sceneggiatura, non voleva sapere quali attori avrei scelto, nessuna partecipazione alle riprese né al montaggio, e vedere il film una volta ultimato... e che fosse in bianco e nero. A parte l'ultima richiesta, tutte le altre le ho rispettate."

La sceneggiatura la scrisse Paz Garcíadiego. Non era la prima volta che la coppia si cimentava nella trasposizione da un'opera letteraria di notevole livello: *Principio y fin* era tratta dal romanzo del premio Nobel egiziano Nagib Mahfuz, *El lugar sin limites* da un romanzo di José Donoso, *El imperio de la fortuna* da un testo di Juan Rulfo, *La mujer del puerto* da un racconto di Maupassant. Ma in questo caso c'era un *ostacolo* in più: García Márquez era un caro amico di entrambi, e ciò aumentava i timori di deluderlo.

"Per scrivere la sceneggiatura," racconta Paz Garcíadiego, "mi sono dovuta imporre un'amnesia forzata rispetto al romanzo. Se lo avessi tenuto costantemente presente, mi avrebbe frenato, tarpato le ali. Per prima cosa ho trasferito i personaggi dalla costa caribica colombiana a quella messicana. In tal modo, sapevo bene come parlano, come pensano, cosa e come mangiano. E i personaggi hanno cominciato a parlare con la mia voce..."

Un villaggio immerso in un clima torrido e circondato dalla selva. Una scenografia che non lascia il benché minimo dettaglio al caso, dove tutto è ricostruito per creare l'atmosfera del dramma incombente. Il Colonnello, un magistrale Fernando Luján, da trent'anni sopravvive nell'attesa della pensione di guerra promessa dal governo. E ogni venerdì lui e la moglie, un'intensa Marisa Paredes, compiono il rituale: lei dice: "*Te toca*", è ora di andare. E lui si reca al molo dove sta arrivando la lancia postale, segue il postino fino all'ufficio e constata che non c'è nessuna lettera per lui. L'attesa racchiude la sensazione che il denaro sia l'unità di misura della dignità delle persone: negarglielo, rende il Colonnello un fallito. E intanto custodisce il gallo da combattimento del figlio Agustín, ucciso in una rissa appunto per questioni di galli, secondo il padre, o per una donna, secondo la madre. La vera forza del film sta proprio nel rapporto tra i due, un amore immenso, e mentre nel romanzo la figura della donna resta in ombra, si intuisce soltanto, qui emerge e acquista pienezza. "Fu un'emozione leggere la sceneggiatura appena scritta da Paz," dice Ripstein. "Insieme, abbiamo trasformato una storia di rassegnazione nella storia di un amore eterno. Allora ho detto a Paz: non immaginavo che mi amassi così tanto..."

Perché lui e Paz confessano di aver realizzato un film "leggermente autobiografico". E aggiunge Ripstein: "Ma più che di amore eterno, parlerei di amore di lunga durata. L'amore eterno è quello di *Profundo carmesí*, dove l'eternità è data dalla morte, mentre quello del Colonnello e sua moglie è un amore lungo, che deve costantemente superare ostacoli, vincere sul caos per raggiungere la grandezza".

Il lento trascorrere del tempo nell'attesa della lettera, che diviene in realtà l'attesa della morte e dell'angosciante risposta alla domanda "chi di noi due si porterà via per primo, chi sarà il fortunato a cui non toccherà veder morire l'altro?", Ripstein lo rende con i suoi ormai rinomati piani-sequenza, uno stile che aveva portato all'estremo del virtuosismo in *La virgen de la lujuria*. "Amo questo modo di girare, anche se ho dovuto affrontare vari problemi tecnici. Per esempio, quando i due personaggi si parlano e si guardano, con la cinepresa da un certo lato, ho riempito il posto di specchi. È stato come dare sfogo a una delle mie ossessioni, una mania al pari della pioggia, delle pozzanghere in cui si riflette la realtà deformata." Quegli specchi nel romanzo non ci sono, e nel film hanno acquistato un valore simbolico: ho realizzato un romanzo che è il riflesso di una serie di eventi che io ho tradotto in linguaggio cinematografico, che è il riflesso del riflesso. E con gli specchi, ho ottenuto il riflesso del riflesso del riflesso."

Come da accordi, García Márquez vide il film una volta montato, nella sua versione definitiva. Arturo Ripstein e Paz Garcíadiego ne spiavano costantemente le reazioni. Lo videro più volte togliersi gli occhiali e asciugarsi gli occhi. Quando si accesero le luci in sala, Gabo non nascose le lacrime.

"Mi ha detto che gli era piaciuto molto e che non lo avevo tradito. Neanche lui ha tradito me, perché in questi trent'anni ha continuato a scrivere storie che mi hanno appassionato come la prima."

"Balla coi lupi"

"Non volevo raccontare come abbiamo conquistato il West, ma come lo abbiamo perduto per sempre." Il volto è tornato quello del Kevin Costner di tante copertine, ma a parlare è ancora Colui-che-danza-coi-lupi, l'ex tenente John Dunbar adottato dai Sioux. Come attore-regista-produttore, ha vinto una sfida dove tutti lo davano per spacciato. E l'ha vinta sul territorio del "nemico", sfondando al botteghino dopo tanti sorrisi di scherno di quanti aspettavano la sua rovina, e aggiudicandosi ben dodici nomination agli Oscar. Ma soprattutto, l'ha vinta con se stesso, dimostrando che un grande film epico può stare dalla parte dei perdenti e dei reietti, e dove l'esercito degli Stati Uniti non recita il ruolo del liberatore, ma si macchia invece di un genocidio senza eguali nella storia. *Balla coi lupi* è un poema dedicato alla Nazione degli indiani d'America, alla sua tragedia e al suo lirismo. Paesaggi struggenti, volti di pellerossa veri che parlano la lingua degli avi; e sentimento, molto, fatto di dolore e rimpianto, ma anche di speranza verso quanti sapranno fermarsi a meditare sul messaggio che gli indiani ci hanno lasciato: la Madre Terra è tutto, offendendola offendiamo noi stessi.

"Abbiamo eliminato una per una tutte le tribù d'America. Ed erano le cose migliori dello spirito americano. Non volevo raddrizzare torti ormai impossibili da cancellare, ma solo affermare che siamo responsabili di un genocidio, e questo paese continua a non rendersene conto..."

Ma che cosa ha veramente causato lo sterminio di una popolazione che, all'arrivo dei primi coloni, era di oltre tre milioni di persone? Non certo la "bellicosità" degli indiani, che accolsero con benevolenza e fiducia l'arrivo dell'Uomo Bianco. Il motivo, invece, sta proprio nel modo in cui gli indiani concepivano l'esistenza e i rapporti sociali, diametralmente opposto a quello degli europei. La lotta fra le tribù non rappresentava il semplice sfogo di un istinto guerriero, ma la tendenza innata a rifiutare il concetto di "stato": era la maniera di impedire raggruppamenti e unioni dominanti. E la tribù sconfitta non veniva annientata, né si acquisivano i suoi territori. Questa concezione della vita in funzione contraria al dominio venne presa dai bianchi come prova che gli indiani fossero dei "selvaggi". Per quanto possa sembrare assurdo, la loro vera colpa fu l'eccesso di democraticità. Anche il più rispettato dei capi, se manifestava tendenze dispotiche, non veniva seguito dalla tribù in battaglia. Gli Irokesi sono stati definiti "i Greci d'America" per aver sviluppato la forma più alta di democrazia nella storia dell'umanità: senza bisogno di polizie, eserciti, giudici e prigioni, riuscirono a garantire per secoli l'autogoverno con la Lega delle Cinque Nazioni, grazie alla mancanza di capi assoluti e di potere centralizzato. I bianchi, che concepivano la società come insieme di dominatori e dominati, non erano in grado di comprendere la complessità del mondo indigeno. Per non parlare di come il puritanesimo anglosassone non potesse mai accettare la libertà sessuale delle donne indiane, che facevano normalmente uso di contraccettivi a base di erbe e avevano la possibilità di divorziare o di rifiutare uno sposo scelto dai padri...

Nelle guerre fra stati, una volta rovesciato un re o un generale, il paese nemico era soggiogato; dal momento che gli indiani non avevano capi assoluti, si dovettero eliminare le tribù a una a una.

"Dove sono oggi i Pequot? Dove sono i Narragansett, i Mohicani, i Pokanoket? Dove sono le più potenti tribù del nostro popolo? Tutte scomparse, per la cupidigia e l'oppressione dell'Uomo Bianco. Ci lasceremo distruggere anche noi, senza lottare? Rinunceremo a questa Terra ereditata dal Grande Spirito, alle tombe dei nostri morti, a ogni cosa che ci è cara e sacra? Mai!" Questo disse Tecumseh, degli Shawnees. E pensare che tutto era cominciato con ben altre parole, quelle scritte da Cristoforo Colombo ai reali di Spagna: "Questa gente è così docile, e così pacifica, che giuro alle Vostre Maestà non esservi al mondo una nazione migliore. Essi amano i loro vicini come se stessi, e i loro discorsi sono sempre dolci e gentili, accompagnati da un sorriso". Quale sintomo di maggior debolezza che il vivere in pace con i vicini e sorridere agli invasori? Così, l'estasiato Colombo iniziò con il sequestrare dieci dei suoi gentili ospiti. Uno morì appena sbarcato in Spagna, gli altri lo seguirono di lì a poco. Per gli europei, rimase un mistero insoluto: gli indios non potevano essere ridotti in schiavitù. Ribelli irriducibili, una volta soggiogati e privati del contatto con la natura si lasciavano morire. Cominciò dunque l'eliminazione sistematica, portata a termine quattro secoli dopo dalle Giacche Blu.

"Io una volta pensai di essere l'unico che continuava a rimanere amico dell'Uomo Bianco. Ma da quando sono venuti e hanno vuotato le nostre tende, rubato i cavalli e ogni altra cosa, è difficile per me credere ancora agli uomini bianchi," disse Motavato, capo di una tribù cheyenne che si era sempre distinto nell'accettare trattative di pace. Ma nel frattempo, il generale Winfield Scott Hancock dichiarava: "I bianchi sono un popolo numeroso, e si stanno diffondendo. Essi hanno bisogno di spazio, non c'è niente da fare".

Il campo di Motavato fu assalito di notte. Sorgeva in un'ansa a ferro di cavallo del fiume Sand Creek, che avrebbe dato il nome a quella strage. George Bent, un meticcio adottato dagli indiani come il John Dunbar di Costner, fu testimone della tragedia: "Vidi Motavato con una grande bandiera degli Stati Uniti. Lo sentii gridare alla gente di non aver paura, che i soldati non avrebbero fatto loro del male. Poi, le truppe aprirono il fuoco dai due lati del campo".

Suo fratello Robert, in quei momenti era a fianco al colonnello Chivington, ingaggiato come guida. Sconvolto per ciò che vide, scrisse in seguito un agghiacciante resoconto: "Fu una carneficina indiscriminata di uomini, donne e bambini. Una quarantina di squaw avevano trovato riparo in un anfratto. Mandarono fuori una bambina di sei anni con la bandiera bianca attaccata a un bastoncino. Riuscì a fare solo pochi passi, e cadde fulminata. Tutte le donne furono poi uccise. Ne vidi una sventrata, col feto accanto. Vidi il corpo di Antilope Bianca privo degli organi sessuali e udii un soldato dire che voleva farne una borsa per il tabacco. Tutti i cadaveri vennero scotennati...".

In un discorso pubblico a Denver, il colonnello Chivington aveva dichiarato che bisognava uccidere tutti gli indiani, anche i neonati, perché "le uova di pidocchio producono pidocchi".

Sioux, Arapaho e Cheyenne, si riunirono in consiglio di guerra. La conclusione fu unanime: "Perché dobbiamo continuare a vivere? I bianchi ci hanno preso il nostro paese, e non soddisfatti di questo, ammazzano anche le nostre mogli e i nostri bambini. Ormai non c'è più alcuna possibilità di fare la pace. Vogliamo riunirci con i nostri cari nelle terre dello Spirito. Abbiamo amato i bianchi finché non ci siamo resi conto che mentivano. Adesso, terremo alta l'ascia di guerra fino alla morte".

Ma più ancora che le spedizioni militari, poterono le malattie, la fame e le carestie. Sterminando le mandrie di bisonti, tolsero agli indiani la principale fonte di sostentamento, e si prese a disboscare in maniera indiscriminata fino a creare steppe e praterie dove prima c'erano fitte foreste. La selvaggina scomparve, e il vento spazzava le pianure, non più trattenuto dagli alberi, coprendo di polvere ogni cosa. Le tribù che ancora vivevano in pace, dovevano umiliarsi a elemosinare il cibo.

Un gruppo di Sioux Santee un giorno andò a chiedere provviste al proprietario di molti magazzini, Andrew Myrick, il quale rispose: "Se siete affamati, potete mangiare l'erba. E quando avrete finito l'erba, mangiate i vostri escrementi". Piccolo Corvo, che era il loro capo, tentò di impedire che gli altri reagissero. Ma l'indomani, Andrew Myrick giaceva steso davanti a uno dei suoi magazzini, con la bocca piena di terra. Un giovane guerriero disse: "Anche Myrick ha imparato a mangiare l'erba, come noi".

Pochi mesi più tardi, durante la Luna-in-cui-i-cervi-incrociano-le-corna, ci fu la più grande impiccagione di massa delle "guerre indiane". Poi, nuovi trattati furono firmati, tutti puntualmente trasformati in carta straccia. Poco importava la buona o mala fede del Grande Padre di Washington. I coloni non rispettavano alcun patto, e spesso neppure ne erano a conoscenza; e se gli indiani li respingevano, intervenivano le Giacche Blu con operazioni ben poco chirurgiche: davanti alle bocche degli obici caricati a mitraglia, difficilmente si faceva distinzione tra Iowa e Piedi Neri, tra Cherokee e Mohawk, tra Comanche e Hopi...

Molti si rassegnarono alla deportazione nelle riserve, ma prima o poi anche su quei territori sempre più ristretti si spargeva la voce di un filone d'oro, e allora i cercatori sciamavano senza rispettare alcun confine. Si creava così l'esigenza di nuove strade e ferrovie, e i cavalleggeri accorrevano a difendere i pionieri. Mentre si votava il Tredicesimo Emendamento alla Costituzione, quello che sanciva l'abolizione della schiavitù, veniva approvato il cosiddetto Destino Manifesto: i bianchi erano chiamati dal destino a governare tutta l'America, senza limiti invalicabili del territorio. Il mito dei capi più valorosi sarebbe stato tramandato dall'Uomo Bianco, perché il popolo del Grande Spirito era ormai votato all'estinzione, e tutti i suoi eroi avevano in comune la nobiltà degli sconfitti: i nomi di Nuvola Rossa e Cavallo Pazzo degli Oglala, di Lupo Solitario dei Kiowa, di Manuelito dei Navajo, di Toro Seduto dei Teton Sioux, sarebbero sopravvissuti nelle saghe del Lontano Ovest, ma nessuno avrebbe tramandato i patimenti dei braccati e l'infinita tristezza di quanti conclusero l'esistenza in anguste celle lontane dal Sole. Il 28 luglio 1868 veniva approvato il Quattordicesimo Emendamento: uguali diritti a tutti, tranne che agli indiani.

"Quando ero giovane, attraversai tutto questo immenso territorio. E non vidi nessun altro popolo oltre a quello degli Apache. Dopo molte estati lo attraversai di nuovo, e trovai un popolo di un'altra razza, che non era venuto in pace, ma per dominare la Madre Terra. Adesso, gli Apache aspettano solo di morire. Si aggirano sulle montagne e nelle pianure, desiderando che il cielo cada su di loro. Gli Apache erano un tempo una grande nazione. Ora sono ridotti a pochi superstiti. È per questo, che sfidano la morte."

Così parlò Kociss, capo degli Apache Chiricahua, quando era ormai sessantenne e aveva abbandonato la guerriglia. Chiuso in una riserva, morì poco dopo di una malattia che i medici bianchi non riuscivano a diagnosticare. Qualcosa di molto simile allo struggimento che uccide certi animali selvatici, quando vengono loro negati i grandi spazi.

Anche l'Uomo Bianco avrebbe prodotto i suoi miti, in quelle che si vollero definire "guerre" ma che furono soltanto genocidio. Il generale Custer, che gli indiani chiamavano Lunghi Capelli, si distinse per ferocia gratuita, priva di qualsiasi strategia militare. Gli uomini al suo seguito ebbero "meriti" mai celebrati dalla futura cinematografia, come il bollire le teste di capi indiani per rivenderne il teschio o imbalsamarne i corpi per esporli nelle fiere, al prezzo di cinque centesimi per ogni biglietto. Lunghi Capelli mise in pratica alla lettera il motto del generale Sheridan, "l'unico indiano buono è l'indiano morto", ma a Little Bighorn sottovalutò la forza del "nemico". Le Black Hills, le montagne sacre a tutta la nazione indiana, erano state invase dalle compagnie minerarie, e in quei giorni, nella Luna-quando-maturano-le-amarene, Toro Seduto aveva convocato Sioux e Cheyenne, le tribù degli Hunkpapa, Oglala, Miniconjou, Piedi Neri e Arapaho, che dopo aver respinto l'assalto a un campo si gettarono sul battaglione di Custer e non lasciarono un solo superstite. Una vittoria che rappresentò l'inizio della fine. I rastrellamenti non avrebbero risparmiato nessuno. Meno di quindici anni dopo, nell'inverno del 1890, l'ultimo grande massacro, lungo il pendio ghiacciato del torrente Wounded Knee.

Io non ci sarò. Io mi alzerò e passerò oltre. Seppellite il mio cuore a Wounded Knee.

Alce Nero, che ai tempi della battaglia del Little Bighorn era un bambino, avrebbe scritto molti anni dopo Wounded Knee: "Non mi resi conto che quella era la fine di tutto. Quando guardo indietro, adesso, da questo alto monte della mia vecchiaia, vedo ancora le donne e i bambini massacrati, ammucchiati e sparsi lungo quel burrone. E posso vedere, ora, che con loro morì un'altra cosa, lassù, sulla neve insanguinata, e rimase sepolta sotto la tormenta. Lassù morì il sogno di un popolo. Ed era un bel sogno...".

Vasco

E va bene che Vasco è un nome da navigatore, di quelli che doppiano il Capo di Buona Speranza, anche se è uno che non vive di speranze ma di presente succhiato fino alla buccia, "ora che del mio domani non ho più la nostalgia", e forse non a caso, compiendo cinquant'anni, Vasco il navigante ha detto: "Non sono gli anni, tesoro, ma i chilometri", però... resta il fatto che di cognome fa Rossi. Ma nel suo caso, il signor Rossi è riuscito a essere e restare così simile soltanto a se stesso che quel cognome non lo nota più nessuno, e di Vasco, o Blasco, ce n'è uno e basta. Di chilometri ne ha fatti, e sono chilometri anche le righe d'inchiostro scritte su di lui, fenomeno scandagliato in tutti i modi ma senza che, per fortuna, si sia mai stabilito niente che possa imbalsamarlo... Anche se ho l'impressione di saperlo da sempre, quale sia il motivo: nato e cresciuto nel paese più ipocrita e voltagabbana del pianeta, questo signor Rossi non ha mai ceduto una briciola di dignità, nemmeno quando ha rischiato di pagarla cara. Il periodo in cui lo misero sotto torchio pretendendo abiure, perché in troppi lo consideravano un cattivo maestro pernicioso ai giovani pronti a emularlo (come se ci fosse bisogno di un esempio per farsi del male a questo mondo... che scemi), be', me lo ricordo bene, quel suo silenzio che lo salvò dal finire nel mucchio dei soliti furbi, quelli che magari in pubblico fanno la faccia scandalizzata ("Io? Nooo, ma che andate a pensare...") e poi, lo sappiamo bene... Certo, non arrivò ai livelli di Jim Morrison, che lasciò credere di essere disposto a registrarlo, uno spot salva-giovani, e poi li prese tanto per i fondelli da mandarli fuori di testa. Però Jim era un disperato di quelli veri, senza pietà per se stesso, mentre Vasco, per fortuna sua e magari anche di chi gli vuol bene, alla disperazione avrà ceduto ogni tanto come chiunque sia sensibile in questo mondo di cacca e di cacche, ma senza farne il traguardo per restare caro agli dèi. Rabbia, sì, quella tanta, e malinconia, a volte, forse un po' di rimpianto, e totale mancanza di rassegnazione di fronte alla realtà. Un signor Rossi che ha realizzato l'alchimia di saper comunicare e trasmettere emozioni agli adolescenti persino adesso che ha l'età dei loro genitori, o addirittura qualcosa di più, e al tempo stesso di smuovere le viscere a quelli della sua generazione, proprio noi che non abbiamo più nostalgia del domani, e chissà, mi chiedo, cosa pensa una ragazzina sentendo una delle sue canzoni che amo di più, e che considero un concentrato di tutto lo schifo che abbiamo ingoiato negli ultimi venticinque anni rischiando di vivere il resto da reduci incarogniti, e quelle parole, quelle frasi così precise nel descrivere il meglio (la dignità) e il peggio (la svendita di se stessi) che parte della mia generazione ha espresso... Ovviamente sto parlando di *Stupendo*, e rivedo sempre una valanga di facce e comportamenti, quando attacca con "*...Era difficile, ricordo bene, ma era fantastico provarci insieme... E mi ricordo chi voleva al potere la fantasia, erano giorni di grandi sogni, sai, erano vere anche le utopie... Ma non ricordo se chi c'era aveva queste facce qui... Non mi dire che è proprio così, non mi dire che son quelli lì...*". E quando aggiunge per bocca di qualche "realista" di turno: "*È la vita ed è ora che cresci, devi prenderla così,*" come lo capiamo, sentendolo rispondere: "*Sì, stupendo: mi viene il vomito, è più forte di me*". Anche il vomito diventa poesia, se sai quanto costi fingere di avere il pelo sullo stomaco senza averlo e senza volerlo avere mai.

Per carità, nessun paragone né raffronti, perché ho cominciato dicendo che, nel bene e nel male, Vasco è riuscito sempre a restare unico, ma in Messico conosco un tizio che me lo ricorda: successo enorme di pubblico, stadi pieni, stile di vita senza ipocrisie né cedimenti alla ragione comune, e così via. Si chiama Alex Lora, ed è voce e anima del gruppo El Tri, rock duro e sicuramente meno capacità poetica del Vasco al momento di toccare certe corde, ma una carica che travolge e fa incazzare i benpensanti d'ogni ordine e grado. Tra le tante frasi celebri di Alex Lora ce n'è una entrata ormai nei modi di dire di tutti i messicani: *hasta que el cuerpo aguante*. Che vuol dire, essenzialmente, "finché riesci a tenere botta dacci dentro, poi vedremo". Che è un po' il senso dell'intensità cercata a ogni costo, anche a prezzo di sberle dure che ti lasciano a pezzi per giorni, specie se gli anni e i chilometri non permettono più di recuperare come una volta, e non ti rassegni alla spietata legge della natura matrigna che non fa sconti, e non puoi più fregartene come a vent'anni. Anche questo, poco tempo fa, lo ha ammesso senza menate il signor Rossi Vasco: vivere intensamente ha dei costi e li paghi sempre più cari. *Hasta que el cuerpo aguante*, poi si vedrà.

Non lo conosco, Vasco, e va bene così. So che ha sempre troppa gente intorno, quando compare da qualche parte dove a volte mi è capitato di passare anch'io. Immagino che pure lui, ogni tanto, abbia voglia di solitudine, e gli auguro di starci bene, dentro la sua solitudine, perché è sicuramente da solo che scrive quello che scrive. Comunque, non volevo certo tessere le lodi di uno che non ne ha bisogno, tutt'al più, ricordare che la dignità non ha prezzo ed è raro che chi si trasforma suo malgrado in un'impresa riesca a mantenerla intatta. Insomma, Vasco, fuori piove, e senti che bel rumore...

Bruce

"*Uomini a piedi lungo i binari, diretti non si sa dove... minestra a scaldare sul fuoco sotto il ponte, la fila per il ricovero che fa il giro dell'isolato: benvenuti nel nuovo ordine mondiale.*"

Questa volta non c'è possibilità di travisare: ai tempi di *Born in the Usa*, Reagan parlò di Bruce come se fosse roba sua; per accaparrarsi l'eco di un successo mondiale, il presidente-attore finse di non aver sentito il testo, che fra l'altro diceva "*mi hanno messo un fucile in mano e spedito in una terra straniera per andare ad ammazzare l'uomo giallo*". Perché è questo che intendeva, Springsteen, per "essere nato negli Stati Uniti d'America". Ma non bastava: il suo rock trascinante sembrava la colonna sonora ideale a chiunque si sentisse "nato per correre", e finiva per sovrastare le parole. Così, è tornato con una chitarra acustica e l'armonica, ha ridotto la voce a un mormorio dolente, ha scelto fabbriche abbandonate e quartieri disastrati per far conoscere l'ultimo disco, *The ghost of Tom Joad*, dodici ballate sulla strada, non più intesa come nastro d'asfalto steso verso la libertà effimera, ma come luogo di sofferenza, inferno quotidiano per chi deve sopravviverci senza un tetto, o per quanti la percorrono inseguendo il miraggio al di là della frontiera. Un'ossessione che ritorna in buona parte dei brani, questa linea concepita come invisibile demarcazione tra due paesi e divenuta un muro irto di filo spinato dove, negli ultimi cinque anni, oltre cento messicani sono stati ammazzati dalla *border patrol*.

Il nuovo ordine mondiale è caos e insensatezza: basta che aumenti di poco l'occupazione, e Wall Street crolla; se invece un'azienda annuncia mille licenziamenti, le sue quotazioni in borsa vanno alle stelle e regalano guadagni osceni agli investitori. Gli ipercritici hanno già dato fondo al consueto onanismo dicendo che Springsteen è diventato miliardario e adesso canta di miserabili e sconfitti. E con ciò? Non ha fatto soldi speculando, inquinando, mandando gente a crepare o spostando cifre da una banca a una borsa e ritorno. Li ha fatti scrivendo poemi con la musica *dentro*. E la stessa sensibilità che ha creato le sue canzoni lo ha *costretto* a vedere quello che altri preferiscono ignorare.

Harley

Il vecchio ponte in ferro e assi vibra e riverbera il borbottio del "pompone" che gira al minimo. Do un filo di gas, e dagli scarichi aperti il ronfare sornione diventa una rullata di tamburi con tutta l'orchestrina di valvole un po' lente e trasmissione sferragliante. La strada che costeggia l'argine è dritta come una fucilata, la prima curva si intuisce verso un ciuffo di alberi sotto l'orizzonte e con un po' di fantasia si può pure pensare al deserto di Sonora, se non fosse che qui è tutto verde tenero e l'acqua del fiume scorre parallela al pedale del cambio. Lei, però, deve sentire aria di casa, perché si distende e si stiracchia appena le metto la quarta, e frulla che è un piacere adesso che non la costringo a piegare stretta nelle curve di campagna. È la piccola della famiglia, questa Harley 883. Un numero che basta a presentarla, per quelli che sanno di chi parlo, oppure una sigla semplice che sta a significare la cilindrata, senza tanti fronzoli e nomignoli tecnologici. Ed è piccola, certo, ma soltanto perché è nata in una casa dove le sorelle hanno cuori cilindrici dal milledue in su. La pianura è il suo elemento naturale, a dare tante giravolte si lamenta, le sospensioni smiagolano, scricchiolano, non ci stanno proprio. E adesso pare tutta contenta, di trovarsi in questa spianata silenziosa dove può cantare a squarciagola senza disturbare troppo, magari facendo rallentare di stupore un vecchio trattore Ferguson, reduce da chissà quali traversie postbelliche, e il contadino sorride e alza il braccio salutando, divertito nel sentire che una moto ha la stessa voce del suo *mudòr*.

L'ora è la migliore, per una cavalcata attraverso questo fazzoletto di Romagna immobile nel tempo, alle sette di sera in settembre, con l'aria tersa e il sole che sembra scendere a malincuore, dopo aver soffocato di calore terre e uomini con un colpo di coda da estate in ritardo. Alfonsine, Argenta, poco al di sotto delle Valli di Comacchio. Non c'è più traccia del passaggio del fronte, quasi mezzo secolo ha spento gli echi e rimarginato le ferite. Le nonne della

883 c'erano tutte, vestite di verde oliva e con le gomme artigliate. Facevano da staffetta, portavano gli ordini, i contrordini, e ogni tanto cadevano sventrate da un obice. Anche Robert Capa si spostava veloce su una grossa XA 45, scattando foto immortali e sempre di faccia a quelli che cadevano, perché Capa arrivava tra i primi negli sbarchi e nelle avanzate rapide, e di schiena non fotografava mai nessuno. Non avrebbe fatto quella fine, se fosse stato su una Harley quel giorno in Indocina. Invece è morto a piedi, mettendo lo scarpone su una mina, e l'ultima immagine dell'ultimo rullino è di un secondo prima, l'attimo che precede l'esplosione assassina.

L'Army Signal Corps Photographs conserva un'istantanea dove si vede una Harley Davidson militare con un curioso manufatto in cuoio legato al forcellone. È una fondina per fucile, e il calcio di legno spunta quanto basta a essere impugnato in fretta. Come si usava sul cavallo. E la moto è questo: il mezzo meccanico più simile al cavallo. Si guida allo stesso modo, spostando il peso col busto e le ginocchia, con dolcezza o con decisione, ma sempre usando molta sensibilità. Perché la moto, al pari del cavallo, può fare qualsiasi cosa e farla meglio di ogni altro mezzo, ma non perdona chi non la *sente*, chi non riesce a essere una sola cosa con lei, un amalgama di muscoli e acciaio con un cuore unico. La Harley, poi, è bizzosa e imprevedibile, se non la conosci bene. Persino fragile, a dispetto delle sembianze rudi e un po' spaccone, da gradassa della strada. È meno veloce delle altre, meno robusta di ammortizzatori e anche di meccanica, ha un telaio messo lì per stare più comodi ma non certo per assicurarti una buona geometria di sterzo, in curva fa dei capricci che è meglio non darle tanta confidenza, eppure quando vai dritto le piace vibrare e scodinzolare appena l'asfalto la fa un po' imbizzarrire. Non è la migliore, sotto tanti aspetti. Senza scomodare le marziane giapponesi, pure le nostrane le danno dei punti. Niente da spartire con l'affidabilità di una Guzzi, o con la potenza e la maneggevolezza di una Ducati... Non è la migliore, forse no. Eppure, resta sempre la Numero Uno. Il mito. E come tutti i miti, va presa per istinto, per passione, senza cercare di spiegarlo con menti da ingegneri e matematici.

Il mito Harley Davidson è anche leggenda. E questa si può raccontare, perché è ormai storia.

A Milwaukee, primi anni del secolo, c'erano due ventenni amici fin dall'infanzia, nonché vicini della porta accanto. William S. Harley costruiva biciclette, Arthur Davidson lavorava nel ramo dei motori a scoppio raffreddati ad aria. Entrambi erano disegnatori per hobby e, a furia di buttar giù progetti strampalati, presero a impiegare le serate al chiuso del garage intestardendosi nel voler mettere un motore sotto la canna di una bici. Ben presto il passatempo si trasformò nella tipica operosità appassionata dei self-mademen delle praterie, e Arthur scrisse una lettera più che convincente al fratello Walter, esperto meccanico in Parsons, Kansas. Contagiato dal loro entusiasmo, Walter tornò a Milwaukee per vedere di che accidente si trattava... A concepire il carburatore ci pensò un altro amico, Ole Evinrude, che più tardi avrebbe lasciato l'impegno sull'asfalto per avventurarsi in mare, progettando e costruendo i migliori motori fuoribordo dell'epoca, ancor oggi noti e diffusi in tutto il mondo. Al gruppetto si aggiunse il terzo fratello Davidson, William A., e nel 1902 una sorta di biciclettone spinto da un monocilindrico da tre cavalli e con un lungo barattolo per serbatoio si avventurava sulla stradina di fronte al garage. William S., William A., Arthur e Walter l'anno dopo scrissero a pennello "Harley-Davidson Motor Co." sulla porta della baracca nel cortile di casa Davidson. Era nata la leggenda.

La vera *motorcycle* venne alla luce nel 1909: bicilindrica a V, la "V-Twin Model", successivamente fabbricata in serie con materiali di prim'ordine, come l'acciaio al cromo-nichel-vanadio. Nel 1914 si costituisce il Racing Department della Harley Davidson, e le V-Twins cominciano la lunga carriera di vittorie in ogni sorta di competizioni, dalla velocità alla durata, comprese le *hill-climbing*, che consistono nello scalare a tutto gas un pendio sempre più ripido fino a sfiorare la verticale, e vince chi arriva in cima o più in là degli altri... Ci si ferma solo al momento di ribaltarsi e precipitare all'indietro. Nell'albo d'oro di quell'epoca troviamo anche l'immagine ingiallita di una ragazza con un cappottone di pelle e un curioso berretto avvolgente sul capo, nonché occhialoni, guanti e stivali. Impugna sorridendo il manubrio di una V-Twin con sidecar, e da quest'ultimo spunta la testa di un cagnolino dalle orecchie ben all'erta e lo sguardo sveglio. Della Crewe, nel 1915, attraversò gli Stati Uniti da sud a nord, partendo da Waco, Texas, e arrivando a New York, ma senza seguire il percorso diretto, bensì passando in pellegrinaggio da Milwaukee, nel Wisconsin: oltre settemila chilometri, lei e Trouble ("guaio, pasticcio"), nome scaramantico per il primo cane motociclista della storia.

Nel 1916 le Harley hanno il loro battesimo del fuoco: munite di sidecar con mitragliatrice Colt, le bicilindriche in dotazione all'esercito scendono verso la frontiera con il Messico e si lanciano all'inseguimento della División del Norte di Pancho Villa, l'unico ad aver "invaso" e battuto sul loro stesso territorio gli Stati Uniti dalla costituzione a oggi. I risultati non furono eclatanti, per le appesantite Harley che sferragliavano nel deserto, sconfinate pianure di pietre e polvere rovente che soltanto i cavalli, allora, potevano affrontare. Ma si sarebbero prese la rivincita un anno dopo, partecipando in massa alla Grande guerra in Europa, dove risulteranno ben più agili e leggere degli altri mezzi sulle strade fangose e nelle retrovie disseminate di crateri e pantani.

Intanto, l'officina pionieristica di Milwaukee era diventata una grande industria con oltre un migliaio di operai e una produzione prossima alle ventimila unità. Trecentododici dipendenti della Harley partirono per il fronte, e tre di loro tornarono indietro avvolti nella Stars and Stripes. L'azienda si impegnò a riassumere tutti i reduci, e a quei tempi non ne aveva certo l'obbligo per legge, mentre per i tre caduti vennero indette solenni commemorazioni e fu anche in loro memoria che ancora per molti anni rimasero in produzione modelli con colorazione militare per uso civile. Inoltre, a William S. Harley tornò la vecchia passione per le biciclette, e convinse i soci a sfornare le più piccole e leggere "dueruote" della casa: anch'esse dipinte in *soldier color*, il verde oliva dell'US Army, vennero lanciate con lo slogan "Una Harley Davidson è sempre una Harley Davidson, che abbia il motore o i pedali". Nonostante il successo di vendite, furono messe fuori linea pochi anni più tardi e oggi rappresentano un cimelio che manda in fibrillazione i collezionisti.

Gli anni venti sanciscono il primato della Harley Davidson come la più grande industria motociclistica del mondo, con distribuzione in sessantasette paesi. Associazioni di harleisti spuntano un po' ovunque, e negli Usa nasce la rivista cult, il cui nome basta da solo a rendere il tono degli articoli: "The Enthusiast". Mentre il campione di pugilato Jack Dempsey si fa immortalare con i pugni d'acciaio stretti sulle manopole di una Sport Model, la cui guida sembra fosse l'unica cosa a farlo "sfogare" fuori dal ring, le Harley diventano sempre più sofisticate per il tipo di materiali impiegati, e una particolare cura dell'estetica introduce colorazioni eleganti con rifiniture a mano. La Model 74 diviene l'ammiraglia della casa, inaugurando l'intramontabile serie delle Big Twins da oltre 1200 di cilindrata. Ancora lontane dall'immagine-mito della "gioventù bruciata", le Harley incarnano per ora l'esatto contrario: tutte le polizie degli States le adottano, trasformandole nel simbolo della legge. Ma irrompono anche nel cinema: dapprima in assoluto silenzio, poi, con l'avvento del sonoro, il "canto" del poderoso 1200 si sostituirà a qualsiasi musica di sottofondo.

Hollywood e Harley Davidson: impossibile stabilire chi delle due debba di più all'altra. Fra gli anni trenta e quaranta sono ben pochi i film in cui una bicilindrica di Milwaukee non compaia in almeno una scena, e innumerevoli le star che se ne procurano una anche fuori dal set. Clark Gable è tra i primi, seguito "a ruota" da Tyrone Power, Gary Cooper, Van Johnson, e persino l'apparentemente fragile Gene Tierney siede allegra su una colossale, almeno in confronto a lei, OHV 74 con pneumatico anteriore largo quanto quello di una Cadillac. Humphrey Bogart, che in tanti film girati non ha mai interpretato la parte di un poliziotto – però indossò i panni, anzi il trench, dell'investigatore privato, comunque in perenne contrasto con i *cops* –, era invece spesso "perseguitato" dalle Harley, le Hydra Glide dei *patrolmen* all'inseguimento forsennato del bandito perdente. Con gli anni cinquanta, le Harley cominciano a cambiare immagine, e non per "colpa" loro, diventando protagoniste in un mondo che vede il motociclista come un *rebel without a cause*. E Hollywood ha pronti due ribelli senza causa sullo schermo come nella vita: Marlon Brando gira *Il selvaggio*, e James Dean *Gioventù bruciata*. Per la verità, Brando guidava una Triumph nel film che lo avrebbe consegnato all'immaginario collettivo con un giubbotto di cuoio e il berretto di traverso, e le V-Twins che comparivano in gran numero erano ancora nella parte delle "poliziotte". Jimmy Dean amava le Harley, ma l'ultimo fotogramma della sua vita lo impresse fra le lamiere di una Porsche.

La miscela esplosiva di cinema-rock'n'roll-motociclette l'avrebbe però innescata Elvis Presley, che di Harley ne possedeva almeno tre, fra le quali una mastodontica Duo Glide 1200 accessoriata fino all'inverosimile. A cavallo di una più piccola (si fa per dire) KH del '56, si sarebbe guadagnato l'entusiastica copertina di "The Enthusiast". Da emblema dei giovani "maledetti", la Harley si avviava a diventare un ambito status symbol. Eppure, la sua vera vocazione era quella di macinachilometri coast to coast. Ed è così che la ritroviamo nel cult road movie *Easy Rider*, con Peter Fonda e Dennis Hopper stravaccati sulle Panhead 1950, con i forcelloni telescopici lunghi due metri e le pedane lontane quanto basta a viaggiare con le gambe distese. Infine, va quanto meno citato il film che vede una Harley protagonista al punto da costituirne il titolo: *Electra Glide*. La prima 1200 con avviamento elettrico, adottata dalla polizia stradale, nel film ha per "fantino" Robert Blake, così basso di statura da far risultare immensa l'Electra e anche la Smith & Wesson 357 magnum che si porta nella fondina.

Non è ancora tutto, ma è abbastanza per spiegare come un mito, nato un secolo fa, sia cresciuto attraverso epoche e passioni sconvolgenti, al punto da divenire immortale.

Ogni agosto a Sturgis, South Dakota, gli harleisti del mondo si danno appuntamento. Vengono da ogni angolo degli Stati Uniti, ma molti anche dall'Australia, dalla Nuova Zelanda, dal Messico, e non pochi dai paesi europei caricano le loro bicilindriche su una nave e sbarcano a New York per attraversare mezzo paese convergendo sulle Black Hills, le montagne sacre agli indiani Lakota, maestoso sfondo di roccia scura nella variopinta coreografia di Sturgis. Nel '93 erano in più di settecentomila. Una fiumana, una marea di Harley Davidson che sciama in crescendo, con un cupo rombo che invade vallate e praterie, fino al parossismo del primo giorno di raduno, quando la cittadina di cinquemila abitanti si trasforma in un magma di cromature, serbatoi scintillanti, caschi dalle forme più assurde, volti conciati dal sole e dal vento che sfoggiano chiome arruffate e barbacce ispide mescolati a visi gentili di tenere fanciulle che guidano con disinvoltura delle Softail da 1340 cc... La maggior parte di loro, a vederli, confermano l'inflazionata immagine dei teppisti ubriaconi sfasciabirrerie, ma almeno una volta è bene far parlare dati e statistiche: a Sturgis, in cinquant'anni di raduni, tutto è filato liscio *quasi* come a una convention di mormoni. Certo, il consumo di birra va calcolato in termini di autocisterne, ma il popolo degli harleisti dimostra di essere ben diverso da certe volgarizzazioni cinematografiche. In nessun altro posto al mondo è immaginabile mettere assieme settecentomila moto per una settimana intera senza registrare un solo "caduto". Gli unici incidenti gravi accadono sulle autostrade, dovuti quasi sempre all'intasamento che ne consegue. Per il cinquantenario del raduno la Harley Davidson ha creato un modello commemorativo, la Sturgis Dyna Glide, l'unica interamente nera, in omaggio al colore delle montagne di questa regione. Qualunque cosa abbia a che fare con le Harley, a Sturgis si trova, compresi i migliori artisti della "pittura su serbatoio" e i più abili tatuatori: perché il vero harleista, almeno un tatuaggio deve averlo. A Sturgis, poi, ci sarebbe di che aprire un capitolo a parte soltanto sulla "pelle" dei convenuti... Gli *esagerati* potrebbero persino andare in giro nudi senza che si riesca a capire di che colore fosse la loro epidermide prima dell'affresco a tutto corpo che si portano addosso.

Un altro tabù da infrangere è il rapporto con gli abitanti: a parte l'immenso giro d'affari che si sprigiona nella sette giorni Harley, la gente qui li accoglie con una simpatia illimitata. E si diverte un mondo, a seguire le strampalate competizioni che gli organizzatori si inventano a getto continuo: rodei, traino dei barili, caccia alla patata, presa del würstel appeso a un filo... Si può tentare di immaginarlo, cosa significhino una decina di Harley pesanti dai trecento chili in su che si buttano dentro un pagliaio per trovare una patata, ma è difficile, con il solo aiuto della fantasia. Vederlo, è uno spettacolo che schianta il pubblico dalle risate. Poi ci sono le gare vere e proprie, con i mostri da cinquemila centimetri cubici e compressore che inietta siringate di nitro. Gli australiani sono i più esasperati, nel trasformare le Harley in draghi postatomici. Del resto, *Mad Max* era girato dalle loro parti... C'è chi è riuscito ad accoppiare due motori da 2750 partorendo una moto che è doppia in tutto tranne che nelle ruote: soltanto due, ma larghe quanto quelle di un trattore. In Australia le curve sono rare, però sembra che quella specie di astrorazzo possa inclinarsi il minimo indispensabile per non tirare sempre dritto. Le gare di accelerazione sul quarto di miglio producono suoni da apocalisse: quando superano i trecento orari, non hanno ancora ingranato la terza... La pista, piuttosto corta, non consente il "decollo", altrimenti ci si aspetterebbe di vederle schizzare nel cielo, tanto è forte il frastuono da aviogetto che producono. Negli anni trenta, il veterano motociclista J.C. "Pappy" Hoel riuscì a rimettere in sesto il vecchio circuito abbandonato, ottenendo i permessi ufficiali per gare motociclistiche di accelerazione. Per iscriversi bastava sborsare due dollari e, dopo mezzo secolo, la quota è rimasta rigorosamente invariata.

"*Ride to live, live to ride*" c'era scritto in rilievo su un serbatoio, a Sturgis. Il riassunto di una filosofia di vita. E sulla borsa laterale di una Fat Boy con sopra una coppia di cinquantenni dall'aria appagata, si leggeva: "La vita comincia quando i figli lasciano la casa e il vecchio cane muore". Il tempo in cui si può finalmente decidere di chiudere la porta alle spalle, fare il pieno di benzina e andare a vedere cosa ci sia mai, oltre l'orizzonte...

Ma che film hai visto?

Le emozioni si possono interrompere, questo è ormai sancito dal popolo sovrano. Resta da chiedersi perché a suo tempo si sia parlato tanto delle pagliuzze mentre si continua a tacere sulla trave che abbiamo nell'occhio: per le interruzioni pubblicitarie nei film hanno fatto addirittura un referendum, ma tutti fingono di ignorare le mutilazioni, i tagli, le vere e proprie censure che vengono inflitte al cinema da parte delle reti televisive. Qualche tempo fa, alla vigilia della programmazione di *Full Metal Jacket*, è stato annunciato con un certo clamore che il capolavoro di Stanley Kubrick sarebbe andato in onda monco di un minuto circa. Una dolorosa necessità per poterlo programmare in prima serata, secondo i responsabili di Canale 5, una "piccola" rinuncia in nome della divulgazione popolare dell'arte cinematografica: nobile intento avvalorato dalla denuncia dell'assurdità della guerra insita nel film. Nuvole di aria fritta, perché il vero problema stava nei contratti che Kubrick firma con i produttori, dove esige il controllo sulla diffusione televisiva: cioè, non si possono acquistare i diritti d'antenna di un suo film senza garantirne l'integrità. Dunque, chi volesse infliggere dei tagli, deve chiedere il permesso e annunciarlo pubblicamente. Ma Kubrick sembra costituire un caso raro, dato che la stragrande maggioranza dei suoi colleghi non si premunisce in tal senso; spesso non hanno il potere contrattuale per imporre una simile clausola e si affidano alle leggi vigenti nei paesi "civili", che proteggono l'opera impedendo che venga mutilata a insindacabile giudizio di oscuri Torquemada di periferia. Da noi nessuna legge li tutela, e i registi italiani, consci che alienandosi i diritti d'antenna non riuscirebbero a farsi produrre il film, tacciono e acconsentono. Ma il pubblico cine-televisivo, che di quel popolo sovrano sarebbe parte non certo infima e forse neppure minoritaria, dovrebbe quanto meno essere informato: molti dei film che vede in tv non sono gli stessi film precedentemente distribuiti nelle sale.

Qualche esempio pratico aiuterà a comprendere il livello di arbitrio che anonimi censori non autorizzati hanno fin qui raggiunto nell'indifferenza generale. *Fuga di mezzanotte*, di Alan Parker, ci offre un magistrale Brad Davis nella parte di Billy, giovane statunitense arrestato in Turchia per possesso di hashish, che in carcere compie un'allucinante discesa agli inferi. Appena entrato, viene sodomizzato dal capo delle guardie. Questo nel film di Parker, mentre nella versione mandata in onda da Rete 4 la scena suddetta è sparita, rendendo enigmatico il seguito: Billy va in parlatorio e il padre gli chiede perché stia zoppicando, né lui né i telespettatori avranno mai una risposta. Censurata la scena in cui Billy strappa la lingua allo spione che ha causato indicibili sofferenze a un suo amico detenuto: senza quel gesto di estrema, esasperata violenza, non si capisce come il protagonista sia finito in manicomio, dove lo ritroviamo subito dopo. E qui, ridotto a una larva umana, quando finalmente rivede la fidanzata, dietro un vetro sporco e graffiato, Brad Davis interpreta l'emblema dell'abbrutimento, masturbandosi dopo averla implorata di fargli vedere il seno. Il taglio censorio è quasi perfetto: il drammatico incontro è ridotto a un banale scambio di parole disarticolate. Persino il finale è stravolto: Billy ucciderà il capo delle guardie, che si infilza un paletto nella nuca sbattendo contro la parete. La versione censurata salta direttamente all'evasione...

Una regola che pare invece emergere dalle mutilazioni delle tv commerciali è il divieto di mostrare sodomizzazioni: sempre su Rete 4, è scomparsa la violenza carnale a uno degli interpreti di *Un tranquillo weekend di paura*, quella scena cruda che scatenerà la violenza: senza di essa, Burt Reynolds trafigge con una freccia l'aggressore immotivatamente. E persino in *Lawrence d'Arabia*, Peter O'Toole non viene stuprato dai militari turchi, come prevedeva il film girato da David Lean, e la versione televisiva non giustifica quindi tutto l'odio del condottiero inglese che da lì in avanti griderà "Niente prigionieri!" prima di ogni battaglia. Qualcuno all'estero dev'essersi accorto di come vengono trattati i film dalle televisioni nostrane, visto che una volta il regista Russ Meyer ha tuonato in un'intervista: "Da voi non c'è alcun controllo sui passaggi televisivi, ho pessimi rapporti con l'Italia". Sicuramente i censori senza volto sono convinti di lavorare per la quiete familiare, cioè di seguire il motto di Burt Reynolds nel film di Aldrich *Un gioco estremamente pericoloso* (anch'esso tagliato, ovviamente), che dice a Catherine Deneuve: "Facciamo le cose peggiori per il migliore dei motivi".

Se è dimostrato che le tv commerciali si prendono la libertà di compiere scempi senza freno alcuno, alla Rai si preferisce bandire quei film che potrebbero creare problemi di prurito. Lo sbarramento a tutte le pellicole "vietate ai diciotto" ha inoltre bloccato la circolazione di opere di Pasolini, Kubrick e Bertolucci, citando a caso. E proprio Bertolucci, unico caso di regista la cui opera sia stata bruciata in un rogo (le copie di *Ultimo tango a Parigi* vennero distrutte con il fuoco nel cortile di un tribunale), si ritrova nuovamente censurato dalla Rai che non manderà in onda i trailer del suo recente *Io ballo da sola*; decisione stupefacente, considerando che il film non è neppure vietato ai quattordici, ma classificato dalla commissione con la dicitura "per tutti". Comunque, se alla Rai non sembrano esistere i "mani di forbice" occulti, accadono però piccoli misteri inspiegabili. Per esempio, anni fa venne messo in onda *I cancelli del cielo* di Michael Cimino, il cui finale si bloccava nel fermo immagine di Kris Kristofferson e Isabelle Huppert all'uscita della chiesa, sposi sorridenti e felici. Peccato che il film originale comprenda una scena successiva, dove i killer aprono il fuoco e lei resta uccisa.

Il cinema si è ridotto a una tenutaria di bordello che vende la sua "merce" al miglior offerente. Ma a differenza delle prostitute, che si limitano ad *affittare* solo alcune parti del corpo, il cinema liquida e ricicla tutto, cuore cervello e anima. Ogni film è come un maiale: non si butta via niente. Grandi musicisti hanno composto brani assimilando e riproducendo sul pentagramma le emozioni di alcune immagini e scene, la loro opera è quindi legata indissolubilmente al film che l'ha generata. Ennio Morricone ha creato *On earth as it is heaven* per *Mission*, ma riascoltandola oggi pochi potrebbero rievocare De Niro e Jeremy Irons che lottano a fianco degli indios amazzonici: per mesi e anni è stata la musica dello spot Gatorade, con un pirla che corre schizzando sudore. Trevor Jones e Randy Edelman hanno avvolto in un'atmosfera epica *L'ultimo dei mohicani*, ma la loro musica, quasi una sinfonia, viene sbagasciata dalla Opel per illustrare i pregi dell'ultima carriola a quattro ruote. Il cinema-bordello vende, o addirittura regala, anche le idee, svilendole, volgarizzandole, rendendole un insopportabile lavaggio del cervello: Ridley Scott non ha girato *Thelma&Louise* per angariarci con due galline chioccianti che attraversano gli Usa su una Peugeot 106. Il cinema è diventato il pappone della tv, a cui permette di tagliuzzare e mutilare i film senza imporre alcun controllo sui passaggi, incassa i soldi e finge di non vedere. Registi, musicisti, sceneggiatori non possono fare nulla (né ricevono nulla in cambio) perché firmano la totale cessione dei diritti prima ancora di creare l'opera in questione. Persino i produttori sono ormai impotenti di fronte a un sistema che li tiene stretti per le palle: "Fanno così anche in America..." si limitano a dire rassegnati.

A Robert Aldrich non è andata troppo male: *Un gioco estremamente pericoloso*, mandato in onda per "I tagliatissimi di Rete 4", ha subìto solo sette minuti di sforbiciate, concentrate per lo più sulle caste prestazioni di Catherine Deneuve. Più o meno la stessa sorte toccata a *Frantic*, che prima di diventare un contenitore di pubblicità era un film di Polanski. Lo scempio è stato invece inflitto a *Scarface*: quattordici minuti di tagli, raggiungendo il grottesco nel censurare persino buona parte delle parolacce pronunciate da Al Pacino. Contenta, signora Veronica? Le auguriamo di ricevere al più presto notizie dall'avvocato di Brian De Palma. Che direste se un romanzo famoso e conosciuto internazionalmente venisse ripubblicato dalla Silvio Berlusconi Editore senza quattordici pagine? Oddio, non l'avrà già fatto con Erasmo da Rotterdam...?

Gente d'albergo: le foto di Thierry Bouët

Gli alberghi hanno un'anima a strati, veli sottili di memoria impalpabile, uno per ogni frammento di vita che vi lascia una traccia. Le pareti degli alberghi assorbono voci, suoni, fruscii, ticchettii di tasti, sospiri e imprecazioni di fronte al foglio o allo spartito ancora in bianco, discussioni urlate e sussurri cospirativi. Quella carta da parati, il legno dei loro mobili, l'intonaco dei soffitti, potrebbero narrare la genesi di romanzi immortali, o buona parte della storia del jazz come del rock, o l'incontro di persone da cui sarebbero scaturiti eventi indimenticabili: un grande film, un brano musicale destinato a riecheggiare in ogni angolo del pianeta, ma anche azioni ordite nell'anonimato assoluto, quale un omicidio in grado di deviare il percorso a una parte dell'umanità, o addirittura l'inizio di una rivoluzione. Le mura degli alberghi si impregnano di innumerevoli vite e ne trattengono la memoria: all'apparenza, sono custodi muti, ma tutt'altro che ciechi e sordi.

Se vi fosse una magia capace di spremere l'anima al Chelsea Hotel, per esempio, trasformandola in suoni e immagini, potremmo rivivere fasti creativi e miserie umanissime di meteore luminose quanto effimere, come Edie Sedgwick, modella di Andy Warhol che incendiò ben due volte questo albergo dalle numerose cicatrici da ustioni: il Chelsea, magnanimo, tenne per sé il fuoco e protesse, chissà come, il corpo lunare ed etereo di Edie, fumatrice assopita dagli oppiacei e musa insostituibile.

Nel cuore dell'Avana resiste agli uragani e alla salsedine l'Hotel Ambos Mundos. Lui è l'unico a sapere *Per chi suona la campana*. Hemingway ci visse per mesi e anni, e nel '39 riascoltò in quelle stanze le voci di María e dell'Inglés, la risata di Pilar, i frastuoni della guerra e i silenzi delle montagne insanguinate, finché, giunto all'ultima pagina, poté sentire, appoggiando l'orecchio al pavimento dell'Ambos Mundos, il cuore di Robert Jordan che batteva "contro il terreno coperto d'aghi della pineta". A quel punto batté sui tasti "The End", e si cercò una grande casa sulla collina, la Finca Vigía, ma nulla sarebbe stato più come prima.

Gli alberghi servono a mettere le vite tra parentesi: sono oasi e rifugi dove sfruttare per intero il brevissimo tempo di ogni giornata, senza farselo erodere e mordere dalle mille incombenze imposte da una normale abitazione. Parentesi che si aprono e chiudono entrando e uscendo, involucri protettivi per spiriti vagabondi, che qui trovano riparo dal magma del quotidiano. È infinito l'elenco di personaggi celebri che hanno scelto un albergo come dimora, dagli artisti più tormentati fino ad agiati imprenditori, oltre agli illustri nessuno, sconosciuti al punto da preferire una stanza di hotel proprio per restare tali, o semplicemente per affidare ad altri la gestione dei problemi meno importanti nell'esistenza. Sulla strada c'è sempre stato un albergo, per Jack Kerouac, come per William Burroughs e Allen Ginsberg. Jean-Paul Sartre e Simone de Beauvoir vissero al Louisiane dal '43 al '46, forse poca cosa se paragonata ai quarant'anni trascorsi al Ritz da Coco Chanel. E gli alberghi, a volte, accolgono la fine di una parabola estrema, offrendo una finestra da cui gettarsi a Chet Baker, o una stanza in cui svanire a Jim Morrison, che a Parigi iniziò il cammino per varcare l'ultima soglia proprio recandosi in pellegrinaggio intimo all'Hôtel de Lauzun, che Baudelaire e Gautier trasformarono nel Club dell'Hashish.

Sì, sarebbe una grande magia poter dar voce a quelle pareti per farsi raccontare tutto. Qualcosa, però, lo narrano comunque. Ci dicono di ospiti che passano senza lasciare un segno, un umore, un graffito, niente; e altri che incidono, scolpiscono, rimescolano, adattano l'intorno alla loro presenza, che poi resterà indelebile, offrendo al prossimo viandante la fantasia di ricostruire il vissuto.

Le immagini di Thierry Bouët sono l'alchimia che ha reso possibile ascoltare la voce degli alberghi. Fotografie che trasmettono allo sguardo l'anima racchiusa nelle loro pareti. E guardando, cominciamo ad ascoltare... L'esilio, innanzitutto. Raymond Eddé in riunione con altri esuli libanesi nell'Hôtel Queen Élizabeth di Parigi. Quella sola foto è capace di evocare un caleidoscopio di storie, diverse nel tempo e nello spazio, ma simili nel dramma dello sradicamento. Qui l'albergo non fu una scelta, ma resta simbolo di rifugio e protezione: tutti gli esiliati, gli scampati ai drammi collettivi di ogni angolo del mondo hanno trovato in un albergo il primo punto fermo nella loro triste fuga e gli hanno affidato le nostalgie, i rimpianti, la rabbia, e il bisogno di ricordare, di contrastare l'oblio che ricopre gli esseri umani rendendoli invisibili e, avvolgendoli, cancella l'origine di tragedie profonde. L'esilio e l'albergo: un eterno oscillare tra ripulsa e affetto, l'odio per la lontananza imposta, che queste quattro mura rappresentano loro malgrado, e la riconoscenza per l'ospitalità avuta, quando fuori dalle quattro mura il mondo arrivò sul punto di sbranarti.

"Se dovessi usare la ragione, non dovrei provare alcuna nostalgia per lui," mi diceva un argentino esule dalla passata dittatura militare, indicando il modesto hotel sull'avenida Insurgentes Norte, a Città del Messico. "Eppure... c'è quella stanza, al terzo piano, vedi? La seconda finestra dall'angolo a sinistra. Qualche mese fa, non so come spiegarmelo, passavo di qui e sono entrato, così, senza neppure pensarci, sono entrato e ho rivisto il vecchio portiere, sempre lui, che mi ha abbracciato neanche fossi un parente emigrato all'estero... E mi sono venute giù le lacrime, come se avessi rivisto la casa dei ricordi più belli. Ma non fu certo un anno di bei ricordi, quello. E la stanzetta del terzo piano era anche l'unica che potevo permettermi. All'inizio, mi teneva in piedi la consolazione di essere scampato all'orrore, ma poi, con il passare dei mesi... Insomma, con la ragione so che fu un anno pessimo. Ma con l'istinto, questo dannato istinto di argentino, che solo noi potevamo inventare il tango, nostalgici e pieni di rimpianti come siamo... con l'istinto sento che in questo *hotelucho* è rimasto qualcosa di me, e della storia che mi porto dentro. Adesso che ho una casa dignitosa e lavoro in un giornale, adesso che posso avere ciò che allora, da quella finestra, vedevo come un sogno irrealizzabile... ogni volta che ho un pretesto per farlo, vado in un albergo e mi sento di nuovo libero."

Thierry Bouët sa raccontare la vita d'hotel anche con sottile ironia. Il ritratto di Mathilda, per esempio: cogliendola di spalle mentre sbircia il mondo esterno – estraneo – immortala la sesta gatta abitante fissa dell'ormai leggendario Hotel Algonquin di New York, che dando la caccia ai topi si guadagna il diritto di permanenza. Ma il luogo in cui vive l'ha resa celebre, al punto da farla debuttare nel cinema.

E se alcuni ritratti, invece, potrebbero trasmettere un senso di solitudine, per fugarlo è sufficiente ricordare dove ci troviamo: fuori dalla stanza c'è il microcosmo di un hotel, non il deserto di un grande condominio, dove si può essere più soli che in un vagone di metropolitana vuoto durante l'ultima corsa della notte.

Gli appartamenti degli edifici moderni rappresentano la più singolare contraddizione della società odierna: la stretta vicinanza forzata tra centinaia di persone produce isolamento e assenza di rapporti. Non è ovviamente una regola universale, ma nei vasti agglomerati urbani costituisce la norma e non l'eccezione. "Ho vissuto in un condominio di Bruxelles per nove anni," mi raccontava poco tempo fa il musicista statunitense Steven Brown, "e al momento di andarmene mi sono reso conto che non conoscevo neppure il vicino di fronte. Mai una parola da spendere, un invito, una scintilla di curiosità che non fosse motivata dalla diffidenza. Paura di farsi invadere il proprio spazio vitale, peraltro ristretto, da un intruso sconosciuto."

La rarefazione dei contatti dipende naturalmente anche dall'indole di un popolo, o addirittura dalle abitudini di un quartiere rispetto a un altro, ma parlando di metropoli e dei rapporti tra gli esseri umani che le affollano, si può finire con l'apprezzare la vita d'albergo anche per questo: lo stesso personale, che si occupi della manutenzione, di rassettare, di smistare messaggi o bevande, costituisce di per sé una presenza che accomuna, che fornisce il pretesto per non arrendersi alla solitudine.

Forse sarà il motivo per cui tanti proprietari di hotel, dopo averne deciso la vendita, hanno tenuto per sé una suite, come ha fatto Robert Laurens con l'Ambassador di Parigi: in quale altro posto troverebbe una famiglia grande come quella?

E c'è chi rimane in hotel dopo avergli dedicato una vita senza averlo posseduto. Mademoiselle Dumont, che vediamo allontanarsi senza fretta, quasi stesse passeggiando, all'Hôtel Lutétia c'è entrata a quattordici anni, l'ha "governato" fino alla pensione, per poi continuare a esserne la "custode morale", la memoria vivente. Al Lutétia si è fermato a lungo lo scultore César, eterno nomade, e Françoise Sagan lo ha scelto spesso per scriverci i suoi libri; per molti scrittori, sembra proprio che non vi sia luogo migliore di un albergo, per dar vita ai personaggi delle loro opere. Non c'è malinconia, nell'immagine di Mademoiselle Dumont, perché il Lutétia è la sua casa e la sua storia. Che senso avrebbe avuto, lasciarlo adesso?

"Mio padre venne qui come ingegnere minerario, e finì per fare l'albergatore," mi ha detto l'anziano proprietario di un piccolo hotel a Santa Rosalia, nella Baja California. Figlio di francesi trasferitisi in questa sorta di *finis terræ*, estremo lembo di deserto proiettato tra il Mar di Cortés e il Pacifico, ai tempi d'oro delle miniere metallurgiche ha ereditato l'albergo e continua a tenerlo aperto nonostante Santa Rosalia sia raramente meta di turisti. Nella piazza della cittadina troneggia la più strana chiesa delle Americhe, creata da Eiffel prima ancora di diventare universalmente celebre per la torre parigina. Portata fin qui nelle stive di un mercantile, e rimontata in ognuno dei suoi milioni di dadi e bulloni, rappresenta i fasti andati di un'epoca dimenticata. "Al mattino mi affaccio alla finestra, guardo la chiesa, respiro l'aria di mare, saluto i passanti e... comincio la mia giornata, scacciando i fantasmi notturni che mi istigano a piantare tutto appena spunta l'alba. Ma non me ne andrò mai. Perché, comunque, andrei a vivere in un altro hotel, e allora... preferisco restare nel mio, dove ogni trave e mattone sono le mie ossa e le mie vene."

Monastero, caserma, bastimento. Un po' prigione, a volte, per alcuni. Dall'albergo, però, si può sbarcare, o disertare. Evadere, se i travagli dell'esistenza si fanno così opprimenti da arrivare a scambiare la stanza per una cella.

Fuori, c'è la strada. Che, per gente come noi, è doppiamente preziosa. Offre la conoscenza, quella vera, diretta, non filtrata. E ha tanti hotel lungo il percorso, ognuno pronto a svelare un mondo. Un piccolo mondo, vero, diretto, non filtrato.

Ragazzi di buona famiglia

Un cubetto di porfido si schianta con uno schiocco e rotola verso i miei piedi. Sto attraversando una piazzetta con giardino, la grossa pietra squadrata ha colpito un muretto ed è rimbalzata da questa parte. Dietro il muretto ci sono due uomini di età indefinibile, come indefinibile è la provenienza: forse slavi, forse nordafricani, comunque poverissimi e ridotti a dormire al riparo di alcuni scatoloni. C'è un vago allarme nei loro sguardi, ma ciò che mi colpisce di più è la vinta rassegnazione che un attimo dopo subentra nelle espressioni e nel lento risedersi sulla panchina.

Dall'altro lato dei giardini, transitano frettolosamente tre ragazzini. Avranno quindici anni. Vestiti sportivi, zainetti variopinti, aspetto ben nutrito e volti sereni, "per bene", nulla da spartire con l'immagine del teppismo rasato e calcistico-nazistoide. Li fisso. Abbassano la testa e sgattaiolano oltre l'angolo. Non c'è nessun altro. Assolutamente nessuno. E il cubetto non può essere arrivato da una strada vicina, perché la piazzetta è chiusa da caseggiati di banche e palazzi. Da questi ultimi, è impossibile averlo lanciato: se venisse da una finestra, non avrebbe potuto colpire il muretto da questa parte dove mi trovo. Sono così inebetito dall'idea che a poco a poco intuisco da restare immobile a guardarli andar via, tre ragazzini dall'aria indifferente e che non ispirano la benché minima associazione con un gesto di violenza... E anche loro, da come trotterellano verso il vicolo poco distante, sembrano stupiti dal mio stupore: sono così certi di aver fatto qualcosa di normale, di scontato, di sentito dire tante volte a tavola con il rispettabile papà e la premurosa mamma – sicuramente genitori stimabili e affettuosi e disposti a qualsiasi sacrificio per il loro avvenire –, da non poter capire perché un passante, un "cittadino" che nulla dovrebbe avere da spartire con quei "barboni", si fermi a fissarli sconvolto come sto facendo io.

Perché considerano normale e doveroso fare qualcosa per allontanare dal loro territorio questi "rifiuti", questi subominidi che lordano la vista dei giardini pubblici. Fare qualcosa può significare anche il lancio di un sasso, così, passando, senza neppure tentare di nascondersi, un cubetto di porfido che ha mancato di poco una delle due teste, una pietra dagli spigoli taglienti che adesso guardo con un senso di impotenza che mi ha rovinato la giornata, e mi ha trasformato in nausea il pranzo appena ingoiato. Per un po' rumigino la frustrazione del non essermi reso conto fin dall'inizio di cosa si trattasse, e alla fine penso che tutto sommato è andata meglio così, perché se avessi visto raccogliere e lanciare quella grossa pietra verso i due, non sarei rimasto certo paralizzato dallo stupore. E non sarebbe servito a molto, prendere per il collo uno dei tre, a caso, e trascinarlo davanti a quei due uomini per chiedere loro scusa. Non avrebbe capito. Sarebbe servito soltanto a me, a sentirmi meno frustrato. Ma pestare un ragazzino di quindici anni, o pestarne tre, non deve lasciare un gran bel sapore in bocca. Servirebbe di più, forse, riuscire a trascinare qui i loro genitori, e tutto l'ambiente familiare in cui sono cresciuti, costringendoli a chiedere scusa per aver allevato dei gelidi mostri privi di sentimenti. Ma è probabile che il buon padre onesto lavoratore e la buona madre premurosa e preoccupata dalla droga e dalle discoteche non capiscano cosa ci sia di strano nel prendere a sassate due esseri "inutili" come quelli. Quando erano ragazzi loro, a nessuno sembrava strano tirare sassi ai cani randagi per allontanarli.

La Madonna Volante e il Cassero degli Uomini Perduti

Accadde nel secolo XVII. Era una notte buia e tempestosa. La Madonna di San Luca attendeva con impazienza di essere riportata alla sua dimora sul colle. La prima andata-ritorno San Luca-San Petronio l'aveva fatta nel lontano 1302, per intercedere in uno dei tanti scontri fra famiglie bolognesi a colpi di catapulta da una torre all'altra. Da allora, il tragitto dai colli al centro era diventata una consuetudine, per la Madonna viaggiatrice, della quale si narra sia venuta in volo fino alla Pianura padana niente meno che dal lontano Oriente. Dunque, la notte era buia come tutte le notti dei tempi in cui non c'era la luce al neon, ma tempestosa come poche altre. E gli addetti al viaggio di ritorno decisero di soprassedere, in attesa che la pioggia si attenuasse; per ingannare l'attesa di schiarite si disposero a consumare una cena frugale, a base dei rinomati ciccioli dell'allora sagrestano, tale Trebbiano Vinazzetti.

Alla Madonna non andò giù, quel cambio di programma. E decise di farsi un bel volo celeste, in cabrata, puntando diritta al colle di San Luca. Immaginate la faccia dei fedeli l'indomani, che subito pensarono a un furto sacrilego. In mancanza del telefono, ci volle qualche ora prima che il cavallo di un messo collinare giungesse in San Petronio, annunciando la prodigiosa novella: la Madonna era al suo posto nel santuario! E siccome non manifestava la benché minima umidità, se ne dedusse la cosa più logica. Cioè, era volata lungo i portici di via Saragozza (e fin qui niente di strano, sul fatto che non si fosse bagnata), poi aveva compiuto un probabile scalo tecnico sotto le volte del Cassero, e quindi si era lanciata lungo l'allora strada alberata, dove platani, querce, cipressi e larici, avevano proteso le chiome a portichetto per proteggerla dalle intemperie.

Che fare? Semplice: non restava che costruire un porticato da Saragozza fino a San Luca, per far sì che, pioggia neve o vento, la processione si tenesse nei giorni stabiliti, scongiurando lo sghiribizzo di involarsi nottetempo. Per il Guinness dei primati, Bologna si ritrova in tal modo detentrice del portico ininterrotto più lungo del mondo, bellezza architettonica la cui fama è purtroppo oscurata dalla celebrità internazionale delle Tre T.

Questa è dunque la storia, suffragata da precisi riscontri giornalistici dell'epoca, a cui va imputata l'odierna questione del Cassero, luogo sacro dal giorno di quello scalo tecnico e attualmente in uso alle orde di Sodoma.

PS (2008) Con grande sollievo della Curia, il Cassero dell'Arcigay è stato spostato alla Salara (un gran bel posto, indubbiamente). Adesso la processione della Madonna piovosa può transitare sotto il Cassero di Porta Saragozza senza che le radiazioni degli abominevoli peccatori sodomiti la danneggino. I benpensanti ora non scuotono più il capo sconsolati, in prossimità del Cassero, e tanti di loro, finalmente, marciano a testa alta, in attesa di tornare alle pie attività abituali, come evadere le tasse, cornificare la o il consorte, sniffare cocaina, trombare prostitute minorenni, sfruttare domestiche al nero, palpeggiare badanti dell'Est, riversare sostanze tossiche in fiumi e canali, avvelenare l'aria, scorrazzare in Suv nel centro storico, comprare azioni di aziende che fabbricano mine antiuomo. Insomma, la paciosità bolognese di sempre.

Maurizio, il Qbo, il silenzio

Non ero un amico di Maurizio Stanzani. Non lo ero perché non l'ho frequentato abbastanza, perché non ne ho avuto il tempo o perché, forse, non è neppure detto che saremmo andati d'accordo su un sacco di cose. Lo conoscevo, questo sì. Quindi chiarisco subito che non mi aggiungo alla schiera degli "amici" postumi, che sembra ingrossare a ogni ora, specie dopo l'idea di creare una fondazione in sua memoria. Avevamo comunque amici in comune, ed è per questo che ne ho seguito da vicino le traversie, le sofferenze, le frustrazioni. Inoltre, anni fa appartenevo alla folta banda che rendeva *invivibili* le notti bolognesi entrando e uscendo dal Qbo, banda di reietti, teppisti, nullafacenti, asociali ecc.

E sentire in bocca a certi amanti della quiete pubblica coccodrillate quali "Stanzani persona attenta ai bisogni dei giovani" e "creatore di luoghi mitici della cultura giovanile" mi provoca reazioni che poco hanno a che fare con il cervello e molto con le viscere e lo stomaco. Il "mitico Qbo", per Maurizio Stanzani fu soprattutto il motivo di una serie infinita di persecuzioni, linciaggi, ingiurie che lo trasformavano in una specie di gestore di un antro malfamato, oggetto di denunce pubbliche e tribunalizie, raccolte di firme, richieste di soppressione. In questa città ogni sorta di rumore viene tollerato, tranne la musica e il chiacchiericcio di ragazzi. Bologna ha gli autobus più rumorosi del pianeta, sopporta lo squasso dei cassoni del "rusco" dalle due alle quattro del mattino, o la caduta di mille bottiglie che dalla "campana" raccoglitrice si schiantano sul fondo in lamiera di un camion un'ora prima dell'alba, e insulsi allarmi di auto, e sirene spesso inutili quando le strade sono deserte, e traffico esagitato, e qualsiasi altra maledizione biblica in versione acustica. Ma guai a chi offre ai "giovani" uno spazio dove ascoltare musica, scambiare parole, risate, contatti...

Maurizio non si arrese, fece isolare acusticamente il Qbo, ma i piccoli Torquemada di quartiere non mollarono: e quell'unico locale cittadino che rifiutava la logica acefala della discoteca claustrofobica e annichilente fu finalmente chiuso, con il plauso degli aventi diritto al riposo notturno. Che nessuno pretende negare, ma che non spiega come ci si possa abituare persino a vivere e dormire a venti metri dal principale nodo ferroviario del paese o nei condomìni lungo la Tangenziale dove transitano più Tir che zanzare, mentre rimane impossibile, intollerabile, sopravvivere a cinquecento metri da un'emissione di suoni. Arrivando all'altro ieri, abbiamo assistito alla grottesca motivazione dell'ennesima raccolta di firme e petizioni per l'Arena Puccini, involontariamente comica in quel "Non riusciamo a seguire i programmi televisivi"... Nel frattempo, il Qbo è stato restituito alla pace eterna – la stessa delle varie Isola e Fabbrica –, abbandonato e silenzioso, con qualche vecchio manifesto dell'ultimo concerto che ancora penzola al vento notturno, tremolando al passaggio di un bus Menarini che a ogni accelerazione incrina il naso a un monumento o il sistema cardiovascolare a un dormiente.

Gli amici di Maurizio, quelli di sempre, di "prima", hanno organizzato una festa, fatta di musica e voci a tanti decibel, ma per fortuna a ridosso della Tangenziale, dove i rumori "ineluttabili" della migliore delle società possibili coprono qualsiasi altro suono nella pianura desolata. Gli altri, anche quelli che non hanno aperto bocca per il timore di perdere consensi, abbiano almeno la decenza di continuare a tacere e godersi la quiete che non c'è, risparmiandoci false commemorazioni per l'"attento interprete dei bisogni giovanili".

PS (2008) Ai tanti rumori che rendono Bologna un inferno per le orecchie, negli ultimi anni si è aggiunta la più idiota delle invenzioni moderne: il tubo soffia-foglie secche alimentato da motore a scoppio sito sulla schiena dei malcapitati ex spazzini, con scappamento a trenta centimetri dal... naso. A parte il fragore insopportabile e il fumo da miscela benzina-olio, soffiando via le foglie sollevano nubi di polveri sottili che così riprendiamo a inalare in dosi massicce. E intanto, le proteste dei probi cittadini continuano a riguardare esclusivamente le chiacchiere dei "nottambuli"... Cosa avevano di sbagliato le sane ramazze di un tempo? Lo so che spazzare foglie e cartacce non è il mestiere più ambito, ma assordarsi con quei marchingegni e avvelenarsi bronchi e polmoni temo sia ben peggio, in primo luogo per gli ex spazzini trasformati in grotteschi ghostbuster soffia/aspira-polveri. Come ha detto un ecologista bolognese, "gli unici veri filtri che raccolgono e trattengono per sempre le polveri sottili sono i polmoni umani".

Sarà per un'altra volta

Una notte inquieta, quella di domenica. L'annuncio della totale chiusura al traffico mi riportava ai ricordi dell'austerity adolescenziale, quando la supposta crisi petrolifera si risolse in un carnevale di monopattini, carretti trainati da mute di cocker e fox terrier, vasche da bagno a rotelle mosse da vele latine. Per un veterociclista-nichilista come me, immaginare un lunedì bolognese con assenza di traffico significava trascorrere una notte di trepidante attesa.

Alle nove del fatidico mattino, mezz'ora dopo lo scadere dell'incantesimo, si notava soltanto un'atmosfera di pacata frettolosità. Nel senso che le migliaia di macchine in circolazione manifestavano tutt'al più una guida furtiva, con autisti curvi e dallo sguardo fatalista, l'atteggiamento di chi supera una zona di guerra sperando che le pallottole vaganti colpiscano sempre qualcun altro. Boh, mi sono detto, saranno i ritardatari... Alle undici, decido di attraversare la direttrice San Felice-Strada Maggiore, la prova del fuoco. Dunque: via Rizzoli era ancora più intasata, ammesso sia possibile per la legge che impedisce la compenetrazione di corpi solidi, e in piazza c'era il solito tripudio di lamiere e sgasate da trentamila decibel. Tutti con la marmitta catalitica? Autobus e taxi no di sicuro, forse la Cadillac con targa New Jersey che il legittimo proprietario ha tirato fuori in sostituzione del solito supergippone, e tra gli autorizzati – quelli che lo sono anche il resto dell'anno – sarei curioso di sapere quale urgenza potesse avere il furgone con l'insegna "Amici di Alberto Tomba di Castel de' Britti". In via Marconi, invece, si registrava un sensibile peggioramento: senza le auto a fare da intermezzo, i milioni di pachidermi arancione sfrecciavano più veloci, quindi più pericolosi per lo sfigato in bicicletta che, secondo il Testo Unico della Giungla d'Asfalto, essendo più piccolo ha sempre torto. Sarà per un'altra volta...

PS (2008) Un amico funzionario comunale mi ha procurato l'elenco dei veicoli "esentati" dal blocco del traffico: occupa tre pagine. La voce più assurda riguarda i genitori che in "orario scolastico" (???) possono scorrazzare liberamente per accompagnare i pargoli. Nel resto del mondo esistono gli "scuolabus". A Bologna, gli scuolamamma e scuolapapà. Ma quanti invalidi ci sono in questa città? A giudicare dai permessi, uno stuolo preoccupante, ma raramente "dolente". La settimana scorsa ho visto una Porsche Cayenne parcheggiare sul marciapiede in un vicolo del centro storico. Ne è scesa una avvenente signora in similpelle e stivaloni delle sette leghe. Ho sbirciato sul parabrezza: emblema della sedia a rotelle, autorizzazione per "trasporto invalidi". Complimenti, signora bonazza: per essere invalida, ha proprio un bell'aspetto. E l'altro ieri ho visto un Suv Mercedes nuovo di zecca, cilindrata da carro armato Leopard, che superava senza quasi rallentare il blocco dei vigili all'imbocco di via Farini. Mentre lo oltrepassavo pedalando, ho scorto l'immancabile simbolo dell'omino in carrozzella... Solo che dall'alto del sedilone panoramico discendeva agilmente, con tanto di rimbalzo sui talloni allenati, un quarantenne lampadato e disinvolto, che mi ha lanciato un'eloquente occhiata del tipo: "Che hai da guardare, morto di fame in bicicletta?". Poi si è diretto alla profumeria accanto, e sia l'espressione del volto bronzeo, sia l'incedere flessuoso, chissà perché mi sembravano emanare il messaggio: "Faccio il cazzo che mi pare, e allora?".

Ho avvertito la forte tentazione di fargli un clistere con la pompa della bici, giusto per vedere se, liberandosi dagli umori maligni, potesse recuperare la validità cessando di essere invalido.

Ieri, infine, ho cercato inutilmente di infilare la bici nelle rastrelliere di via Ugo Bassi per andare a fare la spesa al mercato delle Erbe: un immenso Suv Lexus ostruiva il marciapiede. Indovinate cosa esibiva sul parabrezza...

Certo che è un orgoglio, per Bologna, constatare che tanti invalidi siano doppiamente benestanti: nel senso che hanno una svalangata di quattrini e stanno benissimo. Sarà l'aria buona che si respira in centro.

La domanda che sorge spontanea è: a cosa si deve la propensione degli "invalidi" a guidare camioncini corazzati a quattro ruote motrici anziché auto normali? Non dovrebbe essere più faticoso e disagevole salire su quei monumenti all'assurdità urbana quando non si ha una sufficiente capacità motoria? Non sarà, per caso, che la patacca con la sedia a rotelle viene generosamente elargita a vetusti parenti semoventi e poi, con l'immancabile scusa di "andarli a prendere", sui Suv ci girano figli, nipoti, generi, cognate, cani e porci?

Sbragate Rosse

È un tiepido pomeriggio di ordinaria nevrosi, in redazione siamo i soliti quattro gatti, più il boxer di Raf Aquila che ci dà una zampa a correggere le bozze. La quiete viene interrotta dallo squillo del telefono. Poso la sigaretta, il caffè, la penna, il goniometro, sputo la bubblegum e alzo la cornetta. "Sono un Comunista Combattente," dice l'anonimo interlocutore. "E io un Corsivista Delirante. Dica pure." "Dobbiamo recapitarvi l'ultima Risoluzione Strategica." "Dove?" "Nelle latrine di piazza Aldrovandi, in mezzo alle pagine gialle." Gli snocciolo le nostre tariffe pubblicitarie, ma quello taglia corto: "Non datevi tante arie. Vi abbiamo scelto solo per l'alta tiratura. In ultima analisi, rimanete sempre un sottoprodotto degenerato della borghesia corrotta e parassitaria. Lacchè. Clic".

Inforco la bicicletta in dotazione agli inviati speciali di "Mongolfiera" e arrivo in Aldrovandi in tre primi netti. Hanno fatto le cose in grande, per non destare sospetti. Nel pisciatoio di sinistra c'è un telefono a gettoni, una tabella con i prefissi, l'elenco e le pagine gialle. All'interno di queste, trovo un tomo di settecentosessantacinque fogli in carta filigranata rilegato in brossura, con testo in sedici lingue parlate, tre morte, due disperse e cinque dialetti.

Dopo una tempestosa riunione con tutti i millecinquecento collaboratori di "Mongolfiera", compresi i corrispondenti dall'estero, si è decisa la pubblicazione per dovere informativo a cui non possiamo sottrarci. Eccovi dunque la parte in italiano moderno della Risoluzione Strategica n. 2.543.709 bis:

GUERRA DI CLASSE DI LUNGA DURATA
E A LUNGA CONSERVAZIONE PER LA CONQUISTA
DEL POTERE COLITICO!!!
CONTRO L'IMPERIALISMO U.S.A. E GETTA,
IL CAMALEONTISMO ANDREOTTIANO,
IL PRESIDENZIALISMO CRAXIANO,
IL BRADIPISMO DI SPADOLINI E IL BRADISISMO DI POZZUOLI,
IL CANCEROGIUSTIFICAZIONISMO DI REAGAN,
I TIC DI BENVENUTO,
LE CRAVATTE DI MARTELLI E LE MUTANDE DELLA BONACCORTI:
GUERRA FINO ALLA VITTORIA!!!

Rigettiamo le accuse di veteromarxismo! Noi non siamo protostalinisti, oligoleninisti e tanto meno profilatticomaoisti, ma neppure sieropositivohegeliani criptohiaobangyani!!!

La realtà manipolata dai boia di Max Media e dai pescivendoli di regime non potrà più essere taciuta, perché noi siamo, in semplici termini pragmatici, la palingenetica obliterazione transumanizzante dell'io cosciente, scevra dall'ubertosità microostracizzante sulla secrettività endogena rodomontana del ceto medio, e nella misura in cui lo sappiamo solo noi!!!

ANALISI DELLA CRISI DELL'IMPERIALISMO
CAUSE – EFFETTI – PRONOSTICI – DIRETTIVE DI LOTTA

1. Il genere Celenterata comprende attinie, idre, meduse e coralli. Considerato come gruppo intermedio tra il mondo animale e quello vegetale, è detto degli zoofiti. I celenterati sono organismi pluricellulari a simmetria raggiata che negli antozoi tende a diventare bilaterale! Vengono anche chiamati Cnidari per la presenza di cellule urticanti – cnidoblasti – contenenti una capsula – cnidocisti o nematocisti – con introflesso a spirale il filamento urticante. Tra l'ectoderma e l'enteroderma vi è la mesoglea, sostanza gelatinosa ricca d'acqua!!!

FRONTE DELLE CARCERI – NORME DI COMPORTAMENTO

2. I Compagni Comunisti Combattenti Prigionieri (C.C.C.P.) hanno ricevuto l'ordine di rifiutare le demagogiche ed effimere profferte di miglioramenti, di permessi, di licenze, di libertà provvisorie, di tendine alle bocche di lupo e di maccheroni alla boscaiola. In ogni campo i membri della Direzione Strategica vigileranno sulle deviazioni di destra, di sinistra, di centro, di sopra, di sotto e subdolamente laterali, sulle dissociazioni, sui tentennamenti, sugli sbuffi e le alzate di spalle, sulle depravazioni sessuali, culinarie e igieniche, sulle letture, sulla posta, sui disegni politici, sui disegni sui muri, su quelli che ridono, su quelli che sperano di uscire, e comunque su tutti quanti manifesteranno propensioni a mantenersi più giovani di quanto le scelte rivoluzionarie impongano, o che dimostrino pericolose mire piccolo-borghesi quali sognare di fare il bagno in mare, passeggiare a vongole e spumante, copulare con chicchessia. A tutti costoro la Giustizia Proletaria riserva, a Rivoluzione avvenuta, campi di rieducazione alla morale comunista, fatti salvi quei casi in cui si renderà improcrastinabile la fucilazione.

DIRETTIVE AI MILITANTI E AVVISO AI NAVIGANTI

Manovrare l'Estremizzazione e la Radicalizzazione del Dissenso Armato (M.E.R.D.A.)
Costruire e Unificare le Lotte Operaie (C.U.L.O.)
Combattere e Annientare i Centri di Controllo Anticomunista (C.A.C.C.A.)
W il Proletariato Internazionalista Rivoluzionario in Lotta Antimperialista (P.I.R.L.A.)
Centralizzare per Estendere la Sovversione Sociale Organizzata (C.E.S.S.O.)
Promuovere l'Unità di Gestione Nazionale ed Estera di Teorie e Tattiche Antagoniste (P.U.G.N.E.T.T.A.)

CONCLUSIONI

Finalizzare la propria esistenza alla M.E.R.D.A. totale per confluire collettivamente nel C.U.L.O.!!!
Lottare per la C.A.C.C.A.!!!
Vincere con l'apporto costruttivo di tutti i P.I.R.L.A. della terra!!!
Riunirsi nel C.E.S.S.O. per fare una P.U.G.N.E.T.T.A.!!!

Il Mottosciò è fallito!

Quartiere fieristico, ore 8.45: le cassiere lustrano pollici e indici sulle spugnette imbevute di Giacobazzi n. 5, mentre gli addetti ai controlli dei biglietti scaldano i muscoli eseguendo saltelli e colpendo con la spalla i sacchi di sabbia appesi all'ingresso. A vigilare sulla loro indefessa integrità, una falange di ispettori Siae esercita l'occhio ripassando il cubo di Rubik. Nervosismo tra le forze dell'ordine stipate nei blindati, febbrile concitazione negli sguardi dei dirigenti. Al di sopra di tutti, chiuso nel suo ormai leggendario paltò in cammello delle Murge, il generale Cazzuola Alfredo passa in rassegna le truppe, diffondendo come un impalpabile flusso benefico la sua calma e la sua cortese freddezza, degne di un Cambronne un'ora prima di Waterloo. L'aura di "misonfattotuttodamé" irradia bagliori azzurrognolo-carta-da-diecimila attorno alla chioma scompigliata dalla brezza dicembrina. La sera precedente, Cazzuola Magno ha ricevuto la telefonata che gli annunciava ben altro alloro con cui cingerla: il Magnifico Rettore gli ha promesso una laurea honoris causa in filologia romanza, se quest'anno dimostrerà di poter spillare sedici miliardi a un milione di fessi facendo loro credere di assistere a dieci spettacoli vedendone manco mezzo.

Ore 9: dal cappotto di cammello si alza un braccio! Uno schianto secco annuncia lo strappo all'unisono di novantasei cassiere che adesso già stringono il primo biglietto in pugno.

Ore 9.10: oltre i cancelli, il deserto dei tartari.

Ore 10: sguardi smarriti, stringere di sbarre gelide, scalpiccio di impazienza. Verso mezzogiorno, le truppe di Cazzuola danno i primi segni di lassismo per inattività; sulla pista da motocross viene impartito il via, ma i piloti sono tutti rientrati nel motorhome per un torneo di tombola. Parte soltanto un giovane in sella a una delle moto abbandonate, ma per dirigersi all'uscita merci più vicina e guadagnare la Tangenziale.

Ore 12.15: prima denuncia per furto di una moto da cross.

Ore 12.45: gli avamposti di via Stalingrado annunciano l'arrivo di un visitatore. "State fermi ai vostri posti!" tuona Alfredo il Breve montando in groppa al cappotto di cammello.

Ore 13.25: un veneto infreddolito raggiunge il controllo biglietti; per l'indecisione su a chi spetti l'onore della prima obliterazione, accade che il suddetto veneto si ritrovi oltre le forche caudine senza aver ottemperato agli obblighi Siae. In una frazione di secondo, la cinquantina di membri del servizio d'ordine segreto non sindacalizzato (i famigerati Cazzuola's Warriors) lo placcano e immobilizzano, per poi scaraventarlo oltre la rete metallica. Rimasto impigliato nel filo spinato, il veneto verrà usato come omino Michelin dopo averlo verniciato di bianco.

Ore 13.37: il secondo visitatore oltrepassa il varco, ma questa volta un ignoto controllore gli strappa il biglietto. L'uomo si paralizza, fissa atterrito il pezzo di carta slabbrato, piange sommessamente. Un cronista di Tele Budrio accorre a intervistarlo. Tra i singhiozzi, il poveretto dichiara: "M'era costato sedicimila lire, e quel disgraziato me l'ha strappato come carta straccia... per non parlare poi delle novantamila di benzina, trentaduemila di autostrada e diecimila di parcheggio... Il mio biglietto... Siete dei sadici, dei pervertiti, ecco cosa siete...".

Ore 14: inizia lo spettacolo nell'Area 48. I diciotto spettatori vengono invitati ad applaudire dallo speaker, ricevendo in risposta qualche bestemmia densa di significati reconditi. Ma lo spettacolo deve continuare, perché questo è il Mottosciò, voglia di stare insieme, sentirsi uniti dalla comune passione, vivere l'emozione per poter dire un giorno ai nipoti: "Io c'ero". Parte la prima attrazione: il campione del mondo di spegnimento di cicche sull'asfalto percorrerà l'intero piazzale alla guida di un paio di scarpe numero quarantanove, mentre lui porta il trentasette. Applausi finali dello speaker. Uno dei cinque spettatori rimasti gli lancia mezzo panino alla mortadella rancida comprato alla Camst per sole novemilacinquecento lire più Iva.

È quindi il turno del Rally "Memorial Chiudiam Bottega", che si disputa tra il campione del mondo, il finlandese Fiskiperfiask Kakkiununkakkien contro il campione della Bassa ferrarese Nello il Bello, entrambi su Apecar 3x3 a trazione integrale a elastico.

Ore 14.50: conclusa la gara per il ritiro di entrambi i contendenti a causa di noie alla scatola cranica, lo spettacolo continua! I due spettatori rimasti, i coniugi Cavolfiore da Acquapozzillo, si dirigono ai padiglioni mentre i megafoni in cartone impermeabilizzato diffondono l'annuncio che alla tribuna "Parla il Campione" è in attesa dei fan il vincitore del Mondiale Motozappe, l'italostatunitense Alcyde Bucoschi, originario di Forlimpopoli ma con uno zio a Winnamucca, Nevada, "soltanto cinquecento chilometri a nord di Las Vegas!".

Ore 16.30: avvistata una folla di scalmanati in avvicinamento da via Michelino. Pochi minuti dopo, si scopre trattarsi dei settemilaottocentoquarantanove vigili urbani che dovevano evitare gli ingorghi nelle zone limitrofe al quartiere fieristico; stanchi di aspettare, dopo aver multato una ventina di ciclisti per guida pericolosa e quattro pedoni per suole lisce, hanno deciso di venire a vedere che faccia ha quel cammello con il cappotto, capace di spillare sedicimila lire per godersi lo stesso spettacolo a cui loro assistono ogni giorno nelle vie del centro.

Ore 17.17: nelle wocchi-tocchi degli organizzatori si diffonde un lancinante grido d'allarme: "Cazzuola ha pestato una merda!".

Immediatamente, l'efficientissimo servizio di sicurezza si precipita dappertutto, alcuni cozzano tra loro, altri sfondano un paio di vetrate, ma alla fine tutti si bloccano di colpo quando un dirigente della Fiera fa notare che quest'anno i dobermann tenuti al guinzaglio da oranghi palestrati non sono stati assunti. Chi può dunque aver depositato la ferale materia organica? L'allarme rientra quando viene chiarito che l'esclamazione è da attribuirsi all'addetto ai conteggi dei biglietti venduti.

Ore 19: chiusura dei padiglioni, rimozione degli ubriachi, primi soccorsi agli espositori, ai quali Cazzuola aveva assicurato un milione di visitatori. Stanchi ma felici, torniamo alle nostre case, godendoci altri spettacoli da brivido nel traffico serale.

In appendice: intervista a Nicolaus Laudam
Abbiamo incontrato il grande campione di automobilismo durante il taglio del nastro, che Alfredo ha fatto immediatamente ricucire per l'anno prossimo.
"Che ne pensa di Berger?"
"Lui molto buono piloto. Unico difeto quando corrono Senna, Piquet, Prost, Mansell e Gretel. Se loro non correre, lui sicuramente vincitore."
"E Alboreto?"
"Lui vincere solo se corere con Formula Uno. Meno bravo quando guidare trattori."
"Anche Piquet è tre volte mondiale, come lei..."
"Io grande testa, lui grande culo. Io grande piloto, lui cesso a rotelle di Brasile."
"Vuole rivelare ai lettori di 'Mongolfiera' quanto guadagna?"
"Io fare cazzi miei, tu fare cazzi tuoi, lettori 'Mongolfiera' fare i loro, e tutto mondo andare migliore."

Ringrazio il grande Laudam per averci concesso tre minuti del suo costosissimo tempo, e lui agita la manina dicendo: "Fatti fottere, crucco". È stata l'ultima frase che ha udito pronunciare a Luca Cordero di Monteprezzemolo al telefono, il giorno che il matrimonio Laudam-Ferrari è stato sciolto. Da allora, è convinto che si tratti di un cordiale saluto di commiato.

Esordi

Lo scrittore Donald Westlake, quando gli chiedono dei suoi rapporti con il cinema, ama ripetere: "L'ideale sarebbe che lo scrittore e il produttore partano dalle rispettive città dandosi appuntamento a metà strada, scegliendo possibilmente un luogo con una rete nel mezzo; a quel punto devono compiere un gesto in contemporanea: lo scrittore getta al di là il proprio libro, e il produttore la busta con i soldi. Dopodiché si voltano, e non tornano a incontrarsi mai più in vita loro".
Il giovane esordiente della nostra storia non conosceva ancora Westlake e non aveva mai letto una sua intervista. Comunque, la telefonata (ricevuta al numero dell'allora fidanzata e tuttora moglie) che gli sconvolse l'esistenza – "Parlo con il giovane autore *scoperto* da Fellini?" – non riguardava i diritti cinematografici del suo unico libro, ma... Per essere sinceri, l'esordiente non capì granché,

da quella telefonata, se non l'urgenza di recarsi a Roma per un incontro con il grande produttore.
"Il governo, il cinema e il Vaticano: per qualsiasi città, una sola di queste presenze basterebbe a rovinarla. Roma, poveraccia, se le ritrova tutte e tre, le iatture... Mi dica lei come potrebbe non essere un casino simile," diceva il tassista imprecando contro l'ennesimo imbottigliamento. Alla fine, l'esordiente raggiunse l'indirizzo dell'appuntamento senza ritardo, grazie alla partenza anticipata di tre ore abbondanti. A chiamarlo era stato un singolare personaggio, ufficialmente giornalista, ma anche consulente di editori e produttori. Ne conosceva la fama: da anni si dedicava a scrivere invettive contro Cuba, con un livore dovuto a una probabile delusione patita in un albergo dell'Avana rivelatosi inferiore al suo lignaggio, o al fatto che, dopo aver scritto sperticati elogi di Castro negli anni sessanta, non aveva mai ricevuto un invito a cena o una proposta di pubblicazione con diritti convertibili in dollari. Il giornalista-cacciatore di talenti per conto terzi lo accolse dichiarando: "Lei scrive sceneggiature, anche se crede di aver scritto racconti o romanzi. Il cinema ha bisogno di idee. Lei sembra averle. Adesso si sieda lì che devo finire un articolo". E si mise alla tastiera, mitragliando per mezz'ora senza riprendere fiato. Poi, andarono dal grande produttore. Nei ricordi degli anni a venire, per l'allora esordiente quell'incontro resterà ammantato di leggenda, nell'immenso ufficio del quartiere esclusivo, tanto verde e colonna sonora di storni, una stanza con scrivania da un ettaro, catene montuose di copioni sparsi ovunque, luce soffusa alla Storaro che scolpiva il volto del patriarca, davanti al quale il cacciatore di talenti parlava piano e rimaneva piegato nell'iniziale inchino.
"Questo è il giovane in questione, signore."
Il produttore esalò una nube color cobalto dal suo Cohíba, non degnò di uno sguardo il giornalista – come si conviene con chi è pagato troppo per offrire così poco – e studiò attentamente il giovane. Quest'ultimo, galleggiando nella semincoscienza, stava pensando che non avrebbe potuto immaginarlo diversamente: il patriarca del cinema italiano era *ovviamente* un personaggio da film. E dall'alto di tutto ciò che aveva creato in una sola vita, non era costretto a ricorrere all'arroganza e alla fretta per rivolgersi agli altri, come doveva invece fare il giornalista, a cui non sarebbero bastate tre vite per fondare un quindicinale di provincia. Il suo tono di voce risultò persino affettuoso: "Ho bisogno di idee. Offro un contratto di quattro anni in esclusiva. Cioè, scriverà soltanto per me. Ci pensi. E mi chiami dopo pranzo".

Il giornalista tuttofare accompagnò il futuro sceneggiatore in un ristorante con pergolato. Ordinarono un pasto frugale, il cacciatore di talenti a salve inghiottì rapidamente il contenuto del suo piatto, chiese: "Allora, ci ha pensato?". L'indeciso autore di storielle d'azione si mandò di traverso le puntarelle alle acciughe, farfugliò: "Veramente, avevo un'idea per un secondo libro... Se per quattro anni dovrò scrivere solo sceneggiature, quando...". L'altro lo interruppe alzandosi in piedi di scatto: "Di tempo ne avrà anche troppo. Tanto, per quello che le chiederanno di fare... Comunque, non lo deluda. E non deluda me. Bene, adesso vado, che devo scrivere e consegnare un articolo entro i prossimi quarantacinque minuti. Lei finisca pure con comodo. Ce l'ha il gettone per telefonare?".

La telefonata fu un lacerante esercizio di capre e cavoli insalvabili. Il giovane mancato sceneggiatore disse al produttore di essere disponibile per un primo lavoro, e intanto, se le cose fossero andate nel verso giusto (ma allora non aveva la più pallida idea di quale fosse il verso giusto), avrebbero deciso per il futuro. Il produttore, che aveva altro a cui pensare, disse di non preoccuparsi, che un lavoro per lui già ce l'aveva. Nei mesi seguenti, l'esordiente stralunato finì con il trascorrere a Roma buona parte della settimana, lavorando a una sceneggiatura con un noto regista. La prima stesura piacque, ma restava insoluta la questione di una scena iniziale sufficientemente *forte*. "Provi a immaginarla così," disse, ispirato, il produttore. "In un bar del Testaccio, il protagonista sta mangiando un panino, quando si accorge che dei giovinastri stanno compiendo una rapina sul Lungotevere. Il protagonista, continuando a mangiare il panino, estrae la pistola, esce, e fa uno sfracello... Che ne dice?" "Assomiglia vagamente all'inizio di un Callaghan," balbettò l'incauto giovane. "Ah, sì? Ecco perché mi piaceva tanto. Maledetti americani, arrivano sempre prima... Comunque, mi trovi una scena forte per l'inizio, e che assomigli a questa."

La scena iniziale fu trovata, piacque, ma alla fine, dopo una dozzina di versioni rivedute e corrette, il copione cadde in un cassetto senza fondo, assieme a tonnellate di sogni cinematografici infranti. Il regista, che a suo tempo aveva accettato il contratto in esclusiva, passò a un altro film. Che si realizzasse o meno, i termini del contratto non cambiavano.

Tornato a casa per scrivere il benedetto secondo libro, l'ex esordiente credeva di aver chiuso una porta per sempre. Ma arrivò un'altra telefonata da Roma: "Voglio comprare i diritti del tuo libro," disse il piccolo produttore. "Ma nel frattempo, vieni qui, che anche la televisione ha bisogno di idee."

Il film da quel libro non lo avrebbero mai fatto, però la possibilità di scrivere sceneggiature per telefilm, tutto sommato una sorta di cinema per i pigri, allettò lo sprovveduto giovane autore. Le prime idee vomitate con furore vennero accolte da un generale entusiasmo: "Ecco, finalmente! Era proprio di questo, che avevamo bisogno!" dissero in coro il piccolo produttore, il funzionario della televisione, il suo segretario, il co-sceneggiatore affiancato all'inesperto giovane autore, l'attore principale e il regista della miniserie. Poi, gli fecero conoscere un alto dirigente del tempio con il cavallo azzoppato nel giardino, in bronzo. Anche l'alto dirigente era in bronzo, almeno la parte facciale. "Bravo, bravo, l'idea è buona, ma ci vuole un personaggio di volta, che imprima una svolta alla storia, come quelli di una volta...", e passò a descrivere una co-protagonista femminile che assomigliava in tutto e per tutto alla vecchia ex attrice della foto sulla scrivania. "Se l'è sposata," avrebbe spiegato il piccolo produttore più tardi, "e bisogna trovarle un posto nella tua trama, se no quello non firma il progetto."

Modificarono la scaletta introducendo la resuscitata attrice della scrivania. Alla fine, il funzionario anniottanta con scarpe da boscaiolo gialle e chioma gelatinosa, lesse e disse: "Hai presente il film *Witness*, con Harrison Ford?". "Sì, ma che c'entra con il commissario della questura milanese e madre napoletana su cui mi avete fatto imbastire la trama?" "Niente, ma l'ho visto ieri sera, e mi è piaciuto il climax, i flashback contundenti, il ritmo da black comedy in un plot così hard, non è una questione di dolly ma solo di palle, quello è un film coi controcazzi, mi capisci?"

L'intervento del funzionario alla ricerca di una Roma-da-bere gettò nel panico l'intera produzione. Bisognava cercare un altro climax per la storia. Il vocabolario non fu di alcun aiuto al giovane autore, che non osava chiedere cosa diavolo fosse un climax. Il regista, intanto, aveva conosciuto tanti dirigenti sul suo percorso, da vedersi costretto a infarcire la scaletta con un numero improponibile di parenti da usare almeno in ruoli di secondo e terzo piano. Una legione di attori mancati che trasformavano la miniserie in un ufficio di collocamento. L'ex esordiente, ed ex giovane autore per via del precoce invecchiamento dovuto al fegato che si ingrossava e alla bile che tracimava, si arrese nella fuga. Anni più tardi, vedendo sullo schermo la realizzazione della sua "idea", provò solo tristezza. Il suo era un piccolo mondo, non gli veniva concesso un epilogo alla grande, come per esempio quello di Boris Vian, morto d'infarto durante la proiezione del film tratto da un suo libro.

Negli anni seguenti, il cinema avrebbe continuato, nonostante tutto, e per insondabili giochi del destino, a baciarlo sul collo. Scrisse altri libri, dopo quel travagliato ma fortunato esordio, e da un paio trassero persino dei film *veri*, puntualmente falcidiati dai cecchini della critica. Un giorno, passeggiando per Trastevere con un vecchio regista che sarebbe morto di lì a pochi mesi, si sentì dire: "Sai come si fa a ottenere una buona critica da un famoso critico? Vieni, che ti mostro una cosa...". Lo prese sotto braccio e lo portò davanti alla vetrina di un antiquario. "Vedi quella statuetta di legno? Sarà almeno la ventesima volta, che la tolgono e la rimettono. Dunque, un distributore, o un produttore, o anche solo un regista al passo coi tempi, non deve far altro che acquistarla e mandarla in regalo al critico. Se la statuetta vale, diciamo cinque milioni, colui che l'ha avuta in regalo può riportarla qui e rivenderla a quattro. Un modo elegante per evitare assegni e contante. Hai capito, adesso?"

Lo sforzo più grande, per l'ex esordiente ed ex tante altre cose, sarebbe sempre stato chiudere per un attimo gli occhi al momento in cui si spengono le luci in sala, concentrarsi e poter continuare a vedere dei buoni film senza pensare a tutti gli esseri viventi che svolazzano dentro e intorno al cinema, cibandosene come mosche su una cacca di cane.

Nota dell'autore

Tranne alcuni inediti, i testi contenuti in questa raccolta sono stati pubblicati fra il 1987 e il 2007 su: "I Viaggi di Repubblica", "Tuttolibri-La Stampa", "Gente Viaggi", "Carta", "Il Venerdì di Repubblica", "Il Messaggero", "A Rivista Anarchica", "Cuore", "Nova Express", "Avvenimenti", "Max", "il manifesto", "Mongolfiera su Bologna", "L'Indice", "Linea d'Ombra", "Esquire", "Effe", "King", "Alisei", "Myster", "Rumore", "Amica", "Atlante", "AD Architectural Digest", "Musica! di Repubblica", "Costruire" e il mio *Blog per viandanti* nel sito www.feltrinelli.it.

La data di pubblicazione di ciascun testo compare nell'Indice in fondo al volume; in qualche caso ho aggiunto dei brevi post scriptum che danno conto degli sviluppi più recenti legati a questa o quella vicenda.

Alcuni testi della sezione *Leggere per r/esistere* sono stati pubblicati come prefazioni a libri degli editori Granata Press, Guanda, Einaudi, Fazi, Mondadori, Vallecchi.

INDICE

7 Parte prima. Vagabondaggi

9 *Trac (febbraio 1997)*
14 *Playa Sámara (ottobre 2001)*
17 *Cuba dei ricordi (novembre 1996)*
23 *Finca La Vigía (marzo 2000)*
29 *Lisbona (dicembre 2003)*
31 *Córdoba (maggio 2003)*
36 *Gijón: minatori, pescatori e branchi di scrittori (maggio 2006)*
39 *Figueres e Cadaqués: 2004, l'anno di Dalí (gennaio 2004)*
42 *Bordeaux rinnovata (ottobre 2003)*
45 *I fuochisti di Trieste (febbraio 2002)*
46 *Parmatus (giugno 2002)*
48 *Ravenna, una "dolce ansietà d'Oriente" (novembre 2000)*
50 *Quando a Imola le notti erano "molto fredde e molto lunghe" (gennaio 2000)*
52 *Lugo e l'Eroe Volante (novembre 2001)*
54 *Sull'Aurelia fino a Genova (luglio 1996)*
57 *Da Sarzana a Colonnata (giugno 2004)*
59 *L'isola del ferro (agosto 1999-agosto 2006)*
63 *Planasia (novembre 2003)*
64 *Arcipelago della Maddalena (giugno 2006)*
67 *L'Asinara, l'isola scarcerata (luglio 2007)*
72 *Campiglia, dove ancora si ricorda Francisco Ferrer (settembre 1999)*
73 *Massa Marittima: l'albero degli uccelli che non volano (giugno 2002)*
75 *Casentino: quando anche il sommo poeta menava fendenti (febbraio 2002)*

77	Montecchio e l'Acuto *(luglio 2001)*
79	Castiglion Fiorentino: quando una mangiata valeva più di un vescovo *(aprile 2001)*
81	Trasimeno: l'"Ossaia" di Annibale *(dicembre 2001)*
82	Dalla Valdaso ai Sibillini *(luglio 2004)*
84	Gavoi: il cuore della Barbagia *(luglio 2004)*
86	Lucania: da Craco fantasma alla risorta Rotondella *(ottobre 2003)*
89	Sale di Sicilia *(maggio 2000)*
90	I mille ponti scomparsi *(febbraio 2006)*
96	La Falsa *(febbraio 2000)*
98	La Vecchia Signora *(giugno 1995)*
101	La casa, una casa: tornare per poi ripartire *(novembre 2005)*
103	Parte seconda. Leggere per r/esistere
105	Salgari, l'antidoto alle trombonate *(maggio 1998)*
106	Il gentiluomo del mondo alla fine del mondo *(marzo 2005)*
109	"Bad boy" *(dicembre 2000)*
115	Jack, il principe dei pirati *(dicembre 1998)*
117	"Hasta siempre, Osvaldo" *(febbraio 1997)*
119	Il Cavaliere dalla Triste Figura *(febbraio 2005)*
122	Un livido raggio di sole sui dannati della Terra *(febbraio 1995)*
125	Il cacciatore di storie *(luglio 2007)*
129	I cortili dello Zio Sam *(gennaio 1996)*
132	Victor Serge: "Il caso Tulaev" *(aprile 2005)*
135	"Io sono un uomo" *(aprile 2004)*
141	Narrare è resistere *(giugno 1997-settembre 2000)*
144	L'impeccabile viandante *(gennaio 1999)*
146	"Mutazioni": il presente senza fine *(marzo 1997)*
147	Ben altri muri... *(giugno 1993)*
149	Moon Palace *(gennaio 1997)*
151	L'ostico Cormac *(settembre 1996)*
152	"Trágame Tierra" *(novembre 1989)*
154	Il mistero di B. Traven *(aprile 1997)*
159	Scrittori sotto i vulcani *(luglio 2007)*
161	"La Milagrosa" *(dicembre 1995)*
164	Le Clézio: il sogno messicano *(ottobre 1992)*
166	Il diario di Frida Kahlo *(gennaio 2001)*
168	Il banchetto dei corvi *(marzo 2004)*
170	Il volo *(novembre 1996)*

172 L'amaca di Pennac (giugno 2003)
173 L'amore degli insorti (ottobre 2005)
176 I perdenti di Eric Ambler (marzo 1986)
178 Belli come demoni (ottobre 1988)
180 Materiale interessante (novembre 1997)
182 La lettera di Primo Levi (ottobre 2007)

185 Parte terza. Bastiancontrario

187 La Fiat è nostra? (luglio 2007)
191 Siamo davvero in troppi? (luglio 2003)
194 "Apocalypto" (febbraio 2007)
201 Torture argentine: così fan tutti (giugno 2004)
203 Immagini della Colombia (maggio 2000)
207 La chiesa dei poveri (dicembre 1995)
214 Cartoline dagli aeroporti (luglio 2006)
217 Londra: alleva corvi, e ti beccheranno gli occhi (luglio 2005)
221 Pearl Harbor: la madre di tutte le panzane (aprile 1999)
223 Bufale belliche: il caso Kosovo (marzo 2000)
234 Il sequestro di Simona & Simona:
     forse la memoria aiuta più della scarna cronaca (ottobre 2004)
240 L'assassinio di Nicola Calipari: un "avvertimento"?
     (marzo 2005)
242 Quell'ingrato di Ahmadinejad (ottobre 2005)
246 Ho inventato me stesso (giugno 2003)
247 Microsoft razzista (luglio 1996)
249 Quest'uomo è un maniaco (agosto 1993)
252 Rapinatori di banche (settembre 2003)

257 Parte quarta. La memoria non m'inganna

259 Ah, che bei tempi! (settembre 2005)
262 "Odio gli indifferenti" (giugno 2002)
264 Francesco Lorusso (maggio 2005)
272 Vlady, memoria della memoria (settembre 2005)
277 Justo. Lettera alla moglie Cristina
     e ai cari amici di Gijón, Asturie (gennaio 2006)
277 Evita (ottobre 1996)
282 La "novela negra" di Fujimori (settembre 2000)
284 L'ultima vedova di Pancho Villa (luglio 1996)
286 Tuxpan: quelli del "Granma" (febbraio 2006)

289 Parte quinta. Per esempio, ho conosciuto...

291 *Federico (ottobre 2007)*
298 *María Luisa (novembre 2004)*
306 *Magnus (aprile 1991)*
313 *Sebastião Salgado (maggio 2001)*
319 *Rigoberta Menchú (maggio 1997)*
326 *Una donna maya a Venezia: "Ma io non sono estinta" (novembre 1998)*
329 *Bernard Boursicot (luglio 1995)*
331 *Gabriele Salvatores (maggio 1993)*
337 *Diego Abatantuono (marzo 1993)*
343 *George Weah (dicembre 1995)*

347 Parte sesta. Varie ed eventuali

349 *Il galeone (aprile 1997)*
352 *Il "Penacho" di Moctezuma (luglio 1996)*
355 *"Questa voce un giorno fu mia..." (giugno 1996)*
364 *"Il peggior fallimento è piacere a tutti" (maggio 2005)*
369 *"Balla coi lupi" (febbraio 1995)*
374 *Vasco (maggio 2002)*
376 *Bruce (aprile 1996)*
377 *Harley (ottobre 1994)*
383 *Ma che film hai visto? (febbraio-giugno 1995)*
387 *Gente d'albergo: le foto di Thierry Bouët (febbraio 1996)*
391 *Ragazzi di buona famiglia (novembre 1992)*
392 *La Madonna Volante e il Cassero degli Uomini Perduti (maggio 1988)*
394 *Maurizio, il Qbo, il silenzio (settembre 1992)*
396 *Sarà per un'altra volta (febbraio 1992)*
398 *Sbragate Rosse (aprile 1987)*
400 *Il Mottosciò è fallito! (dicembre 1988)*
403 *Esordi (ottobre 1995)*

409 Nota dell'autore

*Stampa Grafica Sipiel
Milano, aprile 2008*